OLIVER PÄTZOLD

DIE ERBEN JERICHOS

THRILLER

©2025
Andreas Otter
Fakriro GbR, Bodenfeldstr. 9
91438 Bad Windsheim
andreas-otter@t-online.de

Korrektorat: Ilka Bredemeier
Covergestaltung: © Laura Newman –
design.lauranewman.de

© 2025 Oliver Pätzold
Verlag: BoD · Books on Demand GmbH,
Überseering 33, 22297 Hamburg, bod@bod.de
Druck: Libri Plureos GmbH,
Friedensallee 273, 22763 Hamburg
ISBN: 978-3-7693-2403-7

Über den Autor:

Oliver Pätzold wurde unter seinem Realnamen Andreas Otter am Fuße der Alpen geboren. Heute lebt er im südlichen Bayern. Neben historischen Romanen schreibt er dystopische Thriller sowie Fantasy.

»Geschriebene Geschichten sollen die Herzen der Leser erreichen, sie in andere Zeiten und Orte, in Beziehungen und Rollen führen, Gefühle spürbar machen. Sie sind die Offenbarung anderer Welten.«

Inhalt:

Systemsprenger

Robert

Intensivtherapeutische Wohngruppe „Klara"
Germering, Oberbayern

Nervös sah Robert auf die Uhr. Es war kurz nach drei,
die Bewerberin müsste also bereits hier sein. Ein weiterer Kontrollblick auf die startbereite Kaffeemaschine
sowie auf die beiden Wasserflaschen in der Mitte des
Tisches linderte seine Unruhe kaum. Lieber kam die
Frau zu spät als gar nicht, und ein weiteres Mal hoffte
er, dass während der Gruppenbesichtigung kein großer Konflikt aufkam, der die Bewerberin in die Flucht
schlug. Wobei dies lieber sofort geschah als nach einigen Tagen oder Wochen, wenn sich die Betreuten an
die Neue gewöhnt hatten.
Auf dem Flur rief jemand, vermutlich war es
Mascha, er erkannte die Stimme nicht genau. Seine
zwei Kolleginnen waren sicher zur Stelle, und wenn es
heftig würde, holten sie ihn sicherlich. Im selben Moment, als er dieses Wort gedacht hatte, war ihm klar
geworden, dass ›heftig‹ relativ zu sehen war. Dinge,
die sein Team als schon fast normal einstufte oder
zumindest als erträglich, lösten in den meisten Familien akute Fluchtgedanken, pure Angst oder Schnapp-
atmung aus. Hier kamen diese Dinge mehrmals täglich vor, und als intensivtherapeutische Wohngruppe
arbeiteten sie auch mit freiheitsentziehenden Maßnahmen.

Gerade, als er sich vorstellte, welchen Eindruck dies auf eine junge Frau mit Mitte zwanzig haben musste, klopfte es. Sofort stand er auf und öffnete die Tür.

Blaue, fast strahlende Augen blitzten ihn an.

»Herr Kober?«

»Ja, Freut mich. Kommen Sie bitte rein, Frau Jäger.« Sofort fiel ihm auf, wie ungemein attraktiv die schlanke Frau mit den halblangen blonden Haaren war, die sie zu einem französischen Zopf geflochten hatte. Leider womöglich zu attraktiv, denn sofort dachte er an seine beiden Pappenheimer, von denen einer gerade im Time-Out-Raum saß, um zur Ruhe zu kommen. Sie hatten eine Praktikantin massiv sexuell belästigt, und womöglich könnte sich dies bei Frau Jäger wiederholen. Sofort spürte er, wie seine Hoffnung auf ein neues Teammitglied schrumpfte.

»Kaffee? Wasser?«

»Ja, gerne Kaffee!«, antwortete sie mit auffallend freundlich anmutender Stimme.

Sie setzten sich, er schenkte ihr Kaffee ein und griff nach den Bewerbungsunterlagen.

»Sie haben bestimmt schon gehört, dass das Arbeitsfeld nicht unbedingt ruhig ist«, versucht er gleich zu Beginn durch einen Scherz seine eigene Stimmung aufzulockern. Dabei strich er über sein kurzes braunes Haar. Es war warm im Büro, obwohl durch zwei gekippte Fenster ein angenehmer Windzug strömte.

»Das schreiende Mädchen? Es wollte nur sein Handy.«

»Tja, die Handys ...« Er musste die Mappe nicht noch mal öffnen, er hatte sie sich zuvor genau durchgelesen.

»Frau Jäger, es freut mich sehr, dass sie sich für die Stelle interessieren. Ich konnte ihrer Bewerbung entnehmen, dass sie noch keine Erfahrung im intensiv-therapeutischen Bereich gesammelt haben?«

Er formulierte es als Frage, denn auch die Arbeitsfelder in der offenen Jugendhilfe waren sehr unterschiedlich.

»Genau«, bestätigte sie, nachdem sie vom Kaffee getrunken hatte. »Ich habe drei Jahre in einer Kinder- und Jugendwohngruppe mit teils sehr verhaltensauffälligen Kindern gearbeitet, aber nicht intensivtherapeutisch.« Damit bestätigte sie nur, was bereits in der Bewerbung stand. »Aber genau dieses Thema, diese Art von tief greifender Pädagogik reizt mich ungemein.«

Robert musterte ihr Gesicht. Er selbst hatte vor fünfzehn Jahren ebenso euphorisch diese Stelle angetreten, leider blieben immer mehr Frust und Kraftlosigkeit zurück. Nicht unbedingt der Arbeit wegen, sondern aufgrund von ständiger Unterbelegung ihres Teams und der gleichzeitig schwindenden Aussicht auf Besserung dieses Dilemmas. Alle Sozial- und Pflegeeinrichtungen waren chronisch unterbesetzt, angefangen von den Kindergärten bis hin zu den Seniorenwohnheimen.

»Tief greifende Pädagogik klingt gut«, bestätigte er, »aber Sie werden wissen, dass an diesem Ort nicht immer pädagogisch gearbeitet werden kann.«

»Das weiß ich. Aber ich denke, noch immer genügend.«

Wieder musterte er sie. Sie war dreiundzwanzig Jahre alt, und er hoffte, sie könne ihre motivierte Haltung und das Brennen, den Jugendlichen helfen zu wollen, noch möglichst lange bewahren. Hier, in der Gruppe ›Klara‹, wohnten acht sehr schwierige Jugendliche, denen nur mithilfe strengster Regelungen und durchdachten Konsequenzen ein alltägliches Leben geboten werden konnte. Ein Leben unter Medikamenten zur Ruhigstellung, mit Time-Out-Räumen, in die sie gesperrt wurden, wenn sie sich oder andere massiv gefährdeten, mit einer hohen Anzahl therapeutischer Sitzungen, einzeln sowie in der Gruppe, mit einem fast schon brutalen Belohnungssystem, denen sich die Insassen unterziehen mussten.

Er musste dies Frau Jäger nicht erzählen, sie wusste es sicherlich, dennoch begann er, zumindest die Vorzüge dieser modernen Wohngruppe zu erläutern. Dass sie einen großen Garten mit Gemüsebeeten besaßen, der sogar von den massiv auffälligen Jugendlichen gerne genutzt wurde, von bunt gemalten Zimmern, in denen aber der gesamte Farbbereich um Rot nicht genutzt wurde, von Therapiesitzungen auf Wasserklangbetten, auf denen die Betreuten Musik und Töne durch Wasser an ihrem Körper spürten, von den vielfältigen freizeitpädagogischen Angeboten, die sie mit den zumeist weiblichen Jugendlichen wahrnahmen.

»Wir haben zwei offene Stellen im Team«, sagte Robert schließlich. »Ich denke, es ist keine Seltenheit in der heutigen Zeit, aber in einem so intensiven Arbeitsfeld fast nicht tragbar. Wie woanders auch, helfen wir uns gruppenübergreifend aus.«

Nun berichtete Frau Jäger von ihrer Arbeit, von den ebenfalls teils massiven Verhaltensauffälligkeiten, mit denen sie tagtäglich konfrontiert worden war. Sie beteuerte aber, dass sie die Wohngruppe nicht deswegen verlassen wollte, sondern weil sie mit dem Team nicht zurechtkam. Mit Konflikten habe sie kein Problem, ganz im Gegenteil. Sie war sogar der Annahme, sie stärkten in diesem Arbeitsfeld eher die Bindung zwischen den Erziehern und den Betreuten, weil es zeige, dass man an ihnen festhielt.

Diese Einstellung gefiel Robert. »Ja, außer die Konflikte überwiegen. Aber das tun sie glücklicherweise nicht.«

Schließlich begann er, die Betreuten kurz vorzustellen, um Frau Jäger einen groben Einblick zu gewähren. Aus Datenschutzgründen nannte er aber keine Namen.

»Wir haben zwei männliche und vier weibliche Bewohner. Davon sind drei bulimiekrank, alle über vierzehn. Eine von ihnen müssen wir leider regelmäßig ins Krankenhaus einliefern, bei ihr ist die Krankheit besonders ausgeprägt. Ginge es nach ihr, zöge sie in die Toilette.«

»Ab wann muss sie denn eingeliefert werden?«

»Wenn der BMI 16 unterschreitet, kommt sie in die Klinik.« Er bemerkte, dass Frau Jäger auffallend emphatisch reagierte. Grundsätzlich eine wunderbare Gabe, hier konnte sie allerdings schnell zu einem Bumerang werden, der sie bis in den Schlaf verfolgte.

»Zwei Betreute leiden unter starken Bindungsstörungen, die sich insofern äußern, dass sie kaum Freundschaften führen können. Entweder klammern sie derart, dass das Gegenüber erstickt, oder sie zerstören sie, weil sie die Nähe nicht aushalten. Eine von ihnen hat fast zwei Monate kaum Kontakt zu jemandem von uns gehabt, und als sie eine Freundin gewann, verwandelte sie sich in eine gefährliche Stalkerin, die sogar das Handy dieses Mädchens stahl, um alles darin zu lesen.«

Er erzählte auch von Anna, die nach zahllosen Missbräuchen aus einer Wohnwagensiedlung befreit worden war und seither ganze fünf Mal versucht hatte, sich das Leben zu nehmen. Momentan wurde sie derart mit Medikamenten vollgestopft, dass sie auch tagsüber einschlief. Von Sibel, deren Arme nach hunderten Ritzversuchen aussahen, als bestünde dort keine Haut mehr. Ihre Wutausbrüche waren legendär, sie hatte es sogar geschafft, die Türe des Time-Out-Raums zu zerstören. Seitdem besaßen sie eine so teure Sicherheitstür, die nicht einmal drei wilde Ochsen einbrechen könnten. Er berichtete von Marcel, der wegen mehrfacher Körperverletzung bereits in Haft gewesen war und nun versuchte, eine der letzten Chancen wahrzunehmen, sein Leben in den Griff zu bekommen. Er war als Kleinkind auch über Nächte im Keller eingesperrt und später von seinem Vater gezwungen worden, Zigaretten und Alkohol zu stehlen. War er ohne Beute zurückgekehrt, hatte es massiv Prügel gesetzt. Über Jahre. Als er in der Jugendhilfe aufgenommen wurde, stand er zunächst unter hoher Medikamentendosis von Methylphenidat, später unter dem stark sedierenden Mittel Levomepromazin.

Robert sah Frau Jäger an, dass diese Einblicke ihr zusetzten.

»Dann ist es umso wichtiger, sich mit den Jugendlichen auseinanderzusetzen«, sagte sie schließlich. »Sie sagten ja, für viele von ihnen ist das hier vielleicht die letzte Chance vor dem Knast.«

»Oder dem Tod«, führte Robert fort. »Oder vor einem Leben auf der Straße. Wobei das oftmals der Weg ist, der danach folgt.«

»Sie werden also entlassen, wenn sie volljährig sind?«

»Ja, leider. Weiterführende Betreuung in Erwachsenenwohngruppen steht dann an oder ...«

» ... die Welt dort draußen«, vervollständigte Frau Jäger.

Er nickte nur. Sie hatte verstanden, denn auch die Jugendlichen in der offenen Hilfe verließen nach Beendigung der Schulpflicht oder mit der Volljährigkeit die Wohngruppe.

Obwohl die Dienstzeiten mit Ausnahme der Nachtbereitschaften sich kaum von denen in der offenen Jugendhilfe unterschieden, stellte er den Dienstplan vor. In den Nächten war man allerdings öfter wach, sei es wegen seelischer Zusammenbrüche der Betreuten nach Träumen, Wutausbrüchen oder sinnlosen Versuchen, der geschlossenen Wohngruppe doch irgendwie zu entfliehen.

Schließlich standen sie auf, um einen Rundgang durch die Wohngruppe zu wagen. Robert war froh, endlich das Büro zu verlassen. Marie, seine Kollegin am heutigen Tag, kam gerade aus dem Freizeitraum, gefolgt von Britta.

»Ich hab sie abgezogen!«, triumphierte Britta.

Robert musste nichts sagen, Frau Jäger sah bestimmt auch so, dass das Mädchen unter Bulimie litt. Mit seinen neunundzwanzig Kilogramm wirkte es, als überstünde es keinen starken Herbstwind.

»Gratuliere, ich habe schon gegen Marie verloren«, grinste Robert.

Britta verzog die Augen. »Loser!«

»Das ist Frau Jäger«, stellte Robert sie den beiden vor. Marie und Frau Jäger gaben sich die Hand, lächelten sich an, bevor Robert sich Britta zuwendete. »Wäre es okay für dich, ihr dein Zimmer zu zeigen?«

Zunächst musterte sie Frau Jäger, nickte aber schließlich. »Okay.«

Als sie an Brittas Zimmer ankamen, blieben sie im Türrahmen stehen. Robert gefiel es, dass Frau Jäger es nicht betrat, denn es zeigte, dass sie offenbar ein gutes Nähe-Distanz-Verhältnis wahrte. Für viele Jugendliche war deren Zimmer mehr als ihr Rückzugsort. Er hatte aber bewusst Britta gefragt, denn sie war wenigstens in diesem Punkt nicht so extrem.

Er sah zu, wie Frau Jäger das Bett musterte, den einzigen Schrank, die Kommode. Auf dem Tisch stand ein CD-Player, davor lagen auf Papier gemalte Bilder. Augenscheinlich war es ein vergleichsweise leeres Zimmer, und er ahnte, dass Frau Jäger dies auch auffiel.

»Magst du etwas über das Belohnungssystem verraten?«, fragt er schließlich Britta.

»Was bekomme ich dafür?«

»Eine Leberkäsesemmel.«

Britta grinste und schüttelte den Kopf. »Klar!«

Robert hoffte, der Scherz kam auch bei Frau Jäger als ein solcher an. Es gab nicht viele Jugendliche, die manchmal Witze dieser Art und bezüglich ihrer Störungen oder Krankheiten zuließen. Und wenn, versuchte er diesen Weg öfter zu wählen, weil er wusste, dass trotz des augenscheinlichen Widerspruchs den Betroffenen ihre eigene Lage dadurch oftmals greifbarer gemacht wurde.

»Die kannst du selbst essen!«, fügte sie hinzu, bevor sie sich Frau Jäger zuwendete. »Okay, also wir müssen uns alle Freiheiten verdienen.«

»Verdienen?«, fragte die junge Frau nach.

»Ja, halt mit unserem Verhalten und so. Bauen wir über einen bestimmten Zeitraum keinen Scheiß, verdienen wir Dinge dazu. Wie zum Beispiel den CD-Player oder I-Pad, Stifte, Blätter, Blumentöpfe oder auch Sachen wie Ausgang, den Freizeitraum und so Zeug. Vor allem aber Handynutzung.« Als sei es ein Schlagwort, wendete sie sich Robert zu.

»Wann krieg ich jetzt das Handy länger?«

»Ab Sonntag, aber das weißt du.«

»Mann!«

Er nickte nur, ließ Frau Jäger etwas länger den Raum betrachten und bedankte sich schließlich bei Britta, die die Türe schloss.

»Bekommt ihr wegen des Handyentzugs keine Schwierigkeiten mit den Sorgeberechtigten?«, fragte Frau Jäger. »Ich meine, die machen da ja echt teilweise ein Drama daraus.«

»Sorgeberechtigte sind bei uns ausschließlich Vormünder oder Pflegschaften des Jugendamts. Die fragen nicht groß nach, sondern unterstützen alles, wenn es argumentativ gut begründet ist. Außerdem ist das Thema Handy gegenüber freiheitsentziehenden Maßnahmen wie Time-Out-Raum ja verschwindend klein.«

»Stimmt.« Sie sah noch einmal zur Tür von Brittas Zimmer. »Also hat sie sich längere Zeit an die Regeln gehalten, weil sie einen CD-Player und Malsachen hat?«

»Genau. Wir halten die Zeiträume recht knapp, es ist unrealistisch, gleich eine ganze Woche oder mehr anzusetzen, je nachdem, wie lange die Bewohnerinnen bereits bei uns sind. Bei Britta können wir weiter staffeln, da geht's im 5-Tage-Rhythmus. Bei anderen setzten wir immer zwei Tage an, vor allem bei den Neuen.«

»Wir lang ist denn die Warteliste?«

Robert zog die Augenbrauen in die Höhe. »Zweiundfünfzig Plätze.«

»Krass.«

Er wusste, dass er erklären musste, wo diese Jugendlichen während der Wartezeit auf einen Platz in einer solchen Einrichtung untergebracht waren. In Kliniken oder fehlbelegt in der offenen Jugendhilfe, wo sie den Rahmen der Wohngruppen aufgrund ihres besonders herausfordernden Verhaltens oftmals sprengten.

Er zeigte ihr das große Wohnzimmer mit einem riesigen Fernseher, den Freizeitraum, in dem Kicker, ein Billardtisch sowie mehrere Sitzsäcke waren. Auf einem saß Anna, die Frau Jäger sicherlich auch als bulimiekrank erkannte.

»Ne Neue?«, fragte sie prompt? »Wer geht denn?«

»Nein, keine Bewohnerin«, erklärte Robert. »Vielleicht eine neue Kollegin.«

»Echt? Die ist ja nicht viel älter als ich.«

»Du darfst mich gern ansprechen«, wandte Frau Jäger nun ein.

Überrascht blickte Robert sie an.

»Okay«, murmelte Anna. »Wie alt bist du?«

»Dreiundzwanzig. Und du?«

»Siebzehn.«

»Cool. Dann bist du ja bald volljährig.« Dabei lächelte Frau Jäger, Anna aber nicht.

Prompt ließ Robert Frau Jäger durch einen Blick verstehen, dass sie nun gehen sollten.

»Sie mag nicht achtzehn werden«, erklärte er ihr vor dem Freizeitraum. »Wir haben noch keinen Nachfolgeplatz gefunden. Wir können sie nur behalten, wenn sie keine Sozialwohnung oder eine andere Möglichkeit findet, unterzukommen. Sie ist eine der wenigen, die gerne hier ist.«

»Oh«, stieß Frau Jäger betroffen hervor. »Mist. Voll ins Fettnäpfchen getreten.«

»So schlimm wars nicht, sie ist schlau genug, zu wissen, dass es gut gemeint war.«

Sie gingen in den Raum, in dem das Wasserklangbett stand. Unter einer himmelblau gemalten Decke mit aufgeklebten Leuchtsternen stand das zwei Meter breite Bett, dessen spezielle Matratze mit Wasser gefüllt war. Entspannungsmusik wurde durch das Wasser direkt in den Körper der darauf liegenden Person übertragen. Robert hatte es schon mehrmals selbst getestet und fand es jedes Mal wunderschön.

»Es wird auch in der Behindertenhilfe genutzt, bei stark traumatisierten Jugendlichen ist es oft der Lieblingsort in der Wohngruppe.«

Danach zeigte er ihr die Toiletten, die Bäder und schließlich von außen die Tür des Time-Out-Raums.

»Da können wir gerade nicht rein, ein Bewohner ist noch etwa eine Stunde freigestellt.«

Er ahnte, dass Frau Jäger sich über das Wort ›freigestellt‹ wunderte, ging aber davon aus, dass er sich nicht erklären musste. Schließlich klang es weitaus

weniger drastisch als „eingesperrt" oder „wegge-
schlossen".

»Okay«, sagte sie nur. »Ich habe ja schon mal einen
gesehen.«

Endlich gingen sie in den Garten, wo Robert ihr die
Feuerstelle, den Grill, die Terrasse und den Kräuter-
garten mit den durch die Betreuten selbst gestalteten
Schildern mit den Pflanzenbezeichnungen vorstellte.
Dort atmete er tief durch, denn er benötigte frische
Luft. Das Atmen fiel ihm heute schwerer, er befürchte-
te, sich einen leichten Infekt eingefangen zu haben.

Krank werden durfte er auf keinen Fall.

Gerade, als er mit Frau Jäger wieder in die Wohngruppe ging, kam ihnen Sibel entgegen.

Als sei Frau Jäger gar nicht anwesend, sah Sibel nur
Robert an. »Ich hab den Ausgang noch?«

»Ja, um fünf Uhr. Warum nicht? Außerdem hättest
du auch Marie oder Petra fragen können.«

Er hatte Petra nicht mehr gesehen, seit Frau Jäger
bei ihm war.

»Ja, ich mag aber dich fragen. Du hast es ja mit mir
ausgemacht!«

»Alles bleibt wie vereinbart. Also in knapp einein-
halb Stunden.«

»Verfickte Uhr! Die geht jetzt bestimmt absichtlich
so langsam.«

»Das glaube ich auch, Sibel. Nur um dich zu ärgern.«

Jetzt erst blickte sie fragend zu Frau Jäger.

»Das ist Frau Jäger, vielleicht ein neues Teammitglied«, stellte Robert sie vor.

»Schön für sie!« Mit deutlich genervter Miene drehte Sibel sich um und verließ die beiden.

Robert fiel auf, dass Frau Jäger leicht lächelte.

»Ich frage nicht, kann mir aber vorstellen, dass das
die mit den Wutausbrüchen ist.«

»Ist gut möglich.« Dabei grinste auch er. »Sie hat den letzten Ausgang gestrichen bekommen, und sie freut sich schon den ganzen Tag darauf. Aber auch auf die Gefahr hin, dass sie noch austickt, kann ich sie nicht früher rauslassen. Wir versuchen, so wenig wie möglich von dem, was ausgemacht ist, abzuweichen. Das ist Stabilität für die, und genau das hatten die alle früher nie.«

Auf dem Rückweg zum Büro kam ihnen doch noch Petra entgegen. Die etwa vierzigjährige Frau begrüßte Frau Jäger überschwänglich, musste aber gleich weiter.

»Ich habs gleich«, entschuldigte Robert sich bei ihr.

»Nee, mach nur. Das ist echt grad wichtiger.« Sie lächelte Frau Jäger noch zu, bevor sie in Annas Zimmer verschwand.

Robert fiel ein, dass deren Therapiegespräch begann und sie von Petra dorthin begleitet wurde.

»Ich hoffe, es war ein Einblick, mit dem Sie etwas anfangen können«, sagte Robert zu Frau Jäger im Büro. »Es gibt noch so viel mehr, aber ich weiß, dass das Klientel sowie das Team die wichtigsten Faktoren sind.« Dabei stellte er noch die fünf anderen Betreuer, den Arzt sowie die Therapeuten namentlich und in kurzen Umrissen vor.

»Wir haben am Donnerstag Teamsitzung, kommen Sie doch in der letzten Stunde so gegen elf zu uns, nachdem wir die Fallgespräche beendet haben.«

»Ja, gerne.«

Er wollte nicht nach ihrem Eindruck fragen. Man benötigte mindestens eine Nacht, um die vielen Eindrücke sacken zu lassen, wenn nicht mehrere Tage.

»Ich finde es hochinteressant«, unterbrach Frau Jäger seine Gedanken. »Und mir waren die Mädchen, die ich bisher gesehen habe, sympathisch.«

»Ja, das waren ihre netten Seiten. Sogar Sibels.«

Sie grinste. »Ich weiß, dass es auch krass werden kann. Und wird. Wie lange darf ich denn nachdenken?«

»Sie sind die einzige Bewerberin. Was soll ich sagen? ... Die meisten jungen Menschen gehen in Krippen und Kindergärten, und wenn man älter ist, mag man sich konfliktbeladene Arbeitsfelder nicht mehr antun.«

»Ich weiß. Ist bei uns nicht anders. Auch wenn es überraschend für Sie klingt, ich habe wirklich Interesse.«

»Das freut mich. Frau Schmidkes Telefonnummer haben Sie?«

»Ja, ist in ihrer E-Mail. Ich werde am Donnerstag auf jeden Fall in die Teamsitzung kommen.«

Robert hoffte, seine Chefin Frau Schmidke könne ihm in den kommenden Tagen eine gute Nachricht überbringen. Gleichzeitig sorgte er sich um das Alter von Frau Jäger. Es war ein dummer Gedanke, denn in Zeiten wie diesen, in denen sie händeringend jede Kraft benötigten, war das Alter ein Punkt unter ferner liefen.

Sie gaben sich die Hand, bevor Robert sich wieder auf den Weg in sein Büro machte. Leider sorgte ein lauter Schrei von Sibel dafür, dass er den Weg zu ihr einschlug. Und als er auch Annas schrille Stimme hörte, fragte er sich, was um alles in der Welt Anna in Sibels Zimmer zu suchen hatte.

In diesem Augenblick war er sich sicher, dass ihnen ein konfliktreicher Nachmittag bevorstand.

Lilli

Robert
Vier Wochen später

Ein kurzes Lächeln zu Annika unterstrich Roberts
Freude, Frau Jäger tatsächlich in seinem Team zu wissen. Annika Jäger war seit Anfang der Woche ihr ach-
tes Teammitglied, und da die Runde im Konferenz-
raum nun endlich vollzählig war, schenkte er der Mitarbeiterin des Jugendamts, Frau Jung, sein Gehör. Neben seinen Teamkolleginnen waren noch Herr Schupp,
Kinder- und Jugendarzt, Elsa Riegert, Psychologin,
sowie Tanja und Ronni, die beiden Therapeuten, anwesend.

Er kannte Frau Jung seit einigen Jahren. Die kurz
vor der Rente stehende Mitarbeiterin des Jugendamtes
hatte ihnen bereits Dutzende Jugendliche vermittelt,
und da Britta, eins der ehemals bulimiekranken Mädchen, in eine Gruppe der offenen Jugendhilfe wechselte, wurde ein Platz frei. Er fragte sich nicht, ob die
Neuaufnahme, die ihnen sicherlich bevorstand, von
Frau Jung zwischengeschoben wurde oder ob es sich
wirklich um die Person handelte, die in der langen
Warteliste ganz vorne stand.

Frau Jung, die ihr Haar kurz und grau trug, ihr Bril-
lenglas mit einem Grünton versehen war und deren
Arme so dünn waren, dass sich Robert bereits mehrmals gefragt hatte, ob sie selbst vor einer diagnosti-
zierten Magersucht stand, öffnete die Mappe, in der
sich alle Unterlagen über die Patientin befanden.

»Eigentlich brauche ich die nur für die Daten«, begann sie, nippte an ihrem Espresso und blickte für einige Augenblicke zu Boden. »Ich kenne Lilli seit zwei Jahren, und das hier ist ihre letzte Chance.«

»Also kommt sie aus der Jugendhilfe?«, fragte Ronni nach. Seine fast zwei Meter Körpergröße und die deutlich trainierten Arme hinterließen bei vielen der Betreuten Eindruck und unterdrückten sicherlich so manchen Konflikt.

»Genau. Und da fällt sie nicht nur durchs Raster, sondern sprengt deutlich alle Rahmen.« Sie fuhr sich über die Augen, so, als hätte sie bereits seit zwei Stunden berichtet.

»Lilli ist sechzehn und momentan in der Heckscher-Klinik.«

Robert nickte nur. Viele derer, die vorgestellt wurden, kamen aus der Psychiatrie der Kinder- und Jugendabteilung, und sie alle waren oftmals sogar für die intensivtherapeutischen Wohngruppen zu auffällig. Zu rahmensprengend.

»Sie hat Glasscherben gegessen, weil sie ihr Handy abgeben musste. Die Erzieherinnen der vorhergehenden Wohngruppe waren völlig am Ende, eine hatte bereits gekündigt. Vor einem halben Jahr schlug sie einem Mitbewohner drei Zähne aus und eine Flasche auf den Kopf. Er musste genäht werden, sie wanderte für vier Wochen in die Geschlossene.«

Robert wusste, dass jeder Erwachsene auf der Straße, der so etwas hörte, vermutlich mit dem Kopf schüttelte, doch hier sahen alle nur Frau Jung an, ohne erkennen zu lassen, dass ihnen etwas Besonderes bevorstand. Traurig, und es bewies mal wieder, wie weit sie sich alle von einer sogenannten Normalität entfernt hatten.

»Lilli hat mit fünf ihren Vater verloren und vor zwei Jahren ihre Mutter. Klassisches Bild, die Mutter war alkoholkrank, hoher Männerverkehr in der Wohnung, Lilli dazwischen, niemand weiß, ob sie da auch befummelt oder gar mehr wurde. Lili hing mit den falschen Leuten am Bahnhof ab, Rauchen, leichte Drogen, Überfälle, Diebstahl, später Körperverletzung, die ganze Litanei.«

»Klinische Befunde?«, fragte Herr Schupp.

»ADHS, frühkindliche Bindungsstörung, die wirklich extrem ist, manisch-depressive Phasen, man vermutet aber eine ausgeprägte Depression. Bisher Behandlung mit Queziapin, nun bekommt sie Kinecteen in Verbindung mit Elvanse. Notfallmedikament ist Tavor, aber sie bekommt es fast täglich. Also nix mit nur Notfall.«

Robert wusste noch nicht, warum Frau Jung den Eindruck hinterließ, dieses Mädchen läge ihr besonders am Herzen. Es war nichts Außergewöhnliches an diesen Diagnosen und dem Werdegang, eher sogar klassisch. Kurz dachte er an die mögliche Depression. In den Kinderkliniken wurden im Jugendalter nur selten Depressionen diagnostiziert, es war nach wie vor eine Grauzone, da die Minderjährigen noch nicht ausgewachsen waren und andererseits eine solche Diagnose oft Schwierigkeiten hinsichtlich der passenden Medikamente bedeuteten.

»Wie ist die Mutter gestorben?«, fragte Elsa. Die Kinder- und Jugendpsychologin war seit zwei Jahren seine erweiterte Kollegin und er maß ihrer Arbeit höchsten Respekt bei. Hinter ihrer Körpergröße von 183 Zentimetern stand auch eine geballte Ladung an Willenskraft und Widerstandsfähigkeit gegen allerlei Attacken der Jugendlichen.

»Bei einem Autounfall. Danach stürzte Lilli komplett ab, sie hat mittlerweile fünf Heckscher-Aufenthalte hinter sich. Zwei Mal versuchter Suizid, drei Mal ist sie so ausgetickt, dass sie sogar auf den Notdienst losgegangen ist. Die Psychologen kommen bei ihr nicht durch, da ist aber irgendwas in dieser Nacht gewesen, in der ihre Mutter starb. Sie hat es einmal angedeutet, weil eine Mitarbeiterin einen überraschend guten Zugang zu ihr gewann. Sie hat aber dann irgendwie doch zugemacht. Und als sie spürte, kurz davor gewesen zu sein, es zu verraten, hat sie das Zimmer verwüstet. Und wie. Zwei Wochen Renovierung standen an.«

»Was, meinen Sie, soll da gewesen sein?«, fragte Herr Schupp. »War sie denn mit im Auto?«

»Nein, aber sie gibt sich ganz eindeutig die Schuld. Sie wird von ihr schier zerfressen, und seit zwei Jahren behält sie es tief in sich. Je mehr man versuchte, Licht ins Dunkel zu bringen, desto stärker hat sie sich dagegen gewehrt. Sie lässt niemanden an sich ran, führt keine Freundschaften, und wenn es mal enger wird, zerstört sie die Bindung, egal zu wem. Mädchen, Junge, Erzieherinnen – einfach alles. Problem ist auch, selbst wenn das blöd klingt: Sie ist unglaublich intelligent. Ihr verbal gegenzusteuern, ist sehr schwer, und diese Waffe nutzt sie gnadenlos aus.«

»›Letzte Chance‹ bedeutet vor dem Jugendarrest?«, fragte Annika nun nach. Robert war froh, dass sie sich bereits in ihrer Eingewöhnungszeit so sehr einsetzte, und als er kurz über den ersten Konflikt nachdachte, den Annika mit Sibel geführt hatte, attestierte er ihr eine seltene Fähigkeit: nicht auf jeden Machtkampf einzugehen, nur um die eigene Person oder Ansicht zu stärken. Obwohl alle Mitarbeiter jahrelange Ausbildungen hinter sich hatten, passierte es ihm viel zu häufig, dass sich das pädagogische Personal leichtfertig auf das Glatteis ziehen ließ und Konflikte mit Machtkämpfen beenden wollte, da man stets am längeren Hebel saß.

Frau Schupp nickte. »Genau. Oder vor der Straße, und dann endgültig. Lilli ist zwar keine, die Männer unkontrolliert an sich ranlässt, ganz im Gegenteil, aber sie ist offen für alle anderen Gefahren wie Drogen, Gewalt und seelischen Missbrauch.«

Nun berichtete Frau Schupp näher, erzählte von der Anfangszeit der Aufnahme Lillis in einer offenen Wohngruppe, von ihrem größtenteils destruktiven Verhalten, das sie zumeist zeigte, Robert hörte aber nur mit einem Ohr zu. Frau Schupp hatte die Mappe weitergereicht, und so blätterte er sie sporadisch durch. Die Liste der Medikamente, die ihr in den vergangenen Jahren verabreicht worden waren, war lang, und die Dosis von Kinecteen und Elvanse höher als bei vielen anderen Jugendlichen. Dass ihr Tavor fast täglich verabreicht wurde, war kein gutes Zeichen, nicht nur wegen der Nebenwirkungen des Wirkstoffs. Denn es würden bald Präparate folgen, die noch stärker eingriffen und die Person stark sedierten. Lilli war erst sechzehn, allerdings medikamentös schon fast austherapiert.

Auch dies war kein Einzelfall in der Arbeit in einer intensivtherapeutischen Wohngruppe.

Auf der letzten Seite war das Foto ihres Gesichtes abgebildet. Obwohl er es sich angewöhnt hatte, während der Vorstellungsgespräche die Gesichter nicht so intensiv zu betrachten, blieb er an ihrem Bild länger haften. Es schien, als trügen ihre braunen Augen einen gewaltigen Schmerz in sich, als zeigten sie ihr Inneres genau in dem Moment, in dem das Foto aufgenommen wurde. Zeigte man dieses Bild der Jugendlichen einem Menschen, der außerhalb dieses Berufes arbeitete, könnte er sich vermutlich nicht vorstellen, dass dieses hübsche und in diesem Fall sogar zurückhaltend wirkende Mädchen deutlich den Rahmen offener Jugendwohngruppen sprengte.

Frau Schupp berichtete anderthalb Stunden, und es stellte sich heraus, dass Lillis Verhalten immer massiver geworden war. Er konnte nur ahnen, dass sich entweder die Depression verstärkte oder aber diese Schuld in dem Mädchen so überhandnahm, dass sie alle Gefühle und Aktionen in diesem jungen Menschen regulierte.

»Sie ist eine perfekte Kandidatin für das EPT. Sie muss erst mal wieder zu ihren Wurzeln zurück, alles mal runterfahren, auf Reset schalten.«

»Das EPT findet schon in anderthalb Wochen statt«, wandte Marie ein. »Das wäre vielleicht etwas früh für eine Neue?«

»Wenn man bedenkt, dass sie keine Bindungen zulässt, gelten bei ihr vielleicht andere Zeitmaßstäbe. Es ist nur ein Idee.«

Robert dachte nach. Die EPT – erlebnispädagogische Therapie – war ein Projekt, dass sie seit vier Jahren stets im Sommer absolvierten. Dabei wohnten vier Betreuer sowie sechs Jugendliche nach einem Selbstversorgerprinzip in einem Steinzeitdorf in Schleswig-Holstein. Sie buken selbst Brot, angelten Fisch, versorgten sich mit Ausnahme einiger Grundnahrungsmittel selbst. Wohnten in Hütten, schliefen auf Bastunterlagen, wuschen sich im Fluss. Oftmals halfen diese elementaren Erfahrungen den Jugendlichen, zu sich selbst zu finden und eigene Probleme besser anzugehen, da komplett andere, vor allem erschwerte Lebensumstände oftmals therapeutische Effekte auslösten.

Nachdem Frau Schupp gegangen war, diskutierten sie im Team weiter. Nach Brittas Auszug würde Lilli deren Zimmer bekommen, da es aber neben Sibels lag, barg das zusätzliche Gefahren. Möglicherweise. Wie immer entschieden sie, das Mädchen zuerst ankommen zu lassen, zu beobachten und danach zu sehen, ob

Maßnahmen wie Zimmertausch nötig waren. Robert hatte schon alles erlebt. Dass Jugendliche nach der Aufnahme erst mal zahm wie die Lämmer waren, zumindest für eine kurze Zeit. Oder aber, dass sie erst recht ausrasteten.

Irgendwie hatte Robert das Gefühl, Lilli war kein Typ, der sich darauf einlassen wollte, sich an einem Belohnungsprinzip aktiv zu beteiligen.

Es sollte sich zeigen.

Lilli

»Fick dich!«

Lilli versuchte, die Blicke des dürren Mädchens zu ignorieren. Immerhin sagte sie nichts zu ihr, sondern sah sie nur einfach an. Wenigstens konnte sie denken, was sie wollte, niemand dieser Arschlöcher konnte in ihren Kopf sehen, es wurde ja ohnehin schon alles kontrolliert.

Big Brother is watching you!

»Und das sind die anderen!«

Sie standen vor dem Esstisch neben der Küche, fünf andere Jugendliche saßen auf den Stühlen und musterten sie. Drei Mädchen, zwei Jungs. Lilli ballte die Fäuste. Käme ihr einer dieser Wichser zu nahe, schlüge sie sein Gesicht so lange gegen den Türrahmen, bis seine dreckigen Zähne aus dem Maul fielen.

»Hallo Lilli!«, begrüßte sie das erste Mädchen überraschend freundlich. Sie hatte eher ›*Hey Fotze*‹ erwartet oder wenigstens skeptische Blicke.

»Hi!«, sagte nun einer der Jungen, daraufhin schlossen sich auch die anderen an, sie zu begrüßen.

»Möchtest du etwas trinken? Wir haben auch Kuchen gebacken.« Marie bot es ihr an.

»Kuchen für mich?«, fragte Lilli nach.

»Ja, wir haben uns auf dich gefreut.«

Lilli rollte mit den Augen. Leider musste sie wohl auch hier dieses wertschätzende und übertrieben wohlwollend ausgeprägte Geschwätz hören, das diese Erzieherinnen überall mehr oder weniger praktizierten. ›Wir freuen uns, dass du da bist‹, hier, ›schön, dich bei uns zu haben‹, dort, ›du bist ein ganz besonderer Mensch‹, da. Bäh, manchmal könnte sie kotzen!

Dennoch setzte sie sich und sah dabei die anderen an.

»Ich bin Sibel!«, sagte die Schwarzhaarige, die als Einzige nicht aussah, als bestünde sie nur aus Haut und Knochen. »Ich bin diejenige, die normal isst!«

Da mussten die anderen grinsen. Lilli fand es überraschend entwaffnend, und zum ersten Mal seit sie den Raum betreten hatte, erschienen keinen Ausdrücke vor ihrem geistigen Auge.

»Ich bin Marcel«, stellte sich der größere der Jungen vor. Braunes Haar, kurz geschoren, einige schlechte, wohl selbst gestochene Tattoos auf seinen Armen.

»Und ich Tom!«

Der schmächtige, blonde, wohl jüngste unter den Betreuten, sah aus, als hätte er seit vier Wochen nicht geschlafen. Dunkle Augen blitzen aus tiefen Höhlen hervor, seine Finger zitterten. »Schlafmangel, Depris, Aggrozustände!«, sagte er nur kurz. »Und ich werde vollgedröhnt. Du musst aufpassen, sonst stopfen sie auch dich damit voll!« Dabei zwinkerte er Marie zu sowie diesem Robert.

Offenbar hatte er es ironisch gemeint. Seltsam, dass sie alle über ihre Krankheiten lachen konnten. Ihr war das nicht möglich.

»Bulimie«, sagte nun Anna und wies auf sich sowie Mascha.

Diese Mascha hielt nur kurz Augenkontakt zu ihr, starrte dann gleich wieder auf den Tisch und sagte kein Wort. Sie sah verheerend aus. Beim kleinsten Windzug brachen bestimmt ihre dünnen Ärmchen wie Halme auseinander.

»Soll ich jetzt auch sagen, warum ich hier bin?«, riet Lilli.

»Musst du nicht«, antwortete Robert. »Nur wenn du magst. Du kennst ja noch niemanden hier.«

»Tja, keine Ahnung. Ausrasten, depressiv, manchmal Zuckungen, oft Schlafprobleme. Manchmal wünsche ich, dass die ganze scheiß Welt verreckt. Und alle Wichser mit ihr. Ist das okay so?«

Sie setzte sich nun und trank von der Schorle, die Marie ihr hingestellt hatte.

»Jou!«, erwiderte Marcel. »Bei dem mit der scheiß Welt bin ich bei dir.«

Lilli grinste nur kurz. Es kam ihr seltsam vor, dass sie alle so nett begrüßten. Bestimmt warteten sie nur darauf, dass die Erzieher verschwanden, um sich auf sie zu stürzen und ihr die Augen auszukratzen. Gut, diese Mascha vielleicht nicht, aber diese Sibel schien die Rädelsführerin zu sein. Meistens lag sie mit ihren Einschätzungen richtig.

Weil ihre Hand zitterte, stellte sie das Glas ab.

»Mach dir nichts draus«, kommentierte Anna ihr Zittern. »Sind das die Medis?«

»Nee, hatte ich schon vorher. Ich hasse Tabletten, aber in dem Fall helfen sie echt. Konnte vorher keine Tasse halten.«

»Scheiße!«, murmelte Marcel. »Könnte ich mir nicht vorstellen, mein Bier zu verschütten!«

» ... das du hier in der Gruppe eh nicht trinkst!«, vervollständigte Robert.

Erst als Marcel Lilli anzwinkerte, verstand sie, dass es wieder ironisch gemeint gewesen war.

Weil längere Zeit niemand etwas sagte, trank sie das Glas leer.

»Wer zeigt Lilli die Gruppe?«, fragte Robert schließlich.

»Kann ich machen!« Es war Anna, die es ihr anbot.

Robert nickte ihr zu. »Danke, sehr nett von dir.«

Kurze Zeit später führte Anna sie durch die Gruppe, gefolgt von Marie. Robert hatte wohl im Büro zu tun. Als Erstes betraten sie ihr neues Zimmer. Da standen lediglich ein Bett, eine Kommode, ein Kleiderschrank, ein Tisch und ein Stuhl. Nur ein Bild einer schönen Berglandschaft hing an einer Wand, es wirkte leer trotz der Größe des Raums.

»Wir müssen uns die Sachen verdienen«, begann Anna zu erzählen. Ihr blondes Haar war zu einem Zopf geflochten, sie trug trotz des Sommers einen Pulli, der ihre dürren Arme bedeckte. War ihr einfach nur kalt oder wollte sie sich in diesem Zustand nicht zeigen?

»Also alle elektronischen Geräte, Ausgang, sogar Handy.«

Lilli kante dies bereits, nämlich von ihren Aufenthalten in der Heckscher-Klinik. Oje, also auch hier. Sie benötigte doch gar kein Handy, sie hatte weder Familie noch Freunde.

»Okay«, murmelte sie nur. »Also auch hier Hundedressur?«

Während Anna lachte, schüttelte Marie den Kopf.

»Wir nennen es anders, okay?«

»Von mir aus.«

Sie gingen in den Freizeitraum, in dem Billardtische sowie Kicker standen, eine Sitzsackecke, Brettspiele auf einem Tisch, ein Regal war mit Malsachen, Bastelutensilien und Stoffbällen vollgestopft. ›Voll Retro‹!, dachte Lilli, kommentierte es aber nicht.

Danach folgten Küche, der Garten, der Lilli ausnahmsweise gefiel, die Terrasse sowie die Bäder. Anna erlaubte ihr sogar, deren Zimmer anzusehen, und da ein CD-Player sowie Malsachen herumstanden, ahnte Lilli, dass Anna keine Quertreiberin war. Zumindest nicht in letzter Zeit.

»Die Therapie- und Sporträume sind oben«, fuhr Anna fort. »Wir werden dorthin gebracht. Die sind alle recht modern.«

»Magst du sie ihr zeigen?«, fragte Marie.

»Okay.«

Als sie eine Etage höher waren, betrachtete Lilli den Sportraum, in dem alle möglichen Dinge zu sein schienen, fast wie in einer Schulturnhalle. Das Wasserklangbett war auch nichts Neues für sie, die Therapieräume wirkten hell und bunt, große Pflanzen in riesigen Töpfen vermittelten Natur und sommerliche Gefühle.

Lilli nickte kaum spürbar. Zumindest räumlich gesehen schien dies hier kein Drecksloch, sondern eine moderne Wohngruppe zu sein. Und die anderen wirkten auch nicht so sehr gestört, dass sie gleich am ersten Tag gezwungen war, die Flucht zu ergreifen.

Bis zum Abendessen lag sie auf ihrem Bett und starrte auf das Bergbild. Danach konnte sie sich aussuchen, ob sie im Zimmer blieb oder aber im Freizeitraum oder Garten. Eine andere Alternative gab es nicht, ihnen wurden immer nur zwei bis drei Möglichkeiten angeboten. Und sie hatte gemerkt, dass ständig irgendein Betreuer anwesend war, stets vier von ihnen hatten Dienst. Drei Erzieher, ein Therapeut, Robert und Ronni waren die einzigen Männer im Team.

Die Stille tat ihr unerwartet gut, also schloss sie die Augen. Obwohl sie die meisten Therapiesitzungen stets gehasst hatte, war ein Tipp einer Therapeutin tief in ihr verschlossen. Wenn sie bei geschlossenen Augen Panik bekam oder nicht einschlafen konnte, sollte sie sich an einen Strand beamen, sich dort in den Sand setzen und den Wellen zusehen, die gegen ihre Füße schwappten. Nur leicht, nicht aufdringlich, dazu wehte kaum Wind, einige Vögel pickten in der Nähe im Sand. Dann spürte sie die Wärme auf ihrer Haut, dachte manchmal sogar, sie könne das Salz riechen oder aber das Wasser an ihren Zehen spüren.

»Lilli, Abendessen.«

Abrupt schreckte sie hoch. Zweifellos würde sie den Strand der Wohngruppe vorziehen. Wieder hatte die Gedankenreise so gut geklappt, dass sie eingenickt war.

»Muss ich dabei sein?«

Marie nickte. »Ja, es ist verpflichtend für alle. Wenn du keinen Hunger hast, genügen einige Bissen, wegen der Medikamente.«

Sie seufzte und folgte Marie ins Esszimmer. Es gab Spaghetti mit Tomatensoße, dazu einen gemischten Salat. Wenigstens fielen den Leuten hier abends andere Sachen ein als immer nur Brotzeit.

Während des Essens verhielt sie sich ruhig. Sie traute dem Frieden der anderen noch nicht ganz, und so hörte sie nur zu, wie Marcel erzählte, was er denn zu tun gedenke, wenn er mal aus der Wohngruppe entlassen würde. Ihr fiel auf, dass Robert und Marie Anna und Mascha argwöhnisch betrachteten. Vermutlich mussten die beiden eine bestimmte Menge essen, und so, wie sich Mascha verhielt, schien es ihr entweder nicht zu schmecken oder aber sie hasste es grundsätzlich, zu essen. Sie hatte bisher nur ein Mädchen kennengelernt, das unter Magersucht oder Bulimie gelitten hatte, und da war sie noch sehr jung gewesen.

»Sie müssen wenigstens einen halben Teller essen!«, schien Robert ihre Gedanken erraten oder aber ihre Blicke entschlüsselt zu haben. »Sie dürfen nicht unter ein bestimmtes Gewicht fallen.«

»Aber ein halber Teller ist doch nicht viel«, antwortete sie. »Außer, man kriegt gar nichts rein.«

»Ich bekomme nie etwas rein!«, antwortete Mascha. »Und doch, ein halber Teller ist ne Menge.« Dabei verzog sie das Gesicht, als müsse sie einen Hundehaufen essen. Dennoch aß sie Gabel für Gabel, bis der Teller leer war.

»Falls du es wissen willst«, fuhr Anna nun fort, »werden wir bis eine Stunde nach dem Essen beobachtet, damit wir nicht kotzen. Also Kloverbot.«

»Und wenn ihr mal müsst?«

»Wir gehen vorher.«

»Krass! Was passiert, wenn ihr unter dieses bestimmte Gewicht fallt?«

Mascha lächelte gequält. »Dann geht's in Krankenhaus, Magensonde, extreme Therapie. Nein danke, hatte ich schon vier Mal, mag ich nicht mehr.«

Lilli fiel auf, dass sie etwas seltsam sprach, mit einem schwachen, aber kaum zu überhörenden Akzent.

»Woher kommt der Name Mascha?«

»Ich komme ursprünglich aus Russland. Bin vor sieben Jahren mit meiner Mutter hierher.«

»Ja, sie ist eine russische Wildstute«, murmelte Marcel.

Plötzlich schlug Sibel auf den Tisch. »Halt die Fresse!«

Bevor Lilli realisierte, was geschah, hielt Robert beide Hände ausgestreckt vor sich. Es sollte wohl beruhigend wirken. »Sibel, es ist gut. Marcel, lass es! Nicht hier, und auch nicht woanders!«

Es entstand ein längerer Blickkontakt zwischen Robert und Marcel, den dieser schließlich abbrach. Wortlos löffelte er weiter, und so verlor auch Sibel ihre aggressive Haltung. Ganz offenbar war sie Maschas

Beschützerin, die sich augenscheinlich nicht selbst wehren konnte.

Da es während des weiteren Verlaufs des Abendessens zu keinen weiteren Vorkommnissen kam und Anna sowie Mascha ihre Portionen ohne Rebellion zu sich nahmen, musste Lilli sich nicht darum sorgen, noch Essen ins Gesicht oder an ihre Kleidung geworfen zu bekommen.

Auch hier waren die Küchenämter an die Betreuten verteilt. Lilli musste in ihrer ersten Woche den Tisch abräumen sowie wischen. Sie hatte in den vergangenen Jahren alle möglichen Aufgaben gefühlt tausend Mal getan, und als sie fertig war, durfte sie den Essbereich verlassen. Das Wetter war noch schön, nur einige Wolken schwebten am Himmel, deshalb ging Lilli in den Garten und setzte sich auf eine der beiden Affenschaukeln. Sie genoss die Ruhe, hier fragte sie niemand aus, keiner nervte sie. Für einige Momente schloss sie die Augen und erinnerte sich daran, wie sie als Kind von ihrer Mutter auf dem Spielplatz in der Schaukel sitzend angeschubst worden war.

»Mach ich auch gerne!«, hörte sie plötzlich eine Mädchenstimme neben sich. Es war Mascha, die sich in die andere Schaukel gesetzt hatte. In ihrer Nähe befand sich Marie, die Blumen goss. Lilli ahnte aber, dass die Erzieherin mindestens ein Auge und Ohr bei ihnen hatte.

»Was?«

»Schaukeln. Ich darf ja eh nicht aufs Klo.«

»Und, würdest du denn wieder kotzen, wenn du könntest?«

»Nee, es ist ja nicht immer gleich. Zurzeit geht es, ich habe wirklich keinen Bock auf Sonde und den ganzen Kram. Das fuckt mich echt total ab.«

»Glaube ich.« Lilli bemerkte, dass ihre Finger zu zittern begannen. Die Abendmedikation hatte sie bekommen, daran konnte es also nicht liegen. Es wunderte sie, dass sie stärker zitterte als üblich.

Mascha schien dies aufzufallen. »Und du hast das noch nicht allzu lange?«

»Seit zwei Jahren.« Gleichzeitig bereute sie es, einen Zeitraum genannt zu haben. Sie ahnte, was nun folgten musste.

»Warum ausgerechnet seit zwei Jahren?«, fragte prompt auch schon Mascha.

In diesem Moment unterbrach Marie das Gießen, sah aber nicht zu ihnen.

»Weil halt!«

»Sorry, ich wollte nicht nachbohren. Könnte ja sein, dass du es an was festmachen kannst.«

»Wie, bist du jetzt auch ne Psychologin?« Wütend stand Lilli auf, schwang die Schaukel fest gegen den Pfosten, sodass es laut schepperte, und stapfte zur Terrasse.

»Wo möchtest du hin?« Marie stellte sich ihr fast in den Weg.

In früheren Jahren hätte Lilli ihr einen Schlag ins Gesicht gegeben, doch sie vermutete, dass auch dies einer der Tests sein konnte, die sie sicherlich gerade am Anfang hier erwarteten. In der Heckscher-Klinik hatte man sie während der ersten Tage bewusst provoziert, um die Intensität und den Umfang des Ausbruchs kennenzulernen.

»In den Freizeitraum, ich darf ja eh nicht raus!«

»Okay. Ronni?«

Es dauerte nicht lange, bis der hünenhafte Therapeut kam.

»Kannst du Lilli in den Freizeitraum begleiten?«

Er nickte, lächelte Lilli überraschend entwaffnend an und ging schließlich hinter ihr her.

Lilli wusste, dass Marie auf Mascha achtete, damit diese nicht unentdeckt irgendwo in den Garten kotzte.

Im Freizeitraum traf sie neben der Therapeutin Tanja auf Sibel und Marcel. Sie saßen am Tisch, spielten Monopoly und unterhielten sich.

Die spielen ernsthaft ein Brettspiel?, dachte Lilli und setzte sich auf einen der beiden Sitzsäcke unweit von ihnen.

»Magst du mitmachen?«, fragte Tanja sie. Die junge Frau konnte nach Lillis Einschätzung ebenfalls magersüchtig sein, so wie sie aussah. Oder war die Arbeit in dieser Gruppe derart kräftezehrend? Dann sollten die mal warten, bis sie selbst zur Höchstleistung auffuhr.

»Nee, danke. Ich schau euch zu.« Lilli war klar, dass die Therapeuten und Erzieher das Spiel auch dazu nutzen, um mit den Jugendlichen ins Gespräch zu kommen. Dazu hatte sie keine Lust, spätestens bei der dritten Frage erwischten sie sie in einem Bereich, wo sie austickte. Sie wollte von niemandem gefragt oder gestresst werden.

»Du kannst mir helfen«, bot nun auch Sibel an. »Marcel ist echt unerbittlich.«

»Nein, danke.«

Es kam kein weiterer Versuch, sie zu ihnen zu locken. So saß sie einfach nur da, sah den dreien zu, hörte, wie sie über Straßen, Häuser, Ereigniskarten und andere Spieldinge sprachen, ab und an fragte Tanja, wie sie den Tag empfanden und was sie morgen so alles vorhatten. Es wirkte sehr entspannt, Lilli mochte jedoch nicht mehr aufs Glatteis geführt werden. Und bestimmt nicht von Leuten, die sie noch gar nicht richtig kannte.

Wieder fing sie zu zittern an, gleichzeitig spürte sie dieses Unwohlsein, diese Dunkelheit, die sich in ihr ausbreitete. Wenn sie jetzt einfach tot umfiele, trauerte niemand um sie. Die Welt hätte ein Elend weniger, sie selbst müsste nie wieder dieses Loch in sich ertragen, das manchmal so groß, so schwarz wurde, dass es alles verschlang. Ihre Gefühle, ihr Herz, manchmal auch ihren Körper. In solchen Situationen fiel ihr das Atmen schwer, die Brust drückte, eine alles zerstörende starke Traurigkeit erfasste sie. Es war das Loch, das sie so sehr fürchtete. Die Traurigkeit. Diese unerträgliche Schwere, alles wurde dann egal, sinnlos, ohne irgendwelchen Belang. Sie konnte es nicht aufhalten, sie wollte aufstehen, in ihr Zimmer oder wenigstens in die Toilette, doch sie war kraftlos, als hätte sie seit Tagen nichts gegessen.

»Schau mal!«, hörte sie Sibel wie hinter einem Schleier hervor sagen. Tanja drehte sich zu ihr, doch Lilli wollte die Frau nicht ansehen, nichts sagen, nichts preisgeben. Immer stärker zitterten die Finger, nun auch die Hand, ihr Atem wurde schneller.

»Lilli?«, fragte Tanja, stand auf und kniete sich vor sie. »Was hast du?«

»Lass mich!«

»Du hast doch deine Medikamente genommen?«

»Lass mich!«

Da drehte sich Tanja zu Marcel. »Hol mal Robert, bitte.«

Marcel stand tatsächlich auf und verließ den Raum. *Warum tut er das nur?*, fragte sich Lilli, *was geht es ihn denn an, was ich gerade erlebe?* »Ich mag nur ins Zimmer!«

Tanja legte eine Hand auf die ihre, Lilli zog sie aber weg. »Lass das!«

»Ist schon gut, entschuldige. Ist dir schlecht?«

»Nein, verdammt. Ich will einfach nur meine Ruhe!«

Da betrat Robert mit Marcel den Raum, sah zu den beiden und setzte sich an den Tisch. Vermutlich tat er es, um die beiden anderen stabil zu halten, es war Lilli aber einerlei. Das Loch wurde immer größer, die Traurigkeit breitete sich in tief ihr aus, als sei sie Wasser.

Unaufhaltsam drang es in jede Pore, füllte alles mit Schwermut, verdrängte alles Gute.

»Ich begleite dich!«, sagte Tanja schließlich, stand auf und streckte ihr beide Hände entgegen.

Lilli schüttelte aber nur den Kopf, versuchte, trotz des übermäßigen Zitterns aufzustehen, was ihr erst beim zweiten Anlauf gelang, und folgte Tanja schließlich in ihr Zimmer.

Kaum lag sie auf dem Bett, fühlte sie sich wohler.

Wenn doch nur endlich diese Tussi verschwinden würde.

»Möchtest du dein Notfallmedikament?«, fragte Tanja sie stattdessen.

»Nö! Lass mich allein!«

»Okay. Aber ich werde die Türe einen Spalt offen lassen und dich beobachten.«

Lilli sagte nichts, sie würden es ja ohnehin tun. Ihr war auch klar, dass sich alle Therapeuten und Erzieher umfassend über ihre Anfälle informiert hatten, sonst hätten sie womöglich einen Arzt informiert. Drei bis vier Mal wöchentlich befielen Lilli derartige Zitteranfälle und diese Schwermut, nur hatte sie es nicht hier an ihrem ersten Tag erwartet.

Nachdem Tanja verschwunden war, drehte sich Lilli zur Seite und sah auf die weiß-beige gestrichene Wand. Sie wollte nur noch die Augen schließen, weg von diesem Ort, zurück nach Hause, Jahre zurück, zumindest in das Zuhause, das es einmal gewesen war.

Vor mehr als zwei Jahren.

Sie hatte alles zerstört.

Hellnar, Bezirk Vesturland
Island

Diana

»Die dicke Winterjacke ist Pflicht!«

Diana nickte, ohne zu antworten. Den Hinweis hätte sich Oliver sparen können, sie machten schließlich keinen Ausflug nach Luxor in Ägypten, so wie im letzten Jahr, als sie bei über vierzig Grad im Schatten weich gekocht worden war. Die Winterjacke hatte sie sogar außen am Rucksack verstaut, um ihn nicht öffnen zu müssen, wenn ein Schauer kam.

Ägypten. Damals hatte sie gesagt, dass sie nie wieder einen so heißen Sommer erleben wolle, doch das Wetter hier war das gänzliche Gegenteil. Feucht, rau, wenn mal die Sonne durchkam, versuchte sie so viele der Strahlen wie möglich auf ihrer Haut aufzunehmen.

»Und denk an die Wanderstöcke. Wir gehen schließlich auf über vierzehnhundert Meter rauf, mehr als die Hälfte ist Gletscher.«

Diana schüttelte den Kopf, denn auch diese hatte sie eingepackt. Dieser Urlaub hätte ein letzter Versuch sein sollen, ihre Ehe zu kitten, doch nicht einmal hier schaffte es Oliver, von seinem besserwisserischen, allzeit Tipps gebenden Thron zu steigen. Manchmal fragte sie sich unter zynischem Sarkasmus, wie es ihr dreißig Jahre lang gelungen war, ohne ihn zurecht zu kommen. Denn erst kurz nach ihrem Dreißigsten hatte sie ihn kennengelernt, zwei Jahre später geheiratet.

Kurze Zeit später verließen sie das Hotel. Es war das einzige im kleinen Fischerdörfchen, viele andere Touristen erklommen den Vulkan Snæfellsjökull von Hellissandur aus, einem etwas größeren Dorf in ihrer Nähe. Sie hingegen fuhren mit dem Auto zum letzten Parkplatz des Weges, direkt am Fuße des Vulkans. Oliver wollte von hier aus unbedingt denselben Weg gehen wie Professor Lidenbrock aus Jules Vernes Roman ›Die Reise zum Mittelpunkt der Erde‹.

Auch, wenn sie seinen Fanatismus für Vulkane nicht teilte, freute sie sich auf die erste Besteigung eines solchen in ihrem Leben. Es sollten noch mindestens zwei weitere während ihres dreiwöchigen Aufenthaltes folgen. Sie selbst konnte so herrlichen Szenarien wie der Felslandschaft von Badstofa, dem Glymur-Wasserfall oder den Fischerbooten in Arnarstapi mehr abgewinnen. Womöglich änderte sie aber ihre Meinung am heutigen Abend, wenn sie zurückkehrten.

Zu ihrer Freude schienen schon bald Sonnenstrahlen auf die schroffe Landschaft. Spärlich wuchs Gras auf steinigem Boden, Moos wucherte, es roch auffallend frisch, manchmal sogar etwas scharf.

»Kann man den Vulkan schon riechen?«, fragte sie Oliver. Er stapfte zwar vor ihr, achtete aber endlich offensichtlich darauf, sie nicht allzu weit hinter sich zu lassen. Einmal hatte sie ihn hysterisch angeschrien und gemeint, er könne ja auch allein gehen, wenn er stets so schnell vorpreschen müsse.

»Nein, der ist ja seit Tausenden Jahren erloschen. Ich glaube nicht, dass man aktuell Schwefel riecht. Anders bei dem Ejia-dingens, der mit dem unaussprechlichen Namen. Der hat doch den Flugverkehr vor einigen Jahren lahmgelegt.«

Diana konnte sich noch gut erinnern. Unzählige Flüge waren ausgefallen, und sie war froh gewesen, in dieser Zeit keine Reise gebucht zu haben.

Plötzlich hielt er an und streckte ihr seine Hand entgegen. Eine der selten gewordenen Aufmerksamkeiten, die sie sich nun bewusst gaben, um jede Chance zu nutzen, ihre Beziehung wieder zu kitten.

Sie nahm sie gerne.

Schon bald schälte sich aus einem breiten Wolkenband der Vulkan heraus, Moos und Gras verschwanden unter einer zunächst dünnen, dann immer dicker werdenden Schneedecke. Da einige Fußstapfen vor ihnen zu sehen waren, wusste sie, dass sie nicht die Ersten waren, die den Vulkan auf selbem Weg erklommen. Sie hatte gelesen, dass an besonders schönen Tagen oft Hunderte Menschen diesen Weg wagten, Schneefahrzeuge fuhren für horrende Preise Touristen hoch und wieder runter. Nein, das wollte sie schon selbst machen.

Weil sie in eine Ebene gelangten, erkannte sie weit vor sich eine Gruppe Wanderer. Auch sie gingen mit Stöcken wie an einer Schnur hintereinander, direkt vor ihnen begann der weitere Aufstieg. Die Luft wurde nun deutlich kühler, es roch dennoch herrlich frisch, vermutlich hatte es hier außer denen der Pistenfahrzeuge nie Abgase oder andere unnatürliche Verschmutzungen gegeben.

Nach zwei Stunden rasteten sie. In den vergangenen elf Jahren hatten sie so manch schwierige Wanderung unternommen, wie etwa den Europawanderweg E5 über die Alpen, eine Teilwüstendurchquerung in Marokko oder unzählige Bergtouren in Österreich. Genau dies verband sie mit Oliver. Beide liebten Berge, den Kick und derart lange Gewaltmärsche, dass sie abends halb tot ins Bett fielen. Dieser hier war alles andere als ein Gewaltmarsch, aber das Gefühl, auf einem Vulkan zu stehen, musste schon etwas Außergewöhnliches sein.

Eine zweite Gruppe holte sie ein. Drei Männer und drei Frauen grüßten in Englisch, hielten sich aber nicht weiter auf und folgten der Spur.

Weil der Aufstieg laut Wanderführer insgesamt etwa sechs Stunden dauern sollte, brachen sie wieder auf. Pause konnten sie noch immer oben oder auf dem Rückweg machen.

Nach einer weiteren Stunde ging es steiler bergauf, nun überholten sie wieder die sechs Wanderer, die pausierten. Die Frauen unter ihnen lächelten sie dabei besonders intensiv an. Sie alle waren deutlich jünger als sie, anhand ihrer Ausrüstung und auch Figur ahnte sie, dass es keine Gelegenheitswanderer waren.

»Ist das ihr erstes Mal hier?«, fragte eine der Frauen auf Englisch.

»Ja«, antwortete Diana.

»Ah, okay. Ich wünsche euch einen schönen Tag.«

»Danke, das wünsche ich Ihnen auch Woher kommen Sie denn?«

»Edinburgh, Schottland. Und ihr?«

»Aus Deutschland.«

Sie lächelten sich nochmals zu, schließlich gingen Diana und Oliver weiter.

»Wahrscheinlich wollten sie fragen, wie weit es noch ist«, riet Oliver. »Aber schau, ich denke, dort oben müsste der Gipfel sein. Oder besser der Krater.«

Diana folgte seinem ausgestreckten Arm auf ein Plateau, das sich deutlich vom grauen Wolkenband abgrenzte. Und als sie genauer hinsah, fiel ihr die erste Gruppe auf, die sie gesehen hatten. Sie befanden sich beinahe am Ziel.

»Ging schneller als erwartet«, sagte sie. »Lassen wir uns bitte Zeit, ich möchte das genießen.«

»Wir können jederzeit anhalten und mehr Pausen machen. Es ist einfach nur herrlich hier.«

Diana war sehr bergerfahren, diese Gegend unterschied sich aber deutlich von ihrer Erlebnissen in den Alpen. Es war eindeutig rauer, wilder, es roch anders. Sie ahnte allerdings, dass das Wissen um die zerklüftete und fast menschenleere Landschaft Auge und Nase oftmals betrog. Verirrte man sich in den Alpen, kam man früher oder später an irgendeine Hütte, einen Pfad oder sonst ein menschliches Zeichen. Hier war sie sich dessen nicht so sicher.

Wieder ergriff Oliver ihre Hand. »Ich bin froh, dass ich mit dir hier bin. Es erinnert mich an früher.«

»Warum an früher? Wir haben nicht aufgehört zu reisen.«

»Du weißt, was ich meine. Das Gefühl, das wir hatten. Nicht die Tatsache, dass wir reisen.«

Sie nickte nur, sah ihm kurz in die Augen, auf seinen Dreitagebart, auf sein halblanges, braunes Haar. Doch schließlich riss sie den Blickkontakt ab und folgte der Spur. Nun in romantische Gefühle zu verfallen, überforderte sie, und so wählte sie die Flucht nach vorne. Zudem mochte sie den wunderbaren Eindruck dieser Landschaft nicht mit einem Gespräch gefährden, das jederzeit eskalieren konnte.

Eine Stunde später standen sie auf dem Plateau des Vulkans. Beeindruckt hielt Diana den Atem an. Der riesige Krater war etwa zweihundert Meter tief, auf dem Grund war wie auf dem gesamten Berg Eis zu sehen, einige Nebelfetzen hingen hartnäckig über dem Kraterboden. Am kreisrunden Ausmaß und an der schmalen Kante des Berggipfels, die sich wie mit einem Zirkel gezogen um den Krater spannte, erkannte man sicherlich ohne Zweifel von einem Flugzeug aus, dass es sich hier um einen Vulkan handelte.

»Kein Schwefel!«, unterbrach Oliver die Stille. »Nichts als Eis, Gestein und der Geruch unendlicher Freiheit. Unfassbar, ich hätte nicht gedacht, dass es so schön würde.«

Diana musste ihm zustimmen. Hunderte Male hatte sie es sich vorgestellt, und wie immer unterschieden sich Vorstellungen und Realität. Manchmal war sie enttäuscht gewesen, heute aber spürte sie das Ereignis wie einen Luftstrom, der durch ihren Körper glitt.

Die größere Gruppe stand etwa einen halben Kilometer weiter am Rande des Vulkans. Offenbar hatten sie vor, ihn zu umrunden.

»Und?«, fragte sie Oliver. »Hast du den Weg nach unten schon gefunden? Deinen Lidenbrockweg?«

»Ich suche ihn gerade, aber vermutlich ist er im Laufe der letzten einhundertsechzig Jahre verschüttet worden.« Dabei grinste er.

Diana war froh, denn sie hatte ihm durchaus zugetraut, dass er wirklich den Weg suchte, obwohl alles an Jules Verne reine Fiktion war. Sie gab aber zu, selbst nach einem Pfad oder Weg hinab zu suchen, auch nach einem Eingang, einer Höhle.

»Steckt es dich jetzt an?«, hörte sie Oliver. Offenbar war er ihren Blicken gefolgt.

»Quatsch! Ich frage mich, wie lange das Eis hier schon ist. Seit Ewigkeiten? War es jemals geschmolzen?«

»Ich glaube nicht. Wird aber wohl nicht mehr lange dauern, wenn die Klimaerwärmung so voranschreitet.«

»Na ja, dann könnte man wenigstens im Krater schwimmen. Und vermutlich so einige Leichen finden.«

»Ja, vielleicht die von Lidenbrock und Axel.«

»Die sind doch am Ätna wieder ausgespien worden?«

»Tja, wer weiß.«

Wenn er so schelmisch grinste wie jetzt, erinnerte sich Diana wieder daran, warum sie sich einst so sehr in Oliver verliebt hatte. Ihre Krise dauerte jetzt schon über ein Jahr an. Sie hatte ihm nie gesagt, dass sie vermutete, dass er fremdging. Einerseits konnte sie es sich nicht vorstellen, nicht ihn, der wie andere Männer eine umfangreiche Logistik zu bewältigen hätte, führte er eine Affäre. Nummern auf dem Handy verbergen, geheimnisvolle Zeiten der Kontaktaufnahme, der Besuche – sie selbst schloss so etwas kategorisch aus. Das wäre nichts für sie, dann lieber Trennung und ein Neuanfang. Oder nur ein One-Night-Stand, da musste man nicht planen, organisieren, ewig geheim halten und dabei Angst haben, den kleinsten Fehler zu machen und etwas davon käme irgendwann ans Licht.

Oliver und fremdgehen. Nicht immer war eine Affäre der Grund für eine Krise, oftmals aber deren Auswirkung. Dutzende Male hatte sie sich die Frage gestellt, ob sie es wissen wollte. Und sie hatte entschieden, es nicht herauszufinden zu wollen. Das konnte dann nur die ihre Trennung bedeuten, oder aber die Konfrontation mit etwas, dessen Ausmaße nie zuvor einzuschätzen war.

Sie schalt sich ihrer neuerlichen Gedanken über dieses Thema und sah wieder in den Krater. Durch den Kältenebel war leichter Luftwirbel zu erkennen, der wie von einem Haarföhn verursacht an der Felswand des Kraters in die Tiefe strömte.

Sie sah auf die Uhr. Vierzehn Uhr, sie hatten also noch eine Menge Zeit. Dunkel wurde es hier erst weit nach halb zwölf Uhr nachts.

»Gehen wir auch um ihn herum?«, schien Oliver ihre Gedanken zu erraten?

»Wenn wir schon mal hier sind, gerne.«

Der Weg um den Krater war teilweise tückisch, doch nie so gefährlich, dass die beiden aufgeben wollten. Aufgrund der Spuren der anderen bestiegen sie kein abschüssiges Gelände, und als sie nach anderthalb Stunden den gesamten Krater umrundet hatten, fielen ihnen zwei weitere Gruppen auf, die diese einmalige Atmosphäre genossen, auf einem Vulkan zu stehen und zu wissen, dass dies hier eine der Verbindungen zum Magma und somit zu glühend heißer Masse unterhalb des Erdmantels war.

Den Rückweg gingen sie langsamer an. Diana wollte diese Landschaft so lange wie möglich genießen, die Luft, jeden Schritt auf Schnee, jeden Atemzug. War der Pfad breiter, nahm Oliver ihre Hand, und sie musste zugeben, dass sie es genoss. Beinahe war es wie früher. Womöglich gelang es ihnen ja, diese Krise zu beenden, und wie so oft dachte sie auch daran, ob ein gemeinsames Kind nicht tatsächlich so vieles ändern könnte.

Es war Abend, als sie in ihrem Hotel ankamen. Die Wanderung hatte fast zwölf Stunden gedauert, Diana spürte ihre Beine aufgrund ihrer Fitness jedoch kaum. Nach einer Dusche ließ sie Oliver duschen und suchte auf ihrem Handy nach einer Möglichkeit, essen zu gehen. Im einzigen Restaurant in Hellnar waren sie bereits gewesen, also strebte sie eine andere Möglichkeit in Hellissandur an. Und wurde auch gleich fündig.

Als Oliver aus der Dusche kam, hielt sie ihm ihr Smartphone entgegen.

»Ich kann den Namen nicht aussprechen, aber lass es uns doch ausprobieren.«

»Haben die Wein?«

»Bestimmt. Aber er ist sauteuer.«

»Ich weiß. Ich möchte dich trotzdem einladen.«

»Aber einer von uns muss fahren.«

»Okay. Ein Glas, dann kaufen wir uns eine Flasche für das Zimmer.«

Verdutzt sah Diana ihn an. »Seit wann legst du wieder Wert darauf, mit mir Wein zu trinken?«

»Seit jetzt? Möchtest du nicht?«

Diana, ärgerte sich über ihre Frage, schließlich brachte sie nicht viel, wenn man vorhatte, sich zu versöhnen. »Doch. Sehr sogar. Ja, lass uns eine kaufen und hier trinken.«

In Hellissandur war das Restaurant voll, sie hatten Glück gehabt und gerade noch den letzten Tisch bekommen. Obwohl sie erst einige Tage in Island waren, sehnte sich Diana schon jetzt nach Gemüse, Brot, Kartoffeln und typischen Leckereien der mitteleuropäischen Küche. Sicherlich schmeckte das Essen hier, es war ihr jedoch zu fischlastig. Gemüse war aufgrund des Exports sehr selten und extrem teuer, den Tran, der auf jedem Tisch stand und über das Essen gegossen werden konnte, fand sie widerlich.

Sie sprachen über allerlei, besonders aber über den Ausflug des heutigen Tages. Die Tatsache, dass Oliver sich noch zwei weitere Vulkane ansehen wollte, war nun nach diesem ersten Erlebnis umso schöner. Zudem die anderen erst vor Kurzem aktiv gewesen waren und die Atmosphäre noch viel ergreifender sein musste.

Plötzlich wackelten die Gläser auf dem Tisch. Zunächst dachte Diana, es läge am Alkohol, doch dann vibrierte der Boden, als führe ein U-Bahn unter ihnen hindurch. Unsicher sah sie zu Oliver, der sich ebenso verwirrt umsah, dann zu den anderen Gästen. Einige riefen etwas, ein Glas fiel um, die ersten Frauen kreischten.

»Ein Erdbeben!«, stieß Oliver aus.

Augenblicklich stockte Dianas Atem. Einige der Gäste standen auf, blickten sich Hilfe suchend um, das Beben wurde stärker, die Weingläser schwankten bedenklich auf den weißen Decken.

Was sollten sie tun?

Binnen eines Augenblicks kehrte Ruhe ein. Diana konnte nicht glauben, dass ein Beben von einer Sekunde auf die nächste stoppte, sah wieder zu den anderen Gästen, die aufgeregt diskutierten. Sie hörte Englisch, zumeist aber Isländisch.

»Wir müssen wohl nicht raus!«, resümierte Oliver. »Krass, mein erstes Beben.«

»Ist das normal hier?«

»Keine Ahnung. Island ist zwar besonders gefährdet, aber ich weiß nicht, wie oft hier Beben vorkommen.«

Gerade, als sie sich wieder setzten, kam die Bedienung vorbei.

»Ist alles okay?«, fragte sie auf Englisch.

Die junge Frau wirkte selbst aufgeregt und sah bereits zu weiteren Gästen neben ihnen.

»Ja, vielen Dank«, antwortete Oliver. »Passiert das hier öfter?«

»Nein, nicht wirklich.«

Oliver nickte nur, und die Frau ging zum nächsten Tisch.

Mit noch immer heftig klopfendem Herzen sah Diana in Olivers Gesicht. »Puh, das ist so anders als alles andere, was man so erlebt. Und das war ja wohl noch nicht einmal ein heftiges Beben.«

»Noch heute Abend werden wir es erfahren, Schatz.«

›Schatz‹. Wie lange Oliver dies schon nicht mehr gesagt hatte. Fast klang es lächerlich, gleichzeitig schlug ihr Herz wieder höher. Und diesmal nicht wegen eines Erdbebens.

Sie sahen sich an. Für kurze Zeit verlor sich der so verstörende Eindruck des Bebens. Sie sah in seine braunen Augen, erinnerte sich an die schönen Momente, niemand schien aber den nächsten Schritt zu wagen. Eine Annäherung, nicht nur auf körperlicher Art.

»Ich bin froh, dass wir drei Wochen bleiben«, sagte Oliver schließlich. »Ohne Ablenkung, ohne andere Personen.«

»Ich auch. Oliver, ich möchte, dass wir daran arbeiten. An uns arbeiten.« Sie dachte an die vielen Streitereien während der letzten Wochen, vor allem an seine Aussage, er frage sich mittlerweile, warum sie überhaupt noch zusammen waren. Dieser eine Satz hatte so vieles zerstört, in Frage gestellt, hatte sich wie ein Eisschleier über ihr Herz gelegt. Seltsam, dass so wenige Worte manchmal derart viel auslösen konnten.

Als die Bedienung wieder bei ihnen war, fragte Robert sie, ob ein weiteres Beben zu erwarten sei. Ein Nachbeben oder Ähnliches.

Sie wusste es aber nicht, in den Nachrichten hatten sie aber das Beben bereits bestätigt, Werte und Intensität würden nachgereicht werden.

»Ich glaube, wir können fahren«, meinte Robert, nachdem sie gezahlt hatten. »Es werden schon keine Löcher aufreißen oder ganze Spalten, in die unser Auto fällt.«

»Nun ja, dann hättest du ja vielleicht deinen eigenen Weg zum Mittelpunkt der Erde gefunden.« Dabei war ihr aber nicht zum Lachen zumute. Es schien, als hingen die Auswirkungen des Bebens in diesen Momenten besonders nach, als drängten sich die verstörenden Sekunden erst jetzt in sie. Alles hatte gewackelt, es war so riesig gewesen, so unaufhaltsam, viel mächtiger als alles andere, was sie bisher erlebt hatte.

Oliver hatte das kleine Hotelzimmer in einen warmen, fast kitschig anmutenden Raum verwandelt, indem er einige brennende Kerzen aufgestellt hatte. Sie fragte ihn nicht, ob er sie extra zu diesem Zweck mitgenommen hatte, vermutete es aber. Er schenkte ihnen Wein ein, sie setzten sich auf das Bett und sahen auf den dunklen Monitor des Fernsehers. Obwohl es jegliche wünschenswerte Atmosphäre zerstören würde, wünschte sich Diana, zu erfahren, was es mit dem Beben auf sich gehabt hatte. Und weil auch Oliver ungewohnt nervös war, nickten sie sich nur zu und Oliver schaltete auf ntv. Gleich auf Anhieb berichteten sie über das Beben. Durch ein Band am unteren Rand des Bildschirms erfuhren sie, dass ein Beben mit der Stärke 5,4 mit Epizentrum in Westisland viele Menschen erschreckt hatte, größere Schäden aber ausgeblieben waren. Weil nun zu Nachrichten aus aller Welt umgeschwenkt wurde, schaltete Oliver wieder aus.

»Es war wirklich krass!«, murmelte Diana. »Da merkt man erst, wie klein man ist, wie mächtig die Natur. Wir können rein gar nichts gegen ein solches Beben tun.«

»Genau. Die mächtige Natur am Vulkan sollte es aber sein, die uns in Erinnerung bleibt. Es war ein wunderschöner Tag, Diana.«

»Fand ich auch.« Ihr Blicke trafen sich, und sie spürte den Drang, ihn jetzt zu küssen. Gleichzeitig wehrte sie sich aber dagegen, es mussten schon mehrere gute Tage folgen und sie wollte sich nicht dem ersten Verlangen hingeben. Doch sie lehnte ihren Kopf gegen seine Schulter, fühlte, wie angenehm es war, wie vertraut. So saßen sie eine Zeit lang da, ohne etwas zu sagen, die Weingläser in den Händen.

»Vielleicht wäre es anders, wenn es irgendwann geklappt hätte«, flüsterte sie.

»Das haben wir doch schon so oft angesprochen, Diana. Ja, vielleicht, womöglich mehr als vielleicht. Doch es gab ja nie eine wirkliche Alternative. Eigene Kinder werten eine Beziehung nicht auf, sie ändern sie, machen sie vielschichtiger, füllen sie mit Verantwortung. Aber viele verlieren sich auch dabei.«

»Es mussten ja nie eigene sein.« Sie spürte, dass es abermals zu keinem Erfolg führen würde, wie auch. Sie hatten es Dutzende Male besprochen, darüber gestritten, viel geweint, tiefe Enttäuschungen erlebt. Sie selbst konnte keine Kinder bekommen und Oliver hatte sich stets gegen eine Adoption ausgesprochen. Er hatte nie akzeptieren wollen, kein eigenes Kind in den Händen halten zu können. Seine Angst, nach einer Adoption sie selbst plötzlich schwanger zu sehen, hatte er nie ablegen können. Ja und? Was wäre dabei, ein eigenes Kind und eines zu haben, für das man sich bewusst entschieden hatte? Es war doch wie ein eigenes Kind.

Sie ärgerte sich, wieder genau diese Gedanken zuzulassen. Mittlerweile brachte Oliver Argumente zutage, die eine kinderlose Ehe stützten, und dafür nannte er immer wieder Beispiele von Eheleuten, die sich nur wenige Jahre nach der Geburt ihrer Kinder getrennt hatten.

Nun standen sie ebenso vor einer Zerreißprobe, weil sie sich voneinander entfernt hatten, sich nicht zuhören, die Wünsche des anderen nicht mit den eigenen vereinbaren konnten. Schließlich war Frust aufgekommen, tiefe Enttäuschung, und Diana hatte begonnen, ihrem Kummer durch purem Sarkasmus ein Gesicht zu geben.

»Ich habe mich mit dem Gedanken angefreundet«, sagte er schließlich.

Zunächst wusste sie nicht, was er meinte. Es konnte alles bedeuten. Deshalb sah sie ihn fragend an, das

Weinglas noch immer in ihrer Hand, das leicht zitterte. Schließlich trank sie, weil sie spürte, Angst vor seiner Antwort zu haben.

Mit dem Gedanken, sich zu trennen?

»Ich bin jetzt bereit dazu.«

»Sich zu trennen?«, platzte es aus ihr heraus. »Und das sagst du mir am Anfang unseres Urlaubs?«

Nun sah er sie verwirrt an, zog dabei die Augenbrauen fragend in die Höhe. »Äh, nein? Ein Kind zu adoptieren.«

»Ein Kind ...« Sofort schämte sie sich furchtbar für den kurzen emotionalen Ausbruch. »Aber ... warum? Und wieso jetzt?«

»Weil ich lange darüber nachgedacht habe. Ja, ich habe meine Interessen darüber gestellt, vier ganze Jahre. Ich konnte es mir einfach nicht vorstellen.«

»Und warum jetzt?« Sie zitterte nun noch mehr, hatte längst das Glas in ihrer Hand vergessen. Ihr Blick bohrte sich in sein Gesicht.

»Ich weiß nicht, warum jetzt. Ich mag dich nicht verlieren, und ich glaube, das werde ich, wenn sich nichts ändert.«

Es war von allen Gründen womöglich der schlechteste, sich für ein Kind zu entscheiden. »Oliver, echt jetzt? Du hast gefühlt hundert Mal gesagt, ein Kind könne nie eine Beziehung retten.«

»Es ist ja auch nicht der einzige Grund. Vielleicht habe ich diese Zeit gebraucht, um zu realisieren, dass ein anderer Weg, also der unsrige, ausgeschlossen ist. Also vollständig.«

Sie wusste, dass es keinesfalls gegen sie gerichtet war, doch sie fühlte sich schuldig. Warum zum Teufel konnte ausgerechnet sie nicht schwanger werden? Warum hatte der Arzt ihr sagen müssen, dass die Chance dazu weit unter fünf Prozent lag?

»Du weißt, dass ich mir immer ein Kind von dir gewünscht habe. Von dir. Aber ich glaube nun wirklich, dass die Liebe zu einem Kind nicht unbedingt mit der Verwandtschaft einhergehen muss.«

Hitze stieg in ihr auf. Wie oft, wie lange schon hatte sie sich diese Worte von ihm gewünscht. Nicht ihretwegen oder der Beziehung wegen, sondern weil er einfach ein Kind mit ihr großziehen wollte. Ganze Ströme an Wärme und Kälte zuckten durch ihren Körper, der Wein war es aber nicht, der diese Unruhe in ihr auslöste.

»Und weil du die Beziehung retten willst!«, fuhr sie fort.

»Es war blöd ausgedrückt.«

Sie sah auf das Weinglas in seiner Hand. »In vino veritas.«

»Ach Diana, bitte. Ja, ich will nicht, dass das mit uns noch mehr auseinandergeht, es war belastend genug. Verdammt, ich wollte nicht wahrhaben, dass es uns selbst nicht gegönnt ist, Kinder zu bekommen. Vielleicht war ich egoistisch, vielleicht aber auch wütend und wollte das Schicksal nicht annehmen. Sicherlich beides. Ich dachte, es wäre nun eine gute Sache, wenn ich mir jetzt eine Adoption vorstellen kann.«

Jetzt erst ließ sie den Blick abreißen, sah auf den dunklen Monitor des Fernsehers, auf das Bett, auf ihre nackten Füße. Warum war es nun so seltsam, wenn sie doch endlich das hörte, was sie sich seit Jahren erhoffte? Der Grund? Oder war es wirklich nicht ideal ausgedrückt gewesen? Sie kannte Oliver gut, manchmal benötigte er mehrere Anläufe, das zu sagen, was er meinte.

»Ich wünsche mir zunächst einfach wieder eine gute Beziehung«, begann sie leise. »Nicht unbedingt so, wie sie früher war, denn nachholen kann man nichts. Aber eine, in der ich spüre, dass wir uns begehren, uns wollen, dass der andere wieder den Stellenwert einnimmt, den er haben sollte.«

»Genau das will ich auch. Und mit diesem Urlaub wollte ich anfangen. Ich glaube, du wolltest das ebenfalls.«

Sie nickte unmerklich. Natürlich, denn sonst hätte sie ihn nicht angetreten.

Noch immer stieg unaufhaltsam Hitze in ihr hoch. Sie konnte das Geständnis absolut nicht einordnen, es schien, als hörte sie die Worte wie aus einem Traum heraus. Nun, wo sie endlich gesagt worden waren, fühlte sie weitaus weniger als stets erhofft. War es zu spät? Nein, sie liebte ihn noch immer, es war eher die Angst, sie hätten sich zu weit voneinander entfernt.

Zunächst eine gute Beziehung!

Immerhin lag es an ihnen, sie hatten die Chance, es wieder zu kitten, es anders zu machen, die Jahre des Zweifels und des Alleingelassenwerdens so zu integrieren, dass der Riss nicht entscheidend war.

Wieder sah sie ihn an, seine Augen, seine Nase, die sie früher geliebt hatte.

Da legte er seinen Kopf an ihre Schulter. Es war schön, weich, warm, sie wollte, dass sie länger so dalagen, sich einfach genossen, ohne weitere Intimitäten, die womöglich zu früh waren.

Nach einer unbestimmten Zeit löste er sich. »Der Wein. Ich muss mal ins Bad.«

Sie hätte ihn gern länger an sich gespürt, doch er würde ja wieder zurückkehren.

Gerade, als er die Türe hinter sich geschlossen hatte, brummte etwas. Olivers Handy. Er hatte es neben dem Kopfkissen liegen lassen. Die Nachricht leuchtete noch auf dem Display, und irgendetwas sagte ihr, sie müsse genauer hinsehen.

Eine Corinna?

Hitze schoss durch ihren Körper, noch viel heftiger als vor einigen Minuten. Der erste Teil der Nachricht war zu sehen, und sie musste sich beeilen, bevor der Bildschirmschoner das Display verdunkelte.

»Echt jetzt, einfach per Telefon? Weiß sie es? Du hast ...«

Es war, als gefröre ihr Körper. Für einige Augenblicke atmete sie schwerer, nun wurde das Display wieder schwarz, sie legte sich zurück und fühlte, wie tonnenschwere Steine auf sie rollten und ihr Herz zu hämmern begann.

Abschied

Jakob

MSC Sunset, Hamburger Hafen

Vielleicht lag es an den unzähligen Folgen von „Das Traumschiff", die Jakob während der letzten Jahre gemeinsam mit seiner Frau gesehen hatte, denn er ahnte, was ihn beim Besteigen des riesigen Kreuzfahrschiffs erwartete. Natürlich begrüßten ihn weder Sigfried Rauch noch Heide Keller, aber die Angestellten waren ähnlich gekleidet und lächelten die Gäste ebenso freundlich an wie die Pendants der vielleicht bekanntesten deutschen Fernsehserie. Geduldig versuchte er, diese Begrüßung zu genießen, sah zu den vielen Familien mit Kindern, Paaren, Alleinreisenden, besonders aber zu den vielen Senioren, die sich ihr Rentnerdasein mit der ein oder anderen Reise versüßten. Dabei dachte er wieder an Monika. Wäre sie nun dabei, könnten sie vielleicht darüber sprechen, welche der Damen und Herren der Crew und des Personals den Schauspielern am ähnlichsten sahen. So versuchte er, es allein herauszufinden, allerdings musste er zugeben, dass es niemanden gab, der oder die ihn an eine berühmte Vorlage erinnerten.

Als er an der Rezeption an vorderster Stelle war, nickte ihm die noch junge Frau freundlich zu. Er grüßte und reichte ihr die Bordkarte.

»Sie haben eine Kabine auf Deck zwei, Steuerbordseite. Herr Riegert, da Sie eine Außenkabine gebucht haben, können Sie den wunderbaren Blick zur norwegischen Küste während der Hinfahrt sogar vom Bett aus genießen.« Damit gab sie ihm die Bordkarte zurück. »Möchten Sie, dass wir Sie zur Kabine begleiten?«

»Nein danke, es genügt, wenn sie mir den Weg erklären.«

»Gerne, Herr Riegert. Die Treppe dort nach oben, dann rechts in Gang sechs. Sie haben die Kabinennummer 418.«

»Herzlichen Dank, Frau Schorwin.« Ihr Name stand auf einem Schild, das schräg an ihrem Kostüm angebracht war.

Da sein Gepäck längst abgegeben und vermutlich auch schon auf der Kabine war, machte er sich auf den Weg. Dutzende Menschen gingen vor und hinter ihm, die Luft war erfüllt vom Gemurmel der Gäste und von einem fast lautlosen Brummen, dass er nur wahrnahm, wenn gerade niemand sprach. Vermutlich waren es die Motoren im Maschinenraum weit unter ihnen.

Als er nach mehreren Abzweigungen endlich vor Kabine 418 stand, öffnete er sie mit der Chipkarte und betrat neugierig das Innere. Sie war geräumiger, als er es erwartet hatte. Über einem Doppelbett hing das idyllische Bild eines Hafens in irgendeinem südlichen Land, durch zwei Fenster fiel sein Blick auf ein wesentlich kleineres Schiff. Schon bald würde er das weite Meer sehen können. Ein Blick ins Bad ließ ihn staunen. Es war sehr sauber, die große Dusche kam ihm mehr als entgegen. Zwar würde sie nicht von zwei Personen gleichzeitig benutzt werden, doch er hasste es, wenn er mit seinem Hinterteil an einem Vorhang oder an einer Wand klebte.

Da sein Gepäck ebenfalls gebracht worden war, räumte er zunächst den Schrank ein. Immerhin dauerte die Rundfahrt drei Wochen – ein langer Zeitraum, um aus dem Koffer zu leben. Die rechte Seite des Schrankes ließ er leer. Wen kümmerte es, was die Putzfrauen vielleicht dachten, bis zum letzten Tag gehörte diese Seite wie seit vielen Jahren seiner Frau.

Schließlich setzte er sich auf das Bett und sah zum Fenster hinaus. Stimmen drangen leise durch die Wände, Leute gingen an seiner Kabine vorbei, ein Mädchen rief nach seiner Mutter.

Für kurze Zeit schloss er die Augen und fuhr sich über sein an den Rändern ergrautes Haar. Seine Frau bekam wie seit jeher die rechte Seite des Bettes. Ihr ganzes Leben lang war sie abergläubisch gewesen, links hatte für sie immer Pech bedeutet. Nur am Anfang hatte er sich daran gestört, doch später nicht mehr. Zum Zusammenleben und zu einer Liebe gehörte auch, die Eigenheiten des anderen zu akzeptieren und sie dieser Person nicht auszutreiben. Vielleicht war es auch der Garant dafür gewesen, ganze achtundzwanzig Jahre lang mit der Liebe seines Leben verheiratet gewesen zu sein. Letztlich war es der Krebs gewesen, der ihm seine Frau genommen hatte. Nach einer einjährigen Leidenszeit hatte er nach ihrem Tod nicht nur unfassbar tiefe Trauer gespürt, sondern auch eine Art Erleichterung. Nicht für sich, sondern für Monika. Sie hatte so sehr gelitten, jeder Blick während ihrer letzten Lebenstage hatte diesen tiefen Ausdruck des Leids und der Selbstaufgabe gezeigt.

Ihr Begräbnis lag nun vier Monate zurück, und noch nimmer war dieses Loch in ihm so groß, dass es alles verschlang. An Tagen wie heute fiel es ihm etwas leichter, weil er abgelenkt war und viele neue Eindrücke sammelte. In den Nächten aber oder wenn er abends in ihrer gemeinsamen Wohnung saß, war mehr als nur einmal der Gedanke aufgekommen, sich selbst das Leben zu nehmen. Manchmal war der Schmerz nicht auszuhalten. Als risse eine unsichtbare Hand alles aus ihm heraus, fühlte er seit Monikas Tod nur Leere und Schmerz in sich, nichts konnte dieses Gefühl des absoluten Verlustes in irgendeiner Weise lindern. Weder das Ansehen alter Fotos noch Gespräche mit ihrer gemeinsamen Tochter Elsa. Sie hatte nicht mitkommen können, da sie keinen Urlaub über einen so langen Zeitraum hatte bekommen können. Doch sie telefonierten seit Monikas Tod jeden Tag, was sie vorher weitaus seltener getan hatten. Warum mussten manchmal derart schlimme Dinge passieren, um andere besser zu machen?

Monika hatte sich vor ihrem Tod das Versprechen abringen lassen, dass er diese einst als gemeinsam geplante Reise auch antrat. Monika war auf dem Weg zur Genesung gewesen und sie hatten vorgehabt, ihr die nötige Ruhe nach all den Chemotherapien zu ermöglichen. Ein einziges nachfolgendes MRT hatte alles vernichtet. Der Krebs hatte gestreut und von da an seine aggressivste Seite gezeigt.

Nur anderthalb Monate später war Monika gestorben.

Sie lag nun auf dem Waldfriedhof rechts von einer großen Fichte. Es war nur dieser Platz in Frage gekommen, keinesfalls links davon.

Der Signalton seines Handy riss ihn aus trüben Gedanken. Es war Elsa.

»Na, Paps? Hast du schon eingecheckt?«

»Ja, hat ziemlich lange gedauert.«

»Mensch, ich wäre so gerne dabei.«

Sie hatte wirklich versucht, alle Hebel in Bewegung zu setzen, doch in ihrem Team waren alle Urlaube längst geplant gewesen. Seitdem plagte sie ein schlechtes Gewissen, ihren Vater allein auf diese Reise gehen zu lassen, doch er hatte es ihr in vielen Gesprächen auszureden versucht.

Er selbst hatte gekündigt. Es war ihm nicht möglich gewesen, in sein Büro zu gehen, und er wusste, dass er etwa ein halbes Jahr von seinem Ersparten leben konnte. Nach der Reise würde er sich woanders bewerben, und da er wenigstens zwei Architekturfirmen kannte, die ihn einstellen wollten, war diese Sorge beileibe nicht seine größte.

»Ich weiß, mein Schatz. Das bist du aber. Ich denke sehr oft an dich.«

»Du bist lieb. Wie ist die Kabine?«

»Zu groß für mich allein, Elsa. Aber ich habe einen tollen Blick. Wenn das Ding endlich ablegt, sehe ich das Meer. Zunächst Schleswig-Holstein, dann Dänemark.«

»Ich bin neidisch, im positiven Sinne. Bitte, bitte versuche, es irgendwie zu genießen. Du weißt, wie ich es meine.«

»Ja, ich weiß schon. Du sagtest ja, es ist in erster Linie „mein" Urlaub.«

»Genau. Du hast zu viel durchgemacht in den letzten Monaten. Ich will, dass du wieder auf die Beine kommst.«

Er hatte das ebenso zu Elsa gesagt, doch ihre Beziehung mit Markus war eine sehr innige, er half Elsa jeden Tag mit viel Liebe und Geduld über diese schwere Zeit hinweg. Während der ersten Wochen war Elsa noch viel bei ihren Vater gewesen, um im beizustehen, doch 110 Kilometer Distanz zu ihrem Wohnort waren letztlich zu viel, um dies über mehrere Monate aufrechterhalten zu können.

Er freute sich über jedes einzelne Telefonat mit ihr. Und meistens waren das die Höhepunkte seines tristen Alltags.

»Wenn du auf offener See bist, machen wir einen Videocall, okay? Du musst mir all das zeigen, was du aus dem Fenster siehst.«

»Abgemacht. Ich werde jetzt mal auf Erkundungstour gehen. Die sollen ja auch einen Dartsraum haben.«

»Klar. Wundert mich nicht, wenn du den noch vor dem Klo betrittst.«

Er musste grinsen, jedoch nur kurz. Sie fand seine Dartsarena im hauseigenen Keller seit jeher übertrieben und hatte somit Monikas Meinung geteilt.

»Wir hören uns. Danke, mein Schatz.«

»Ich hab dich lieb, Paps.«

»Ich dich auch.«

Mit 26 Jahren sagte sie noch immer Paps, so, wie sie es ihre ganze Kindheit hindurch getan hatte. In den drei, vier Jahren vor Monikas Tod hatten sie sich etwas aus den Augen verloren, einen wirklichen Grund hatte es aber nicht gegeben. Ihm wäre jede andere Ursache so viel lieber gewesen, sich seiner Tochter wieder annähern zu können.

Allein dieses Gespräch hatte ihm sehr viel abverlangt. Seit Monikas Tod gab es Situationen, in denen jedes Wort mit anderen zu viel für ihn war, jeder Blick, jedes Nachfragen nach seiner Situation, wie es ihm gehe, was er denn so alles tue. Es nahm ihm die Augenblicke, ungehindert an Monika zu denken, als trennte ihn jemand von den so lebenswichtigen Gedanken. Nur noch sie waren als Brücke zu ihr verblieben, er hatte doch nur noch die Erinnerungen und die vielen Familienfotos.

Diese hatte er aber auch aufgrund von Elsas Drängen zu Hause gelassen. Sie hatte ja recht darin, dass er versuchen musste, wieder Fuß zu fassen, doch was waren schon vier Monate gegenüber dreißig Jahren, in denen er Monika gekannt und geliebt hatte?

Auf dem Schiffsdeck ging es zu, als befände er sich auf der Stuttgarter Wasen. Kinder rannten herum, Erwachsene schleppten Gepäck so wie Angestellte der

MSC, es roch nach Deo, Parfüm, Schweiß und Süßigkeiten. Also ging er an die Reling und sah auf den riesigen Hamburger Hafen. Dutzende Schiffe in allen Größen ankerten hier, die Elbphilharmonie war gerade noch so zu sehen, am ehesten aber, weil sich die Sonne in dem Glasbau widerspiegelte. In der Ferne heulte ein Martinshorn, kaum hörbar klatschte Wasser an die Schiffswand weit unter ihm. Da ein Liegestuhl frei wurde, setzte er sich hinein. Dabei überlegte er, ob es hier genauso Unsitte war wie an den Stränden, die Liegestühle mit eigenen Handtüchern zu besetzen, ohne darauf auch nur einmal zu liegen.

Monika hatte sie dann immer zur Seite geräumt oder auf den Boden gelegt. Und oft genug war dadurch Streit entstanden, doch dies war eins der Dinge gewesen, die sie am meisten aufgeregt hatte.

Seltsamerweise mehr als die Tatsache, an Krebs erkrankt zu sein.

Am Nachmittag legte das Schiff schließlich ab. Das Deck war voller Menschen, alle wollten miterleben, wie das riesige Gefährt sich vom Steg entfernte, wobei die Motoren so sehr brummten, dass man meinte, es unter seinen Füßen spüren zu können. Wind strich über Jakobs Haut, den er aufgrund der Wärme längst herbeigesehnt hatte. Langsam wurden die Menschen am Hafen kleiner, die Autos und Schilder ebenfalls, bis die vielen Häuser ineinander zu verschmelzen schienen. Die vielen Hafenkräne wurden niedriger, und als die MSC Sunset die Elbe entlangfuhr und dabei an beiden Seiten Hamburg an ihnen vorüberglitt, freute er sich sogar auf die vor ihm liegenden Wochen. Zwar würde er Elsa nicht sehen, aber dafür auch niemand anderen, den er kannte. Es gab keine Fragen nach seinem Zustand, danach, wie er sich fühlte und was er denn nun nach dem Tod seiner Frau zu tun gedenke.

Ob das Grab auch heute frische Blumen trug und Monikas Versicherungen gekündigt seien.

Hier hatte er endlich seine Ruhe.

Nach der norwegischen Küste war Island das eigentliche Ziel. Monika hatte immer einen der Geysire besuchen wollen, und nun tat er das an ihrer Stelle. Dass sie aber in jeder Sekunde bei ihm war, stand außer Zweifel.

Das Abendessen im großen Speisesaal war ganz anders, als Jakob es aus den Traumschifffolgen kannte. Der Saal war in mehrere Abteilungen untergliedert, aufgestellte Wände, Blumenkästen und Regale versperrten die Sicht auf das Ganze, erzeugten aber auch mehr Ruhe. Jakob saß allein an einem Zweiertisch. Die weibliche Bedienung war sehr freundlich, und als sie ihn fragte, ob denn seine Begleitung später käme, wollte Jakob nicht lügen. Er war vierundfünfzig Jahre alt, die Frau vor ihm könnte seine Tochter sein.

»Ich bin allein hier, das wird sich in den kommenden Wochen auch nicht ändern.«

»Ich verstehe. Wenn Sie möchten, kann ich gerne subtil Ausschau danach halten, ob denn weibliche Gäste weiterhin allein essen wollen.«

Er konnte ihr keinen Vorwurf machen, denn die sicherlich gut gemeinte Möglichkeit, verkuppelt zu werden, war alles andere als aufdringlich geäußert worden. Entweder hatte die junge Frau eine sehr gute Fortbildung genossen oder sie hatte ein gutes Gespür für unsichere Situationen.

»Nein, danke. Ich werde wirklich in den kommenden drei Wochen allein bleiben.«

»Wie Sie möchten, Herr Riegert. Ich hoffe, ich kam Ihnen nicht zu nahe. Ich werde übrigens mit in dem Team sein, das Sie während der gesamten Reise betreut. Mein Name ist Giulia Marchetti.«

»Sehr angenehm, Frau Marchetti. Nein, sie waren nicht aufdringlich.«

Die Frau mit den schwarzen, halblangen Haaren, die zu engen Zöpfen geflochten waren, durfte etwa in Elsas Alter sein. Ihr Dialekt sowie ihr Name verrieten deutlich, dass sie italienischen Hintergrund hatte.

»Ich wünsche Ihnen einen angenehmen Abend.«

Er grüßte zurück, woraufhin sie mit zwei weiteren Gläsern zum Nebentisch ging.

Ein ironisches Lächeln entglitt ihm, da er gerade an Monika gedacht hatte. Er konnte sich absolut nicht vorstellen, mit einer anderen Frau zu essen oder auch nur ins Gespräch zu kommen. Vermutlich gab es hier eine Menge Frauen, die diese Reise antraten, um einen Urlaubsschwarm zu ergattern. Alles andere war ihm lieber als diese oberflächlichen Gespräche, die nur darauf abzielten, irgendein unwichtiges Thema anzusprechen und so viel wie möglich über den anderen herauszufinden.

Er bestellte sich ein Flasche Rotwein und stellte sich vor, Monika säße ihm gegenüber. Wie schön es wäre, das mit ihr erleben zu können.

Da schmerzte sein Herz umso mehr.

Am Abend war es auf dem Deck ebenso voll wie am Nachmittag. Viele der Gäste trugen Festgewand, er wusste nicht, ob es dem ersten Abend geschuldet war oder aber sich die Gäste immer nach dem Abendessen so sehr herausputzten. Nie zuvor hatte er eine Kreuzfahrt erlebt, ihre Reisen hatten immer in Form von Wanderungen oder Städtereisen stattgefunden.

Mit einem beißenden Gefühl der Leere in sich stellte er sich an die Reling und sah auf das Meer. War das Land östlich von ihnen bereits Dänemark?

Neben ihm stand eine Familie, die Kinder waren im Teenageralter. Da sie laut sprachen, kam er nicht umhin, ihnen zuzuhören.

»Na ja, es wird ja wohl nicht mehr beben, wenn wir dort oben sind«, meinte der Vater, der etwa um die dreißig war. »Eine Woche dauert es mindestens.«

»Und wenn doch?«, fragte die Tochter, mit dem Handy in der Hand.

»Wie stark war es denn?«

Sie wischte auf dem Display herum. »Fünf Komma vier. Was immer das auch heißt.«

»Gab es Schäden?«

»Ein paar.«

»Das gibt's in Island immer wieder mal«, beruhigte Vater sie. »Lieber jetzt als dann, wenn wir oben sind.«

»Wobei es schon eigentlich mal ganz lustig wäre«, kicherte der Sohn, etwas jünger als seine mutmaßliche Schwester.

»Bist du behindert?«, fragte das Mädchen? »Dann kannst du allein vom Schiff gehen.«

»Jenni!«, mahnte der Vater sie. »Keine solchen Bezeichnungen!«

Sie sagte nichts mehr, auch die anderen nicht.

Jakob dachte nur kurz daran, dass es offenbar ein Beben auf Island gegeben hatte. Da er sein Handy kaum benutzte, vor allem nicht, um ständig nach News aus aller Welt zu sehen, bekam er so etwas meistens erst zu spät mit.

Der Vater hatte jedoch recht. Island wurde ständig von Beben heimgesucht, die meisten waren allerdings so schwach, dass sie kaum zu spüren waren.

Lieber jetzt als in einer Woche.

Lilli

Nur für den Bruchteil eines Augenblicks hatte Lilli überlegt, aus dem offen stehenden Fenster zu springen. Alles in allem wäre es keine gute Idee. Nicht nur, dass sie sich im ersten Stock befanden und sie sich lediglich ein Bein brechen würde, eher sah sie die Konsequenz, noch mehr mit all den Tabletten zugedröhnt zu werden. Sie sah keine Zukunft für sich, weder dort draußen noch hier, wo sie als Vertrauensvorschuss einen CD-Player bekommen hatte, der nun neben einigen Zeitschriften auf dem Tisch ihres Zimmers stand.

Elsa Riegert, die Psychologin, wartete am Eingang ihres Büros auf sie. Sie hatte sie erst einmal gesehen, von Weitem, und nun, als sie endlich vor ihr stand, blickte sie in ein freundlich lächelndes Gesicht. *Alles Maskerade! Sie sucht bestimmt schon jetzt nach einem listigen Weg, sich Vertrauen zu erschleichen und in meinen Kopf einzudringen!*

»Hallo Lilli!«

»Hallo!«

»Ich habe mir überlegt, dass ich unsere erste Stunde nicht mit langweiligem Herumhocken im Büro verbringen möchte. Gehen wir doch zu den Eseln.«

Lilli war es recht, dann konnte sie wenigstens irgendetwas tun, um sich abzulenken. Eine Stunde konnte sehr lang sein, wenn man versuchte, sämtliche Fragen bestmöglich so abzuwehren, dass es nicht einer gänzlichen Verweigerung ähnelte. Denn auch dies werteten die Erzieher in das Belohnungssystem mit ein.

Von den Eseln hatte sie bereits gehört, nun war sie gespannt, ob sie wirklich so süß waren, wie Mascha erzählt hatte.

Als sie am Stall ankamen, gackerten einige Hühner herum, in einem Gehege standen zwei Esel und glotzten zu Boden. Tatsächlich sahen sie schnucklig aus, sie würde es jedoch noch nicht offen zugeben. Elsa, die ihr extrem hellblondes Haar mit einem Pferdeschwanz zusammenhielt, hatte ihr das „Du" angeboten und ihr auf dem Weg hierher erzählt, dass jede Woche eine andere Jugendliche für die Esel zuständig war. Deshalb wollte Elsa ihr heute zeigen, was alles in diese Tätigkeit hineinfiel.

»Das sind Aphrodite und Venus!«, stellte Elsa die Esel vor. »Venus ist die Braune.«

»Okay. Und ich bin der weibliche Hermes und soll entscheiden, wer die Schönste ist?«

Elsa sah sie mit unübersehbar begeisterter Miene an. »Wow, du kennst dich in der griechischen Mythologie aus?«

»Grundstoff im Gymi, bevor ich abgebrochen habe.«

»Ich weiß. Aber dass du es dir merken konntest, finde ich klasse.«

»Nicht alles war todlangweilig in der Schule.«

»Schön zu hören.«

Lilli hätte sie um ein Haar sympathisch gefunden, ahnte aber, dass die noch junge Frau längst einen Plan entwickelt hatte, sie mit unauffällig anmutenden Fragen zu traktieren.

Zunächst stellte Elsa aber die Tätigkeiten rund um die Eselpflege vor. Sie zeigte ihr, wie das Gehege sauber zu halten war, wie das Gatter funktionierte, wo Futter, Bürsten, Hufkratzer und die Leinen aufbewahrt waren, dass am Abend der Stall abgeschlossen und am Morgen vor der Schule geöffnet werden musste.

»Du siehst, dass da eine Menge Verantwortung dahintersteckt«, beendete Elsa die Vorstellung des aufwendigen Amtes. »Vergisst du was, leiden die Tiere darunter. Und das will keiner.«

Lilli nickte nur und zog die Augenbrauen hoch.

»Ist es dir zu anstrengend?«

»Nö. Ich mach so etwas Tausend Mal lieber für Tiere als für Menschen.«

»Wie die meisten hier.«

»Ja, und ich weiß, dass diese Verantwortung anderen gegenüber uns selbst schulen soll, Verantwortung auch für uns zu übernehmen. Bla bla. Musst du nicht noch extra erklären.«

»Danke, dann kann ich es mir ja sparen, offenbar bist du auch psychologisch gut geschult. So, und jetzt kannst du dir eine aussuchen, wir gehen spazieren.«

»Mit Esel an der Leine?«

»Genau.«

Lilli entschied sich für Aphrodite, da sie das Grau des Fells so schön fand. Und sie bemerkte, dass sie ein schlechtes Gewissen Venus gegenüber empfand.

Bestimmt war das von Elsa geschickt eingefädelt worden!

Kurze Zeit später gingen sie den Weg zu einem Waldrand. Aphrodite blieb nur selten stehen, und wenn, genügte ein kurzer Zug, um sie zum Gehen aufzufordern. Elsa erzählte ihr, dass sie seit zwei Jahren für dieses Heim zuständig und zuvor ebenfalls in der offenen Jugendhilfe tätig gewesen sei. Sie hatte zwei Töchter und lebte in Gauting.

»Okay. Und muss ich jetzt auch meine Lebensgeschichte erzählen?«

»Nein, warum?«

Für kurze Zeit wurde Lilli unsicher. *Wie: Nein?*

»Ich mag dich einfach nur erst mal kennenlernen und hoffe, dir gelingt dasselbe mir gegenüber. Ehrlich gesagt, bist du zu intelligent, dass ich dich nun mit Fragen bombardieren und erwarten würde, du beantwortest alle. Ich weiß ja nicht, was du bisher alles für

Erfahrungen gemacht hast, aber nicht alle Psychologinnen sind Fragemonster, die dich ausweiden wollen.«

»Ehrlich gesagt ist das meine Erfahrung.«

»Das ist schade, dass du diesen Eindruck hast. Aber dennoch würde mich eines interessieren.«

»Was denn?«

»Warum du hier bist. Ich denke ja schon, dass du gewohnt bist, vieles so zu beantworten, dass du weißt, dein Gegenüber zufriedengestellt zu haben, aber warum bist du wirklich hier? Also was denkst oder weißt du über dich?«

»Dafür, dass du mich nicht fragen wolltest, gehst du ja ganz schön ran.«

»Ich frage dich nicht über deine Vergangenheit.«

»Stimmt. Okay, ich kann nirgends gehalten werden.«

»Was heißt das?«

»Ich sprenge alle Rahmen. Ticke aus, verprügle andere, dann hab ich die Depris.«

»Hm. Und du denkst, die Depris sind der Grund für vieles?«

»Weiß nicht, bin ja kein scheiß Arzt.«

»Warum ›scheiß‹?«

»Weil mich die Tabletten volldröhnen und müde machen.«

»Aber sie lindern deine Aggressionen und helfen, die Depris nicht noch schlimmer werden zu lassen.«

»So sagen es zumindest die scheiß Ärzte. Wobei ich mir nicht vorstellen kann, wie die Depris noch schlimmer werden sollten.«

»Es geht immer schlimmer, Lilli.«

»Sprichst du aus Erfahrung?«

»Nicht aus eigener, was meinen Körper betrifft, aber aus der mit anderen Jugendlichen.«

Aphrodite blieb an einer Wiese stehen.

»Lass sie etwas essen, sie bekommen nicht allzu oft frisches Gras. Du musst es den anderen ja nicht unbedingt erzählen.

Lilli lächelte. »Schlechter Versuch. Du möchtest Vertrauen aufbauen, indem wir ein Geheimnis teilen. Punkt einhundertzweiundsechzig der psychologischen Ausbildung?«

»Gut gebrüllt, Löwin. Aber trotzdem musst du es ja nicht sagen, denn die einzige Leidtragende wäre Aphrodite.«

»Keine Angst, ich sag ja nichts. Soll sie fressen, was sie will. Sie stehen ja eh nur rum, werden ab und zu geführt und müssen sich dann die dämlichen Gespräche zwischen den Bewohnern und dir anhören. Okay, vielleicht sind ja nicht alle dämlich.«

»Findest du es denn bisher dämlich?«

»Du kreist um mich herum und scannst mich. Irgendwann wirst du einen Weg finden, vorzupreschen.«

»Das ist mein Job, Lilli.« Sie grinste, schloss kurz die Augen und verharrte, weil sie offenbar die Sonnenstrahlen auf ihrem Gesicht genoss.

»Lilli, ich muss dir was gestehen.«

»Oje.«

»Ich habe mit deiner Lehrerin von früher telefoniert. Also mit der, bevor deine Mutter starb.«

»Okay. Und sie durfte einfach so aussagen? Was ist mit Schweigepflichtdingens?«

»Es waren nur allgemeine Fragen, keine Daten oder Ähnliches. Aber für mich ist es wichtig, in die Vergangenheit zu sehen.«

»Jou. Frühkindliche Entwicklungspsychologie oder aber so viel wie möglich über den Zeitraum von vor zwei Jahren erfahren. Oder?«

»Eher Ersteres.«

»Okay. Was sagte sie?«

»Du bist sehr intelligent, Lilli. Du hast nie großartig viel Aufwand betrieben und dennoch die Noten geschrieben, die gereicht haben, um durchzukommen. Mathe schien dir ja leichtzufallen, da hattest du nie was Schlechteres als ne Zwei. Und das auf dem Gymi.«

Lilli bemerkte, dass Elsa Wörter des Jugendslang benutzte, womöglich um Vertrauen zu schaffen. Es war immer dasselbe.

»Mathe ist einfach und logisch. Ich liebe Logik.«

»Ich auch. Aber Logik steckt ja in so vielem. Gibt es in deinem Alltag Logik?«

»Klar. Führe ich mich auf, geht's in den Time-Out-Raum und mein CD-Player wird gestrichen. Es gibt aber auch andere logische Konsequenzen. Geht mir einer auf die Eierstöcke, gibt's aufs Maul!«

»Hm, ich weiß jetzt nicht, ob das eine logische Konsequenz sein muss. Schon mal daran gedacht, ob du anderen auf die Nerven gehst?«

»Das ist mir egal. Es muss sich ja keiner mit mir einlassen.«

»Also möchtest du nicht, dass sich jemand mit dir einlässt?«

»Nope.«

»Das widerspricht jeglichem menschlichen Gedanken des Zusammenlebens. Wir alle sind soziale Wesen.«

»Tja, das trifft für mich nicht zu!«

»Doch. Du bist auch ein soziales Wesen. Schau, Aphrodite fühlt sich wohl bei dir.«

»Oh no! Sie frisst, es ist ihr im Grunde egal, wer sie führt. Elsa, bitte. Lass es!«

»Was lassen?«

»Du weißt es. Hör auf, etwas aus mir herauszukitzeln. Akzeptiere, dass ich kein soziales Wesen bin. Du kennst mich nicht.«

»Ich würde dich aber gerne kennenlernen.«

»Zu wie vielen Patienten hast du das ebenfalls zuvor gesagt? Zu allen?«

Für einen Moment stockte Elsa. Also hatte sie sie kalt erwischt.

Selbst schuld, Psychotussi!

»Tatsächlich nicht zu allen, auch wenn es eigentlich meine Aufgabe wäre.«

Lilli hatte weder Uhr noch Handy bei sich, also sah sie Lilli durchdringend an. »Ist die Stunde nicht schon bald rum? Wir müssen ja auch noch zurück.«

»Ja, lass uns gehen.«

Während des Rückwegs schwiegen sie. Lilli sah dies als Triumph an, je länger sie allerdings schwiegen, desto unruhiger wurde sie. Sicherlich war Elsa sympathischer als so manch andere Psychologin zuvor, dennoch musste sie aufpassen, denn sie spürte, dass Elsa alles andere als dumm war.

Als sie Aphrodite in das Gehege gestellt und das Gatter geschlossen hatten, begleitete Elsa sie zurück zur Wohngruppe.

»Ich habe während des Rückwegs geschwiegen, um dir zu zeigen, dass ich kein Fragemonster bin«, erklärte Elsa sich zum Abschied. »Am Freitag um vierzehn Uhr treffen wir uns wieder. Esel oder Büro?«

»Sind das Pflichtstunden?«

»Ja, aber das weißt du.«

»Bei schönem Wetter Esel. Und dann Venus.«

»Gut, Athene.«

»Danke, aber ich bin nicht die Göttin der Weisheit. Vielleicht eher du, denn du musst die Wege ins Innere deiner Patienten finden.«

Elsa sah sie noch einige Augenblicke an, sagte aber nichts, also betrat Lilli die Wohngruppe.

Es störte sie, zugeben zu müssen, dass der Spaziergang gar nicht so grauenhaft gewesen war wie zuvor befürchtet. Und Elsa war beileibe nicht dumm.

Spätestens beim Abendessen spürte Lilli, wie schwer es ihr fiel, immer wieder den ihnen auferlegten Tätigkeiten nachzukommen. Nach ihrer Rückkehr hatte sie eine Stunde Zimmerzeit einhalten müssen, danach war sie im Freizeitraum und im Garten gewesen. Und nach dem Essen trafen sie sich im Wohnzimmer, weil eine Art Jugendteam abgehalten wurde. Sie mochte doch einfach nur ihre Ruhe haben.

Mascha hatte sich bereits nach dem Konflikt bei ihr entschuldigt, für Lilli war das Thema hingegen längst erledigt. Sie mochte das dürre Mädchen von allen am liebsten, auch weil keinerlei Gefahr von ihr auszugehen schien. Und sie fragte sie auch nichts, auch wenn sie manchmal eine Stunde schaukelten und dabei stumm blieben.

Obwohl es draußen noch sehr warm war, hielten sie sich am Abend im Wohnzimmer auf. Cigdem und Beate, die beiden Erzieherinnen, saßen mit Ronni den Jugendlichen gegenüber, dabei hielt Beate einen Block und einen Stift auf ihrem Schoß. Sie schrieb das Protokoll.

»Zuerst zum Wochenende«, lenkte Cigdem die Aufmerksamkeit auf sich. Lilli hatte die Frau mit türkischen Wurzeln heute zum ersten Mal gesehen. Sie empfand sie als sehr weich, fast unpassend für die Arbeit in einer solchen Wohngruppe, aber manchmal irrte sie sich auch. Selbst wenn es nur selten vorkam, dass sie sich in irgendetwas täuschte.

»Anna und Tom bekommen Besuch«, fuhr Cigdem fort. »Von dreizehn bis fünfzehn Uhr. Danach können wir an den See fahren.«

»Und wenns pisst?«, fragte Marcel

»Soll es nicht.« Beates Stimme klang so tief, als hätte es ein Mann gesprochen. Die etwa vierzigjährige Frau schien das Gegenteil von Cigdem zu sein. Allein in einer dunklen Nebenstraße hätte sie der Frau mit der finsteren Miene nicht begegnen wollen. Mascha sagte aber, sie sei nett.

»An welchen See?«, fragte Anna.

»Wohin wollt ihr denn?«

»Wörthsee!«, rief Tom sofort. »Zu den Stegen.«

Marcel zog die Augenbrauen hoch. »Utting zum Sprungturm. Wörthsee waren wir doch erst.«

»Stege!«, rief nun Sibel. »Eindeutig die beste Liegewiese.«

Nun hob Beate die Hand. »Also sollen wir entscheiden? Oder bekommt ihr das selbst hin?«

Sibel verzog das Gesicht. »Mann, Tom und Anna haben doch eh Besuch, wir nicht. Also sollten wir entscheiden dürfen.«

»Es ist ein Gruppenausflug, jeder darf mit entscheiden«, bestimmte Beate.

»Aber die werden doch schon mit Elternbesuch belohnt.«

»Könnte ich darauf verzichten«, antwortete Tom. »Bekomme ja eh nur Vorwürfe.«

Lilli hörte nur zu und dachte daran, was sie wohl denken oder fühlen würde, wenn ein Familienmitglied sie besuchte. Tante Ingrid, Mutters Schwester, hatte sie seit dem Tod ihrer Mutter nicht mehr gesehen. Klar, sie wollte nie wieder etwas mit ihr zu tun haben.

»Wenn meine Mutter nächstes Mal wieder nicht kommt, soll sie einfach sterben gehen!«, murmelte Marcel plötzlich.

So still es plötzlich im Raum wurde, so heiß wurde es Lilli. Als würde sich ein Feuer öffnen, brannte alles in ihr, ihr Gesichtsfeld wurde eng, unaufhaltsam machte sich pure Wut in ihr breit.

»Marcel!«, rief Beate tadelnd, »so etwas möchte ich niemals hören!«

Lilli vernahm es nur am Rande. Sie kochte, ihre Hände ballten sich zu Fäusten, in ihr explodierte es regelrecht.

Schließlich schoss sie wie vom Blitz getroffen in die Höhe. »Du dummer Wichser!« Sie schrie es so laut, dass alle völlig schockiert zu ihr sahen. Lilli konnte sich nicht beherrschen. Wutentbrannt ergriff sie ihr Glas und warf es nach Marcel. Dieser duckte sich und das Glas zersprang hinter ihm an der Wand.

»Du scheiß Fotze, spinnst du?«

Lilli wollte ihn umbringen, seinen Schädel so lange gegen die Wand dreschen, dass die Gehirnmasse daran festklebte. Sein Gesicht aus seinem dummen Kopf prügeln. Schreiend rannte sie auf ihn zu, doch Tom warf sich auf sie, um sie zurückzuhalten. Nur Sekunden später flog sein Körper durch die Luft. Gerade, bevor Lilli Marcel erreichte, wurde sie zu Boden geworfen.

Ronni saß auf ihr und hielt ihre Hände fest. »Lilli, hör auf!«

Lilli sah und hörte nichts mehr. Sie schrie wie von Sinnen, brüllte, weinte, konnte ihre Arme aber nicht bewegen. Ronni saß mit seinem gesamten Gewicht auf ihren Armen, tat aber nichts anderes als abzuwarten.

Lilli kochte. Sie wollte auch ihn umbringen, alle, die hier im Raum waren. Sie schrie so laut, dass ihr selbst die Ohren wehtaten, schon bald auch der Hals, weil ihre Schreie nicht leiser wurden. Unter völlig verweintem Blick erkannte sie die Gesichter der anderen nicht mehr, nur die riesige Gestalt Ronnis, die wie ein Schraubstock ihren Körper festhielt. Sie schrie und schrie, wusste nicht, wie lange es dauerte, und als sie aufgab, sich zu wehren, zog Ronnie sie in die Höhe. Mit letzter Kraft versuchte sie sich abermals zu widersetzen, schlug um sich, begann wieder zu brüllen, nun aber hielt Ronni ihre Arme fest, drückte sie aus dem

Wohnzimmer, den Gang entlang zum Time-Out-Raum. Lilli sah alles nur verschwommen, verwaschen, sie hörte, wie die Türe hinter ihr geschlossen wurde und sie gegen eine weiche Wand fasste. Wieder brüllte sie, die ganze Welt solle verrecken, alle Menschen darin, alles solle verbrennen und danach elendig verfaulen. Sie schrie und schrie, bis sie schließlich in einen Weinkrampf fiel, in dem sie so sehr schluchzte, dass ihr Körper zitterte.

Sie wusste nicht, wie lange es dauerte, bis sie wieder zu sich kam. Schluchzend wischte sie sich die Augen aus, sah sich um, zu den gepolsterten Wänden, zur Tür, die ebenfalls gepolstert war.

»Kannst du mir folgen?«, hörte sie Beates Stimme hinter der Tür.

Sie nickte nur.

»Lilli?«

»Ja.«

»Ich gebe dir dein Notfallmedikament. Du musst es nehmen.«

Lilli ahnte, dass sie wohl nur aus diesem scheiß Raum entlassen würde, wenn sie das Zeug schluckte. Früher oder später.

»Fresst es doch selbst!«, brüllte sie aber.

Keine Antwort erfolgte. Lilli nützte dies, um weiter auf die Türe einzudreschen. Irgendwann schmerzten ihre Hände und Beine, bis sie sich schließlich auf den Boden setzte.

»Lilli, ich stelle dir die Medis rein«, ertönte abermals Beates Stimme.

»Okay.« Es klang lautlos, völlig erschöpft, und Lilli meinte, die Antwort käme gar nicht von ihr selbst.

Die Türe ging auf, Ronnie stellte Tabletten sowie einen Becher Wasser auf den Boden und stellte sich in den Türrahmen. »Nimm das, bitte.«

Ronni erschien nun so sehr anders als zuvor, völlig angespannt, streng, unnahbar. Zuerst überlegte sie, es doch zu verweigern, schließlich schluckte sie aber das Notfallmedikament und trank Wasser nach.

»Ich mag hier raus!«

»Jetzt noch nicht«, antwortete Beate, hinter Ronni stehend. »Wir geben dir Bescheid. Und es kommt vor allem auf dich an.«

Als Ronni die Türe schloss, stand sie auf und drosch wieder dagegen, es hörte sich allerdings wegen der Polsterung leise an, so, als würde gar nichts passieren.

»Du Fotze!« Ihr Schrei war gellend und hoch.

Wieder atmete sie schwerer, schließlich setzte sie sich aber wieder und atmete tief durch. Sie fühlte sich, als wäre sie auf einen Berg gerannt, ihr Atem rasselte, ihr Herz schlug wie wild, und noch immer war sie so wütend, dass sie am liebsten allen die Augen ausgekratzt und sie ihnen in ihr dummes Maul gestopft hätte.

Schließlich kam die Trauer zurück, das Loch, alles wurde schwarz. Sollten sie sie doch einfach hier drin verrecken lassen.

In diesem Moment wollte sie abermals sterben.

Diana

In dieser Nacht hatte sich Diana herumgewälzt wie vermutlich nie zuvor in ihren vierunddreißig Jahren.

Einfach per Telefon! Weiß sie es?

Dutzende Mal hatte sie sich gefragt, ob hinter Corinna und deren Worten etwas stand, das in eine ganz andere Richtung weisen könnte, in eine, die ihren Verdacht nicht erhärtete. Doch so sehr sie sich darum bemühte, gelang es ihr nicht, es nicht als eindeutig anzusehen. Natürlich wäre es das Einfachste, ihn zu fragen. Ihr war aber bewusst, dass diese Antwort alles in Bewegung setzen, eine Welle verursachen konnte, die sie alle hinwegspülte.

Am Morgen frühstückten sie im Speisesaal des Hotel, schwiegen aber viel. Sie wusste, dass Oliver unsicher geworden war, zudem er bereits zwei Mal gefragt hatte, was sie denn habe. Und zwei Mal hatte sie ›Nichts‹ geantwortet.

Natürlich glaubte er ihr nicht.

Sie konnte kaum etwas essen, trank nur Kaffee, wog ständig ab, ob sie die Situation nun eskalieren lassen sollte, um Klarheit zu bekommen. Natürlich musste sie es tun, es war unmöglich, auf einer solchen Basis weiterzuleben. Ihr wochenlanger Verdacht war ja mehr als nur erhärtet worden, und das nun aufzuklären, war ihr auf einem silbernen Tablett serviert worden.

»Wollen wir heute noch mal zu der Felslandschaft von Badstofa oder dem Glymur-Wasserfall?«, fragte Oliver. »Da hat es dir doch so gut gefallen.«

Sie ärgerte sich, dass dieser Mensch nicht darauf kam, dass sie auf das Handy hatte sehen können. War diese Idee tatsächlich so abwegig oder ahnte er es und wollte dieses Thema nicht ansprechen, weil es womöglich doch anders sein konnte?

»Weiß nicht«, brummte sie nur. »Vielleicht was ganz anderes.«

»Okay. Also wir könnten weiter Richtung Norden fahren, an der Küstenstraße entlang. Dort gibt es einige ...«

Diana hörte nicht mehr zu. Eine heiße Welle überkam sie wieder, die ihr fast den Atem nahm. Nein, sie musste es sagen, sie konnte es nicht mehr zurückhalten. Zum Teufel damit, was nun geschah, es brach aus ihr heraus wie heißes Wasser aus den Quellen Islands.

»Wer ist Corinna?«, unterbrach sie ihn. »Und über was weiß ich Bescheid?«

Es war, als zerschnitten ihre Worte den gesamten Raum. In diesem Moment waren auch zufällig die anderen Frühstücksgäste leiser, sie hörte sogar eine Tasse, die gerade auf einem Unterteller abgestellt wurde.

Mit versteinertem Gesichtsausdruck sah Oliver sie an.

»Du hast die eingehende Nachricht also doch gesehen.«

»Und? Bereust du jetzt, dein Handy nicht mit aufs Klo genommen zu haben?« Seine Reaktion erschütterte sie, sie war quasi ein Geständnis.

»Nein. Ich wollte es dir ohnehin sagen. Ich konnte aber nicht.«

Dianas Gesicht glühte, und sie befürchtete, die Hitze in ihr würde nun ihr Blut zum Kochen bringen. Das konnte doch nicht wahr sein.

Betont ruhig trank er einen Schluck Kaffee, stellte die Tasse wieder ab und sah ihr in die Augen.

»Ich habe mit ihr Schluss gemacht, und deswegen schrieb sie mir noch.«

»Aha.« Am liebsten hätte sie das Messer gegriffen und Olivers Augen ausgestochen.

Du dummes Arschloch!

»Ich wollte das eigentlich gar nicht.«

»Was, Schluss machen?«

»Nein, eine Affäre beginnen.«

»Das ist schon immer lustig mit den Ausreden. Wie soll ich mir das vorstellen? Du steckst dein Ding in eine andere Frau und denkst dir gleichzeitig: Ich will das eigentlich gar nicht? So etwa?«

Er schwieg zunächst und fuhr sich mit der Hand über sein Gesicht. »Ich habe Corinna bei einem Geschäftsessen kennengelernt. Da kam eines zum anderen. Lange Zeit habe ich mich dagegen gewehrt, und dann ist es trotzdem passiert. Diana, es kann und darf keine Ausrede sein, aber ich war total frustriert und ich habe mein Gehirn komplett ausgeschaltet.«

»Offenbar. Oder schaltet man es dann erst recht ein, weil man merkt, eigentlich doch unglücklich in der Beziehung zu sein?«

»Ja, ich war unglücklich. Aber nicht wegen dir als Person oder weil ich irgendwie gemerkt hätte, dass ich dich nicht mehr liebe. Es war der ganze Scheiß nebenher.«

»Oliver, aber dieser ›Scheiß‹ ist unser Leben. Es macht uns aus, unsere Probleme, Vorlieben, Wünsche, Sorgen. Meinst du, ich habe gern darüber diskutiert, ein Kind adoptieren zu wollen, und dabei dauernd zu hören, du magst das nicht? Habe ich dann mit anderen

Männern herumgefickt?« Sie sagte es so laut, dass einige Gäste zu ihnen sahen, auch wenn sie nicht glaubte, jemand verstehe Deutsch. Es war ihr allerdings völlig egal.

»Diana, bitte.«

»Was ›bitte‹? Ich glaube es nicht. Ich muss meinem Mann gerade wie einem Dreijährigen erklären, was eine Ehe ausmacht. Dass es auch Krisen gibt, nicht nur schöne Wanderwege über tolle Berge im Sommer und Tralala.«

»Du musst mir gar nichts erklären, ich weiß selbst, dass ich einen riesen Bockmist angestellt habe. Und das soll ebenfalls keine Entschuldigung sein: Auch deswegen habe ich das mit Corinna beendet.«

»Okay, und wann? Wir lange hattet ihr eine Affäre?« Diana dachte, sich gleich übergeben zu müssen. *Affäre.* Es war ausgesprochen, bestätigt worden. Oliver war fremdgegangen, und er hatte allen Ernstes versucht, ihr zu erklären, warum. Sollte sie wirklich Verständnis dafür aufbringen? Hatte er das in einer einzigen Sekunde wirklich erwartet?

»Drei Wochen. Allem Anschein nach war es für sie ernster als für mich.«

»Wäre ja nicht das erste Mal in der Menschheitsgeschichte.« Drei Wochen. Sie hatte tatsächlich einen längeren Zeitraum befürchtet, doch auch so brannte das Messer in ihrem Herzen wie pure Flammen. »Oliver!«, versuchte sie, betont ruhig zu sagen, doch ihr Atem keuchte, als sei sie eine Passstraße hinaufgerannt. »Du willst mir ernsthaft sagen, du hättest es mir noch gestanden, nachdem deine Affäre beendet ist und nachdem es niemals einen Hinweis darauf gegeben hätte?«

Nun sah er sie noch durchdringender an als zuvor. »Ja, das hatte ich vor. Aber ich wusste nicht, wann.

Dafür gibt es keinen perfekten Zeitpunkt. Ich weiß nur, dass ich es irgendwann nicht mehr ausgehalten hätte.«

»Und das soll es besser machen?«

»Nein, natürlich nicht. Es war scheiße. Und es gibt keine Rechtfertigung dafür.«

Der erste wahre Satz Olivers an diesem Tag. Sie konnte nicht einmal etwas darauf erwidern. Weil ihr Herz noch immer heftig schlug, atmete sie wieder betont ruhig, trank den Kaffee leer, stand auf und verließ den Frühstücksraum. Keuchend öffnete sie die Glastür, ging durch den Flur und betrat schließlich das Freie. Sofort sog sie die kühlere, vor allem aber frische Luft ein, schloss kurz die Augen und versuchte, einen klaren Gedanken zu fassen. In diesem Moment ärgerte sie sich maßlos, ihn noch immer zu lieben. Er hatte ihr eben gestanden, sie betrogen zu haben, eigentlich wären nun sämtliche Mord- und Foltergedanken angebracht. Doch sie sah sich mit ihm auf fernen Reisen, an verschneiten Berghängen, auf Gletschern, aber auch abends auf dem Bett, wo sie lachten, weil ein Film sie so sehr amüsierte.

War sie noch normal? Tickte sie noch richtig?

Nun sah sie aber auch, wie sich die Ehe auflöste. Den Gedanken an eine Trennung, an eine eigene Wohnung ohne ihn, an ein zukünftiges Leben wollte sie allerdings nicht zulassen.

Nie zuvor war sie hilfloser und verstörter gewesen, niemals aufgelöster, so als drehte sich alles in ihr um, ohne eine Neuordnung anzukündigen.

Da hörte sie Schritte hinter sich, und obwohl sie es nicht sah, wusste sie, dass es Oliver war.

»Diana, es tut mir so unendlich leid.«

Jetzt erst schossen Tränen aus ihren Augen. Sie schluchzte, drehte sich um und sah ihn an.

»Ich möchte unbedingt an deiner Seite bleiben, und das, was ich dir gestern im Bett gesagt habe, ist wahr.

Vielleicht ist es mir gerade wegen Corinna klar geworden.«

Obwohl sie es nicht vorgehabt hatte, holte sie aus und schlug ihm voll ins Gesicht. Die Ohrfeige war so hart, dass Olivers Kopf zur Seite gedrückt wurde.

Linderung brachte es nicht, ganz im Gegenteil.

Schwer atmend drehte sie sich um und ging einige Schritte weg.

»Es tut mir wirklich leid, Diana«, hörte sie ihn trotz des Schlages in sein Gesicht sagen. »Wenn es dir guttut, dann knall mir noch eine.«

»Und das soll es dann aufwiegen?«, schrie sie plötzlich so laut, dass sich ihre Stimme überschlug.

Eine Familie auf dem Parkplatz drehte sich zu ihnen um, ihre Stimme war sicherlich weithin zu hören gewesen.

»Nein, so meinte ich das nicht.« Dabei kam er einige Schritte auf sie zu.

»Bleib weg, ich muss das irgendwie verarbeiten. Ich kann dich jetzt nicht ertragen. Ich weiß nicht ...« Sie wusste nicht, was sie fühlen oder denken, und erst recht nicht, was sie tun sollte. Sicherlich benötigte sie aber keine Beteuerungen, wie leid es ihm tat.

Ausgelaugt ging sie einige Schritte weiter. Zunächst dachte sie, das Vibrieren unter ihren Füßen rührte von ihrer Wut her, doch es wurde stärker, ein Autoalarm am nahen Parkplatz heulte auf.

Nun wackelte der ganze Boden.

»Scheiße!«, hörte sie nur Oliver rufen. Es bebte so stark, dass Steine rollten, alles schwankte, und als sie unter hektischem Atem zum Hotel sah, erkannte sie, dass sich die Dachkante auffallend hin und her bewegte. Das Grummeln wurde lauter, es war, als öffnete sich der Boden oder aber mehrere U-Bahnen rauschten unweit unter ihr vorbei. Binnen Momenten verdrängte eine derartige Angst alle Gefühle in ihr, dass sie die Luft anhielt. Wie in einem Traum sah sie die Familie auf dem Parkplatz, die am offenen Auto stand, sich festhielten, die junge Tochter quietschte vor Angst, der Blick der Frau irrte unsicher in der Gegend herum.

Plötzlich umarmte sie jemand. Es war Oliver, und ihre Angst war größer als die Abscheu vor ihm. Er hielt sie fest in seinen Armen, während ihre Füße alles Beben, Grollen und Dröhnen des noch immer wackelnden Bodens aufnahmen. Da krachte etwas. Einige Schindeln hatten sich vom Haus gelöst und waren zu Boden gefallen, mehrere an eine Garage angelehnte Bretter fielen polternd zur Seite.

Nun stürmten die ersten Gäste aus dem Hotel ins Freie. Einige waren noch im Pyjama, viele kamen aber aus dem Frühstücksraum. Zwei Bedienungen waren unter ihnen, aus einer Seitentüre erschienen ein Koch und zwei Hotelangestellte.

So plötzlich wie das Beben aufgetaucht war, verstummte es wieder. Es war bis auf den Heulton des Autos plötzlich wieder ruhig, sodass Diana annahm, ihre Sinne hätten ihr einen Streich gespielt.

»Das war wesentlich heftiger als gestern«, sagte Oliver. Schweiß stand in seinem Gesicht und sie sah ihm an, dass das Beben auch bei großen Eindruck hinterlassen hatte.

»Are you okay?«, fragte eine Angestellte des Hotels. Ihr war der Schrecken deutlich anzusehen.

»Yes.« Olivers Antwort ging im Heulton des Autoalarms unter.

Indessen sah Diana zur Familie auf dem Parkplatz. Das Mädchen hatte aufgehört zu kreischen, einer der Gäste ging nun auf das Auto zu und öffnete es, woraufhin endlich der markdurchdringende Ton erlosch.

Die einkehrende Stille war wie kaltes Wasser auf Dianas Haut. Die kürzlich mehr als angespannten Augenblicke ihres Streits schienen wie verflogen.

»Das ist jetzt echt unheimlich!«, presste sie heraus. »Wie viele Beben gibt es denn noch?«

Während sich die Angestellten sowie die Gäste des Hotels aufgeregt unterhielten, beobachtete Diana die Umgebung. Außer dem Schaden am Dach des Gebäudes sowie den umgefallenen Bretter an der Garage erkannte sie nichts Außergewöhnliches. Und da sie neugierig war, was die anderen sprachen, gesellte sie sich dazu.

Oliver folgte ihr.

Offenbar wussten die anderen auch nicht mehr, und als die Köche wieder durch den Seiteneingang in die Küche gingen, sah Diana in verschreckte, deutlich beunruhigte Gesichter.

»Können wir wieder rein?«, fragte eine ältere Frau auf Englisch eine der Angestellten. Diese nickte nur, wusste aber selbst offenbar nichts zu sagen. Also folgten Diana und Oliver den anderen. Etwas Putz lag auf dem Boden des Hoteleingangs, Bilder hingen schief, und als sie den Frühstücksraum betraten, waren einige Flaschen und Gläser umgefallen, aus dem Kaffeeautomaten lief Wasser auf den Boden. Niemand war hier, nur eine weibliche Angestellte fing an, die umgefallenen Dinge wieder aufzustellen.

»Sollen wir nicht doch lieber draußen bleiben?« Oliver wendete sich dem Herrn zu, der zuvor an der Rezeption gewesen war.

In umständlichem Englisch antwortete dieser, dass es momentan wohl das Beste sei, nicht in die Obergeschosse zu gehen, gleichzeitig winkte er auch die anderen eintretenden Gäste wieder ins Freie und rief schließlich jemanden an.

»Warten wir am besten draußen«, schlug Oliver vor. »Aber ich hole noch schnell Geld und unsere Ausweise, man kann ja nie wissen.«

»Oliver!«, rief Diana ihm noch hinterher, doch er sprintete bereits zu den Treppen und verschwand aus ihrem Blickfeld.

Weil sie sich nicht traute, ihm zu folgen, ging sie wieder zu den anderen. Einige hatten bereits ihr Handy gezogen und versuchten, etwas über das Beben zu erfahren.

»Dieses Isländisch ist ja eine furchtbare Sprache!«, fluchte ein männlicher Hotelgast auf Englisch.

Diana konnte ihm den Ausbruch nicht nachsehen, in einer Situation wie dieser wollte man sich nicht mit Übersetzungen herumschlagen. Doch sie sah nun hinter sich zum Eingang, hoffte, es würde kein weiteres Beben folgen, vor allem nicht solange Oliver dort oben war.

Wo zum Teufel bleibst du denn?

Viel später als erwartet kam er endlich herunter. Er trug beide Treckingrucksäcke mit sich, nahm Diana sanft am Arm und führte sie mit sich zum Auto.

»Solange wir nicht wissen, ob nicht noch mehr passiert, möchte ich Klamotten, vor allem unsere Jacken, im Auto lagern. Was, wenn das Hotel noch mehr Schaden nimmt?«

»Du Idiot, warum musstest du da hoch?«

»Weil ich im Notfall wenigstens nicht mit leeren Händen dastehen möchte.« Zudem steckte er dreihundert Euro ins Handschuhfach des Wagens.

Dianas Herz hämmerte noch immer. »Wie sah es dort oben aus?«

»Da ist mehr kaputtgegangen als unten. Die Zimmertüre hat sich sogar etwas verklemmt. Scheiße, das gibt's doch nicht.«

»Und jetzt?«

»Keine Ahnung. Warten wir mal, was die Einheimischen sagen. Die vom Hotel werden ja öfter mit solchen Beben zu tun haben. Aber wohl nicht allzu oft mit so starken, wenn ich mir das Haus anschaue.«

»Oliver, was, wenn wir nicht mehr hochkönnen? Was, wenn noch mal eines kommt, und dann noch stärker?«

»Diana, ich weiß es nicht. Wir sind doch alle dem ausgeliefert.« Dabei wies er mit den Händen auf die anderen Menschen, die noch immer diskutierten. Die Familie, die zuvor noch am Auto gewesen war, stand nun bei ihnen.

Für einen kurzen Augenblick sah Diana zu Boden. Es war nun ruhig, nie hätte sie gedacht, dass dies einmal nicht mehr selbstverständlich sein könnte.

Die Angst, die sich nun in sie schlich, lähmte sie. Plötzlich erschien ihr dieses ganze Land wie das Maul eines Monsters, das sie verschlingen wollte.

Elsa

Wegen eines wichtigen Termins hatte Elsa nicht an der Teambesprechung teilnehmen können. Es war ihr aber wichtig, über Lilli zu sprechen, zudem es beunruhigende Neuigkeiten gegeben hatte. Also holte sie das nun in der halben Stunde nach, in der die Jugendlichen in der heimintegrierten Schule waren, einem Förderzentrum für emotionale und soziale Entwicklung. Und da es Lillis zweiter Schultag war, wollte sie hören, welche Rückmeldung es von den Lehrkräften gab.

Im Wohnzimmer der Gruppe traf sie auf Robert, Annika und Tanja, die am heutigen Tag Dienst hatten. Sie mochte das neueste Teammitglied Annika gerne, und wäre ihr Terminkalender nicht unerträglich voll-gestopft, hätte sie mit der jungen Frau gerne mal einen Kaffee nur unter vier Augen genossen.

Den trank sie nun mit allen Anwesenden.

»Leider hat sie heute den Unterricht geschmissen!«, sagte Annika, nachdem sie kurz über die Hitzewelle gesprochen hatten. Seit Tagen war es so heiß, dass alle Fenster offen standen, obwohl das nicht unbedingt gern gesehen war in einer intensivtherapeutischen Wohngruppe.

»Und warum?«

»Sie hatte keinen Bock auf Mathe.«

»Das ist seltsam. Sie liebt Mathe, ich kann mir eher vorstellen, dass sie unterfordert ist.«

»Vielleicht«, wandte nun Robert ein. »Sie schauen erst mal, wo ihr Leistungsniveau liegt, dann wird sie in die A-Klasse verlegt.«

»Ich hoffe, sie tun es bald«, murmelte Elsa und trank wieder vom Kaffee. Zwar war ihr heiß, wie allen anderen auch, doch Kaffee konnte sie zu jeder Tages- und Nachtzeit trinken sowie bei allen Temperaturen.

»Und die beiden Auszeiten, die sie bekam?«, fragte sie weiter. Damit meinte sie die Aufenthalte im Time-Out-Raum.

Annika berichtete ihr vom ersten Vorfall mit Marcel, beim zweiten hatte sie Mascha beschützt, weil Sibel sie angeblafft hatte.

»Sie hat Mascha beschützt?«, wiederholte Elsa ver-blüfft. »Das ist wirklich erstaunlich. Sie sagt ja selbst über sich, dass sie keinen Kontakt zu irgendwem ha-ben möchte.«

Robert legte den Kopf schief. »Sie ist sechzehn, sie wird noch allerhand Dinge von sich geben, die sie so nicht meint.«

»Ja, aber bei ihr ist es irgendwie anders.« Obwohl sie über die erste Therapiestunde bereits per E-Mail kurz Bescheid gegeben hatte, wollte sie ihre Eindrücke nun näher beschreiben. »Lilli ist hochintelligent, und das sage ich nicht einfach so. Sie hat mich echt auflaufen lassen. Mal kurz Dinge aus der griechischen Mythologie erwähnt, die über das Allgemeinwissen hinausgehen. Manchmal dachte ich, sie scannt mich und nicht umgekehrt.«

»Du weißt, dass die alle ausgeprägtere Antennen haben als wir?«, fragte Annika nach.

»Klar, aber Lilli hat eine vom Typ DDR-Stasi-Komplettüberwachung. Sie ist so sehr in dem ganzen System drin, dass sie uns dabei noch was vormacht. Und als ich ihre Zeugnisse gesehen und mit der Lehrerin gesprochen hatte, kam mir der Gedanke, dass sie schulisch komplett unterfordert gewesen sein könnte. Sie hat nie mehr getan als nötig.«

»Elsa, ihre Rebellionen begannen ja nicht erst mit dem Tod ihrer Mutter. Da war ja schon Jahre zuvor so vieles im Argen. Du kennst ihre Anamnese. Der Bahnhof war ihr zweites Zuhause, Drogen- und Alkoholmissbrauch der Mutter, ständig fremde Männer in der Wohnung. Dafür gibt es einen eigenen Ausdruck.«

Sie musste nicht nachfragen, sie nannten es ›Assi-Umfeld‹, und in diesem Fall war es besonders ausgeprägt.

»Die Probleme fingen schon früher an.«

Sie nickte. »Ja, aber seltsamerweise hat sie weder die Schule abgebrochen noch ist sie vom Gymnasium runter. Hey, Gymnasium, nicht gerade noch Mittelschule.«

»Es war das Einzige, was ihr Halt gab«, riet Annika. »Vielleicht Freundinnen?«

»Die sie danach nicht mehr hatte. Also nach dem Tod ihrer Mutter.«

Es entstand eine kurze Pause, in der niemand etwas sagte.

»Dass sie sehr intelligent ist, macht die Sache keinesfalls einfacher«, unterbrach Robert schließlich die Stille. »Weder für sie noch für uns.«

»Es kann Monate dauern, bis ich vielleicht zu ihr durchdringe«, antwortete Elsa. »Wenn überhaupt. Ich kann das nach nur einer Stunde noch gar nicht abschätzen.«

»Ein Jahr wird die so nicht bleiben.«

Roberts Einwand war wie ein Hammerschlag, wenn auch nicht überraschend. Es gab auch Jugendliche, die sogar den Rahmen einer intensivtherapeutischen Wohngruppe sprengten.

»Die nächste Station wäre Klinik, geschlossene Gruppen – bei Lilli aber eher Klinik. Da ist schon jetzt ein derart krankhaftes Bild erkennbar.«

»Robert, nach einer Woche?« Elsa tadelte sich selbst, es gesagt zu haben. Sie schätzte ihren Kollegen sehr, meist lag er mit Einschätzungen aller Art richtig. Und da Lilli beim zweiten Aufenthalt im Time-Out-Raum bis in die Nacht getobt hatte, verlangte es ein noch genaueres klinisches Bild ihrer Person. Dabei war sie x-mal durchgecheckt worden, ihre Akte war voller Diagnosen und Berichte. Was sollte denn noch passieren? Und ihr Zustand wurde immer kritischer. Man musste nicht erwähnen, dass sie womöglich bald medikamentös austherapiert war.

»Seit sie hier ist, hat sie jeden Tag das Notfallmedikament bekommen«, sagte Tanja. »Gestern sogar zwei Mal. Wir sprechen hier von der Höchstdosis, da gibt es keinen Spielraum mehr.«

»Ich weiß ja.« Sie sah in die Gesichter der anderen. Niemand war froh, zurzeit Dienst zu haben. Zwar hatten sie schon auffälligere Jugendliche gehabt, aber es kam selten vor, dass eine Jugendliche bereits so viel durchlaufen hatte. Fünf Aufenthalte in der Heckscher-Klinik ohne spürbare langfristige Besserung. Und das lag beileibe nicht an der Einrichtung. Nur waren sie weder dort noch hier Wunderheiler.

»Deshalb ist es umso wichtiger, dass sie ins EPT mitfährt. Vielleicht eine der letzten Chancen, die sie noch bekommt.«

Niemand antwortete ihr, sie sahen sich nur an.

»Die Chefin meint das auch«, antwortete Robert schließlich. »Wir haben Lilli gefragt, weil sie noch so neu ist, es genau mit ihr besprochen und das Modell vorgestellt. Die Chefin wollte es nicht übers Knie brechen, wir können sie kaum zwingen, wenn sie noch nicht dazu bereit ist. Im Notfall müssten wir es einer anderen Gruppe zumuten, sie für zwei Wochen aufzunehmen.«

»Und?«

»Sie möchte mit. Sie hat laut eigener Aussage keinen Bock, wieder andere Jugendliche kennenzulernen.«

»Das ist ja großartig.«

»Wie man es nimmt. Dir ist schon klar, dass du auch mitfährst?«, fragte Robert lächelnd.

Da musste Elsa lachen und wischte die Strähnen ihres Haares aus dem Gesicht. »Also bitte, wir nehmen kein Monster mit. Sie ist sechzehn.«

» ... die jederzeit auch dort alles sprengen kann.«

»Ja, aber die anderen auch. Sibel und Marcel sind ebenso am Anschlag.«

Robert sah sie nur schräg an, und Elsa verzichtete auf weitere Worte. Niemand in der Gruppe war gerade derartig unberechenbar wie Lilli. Die ungünstigste Voraussetzung, mit Menschen zu arbeiten, war deren Unberechenbarkeit. Und Lilli war ein Prachtbeispiel dieses Typus.

Obwohl sie nicht wollte, musste Elsa lächeln. Ja, Lilli war eine Hausnummer, doch sie mochte sie, und das machte die Sache nicht wirklich leichter.

»Wir müssen aber den Notfallplan nicht umschreiben?«, fragte sie.

Robert schüttelte den Kopf. »Wir fahren nicht früher heim. Wenn sie abhaut, haut sie ab. Das kann sie hier auch. Keine Bühne für Erpressungen geben, auch Lilli nicht.«

»Ist Marcel noch sauer auf sie?«

»Ach wo, das war für ihn nach einer Stunde erledigt. Sie tut ihm leid. Gut, hätte sie getroffen, sähe es vielleicht anders aus, aber du kennst Marcel.«

Sie nickte. Dabei fiel ihr auf, dass Robert sie durchdringend ansah.

»Und, deine erste Einschätzung?«

»Puh, das fragst du mich nach einer Stunde. Morgen habe ich sie wieder. Sie scheint sich auf die Esel zu freuen.«

»Wäre ja nicht das erste Mal, dass tiergestützte Therapie einen Ansatz bietet.«

»Von einem Ansatz wage ich noch lange nicht zu sprechen. Ich bin mir sehr sicher, dass es ein harter Brocken wird.«

»Und weiter?«

»Robert, ich weiß nicht. Ja, sie scheint momentan auch hier Systemsprengerin zu sein. Wir alle wissen aber um die Anfangszeit, sie ist neu.«

»Und die Akte ist zu voll.« Dabei schlug er auf seine Schenkel, und plötzlich änderte sich sein Gesichtsausdruck. »Ich glaube wirklich, dass das EPT uns vielleicht einen Schritt voranbringt. Beziehungsweise Lilli. Vielleicht sollten wir die Zügel da sogar extra noch etwas anziehen. Und wenn sie ausbüxt – da ist ja nur Moor und Natur.«

Nur kurz stellte sie sich vor, wie sie Lilli mithilfe mehrerer Einheiten der Schleswig-Holsteinischen Polizei suchten. Sie hatte bisher drei Mal bei einem der EPT mitgewirkt und erst einmal war ein Jugendlicher geflohen, mitten in der Nacht aber verängstigt und durchnässt zurückgekehrt.

Robert hatte recht. Wenn jemand abhauen wollte, konnte er das auch hier.

Als sie die Sitzung verließ, beschlich sie ein seltsames Gefühl. Sie konnte Lilli trotz ihrer ausgeprägten Menschenkenntnis nicht im Geringsten einschätzen, und sie konnte sich nicht erinnern, wann sie dies zum letzten Mal so ausgeprägt erlebt hatte.

Schon bald erwartete sie ein steinzeitliches Dorf mit vierundzwanzig Stunden Lilli täglich für zwei Wochen am Stück.

Es war mehr als unberechenbar.

Vorboten

Jakob

Bereits nach der ersten Nacht bereute Jakob es, sich allein auf diese Reise eingelassen zu haben. Zu Hause gab es kaum etwas in der Wohnung, das ihn nicht an Monika erinnerte. Hier erinnerte ihn gar nichts an sie. Viele seiner Freunde hätten nun vermutlich gesagt, das sei gut so, denn so könne er den ersten Schritt für einen Neuanfang starten. Niemals hätte er aber damit gerechnet, dass es derart schlimm für ihn würde. Diese vor allem auf Dauer vollkommen fremde Umgebung, die nichts mit Monika zu tun hatte, die keinerlei Brücken zu ihr baute, schien den Schmerz und den Verlust noch zu intensivieren. Umso stärker dachte er an sie, hatte die ganze Nacht beinahe durchgängig wach gelegen, hatte fast schon fieberhaft nach Dingen gesucht, die sie ihm näherbrachten. Wie ihr Schminktisch zu Hause, ihre Decke, die noch immer auf dem Sofa lag, ihre Schuhe oder ihre Kleidung. Nichts hatte er wegwerfen können oder wenigstens Elsa geben. Sie wollte noch nichts von alldem, und er wusste, dass sie ihren Schmerz sogar zurückgesteckt hatte, um ihrem Vater beistehen zu können. Deshalb spürte er ihr gegenüber ein sehr schlechtes Gewissen.

Aufgrund der schlechten Nacht hatte er sich nach dem Frühstück noch einmal hingelegt und war eingeschlafen. Als er schließlich am Nachmittag wieder erwachte, fühlte er sich eher gerädert als ausgeruht. Dennoch ging er an Deck, um die Sonne auf sich zu spüren und womöglich norwegisches Land zu erspähen, das man für den heutigen Tag angekündigt hatte.

Als er in Richtung Osten sah, dorthin, wo bald Land auftauchen sollte, fühlte er sich unendlich einsam. Er wusste nicht, ob es am langen Mittagsschlaf lag oder der Verlust seiner Frau hier noch deutlicher zu spüren war.

Weil ein Kind schrie, drehte er sich um. Unweit vor ihm war der Swimmingpool, durch Dutzende Liegestühle und Bäume in Töpfen herrlich eingerahmt am hinteren Teil des Oberdecks. Es war ein Paradies für Jung und Alt, dennoch konnte er sich nicht vorstellen, sich auch nur einmal während dieser drei Wochen unter die Schwimmenden zu gesellen. Eigentlich hatte er momentan überhaupt keine Ahnung, was er denn tun sollte. Seine Hoffnung, während dieser Kreuzfahrt so einiges hinter sich lassen zu können und Kraft sowie Energie zu finden, das Leben neu anzugehen, schien bereits nach dem ersten Tag verschwunden. Es tat ihm jedoch unerklärlich gut, den spielenden Kindern, aber auch den lachenden Erwachsenen zuzusehen. Dabei fiel sein Blick auf ein älteres Pärchen, das auf eng aneinandergestellten Klappstühlen lag und sich an je einer Hand festhielt.

Obwohl sich augenblicklich ein Stich durch Jakobs Herz bohrte, konnte er seinen Blick nicht abwenden. Ob die beiden wussten, welches Geschenk ihnen gemacht worden war?

Weil er den Trubel sogar als angenehm empfand, setzte er sich auf einen der Stühle direkt an der Reling und sah den Badenden zu. Gleichzeitig wehte frischer Wind an sein Gesicht. Bei einem vorbeilaufendem Kellner bestellte er sich ein Bier, als er von Weitem Giulia sah, die Bedienung vom Vorabend. Sie war aber zu weit von ihm entfernt, um ihn zu sehen. Dabei versuchte er sich vorzustellen, ob die Crew auch dazu angehalten wurde, die Namen ihrer Gäste so schnell wie möglich zu lernen. Es musste schwer sein bei dieser Masse an Menschen, auch wenn in diesem Fall Giulia für nur etwa acht Tische zuständig war.

Plötzlich knarzte der Lautsprecher in seiner Nähe. Bisher war ihm überhaupt nicht aufgefallen, dass dort überhaupt einer angebracht war.

»Sehr geehrte Passagiere, hier spricht ihr Kapitän«, hallte es lauter aus der Box, als Jakob erwartet hatte. Jakob empfand es etwas aufdringlich.

»Ich hoffe, Sie haben einen wunderbaren ersten Tag auf der MSC Sunset verbracht. Am gestrigen Abend hat die untergehende Sonne unserem Schiffsnamen sogar alle Ehre gemacht.«

Jakob fiel auf, dass auch der Kapitän mit einem Dialekt sprach. Da fiel ihm ein, dass er gehört hatte, er stamme aus Schottland.

»Da bereits die Meldungen über die Erdbeben auf Island nicht nur in den Nachrichten und den sozialen Netzwerken zu hören sind, sondern das auch Gesprächsthema auf der MSC Sunset ist, möchte ich sie über den derzeitigen Stand informieren. Bis vor zwei Stunden wurden drei Erdbeben auf Island bestätigt, das letzte mit einer Stärke von 6,5 der Richterskala. Selbstverständlich hat die Sicherheit unserer Passagiere alleroberste Priorität. Da die MSC Sunset in etwa zwölf Tagen in Reykjavik einlaufen sollte, haben wir noch genügend Zeit, die Lage zu beobachten und zu sondieren. Unbetroffen von diesen Geschehnissen bleiben natürlich unsere nächsten Zielorte Bergen, Ålesund und Molde in Norwegen. Über alle weiteren Entwicklungen werden wir Sie selbstverständlich umgehend informieren. Somit kann ich Ihnen nur weiterhin einen wunderbaren Aufenthalt auf unserem modernen und mit allem Komfort ausgestatteten Kreuzfahrschiff wünschen. Das Wetter soll mindestens für die kommenden beiden Wochen sonnig und warm bleiben. Ihr Kapitän William McGregor.«

Jakob war aufgefallen, dass die meisten Menschen um ihm herum während dieser Ansprache ruhig gewesen waren und den Worten gelauscht hatten. Kaum hatte sich der Kapitän jedoch verabschiedet, tobten die Kinder weiter.

Es fingen aber viele an zu diskutieren. Manche sahen auf ihr Smartphone, weil sie vielleicht noch gar nichts von den Beben mitbekommen hatten, andere wollten vielleicht die neueste Entwicklung sehen. Jakob hoffte sehr, dass sich die Beben aufhörten. Höchstwahrscheinlich steuerte die MSC Island nicht an, bliebe es bei der gefährlichen Lage. Und da er vor seiner Karriere als Architekt bei einem Versicherungsbüro gearbeitet hatte, fragte er sich, wie es um die Entschädigungsklauseln bestellt war, wenn Zielorte aufgrund höherer Mächte nicht angesteuert wurden und deshalb den Passagieren ein Nachteil entstand.

Schnell verwarf er aber diese Gedanken. Er wollte unbedingt nach Island, allein schon wegen Monika. Wer wusste schon, ob er jemals wieder die Gelegenheit dazu hätte.

Oliver
Zwei Tage nach dem stärksten Beben

Auch wenn das starke Beben mehr als 48 Stunden zurücklag, wusste Oliver schon jetzt, dass er diese Ohnmacht, das so unfassbar starken Mächten Ausgeliefertsein nie mehr vergessen würde. Zwar hatte es seitdem weitere Beben gegeben, sie waren aber so schwach gewesen, dass man sie fast überhört hatte. Dennoch war bei jedem Brummen und leichtem Wackeln große Angst in ihm und vor allem in Diana entstanden, es könnte wieder so stark beben wie zwei Tage zuvor.

Am Tag nach dem größeren Beben war das Hotel fast den ganzen Tag über von den Einsatzkräften des Ortes genau inspiziert und für weiter bewohnbar eingestuft worden, allerdings hatten die Gäste eine Erklärung unterschreiben müssen, in der sich der Betreiber vor Regressansprüchen jeglicher Art schützte, die mit unmittelbaren Folgen eines Bebens zu tun hatten. Niemand wusste, ob und wann ein weiteres Beben erfolgte. Zwar hatten auch Diana und Oliver die Möglichkeit gehabt, das Hotel zu verlassen, doch sie waren wie gelähmt gewesen, zudem waren auch andere Hotels nicht nur in der Nähe betroffen. Ganz Island war von dem Erdbeben erschüttert worden, das Epizentrum lag südlich von ihnen. Dort waren sogar einige Felsen ins Wasser abgerutscht, mehrere Straßen waren verschüttet.

Diana war noch immer distanziert, er spürte aber, dass ihre momentane Sorge eher weiteren Beben galt.

Längst dachten sie darüber nach, entweder die Reise Richtung Norden und dann nach Osten fortzusetzen oder nach Hause zu fliegen. Ziel war es seit jeher gewesen, die ganze Insel mit dem Leihauto zu umrunden. Falls sich Diana darauf einließ. Er hatte momentan absolut keine Ahnung, was in seiner Frau vor sich ging, denn sie schwieg viel, hatte den gestrigen Tag fast ausnahmslos allein mit Spaziergängen verbracht, beantwortete Fragen knapp, hatte aber bisher nicht geäußert, sich trennen zu wollen. Und er wusste nicht, ob sie den Urlaub aufgrund der Beben abbrechen sollten, wenn Diana ihn schon nicht aus dem anderen Grund aufgab.

»Ich habe wieder nach Flügen gesehen«, rief er Diana zu, die gerade im Bad Zähne putzte. Er war müde, die letzten beiden Nächte waren grausam gewesen. Alles schien gerade zusammenzukommen. Sein erzwungenes Geständnis und die Angst, Diana zu verlieren. Die Auswirkungen des Bebens schienen sich sogar in seinem Körper festgesetzt zu haben. Manchmal zitterten seine Finger, ein sicheres Zeichen dafür, dass er mehr als belastet war.

»Und?«

»Es hat sich nichts geändert, einschließlich der kommenden zwei Tage sind alle ausgebucht. Es scheinen tatsächlich viele abzureisen. Hm, aber viel passiert ist ja nicht.«

»Das stimmt, aber wir ziehen es ja auch in Betracht. Tun wir das noch immer?«

Oliver wusste es nicht. Schließlich hatte er erwartet, dass Diana aufgrund seines Fehltritts die Reise abbrach. Er kannte sie sehr gut, und es war mehr als offensichtlich, dass ihr das Beben sehr zugesetzt hatte.

Er schaltete den Fernseher an. Auf einem der isländischen Programme zeigten sie, wie Straßen im Süden des Landes geräumt wurden, mehrere Gemeinden hatten starke Schäden erlitten. Dächer waren dort eingestürzt, die Einsatzkräfte hatten alle Hände zu tun. Die bereits am Vortag angegebene Stärke 6,5 auf der Richterskala wurde bestätigt, weitere Beben waren nicht auszuschließen. Oliver verstand dies alles, weil das Gesprochene am unteren Rand des Bildes auf Englisch übersetzt wurde, vielleicht der Touristen wegen, die sich große Sorgen nicht nur wegen ihres Urlaubs machten.

»Diana, ich weiß, dass es erst zwei Tage her ist, aber können wir nicht noch mal darüber reden?«

»Was sollen wir denn darüber reden? Alles zum x-en Male aufwärmen? Ich weiß, dass du dich aus freien

Stücken von ihr getrennt hast, aber das macht es für mich momentan nicht besser. Seit zwei Tagen bin ich in einem Loch und komme nicht raus.« Sie ließ das Wasser laufen, putzte sich den Mund ab und kam schließlich zu ihm. Dabei atmete sie tief durch. »Vielleicht wäre es wirklich besser, wir brechen das hier ab. Oliver, es ist einfach gerade zu viel. Ich habe Angst vor dem scheiß Beben, und ich weiß ehrlich gesagt nicht, wie es hiermit weitergehen soll.« Dabei wies sie auf sich und ihn.

Oliver dachte, ihm schlüge jemand ins Gesicht. Es war die erste klare Aussage ihrerseits nach dem Geständnis, und es war nicht diejenige, die er sich tief in seinem Innern erhofft hatte.

Es rang ihm alles ab, ihr ins Gesicht zu sehen. »Also möchtest du dich trennen?«

»Nein, zumindest weiß ich es nicht. Oliver, ich brauche Ruhe, Abstand, meine Freundin, vielleicht unsere Wohnung. Ich kann hier nicht einen auf tollen Urlaub machen, mit dir die nächsten Tagesausflüge besprechen und so tun, als sei nichts geschehen. Ich wollte keinen Schnellschuss in den vergangenen beiden Tagen, aber jetzt ist es so, dass ich zumindest heim will. Es ist, als könnte ich erst heute klar denken.«

»Okay.« Sein Gesicht glühte, aber ihre Reaktion war beileibe nicht verwunderlich. Wer weiß, ob sie ohne Beben nicht gleich nach diesem unheilvollen Frühstück allein den Weg nach Reykjavik angetreten hätte. Auch wenn sie eine Trennung nicht bestätigt hatte, fühlte es sich danach an.

»Okay«, sagte er noch mal, unfähig, etwas anderes zu sagen. Also nahm er das Handy und versuchte, über zwei Portale einen Flug von der Insel zu bekommen. Egal, welchen Zielort er eingab, er fand erst zwei Plätze in vier Tagen. Und dieser Flieger steuerte zunächst Lissabon an, dann Paris.

»In vier Tagen!«, murmelte er. »Vorher ist nichts drin. Es gibt noch einen einzelnen in zwei Tagen nach Paris und einen anderen in drei nach Frankfurt. Was soll ich nehmen?«

Sie atmete tief durch. Ganz offensichtlich war sie mit der langen Wartezeit nicht einverstanden. »Dann nimm die in vier Tagen, bringt ja nichts, wenn wir einzeln in Europa verstreut sind. Jetzt, bevor auch da die Plätze weg sind.«

Oliver nickte nur, buchte beide Plätze, bei denen sie auch nicht nebeneinandersaßen, und legte schließlich das Handy beiseite.

»Ich weiß, dass du es nicht mehr hören willst, aber ich entschuldige mich in aller Aufrichtigkeit für das, was ich getan habe. Wenn ich eine Zeitmaschine hätte, würde ich es rückgängig machen.«

»Hattest du nicht gesagt, du hättest dadurch erst gespürt, mich wirklich zu lieben?«

»Ja, das stimmt auch.«

»Mensch, Oliver. Gab es keine andere Möglichkeit, das herauszufinden?«

Er schwieg. Was sollte er schon darauf antworten?

Als sie sich auf die Bettkante setzte, sah sie ihn durchdringend an.

»Wer war sie? Wie alt? Wo wohnt sie?«

Zum ersten Mal in den vergangenen 48 Stunden fragte sie, sprachen sie nach langem Schweigen über das Thema.

»Ich weiß nicht ... Wirklich?«

»Würde ich sonst fragen?«

»Wie gesagt, ich lernte sie auf einem Geschäftsessen kennen. Sie ist brünett, arbeitet im Labor von ›Food care‹, beim ersten ...«

»Lass es!« unterbrach sie ihn wirsch. »Ich will es doch nicht wissen. Nur eines: Wohnt sie in unserer Nähe?«

»Nein, in Pesch.«

Der Kölner Stadtteil war weit genug von ihrem, Wahnheide, entfernt, dass sie sich nicht einfach so über den Weg liefen. Diana kommentierte dies mit einem Nicken.

Nun stand sie wieder auf und blickte aus dem Fenster. »Lass uns nach Reykjavik fahren. Vielleicht werden doch früher Plätze frei, und ich brauche Menschen um mich. Leben. Oliver, noch vier Tage mit dir allein im Zimmer oder bei einer Wanderung und ich explodiere.«

»Gut. Ich zahle und packe das Auto.« Sie sah ihn weder an noch antwortete sie, also machte sich Oliver auf den Weg zur Rezeption.

Während des Auscheckens war er nicht der Einzige. Zwei Familien standen vor ihm, er erfuhr aber nicht, ob sie auch das Land oder nur Hellnar verlassen wollten. Und als er an der Reihe war, lächelte die junge Rezeptionisten ihn unsicher an. Auf Englisch erklärte sie ihm, dass die Küstenstraße 54 aufgrund des Bebens an einigen Stellen aufgerissen, aber eine grundsätzliche Weiterfahrt gewährleistet sei. Bis Borgarnes, wo danach eine Brücke über das Meer führte, käme man offenbar auf jeden Fall mehr oder weniger ohne große Schwierigkeiten.

»Gibt es Hinweise auf weitere Beben?«, wollte er von ihr wissen.

Er erfuhr, dass die Erdbebentätigkeit momentan sehr hoch sei und dass tatsächlich weitere starke Beben erwartet wurden. Auch deshalb gebe es zurzeit eine hohe Ausreisewelle von der Insel, die den Tourismus betraf.

»Habe ich bemerkt«, sagte er in Englisch, »wir haben erst in vier Tagen einen Flug.«

»Darf ich für Sie nachsehen?«

»Ich habe schon gebucht. Meine Frau möchte noch etwas von Reykjavik erleben.«

»Sicherlich die beste Entscheidung, die sie gerade treffen können. Es tut mir sehr leid, dass ihr Urlaub so stark davon betroffen ist.«

»Es ist ja nicht Ihre Schuld«, antwortete er. »Herzlichen Dank.«

Er zahlte, sah ihr noch einmal nach und ging schließlich wieder in ihr Zimmer. Dort hatte Diana bereits zu packen begonnen. Nun war er froh, mit ihr mindestens drei Stunden im Fahrzeug zu sitzen, vielleicht konnten sie die Zeit ja nutzen, um zu reden. Doch ob es die Situation nicht noch schlimmer machte?

Eine Stunde später saßen sie im Auto und verließen den Parkplatz des Hotels. Schon bald verschwanden die weniger Häuser Hellnars, nur noch die Straße und die wilde Küstengegend Nordislands begleiteten sie.

Diana schwieg. Auch nach einer Viertelstunde sagte sie kein Wort, und Oliver entschied, ihr jedmöglichen Freiraum zu lassen, alles, was sie benötigte. Er hatte große Angst, dass sie ihn verließ, momentan war es einfach nicht vorstellbar. Was war er doch für ein riesiger, kompletter Idiot gewesen. So dudelte nur leise Musik aus dem Autoradio.

Da tauchten erste Risse im Asphalt auf. Da sie auf dem gleichen Weg nach Hellnar gekommen waren, wusste er, dass diese auf der Hinfahrt nicht da gewesen waren. Manchmal lagen Steine auf der Straße, die er umfuhr, an einer Kurve war der Belag besonders stark aufgerissen und er steuerte den Leihwagen langsam, um keinen Platten zu riskieren.

Plötzlich musste er stehen bleiben. Die Hälfte der Straße war weggebrochen, ein ihm entgegenkommendes Fahrzeug fuhr langsam auf dem Schotterstreifen neben der Fahrbahn.

»Das muss alles das zweite Beben gewesen sein«, sprach Diana die ersten Worte, seit sie aufgebrochen waren. »Also wenn schon mal die Straßen kaputtgehen, ist es ein Wunder, dass das Hotel noch steht.«

»Vielleicht war es hier etwas stärker?«, mutmaßte er, froh darum, dass sie überhaupt etwas sagte und die bedrückende Stille unterbrochen wurde. »Angeblich lag das Epizentrum im Süden. Und wir fahren ja in die Richtung.«

Nun sah sie ihn an. »Wenn Reykjavik stark betroffen gewesen wäre, hätte man es in den Medien gesehen.«

»Auf jeden Fall. Reykjavik ist ja der absolute Dreh- und Angelpunkt des Landes.«

Nachdem das Fahrzeug an ihnen vorbei war, umfuhr Oliver ebenfalls die Straße. Es knirschte, das Auto wackelte stark, bevor er wieder auf den Asphalt fuhr. Dabei fragte Oliver sich, wie viele Stellen auf den Straßen landesweit Schäden genommen hatten und wie lange die Straßenbauunternehmen benötigten, alles wieder auszubessern. In Deutschland würde es sicherlich Jahrzehnte dauern.

Es folgte ein längeres Stück, auf dem sie unbehelligt fahren konnten. Ab und an kam ihnen ein Auto entgegen, sogar ein Lkw, der aber aufgrund seiner großen Reifen am wenigsten Schwierigkeiten hatte.

Plötzlich rumpelte etwas. Zunächst dachte Oliver, etwas würde vom Auto mitgeschleift werden, doch es dröhnte immer lauter.

Sofort drehte Diana das Radio aus.

Das Auto wackelte.

»Scheiße!«, rief sie nur und starrte nach draußen.

Oliver folgte ihrem Blick. Es bebte wieder, es war eindeutig. Wieder war dieses Brummen tief aus der Erde zu hören, es knirschte und abermals hörte es sich an, als ginge in ihrer unmittelbaren Nähe eine Lawine ab. Dort waren aber nur Felsen, steiniges Land und südlich von ihnen das Meer.

Er sah, wie Dianas Hände sich verkrampften. Mit geschlossenen Augen versuchte sie offenbar, das nächste Beben zu erdulden, er konnte jedoch nicht die Augen schließen. Das Brummen und Dröhnen wurde stärker, das Auto wackelte deutlicher, sodass der Glückstalisman, der am Rückspiegel hing, stark hin und her schwankte. Er spürte seinen Körper schaukeln, das Auto knirschte nun auch, so, als stünden sie auf einer sich bewegenden Plattform einer Kfz-Reparaturwerkstatt.

»Ist es besser, im Auto zu bleiben?«, rief Diana viel lauter als nötig.«

Oliver wusste es nicht. »Bleiben wir drin!«, entschied er schließlich.

Zu seinem Entsetzen wurde das Beben stärker, es dröhnte und rumpelte nun so laut, dass er selbst Angst bekam. Das Geräusch war so unheimlich, so durchdringend, dass er erst jetzt bemerkte, dass er stark zitterte.

Da stahl sich Dianas Hand in seine. Trotz des Bebens war er unendlich froh darüber. Es fühlte sich an, als sei sie heiß, aber es war momentan das Schönste auf dieser Welt. Doch sie zitterte und ihre Haut war schweißnass.

Plötzlich sah er, wie ein großer Spalt direkt vor ihnen den Asphalt aufriss. Es knirschte ohrenbetäubend laut, das Brummen setzte sich nicht nur in seinen Ohren, sondern auch in seinem Körper fest. Diana quetschte seine Hand vermutlich mit ganzer Kraft, er spürte es jedoch kaum. Er hatte furchtbare Angst, Was geschah hier nur? Dem ersten Spalt folgte ein zweiter. Steine kullerten über die Risse, Felsbrocken fielen aus einer entfernten Felswand in Küstennähe.

Da schrie Diana. Obwohl sie laut schrie, ging es unter in furchtbarem Knirschen, Dröhnen und Brummen. Oliver wusste nicht, wie lange es dauerte, ob es schlimmer wurde oder besser, nun hielt auch er die Augen geschlossen. Niemals hätte er gedacht, dass sein Körper kapitulieren, er sich angesichts dieser Gewalt der Erde so winzig fühlen, so sehr unterlegen sein könnte.

Binnen weniger Momente wurde es leiser, dann verstummten die so sehr verstörenden Geräusche.

Alles schien friedlich.

»Oh mein Gott!«, rief Diana. »Ich mag hier weg. Ist mir scheißegal, ob wir nach Spanien oder Amerika fliegen. Ich muss hier raus!«

Oliver pflichtete ihr in Gedanken bei, konnte aber nicht antworten. Sofort war ihm klar, dass dieses Beben alles verändern konnte. Es stellte ihre Weiterfahrt nach Reykjavik ebenso in Frage wie die Tage dort, der Strom an Touristen, der die Insel nun endgültig verlassen wollte, stieg sicherlich explosionsartig an.

Weil er noch immer stark zitterte und etwas unter Atemnot litt, stieg Oliver aus. Die Frische tat gut, allerdings fiel ihm auf, dass Schwaden in der Luft hingen. Von dem Felsen, aus dem Steine gepurzelt waren, war aufgrund der Staubschwaden kaum etwas zu sehen. Es war ein gewaltiges Erdbeben gewesen, viel schlimmer als das, dessentwegen sie aus dem Hotel geflüchtet waren.

Ob es noch stand? Wären sie dort verschüttet worden?

Diana stieg nun ebenfalls aus. Sie atmete schwer, ging um das Auto herum, sah wie er auf die Risse in der Straße, auf die Felswand und die Staubwolken, die nun langsam weiterzogen. Es sah aus, als hätte eine heftige Explosion stattgefunden.

»Oh mein Gott!«, wiederholte sie. »Ich hoffe, wir kommen nach Reykjavik.«

Wäre Oliver Raucher, hätte er sich vermutlich jetzt eine Zigarette angezündet.

»Wir sollten gleich fahren. Wer weiß, ob noch weitere folgen. Es gibt doch diese Nachbeben.«

Diana nickte nur und stieg ins Auto. Und als Oliver ihr folgte, stellte er sich vor, wie sie nun um jeden Kilometer Strecke zu kämpfen hatten. Falls es überhaupt noch eine intakte Straße gab.

Robert

Es war Robert viel lieber, einen der beiden VW-Busse selbst zu fahren. Erstens war er ein überaus schlechter Beifahrer, wie auch seine Frau ihm stets attestierte, zweitens war er somit etwas abgelenkt von den Streitereien zwischen Sibel und Anna. Sie hatten die Jugendlichen so in den Autos aufgeteilt, dass möglichst wenig Streit entstand. Offenbar hatte es nicht genügt, Marcel und Sibel zu trennen, denn Anna übernahm offenbar Marcels Rolle und giftete Sibel derart an, wie es Robert noch nie zuvor erlebt hatte.

»Was ist nur los mit der?«, fragte Sibel schließlich laut, vermutlich war ihre Frage an Robert oder Marie gerichtet. Mit ihnen und den beiden Mädchen waren noch Tom und Lilli im Bus, Annika, Elsa und Ronnie fuhren bei den anderen mit.

»Was soll schon sein?«, antwortet Anna selbst. »Wir müssen uns zwei Wochen lang um Essen kümmern, das ich gar nicht haben will. Es war im letzten Jahr schon eine einzige Katastrophe!«

»Nun ja, du hast immerhin mehr gegessen als die ganzen Monate danach in der Gruppe«, antwortete Marie. »Je mehr du dich körperlich betätigst, desto größer ist dein Hunger.«

»Ich habe nie Hunger!«

»Schlaf doch einfach!«, bot Tom ihr an. »Ich muss mir jetzt das Gequengel seit unserer Abfahrt anhören.«

»Dann geh halt sterben!«

»Stopp!«, rief Robert laut. Seine Stimme hallte wie aus einem Megafon durch den Bus. »Das sagen wir nicht, egal zu wem und egal warum. Verstanden, Anna?«

»Nein, es interessiert nämlich niemanden, ob er stirbt. Einfach die Fresse halten!«

»Anna!«

Nun nickte sie nur, was Robert, durch den Rückspiegel erkennend, schon mal positiv wertete. Es konnte auch gut sein, dass sie bereits auf der Hinfahrt anhalten mussten, weil die Dinge eskalierten. Immerhin waren sie schon an der Grenze zu Hessen und hatten fast die halbe Strecke hinter sich. Er ahnte, dass Anna schlecht geschlafen hatte, so wie die meisten anderen auch. Sie war aufgeregt, auch wenn bis auf Tom, Lilli und Mascha die anderen bereits im letzten Jahr dabei gewesen waren und wussten, was auf sie zukam.

»Außerdem ist es scheiß heiß trotz der verfickten Klimaanlage.«

Wieder durch einen Blick in den Rückspiegel sah er, wie Sibel nun sogar grinste. Dann konnte es mit dem Streit nicht so weit her sein. So aggressiv und hart Sibel manchmal auch wirkte – eine ihrer großen Stärken war, dass sie kaum nachtragend war. Außer, sie wurde geschlagen. In diesem Fall gab es kein Pardon, auch nach Monaten nicht. Beate hatte dies am eigenen Leib erfahren müssen, denn Sibel hatte monatelang nicht mehr mit ihr gesprochen.

»Wir können ja in einen McDonalds gehen«, wandte Marie ein. »Da funktioniert die Klimaanlage besser.«

Während die anderen jubelten, verzog Anna das Gesicht. »Echt jetzt?«

Robert konnte nicht anders, er musste einfach loslachen. Leider fand Anna das tatsächlich überhaupt nicht lustig, denn sie verzog keine Miene.

»Ach Anna!«, sagte er in mildem Ton. »Du bist doch sonst nicht so allergisch gegen einige Witze.«

»Aber nicht, wenn es so kack heiß ist.«

Da Marie es wirklich ernst gemeint hatte und die meisten von ihnen Hunger hatten, hielten sie an einer Raststelle und aßen Burger. Bis auf Anna und Mascha, die sich für einen Salat entschieden. Robert hatte nichts dagegen, solange sie überhaupt etwas zu sich nahmen.

Leider eskalierte die Situation dann doch, weil Tom Marcel einige Pommes klaute. Wie ein Gorillamännchen, das sich wild im Urwald gebärdet, schlug Marcel erst auf Toms Hand und ihm schließlich ins Gesicht. Und als Tom dementsprechend zurückschlug, zerrten Tom und Ronnie die beiden aus dem Restaurant.

»Ihr habt sie wohl nicht alle!«, schimpfte Robert auf dem Parkplatz. »Kann man keine zehn Minuten wo einkehren, ohne dass ihr euch wie Wilde benehmt?«

»Der Wichser hat seine Griffel von meinem Fressen zu lassen!«

»Ausdrucksweise?«, setzte Robert nach.

»Nix ›Ausdrucksweise‹! Er weiß es doch ganz genau.«

Während Ronni Toms Gesicht verarztete, führte Robert Marcel in den Bus und setzte sich mit ihm hinein.

»Wie jetzt? Und was ist mit meinem Burger?«, wollte Marcel wissen.

»Bringen die anderen dann mit, wenn sie fertig sind. Außer, sie fangen jetzt auch an, sich zu prügeln.«

»Meine Fresse. Tolle Strafe, echt.«

»Keine Strafe, sondern eine logische Konsequenz. Wer nicht in einem Restaurant essen kann, muss es halt auf dem Parkplatz.«

»Ich will jetzt mein verficktes Fressen!«

Innerlich kochte Robert. Ja, es war heiß, aber es nervte noch mehr, dass es immer dieselben Dinge waren, die die Jugendlichen eskalieren ließen. Er war auch wütend auf Tom, der sehr genau wusste, dass Marcel es nie als Spaß ansah, wenn man ihm Essen klaute. Und sei es ein Gummibärchen.

Eine halbe Stunde später saßen sie alle wieder im Auto auf dem Weg nach Norden. Anna war sogar eingeschlafen, die anderen hörten über den Kopfhörer Musik. Tom hob eine Hand an sein mit einem Pflaster verziertes Kinn.

Weil Nachrichten kamen, drehte Robert das Autoradio lauter. Auch Marie rutschte etwas näher, der Motor war ziemlich laut.

» ... mit der Stärke von 6,5 den Westen Islands betroffen. Neben Schäden an Gebäuden sind einige Straßenabschnitte unbefahrbar. Seismologen erwarten weitere Erdbeben in den folgenden Tagen.

Rom. Die Hitzewelle in den südlichen Ländern Europas hat auch Auswirkungen auf den Tourismus. Nach einer Mitteilung des Tourismusverbandes der italienischen Hauptstadt ...«

Robert drehte das Radio leiser und kam mit seinem Kopf nahe an Maries heran. »Gut, dass wir in der Prähi kein Radio haben. Und die Handys sind ja die meiste Zeit über eingezogen.«

Sie nannten das Steinzeitdorf ›Prähi‹, weil sie tatsächlich in vielen Ebenen versuchten, so zu leben, wie man es in prähistorischer Zeit getan hatte.

»Ja. Egal, was dort draußen passiert, es bleibt auch draußen. Im Endeffekt ist es ein Vorreiter dessen, was wir alle tun sollten: Weniger Radio hören beziehungsweise Nachrichten schauen. Ist eh alles negativ und auf Angstmacherei ausgelegt.«

Auch wenn Robert nicht ganz Maries Meinung teilte, hatte sie im Grunde recht. Das meiste betraf ohnehin nicht ihr Leben, man machte sich Sorgen um Dinge, die in anderen Ländern passierten. Somit stand man zwischen einer Moralfrage und der Zweckmäßigkeit, weniger Sorge in sein Leben zu lassen, die einen ohnehin nicht oder kaum tangierte.

»Ich kann euch hören!«, sagte Sibel in deutlich erzieherischem Ton. »Und wenn unsere eingezogen werden, dann eure wohl auch.«

»Natürlich!«, stellte Robert klar. »Wie im letzten Jahr. Nur das Notfallhandy bleibt am Mann.«

»Wieso „Mann"?«

»Du weißt, wie ich es meine. Bei einem Betreuer oder einer Betreuerin.«

Sibel sagte nichts mehr, sah aus dem Fenster und schwieg für lange Zeit.

Es war abends, als sie endlich ankamen. Immerhin hatten sie nur einmal für kurze Zeit in einem Stau gestanden, waren den Rest aber überraschend gut durchgekommen. Als sie in Schleswig-Holstein am Rand des Steinzeitdorfes mitten in der Einöde einer Flussschleife der Eider hinter dem Dörfchen Delve ankamen, war es etwas kühler, allerdings immer noch sehr warm.

Der Wagen des Mitarbeiters der örtlichen Gemeinde war bereits hier, und als die beiden VW-Busse parkten, stieg der Mann aus. Robert kannte ihn vom letzten Jahr. Der kurz vor der Rente stehende Mann war zuständig für die Übergaben und Abnahmen des Geländes an die buchenden Gruppen.

Sie schüttelten sich die Hände, Robert ließ aber die Übergabe Ronni und Annika machen. Er wollte sich um die Jugendlichen kümmern, damit sie nicht wie wild geworden gleich ins Marschland rannten.

Kurz fiel Roberts Blick auf Lilli und Annika. Durch einen unmissverständlichen Gesichtsausdruck ließ Annika ihn verstehen, dass es außer der Geschichte im McDonalds zu keinen weiteren Eskalationen im Bus gekommen war.

»Wohnt hier überhaupt jemand?«, fragte Lilli laut, nachdem der Gemeindeangestellte mit Ronni und Annika in einem der vier Häuser verschwunden waren.

»In Delve, da sind wir ja vorbeigefahren. Hier aber nicht.«

»Krass. Und das sind die Häuser? Nee, oder?«

Robert folgte ihrem Blick zu dem ersten Haus. Es war nach historischen Merkmalen dem eines Hauses der Bronzezeit nachgebaut, mit Schilf auf dem Dach sowie mit Schlammwänden. Dass diese unter dem Schlamm eine Ziegelmauer aufwiesen, mussten die Jugendlichen weder wissen noch interessierten sie sich dafür.

»Warte erst mal, bis du es von innen siehst.«

»Ja, dann muss sie vielleicht auch kotzen!«, rief Marcel.

Robert und die anderen ließen den Einwand unkommentiert. Sie warteten, bis die drei zurückkamen, nahmen Schlüssel und Papiere entgegen und winkten dem schließlich losfahrenden Mann hinterher. Erst jetzt trugen sie das Gepäck in die Hütten. Lilli, Sibel, Anna und Mascha schliefen mit Annika, Marie und Elsa in dem größeren Haus, Marcel, Tom, Robert und Ronni in dem kleineren.

Nachdem Ronni sich um Marcel und Tom gekümmert hatte, ging Robert zu den Frauen ins große Haus.

»Das ist ja mega retro!«, sagte Lilli. »Die Feuerstelle ist ja voll aus der Steinzeit.«

Unter Holzbalken waren Strohmatten ausgelegt, die als Betten dienten. Die Küche war nichts anderes als eine gemauerte Feuerstelle, über der eine Metallkonstruktion angebracht war, an der drei Kessel in verschiedenen Größen hingen. Zwei massive Holztische links und rechts daneben dienten als Arbeitsplatz für die Nahrungszubereitung, ein weiterer großer Tisch mit grob geschnitzten Sitzbänken drumherum war zum Essen und gemeinsamen Sitzen gedacht. Windschiefe Regale konnten als Schrank benutzt werden, tatsächlich gab es auf dem gesamten Gelände nur Steckdosen im kleinsten Raum, die ausschließlich in Notfällen genutzt wurden.

»Okay, also auch kein WLAN«, erkannte Lilli richtig.

»Genau«, antwortete Elsa. »Ihr habt jetzt zwei Wochen mal Pause von allen sozialen Medien, TikTok und Konsorten. Es gibt am Abend für eine halbe Stunde die Telefone, damit ihr jemanden anrufen könnt.«

Lilli legte den Kopf schief. »Ich kenne keine Plattform, die ›Konsorten‹ heißt.«

»Nicht schlecht, Lilli. Der war gut.«

»Häh?«, fragte Mascha. »Hab ich jetzt nicht verstanden.«

Sibel lachte kurz auf. »Klar, du bist ja auch voll die hohle Nuss.«

»Lass sie!«, rief Lilli mit deutlich lauter Stimme. »Sie kommt aus Russland und versteht halt einige Wörter nicht.«

Sofort war Robert in Hab-Acht-Stellung.

»Du musst mir nicht erzählen, woher sie kommt!«, giftete Sibel zurück. »Das weiß ich länger als du. Also halt deine Fresse!«

Gerade als Lilli auf Sibel zustürmen wollte, hielt Robert sie auf, während Annika Sibel aus der Hütte drängte.

»Lilli, du bist viel zu schlau, um dich von solchen Wörtern provozieren zu lassen«, versuchte er ihr einzureden.

»Ich schlage ihre scheiß Fresse ein!«

»Du beruhigst dich jetzt erst mal.«

»Lass mich los!«

Noch immer hielt er sie an beiden Händen fest. »Mach ich, wenn ich weiß, dass du nicht auf sie losgehst.«

»Ja, Mann!«

Er ließ sie los, sah sie aber weiterhin scharf an. »Bombardiert euch unter vier Augen ruhig mit Worten, wenn es euch etwas bringt, aber lerne, nicht gleich deine Fäuste einzusetzen.«

»Das werden wir beide wohl dann nicht aushalten.«

Ihre Worte verrieten ihm, dass sie sich beruhigte. Sie atmete langsamer, schließlich räumte sie die Kleidung aus ihrer Tasche in ihren Teil des Regals. »Drecks verfickte Möbel. Da hätten wir auch gleich im Wald schlafen können!«

Sie murmelte es vor sich hin, an niemanden gerichtet. Robert und die anderen ließen es unkommentiert, wie so vieles andere auch. Bei diesen Jugendlichen griffen sie nur ein, wenn Gewalt drohte oder schwer beleidigt wurde. Jedes Wort zu viel konnte Eskalationen nach sich ziehen.

Als er rausging, um nach Sibel und Annika zu sehen, erkannte er beruhigt, dass die beiden leise miteinander sprachen.

Da stellte sich Elsa zu ihm. »Sie hat sie verteidigt.«

»Ja, ich habe mich echt gewundert.«

»Aber sie hat Mascha schon mal verteidigt.«

»Es könnte darauf hindeuten, dass sie sie in irgendeiner Form mag. Aber ich mag es wirklich noch nicht aussprechen.«

»Wäre doch gut, wenn es so ist.«

Er sah sie an und hoffte, sie behielte recht. Diesen beiden Mädchen, die ständig nahe an einem Ausbruch standen, musste es einfach gelingen, diese zwei Wochen durchzuhalten. Ohne Abbruch, ohne Weglaufen, ohne andere schwerwiegende Dinge.

Eine Stunde später saßen sie alle um die Feuerstelle des Geländes. Bei schönem Wetter konnte man aufgrund einer ähnlich angebrachten Konstruktion wie im Haus über dem Feuer kochen. Den Jugendlichen, die zum ersten Mal hier waren, hatten sie auch das Lagerhaus gezeigt, in dem Lebensmittel gelagert wurden, das Boot mit dem Fischernetz und die sanitären Anlagen. Es waren Plumpsklos, einzig die Duschen erinnerten eher an die Neuzeit, auch wenn die Wände aus grob gezimmerten Holzbrettern bestanden.

Lilli und Sibel hatten sich beruhigt und offenbar entschieden, sich kurzfristig nicht die Köpfe einzuschlagen.

»Wer mag Lilli, Mascha und Tom erklären, was wir hier so alles tun?«, fragte Elsa in die Runde. »Das müssen ja nicht wir machen.«

Sie sahen sich gegenseitig an, Sibel rutschte auffallend mit dem Po auf der Bank herum, bis sich schließlich Marcel meldete. »Okay.«

Er wies mit seiner Hand auf die Eider. »Wir dürfen hier fischen, da gibt's ne Sondergenehmigung, weil Ronni den Angelschein hat. Mit Grundnahrungsmitteln werden wir versorgt, aber keine Nudeln. Es gibt Reis,

Kartoffeln und vor allem Gemüse. Brot müssen wir selbst machen.«

»Wie ›selbst machen‹?«, fragte Tom.

»Aus Mehl, das wir kaufen, und Wasser. Wie machst du denn sonst Brot, du Hirni?«

Tom sagte nichts mehr, Robert hingegen versuchte, aus Lillis Blicken schlau zu werden. Sie wirkte, als ginge dies alles sie gar nichts an und sie wechselte an diesem Abend ohnehin in ein Hotel.

»Wir trinken nur Wasser, am Abend gibt es Saftschorle, die wir selbst mixen«, fuhr Marcel fort. »Gemüse putzen, schneiden, kochen – es wird so einiges anfallen. Wäsche waschen wir selbst, und wir haben Sonderaufgaben, für die wir uns einteilen können.«

»Und Freizeit?«, fragte Mascha nach.

»Kriegen wir nach getaner Arbeit. Und am Abend.«

»Es gibt einen Vorteil gegenüber der Wohngruppe«, setzte Marie nach. »Wir schlafen hier länger. Wir wecken euch aber spätestens um halb neun.«

»Cool!«, sagte Mascha. »Wenigstens das.«

Nun sah Lilli zu Marcel. »Welche Sonderaufgaben? Und ich wusste gar nicht, dass wir hier versklavt werden.«

»Wir sind doch schon immer Sklave, nicht gewusst?« Dann blickte Marcel zu Robert und Ronni. »Weiß nicht. Welche Aufgaben stehen denn diesmal an?«

Ronni, der mit Annika lange für die Übergabe mit dem Gemeindeangestellten gebraucht hatte, hatte auch die anstehenden Aufgaben von diesem erhalten. »Es sind tatsächlich etwas mehr als im letzten Jahr. Aber klar, das Ganze hier muss auch erhalten werden. Also zunächst werden wir das Dach des kleinen Hauses reparieren, also von dem, in dem die Mädels schlafen. Dann bauen wir ein weiteres Plumpsklo und der

Steg muss saniert werden. Ich kümmere mich um die Materialien, ich hole sie morgen aus Delve ab.«

»Äh, ihr wisst aber schon, dass wir weder Zimmermänner noch Sanitäranalagenfachfrauen sind?«, fragte Lilli in deutlich sarkastischem Ton.

»Gut, dass du die passenden Berufe kennst!«, resümierte Elsa. »Aber das müsst ihr auch nicht gelernt haben. Ronni weiß, was zu tun ist. Ihr könnt das alle ziemlich gut.«

Lilli sagte nichts mehr, sondern verfiel wieder in diese Art von Teilnahmslosigkeit, die auf Fremde gut und gerne arrogant wirkte. Robert wusste aber, dass es keine Arroganz war, sondern ein Panzer, mit dem sich die Jugendliche vor der Umwelt schützte. Warum auch immer.

Später, als die Jugendlichen an diesem ersten Tag aufgrund der späten Ankunft noch gekaufte Dinge zu Abend gegessen hatten, sammelten die Betreuer die Handys aller Jugendlichen ein. Zu Roberts Erstaunen gab es keinerlei Widerstand, geschweige Konflikte. Und als er die Telefone im Bus in einem Hitzeschutzsäckchen unter dem Fahrersitz verstaute, sah er noch einmal auf sein Handy. Von nun an würde seine Freundin ihn nur noch abends kurz sprechen.

Da fiel sein Blick auf die Headline der Nachrichten des Tages.

Erdbeben der Stärke 7,7 auf Island. Massive Schäden an Häusern und Straßen, Ortschaften sind von der Außenwelt abgeschnitten. Weitere Beben erwartet. Außenministerium rät Touristen, das Land zu verlassen.

Robert sagte die Stärke 7,7 wenigstens insofern etwas, um zu wissen, dass sie sehr hoch war. Gut, dass das ›Prähi‹ in Deutschland war, wo es weder Erdbeben noch Vulkanausbrüche gab.

Zwischen ihnen und Island lagen einige tausend Kilometer Meer.

Grund genug, sich nicht mit den Nachrichten zu beschäftigen, sie würden aufgrund ihrer Jugendlichen in den kommenden vierzehn Tagen hier eher Kriegsschauplätze als Erdbeben erleben.

Abgeschnitten

Oliver

An die Brücke bei Borgarnes oder gar an Reykjavik war nicht zu denken. Oliver hatte es mit Not und Mühe geschafft, einige Hundert Meter weit zu fahren, die Risse, Löcher und Spalten im Asphalt nahmen aber kein Ende. Immer wieder musste er von der Straße, doch die Landschaft war wild, das Auto wackelte und polterte mehr als dass es fuhr.

Schließlich blieb er stehen und fluchte.

»Was ist?«, rief Diana. Ihm fiel auf, wie schrill ihre Stimme klang.

»Warte, ich sehe nach!« Er stieg aus, sah nach den Reifen und trat dagegen.

»Platten!« Er konnte es nicht fassen.

»Können wir nicht trotzdem weiterfahren?«

Wütend und frustriert stieg er wieder ein und startete den Motor. »Ich fahre notfalls auch mit vier Platten. Die Rechnung für das Leihauto ist mir gerade scheißegal. Verdammt, ich hätte doch nen Jeep nehmen sollen.«

Voller Angst blickte er aus dem Fenster, als das Auto wieder fuhr. Ihm war, als drückte etwas seine Lunge zusammen, als nähme dieses verdammte Beben ihm die Luft zum Atmen. Niemals zuvor in seinem Leben hatte er größere Angst gehabt. Jedes Beben war stärker als das vorhergehende gewesen. Konnte es jetzt bitte endlich aufhören?

Es knirschte laut unter den Reifen. Der Corsa überfuhr Steine, Risse, Felsbrocken, aber auch Löcher. Einmal setzte die Karosserie auf, ein anderes Mal musste Oliver zurücksetzen, weil zu große Steine im Weg lagen. Immer wieder nutzte er die Straße, so wie diese aber aussah, musste das Beben verheerend gewesen sein. Das Radio lief ununterbrochen, doch alles, was diese Frau sagte, war in isländischer Sprache.

Sie wussten rein gar nichts.

Zeit war kaum messbar. Wenn Oliver auf die Uhr im Armaturenbrett sah, waren stets nur wenige Minuten vergangen.

»Halt an!«, rief Diana plötzlich. Fast gleichzeitig hielt sie sich den Mund zu.

Oliver stoppte sofort, Diana rannte ins Freie und übergab sich.

Augenblicklich ging er zu ihr. »Ich hoffe, es ist nur das Geschaukel. Trink am besten was nach.«

Oliver ahnte, dass er der Fahrstil war, vielleicht war es aber auch das Ergebnis der letzten zwei Tage, in denen Dianas Leben fast vollständig umgeworfen worden war.

Weil sie noch nicht einsteigen wollte, sah er sich um. Auf der einen Seite waren die Felsen und dahinter das Meer zu sehen, auf der Landseite erstreckte sie die Stein- und Mooswüste. Hier gab es nichts außer dieser Straße. Doch da entdeckte sie ein Haus weit entfernt. Ein Schotterweg führte dorthin.

»Sollen wir da mal hin?«, fragte Diana, die es offenbar ebenfalls entdeckt hatte, und wies in die Richtung des Hauses.

»Wäre keine schlechte Idee. Ich kann mir nicht vorstellen, dass es die Karre noch lange macht. So brauchen wir zwei Tage bis Reykjavik, und auch nur, wenn die Brücken intakt sind. Aber ganz ehrlich ...«

Er musste nicht weitersprechen. Selbst wenn Brücken nicht eingestürzt waren, würden sie vorsorglich gesperrt. Die Straße war in Teilen zerstört. Wie sollten Brücken dem Beben standgehalten haben? Konnten überhaupt Flugzeuge starten, wenn die Startbahn ähnlich aussah?

»Es ist ja nicht weit«, fuhr er fort. »Vielleicht wissen die was und können uns sagen, was in den Nachrichten berichtet wird.«

An der Abbiegung fuhr Oliver von der Küstenstraße ab. Im Rückspiegel sah er die Staubwolken, die sein langsam fahrendes Auto verursachte. Immer näher kamen sie dem Haus, bis schließlich ein kleineres daneben auftauchte, ein Stall war hinter dem Wohnhaus erbaut. Vor diesem parkte ein Jeep.

Jetzt erst fiel ihm auf, dass das größere Haus zum großen Teil eingestürzt war. Das kleinere zeigte Risse, Material des Daches lag am Boden herum.

Nachdem Oliver angehalten hatte, blieb er erst mal sitzen.

»Wollen wir nicht raus?«, fragte Diana.

»Warte. Nicht, dass die gleich schießen.«

»Spinnst du? Wir sind ja nicht in Texas.«

»Ich bin trotzdem vorsichtig.« Er sah zum Haus, doch weder öffnete sich eine Tür noch kam jemand heraus. Schließlich stieg er aus dem Wagen.

»Warte drin, ich gehe zunächst allein.«

»Ich gehe mit!«

Oliver kannte diesen Ton, er duldete keinerlei Widerspruch.

Schließlich näherten sie sich dem kleineren Haus. Und bevor er an die Tür klopfen konnte, öffnete sie sich. Eine blonde Frau stand vor ihnen, etwa um die vierzig, ihr langes Haar hing in Strähnen ins Gesicht.

»Entschuldigen Sie, sprechen Sie Englisch?«, fragte er in dieser Sprache.

Die Frau nickte, wiegte dabei aber schnell den Kopf hin und her, um diese Aussage herabzuspielen. »Es geht.«

»Borgarnes, Reykjavik«, stieß Robert aus und wies hinter sich.

Die Frau schüttelte aber nur den Kopf und winkte die beiden herein.

Als sie das Innere des Hauses betraten, sah Oliver sich zunächst kurz um. Risse an der Wand und völlig zerstörte Fenster wiesen auch hier auf die immensen Schäden hin, doch wenigstens stand dieses Häuschen noch, im Gegensatz zu vielen anderen. Weil dieses hier nur aus einem Zimmer mit kleiner Kochzeile bestand, konnte es sich um eine Ferienwohnung handeln.

Jetzt erst zeigte sich auch ein etwa elf- oder zwölfjähriger Junge. Vermutlich war es der Sohn.

In aufgrund des Dialekts schwer zu verstehendem Englisch erklärte die Frau, dass die Straße nach Borgarnes unpassierbar war und Küstenbrücken eingestürzt oder aber gesperrt seien. Sie wisse dies von ihrem Mann, der in Borgarnes arbeitete und sie gerade angerufen habe. Offenbar steckten die Menschen dort genauso fest wie viele andere auch.

Die Frau reichte ihnen je ein Glas Wasser, was beide sofort austranken.

»Verdammt!«, sagte Diana schließlich. »Das heißt, wir können weder vor noch zurück. Wie weit ist es zu Fuß?«

»Keine Ahnung, so um die hundert Kilometer vielleicht?«

Sie wischte sich die blonden Strähnen aus dem Gesicht und lächelte den Jungen an. »Elin«, stellte sie sich nun vor, bevor sie auf den Jungen wies. »Und das ist Kristjan.«

Die beiden nickten ihnen zu, und als Elin ihnen Platz anbot, setzten sie sich auf das Sofa.

Zunächst war es etwas seltsam, denn Oliver spürte, dass Elin und ihr Sohn Angst hatten. Die beiden hatten gerade ihr Wohnhaus verloren. Keinesfalls wollte er sie stören, doch wohin sollten sie gehen?

Weil Elin sich immer wieder nervös umsah, beugte er sich zu ihr. Betont langsam fragte er sie, welche Möglichkeiten sie hätten, nach Reykjavik zu gelangen. Sie meinte, sie könnten es mit dem Auto über Land probieren, doch sie kämen nicht weit. Tatsächlich gab es keine Lösung, die Lage in Borgarnes sei sogar noch schlimmer.

Da die Stromversorgung ausgefallen war, benutzte Elin ein altes Transistorradio, das Oliver noch aus den Siebzigern kannte. Es rauschte etwas, doch deutlich war eine Frauenstimme zu hören, die auf Isländisch sprach. Manchmal wurde ein Mann zugeschaltet, dann sprach wieder die Frau, bis Elin schließlich entsetzt die Hand vor den Mund hielt und ihren Sohn an sich zog. An ihrem Blick erkannte Oliver, dass sie etwas Schlimmes erfahren haben musste.

Drängend sah er sie an.

Mit bebenden Lippen erklärte sie, dass weite Teile Reykjaviks zerstört seien, unter anderem auch die Landebahn des Flugplatzes. Es gebe vermutlich Tausende Tote, die Einsatzkräfte seien völlig überfordert. Offenbar war das Epizentrum ganz in der Nähe der Hauptstadt gewesen.

Entsetzt sah Diana zuerst ihn, dann Elin an. Große Teile Reykjaviks waren zerstört. Dies bedeutete auch, dass es wenig Zweck hatte, nun in die Hauptstadt aufzubrechen. Dort war die Katastrophe noch schlimmer.

»Aber was sollen wir jetzt tun?«, fragte sie hilflos. »Wohin sollen wir denn?«

»Ich weiß es nicht.« In seiner Verwirrung zog Oliver sie kurz an sich, küsste sie auf ihr Haar, was sie zuließ, bevor er seinen Blick zu Elin schwenkte.

Währenddessen saß Kristjan nur neben seiner Mutter und starrte auf das Radio.

»Können wir Ihnen helfen?«, fragte er. »Haben Sie Essen, Wasser?«

Zunächst antwortet sie nicht, all das schien sie völlig zu überfordern. Elins Lippen bebten und ihre Finger zitterten.

»Yes, no.« Jetzt erst sah sie Oliver an und meinte, sie könnten bleiben. Es gebe momentan ohnehin keine Möglichkeit für sie, das Land zu verlassen. Und sie gab an, einen Lebensmittelvorrat zu haben, das meiste sei aber unter den Trümmern des Wohnhauses verschüttet. Wasser gebe es aus einer nahe liegenden Quelle.

»Sollen wir etwas aus den Trümmern holen?«, fragte Oliver.

Noch immer wirkte sie wie versteinert, die noch immer sprechende Frauenstimme hielt sie wie gefangen.

»Kleidung und Konservendosen.«

Oliver nickte und stand auf.

»Äh, was hast du vor?«, fragte Diana.

»Nach dem Zeug suchen. Die isländische Bauweise ist nicht so massiv wie die unsrige. Sie brauchen Kleidung, und wer weiß, wie lange wir hier ausharren müssen.

»Du suchst jetzt aber nicht unter den noch stehenden Teilen eines Hauses, die jederzeit auch noch einfallen können?«

»Doch. Ich passe schon auf. Diana, ich glaube, die beiden brauchen jetzt mehr Hilfe als wir.«

Als er die Stube verließ, folgte ihm zuerst Elin, schließlich auch Diana.

Elin rief ihrem Sohn noch etwas zu, woraufhin dieser sitzen blieb und weiter Radio hörte. Und schließlich teilte sie den beiden mit, sie habe ihm gesagt, er solle sofort aus dem Haus rennen, falls es wieder zu Beben begänne.

Oliver entschied, die noch stehenden Teile des Hauses mithilfe einer langen Stange einstürzen zu lassen, um die Unfallgefahr zu mindern. Nachdem polternd auch die letzten Stützen des Gebäudes eingefallen war, hievten die drei Platten, Holz, Steine und zerbrochene Möbel zur Seite, um an die Dinge zu gelangen, die in der Küche gewesen waren. Schon bald holten sie wenigstens ein Dutzend Konserven aus dem Schutt, die mit Fisch und Fleisch, aber auch mit Bohnen und Kompott gefüllt waren. Zudem zogen sie Jacken und einige Hosen aus der Ruine, vor allem für Kristjan.

Plötzlich hörten sie den Jungen rufen. Sofort stürmte Elin zu ihm, Oliver und Diana folgten.

Dort wies der Junge nur auf das Radio und sagte einige Worte. Gebannt starrte Oliver ihn an.

»Sie sagen, dass weitere Beben erwartet werden«, stotterte sie in schwer verständlichem Englisch. »Die Seismologen warnen vor starken Beben im gesamten Land. Offenbar gibt es konvergente Plattenbewegungen.«

Da Oliver sie nicht gut verstand, nutzten sie die Übersetzungsapp auf dem Handy. Und über die teilte Elin ihnen nun auch mit, dass die höchste Warnstufe im Land ausgerufen worden war, es gelte Kriegsrecht. Offenbar verließen Schiffe voller Touristen das Land, am zum großen Teil zerstörten Hafen herrschte Chaos.«

Oliver nickte. Es klang zutiefst bedrohlich, elementar Angst einflößend. Es war, als schliche sich ein dunkler, eiskalter Schatten in seinen Körper. Zunächst überlegte er, dann aber ging er auf YouTube. Natürlich hatten bereits erste User bewegte Bilder eingestellt. Eine Amateuraufnahme zeigte eingestürzte Brücken

im Süden des Landes, eine andere massenhaft einge-
fallene Häuser in Reykjavik. Staubwolken schwebten
über der Stadt, überall heulten Alarm- und Feuer-
wehrsirenen, ein auslaufendes Schiff war so voll, dass
die Menschen an die Reling gepresst wurden.

»Mach das aus!«, schimpfte Diana. »Und der Junge
muss das auch nicht sehen.«

Also steckte Oliver das Handy weg.

Elins Gesicht war nun noch bleicher als zuvor. Da
ging Diana zu ihr, nahm sie in den Arm und drückte sie
fest. Elin erwiderte offenbar den Druck.

»Wir lassen euch nicht allein!«, sagte Diana plötzlich
zu ihr.

Oliver wunderte sich. Es war ein mutiges Versprechen, doch angesichts der Umstände konnten sie ohnehin nirgendwo anders hin.

Die Bilder ließen Oliver allerdings nicht los. Und
ebenso wenig die Warnung vor weiteren Beben.

»Vielleicht sollten wir heute Nacht in den Autos
schlafen«, sagte er zu Elin. »Du hast sogar einen Pi-
ckup. Es ist wesentlich ungefährlicher.«

Sie nickte zwar, Oliver wusste aber nicht, ob die
Worte tatsächlich zu ihr durchgedrungen waren.

Mit versteinertem Gesichtsausdruck ging sie hinaus,
Diana folgte ihr. Sie holten die gesammelten Konserven sowie die Kleidung, brachten alles ins Haus und
setzten sich auf das Sofa.

»Ist dein Mann okay?«, fragte Diana Elin.

Sie bestätigte es. Er sei mit seinen Kollegen rechtzeitig aus der Halle geflohen.

Als Kristjan sich neben Elin setzte und seinen Kopf
an ihre Schulter lehnte, atmete Oliver tief durch.

Vergessen war ihre Ehekrise, vergessen der Streit
und Dianas Enttäuschung. Es schien, als wäre jede
Sekunde unbegreiflich kostbar geworden.

Er mochte nicht sagen, dass er große Angst hatte.

Jakob

Als die Stadt Bergen direkt vor ihnen lag, freute Jakob sich auf einen Landausflug. Er mochte dieses Schiff mittlerweile, denn mit jeder Stunde kannte er jeden Flur, jedes Deck und jeden entlegenen Bereich der MSC Sunset immer besser.

Zu seiner Freude hatte sich Giulia Marchetti am gestrigen Abend etwas Zeit genommen und sich mit ihm am Tisch unterhalten. Nur kurz, denn sie hatte Gäste an sieben Tischen zu bedienen, doch immerhin so lange, um zu erfahren, dass diese junge Frau sehr viel Mut besaß. Mut, sich von ihrer Familie zu lösen, um ihrem Traum nachzugehen und mit Kreuzfahrschiffen um die Welt zu schippern – mit ihr als Arbeitskraft darauf.

Als er Elsa davon erzählt hatte, hatte sie sich für ihn gefreut. Sie meinte, jeder Kontakt hälfe ihm, gleichzeitig täte es ihr in der Seele weh, ihn nicht begleitet zu haben.

In der letzten Nacht hatte Jakob besonders intensiv von Monika geträumt. Wie so oft war das Erwachen so grausam, dass er zunächst gar nicht aufstehen wollte. Vielleicht war sie ihm gerade jetzt besonders nah, weil er genau die Reise unternahm, die sich Monika seit Langem gewünscht hatte. Länger als Jakob es je geahnt hatte.

Die Steilküste Norwegens faszinierte Jakob. Es sah aus, als reisten sie in der Zeit zurück bis ins finstere Mittelalter, und es würde ihn nicht verwundern, kämen nun Wikingerschiffe auf sie zu, deren von Weitem brüllende Männer für Angst und Schrecken sorgten.

Viele Passagiere standen an Deck, sahen zur näher kommenden Küste, viele hatten bereits ihre Tagesrucksäcke dabei oder knipsten einfach nur Fotos mit ihren Smartphones. Einige sahen aber lange auf ihre Handys, unterhielten sich aufgeregt, andere schüttelten mit dem Kopf. Ein Pärchen kam an ihm vorbei und er hörte gerade noch die letzten Worte der Frau, bevor sie in der Menge verschwanden.

»Island können wir dann wohl abhaken.«

Was hatte das zu bedeuten? Er benutzte sein Handy nur, um Elsa anzurufen, darüber hinaus hasste er es, wenn erwachsene Menschen wie komplette Volltrottel ständig auf den ohnehin zu kleinen Bildschirm starrten und dabei nicht selten irgendwelche idiotischen Spiele spielten.

Nun griff er danach und öffnete die News.

Verheerende Beben zerstören große Teile Islands, war die Headline und stach Jakob sofort ins Auge. Gab es etwa weitere Beben? Aufgeregt las er weiter.

Nach dem letzten Beben mit der Stärke 8,3 ruft Island den Katastrophenfall aus. Weitere Beben werden erwartet.

»Acht Komma drei!«, stieß er verwundert aus. »Das ist heftig.« Er las von Siedlungen, die von der Außenwelt komplett abgeschnitten waren, zerstörten Straßen und Brücken, das Hauptaugenmerk lag aber auf dem Dreh- und Angelpunkt der Insel, der Hauptstadt Reykjavik. Extreme Zerstörungen hatten dort offenbar ein Chaos hinterlassen, das das Land schon jetzt in eine Krise stürzte. Offenbar konnten Flugzeuge weder starten noch landen, mittels Hubschrauber kamen erste Verbände des Katastrophenschutzes aus Norwegen, Schweden und Dänemark an.

Nun wusste er, dass die Reise der MSC nicht bis an ihr Ende gelangte. Keinesfalls.

Da sah er einen Steward vorbeigehen.

»Entschuldigen Sie!«, rief er ihm nach.

Der gehetzt wirkende Mann blieb stehen, und sofort sammelten sich einige andere Passagiere um sie.

»Wie geht es nach Bergen nun weiter?«, fragte Jakob.

»Das wird noch entschieden. Momentan sind die Ziele Ålesund und Molde nicht beeinträchtigt. Wir stehen im Austausch mit der Zentrale.« Er nickte kurz, um seine Antwort zu unterstreichen, und ging dann weiter.

Schließlich fuhr die MSC in den Hafen von Bergen ein. Wäre nicht die mehr als angespannte Lage in Island, hätte Jakob sich über die vielen Schiffe und Boote gefreut, die mal mehr und mal weniger im Wasser schaukelten, über die bunten Häuser Bergens und über die frische Luft, die nun von der Landseite her zu ihnen wehte. Es dauerte, bis die vielen hundert Menschen Land betraten, und als Jakob sich etwas vom großen Pulk entfernt hatte, sah er zu den Leuten, die in den Cafés saßen und dieses Panorama auf sich wirken ließen. Hörte er jedoch jemanden auf Deutsch oder Englisch sprechen, ging es offenbar nur um das Beben.

Jakob zwang sich schier dazu, diese Gedanken aus seinem Kopf zu scheuchen. Es lagen noch zwei Orte vor ihnen, und die Veranstalter ließen sich sicherlich etwas einfallen, die Gäste auf ihre Kosten kommen zu lassen. Vielleicht fuhren sie alternativ weiter an der Küste entlang nach Norden, vielleicht sogar bis Hammerfest, oder aber sie steuerten die Färöer an. Wie auch immer, die schrecklichen Geschehnisse auf Island würden sie nur insofern tangieren, dass sie es nicht ansteuern konnten.

Wieder sah er zu den nahen Steilhängen und dem unvergleichlichen Grün des Laubes der skandinavischen Bäume.

Wenn doch nur Monika hier wäre.

Ein zu laut aufgedrehter Fernseher direkt hinter ihm im Café riss ihn aus allen Gedanken. Weil er neugierig war, drehte er sich um und sah zum Bildschirm. Ein Mann sprach auf Norwegisch, doch die Bilder hätten nicht kommentiert werden müssen.

Sie sprachen für sich.

Einsatzfahrzeuge kamen nicht durch die Straßen Reykjaviks, weil der Asphalt aufgerissen war, Trümmerteile lagen überall herum, Menschen liefen kreuz und quer, manchmal sah man nichts auf den zumeist genutzten Amateuraufnahmen, weil so viel Staub herumwirbelte. Aus Helikoptern aufgenommene Bilder zeigten das Ausmaß der Katastrophe besser. Jakob erkannte schon gar keine Straßen mehr, in denen intakte Häuser standen, es glich teilweise einem Gebiet nach einem Bombenabwurf. Irgendwo spritzte Wasser in die Höhe, andere Aufnahmen zeigten die Küstenstraße, die aussah, als wäre sie eben erst mit einem riesigen Pflug zerstört worden. Hotelgäste campierten auf dem Parkplatz, Menschen suchten in den Gebäudetrümmern nach Überlebenden. Gleichzeitig zeigte man, wie sich Katastrophenschutzverbände im Ausland für einen schnellen Einsatz wappneten.

Schockiert ließ Jakob seinen Blick abreißen und starrte auf die Tasse Kaffee vor sich. Er trank einige Schlucke, weil sein Mund trocken geworden war.

»Meine Güte!«, murmelte er kaum hörbar. Erst jetzt begriff er, dass es eine wirkliche Katastrophe war, keine, die hochgespielt wurde. So, wie es dort oben aussah, wurden weitaus mehr als nur einige Verbände aus den nahen Ländern benötigt, die in den kommenden Tagen nach Island flögen.

Und als er auf die vielen Menschen sah, war ihm, als gäbe es an allen Tischen, auf allen Bänken und Plätzen nur ein Thema. Er hörte es nicht, doch die Gesichter so vieler sprachen Bände.

Jakob sah sich trotzdem Bergen an, ging essen und trinken, fuhr mit der Seilbahn auf das Bergplateau Fløyen und genoss einen herrlichen Panoramablick ins Umland. Im Viertel Bryggen fotografierte er die bunten Häuser, die allesamt aus Holz erbaut waren. Dabei kam es ihm vor, als könne dies der Ort gewesen sein, der viele Maler inspiriert hat. Selten hatte er etwas Idyllischeres gesehen als diesen Küstenort.

Als sie am Abend wieder an Bord gingen und Jakob in seiner Kabine den Fernseher einschaltete, hatten sich die Ereignisse zugespitzt. Langsam trudelten die ersten Helfer aus dem Ausland ein, während in Reykjavik versucht wurde, so schnell wie möglich wenigstens eine Landebahn gängig zu machen. Immer mehr Menschen drängten an den Flughafen, in der Abflughalle saßen und standen die Wartenden Körper an Körper. Erste Läden wurden geplündert, während der Aufnahmen waren mitunter Schüsse zu hören, Militärfahrzeuge waren zu sehen, die in Reykjavik Stellungen bezogen. Eine große Wasserkraftanlage war zerstört, die wenigen Häuser, die noch standen, waren ohne Strom.

Schließlich schaltete Jakob um, doch auch auf dem nächsten Sender ging es um die verheerenden Beben. Auf einer Karte war der Verlauf der Erdplatten zu sehen. Die Plattenränder verliefen genau unter Island, eingesetzte Zahlen verdeutlichten das Ausmaß der Beben. Während die ersten im nördlichen Teil der Insel zwischen 5,4 und 7,7 aufgewiesen hatten, betrug das letzte Beben im eher südwestlichen Teil 8,3. Seismologen warnten vor weiteren Beben, deren Intensität durchaus höher sein könnte.

Schließlich schaltete Jakob müde den Fernseher aus. Es dämmerte endlich, hier oben bedeutete dies im

Sommer, dass es weit nach 23:00 Uhr war. Weder mochte er an Deck gehen noch an der Bar etwas trinken und Giulias Rat annehmen, einige der Damen zu treffen, die sich durchaus sehr offen gegenüber neuen Bekanntschaften zeigten.

Als er versuchte, die Augen zu schließen, beschlich ihn ein Gefühl der Angst. Er fragte sich, warum, schließlich war Island mehr als anderthalbtausend Kilometer von ihnen entfernt.

Und hier waren keine Beben zu spüren.

Lilli

Nie zuvor hatte Lilli die Auswirkungen ihrer Medikamente so deutlich gespürt wie hier in diesem Camp. Zwar war sie auch zuvor schon immer an den Abenden vor dem Fernseher oder im Gruppenraum weggedämmert, doch seit ihrer Ankunft war sie den ganzen Tag über hundemüde. Selbst wenn sie sich zu den vielen Tätigkeiten motivieren hätte wollen, wäre es ihr wohl nur schlecht gelungen. Heute Morgen hatte sie es Robert und Elsa gesagt, doch natürlich konnten die beiden keinerlei Änderungen an ihrem Medikamentenplan vornehmen. Das konnte erst Dr. Schupp nach ihrer Rückkehr anordnen, allerdings bezweifelte sie, dass er es auch wirklich tun würde. Oft genug hatten sie betont, sie sei nicht ohne Grund am Anschlag, was die Menge der Medikamente anbetraf, allein eine deutliche Änderung ihres Verhaltens ermögliche eine Minderung der sedativen Wirkstoffe.

Zudem hasste sie diesen Aufenthalt hier schon seit ihrer Ankunft. Was sollte es denn schon bezwecken, wenn sie hier den ganzen Tag über zu arbeiten hatten?

Fische fangen, Brot backen, Gemüse ernten, putzen und zubereiten, Holz sammeln und hacken für den Herd und die abendlichen Feuer. Und dann kamen noch diese dämlichen Reparaturarbeiten dazu. Sollten diese Wichser der Stadtverwaltung doch selbst ihren Dreck richten. Was ging es sie an, dass der scheiß Steg oder das verfickte Dach des Hauses undicht waren?

Sie saß gerade am Tisch und knetete mit Mascha den Teig. Sie mochte das Mädchen, das noch dürrer als Anna war, am liebsten. Sie ging ihr wenigstens nicht mit sinnlosen Fragen auf die Nerven und sie fühlte sich von ihr auch nicht bedroht. Eher musste sie sie ansprechen, denn manchmal konnte man meinen, Mascha sei nur körperlich anwesend.

Annika bereitete mit ihnen das Brot zu, und sie war überrascht, dass die junge Erzieherin die Tätigkeit nicht nutzte, um Fragen zu stellen. Sie ahnte, dass Elsa es in diesem Fall probiert hätte.

Als sie endlich das Brot in den Ofen schoben, kamen Sibel und Tom herein.

»Gemüse ist fertig!«, rief Sibel kurz angebunden. »Ronni lässt fragen, wie weit wir sind.«

»Jetzt haben wir Zeit, das Brot braucht in etwa eine Stunde.«

»Kacke, ich dachte, wir könnten noch warten.«

»Pausen könnt ihr doch immer machen, das weißt du.«

»Hab ich gerade gemacht. Wir sollten euch helfen, aber so ...«

Tom sah auf Maschas Hände, die noch immer voller Teig waren. Mühsam versuchte sie, sie an einem Tuch abzuwischen.

»Geht doch an den Fluss«, forderte Elsa sie auf. »Teig geht nur mit Wasser richtig ab.«

»Sieht aus, als wenn du mir einen runtergeholt hättest!«, rief Tom belustigt. »Kannst es ja mal machen, dann siehst du den Unterschied.«

Sibel klatschte ihm mit der flachen Hand auf den Hinterkopf. »Fresse, du hast ja gerade erst Haare am Sack bekommen!«

Elsa schüttelte mit dem Kopf. »Okay, geht ihr beiden doch bitte an den Fluss«, forderte sie Lilli und Mascha auf, »und wir gehen zu Ronni. Der hat die nächsten Aufgaben.«

Am liebsten hätte Lilli Tom ebenfalls eine geklatscht, doch sie versuchte, ruhig zu bleiben. Sie hasste es zwar, sich zurückzuhalten, noch mehr aber, nach einer Eskalation das Notfallmedikament einzunehmen. Es machte sie noch müder, als sie ohnehin schon war.

An der Eider wuschen sie sich die Hände, dabei sah Lilli Mascha streng an. »Du musst dich mal wehren. Kann doch nicht sein, dass so ein kleiner Wichser so frech zu dir ist.«

»Dann wird's nur schlimmer.«

»Nein. Klatsch ihm eine in seine doofe Fresse, dann hört er auf.«

»Ich trau mich das nicht. Eigentlich lassen sich mich ja mehr oder weniger in Ruhe.«

Lilli konnte Mascha nicht verstehen, doch sie spürte, dass sie Schlimmes erlebt haben musste. Doch so wie sie nicht wollte, dass sie auf diese Nacht mit ihrer Mutter angesprochen wurde, wollte sie genauso wenig in der Vergangenheit anderer wühlen. Allerdings interessierte sie sich auch nicht für die anderen, nur für Mascha. »Aber andere vielleicht nicht. In einer nächsten Gruppe oder falls du entlassen wirst. Es gibt immer überall Arschlöcher, die dir dumm kommen.«

»Ich ignoriere sie, und wenn es nicht anders geht, beschimpfe ich sie.«

»Hab ich bei dir erst einmal erlebt.«

»Mein Gott, ich bin halt nicht so wie du!« Sie schrie es fast heraus, und als Lilli sich in Richtung der Häuser umdrehte, bemerkte sie, wie Robert zu ihnen sah.

»Wie ich musst du auch wirklich nicht sein, das wäre eine absolute Strafe. Aber du solltest lernen, dich zu wehren.«

Die Hände waren längst sauber, dennoch blieben sie am Ufer knien. Lilli war die Zeit mit Mascha allein tausendmal lieber als ständig mit der Gruppe zusammen zu sein. Manchmal hielt sie das hohle Geschwätz der anderen nicht aus und sie spürte, dass sie ihnen am liebsten die Augen aus den Köpfen reißen wollte.

»Warum sagst du das so oft?«

»Was denn?«

»Dass du eine Strafe bist. Oder dass es eine Strafe wäre, du zu sein.«

»Weil es so ist.«

»Du bist keine Strafe. Und ich bin froh, dass du in unserer Gruppe bist. Ich glaube, du bist eigentlich total lieb.«

Lilli erschauerte. Sie wusste, dass andere Menschen bei solchen Worten vermutlich weich wurden, sich wohlfühlten, dass sie ein Privileg waren. So hätte sie bis vor zwei Jahren auch gefühlt. Nun aber kochte es in ihr. Sie ballte die Fäuste, atmete tief durch, versuchte, diesen unstillbaren Hass auf sich selbst herunterzuschlucken, doch es gelang ihr nicht.«

»Ist das eine dieser Finten, die dir Elsa gezeigt hat?«, rief sie lauter, als sie wollte.

»Was? Nein, warum Elsa ...?«

Wütend stand Lilli auf, ihr gesamter Körper kochte. Aus dem Augenwinkel sah sie, dass Robert auf sie zukam.

»Ist alles in Ordnung?«, rief er.

»Ein Scheiß ist in Ordnung!«, brüllte sie. »Ihr Heuchler, ihr dummen Pisser! Jetzt impft ihr auch schon Mascha, damit sie Dinge sagt, die mich weichkochen sollen!«

»Was? Von was redest du?«

»So was stammt doch nicht von ihr!«

Robert stellte sich nun zwischen Mascha und Lilli und hielt beschwichtigend seine Arme vor sich. »Ich habe zwar keine Ahnung, was du meinst, aber ich kann dir mit Sicherheit sagen, dass hier niemand eine Bewohnerin für unsere Zwecke einspannt. Niemals!«

»Ihr Wichser!« Lilli brüllte, so laut sie konnte, drehte sich um und lief los. Wo war Elsa, diese Fotze? Die konnte was erleben. Voller Wut rannte sie durch die Siedlung, Sibel, Ronni und Marcel sahen ihr dabei mit fragender Miene hinterher.

»Ist alles okay?«, fragte Ronni.

»Fresse!« Suchend blickte sie um sich, und endlich erspähte sie Elsa am Bus stehend.

»Was fällt dir ein?«, brüllte sie schon von Weitem. Weil sie Schritte hinter sich hörte, drehte sie sich um.

Der muskelbeladene Typ folgt mir, vermutlich, um seiner geistesgestörten Kollegin beizustehen!

Elsa sah sie nur überrascht an. »Was meinst du?«

»Wie kannst du es wagen, Mascha auf mich anzusetzen?«

»Bitte? So etwas würde ich niemals tun.«

»Das sind doch niemals ihre Worte. *Es ist schön, dass du in meiner Gruppe bist ... Du bist eigentlich total lieb ...* Geht's eigentlich noch?« Sie kam nun so nahe an Elsa heran, dass diese zunächst einen Schritt zurückwich, dann aber stehen blieb.

»Lilli, das ist völliger Unsinn. Wie kommst du auf so etwas?«

»Ihr lügt doch alle!« Sie schrie nun so laut, dass ihre Stimme widerhallte.

»Wenn Mascha das gesagt hat, hat sie es aus freien Stücken getan. Ich spanne niemals Jugendliche gegen andere ein. Nie.«

»Halt deine Fresse!« Sie schrie noch lauter, ihre Stimme überschlug sich, und als sie einen weiteren Schritt auf Elsa zuging, ergriff Ronni sie.

Das war zu viel. Etwas platzte in Lilli, Feuer entfachte, ihr gesamter Körper explodierte. Vehement versuchte sie, sich zu befreien, doch Ronni schob sie erst einige Schritte von Elsa weg und ließ sie dann los.

»Macht euren verfickten Scheiß allein!«, brüllte sie, »ihr seid doch alle total gestört!« Voller Wut rannte sie weg, vorbei an Robert, Sibel, auch an Annika, und als sie Mascha sah, die ihr mit offenem Mund nachsah, wendete sie den Blick ab. Sollten doch alle verrecken, diese ganze scheiß Welt mit all den Menschen darin. Sie lief und lief, bis sie an einer Flussbiegung ankam, wo hohe Büsche sie vor den Blicken anderer schützten. Dort setzte sie sich hinein, zog die Knie ans Kinn und schloss die Augen. Das Schwarze tauchte wieder auf, dieses lähmende, beklemmende Gefühl, das alles auffraß, alles Gute und Farbige, das Licht und jede Hoffnung. Wenn sie hier und jetzt sterben dürfte, wäre es ein guter Ort. Und wenn es wirklich einen Himmel gab, wie die beschissenen Priester es sagten, käme sie dort ohnehin nicht an. Ihr stand der Platz in der Hölle zu.

So saß sie da, wiegte sich hin und her, weinte stumme Tränen und spürte, wie das schwarze Loch alles verschlang. In Momenten wie diesen fühlte sie sich wie ein Kleinkind, das am liebsten alle Menschen umarmen würde.

Und gleichzeitig alle töten.

Countdown

Diana

Obwohl das Gebälk manchmal knarrte, entschieden sie, vorerst noch im einzig intakten Haus zu bleiben. Ins Auto konnten sie immer noch, wenn sie schlafen gingen, jede Stunde, in der sie gehen und sich bewegen konnten, wollten sie ausnutzen. Zu ihrem Entsetzen hatte es einige Male gebebt, allerdings so schwach, dass es nur leicht zu spüren gewesen war.

Nach dem großen Beben hatte Elins Mann nicht mehr angerufen. Es war ein Zeichen dafür, dass landesweit der Funk ausgefallen war, was Oliver aber aufgrund der Stärke des Bebens nicht wunderte.

Oliver saß auf dem Sofa und hörte den englischsprachigen Sender des Transistorradios. Kristjan saß neben ihn und gab ihm zu verstehen, dass er das meiste verstand. Das Schulenglisch in Island schien in guter Verfassung zu sein.

Plötzlich fluchte Oliver.

»Was ist?«, wollte Diana wissen. Sie kochte gerade Gemüse, um es letztlich in Tupperware-Behältern aufzubewahren.

»Ich schätze, die Batterien sind leer.« Dabei sah er fragend zu Elin.

»Ich habe keine mehr, das waren alle.

»Mist!« Oliver wischte sich über die Stirn.

Auch Diana dachte nach. Das Radio war die letzte Gelegenheit gewesen, um im Haus Nachrichten zu hören. Nun mussten sie es also im Auto tun. Tausend

Gedanken rasten ihr durch den Kopf. Reykjavik war größtenteils zerstört, der Flughafen und die Straßen in der Hauptstadt ebenfalls. Natürlich könnten sie versuchen, neben der Straße zu fahren. Doch half es ihnen, wenn sie ohnehin nicht abfliegen konnten? Sofort schalt sie sich ihrer Gedanken, natürlich wollte sie in die Hauptstadt. Sicherlich wurden Helikopter eingesetzt und Schiffe verließen ebenso massenweise das Festland.

Schiff. Warum war ihr der Gedanken nicht schon vorher gekommen?

»Warum fahren wir nicht nach Arnarstapi zurück?«, fragte sie Oliver. »Es ist viel näher als Reykjavik, und von dort aus fahren sicherlich auch Schiffe.«

»Hab ich mir auch schon überlegt«, brummte er. Vermutlich ärgerte er sich noch über die leeren Batterien. »Wir sollten es morgen wagen. Je nach Zustand der Straße.«

Straße. Vermutlich ruinierten sie sich die Reifen nach wenigen Hundert Metern, doch Oliver würde auch mit vier Platten fahren. Hauptsache, sie kamen an.

Schließlich dämmerte es. Oliver packte einen Notfallrucksack für sie alle, in dem seine eigenen Taschenlampen waren, Proviant, Wasserflaschen, Kleidung, Besteck, Feuerzeuge, das Transistorradio und Schmerztabletten aus Elins Schublade sowie Kerzen. Einige von ihnen entzündeten sie im Wohnzimmer, damit sie nicht im Dunkeln saßen.

Dianas Angst stieg. Die Nacht brach an, sie würden irgendwann in die Autos gehen und niemand wusste, ob es weiter bebte. Oder ob in der Nacht weitere Menschen zu ihnen kamen, die Hilfe benötigten.

Um sich abzulenken, spielten sie ›Mensch ärgere dich nicht‹ mit völlig abgegriffenen Spielsteinen. Diana spielte mit, konnte sich aber überhaupt nicht konzentrieren. Jedes Knarren des Holzes und jeder einzelne Windstoß versetzte sie in reinen Panikmodus. Ab und an lächelte Elin ihren Sohn an, der aber regelmäßig angab, er sei in Ordnung und habe kaum Angst. Dabei blitzten seine blauen Augen aus einem bleichen Gesicht heraus. Manchmal fielen Schatten aufgrund des Flackerlichts der vier Kerzen in ihre Gesichter, die Winkel des kleinen Hauses verschwanden in der Dunkelheit.

Gegen Mitternacht schlief Kristjan schließlich ein. Offenbar hatte Oliver darauf gewartet, denn er setzte sich auf und sah zu Elin. In betont langsam gesprochenem Englisch fragte er sie, ob sie am kommenden Tag gemeinsam nach Arnarstapi fahren wollten.

Zu Dianas Überraschung nickte Elin und meinte, trotz der Schäden an allen Häusern sei es besser, nicht auf sich gestellt zu sein. Es waren ungefähr 50 Kilometer bis zur westlichsten Hafensiedlung, und sie wollte den Jeep dafür benutzen.

Es erleichterte Diana, auch wenn es nicht gänzlich ihre Angst nahm. Sie mochte die drahtige Isländerin und sie spürte, dass Elin und Kristjan sie beide gerade dringender benötigten als umgekehrt.

Sie unterhielten sich noch etwas, dabei erzählte Elin, dass ihr Mann laut seinem letzten Anruf in einem Zelt untergebracht sei. Auf Island besitze jede Gemeinde Zelte, um in Notfällen den Bewohnern außerhalb der Häuser auch in der Nacht Schutz bieten zu können. Die meisten jedoch zögen bei Beben solcher Stärke das Innere von Fahrzeugen vor.

Da die Müdigkeit trotz der Beklemmung und der Angst voll zuschlug, entschieden sie, ebenfalls schlafen zu gehen. Oliver trug den Jungen in Elins Jeep, legte ihn auf die Rückbank, schließlich umarmten sie Elin und gingen zu ihrem Fahrzeug. Oliver fuhr es nun dicht neben den Jeep, um sofort mit ihr kommunizieren zu können, falls etwas geschah. Und als Diana schließlich auf dem Beifahrersitz saß, mit nach hinten gekurbelter Rückenlehne, fasste sie nach Olivers Hand. Fast vergessen war ihre Enttäuschung, ihre Wut. Sie war so froh, dass er bei ihr war. In diesen Momenten würde sie für nichts auf der Welt auf ihn verzichten wollen.

»Morgen erreichen wir Arnarstapi«, brummte Oliver beruhigend. »Und wenn wir auf Felgen fahren. Zudem haben wir gesunde Füße, da schaffen wir auch fünfzig Kilometer. Ich lasse das Radio aus, um die Batterie nicht zu entleeren.«

Diana hoffte es. Sie stellte sich vor, wie sie womöglich schon am kommenden Tag auf einem Schiff standen, die Insel verließen und bald ihre Wohnung wieder betraten. Dabei fielen ihr die Augen zu und sie sank in unruhigen Schlaf.

Immer wieder wachte sie auf. Meist schweißgebadet, weil sie davon geträumt hatte, sie fiele in ein Loch in der Erde, nachdem die Beben furchtbar gewütet hatten. Oder Oliver war einfach nicht mehr da, wie vom Erdboden verschluckt, Dutzende Leichen lagen herum, es brodelte und dröhnte überall.

Zumeist war Oliver ebenfalls wach.

»Ich glaube, es wird eine der längsten Nächte unseres Lebens«, sagte er leise, nachdem sich wieder ihre Hand in seine geschlichen hatte.

»Die längste! Definitiv!«

»Elin schläft auch nicht durch. Wir haben uns schon zwei Mal zugewunken.«

»Die Arme. Sie vermisst ihren Mann und ihr ist so gut wie alles genommen worden.«

»Ja, wenigstens ist Kristjan ist unverletzt. Wenn wir sie morgen in Arnarstapi in Sicherheit wissen, geht es mir auch besser. Ich mag die beiden. Zudem war es eine große Geste, uns aufzunehmen.«

»Du weißt, dass sie uns mindestens ebenso benötigen wie wir sie.«

»Natürlich. Aber sie hätte auch völlig anders reagieren können. In Extremsituationen sind Menschen oftmals so sehr anders.«

Sie nickte. Bleierne Müdigkeit schwappte wie Wasser über sie, dennoch konnte sie nicht schlafen. Ihr Schädel pochte, also trank sie einige Schlucke Wasser, drehte sich ruhelos von einer Seite auf die andere, schloss die Augen und versuchte krampfhaft, an etwas Schönes zu denken. Die Ausmaße des Bebens schienen aber tief in ihrem Körper zu stecken. Manchmal zitterte sie noch jetzt und es gab Momente, da dachte sie, einfach nur zu träumen. Das alles konnte doch unmöglich wirklich wahr sein.

Wieder fiel sie in rastlosen Schlaf. Die Träume wurden jedoch länger, sie fand sich in ihrer Wohnung wieder, sprach mit ihren Freunden, hörte die Stimmen ihrer Eltern und machte sich bereit, ins Fitnessstudio zu fahren. Schließlich ruckelte aber der Boden. Überrascht hielt sie sich an der Wand fest und fragte sich, warum die Metro unter ihr so schnell vorbeidonnerte. Gleichzeitig fiel ihr auf, dass es gar keine U-Bahn in ihrem Viertel gab.

»Diana!«

Oliver rief aus dem Wohnzimmer. Und plötzlich fand sie sich in der City wieder, Menschen blieben erschrocken stehen, weil auch hier der Boden bebte.

»Diana!«

Hastig schreckte sie in die Höhe. Sie hatte wieder geträumt. Doch warum weckte Oliver sie?

Unter lähmendem Entsetzen spürte sie, dass es tatsächlich wieder bebte. In derselben Sekunde hörte sie ihren eigenen Schrei.

»Im Auto kann uns nichts passieren!«, rief er lauter, als es nötig gewesen wäre.

Es dauerte noch einige Momente, bis Diana richtig wach war. Und erst jetzt fiel ihr auf, dass es mächtig bebte. Die Reifen knirschten, offenbar rutschte das Auto weg, es dröhnte so heftig, dass sie dachte, ein naher Berg fiele in sich zusammen. Das Dröhnen wurde lauter, schließlich quietschte es. Voller Panik sah sie aus dem Fenster und erkannte, dass die Fahrzeuge aneinanderrieben. Das Beben war so stark, dass sie wie auf Wasser über die Oberfläche glitten. Ohrenbetäubender Lärm entstand, Diana fing wieder zu schreien an. Sie schrie und schrie, bis sie Olivers Hand auf dem Mund spürte.

»Bitte hör auf!«

Es wurde hell, weil er die Taschenlampe anknipste.

Dianas Herz raste, sie atmete schwer, ihr Blick fiel in die Dunkelheit, nur Elins Jeep war zu erkennen, dahinter war alles schwarz.

»Oliver!«, schrie sie laut.

»Es passiert uns hier nichts!«, antwortete er wieder.

Für Diana war dies kein Trost. Es bebte derart stark, dass auch gut und gerne eine Spalte entstehen konnte, in die sie hineinfielen. Noch immer rutschte das Auto über Kies, es knirschte, alles unter ihnen bebte, als risse der Boden auf, als explodierte die ganze Welt.

Schließlich hörte sie sich nur noch schreien.

Zeit war nicht spürbar. Diana wusste nicht, wann es aufgehört hatte, wann endlich wieder Ruhe eingekehrt war. Sie hatte Olivers Hand derart fest umschlossen, dass ihre Finger wehtaten, und als sie endlich losließ, sah sie in sein Gesicht.

Er sagte nichts, sie hörte nur ihren und seinen Atem. Die Ruhe tat so unendlich gut, dass sie dachte, niemals in ihrem Leben erleichterter gewesen zu sein.

Da stieg er aus.

»Was machst du?«

»Nach ihnen sehen.«

Elins Auto war nicht zu sehen, also stieg sie auch aus und folgte mit ihrem Blick dem Schein der Taschenlampe. Der Jeep stand nun etwa zehn Schritte schräg vor ihnen, und gerade, als der Lichtkegel den Jeep traf, öffnete sich die Tür. Kristjan weinte, blieb aber in Auto, während Elin ausstieg.

»Seid ihr verletzt?«, fragte Oliver sofort.

Elin verneinte, auch Kristjan gehe es gut, außer dem Schrecken, dem er ausgesetzt gewesen sei.

»Es war so stark!«, stieß Elin aus. Tränen rannen über ihre Wangen, sie war bleich wie eine weiße Wand. Sofort umarmte Diana sie und spürte, wie fest die junge Frau sie an sich zog.

Während sie Elins Atem an sich spürte, versuchte Diana, irgendetwas zu erkennen, doch noch war es Nacht. Zudem waren die Sterne nicht zu sehen, sodass alles um sie herum in völliger Finsternis blieb.

Nun löste sich Elin und ging zu Kristjan. Sie sprachen miteinander, schließlich setzte sich Elin zu ihm auf die Rückbank.

»Vielleicht sollten wir uns auch wieder reinsetzen«, schlug Oliver vor.

»Ich kann jetzt nicht, ich muss stehen, frische Luft atmen.«

»Ich auch.«

Sie sah, dass Elin die Türen des Jeeps ebenfalls offen ließ. Und jetzt erst roch sie Staub, so als befänden sie sich auf einer Baustelle. Einige Steine klackerten in ihrer Umgebung, gelegentlich knirschte es leicht, es waren aber eher die Folgen des Bebens und keine weiteren Erdstöße.

»Halb vier!«, sagte Oliver. »Es müsste bald hell werden.«

Diana nickte nur. Plötzlich hatte sie Angst, die Ausmaße des Bebens bei Tageslicht zu sehen. Das kleinere Haus konnte unmöglich noch stehen, das Beben war so viel stärker gewesen als die letzten. Wenn schon die Fahrzeuge über den Boden gerutscht waren, konnte sicherlich kein Stein auf dem anderen geblieben sein.

Sie ging zu Oliver und umarmte ihn. Sofort erwiderte er den Druck, also blieb sie für unbestimmte Zeit so stehen, wollte sich in ihn verkriechen oder sich die Ohren zuhalten, weil sie Angst hatte, ein weiteres Beben könnte schon bald alles abermals erzittern lassen.

Elin rief ihnen zu, dass sie einfach sitzen bleiben sollten, bis die Sonne aufging. Kristjan hatte zu schluchzen aufgehört und bald waren nur noch einzelne Geräusche des Bodens zu hören.

Schließlich dämmerte es. Zunächst war nur ein etwas hellerer Streifen im Osten zu sehen, schon bald aber waren erste Konturen ihrer Umgebung erkennbar. Elins Auto, der Boden unter ihnen, schließlich die Ruinen von Elins Anwesen.

Dort stand nichts mehr.

Sie warteten, bis es hell genug war, bevor sie alle auf die absolute Verwüstung zutraten. Der Boden war übersät mit Dachmaterial, Putz, Platten und Holz, es sah aus, als hätte eine Bombe eingeschlagen. All die Zeit sagten weder Elin noch Kristjan ein Wort, stumm erkannten sie, dass ihr gesamtes Zuhause unwiderruflich komplett zerstört war.

»Es tut mir so leid«, stammelte Diana.

Elin sagte nichts, fasste Kristjan an der Hand und atmete tief durch. »Wir müssen nach Arnarstapi. Wir können hier nicht bleiben. Es ist nur ein Haus, Hauptsache, Kristjan ist nicht verletzt.«

Sie warteten, bis es endgültig hell war. Oliver schaltete sein Handy an, aber der Empfang war erwartungsgemäß ausgefallen. Deshalb schaltete er das Autoradio ein. Es rauschte, egal wohin er drehte. Da probierte es Elin im Jeep, doch auch sie hatte keinen Erfolg. Plötzlich aber war die Stimme eines Mannes zu hören. Er sprach auf Isländisch, redete und redete, dabei sahen Diana und Oliver Elin fragend an, in der Hoffnung, sie würde endlich übersetzen.

Allerdings war es Kristjan, der ihnen in besserem Englisch als dem seiner Mutter erklärte, dass der Sender aus Dänemark ausstrahlte, aber in isländischer Sprache berichtet wurde.

Urplötzlich hielt sich Elin eine Hand vor den Mund, auch Kristjan sah seine Mutter völlig entsetzt an.

»Was ist?«, fragte Oliver ungeduldig.

Die beiden benötigten wohl einige Augenblicke, sich zu fangen.

»Katla und Öræfajökull sind ausgebrochen, vermutlich noch mehr«, übersetzte Kristjan.

Fragend sah Diana Oliver an. »Die Vulkane?«

Er nickte nur.

»Sie berichten von massiven Ausbrüchen«, erklärte Elin. »Offenbar tritt auch Magma aus, es seien die heftigsten Eruptionen seit Jahrhunderten.«

»Oh mein Gott!«, rief Oliver. »Was, wenn das alles zu uns kommt?« Er sagte es auf Deutsch und Elin sah ihn nun ihrerseits fragend an.

»Kommt die Aschewolke auch zu uns?«, fragte er die beiden.

Kristjan schüttelte mit dem Kopf und wies auf das Radio. Während die beiden weiterhörten, spürte Diana, wie eine unsichtbare Hand ihren Hals zudrückte, gleichzeitig nahm ihr etwas den Atem. Vulkanausbrüche. Völlige Zerstörung. Aschewolke. Es waren Schlagwörter, die so tief in ihren Körper eindrangen, dass sie schon jetzt wusste, dieses Grauen niemals vergessen zu können.

»Submarine earthquake!«, sagte Kristjan schließlich.

Diana war so durcheinander, dass sie kaum mehr etwas für sich übersetzen konnte. Also sah sie fragend in die Runde.

»Unterseeisches Erdbeben«, kommentierte Oliver nun. »Vielleicht der Grund für die Vulkanausbrüche.« Wieder wendete er sich Kristjan zu. »Was ist jetzt mit der verdammten Aschewolke?«

»Der südliche Teil der Insel wird bereits von der Aschewolke bedroht«, erklärte Kristjan.

Viel zu nüchtern, empfand Diana.

Was hieß das jetzt? Dass sie alle früher oder später erstickten? Dass sie unter Milliarden Tonnen Magma begraben wurden?

In diesem Moment wurde ihr übel.

Jakob

Zuerst dachte sich Jakob nichts dabei, als er laute Stimmen auf dem Gang vor seiner Kabine hörte. Er war erst halb sieben und daher ungewohnt laut für diese Uhrzeit. Weder waren es aber lärmende Kinder noch das Kabinenpersonal, sondern sich unterhaltende Gäste, und das in verschiedenen Sprachen.

Neugierig schaltete er den Fernseher ein. Egal wohin er zappte, wurde von den neuesten Entwicklungen auf Island berichtet. Das erste Bild, auf das er sah, zeigte eine riesige Rauchsäule. Erschrocken hielt er die Luft an. Es musste von weit oben aufgenommen worden sein, fast an der Stratosphäre, denn man sah die nördlichen Konturen der Insel, der südliche Teil lag unter einer gigantischen Wolke. Während ein Mann auf Englisch berichtete, drehte Jakob den Ton lauter. Offenbar hatte ein verheerendes Beben in der späten Nacht den Großteil der Insel zerstört, Reykjavik liege in Trümmern, noch erfuhr er keine Werte, die die Stärke des Bebens anzeigten. Ein Spruchband lief noch am unteren Teil des Bildes, also wartete er, bis es von vorne anfing. Wenigstens drei Vulkane seien ausgebrochen, die Katla sei dabei diejenige, die den größten Auswurf verursache. Momentan erschütterten offenbar gewaltige unterseeische Beben die gesamte Region des Nordatlantiks.

Völlig schockiert stand Jakob auf, zog sich an und ging auf den Flur. Leute standen herum, ein Steward wurde pausenlos gefragt, es schien sich große Unruhe auszubreiten. Also ging Jakob an Deck. Und gerade als er frische Luft einatmete und seinen Blick nach Osten richtete, sah er nichts als Meer. Verdutzt sah er auf die andere Seite und erkannte, dass das norwegische Festland dort zu sehen war.

Sie hatten gewendet.

In diesem Moment knarzten die Lautsprecher.

»Liebe Passagiere, aus gegebenem Anlass wende ich mich bereits um diese frühe Uhrzeit an Sie. Aufgrund des massiven unterseeischen Bebens um Island haben wir uns entschlossen, nach Bergen zurückzufahren und dort in den Hafen einzulaufen. Wir erwarten die Ankunft dort in etwa zweieinhalb Stunden. Es tut mir leid, Ihnen diese Mitteilung unterbreiten zu müssen, die Sicherheit aller steht aber an erster Stelle. Wir stehen in engem Kontakt zu den offiziellen Behörden, die uns über die neuesten Entwicklungen informieren. Herzlichen Dank, Ihr Kapitän William McGregor.«

Jakob wartete, ob noch etwas nachkäme, eine genauere Information, irgendetwas, doch es knarzte nur noch kurz. An den Gesichtern der Umstehenden erkannte er, dass andere ebenfalls mehr erwartet hatten, zudem klang die Durchsage zu beruhigend auf ihn. Natürlich, denn Panikmache wäre das Schlechteste, was man nun tun könnte, zudem es vermutlich keinen Grund dazu gab. Außer, dass es als Auswirkung der unterseeischen Bebe vielleicht einen höheren Wellengang gab.

Da sie die südliche Richtung eingeschlagen hatten, ging Jakob zum hinteren Teil des Decks, dort, wo der Swimmingpool und der Sportbereich waren. Dutzende Menschen standen hier, die meisten sahen nach Norden, doch es war etwas bewölkt und noch sah man nichts von der gigantischen Rauchwolke, die auf dem Fernsehbildschirm derart riesig gewesen war. Vermutlich dauerte es noch einige Stunden, bis man die Ausmaße auch hier erkannte.

Frischer Wind zog auf, und da Jakob keine Jacke anhatte, ging er zurück. Momentan konnte niemand etwas tun, in Bergen würden sie dann schon erfahren, wie es weiterging. Er fragte sich kurz, warum sie nicht gleich Hamburg ansteuerten, die Reise war ohnehin beendet. Oder warteten sie in Bergen ab, bis die Beben endeten? Aber unter welchem Risiko? Womöglich gab es sogar Warnungen für Schiffe auf hoher See? Wie auch immer, die Passagiere würden es ohnehin nicht erfahren, zumindest jetzt noch nicht.

In seiner Kabine schaltete er den Fernseher wieder an. Erschütternde Privataufnahmen von Handys wurden gezeigt. Ein Auto rutschte einen Abhang hinab, jemand hatte aufgenommen, wie ein Haus in sich zusammenbrach. Da es Nacht und somit dunkel gewesen war, gab es nur schlechte Aufnahmen, die vor allem vom Ton und künstlichen Licht lebten. Dieses Dröhnen und Beben war furchtbar, selbst, es nur zu hören. Jakob fragte sich, wie es sich anfühlen musste, in diesem Inferno zu sein und es am eigenen Leib zu spüren. In den Lichtern der Handytaschenlampen waren nur Staub und Nebel zu sehen, dafür markerschütternde Schreie der Betroffenen, die sich absolut panisch anhörten. Er fragte sich, warum die Sender so etwas überhaupt zeigten.

Als er umschaltete, offenbarten sie gerade die topografische Karte Islands und des Nordpazifiks. Linien der Erdplatten waren zu erkennen, westlich der Insel schien momentan das Epizentrum des unterseeischen Bebens zu liegen.

Als ein Band unten durch das Bild lief, hielt er die Luft an. Die Beben in der letzten Nacht hatten eine Stärke von 9,3 gehabt. Es war desaströs, absolut vernichtend. Jakob konnte sich nicht erinnern, jemals von einem solchen Wert gehört zu haben, egal an welcher Stelle dieser Erde.

Wieder zeigten sie Luftaufnahmen Reykjaviks. Während sich die gigantische Aschewolke von mehreren Vulkanen ausbreitete, glich die Hauptstadt einem absoluten Trümmerfeld. Es schien kein Haus mehr zu stehen, verwackelte und unscharfe Aufnahmen verschlimmerten das Szenario. Jakob fragte sich, wie lange der Helikopter wegen der Aschewolke sich dort halten konnte und warum er nicht landete und Menschenleben rettete, anstatt dämliche Aufnahmen zu machen.

Irgendwann hatte er genug von den verstörenden Bildern, er hatte auch ein schlechtes Gewissen, all das zu sehen und nicht helfen zu können. Vermutlich saßen gerade Hunderte Millionen Menschen weltweit vor den Bildschirmen und gaben sich dem Grauen hin.

Ihm war klar, dass die Aschewolke, eruptierten die Vulkane weiter, nicht nur für Island, sondern weltweit ein ernstes Problem darstellte. Angefangen vom Flugverkehr bis hin zu möglichen Funkausfällen, je nach Intensität.

Nun musste man sicherlich nicht über ein Dieselverbot diskutieren.

Nachdem er den Fernseher ausgeschaltet hatte, ging er wieder nach draußen. Der Blick auf die Uhr zeigte ihm, dass er mehr als eine Stunde den eindringlichen Bildern im TV gefolgt war. Er wollte sich bewegen. Als er am Speisesaal vorbeiging, saßen bereits viele Menschen an den Tischen und frühstückten, er hingegen hatte aber keinen Hunger. Kurze Zeit sah er in die Gesichter des Personals, doch er erkannte nirgends Giulia.

Auf dem Außendeck sah er deutlich weniger Menschen als zuvor, die meisten waren vermutlich im Frühstückssaal oder in den Kabinen. Noch immer war in einigen Kilometern Entfernung das Festland zu sehen, und als er den hinteren Teil des Decks ansteuerte, blieb er augenblicklich stehen. Deutlich sah man nun im Norden eine weiße Rauchsäule, die in absolut gigantischem Ausmaß gen Himmel stieg. Es sah aus, als würde die gesamte Arktis brennen, wäre dies möglich.

Ein Fremder stellte sich hingegen neben ihn. Er war in etwa im selben Alter, trug einen Schlapphut sowie eine Krawatte.

»Es ist unglaublich!«, fing er das Gespräch an. »Wer weiß, was da noch alles kommt. Island besteht ja quasi aus einem einzigen Vulkangeflecht.«

Das hatte Jakob auch schon gehört, er wollte aber keine voreiligen Schlüsse ziehen.

»Schmidt mein Name«, stellte sich er Mann vor.

»Riegert«, antwortete Jakob knapp.

»Auch mit Frau hier?«

»Nein, allein.« Jakob hatte sicherlich nicht vor, sich innerhalb der nächsten sechzig Sekunden seine Lebensgeschichte auspressen zu lassen, zu seiner Erleichterung stellte Herr Schmidt aber seine Fragen ein. »Ich bin gespannt, wie lange wir in Bergen bleiben. Sie werden doch sicherlich an der Küste entlang nach Hamburg zurückschippern.«

»Das dachte ich eigentlich schon jetzt, aber sie gehen wohl komplett auf Nummer sicher.«

»Und so soll es sein. Meine Güte, wir waren erst vor drei Jahren auf Island. Was für eine wunderbare Insel mit wunderbaren Menschen.«

Nun nicht mehr, dachte Jakob, sagte es aber nicht.

Aus Norden kam etwas Wind auf. Gerade als Jakob seinen Blick auf das norwegische Festland richtete, heulten plötzlich Sirenen. Er erschrak furchtbar, zuckte zusammen, sah zuerst entgeistert zu Herrn Schmidt, der ebenso zusammengezuckt war, dann zur Crew.

Auch die sah sich verdutzt um.

»Achtung, Achtung!«, hallte es nun gleichzeitig zum nervtötenden Heulton aus den Lautsprechern. »Ich bitte alle Passagiere, augenblicklich ihre Kabinen aufzusuchen beziehungsweise sich unter Deck zu begeben. Dies ist keine Übung. Achtung, Achtung, ...«

Der Kapitän wiederholte die Aufforderung, die Dringlichkeit in seiner Stimme verursachte Jakob Gänsehaut. Zudem drang der Heulton durch Mark und Bein.

Was zum Teufel passierte gerade?

Obwohl er nicht wollte, schloss er sich den anderen an. Selbst einige offenbar überraschte Crewmitglieder liefen nun zu den Treppen und verließen das Deck.

Als Jakob in seiner Kabine ankam, schlug sein Herz wild in seiner Brust.

Indessen heulte der Warnton unvermindert weiter.

Robert

Es hatte Robert überrascht, dass Lilli am gestrigen Abend zwei Stunden nach ihrem Abgang wieder zurückgekehrt war. Zwar hatte sie mit niemandem ein Wort gesprochen, zumindest aber auch nicht mit Mascha oder gar mit Elsa gestritten. Erst am späten Abend hatte sie Elsa mitgeteilt, dass sie ihre Medikamente nehmen wolle, denn es gehe ihr schlecht.

Als wäre das nicht genug gewesen, war auch noch Marcel mit Sibel eine lange Konfrontation eingegangen, die damit geendet hatte, dass Sibel Marcel am liebsten aufgeschlitzt hätte und seine Leiche in den Fluss hatte werfen wollen. Robert kannte diese maßlosen Übertreibungen, wusste aber, dass in diesen Phasen der Erregung niemandem von ihnen zu trauen war.

Die Nacht war ruhig verlaufen und nachdem am späten Morgen Ronni alle geweckt hatte, sah Robert Annika an, dass sie bereits jetzt an ihre Grenzen kam.

»Noch mehr als zwölf Tage«, brummte sie nur kurz. »Aber auch das werden wir schaffen.«

»Die ersten Tage sind immer die schlimmsten«, antwortet er, als sie das Frühstück zubereiteten. Und weil nun Anna und Tom hereinkamen, musste er leiser sprechen. »Danach gewöhnen sie sich eher daran. Es ist natürlich schon heftig, was sie hier alles leisten müssen. Aber es hilft.«

»Daran hatte ich nie Zweifel.«

Robert ahnte, dass seine junge Kollegin offenbar die Häufigkeit und vor allem die Intensität der Konflikte unterschätzt hatte. Oder sie wirkten zu Beginn stärker auf sie als auf ihn nach mehr als zwanzigjähriger Berufserfahrung.

Als Lilli hereinkam, fiel Robert auf, dass auch die anderen sie vorsichtig beobachteten, doch sie schien ruhig zu bleiben. Zudem nahm sie ohne Widerstand ihre Medikamente ein. Marie hatte ihm berichtet, dass Lilli sich noch in der Nacht wieder mit Mascha vertragen hatte. Sie hatte sie flüstern gehört und dabei vernommen, dass Lilli Mascha offenbar glaubte, nicht von Elsa eingesetzt worden zu sein.

Bevor sie zu frühstücken begannen, warteten sie noch auf Elsa, die ein wichtiges Telefonat zu führen hatte. Als sie hereinkam, wirkte sie deutlich gezeichnet.

»Was ist?«, wollte Marie wissen.

Mit versteinerter Miene setzte Elsa sich und lächelte kurz zurück.

Robert stutzte. So konnte sie unmöglich am Gruppengeschehen teilnehmen, also bat er sie kurz vor die Tür.

»Mein Vater!«, begann sie im Freien zu berichten. »Er ist doch auf der Kreuzfahrt.«

Robert nickte nur. Elsa hatte es mehrmals erwähnt, auch, dass sie so gerne hätte mitfahren wollen, vor allem wegen des Todes ihrer Mutter.

»Auf Island sind die Vulkane ausgebrochen, es gab ein Erdbeben mit über 9,3 Stärke.«

»Was? So hoch?«

Sie reichte ihm das Notfallhandy. Verblüfft nahm er es und sah sich die Nachrichten an. Tatsächlich. Verheerende Beben hatten das Land verwüstet, und eine ganze Kette Vulkane brach durch mehrere Beben verursacht ungehindert aus. Mittlerweile erhob sich bereits eine über sechzig Kilometer hohe Aschewolke über dem Süden der Insel.

»Aber dein Vater ist ja nicht auf Island?«

»Nein, ich habe ihn glücklicherweise erreicht. Sie fahren nach Bergen, niemand weiß, wie es weitergeht.«

»Okay. Magst du eine Pause machen?«

»Nein, es geht schon. Wenn ich jetzt zu denken anfange, wird's nur schlimmer. Er ist ja in Norwegen, das ist völlig okay.«

Robert musste tief ausatmen. Es waren verheerende, niederschmetternde Nachrichten aus Island. Und wenn die Vulkane weiter spien, betraf es das gesamte Klima.

»Wir sagen es den Kollegen, aber nicht den Kids, okay?« Es war nicht nötig, die Jugendlichen mit einem Thema zu belasten, das Tausende Kilometer weit entfernt war. Deren Welt bestand ohnehin aus zu vielen Konflikten.

Sie nickte, Robert nahm sie kurz in den Arm, dachte dabei allerdings an die Geschehnisse. Er hoffte nur, ihr Vater könnte Elsa baldmöglichst beruhigen, und er hoffte, dass die Nachrichten nicht so sehr an die Ohren der Jugendlichen gerieten. Sie würden ohnehin bald davon überschwemmt werden, spätestens wenn die Aschewolke Europas Festland erreichte.

Während des Frühstücks musste Robert noch lange an die Schlagzeilen denken, und als die beiden Annika, Marie und Ronni von den Geschehnissen erzählten, reagierten diese betroffen bis besorgt.

Bis auf Weiteres hielten sie an ihrem Plan fest. Morgen wollten sie den Hansapark besuchen, es würde für die Jugendlichen sicherlich der Höhepunkt des Aufenthaltes. Heute aber stand die Instandsetzung des Lagerhauses an, und er ahnte, dass dies so einige Konflikte mit sich bringen sollte.

Dabei ertappte er sich dabei, wie er immer wieder nach Norden sah. Noch war der Himmel blau, die Sonne strahlte ungehindert auf sie herab.

War es überhaupt möglich, von hieraus die Aschewolke zu erkennen?

Jakob

Stellt doch endlich diesen scheiß Warnton ab!

Jakob hielt sich immer wieder die Ohren zu. Es nervte ungemein, vor allem weil er nicht im Geringsten wusste, warum Alarm herrschte und weshalb alle die Außendecks hatten verlassen müssen. Der Kapitän hatte die Durchsage noch einige Male wiederholt, nun schwieg er. Ab und an rannte jemand durch den Gang, aufgeregte Stimmen waren zu hören, Jakob sah aber aus dem großen Fenster. Am Sonnenstand erkannte er, dass sie schon wieder wendeten, diesmal offenbar Richtung Nordwesten. Konnte das sein?

Wie gebannt starrte er aufs offene Meer hinaus. Die gigantische Aschewolke hatte längst den gesamten nördlichen Himmel verdeckt, es glich einem Bild aus einem Katastrophenfilm aus der Hollywoodproduktion. Es brummte unter ihnen, offenbar fuhr die MSC mit Vollgas in Richtung Island. Das ergab aber keinen Sinn. Warum sollten sie genau in die Richtung fahren, von der sie eigentlich Abstand gewinnen sollten?

Schließlich war aber etwas anderes zu sehen. Zunächst dachte Jakob, es handele sich um ein breites Wolkenband, dass über dem Meer schwebend größer wurde. Doch mit jeder Sekunde wurde deutlicher, dass es weder Wolken waren noch Nebel.

Eine gigantische Flutwelle raste auf sie zu.

Mit offenem Mund starrte Jakob auf die Wasserwand. Er konnte nicht abschätzen, wie weit sie vor

ihnen war, auch nicht, wie hoch sich diese Welle auf-
türmte. Sie wurde jedoch größer und größer. Erste
Schreie waren zu hören, jemand rief, Jakob konnte
seinen Blick aber nicht von dem Grauen abwenden,
das auf sie zuraste. Nur am Rande versuchte er, sich
die Richtungsänderung des Schiffes dadurch zu erklären, dass der Kapitän offenbar versuchte, die Welle
frontal anzufahren, womöglich um die Chancen zu
verringern, dass sie kenterten. Viel zu schnell zersto-
ben aber seine Gedanken. Unwiderruflich kam das
Ding näher, sie schienen nun schneller zu werden, als
würde der Sog das Schiff anziehen.

Völlig versteinert dachte er an Elsa, hoffte, es ging
ihr gut, hoffte, sie müsse nicht noch einmal trauern.
Sein Leben war ihm fast egal geworden nach Monikas
Tod, nicht aber Elsas.

Diese Welle brachte ihnen womöglich den Tod.

Nun fing er dennoch zu zittern an, sein Herz begann
zu rasen, die Schreie aus den anderen Kabinen wurden
lauter, Kinder und Frauen kreischten, Männer brüllten,
es dauerte nur noch wenige Minuten, bis die Wasserwand sie erreichte. Langsam stieg der Bug in die Höhe,
Gläser und die Flasche auf dem Tisch rutschten herunter und zersprangen auf dem Boden. Es war, als führen
sie bergauf. Er schätzte die Höhe der Welle schon jetzt
auf etwa achtzig Meter, es konnten aber auch mehr
sein. Alles verschwamm, er überlegte, auf den Flur zu
laufen oder aber tatsächlich auf das Deck, um nicht im
Schiff gefangen zu sein, falls es kenterte.

Das Schiff stieg weiter an, nun rutschte auch der
Stuhl und fiel um, immer mehr Schreie anderer Passagiere waren zu hören, eine Frau brüllte gellend ihre
Angst hinaus. Das Rauschen wurde lauter, längst hörte
er den heulenden Warnton nicht mehr. Sein Leben zog
an ihm vorbei, er sah sich mit Monika auf ihrer Hoch-
zeit, Hand in Hand am Strand spazieren gehen, oder

mit Elsa in deren Zimmer, wie er mit ihr malte oder mit der Holzeisenbahn spielte.

Nun fiel auch der Tisch um, es krachte und schepperte, längst hatte er sich am Rahmen des Fensters festgehalten, um nicht auch umzufallen.

Schließlich lehnte er sich an die Wand hinter ihm, sah zu, wie alles deutlich schräger wurde, sämtliche Gegenstände polterten über den Boden und sammelten sich an der Seite, an der er stand.

Immer mehr vibrierten der Boden und die Wand, das Schiff wackelte, bebte wie während eines Erdbebens, es knarrte, etwas zerbrach.

Wasser toste, und als das Schiff an der riesigen, alles einnehmenden Wand in die Höhe gedrückt wurde, schloss Jakob die Augen.

Das Ende war gekommen.

Lilli

Lilli hatte absolut keine Lust, den ganzen Tag Hausmeister oder gar Zimmermann zu spielen und sich an der Reparatur des Lagerhauses zu beteiligen. Die hatten sie doch nicht mehr alle!

Es war normalerweise abgesperrt, doch nun, wo sie die Rückwand sowie das Dach reparierten, stand die Türe offen. Sie war mit Marcel und Mascha unter Ronnies Leitung eingeteilt, während Sibel, Anna und Tom am Steg waren und ihn erneuerten.

Vorsichtig blickte sie immer wieder in die Hütte zur Kommode gleich neben der Tür. Sie hatte mitbekommen, dass Annika ihre Handys aus dem Bus genommen und dort weggesperrt hatte, vermutlich, um sie nicht der Hitze im Wagen auszusetzen.

Während Mascha mit Ronni an der Außenwand auf einer Leiter stand und das Dach abdichtete, reichten Marcel und sie den beiden Schilf nach oben. Es war ein Reetdach, Ronni hatte ihnen viel zu lang und breit erklärt, dass dies in der Vergangenheit die weitverbreitetste Art gewesen war, Dächer zu decken. Und da dies alles so nah wie möglich historisch kopiert sein sollte, kam also Reet auf das Dach.

Als Ronni unaufmerksam war, weil er ein besonders großes Loch stopfte, lief sie schnell zu der Kommode und zog an der Schublade. Sie war offen. Hastig nahm sie ihr sowie Maschas Handy heraus, steckte es ein und schloss die Schublade wieder.

Marcel sah sie erst völlig entgeistert an, dann lächelte er. »Hast du meines auch?«, flüsterte er.

»Nein, ich wusste ja nicht, ob du es willst.«

»Häh? Natürlich!«

Sie wartete, und gerade als sie wieder Reet nach oben reichten, sah Ronni zu ihnen.

»Weniger quatschen, sondern zusehen.«

»Wusste nicht, dass hier Sprechverbot ist, Herr General!«, erwiderte Marcel. »Ist es nicht, aber Mascha wartet auf Nachschub.«

»Das ist ja wie in Dachau früher!«, sagte Lilli.

Da legte Ronni das Reet ab und sah sie durchdringend an. »Nein, ist es garantiert nicht, Fräulein! Ganz schlechte Bemerkung. Du bist intelligent genug, zu wissen, was früher mit den Menschen geschah, die nicht ins System passten.«

Sie nickte nur, denn sie wollte, das Ronni weiterarbeitete. Und als er fortfuhr, das Reet Reihe für Reihe anzubringen, lief Marcel schnell zur Kommode und entnahm sein Handy.

Lilli grinste kurz, bevor sie mit der Arbeit fortfuhren.

Schon bald machten sie Pause. Die drei sammelten sich etwas abseits der anderen, wo sich Lilli nahe an Mascha stellte und ihr das Handy reichte.

»Bist du verrückt?«, fragte sie. »Ronni frisst uns auf.«

»Ach was, ich lass mir doch das Handy nicht abnehmen. Lass uns abhauen.«

»Sie werden uns bestrafen.«

»Wie denn ohne Time-Out-Raum? Und was wollen sie schon großartig tun? Die Handys besser verstecken, das wars dann schon, oder meinst du, sie fesseln uns an den Steg und lassen uns hungern?«

Marcel sagte nichts, sondern sah immer nur zu den anderen.

»Das wäre keine Strafe für mich.«

Lilli musste lachen, denn sie mochte es, wenn jemand über sich selbst Witze machte.

»Okay«, sagte Mascha schließlich. »Ich gäbe einiges für einige Stunden zocken oder TikTok.«

»Eben.«

Kurz sahen sie zu den anderen, drehten sich dann um und gingen Richtung Eider.

»Wohin wollt ihr denn?«, hörte Lilli auch schon Robert rufen.

Er nervte sie, er schien einen eingebauten Radar in sich zu haben.

»Wir kommen gleich, keine Panik«, rief Marcel zurück.

Plötzlich ertönte ein grässlicher Ton aus den Handys. Lilli erschrak furchtbar, denn er kam so unerwartet und war so laut, dass ihr Herz wild schlug. Zunächst starrten sie einander erschrocken an, zogen dann aber die Handys hervor. Lilli hatte diesen durchdringenden Ton schon einmal gehört, es war eine der geplanten Katastrophenschutzübungen gewesen und mehr als die Hälfte der Handys hatte damals im Klassenzimmer laut geröhrt.

Da standen auch schon die anderen auf.

»Woher habt ihr die Handys?«, rief Robert, zog nun aber auch sein Notfallhandy hervor, weil es ebenso laut kreischte.

Für einige Momente sahen sich alle sprachlos an. Lillis Hände wurden nass.

In diesem Moment hörte sie eine entfernte Sirene. Sie musste aus einem der Dörfer stammen, der Ton war aber ebenso durchdringend.

Was zum Teufel geschah hier?

»Kommt mal zurück!«, rief Robert ihnen zu, sah aber verirrt auf sein Handy, versuchte wohl herauszufinden, was der Anlass war.

»Sie haben keine Übung vorausgesagt«, rief Ronni.

Da sah Lilli zum ersten Mal auf das Display.

Katastrophenalarm für die Küstengebiete der Nordsee. Sofort alle Strände verlassen. Herausgegeben von: Bundesamt für Bevölkerungsschutz und Katastrophenhilfe. Nationale Warnzentrale 1 Bonn.

Offenbar las auch Robert auf seinem Handy, denn er reichte es den anderen.

»Kommt her!«, rief Robert wieder, wirkte aber sehr durcheinander, auch Marie, Annika, Elsa und Ronni sahen sich fragend an.

Scheiße, das ist keine Übung!, dachte Lilli.

Marcels Stimme klang panisch. »Aber wir sind doch gar nicht am Strand!«

Währenddessen jaulte der Alarmton fort, setzte sich in Lillis Körper fest, während die entfernte Sirene weiter heulte.

Da hob Ronni einen Arm, was sie zum Schweigen veranlassen sollte. »Wartet!«

Einige Male hatte der Sirenenton ausgesetzt, jetzt war er ohne Unterbrechung zu hören.

»Katastrophenalarm!«, bestätigte Ronni schließlich nüchtern.

»Okay!«, rief Robert nun. »Alle herkommen, wir sammeln uns im großen Haus.«

Lilli zitterte. Was hatte das zu bedeuten? Es zog ihr schier die Beine weg, Robert und die anderen ebenso verwirrt zu sehen, wie sie selbst es waren. Sie wollte nicht zu ihnen, zudem sie ihnen wieder die Handys abnehmen würden.

Da fing sie zu rennen an. Sie lief, wusste nicht, wohin, und als sie sich umdrehte, sah sie, dass Mascha und Marcel ihr folgten.

»Kommt zurück!«, brüllten Robert und Marie ihnen nach, doch Lilli wollte nicht stehen bleiben.

Wenn doch nur endlich dieser verfickte Ton aufhören würde!

Als sie nicht mehr konnte, blieb sie völlig außer Atem stehen.

»Vielleicht sollten wir doch zurück!«, rief Mascha, nachdem sie sie eingeholt hatte.

»Dann geht ihr zurück!« Sie hatte keine Ahnung, warum sie plötzlich so viel Angst hatte. Die Erzieher standen sonst immer über allem, Roberts Gesicht hatte sie aber verstört.

»Fuck, halt endlich deine Fresse!«, schrie sie ihr Handy an und stand kurz davor, es auf dem Boden zu zertrümmern.

Nun kam auch Marcel bei ihnen an, beugte sich nach vorne und stützte seine Arme auf seinen Knien ab. »Mann, was soll das?«

»Warum seid ihr mir denn gefolgt, wenn ihr beide zurückwollt?«

»Ich hab doch keine Ahnung. Wohin willst du eigentlich?«

»Weg. Vielleicht sogar ganz. Ich pack den ganzen Scheiß nicht. Ich bunkere mich in irgendeinem scheiß verlassenen Haus ein, einer Hütte oder so.«

Der Ton des Handys raubte ihr den letzten Nerv. »Halte endlich dein Maul! Was soll denn da kommen?«, schrie sie ihr Handy an.

»Schalten wir es aus!«, sagte Marcel schließlich in Befehlston. Völlig genervt, aber noch mehr verängstigt sah Lilli noch mal auf das Display. Der Text hatte sich nicht geändert, noch immer warnten sie die Menschen an den Küstengebieten.

Schließlich schalteten sie ihre Handys aus.

Wohltuende Ruhe trat ein, nur noch der entfernte Heulton der Sirene war zu hören.

»Komm, wir gehen zurück, Lilli«, sagte Marcel nun in einem ruhigeren Ton. »Ich habe echt keinen Bock auf diese Scheiße. Was, wenn da wirklich irgendwas ist?«

»Ich wünsche euch ein schönes Leben!« Sie drehte sich um und ging weiter. Längst spürte sie wieder dieses Dunkel in sich, diese Gleichgültigkeit, vielleicht durch ihre Angst ausgelöst. Es war ihr egal, was Robert oder die anderen sagten oder täten, sie wollte weder zu ihnen zurück noch irgendwann wieder in die Gruppe. Sie war so müde, wollte mit niemandem reden, einfach nur allein sein.

Mascha und Marcel folgten ihr abermals.

»Was soll das?«, fragte sie sie.

»Wir gehen mit!«, antwortete Mascha entschlossener, als Lilli es von ihr kannte. »Fuck, Mann. YOLO!«

Genau das dachte Lilli sich auch. *YOLO – you only live once. Scheiß auf alles.*

Schließlich gingen sie weiter. Und als sie Schritte hörten, sahen sie, wie Elsa auf sie zukam.

»Kommt ihr wohl zurück!«

»Nö!«, rief Lilli nur. Zu ihrer Verwunderung gingen auch Mascha und Marcel weiter. Neben der Angst spürte Lilli eine unbekannte Art der Erleichterung. Es war, als sei sie frei. Frei von Befehlen und Anordnungen der Erwachsenen, frei, eigene Entscheidungen zu treffen. Wäre da nicht der Heulton der Sirenen, könnte sie diesen Moment sicherlich mehr auskosten.

»Dann gehe ich mit.«

»Du bist unerwünscht!«, sagte sie nur knapp.

»Egal, ich gehe trotzdem mit. Mann, Leute, es ist Katastrophenalarm!«

Marcel begann nun zu lachen. »Bestimmt ne beschissene Übung, die nicht angesagt war. Was soll das? Fällt jetzt ein Komet auf die Küste? Oder landet dort ein Ufo?«

»Das hat echt Konsequenzen, das wisst ihr wohl.«

Da blieb Lilli stehen. »Genau das ist es, was ihr Fotzen immer macht. Drohen, verfickte Regeln aufstellen, blöd rumfragen, aber doch nicht helfen. Geh lieber zurück zu deinen Kollegen. Husch husch!«

»Lilli, ich habe deine Notfallmedis dabei. Bitte nimm sie.«

»Friss sie doch selbst!« Sie ging weiter, und als sie in Maschas Gesicht blickte, sah sie auf eine versteinerte Miene.

»Alles wird gut, Mascha. Genieße das Stückchen Freiheit, sie tun dir im Enddefekt eh nichts.«

»Aber dir.«

»Ist nicht dein Problem.«

Sie gingen weiter, Elsa folgte ihnen, ohne aber weiter auf sie einzureden.

Schließlich blieben sie unter einer riesigen Linde stehen. Weil dort sehr viel Schatten war, setzte sich Lilli, lehnte sich gefolgt von den anderen an den Stamm und sah in den Himmel.

An einer Seite war es auffallend grau. Weder waren es Wolken noch Nebel, es sah aus, als wäre es sehr weit entfernt, aber riesig. Womöglich brannte es irgendwo.

»Was ist das? Brennt es da?«, fragte sie.

Elsa schüttelte aber den Kopf. »Das ist zu groß für einen Brand. Und es kann auch unmöglich die Aschewolke von Island sein, das ginge zu schnell.«

Lilli sah sie nun durchdringend an.

»Auf Island sind Vulkane ausgebrochen«, verriet Elsa nun. »Wir wollten es euch nicht sagen. Das hier kann aber nicht die Wolke sein, nicht nach einem Tag.«

Lilli wusste nicht, was sie sagen oder denken sollte. Vulkane brachen aus, es herrschte Katastrophenwarnung für die Küsten, warum auch immer.

Da erinnerte sie sich an Marcels Worte.

Wäre gar nicht schlecht, wenn so ein verfickter Komet auf die Küste fiele. Oder Vulkane alles zerstörten.

Es würde vieles erleichtern.

Oliver
4 Stunden zuvor

Elins Jeep war weitaus besser dafür geeignet als Olivers Leihwagen, auf dem Schotteruntergrund zu fahren. An den Stellen, an denen der Asphalt kaum oder gar nicht aufgerissen war, fuhren sie auf der Straße. Dennoch platzte bereits nach zwanzig Minuten der erste Reifen, den sie aber mithilfe des Ersatzrades noch wechseln konnten.

Diana, Elin und Kristjan war der Schock über das nächtliche Beben noch immer deutlich anzusehen.

163

Während das Gesicht des Jungen kreidebleich war, schien Elin um Jahre gealtert zu sein. Nicht nur ihre Sorge um ihr Leben, das ihres Sohnes und ihres Mannes überforderten sie, sondern auch die Erkenntnis, dass ihr Heim unwiderruflich zerstört war.

Die ganze Zeit über rauschte die weibliche Stimme aus dem Autoradio. Offenbar war der Empfang weitaus stärker gestört als noch am frühen Morgen, denn das Rauschen hatte zugenommen. Dennoch wollten sie den Sender nicht wechseln, keinesfalls wollten Elin und Kristjan auf ihre Muttersprache verzichten.

Als Oliver Dianas Blick aus dem Seitenfenster verfolgte, fiel ihm auf, dass der südliche Teil des Himmels bereits grau war. Immer näher drängte sich die Aschewolke gen Norden, und Oliver fragte sich, wie es denn mit der Atemluft bestellt war, wenn dieses Inferno die gesamte Insel bedeckte. Er sagte dennoch nichts, schließlich wollte er die anderen nicht noch mehr verängstigen.

Teilweise in Schrittgeschwindigkeit fuhren sie nach Westen. Ab und an fragte Diana Kristjan, ob es irgendetwas Neues gebe, etwas, das ihnen Hoffnung vermitteln könne. Allerdings gab es keine neuen Erkenntnisse. Der gesamte Luftraum war außer für das Militär und Hilfsflüge gesperrt, es gab keine Luftverbindung nach Island. Da die allermeisten Berichte die Zerstörungen Reykjavik betrafen, gab es nur wenige Meldungen zu anderen Ortschaften der Insel.

»Fast alle Häuser sind zerstört«, erklärte Kristjan auf Englisch. »Aus Kanada sind angeblich erste Katastrophenschutzverbände auf Schiffen angekommen.« Kristjan musste es mehrmals erklären, weil Oliver vor Aufregung nicht verstand. Immer wieder sah er zu dem grauenerregenden Himmel im Süden, dunkelgraue Luftwalzen drehten sich, wirbelten ganze Wolken durcheinander, all das wirkte wie ein gewaltiges

Unwetter, das im Begriff war, alles in sich zu verschlingen.

»Die Aschewolke wird wohl kommen?«, fragte Diana mit fast lautloser Stimme.

»Ich denke schon.«

»Verdammt! Was machen wir nur?«

»Einfach weiterfahren. Ich habe keine Ahnung, was uns erwartet, Diana.«

Da Elin fragte, was sie sagten, übersetzte Oliver.

»Wir müssen so schnell wie möglich ankommen.« Elin sagte es leise, als wollte sie verhindern, dass Kristjan es hörte. Er antwortete jedoch, was nun Oliver nicht verstand.

Er wollte es gar nicht verstehen.

Nach einer weiteren Stunde krachte etwas, es quietschte beim Fahren. Augenblicklich blieben sie stehen und Oliver inspizierte das Auto. Fluchend trat er gegen die Karosserie, sah schließlich aber Elin entschuldigend an.

»Wieder ein Platten«, erklärte er. Nun besaßen sie kein Ersatzrad mehr, sie mussten also so weiterfahren. Sie würden es auch mit vier Platten versuchen, außer sie wären zu Fuß schneller.

Zu ihrem Entsetzen begann es schon bald, nach Schwefel und Asche zu riechen. Zunächst dachte Oliver, es sich einzubilden, schließlich schufen Ängste manchmal die kuriosesten Einbildungen. Als Kristjan es aber bestätigte, sah Oliver Diana voller Angst an. Seine Brust schnürte sich zusammen, schon jetzt schien er unter Atemnot zu leiden. Er konnte sich nicht vorstellen, dass sie womöglich schon bald alle in Lebensgefahr schwebten. Also fuhr er schneller, der Jeep holperte und sprang über den Boden, Steine wurden durch die Reifen an die Karosserie geschleudert, manchmal fuhren sie durch Löcher und der Rahmen des Autos setzte auf. Dabei knirschte und krachte es, Diana schrie bei einem besonders heftigen Stoß.

»Es bringt nichts, wenn wir vorher sterben!«, rief sie.

Auch Elin hielt sich krampfhaft am Haltegriff fest, ihre Gesichtsfarbe war noch etwas weißer als zuvor. Oliver rechnete damit, dass sie bald in das Auto kotzte.

»Es gab noch ein unterseeisches Beben!«, übersetzte Elin, während sie neben Kristjan auf dem Rücksitz herumgeschleudert wurde. »Und noch ein Beben im Osten.«

Es war Oliver momentan völlig einerlei. Mit starrem Blick musterte er die Straße, die Strecke daneben, lenkte das Auto von Asphalt auf Kies und wieder zurück.

»Hekla und Askja sind ausgebrochen.«

Oliver sagten die beiden Vulkane nur etwas, weil er sich aufgrund seiner Erkundungspläne zuvor über sie erkundigt hatte. Es bedeutete, dass die Aschestaubbelastung noch viel größer wurde.

»Verdammt!«, rief er nur, »die ganze scheiß Insel muss evakuiert werden.«

Plötzlich krachte es furchtbar, das Lenkrad wurde nach links gerissen, das Auto fuhr über einen Felsen und schlitterte über Steine. Funken flogen, etwas knirschte ohrenbetäubend, also blieb er stehen, um zu sehen , was passiert war. Als er ausstieg, erkannte er, dass ein Teil des Rahmens nach unten gerissen worden war und nun auf dem Boden schleifte.

»Können wir noch fahren?«, fragte Diana.

Kopfschüttelnd stieg Oliver ein, er hatte absolut keine Ahnung, warum ihm das Auto entglitten war. »Ja, selbst wenn wir auf einem Reifen ankommen.«

Entschuldigend sah er in den Rückspiegel. Er fuhr Elins Jeep kaputt, doch ihre Miene verriet, dass ihr das

Auto offenbar genauso egal war wie ihm selbst. Es musste einfach nur noch bis Arnarstapi halten.

Nachdem er wieder losgefahren war, knirschte und quietschte es weiter. Der Geruch von Schwefel nahm zu, ebenso der Gestank nach Verbranntem. Also schlossen sie das Fenster, obwohl Oliver vor Aufregung so warm war, dass er dachte, verbrennen zu müssen.

Zu seiner Überraschung blieben weitere Defekte aus. Schweiß lief in Olivers Gesicht, trotz der geschlossenen Fenster drang der beißende Geruch immer intensiver in seine Nase.

Schließlich tauchte hinter einem Plateau das Dörfchen Arnarstapi auf. Es war noch einige Kilometer entfernt, doch selbst über diese Distanz konnten sie die Ausmaße des Bebens erkennen. Zwischen eingestürzten Häusern stieg Rauch auf, es waren allerdings keine Schiffe im Hafen zu sehen.

Elin rief etwas, das in Olivers Ohren verzweifelt klang. Vermutlich war es ihr Entsetzen über die Zerstörung des Örtchens.

Oliver hatte nicht damit gerechnet, so schnell anzukommen, es war, als sei die immer größer werdende Aschewolke schneller als sie. Längst war es etwas dunkler geworden, wie ein drohender Schatten breitete sich die Wolke aus, nahm mehr und mehr vom Horizont ein, es schien nur noch dieses Stückchen Land übrig zu sein, wie eine Oase inmitten des drohenden Infernos.

»Da ist kein Schiff«, bemerkte nun auch Diana. »Sind die alle schon weg?«

Oliver konnte und wollte es auch nicht beantworten. Es war naheliegend, dass sich die meisten Bewohner nach dem verheerenden Beben und vor allem aufgrund der sich ausbreitenden Giftwolke in Sicherheit gebracht hatten.

»Gibt es noch einen Hafen?«, fragte er Elin.

»Nein. Außer einem für Fischerboote etwas weiter im Westen.«

»Dann werden wir wohl dahin müssen.« Gleichzeitig glaubte er nicht daran, dass diese noch im Hafen anzutreffen waren. Hätte er ein Boot, wäre er längst auf und davon.

In Arnarstapi trafen sie auf etwa ein Dutzend Menschen, die laut miteinander diskutierten. Weil es nun absolut nicht mehr weiterging, hielten sie und stiegen aus. Sofort mischten sich Elin und Kristjan unter sie, und als sie offenbar genügend gehört hatten, übersetzte Elin ihnen.

»Sie sagen, es käme noch ein Schiff. Sie bringen die Menschen wohl auf ein Handelsschiff, das in der Nähe wartet.

»Und warum streiten sie dann?«, fragte Diana.

»Weil sie sich uneins sind, was sie tun sollen.« Dabei wies sie auf die Aschewolke. Längst hatte sie den größten Teil des Himmels eingenommen.

Nun, außerhalb des Wagens, spürte Oliver den beißenden Geruch noch wesentlich schlimmer als zuvor. Sein Hals kratzte, das Licht war seltsam matt, die Umgebung wirkte, als verlöre sie sämtliche Farben.

Einige der Leute husteten bereits.

Elin und Kristjan hörten noch immer zu, während Oliver begann, nach Lösungen zu suchen.

Plötzlich zogen alle los.

»Kommt!«, rief Elin Oliver und Diana zu. »Bis das Schiff kommt, müssen wir uns schützen.«

Da die anderen nun ihre Jacken und sogar Mützen anzogen, holten auch sie ihre Wintergarnituren aus den Rucksäcken des Jeeps und zogen sie an. Danach folgten sie den Einheimischen, ohne zu fragen, wohin es denn ging und was sie zu tun gedachten. Vorbei an eingestürzten Häusern liefen sie zu einem künstlichen

Hügel, ein Mann öffnete das Schloss einer Türe, die an einer Seite des Hügels zu sehen war. Da die Tür vermutlich aufgrund des Bebens klemmte, hebelten sie sie auf und öffneten sie knarrend. Mithilfe der Taschenlampenfunktion ihrer Smartphones betraten sie das Innere, stiegen einige Stufen in die Tiefe hinab und gelangten in einen auffallend kühlen Raum.

»Das ist ein ehemaliger Fischlagerraum«, erklärte Elin ihnen. »Wir versuchen, uns hier vor dem Rauch zu schützen.«

Im hektisch umhergeschwenkten Licht beobachtete Oliver, wie einige der Männer alte Säcke vor die wieder geschlossene Türe legten. Außer ihr gab es keinen Zugang nach draußen, weder ein Fenster noch eine Lüftungsanlage verband den offenbar sehr alten Raum mit der Außenwelt.

»Es ist total kalt!«, hörte er Diana sagen. Er sah sie immer nur kurz, wenn ein Lichtstrahl in ihre Nähe gehalten wurde.

»Gut, dass wir die Jacken und Mützen anhaben.«

»Es ist wie in einem Grab.« Ihre Hand stahl sich in seine, und als er sie drückte, fühlte er sich kurzzeitig in glückliche Zeiten zurückversetzt.

Plötzlich bebte der Boden. Zuerst kaum spürbar, schließlich mit voller Wucht. Es dröhnte und brummte, Hitze sowie pure Angst schossen durch Olivers Körper. Menschen schrien, schließlich auch Diana, bevor Putz und Kies auf Oliver herabrieselte.

Der ganze Raum schien einzustürzen.

Oliver hörte sich selbst schreien.

Jakob

Unter ohrenbetäubendem Lärm krachten Stühle, Bilder, der Tisch und sämtliche Gegenstände an die Wand, an der Jakob stand. Er schrie wie noch nie zuvor in seinem Leben, gleichzeitig dröhnte das Schiff, als würde es zerbrechen. Die Wand hinter Jakob war plötzlich der Boden, das Schiff schien nun senkrecht zu stehen.

Seine Gedanken galten Monika. Trotz seiner Todesangst, seiner Schreie, die sich mit dem Lärm eines berstenden Schiffs und dem gewaltigen Rauschen der Monsterwelle vermischten, schlich sich seine Frau in seine Gedanken.

Schließlich knirschte es so laut, dass kein anderes Geräusch mehr zu vernehmen war. Sie kippten noch weiter, er lag für einige Momente auf dem Rücken, bevor er zur Seite stürzte. Möbel fielen auf ihn, das Bett rutschte auf ihn, vor Schmerz schrie er noch lauter. Licht fiel aus, überall krachte es, bevor er durch den Raum gewirbelt wurde. Schützend hob er seine Arme seitlich an seinen Kopf, er stieß gegen die Tür, ein Stuhl krachte gegen seinen Rücken, ein furchtbarer Schmerz durchzog ihn. Nur am Rand bemerkte er, dass er vor Panik kotzte. Glas zersprang, Holz barst, die Tür wurde aus den Angeln gerissen, eine Wand zerriss wie ein Blatt Papier. Schreiend fiel er in eine andere Kabine, alles um ihn herum schien zu platzen, zu zerreißen, der Boden tat sich auf, die Welt flog durcheinander. Da prallte etwas gegen seinen Kopf und es wurde schwarz um ihn.

Jakob schmeckte Blut, flackerndes Licht durchströmte seine Lider. Mühsam öffnete er die Augen. Er lag irgendwo im Gang des Schiffes, um ihm herum Möbelstücke, Trümmerteile, eine Frau schrie gellend von irgendwo. Zischend rappelte er sich auf, hielt dabei seine Seite, weil sie stark schmerzte. Der Griff an seine Stirn verriet ihm, dass er blutete.

»Hallo?«, rief er, niemand antwortete aber. Während die Frau gellend weiterbrüllte, vernahm er ein unheilvolles Geräusch. Es hörte sich an, als verböge sich Metall, als bräche das Schiff in zwei Teile. Jetzt erst erkannte er, dass das Schiff auf der Seite lag, denn er stand auf der Wand, der Fußboden sowie die Decke waren seitlich von ihm. Unter und auch über ihm waren die Türen der Kabinen, in den allermeisten Fällen standen sie offen oder waren aus den Rahmen gerissen worden. Vermutlich war er aus seiner eigenen Kabine nach unten gefallen, wie auch immer. Einige Lichter des Ganges flackerten, es tat seinen Augen weh, und er erkannte immer nur für die Bruchteile von Sekunden seine Umgebung. Direkt vor ihm stand eine Türe offen. Vorsichtig ging er zum Rahmen, sah hindurch und erkannte in der völlig zerstörten Kabine unter sich die bewegungslosen Körper zweier Menschen. Aufgrund des vielen Blutes ahnte er, dass sie tot waren.

»Hallo?«, rief er wieder.

Da antwortete ein Mann. Er schien nicht weit weg zu sein, vielleicht lag er in eine der anderen Kabinen. Jakob wiederholte seine Rufe, schließlich rief ein anderer Mann aus weiterer Entfernung, die furchtbaren Schreie der Frau setzten sich derweil tief in seinem Körper fest.

Inmitten dieser Verwirrung und Angst hörte er noch etwas anderes. Es rauschte. Irgendwo drang Wasser ein, doch noch konnte er nichts erkennen. Also robbte er weiter, sah in die nächste Kabine, in der er keinen Menschen sichtete, und schließlich zur nächsten. Dort traf er auf den Mann, der ihm geantwortet hatte. Da der Raum wie das ganze Schiff auf der Seite lag, spielte sein Gehirn verrückt, es schien fast alles auf dem Kopf zu stehen.

Der Mann lag auf dem Fenster, ein Arm stand auffallend seitlich ab, seine Beinen steckten unter dem Doppelbett.

»Helfen Sie mir!«, rief der etwa Dreißigjährige. »Meine Frau ist irgendwo da drunter.«

Unter schwere Atemzügen musterte Jakob die Kabine. Er könnte nun hinuntersteigen, dem Mann helfen und ebenfalls versuchen, die Frau zu befreien, die offenbar unter den Trümmerteilen begraben lag. Doch dann könnte er nicht wieder heraus. Niemals würde er es schaffen, den Türrahmen zu erreichen und sich daran hochzuziehen.

»Ich versuche, Hilfe zu holen!«, sagte er stattdessen. Sein Schädel dröhnte, er fühlte sein Herz wie verrückt in seine Brust hämmern.

»Nein, geh nicht!«, brüllte der Mann, vermutlich mehr der Schmerzen wegen. Seine Stimme war grell und voller Panik. »Hilfe!«

Jakob robbte jedoch weiter.

Die Schreie der Frau forderten abermals seine Aufmerksamkeit. Er war ihnen nun wesentlich näher, sie mussten direkt aus einer der Kabinen in seiner Umgebung stammen. Über ihm war die Tür eines weiteren Raums zu erkennen. Da sie geschlossen war, versuchte nicht er, sie zu erreichen, sondern robbte weiter. Die nächste Kabine unter ihm offenbarte eine Familie, die wohlauf zu sein schien, sofern man das unter diesen

Umständen sagen konnte. Der mutmaßliche Vater stellte gerade Möbelteile aufeinander, um den über ihm befindlichen Türrahmen zu erreichen. Eine Frau, die am Kopf blutete, sowie ein junger Bub saßen an einer der Wände, starrten voller Angst um sich, ihre Hände zitterten.

»Können Sie uns hier heraushelfen?«, fragte der Mann ihn auf Englisch. Dann sprach er weiter, diesmal aber in Holländisch, sodass Jakob kein einziges weiteres Wort mehr verstand.

»Bitte auf Englisch!«, gab Jakob zu verstehen.

Der Mann nickte, warf eine Hose zu ihm empor, deren Hosenbein Jakob an das Geländer des Flurs band. Nun griff der Mann nach seinem mutmaßlichen Sohn, befahl ihm offenbar, sich an der Hose emporzuziehen, während er das Kind von unten in die Höhe drückte. Als Jakob dessen Hand erreichte, zog er es durch die Öffnung. Bei der Frau gestaltete es sich schwieriger, denn sie schrie vor Angst, schien Panik zu haben, und als Jakob endlich ihre Hand erreichte, zog er sie mit aller Kraft zu sich in die Höhe.

Dort setzte sie sich mit weit aufgerissenen Augen neben ihren Sohn und begann zu weinen.

Dem Mann gelang es fast selbst, sich zu Jakob emporzuziehen, und als er auch neben seiner Familie kniete, sah er Jakob dankbar an.

»Thank you.« Schließlich blickte er in den Gang vor ihnen.» Wir müssen hier raus!«, fuhr er auf Englisch fort. »Hier wird bald Wasser eindringen.«

Raus!, dachte Jakob. *Wohin raus? Sie befanden sich auf einem verdammten Ozean.* »Wohin?«, fragte er also.

»Auf die Seite des Schiffs. Ins Freie.«

Ohne abzuwarten, drängte der Mann seine Familie nach vorne, robbte zurück in die Richtung, aus der Jakob gekommen war, und drehte sich schließlich noch mal um.

»Kommen Sie, worauf warten Sie?«

Die Schreie der Frau drangen Jakob durch Mark und Bein. »Ich muss zu der Frau!«, antwortete er, in der Hoffnung, der Mann würde zurückkehren und ihm helfen.

Dieser sah jedoch nur Frau und Kind an und schob sie weiter vor sich her.

Die nächste Tür über ihm war zersplittert, nur ein Teil des Holzes verschloss noch den Raum. Ein Arm lag halb über dem Türrahmen, er bewegte sich aber.

Es musste die Frau sein, die seit seinem Erwachen ununterbrochen schrie. Mühsam stellte er sich auf seine Zehenspitzen und berührte den Arm. Sofort bewegte er sich und die Frauenstimme verstummte.

»Hilfe!«, rief sie.

»Ich bin da!«, antwortete Jakob. Sind Sie verletzt?«

»Ja, das Bett liegt auf mir.«

Jakobs Schmerzen wurden stärker, der Druck auf seiner rechten Seite nahm deutlich zu. Und als er sich an die Stirn fasste, blutete sie noch immer stark.

Die Frau begann wieder zu wimmern, ab und an stöhnte sie laut vor Schmerz. Weil es nun stärker plätscherte, sah er sich um. Tatsächlich rann Wasser durch den Gang, lief durch die offen stehenden Durchgänge in die unter ihnen befindlichen Kabinen, daran vorbei durch den gesamten Flur.

Trotz seiner Schmerzen gelang es ihm, sich am Türrahmen nach oben zu ziehen. In der Kabine angekommen, fiel sein Blick zunächst auf die Frau, deren Beine unter dem Doppelbett gefangen waren. Erst dann erkannte er eine weitere, wesentlich ältere Frau, die auf der anderen Seite des Türrahmens lag. Es benötigte nicht lange, um zu realisieren, dass sie tot war. Voller Schrecken blickten deren aufgerissene Augen starr vor sich.

Die Frau wimmerte nun stärker. Oliver vermutete, sie könne ohnmächtig werden, also versuchte er, das Bett anzuheben. Als es ihm gelang, brüllte die Frau ohrenbetäubend laut. Für kurze Zeit ließ er es wieder ab und die Frau brüllte noch stärker. Unbeeindruckt davon hob er abermals das Bett, schob mit einem seiner Füße ihre Beine zur Seite und ließ krachend das Bett fallen.

Ganz offensichtlich war das linke Bein der Frau gebrochen, denn oberhalb des Knöchels ragte ein Stückchen weißer Knochen heraus. Aus dem umhergewirbelten Haufen verschiedenster Dinge zog er einen Pullover heraus und band ihn der Frau fest um die offene Wunde. Sie schrie, aber nicht mehr so laut wie zuvor. Er schätzte sie auf etwa dreißig, Strähnen ihres langen blonden Haars hingen in ihrem Gesicht, sie war mindestens so weiß in ihrem Gesicht wie die Wände des umgekippten Schiffs.

»Wie heißen Sie?«, fragte er, auch um sie zu beruhigen.

»Isabell. Was ist mit meiner Mutter?«

Er bemühte sich nicht, Ausreden zu finden. »Sie ist tot, es tut mir leid.«

Sie schrie wieder, diesmal aus Trauer und Verzweiflung, bevor sie zu weinen begann.

Nachdem der notdürftige Druckverband aus dem Pullover saß, sah er sich ein weiteres Mal um. Da das Fenster des Raumes nun zum Himmel wies, drang grelles Licht in die Kabine. Für kurze Zeit versuchte er, sich vorzustellen, wie das Schiff auf der Seite liegend nach dem Kentern auf dem Meer trieb.

»Decken Sie sie zu!«, riss Isabell ihn aus seinen kurzen Gedanken.

Sie starrte auf ihre Mutter, hielt ihr Bein etwas angewinkelt und verlor Tränen. Also deckte Jakob die

Tote mit der Bettdecke zu, die irgendwo im Raum herumgelegen hatte.

»Sind wir gekentert?«

»Ja, wir treiben auf der Seite.«

»Es tut so weh!«

Jakob wunderte es, dass die Frau nicht mehr vor Schmerzen schrie, die Wunde hatte übel ausgesehen. Mit dem offenen Bruch müsste er Isabell durch den Gang tragen, falls sie vorhatten, überhaupt auf die oben treibende Seite des Schiffes zu gelangen. Oder war es hier unten sicherer? Für kurze Zeit sah er durch den Türdurchgang in die Tiefe. Immer mehr Wasser floss durch den Gang, es plätscherte lauter, die nach unten ragenden Kabinen füllten sich unwiderruflich mit Wasser. Ständig rief jemand um Hilfe, irgendwo schrie ein Kind, es musste aber viel weiter weg sein, vermutlich in einem anderen Gang. Verschiedene Schreie aus allen Richtungen hallten immer wieder durch den langen Flur.

Wenn also Wasser in alle Teile des Schiffs eindrang, bestand die Gefahr, dass es unterging. Oder waren die Schiffe heutzutage so konzipiert, dass sie gar nicht untergehen konnten?

»Wir müssen hier raus!«, entschied er. Hitze schoss durch seinen Körper, sein Schädel hämmerte, die linke Körperseite schmerzte in regelmäßigen Abständen, als stäche jemand mit einem Messer darin herum.

»Ich kann nicht!«

Nun, nachdem Jakob der Frau zumindest vorübergehend geholfen hatte, fühlte er sich für sie verantwortlich. Er konnte aber unmöglich weiter durch Gänge gehen, um nach weiteren Überlebenden zu suchen. Und davon gab es offenbar jede Menge, denn die Stimmen der Schreienden und um Hilfe rufenden wurden mehr.

»Du kannst!«

In diesem Moment hörte er, wie jemand unter ihnen durch den Gang hetzte. Wasser plätscherte bei jedem Schritt, ein Mann sagte etwas, eine Frau antwortete.

Sofort zog er Isabell zu sich an den Türrahmen, vor Schmerz begann sie zu schreien.

»Bitte helfen Sie mir!«, rief er in den Gang.

Ein Mann erschien, gefolgt von zwei Frauen.

»Nehmen Sie sie mir ab!« Im gleichen Moment nahm Jakob Isabell an den Armen, zog sie über den Durchgang und ließ sie nach unten hängen. Es gelang ihm nur mit äußerster Kraft, sie zu halten, ohne selbst hinabzufallen.

Zu seiner Erleichterung nahmen die Fremden Isabell an und halfen ihr, sich zu setzen. Nur Momente später kletterte er selbst hinab, ebenfalls mit Unterstützung der drei.

»Wohin geht ihr?«, fragte er sie, nachdem er neben Isabell gelandet war.

»Raus«, antwortete der etwa fünfunddreißigjährige, schwarzhaarige Mann in auffallend norddeutschem Dialekt. »Wir müssen ein Stockwerk in die Höhe, dann versuchen wir, uns am Rand des Decks aufzuhalten.«

Ohne eine Antwort abzuwarten, zog der Mann Isabell in die Höhe, umfasste ihre Schulter mit einem Arm und stützte sie.

Jakob übernahm Isabells andere Körperseite und nur Momente später stolperten sie durch den Gang, über dessen Boden immer mehr Wasser floss. Die Kabinen, die nach unten ragten, füllten sich mit Wasser, Möbel und andere Gegenstände trieben auf der Oberfläche, das Rauschen wurde minütlich deutlicher, lauter, bedrohlicher.

Noch vor der Treppe, die die Etagen miteinander verband, kamen ihnen Männer entgegen.

»Wo geht ihr hin?«, fragte der Mann, der Isabell auf einer Seite stützte.

»Wir suchen unsere Frauen«, antwortete einer von ihnen.

Noch bevor Jakob sagen konnte, dass sich alles mit Wasser füllte, liefen die beiden weiter.

Es war schwer, die Treppe in die Höhe zu gehen, denn das eindringende Wasser war hoch, einem Gebirgsbach gleichend schoss das Wasser über die Stufen und riss beinahe Isabell mit, die schluchzend und vor Schmerzen weinend versuchte, ihr gebrochenes Bein so wenig wie möglich zu benutzen. Die beiden anderen Frauen stützten sie gerade an den Treppen, und als sie das Oberdeck erreichten, mussten sie sich am Geländer nach vorn arbeiten, um nicht im immer stärker werden Strom zu landen. Rauschend schoss das Wasser ins Treppenhaus, durch offene Türen und Fenster. Als sie endlich den Rand des Decks erreichten, stellten sie sich auf die Außenwand des Oberdecks zwischen die Fenster. Dort legten sie Isabell ab, die schluchzend auf dem Boden zusammenbrach.

Jakob erstarrte. Nun, wo sie im Freien ungehindert in drei Himmelsrichtungen sehen konnten, erschien ihm ihre Lage wie ein Schlag ins Gesicht. Tatsächlich trieb das riesige Schiff auf der Backbordseite, und nur dem Zufall, dass seine Kabine auf der nun oben liegenden Seite lag, war es zu verdanken, dass er sich ins Freie hätte retten können.

»Simon!«, stellte sich der Mann endlich vor. »Das ist meine Frau Petra und das ist Sabrina.«

Die beiden Frauen nickten ihm zu, also stellte auch Jakob sich und Isabell vor. Ihn interessierte weder, warum ein Mann mit zwei Frauen unterwegs war, noch, aus welchem Teil des Schiffes sie kamen. Die Monsterwelle hat das Schiff kentern lassen und nun lief es voll Wasser.

»Ist das Ihre Tochter?«, fragte Petra. Sie hatte rotes Haar, war etwa in Simons Alter und wirkte erstaunlich gefasst.

»Nein, ich kannte sie zuvor nicht. Ich konnte sie nicht einfach dort lassen.«

Sie nickte. »Warten Sie!« Sie nahm eine Jacke, die sie sich um den Bauch gebunden hatte, wickelte sie um Jakobs Kopf und zog die Ärmel fest an.

»Es blutet stark«, kommentierte sie ihr Tun.

Derweil sah sich Jakob weiterhin um. Es war nicht schwer zu erkennen, wo Nordwesten war. Eine gigantische Aschesäule wuchs Dutzende Kilometer in die Höhe, sie war weitaus gewaltiger als noch vor einigen Stunden. Bilder schossen durch seinen Kopf, und es war, als könnte er noch immer hören, wie Stühle, Tisch und Bett durch die Kabine flogen, wie Glas, Holz und Kunststoff zerschmetterten. Noch immer hörte er aber das Schreien so vieler Menschen, und keinem von ihnen konnten sie helfen. Niemals hatte er etwas Schrecklicheres erlebt.

Erst jetzt fiel ihm auf, dass auf der eigentlichen Wand der Räume des Oberdecks noch mehrere Menschen standen und saßen. Zu beiden Seiten erkannte er wenigstens dreißig Personen. Es waren auch Kinder unter ihnen, die weinten, jemand brüllte, vielleicht waren es Schmerzensschreie, jemand rief permanent nach einem Mädchen oder einer Frau, die Marie hieß.

»Kann das Schiff untergehen?«, hörte er Sabrina fragen. Die brünette Frau etwa in gleichem Alter der beiden anderen schien sich erst jetzt aus einer Art Schockstarre zu befreien.

»Ich weiß es nicht«, antwortete Jakob, ohne zu wissen, ob er mit der Frage gemeint war.

Simon schüttelte den Kopf. »Kann ich mir nicht vorstellen. Die müssen doch sicherlich die strengsten

Sicherheitsmaßnahmen bei so einem Bau beachten, Schutzkonzepte gegen ein endgültiges Kentern.«

Das hatte Jakob auch erwartet, doch er wusste es nicht.

Da zog Petra ihr Smartphone aus der Tasche. »Ich dachte, ich hätte es in der Kajüte liegen lassen.« Sofort sah sie nach, ob es funktionierte, doch das Wasser hatte die Elektronik zerstört. Jakob hatte seines nicht dabei, Simon, Sabrina und Isabell ihres offenbar auch nicht.

Etwa zehn Schritte rechts neben ihnen stand eine Familie, die zwei kleinen Töchter umklammerten ihre Eltern, während diese auf die See hinausblickten. Jakob folgte ihrem Blick. Das Meer war ruhig, absolut nichts wies auf eine vor Kurzem vorübergezogene Monsterwelle hin. Das norwegische Ufer war nur noch als schmaler, grauer Streifen zu sehen.

Jetzt erst blickte er zu Isabell. Sie saß nur da, hielt ihr Bein und schluchzte ab und an. Er wusste nicht, ob sie es der Schmerzen wegen oder aufgrund der Trauer um ihre Mutter tat.

»Wir hätten doch zu dem Kind gehen sollen«, murmelte Sabrina.

Wieder schüttelte Simon der Kopf. »Wir wussten nicht, wo es herkam. Es ist verrückt, noch tiefer in das Schiff zu gehen oder gar auf die andere Seite.«

»Es war ein Kind!«

»Es sind Hunderte Kinder auf dem Schiff.«

»Von denen vielleicht noch die meisten leben?«

»Petra, das weiß ich nicht. Wenn Wasser in ein Schiff eindringt, durchforste ich es nicht, um nach anderen zu suchen. Du hast ja gesehen, dass wir Schwierigkeiten hatten, überhaupt noch rauszukommen.«

»Mein Gott!«

Als realisierte er erst jetzt, was geschehen war, fingen Jakobs Beine zu zittern an, schließlich seine Hände. Also setzte er sich, und weil er sich unendlich einsam fühlte, zutiefst schockiert war und wirklich tief greifende Angst verspürte, zog er Isabell an sich.

Sie ließ es geschehen. Es tat ihm gut und er nahm sich vor, ihr beizustehen, warum auch immer.

Unter ruhiger werdendem Atem sah wieder zur See hinaus, dorthin, wo die Aschesäule das Inferno auf Island zeigten. Eine dunkle Linie bewegte sich am Rand zwischen Meer und Himmel, die etwas größer wurde. Zunächst dachte Jakob, er bilde es sich nur ein, doch sie wurde größer. Einzelne Rufe waren zu hören, schließlich rief ein Mann etwas, das er nicht verstand. Einige der Menschen standen auf, zeigten in die Richtung der Linie, die nun deutlich offenbarte, was sie war.

Eine zweite Welle raste auf sie zu.

Jakobs Herz hämmerte und ihm wurde augenblicklich übel.

Lilli

Der heulende Ton der Sirene aus einem der entfernten Dörfer wollte nicht enden. Nerviger empfand Lilli nur Elsas pausenlose Versuche, sie zur Rückkehr zu überreden. Was sollte sie da schon erwarten? Ein wütender Ronni und ein maulender Robert, der zu erklären versuchte, dass Flucht niemals eine Lösung sei, Konflikte zu bewältigen? Ganz abgesehen von den peinlichen Versuchen Elsas. Bestimmt sah sie in ihrer Flucht wieder eine Verbindung zu ihrer Kindheit und versuchte krampfhaft, eine Erklärung mittels psychologischem Hintergrund herauszupressen.

Blabla!

»Lilli!«, flüsterte Mascha so leise in ihr Ohr, dass es nur sie selbst verstehen konnte. »Ich hab echt Angst. Lass uns doch zurück.«

»Wie gesagt, jeder kann für sich selbst entscheiden.« Sie antwortete lauter, denn sie hatte keine Lust, weiterhin Maschas Stimme mühsam neben dem Sirenenton herauszufiltern.

»Ja, aber ich mag dich nicht allein hierlassen.«

»Weil du glaubst, mich zu mögen?«

»Lassen wir das Thema, du glaubst es ja eh nicht! Aber diese Warnungen müssen ja einen Hintergrund haben.«

Sie sah Marcel ins Gesicht, der offenbar nicht wusste, was er tun sollte, während Elsa sie mahnend anblickte.

»Gehen wir!«

»Nope!« Tatsächlich wollte Lilli weder Marcel noch Mascha in Schwierigkeiten bringen. Die beiden folgten ihr wie Welpen auf Schritt und Tritt, also musste wohl sie eine Entscheidung treffen. Daher stand sie auf.

»Gute Idee!«, kommentierte Elsa. »Ich wusste, du bist vernünftig.«

»Ich muss nur aufs Klo! Ihr könnt also sitzen bleiben.«

Sie hatte vor, allein abzuhauen. Einzig bei Mascha tat es ihr leid, sie zurückzulassen, alle anderen waren ihr völlig egal. Mit der Aussicht auf Freiheit, die im Idealfall einige Tage anhielt, entfernte sie sich und setzte sich hinter eine weiter abgelegene Buschreihe. Zwar ließ sie dort wirklich Wasser, doch sie hatte vor, dann einfach loszurennen.

Plötzlich flog ein Schwarm Vögel kreischend über sie hinweg. Zunächst dachte sie sich nichts dabei, doch dem ersten folgte ein viel größerer Schwarm. Ihr fiel auf, dass es sich nicht nur um eine Vogelart handelte, vielmehr flogen kleinere Vögel mit Möwen, Rebhühnern und vielen anderen, deren Namen sie nicht kannte. Erstaunt zog sie ihre Hose hoch, das Kreischen und Lärmen der Federtiere löste seltsamerweise Panik in ihr aus.

Neben ihr knackte es laut, und als sie noch erschrockener als zuvor an die Stelle sah, blickte sie einem Reh hinterher, dass in dieselbe Richtung lief, wie die Vögel flogen. Ein weiteres Reh folgte, schließlich eine ganze Herde. Mit ihm Hasen, abermals Schwärme an Möwen, die alle kreischten und in völlig unterschiedlichen Höhen flogen. Das Ganze wirkte hektisch und panisch auf Lilli.

Was zum Teufel geschah hier?

Unerwartet traf sie ein kühler und heftiger Luftstoß, der einige ihrer Haarsträhnen aus dem Gesicht wehte. Nur Augenblicke später dachte sie, der Boden würde vibrieren. Es fühlte sich seltsam an, als stünde sie auf einer Baustelle, doch sie befanden sich in absoluter Natur.

»Scheiße!«, hörte sie unvermittelt Marcel rufen. Obwohl sie es keinesfalls vorgehabt hatte, rannte sie zu den anderen zurück.

Kaum hatte sie sie erreicht, knackste es weit vor ihnen, es dröhnte leicht, das Vibrieren des Bodens wurde stärker.

Stumm wies Marcel in die Richtung, aus der das Knacksen und Grummeln kam. »Verdammte Kacke, was ist das?«

Zunächst dachte Lilli, es wäre ein tief schwebendes Wolkenband, denn dieses Ding dort war wohl die Ursache für das Grummeln und das hektische Fliehen der Tiere. Pausenlos rannten oder flogen Tiere an ihnen vorbei, alle in die diesem seltsamen Geschehens gegenüberliegende Richtung.

»Das ist Wasser!«, kreischte Elsa schließlich laut. Deutlich hörte Lilli Panik aus ihrer Stimme.

Tatsächlich raste eine Wasserwalze auf sie zu. Lillis Herz hämmerte, unfähig, irgendetwas zu tun, stand sie nur da und starrte auf die Erscheinung. Das Brummen wurde lauter, Holz zerbrach, es glich einem fernen Gewitter, wie Donner übertönte das Geräusch die entfernten Sirenen.

Ein Blick in Maschas Gesicht zeigte ihr, dass diese ebenso völlig schockiert nach Westen sah.

»Los, auf den Baum!«, schrie Elsa, Lilli hörte es aber wie hinter einem Schleier hervorkommend, als befände sie sich in einem anderen Raum.

»Los!«

Lilli gehorchte sofort. Mit wild schlagendem Herzen rannte sie den anderen nach, blieb am Stamm der riesigen Linde stehen, sah, wie Marcel und Elsa emporkletterten und von einem Ast aus Mascha in die Höhe zogen. Da das Geäst sehr ausgeprägt war, gelang es ihnen, bis in den oberen Bereich des Baumes zu gelangen.

Das Dröhnen wurde lauter, Wind erfasste sie, und nun sah sie es deutlich: Die Wasserwand näherte sich in atemberaubender Geschwindigkeit, riss alles mit, was sich ihr in den Weg stellte. Häuser, Bäume, mal dachte sie, ein Auto zu erkennen, das wie Spielzeug von der riesigen Tsunamiwelle verschluckt wurde.

Mascha begann zu schreien, dann schrie auch Lilli. Sie würden unweigerlich sterben. Ihr Herz raste, sie konnte kaum atmen, konnte nur zu dieser Wasserwand sehen, die sie in wenigen Augenblicken erreichen würde. Sie hatte keine Ahnung, wie hoch sie war, wodurch sie ausgelöst worden war, was sie erwartete. Es konnte aber nur der sichere Tod sein.

Sie brüllte und schrie, es wurde lauter, ohrenbetäubend dröhnte die Umgebung, ihr wurde kalt und schließlich schloss sie die Augen.

Alles an ihr zitterte. Sie wollte nicht hinsehen, nicht erleben, wie sie gleich in den Fluten mitgerissen wurden.

Schließlich schlug etwas mit ungeheurer Wucht gegen den Baum. Sie brüllte nur noch, umklammerte mit aller Kraft den Stamm, alles wackelte und bebte, es knirschte, knackte, und schließlich spürte sie, dass der Baum nachgab.

Reflexartig hielt sie die Luft an, bevor kaltes Wasser sie umschloss. Sie erstarrte, schrie unaufhörlich, Wasser drang in Mund und Nase.

Wie ein Spielball wurde sie von den Fluten mitgerissen.

Elsa

Panisch versuchte Elsa, irgendwie Luft zu bekommen. Sie hatte keine Möglichkeit, sich in irgendeine Richtung zu bewegen, das Wasser wirkte wie eine Walze, die sie wie ein Spielzeug herumwirbelte. Etwas knallte gegen ihr Bein, dann gegen ihren Kopf. Sie schrie unter Wasser, höllischer Schmerz breitete sich aus, sie befürchtete, etwas hätte ihr Bein abgerissen. Wieder stieß etwas gegen sie, sie hatte keinerlei Möglichkeit, sich zu orientieren. Voller Angst und Panik streckte sie die Arme aus, um alles, was im Wasser auf sie zuschoss, irgendwie von sich abzuhalten, es half aber nur wenig. Etwas riss ihren Oberschenkel auf. Wieder schrie sie, unter Wasser hörte sie aber nur das Tosen und Rauschen der Wasserwalze. Für kurze Zeit spürte sie, dass sie an der Luft war. Sofort atmete sie ein, hustete, versuchte, sich für Bruchteile von Sekunden zu orientieren, sie sah aber kaum etwas. In ihren Augen war Wasser, ebenso in ihrer Lunge, das sie nun vehement auszuhusten versuchte. Sie realisierte jedoch, dass sie nicht mehr unter Wasser gedrückt wurde, sondern wie ein Stück Holz auf der Oberfläche trieb. Hustend und würgend blickte sie sich um, wollte nach den anderen sehen, der Schmerz an ihrem Schenkel war allerdings so groß, dass sie befürchtete, das Bewusstsein zu verlieren.

Jetzt erst fiel ihr auf, dass sie noch immer schrie. Ihre Stimme hörte sich erstickt an, völlig panisch, als gehörte sie ihr gar nicht selbst. Wie ein Hund paddelte sie auf der Wasseroberfläche, erkannte Geäst, Kunststoff, Kisten, Bretter, Gras, alles war eine schmutzige braune Walze, die nun aber spürbar langsamer wurde.

Direkt vor ihr tauchte ein Baum auf, an dem sie sich festhielt. Sie wunderte sich, dass es ihr gelang, denn offenbar schien sich die Welle dem Ende zu nähern, verlor an Kraft, verlor diese absolute Gewalt. Der Schmerz in ihrem Schenkel nahm ihr aber abermals die Gedanken, alles ordnete sich dem Feuer unter, das in ihrem Bein wütete.

Während sie sich nach wie vor hustend am Baum festhielt, versuchte sie ein weiteres Mal, die anderen zu erspähen. Es trieb so vieles im und unter dem Wasser, dass sie nicht erkennen konnte, ob es sich um Menschen oder etwas völlig anderes handelte.

Plötzlich dachte sie, Mascha zu erkennen. Blondes Haar war kurz zu sehen, dann ein Kopf, schließlich zwei Arme.

Elsa wollte rufen, nach ihr schreien, es gelang ihr jedoch nicht. Wasser schwappte aus ihrem Mund, ihr Herz hämmerte, der Schmerz nahm langsam überhand. Mit aller Kraft klammerte sie sich am Ast der

Baumes fest, ihre Finger wurden weiß vom Druck, von der Gewalt, mit der sie ihr Leben festzuhalten versuchte.

Schließlich stoppte die Flutwelle. Einem See gleichend war die gesamte Umgebung unter Wasser getaucht, das nun aber nicht mehr floss. Elsas Körper hing senkrecht am Baum, vielleicht drei, vier Meter über dem Erdboden, ihr war übel, kalt, schwindlig, manchmal stand die Ohnmacht so nahe, dass sie befürchtete, sie müsse loslassen.

Gerade als sie vorhatte, noch höher zu klettern, drückte das Wasser sie vom Baum weg. Unter höllischen Schmerzen umklammerte sie abermals den Ast, so fest sie konnte, realisierte, dass das Wasser nun auf die andere Seite trieb. Die Schmerzen sowie ihre Panik ließen keine klaren Gedanken zu. Im Bruchteil einer Sekunde ahnte sie, dass die Flut sich offenbar zurückzog, Richtung Meer, dahin, woher das Inferno gekommen war.

Zeit und Raum verflossen. Elsa wusste nicht, ob sie schrie, weinte, hustete, sie hoffte nur inständig, das Wasser würde sie nicht vom Baum reißen, sie nicht abermals in einer Walze herumwirbeln und alles gegen ihren Körper knallen lassen, was so herumtrieb.

Irgendwann hing ihr Körper wieder senkrecht. Wasser war unter ihr, es war aber wieder ruhig wie ein See, als hätte die gigantische Flutwelle nur in ihrem Kopf stattgefunden. Mit letzter Kraft hievte sie sich auf den Ast und sah auf ihre Wunde. Alles war rot, Blut und Wasser quollen aus dem oberen Teil ihrer Jeans. Da sie nicht wusste, wie hoch das Wasser stand, wagte sie zunächst nicht, vom Baum zu klettern. Zudem konnte sie sich nicht vorstellen, sich überhaupt zu bewegen. Feuer loderte in ihr, die Schmerzen gingen auf den gesamten Körper über, unaufhaltsam rann rotes Wasser aus ihren Socken, denn die Schuhe hatte sie im Überlebenskampf verloren.

Wieder sah sie sich um. Alles Mögliche trieb auf der Wasseroberfläche, doch nirgends erkannte sie einen menschlichen Körper.

»Hilfe!«, rief sie endlich. Ihr Stimme hörte sich erstickt an, und als sie hustete, schwappte Wasser aus ihrem Mund.

»Hilfe!«

Ihr Schrei hallte über die Wasseroberfläche. Weder hörte sie etwas noch sah sie jemanden. War es tatsächlich Mascha, die sie zuvor kurz im Wasser gesehen hatte? Was war überhaupt passiert? Woher war diese vernichtende Welle gekommen?

Von einem Moment auf den anderen wurde ihr übel. Der Schmerz war so groß, dass sie kurzzeitig dachte, das Bewusstsein zu verlieren. Daher schloss sie die Augen und versuchte, ruhig durchzuatmen. Sie hörte das Wasser glucksen, einige Vögel zwitscherten in der Ferne, ein umgerissener Baum stieß gegen den Stamm, auf dem sie saß. Die Stille war unheimlich, es wirkte, als sei alles ausgestorben, als wäre alles von den Wassermassen weggespült worden.

Langsam rutschten ihre Finger ab. Vehement versuchte sie, sich auf dem Ast zu halten, ihr ganzer Körper schmerzte jedoch immer mehr. Da erbrach sie sich, Linderung brachte es ihr allerdings keine.

Schließlich glitt sie halb ohnmächtig vom Ast. Wie in einem Traum glitt sie ins Wasser, und als sie tatsächlich stand, bemerkte sie, dass dieses ihr bis zur Brust reichte.

So würde es ihr kaum gelingen, derart weit ins Landesinnere zu waten, bis das Wasser deutlich niedriger wäre. Nicht in ihrem Zustand, nicht mit diesen unerträglichen Schmerzen.

Mit letzter Kraft lehnte sie sich an den Stamm, versuchte, sich wieder auf den Ast zu hieven, doch es gelang ihr nicht.

Schließlich schrie sie ihren Schmerz und alle Verzweiflung laut aus sich heraus.

Diana

Sekunden waren zu Minuten oder gar Stunden geworden. Erst nachdem das Erdbeben endete, fiel Diana auf, dass sie auf dem Boden saß, ihre Hände schützend auf dem Kopf hielt, um herabfallendes Material von sich abzuhalten. Die Luft war stickig, staubig, es roch beißend, und als sie Oliver rufen wollte, hustete sie zunächst. Dabei fiel ihr auf, dass auch andere husteten, jemand rief ebenfalls einen Namen, eine Frau wimmerte noch immer.

»Oliver!«, gelang es ihr schließlich. Ihr Hals brannte, es war, als hätte sie glühende Lava geschluckt.

»Ich bin hier!«

Erleichtert griff Diana um sich, bis sie Olivers Arme fand. Sofort zog sie ihn an sich. Noch bevor sie auch nach Elin und Kristjan rufen konnte, hörte sie ein markerschütterndes Knirschen. Offenbar versuchten die anderen, die Türe zu öffnen, aufgrund der Geräusche und der angestrengten Stimmen mehrerer Männer ahnte sie, dass dies nicht gelang.

»Elin, Kristjan!«, hörte sie nun Oliver rufen. Beide antworteten, Diana empfand aber kaum Erleichterung. Sie konnte kaum atmen, hustete immer mehr, und als endlich Licht eines Smartphones die Dunkelheit erhellte, erkannte sie, dass die Luft voller Staub und Dreck war. Obwohl Oliver direkt neben ihr stand, sah sie ihn nur unscharf.

Ein zweites Licht erstrahlte, schließlich weitere. Die Handys leuchteten nach einigen Schwenkern zur geschlossenen Tür und zu den Männern, die an den beiden Flügeln herumrissen und -schoben. Sie bewegte sich nicht.

»Scheiße, wir müssen hier raus!«, rief nun Oliver, stand auf und half den anderen. Einige räumten Dreck, Steine und Erde weg, das Beben hatte einiges an Geröll von den Wänden und der Decke gelöst. Immer mehr Menschen husteten, die wimmernde Frau war offenbar verletzt, denn schwach erkannte sie, dass sie auf dem Boden lag und zwei andere Frauen sich um sie kümmerten.

»Seid ihr verletzt?«, hörte sie Elin auf Englisch fragen.

»Nein. Und ihr?«

»Auch nicht.«

Nur weil Diana etwas näher rutschte, erkannte sie Kristjans erschrockenes Gesicht. Es war genauso grau und verschmiert wie die Gesichter aller anderen. Immer mehr Staub schwebte in der Luft, Dianas Hals brannte, der Husten wollte nicht weichen. Mit noch immer heftig schlagendem Herzen sah sie zu Oliver, beobachtete, wie sie hektisch den Boden freiräumten, damit die Tür endlich geöffnet werden könnte, doch so oft sie es versuchten, es gelang ihnen nicht. Einige der Männer schrien vor Wut, einer trat wie verrückt gegen das Metall, ein anderer stieß mit seiner Schulter kräftig dagegen.

Das Beben hatte den Rahmen offenbar derart verzogen, dass die Türe klemmte.

»Verdammte Scheiße!«, brüllte nun auch Oliver außer sich. Er trat ebenfalls gegen die Türe, doch außer dem monotonen Scheppern des Metalls tat sich nichts.

Mit versteinerter Miene schwenkte Dianas Blick zu Elin. Was, wenn ein weiteres Beben kam und hier alles verschüttete? Und sie hier drinnen alle jämmerlich starben, weil es ihnen nicht gelang, sich zu befreien?

Weil die Frau nicht aufhörte, vor sich hin zu wimmern, kroch sie zu ihr. Aufgrund der schlechten Luft musste sie sich nahe an sie heranbewegen, um die Wunden an ihrem Kopf zu erkennen. Offenbar waren Steine von der Decke gefallen. Ihr Gesicht war voller Blut, die Haare waren rot, auf ihrer rechten Gesichtshälfte war zudem eine große Wunde zu sehen. Die Frauen konnten nichts anderes tun als ihr beizustehen und mit Teilen ihrer Kleidung das Blut vom Gesicht zu wischen.

Plötzlich ertönte der Schrei einer der Frauen. Sie blickte in die Ecke des großen Raumes, in der etwas lag.

Ein Mensch.

Zusammen mit einigen anderen näherte sich Diana dem Körper, und als zwei Männer ihn umdrehten, blickten starre Augen zur Decke hinauf. Zweifellos war er tot. Die riesige Wunde an seinem Kopf offenbarte deutlich, dass er erschlagen worden war.

Eilig kamen zwei Männer hinzu. Einer von ihnen begann zu schreien und hielt seine Hände an den Kopf. Diana vermutete, dass es sich um Freunde oder Angehörige handelte, ihre Angst war jedoch noch immer größer als das Entsetzen über den Toten. Es gab wohl Tausende in Island, die ihr Leben verloren hatten, einer von ihnen lag direkt vor ihr.

Eine weitere Hustenattacke zwang sie auf den Boden. Ihre Zunge fühlte sich pelzig an, staubig, der gesamte Schmutz in der Luft legte sich nun in ihren Mund, in ihre Augen, es brannte überall.

Plötzlich knirschte es und helleres Licht durchflutete den Raum. Den Männern war es gelungen, die Türe etwas zu öffnen. Mithilfe einiger Holzstangen hebelten sie die Türe weiter auf, bis der Spalt schließlich groß genug war, um sich hindurchzuzwängen.

»Zuerst Frauen und Kinder«, hörte sie Oliver rufen. Und weil unter den aufgeregten Rufen anderer Männer tatsächlich die Frauen und Kinder zum Spalt eilten, ahnte, sie, dass sie alle dasselbe meinten.

Nachdem auch Elin und Kristjan im Freien waren, zwängte sich Diana durch den Spalt. Es tat unendlich gut, frische Luft einzuatmen, dennoch hustete sie schwer. Sie konnte sich nicht vorstellen, dass sie noch einige Stunden in diesem Gemäuer eingesperrt hätten sein können, ohne zu ersticken.

Als auch Oliver bei ihr war, blickte sie in rote, blutunterlaufene Augen.

»Verdammt!«, murmelte er, während er hinter sie sah. Zunächst wusste sie nicht, was er genau meinte, doch als sie ebenfalls in diese Richtung blickte, erstarrte sie. Die Aschewolke hatte sich überall ausgebreitet, dicke Schwaden, die sich ineinander drehten, schwebten direkt vor, besonders aber über ihnen.

»Wir können uns nicht verstecken«, fuhr er fort.

Voller Panik blickte Diana zu den anderen. Mittlerweile waren alle aus dem alten Gewölbe gekommen und standen nun ähnlich hilflos da wie Diana und Oliver. Drei weitere Männer traten zu ihnen, die nicht mit im Gewölbe gewesen waren.

»Was sollen wir tun?«, fragte Diana Elin.

Diese presste Kristjan eng an sich und unterhielt sich gerade mit einem der frisch Hinzugekommenen.

»Sie sagen, es gäbe vielleicht noch ein Boot in einer der Werfthallen«, übersetzte Kristjan mit zitternder Stimme. »Wir müssen wohl so schnell wie möglich weg von hier.«

»Wollen die uns verarschen?«, kommentierte Oliver diese Aussicht. »Was heißt „vielleicht"?«

Diana ließ es unbeantwortet. Die Aschewolke war wie ein Damoklesschwert, wie der Hauch des Todes, die Pforte zur Hölle. Sie konnte sich nicht vorstellen, dass sie auch nur einige Stunden innerhalb dieser giftigen, vermutlich schwefelhaltigen Suppe überlebten.

Bei all der Angst und den auf sie einprasselnden Informationen dachte Diana, ihr Kopf würde platzen. Kurz zählte sie die Anzahl der Menschen, die nun vor dem fast eingestürzten Gewölbe standen. Es waren fünfzehn.

Einer der der drei Neuen, ein vollbärtiger Mann um die vierzig und mit einer orangenen Mütze auf dem Kopf, rief nun etwas, woraufhin die Menge ihm folgte.

»Kommt!«, forderte Elin Diana und Oliver auf.

Nur kurz fiel Dianas Blick auf Kristjan. Seine Miene spiegelte in keiner Weise seine klaren Übersetzungen wider, sie ahnte jedoch, dass er momentan einfach nur funktionierte. Vielleicht war er während der vergangenen beiden Tage einfach auch nur unter Zwang erwachsen geworden.

Anschließend drehte sie sich aber noch einmal um. Dorthin, wo die Aschewolke Tod und Verderben brachte. Wie ein Gewittertief sah sie auf die sich in sich drehenden Wolkenwalzen, auf die sich unaufhaltsam nähernde Front, die laut Radiomeldungen bis auf den äußersten Nordwesten die gesamte Insel eingeschnürt hatte.

Dieses verschissene Boot war vielleicht ihre letzte Möglichkeit, aus dieser Hölle zu entfliehen.

Jakob

Eine eiskalte Hand umklammerte Jakobs Körper. Längst hatte er aufgehört zu atmen, seine Brust schien zu brennen, sein Herz schlug heftig.

»Oh Gott!«, hörte er wie aus einem Traum heraus Isabells schrille Stimme. Sein Blick blieb auf die Welle gerichtet, die von Norden her auf sie zu raste. Zwar war sie lange nicht so hoch wie die erste, doch sie waren gekentert, und dies konnte den Tod für sie alle bedeuten.

»Schnell ins Schiff!«, schrie Sabrina.

»Nein!« Simons Antwort war so laut, dass Jakob dachte, sie alle auf dem Schiff hätten es verstanden.

Keinesfalls unter Deck! Diesen Gedanken ließ sein Kopf gerade noch zu, doch was sollten sie tun?

»Haltet euch fest!«, rief Simon erneut. »So fest es geht!«

Ein kurzer Blick zu Isabell zeigte ihm, dass sie in Schockstarre verblieb. Festhalten. Als ob das etwas nützte. Doch es gab keine Alternative, denn diese etwa zwanzig Meter hohe Welle würde in wenigen Momenten über sie hinwegfegen.

Jetzt erst fiel ihm auf, dass andere Menschen schrien, ein Kind brüllte seine Angst laut hinaus, eine Frau rief einen Namen, nackte Panik machte sich breit.

Festhalten!

Langsam hörte er das Rauschen des Wassers. Die Welle machte sich hörbar, wie der Donner des Todes, es brummte, röhrte, die Schreie der Menschen, die sich bis hierher hatten retten können, drangen tief in Jakobs Körper.

Jetzt erst kniete er sich zu Boden, zog Isabell, die sich nicht rührte, an sich, klemmte sie zwischen sich und das Geländer und presste ihren Körper gegen das

Metall. Sie schrie auf, weil er ihr Bein quetschte, gleichzeitig hörte er sich selbst schreien.

Schließlich krachte es. Eine gewaltige Kraft schleuderte ihn gegen das Geländer, seine Schulter prallte gegen eine Metallstrebe, sein Kopf gegen Isabells. Es war, als führe ein Auto gegen sie. Überall war Wasser, es presste sie derart fest gegen das Geländer, dass Jakob dachte, erdrückt zu werden. Schließlich ließ die Kraft nach, sie wurden hin und her getrieben, die ganze Zeit über hielt Jakob die Luft an und hoffte, die Welle wäre bald über sie hinweggestürmt.

Schließlich spürte er Luft, sein Kopf lag frei, nur kurze Zeit später auch sein Körper. Isabell steckte noch immer zwischen ihm und dem Geländer und hustete. Auch Jakob spuckte Wasser aus, ließ aber seinen Griff lockerer, um Isabell nicht zu zerquetschen. Panisch sah er in die Richtung, aus der die Welle gekommen war. Das Meer war glatt, nichts erinnerte an die zweite Katastrophe.

Sein zweiter Blick galt Simon und den Frauen. Voller Adrenalin wischte er sich die Augen aus, konnte aber nur Simon und Petra erkennen.

»Wo ist Sabrina?«, fragte er.

»Weiß nicht!« Simon, der seine Frau ebenfalls zwischen sich und das Geländer gequetscht hatte, blickte sich hektisch um. »Scheiße!«

»Sabrina!«, brüllte Petra laut, »Sabrina!«

Offenbar war sie von der Welle verschluckt worden.

Wie andere auch, denn Jakob erkannte, dass es nun weitaus weniger Menschen als zuvor gab, die auf der nach oben gerichteten Seite des Schiffs ausharrten. Viele waren offenbar mitgerissen worden, nur die wenigsten hatten sich erfolgreich gegen die zweite Welle wehren können.

»Verdammt!«, riss nun Petras Stimme ihn aus kurzen Gedanken. »Sabrina!«

Sie war nirgends zu sehen. Letzte Wasserflächen flossen von der Oberfläche des Schiffs, drangen in zerbrochene Fenster und die Chance, dass das Schiff sank, stieg. Zumindest vermutete Jakob dies.

Da Isabell sich in die Höhe zog, half Jakob ihr. Als sie stand, irrte ihr Blick voller Angst und zutiefst verstört umher.

»Kommen da noch mehr?«

»Ich weiß es nicht«, antwortete Jakob. Er dachte nach, was sie tun könnten, es gab jedoch nichts anders, als genau an dieser Stelle auszuharren. Offenbar stand auch Isabell unter Adrenalin oder aber der Überlebensmodus verdrängte die ungeheuren Schmerzen durch den offenen Bruch.

Da fiel sein Blick auf einen Rettungsring, der etwa einen Meter tief im Wasser unterhalb ihres Standorts angebracht war.

»Können wir den losmachen?«, fragte er Simon und wies auf den etwa anderthalb Meter großen, rot-weiß gekennzeichneten Ring.

»Warum?« Er schien sich die Frage selbst zu stellen, während er seine Frau zu trösten versuchte. »Ja, ich denke schon.«

Jakob versuchte, zu erahnen, ob sie die Halterung, die den Ring hielt, lösen konnten, kam aber zu keinem Ergebnis. Sie würden es also herausfinden müssen.

»Warum?«, wiederholte Simon seine Frage.

»Weil ich nicht weiß, ob wir weitere Wellen aushalten. Oder ob das Schiff nicht untergeht.«

»Scheiße. Sabrina. Das kann doch nicht sein.«

So sehr Jakob Simon oder auch Petra verstehen konnte, mochte er nicht einfach abwarten. Ein seit Langem unbekannter Drang, überleben zu wollen, überkam ihn, und dazu gehörte dieser verfluchte Rettungsring.

Offenbar hatte Simon endlich verstanden, denn er zog seine Jacke sowie seine Hose aus und sah Jakob an. »Holen wir das Ding.«

Also zog auch Jakob seine Oberkleidung aus und sah zu dem Ring. Das Wasser war kalt, allerdings nicht zu kalt, und an einer besonders auffälligen Markierung erkannte er nun, dass der Stand gestiegen war. Lag es am Wasser der letzten Welle oder sank das Schiff immer weiter?

Nachdem Simon ins Wasser geklettert war, machte es Jakob ihm nach. Nun erschien es ihm doch wesentlich kälter, als er zuvor gedacht hatte, und er musste sich anstrengen, seinen Versuch nicht abzubrechen.

Schließlich tauchte er unter. Simon machte sich bereits an der Halterung zu schaffen, und als Jakob mit seinem Gesicht näher an die Klemmen kam, erkannte er, dass der Ring zwar lose in der Halterung steckte, aber mit einer Metallschlaufe daran festgemacht war. Vermutlich, um ihn vor Diebstahl oder den Händen ungezogener Kinder zu schützen.

Verdammt!

Weil er keine Luft mehr hatte, tauchte er auf.

»Mit einem Metallrohr oder so was können wir die Klemme wegschlagen!«, kommentierte Simon. »Das Schloss können wir vergessen, das kriegen wir so nie auf.«

»Und?«, wollte Isabell wissen. Ihr Gesicht war bleich und ihre Lippen bebten. Vermutlich des Schocks wegen, sicherlich aber auch aufgrund ihrer Schmerzen.

»Seht ihr irgendwo ein Rohr oder eine Stange?«, fragte Simon die beiden Frauen.

Unsicher sahen sich die beiden um, doch Jakob ahnte, dass da nichts zu finden war. Metall ging schließlich im Wasser unter, und sie benötigten ein loses Stück.

»Da ist nichts!«, bestätigte Petra nach einigen Momenten. »Meine Güte, Sabrina ist tot!«

Jakob wollte es nicht wahrhaben und tauchte abermals unter. Mit aller Gewalt zog er am Ring, riss und rüttelte daran herum, doch die Metallschlaufe war zu stark. Gerade als er aufhören wollte, löste sich der Ring. Verblüfft sah er an die Stelle, die vermutlich abgerissen war, und erkannte, dass er die Schlaufe nur in einem bestimmten Winkel hatte abziehen müssen.

Erleichtert tauchte er auf und reichte Isabell den Ring, die ihn zu sich zog.

»Wir waren beide zu dumm, um einfach die Halterung zur Seite zu schieben«, kommentierte er Simons fragenden Gesichtsausdruck.

Als sie aus dem Wasser stiegen, fror Jakob erbärmlich. Da Petra ihm seinen Pulli und die Jacke reichte, zog er das nasse T-Shirt aus und die trockene Wäsche an.

»Die dort drüben haben auch einen Ring geholt«, zischte Isabell weinend und wies auf eine Familie etwa dreißig Schritte neben ihnen. Dabei hielt sie eine Hand an den Pulli, der ihre Wunde umschloss. Er war rot, sie blutete ununterbrochen.

Die anderen Überlebenden standen wie sie selbst auf dem Geländer und hielten einen anderen Rettungsring in ihrer Mitte.

»Sind da noch andere?«, schrie Jakob ihnen zu.

»Ja.« Die Stimme des Mannes der dreiköpfigen Familie hallte laut zu ihnen zurück. »Noch einige, aber die meisten sind mitgespült worden!«

Jakob ahnte, dass der Fremde von der zweiten Welle sprach. Und da sie momentan nichts anderes tun konnten, setzte er sich erschöpft zu Boden und sah zu Isabell. »Wie geht es deinem Bein?«

»Beschissen!«

Er nickte nur, atmete aufgrund des Tauchens noch immer schwer und blickte schließlich zu Petra. »Wie standet ihr zu Sabrina?«

»Sie war meine beste Freundin.«

»Tut mir sehr leid.«

Nun erst rannen Tränen über Petras Wangen, sie hielt sich am Geländer fest und schloss voller Emotionen die Augen.

»Wir werden auch sterben, stimmts?«

»Nein!«, antwortete Simon entschieden. »Die haben vor dem Kentern sicherlich einen Notruf abgesetzt. Oder andere über das Handy.«

»Aber das Schiff sinkt jetzt.«

»Wie kommst du darauf?«

Sie wies auf die Streben des Geländers. Dorthin, wo Jakob zuvor ebenfalls der höher werdende Wasserstand aufgefallen war.

»Vielleicht nur ein bisschen, wegen der zweiten Welle.«

Sie schüttelte nur den Kopf, sagte aber nichts mehr.

Jakobs Blick hingegen blieb an den Geländerstreben. Das Wasser war während der vergangenen Minuten um fast zehn Zentimeter gestiegen. Alles deutete momentan darauf hin, dass das Schiff unterging. Vielleicht nahm es ja nur das Wasser der zweiten Welle auf, womöglich hatten sie Glück.

Plötzlich brach Isabell zusammen. Sofort setzte Jakob sie auf, lehnte sie an das Geländer und schlug ihr leicht ins Gesicht. »Isabell!«

Nun kamen auch Petra und Simon dazu.

»Isabell!«, rief Petra ebenfalls, sah in ihr Gesicht, nahm deren Hände in ihre, Isabell schien aber ohnmächtig geworden zu sein. Rotes Wasser lief vom unteren Rand ihrer Hose, der gesamte Stoff war völlig mit Blut getränkt.

Jakobs Herz hämmerte. »Scheiße, ich hätte besser aufpassen müssen!«

»In der Situation?«, rief Simon und wies mit der Hand um sich. »Wir müssen sie erst mal stabil halten.«

Da sie noch atmete, hoffte Jakob, Isabell würde sich erholen. Doch als er an das Ausmaß ihrer Verletzung dachte, bezweifelte er, dass sich ihre Lage besserte. Sie war weiß im Gesicht, ihre Lippen waren blau, ihr Atem war nur schwach zu vernehmen. Petra massierte Isabells Hände, sprach mit ihr, doch er spürte, dass Petra verzweifelt war. Und voller Angst.

»Bei einer weiteren Welle wars das!«, brummte Simon. »Dann brauchen wir auch keinen Rettungsring mehr.«

»Hör auf, so was zu sagen!« Petras giftige Antwort peitschte Simon entgegen. »Jetzt muss Isabell erst mal wieder zu sich kommen.«

Unter dem Einfluss der Katastrophe erinnerte sich Jakob an die Verletzung Isabells, als er sie aufgefunden hatte. Es war in den Wirren der letzten Ereignisse völlig untergegangen. Als befände sich eine pausenlose Bedrohung nördlich von ihnen, sah er immer wieder in die Richtung. Weder war aber eine Wasserwand noch sonst etwas Gefährliches zu erkennen.

Da sackte Isabells Kopf ein weiteres Mal zur Seite. Petra hob ihn abermals an, strich über ihre Wangen, legte die Hand auf deren Stirn, eine seltsame Miene machte sich aber auf Isabells Gesicht breit.

»Isabell?«, rief Petra, schlug leicht gegen ihre Wangen, sie schien aber eigenartig blass.

»Scheiße!«

Mit hämmerndem Herzen kniete sich Jakob zu Boden, sah Isabell ins Gesicht, auf ihr Bein, auf die Hose, auf das sich sammelnde rote Wasser unterhalb ihrer Füße. Er hatte die Blutung nicht stoppen können. »Wir müssen den Pulli fester anziehen.«

»Er ist noch immer sehr fest, Jakob«, antwortete Petra. »Er schnürt ihr Bein ab.«

»Das soll er ja auch.«

Petra hob ihr Ohr an Isabells Gesicht, lauschte an deren Mund, legte eine Hand auf ihre Brust und verweilte auch da.

»Was ist?«

»Ihr Atem ... ich höre kaum etwas.«

»Lass mich mal.« Nun horchte auch Jakob an Isabells Mund, versuchte, einen Herzschlag oder eine Bewegung an ihrem Brustkorb zu fühlen, es gelang ihm jedoch nicht. »Verdammt, das kann doch nicht sein.« Mit zitternden Händen drückte er sein Ohr gegen ihren Oberkörper, lauschte an ihrem Mund, doch sie schien tot zu sein.

»Nein!« Vehement legte er sie auf den Boden und begann mit einer Herzdruckmassage. Nur am Rande fiel ihm auf, wie Simon schockiert auf sie sah, Petra stützte jedoch Isabells Kopf und starrte auf Jakobs Arme, die fast zu hektisch auf Isabells Oberkörper drückten. Immer und immer wieder. Nach etwa dreißig Stößen gab Petra Isabell Mund-zu-Mund-Beatmung, hörte an ihrem Gesicht, schüttelte allerdings den Kopf, und so fuhr Jakob fort. Sie wiederholten das Spiel, bis Petra schließlich Jakobs Hände festhielt.

»Lass es!«

»Nein! Los, wir machen weiter!«

»Jakob, sie ist tot!«

Jakob wollte es nicht wahrhaben. Er kannte Isabell erst seit einigen Stunden, doch er fühlte sich verantwortlich für sie. Warum nur hatte er ihren Zustand vergessen, einfach verdrängt, dass sie derart stark blutete? Sie war vor seinen Augen gestorben, weil er nicht auf sie achtgegeben hatte. Sie war verblutet.

Wie betäubt stand er auf und brüllte seinen Frust laut heraus. Er schrie und schrie, aus Angst, aus Verzweiflung, aus Wut – in diesem Moment schien alles aus ihm herauszubrechen.

Da spürte er eine Hand auf seiner Schulter.

»Du hast alles Menschenmögliche getan.« Simon blickte ihn mit erstaunlich ruhiger Miene an. »Alles.«

»Nein, ich hätte sie mehr schonen müssen. Ich wusste doch, wie schwer verletzt sie war.« Jakob fragte sich selbst, warum er derart mit Isabell litt, am liebsten hätte er nun geweint. Er ahnte aber auch, dass sein Zustand das Resultat der vergangenen Stunden war.

»Nein«, rief nun auch Petra. »Du kannst ebenso wenig etwas für ihren Tod wie wir für Sabrinas. Falls sie denn wirklich tot ist.«

Jakobs Blick fiel auf die Familie unweit von ihnen. Sie alle schwiegen, hielten sich fest, starrten aufs Meer hinaus, womöglich in der Angst, eine weitere Welle könne kommen und sie alle verschlingen.

Schließlich fiel sein Blick auf die Geländerstreben. Das Wasser erreichte nun die obere Querstange.

Sänke das Schiff, bliebe ihnen nur der verdammte Rettungsring.

Dabei verscheuchte er den Gedanken, dass sie zu dritt mehr Platz am Ring fänden als denn zu viert.

Lilli

Salziger Geschmack mischte sich mit etwas Metallischem. Licht blendete Lilli, ein zerstörender Schmerz an ihrem Kopf ließ sie aufstöhnen. Vorsichtig öffnete sie die Augen. Zunächst war alles hell, viel zu hell, und nur wenige Augenblicke später stöhnte sie vor Schmerz auf. Langsam bildeten sich Farben, Töne, sie spürte ihre Arme ebenso wie ihre Beine. Es dauerte etwas, bis sie sich an die Welle erinnerte. Augenblicklich raste ihr Herz. Als bräche der Tsunami ein weiteres Mal über sie herein, schossen all die schrecklichen Bilder durch ihren Kopf, all die Angst und die Verzweiflung.

Wo war sie? Sie befand sich auf einem Berg voller Holz, ihr linkes Bein steckte zwischen einigen Ästen, rund um sie herum flutete Wasser die Umgebung. Offenbar war sie auf dem zusammengetriebenen Berg an Unrat angeschwemmt worden, sodass sie kaum die Wasseroberfläche berührte.

Jetzt erst griff sie an ihren Kopf und sah danach auf ihre Finger. Sie waren rot, offenbar blutete sie stark. Lange blieb ihr Blick auf ihrer Hand haften, bevor sie sich schließlich wieder umsah.

»Hallo?«

Niemand antwortete, es schien, als sei sie völlig allein.

»Hallo? Ist hier jemand?« Augenblicklich zuckte sie zusammen, weil sie dachte, ihr Kopf würde platzen. Der hämmernde Schmerz weitete sich über den ganzen Körper aus, ihre Finger begannen zu zittern. Wieder griff sie an die linke Seite ihres Kopfes, bekam auch einige Strähnen nasses Haar zu greifen, und weil der direkte Druck auf die Wunde zu sehr schmerzte, tastete sie den Bereich darum herum ab. Es schien alles eine einzige Wunde zu sein.

Plötzlich schoss ein Schwall aus ihrem Mund, instinktiv beugte sie sich nach vorne und kotzte. Mit tränendem Blick erkannte sie, dass es durchsichtig war, vermutlich Wasser, einige kleine Stücke kamen ebenfalls heraus. Offenbar hatte sie sehr viel Wasser geschluckt und mit ihm auch alles andere, was darin herumtrieb.

Schließlich setzte sie sich auf. Das anfängliche Gefühl der Übelkeit ließ etwas nach, ihr Bauch rumorte allerdings, als hätte sie ein ganzes Schiff verschluckt. Sie kotzte ein weiteres Mal, drehte sich in alle Richtungen, nirgends gab es aber bis auf einige Enten und über sie hinwegfliegende Möwen einen Hinweis auf Leben. Menschliches Leben.

»Hallo?«, wiederholte sie, diesmal aus Angst vor schlimmer werdenden Kopfschmerzen aber leiser.

Ein Windhauch erfasste sie und kühlte ihre heiße Haut etwas ab. Daher schloss sie die Augen. Bilder der Welle schossen durch ihren Kopf, abermals durchlebte sie diese schrecklichen Momente, als geschähen sie erneut. Immer wieder hatte sie versucht, an die Oberfläche zu gelangen, war dabei mit unzähligen Dingen zusammengestoßen, die Wunde am Kopf war wohl wegen eines Zusammenstoßes mit einem Baumstamm entstanden.

Als sie die Augen erneut öffnete, sah sie etwas klarer. Unzählige Dinge trieben auf der Wasseroberfläche, neben zahllosen Ästen und Baumstämmen auch Plastik, sie erkannte einige Eimer, Kleidung, Kunststoffteile und -folien und jede Menge Müll. Da sie weder jemanden sah noch wusste, in welcher Richtung das Steinzeitdorf war, befreite sie sich mühevoll von ihrer Holzinsel und stieg vorsichtig ins Wasser. Sie ahnte, dass sie eine andere Stelle aufsuchen oder jemanden finden musste. Achtsam glitt sie mit den Füßen tiefer, bis sie schließlich auf Grund stand. Das Wasser reichte bis zu ihrem Becken. Zunächst stand sie einfach da, atmete hastig ein uns aus, weil sie sich erst an die Temperatur gewöhnen musste, bevor sie losging. Schritt für Schritt watete sie vorwärts, trat auf harte Gegenstände, stieß gegen weiche, und als sie einen leeren Rucksack aus dem Wasser zog, warf sie ihn wieder weg. Äste stießen gegen sie, manchmal musste sie aufpassen, nicht umzufallen, weil sie auf etwas stieg und dabei umknickte. Als sie abermals etwas

Weiches zu fassen bekam und es aus dem Wasser zog, schlug ihr Herz schneller. Es war ein toter Hase. Zwar warf sie ihn nicht weg, legte ihn aber ins Wasser neben sich.

»Hallo?«

Ihre Stimme hallte eigenartig über die Wasseroberfläche, fast wie ein Echo. Es gluckste, es knackste eigenartig, einige Krähen kreischten in der Ferne. Ansonsten war es still, fast zu still.

Schon bald machte sie einen weiteren Hügel aus. Etwas Buntes war darauf zu sehen, blau und rot, braunschwarze Äste ragten aus diesem Hügel. Vermutlich war es ein weiterer dieser zusammengetriebenen Äste, die an irgendetwas hängen geblieben waren und sich gegenseitig festhielten. Nach nur wenigen Schritten dachte sie, einen Menschen darauf zu erkennen.

»Hallo?«

»Hallo!«

Augenblicklich blieb Lilli stehen. Sie kannte nicht nur die Stimme, sondern auch ... »Mascha!«

Da wendete Mascha auch schon ihren Kopf in Lillis Richtung, ihr Haar war nass, dunkler, sie schien zu weinen.

»Lilli?«

»Warte, ich komme!«

Nun ging sie schneller, stieß zwar pausenlos gegen etwas, wollte aber nicht abbremsen. Es hatte jemand überlebt, und dass es ausgerechnet Mascha war, die sie als Erstes oder überhaupt fand, ließ ihr Herz umso höher schlagen. Immer fester drückte sie das Wasser zur Seite, ihr Körper kämpfte sich durch das stehende Gewässer, das vielleicht ganz Schleswig-Holstein überflutet hatte. Oder gar mehr?

Endlich erreichte sie Mascha. Obwohl sie nicht wollte, fiel sie ihr um den Hals und drückte sie, so fest sie konnte.

»Lilli!«, stammelte Mascha nur. »Was ist da nur passiert?«

»Jetzt wissen wir wenigstens, warum die verfickte Sirene so geheult hat.«

»Du blutest echt heftig!«

Instinktiv griff Lilli sich an die Schläfe, zuckte aber dann zusammen. Ihre Finger waren nach wie vor voll Blut, die Haare darum bereits verklumpt.

»Ich habe mich auf diese Insel gerettet!«, erklärte Mascha. »Ich wusste nicht, wie tief das Wasser ist.«

»Jetzt weißt du es. Lass uns zurückgehen!«

»Aber wohin? Wohin sind wir eigentlich zuvor gelaufen?«

»Keine Ahnung!« Voller drängender Gedanken blickte Lilli zum Himmel und versuchte, anhand des Sonnenstandes die Himmelsrichtung zu erraten. Doch sie hatte keine Ahnung, wie viel Uhr es war. Also entschied sie sich grob für eine Richtung, in der sie das Landesinnere vermutete. »Vielleicht wird das Wasser weniger, je mehr wir uns vom Meer entfernen.«

»Okay.«

Sie half Mascha ins Wasser und hielt sie dabei an der Hand fest. So gingen sie weiter, nebeneinander, voller Sorge und Angst. Immer wieder stolperten sie, bis Mascha einen kurzen Schrei ausstieß. Der Kopf eines Rehs tauchte vor ihnen auf, danach war erst der restliche Körper zu sehen. Lilli graute es vor den aufgerissenen Augen des Tiers, es wirkte, als hätte das Reh Höllenqualen erlitten.

Da tauchte in der Ferne ein großer Baum auf. Er hatte offenbar den Fluten standhalten können, breit und stark ragte der Stamm aus dem Wasser, darum herum hatte sich Schwemmholz verfangen.

»Die Wunde blutet echt abartig!«, murmelte Mascha. »Wir müssen was finden, um dich zu verbinden.«

Lilli hatte nicht vor, sich irgendetwas, das sie aus dem Wasser fischten, um den Kopf zu binden. Sie antwortete auch nicht, sondern zog Mascha einfach weiter.

»Hallo?«

Lilli erstarrte. Erst jetzt erkannte sie, dass neben dem Baum eine Person stand. Und als sie genauer hinsah, meinte sie, Elsa zu erkennen.

»Lilli! Mascha!«

Es war Elsa! Nie hätte Lilli gedacht, dass sie sich so sehr über eine Psychologin freuen würde wie in diesem Moment.

»Elsa!«, rief nun auch Mascha.

Da kam Elsa auf sie zu, blieb aber kurz vor ihnen stehen.

»Habt ihr noch jemanden gesehen?«

»Nein«, antwortete Lilli.

Jetzt erst umarmte Elsa Mascha und schließlich auch Lilli.

»Und du?«, gab Lilli die Frage an Elsa zurück.

»Nein, ich habe keine Ahnung, was mit Marcel passiert ist. Ich wurde wie ein Tennisball herumgetrieben. Wo konntet ihr euch denn retten?

Da erzählte Lilli von dem Schwemmholzhaufen und auch davon, wie sie Mascha gefunden hatte. Dabei stockte sie immer wieder. Wo war Marcel? Und hatten die anderen überlebt? Wie weit waren sie eigentlich vom Wasser weggetrieben worden?

»Gehen wir ins Landesinnere!«, bestimmte Elsa. »Irgendwann muss dieses verdammte Wasser doch niedriger werden.

»Tun wir bereits!« Lilli wurde wütend. Kaum hatten sie Elsa gefunden, schwang sie sich zum Chef auf.

»Nein. Nach Osten geht es da!« Dabei wies sie in die entgegengesetzte Richtung.

Für kurze Zeit spürte Lilli, wie pure Hitze in ihr hochstieg, binnen weniger Augenblicke verschwand sie aber wieder. Sie wunderte sich, denn dies hatte sie kaum zuvor erlebt. Lag es an ihrer Angst?

»Lass mich deine Wunde sehen!«, riss Elsa sie aus ihren Gedanken. Prompt spürte sie deren Hände an ihrer Stirn, ihre Finger tasteten sich durch das nasse Haar.

»Eine Platzwunde. Sie blutet noch immer, ich hoffe, du hast keine Gehirnerschütterung. Ist dir schlecht?«

»Ja, vor Angst!«

»Da bist du nicht allein.«

Sie sah zu, wie Elsa sich nach allen Seiten umdrehte, und als Lilli deren Blick folgte, dachte sie, sie könne in der Ferne ein Hausdach ausmachen. Es konnte sich aber gut und gerne auch um zusammengetriebenes Allerlei handeln, sie konnte es kaum erkennen.

»Ich habe keine Ahnung, wo das Steinzeitdorf liegt«, sagte Elsa nun leiser. »Nicht die geringste.«

»Also ins Landesinnere?«, fragte Mascha. »Warum?«

»Weil das Land höher wird und somit das Wasser niedriger. Zudem muss es mit Abstand zum Meer ohnehin weniger werden.«

Mit ängstlichem Blick musterte Lilli Maschas Gesicht. Für einen Augenblick wollte sie nach deren Hand greifen, doch Elsas Anwesenheit verlangte von ihr, sich keine Schwäche zu erlauben.

Schließlich folgten sie der Erzieherin, wohin auch immer.

Oliver

Die Luft war stickig, es roch nach Schwefel, Verfaultem, es kratzte in den Augen, der Nase und auf der Zunge. Gleichzeitig wurde es dunkler, fast so, als ginge die Sonne bald unter oder der Mond schöbe sich vor die Sonne.

Die Aschewolke hatte sie endgültig erreicht und tauchte die Welt in ein unheimliches Dunkel.

»Verdammt!«, fluchte Oliver. Wenn sie das Boot bald fanden, hatten sie vielleicht noch eine Möglichkeit, der Hölle zu entgehen. Nur kurz dachte er daran, dass vielleicht schon bald die meisten Bewohner Islands tot waren, nämlich dann, wenn die Aschewolke keinen Fleck der Insel aussparte.

Er hielt Dianas Hand fest umklammert, während sie durch die Straßen der Stadt eilten. Um sie herum herrschte Panik. Die Gruppe wurde größer, einige Menschen, die aus Nischen der völlig zerstörten Häuser kamen, schlossen sich ihnen an, Menschen liefen durcheinander, einige schrien, viele von ihnen waren verletzt. Es setzten sich aber auch andere von ihnen ab.

»Die sollen schneller rennen,« rief Oliver, der sich einen Weg durch die Menge bahnte. Neben ihm lief Diana, deren Gesicht trotz der Aschemaske vor Angst bleich war. Ihre Augen huschten nervös umher, als wären sie auf der Suche nach einem Ausweg.

»Bleib ja bei mir und lass dich nicht zurückfallen!«, befahl er Diana. Asche rieselte unaufhörlich von oben, bedeckte Haare, Kleidung und Haut. Langsam begann seine Lunge zu brennen, und als er hustete, fiel ihm auf, dass es die anderen auch taten.

Kristjan stolperte über einen Stein und fiel fast hin, doch Elin zog ihn schnell wieder hoch. Sie sagte etwas, es klang harsch, tadelnd, Oliver war es allerdings einerlei.

Einfach nur weg hier!

Die Werft war wohl noch ein gutes Stück entfernt, denn Oliver konnte nichts ausmachen. Er war sich sicher, dass jedes Gebäude eingefallen war, ein unter Trümmern liegendes Boot half somit niemandem von ihnen. Immer wieder sah er zu den anderen, besonders zu dem Fremden mit der orangenen Mütze, der die Gruppe anführte. Die Tatsache, dass sich jeder ständig umdrehte, verursachte zusätzlich Panik in Oliver. Die verdammte Aschewolke war erbarmungslos, viel schlimmer als ein Reiter, der mit scharfem Schwert hinter ihn her ritt, und vermutlich auch gefährlicher als jede Flutkatastrophe, vor der man sich wenigstens auf erhöhtem Gelände in Sicherheit bringen konnte.

Aber vor dieser Aschewolke? Sie war mittlerweile wohl so groß wie ganz Island. Es gab kein Versteck, keinen Ort, wo man mit ausreichender Luftzufuhr dauerhaft überleben konnte.

Plötzlich kam er sich wie ein Narr vor. Was machten sie überhaupt? Inmitten von Hustenanfällen und beißenden Schmerzen in seinem Hals sowie in der Lunge rannten sie wie die Hasen einer Meute Jagdhunde davon, die tausendmal schneller waren als sie.

Abrupt blieb er stehen.

»Was ist?«, rief Diana, auch Elin und Kristjan stoppten.

Er konnte nicht antworten. Zum ersten Mal fühlte er eine Art Schockstarre, als bremste etwas in ihm jegliche Bewegung, jeglichen Impuls, sein und Dianas Leben zu schützen.

»Was ist?«, brüllte sie nun und rüttelte an ihm.

Er hustete, gab aber keine Antwort. Alles schien seltsam verzerrt, als hätte ihn die Wolke längst erreicht, als hätte das Sterben in ihm längst begonnen.

»Oliver!«

Dianas Stimmer erreichte ihn wie hinter einem Schleier, als hörte er sie aus einem anderen Raum.

Da klatschte ihre Hand in sein Gesicht. Es brannte, augenblicklich hielt er seine Wange und starrte sie an. Weniger die kurzzeitigen Schmerzen schockierten ihn, sondern die Tatsache, dass er für einige Momente weggetreten gewesen war.

»Oliver!«, schrie Diana wieder, hielt nun seine Hände fest, schüttelte sie, bevor sie schließlich sein Gesicht umfasste. Ihr Haar und ihre Kleidung waren bereits von einer hellgrauen Ascheschicht bedeckt, ihre Augen rot, und als er kurz seinen Blick auf die Straße wendete, fiel ihm auf, dass auch sie von dieser Staubschicht bedeckt war.

Alles rieselte auf sie herab, als würde es schneien. Doch es war kein Schnee.

Da zog er sie zu sich. Fast zu fest drückte er sie, atmete ihren Geruch ein, schämte sich für sein Blackout, das er als Versagen einstufte. Er musste wenigstens Diana retten.

»Es tut mir leid!«, flüsterte er nur leise.

»Los, zu den anderen!«

Dianas Stimme war voller Angst, Wut und Aufregung.

Ohne zu antworten, nickte er Elin und Kristjan zu, packte Diana an der Hand und folgte den anderen. Sie waren noch nicht allzu weit entfernt, niemand war stehen geblieben, um auf sie zu warten. Natürlich nicht, vermutlich passten ohnehin nicht alle auf das Boot. Und wenn, war es mehr als fraglich, ob es ihnen gelang, sich rechtzeitig in Sicherheit zu bringen.

Der Husten wurde schlimmer. Immer öfter würgte Oliver, auch Diana, Elin und Kristjan schienen der Aschebelastung in der Luft weniger entgegensetzen zu können als zuvor. Dennoch holten sie die anderen ein, denn auch sie wurden schwächer, husteten, einige setzten sich sogar für wenige Augenblicke und sahen nach Süden, dorthin, wo das Grauen herkam, die tödliche Wolke, die alles verschlingende, schwefelhaltige Welle.

Plötzlich brach Unruhe aus. Der sie anführende Mann riss direkt am Kai an einigen Holzplanken eines zusammengestürzten Bootshauses, anderen halfen ihm sofort. War dort das Boot darunter? Also half auch er mit, die zerstörten Bretter und Kunststoffteile zur Seite zu werfen. Langsam schälte sich ein Boot aus dem Haufen, dessen Maststange allerdings abgebrochen war. Am hinteren Teil des Boots war ein Motor zu erkennen, wenigstens vier Rettungsringe waren an der Seiten angebracht.

Nachdem das letzte Stück des eigentlichen Stegs von Bord geräumt worden war, bestiegen sie das Boot. Sie waren etwa fünfzehn, hatten aber alle genügend Platz. Zwei Männer versuchten, den Motor anzuwerfen, während der Anführer das Seil löste, mit dem das Gefährt festgemacht war. Da aber auch das unter einem Kiesberg verschüttet war, schnitt er es einfach durch.

Als wollte Oliver nicht das Grauen sehen, schloss er kurz die Augen. Tausende Bilder rasten durch seinen Kopf, sein Körper brannte.

Das Brummen des Motors riss ihn plötzlich aus kurzzeitig sorglosen Gedanken. Sie hatten es geschafft, es röhrte lauter und lauter, das Schiff setzte rückwärts, Wasser schlug in Wellen gegen das Ufer, dann drehten sie und verließen das Festland.

Jetzt erst drehte Oliver sich zu den Ruinen und Trümmern der Siedlung. Er machte niemanden aus, es war da niemand, der ihnen zuwinkte oder noch mit auf das Boot wollte. Immer kleiner wurde das Festland, dahinter verschluckte die Aschewolke mehrerer Vulkane alles Land, alles Leben, jede Farbe und jeden Stein.

Sein Blick fiel auf Elin und Kristjan. Elin rannen die Tränen über die Wangen, bahnten sich einen Weg durch die Staubschicht auf der Haut. Sie alle waren grau, die Gesichter verrieten Angst, Anstrengung, Müdigkeit, aber auch Hoffnung. Jetzt erst recht, wo sie sich vom Festland entfernten.

Einige fielen sich in die Arme, andere sprachen miteinander, es war Oliver aber egal, dass er nichts von alldem verstand. Das Festland wurde immer kleiner, bevor es schließlich von einem alles verschlingendem Grau überdeckt wurde.

Diana umarmte ihn, er spürte ihre Atem direkt an seiner Haut. Es tat unendlich gut, sie zu spüren, sie so fest an sich drücken zu können.

Weil er mit dem Gesicht Richtung Festland saß, sah er zur Aschewolke zurück. Vielleicht lag nun ganz Island unter ihr, und bald auch ein großer Teil des Ozeans.

Plötzlich stockte ihm der Atem.

»Wohin fahren wir eigentlich?«, fragte er Elin auf Englisch.

Sie fragte einen der Männer am Steuer des Bootes, der länger als erwartet benötigte, seine Antwort abzuschließen.

»Was?«, fragte Oliver sie schließlich.

»Sie fahren nach Westen, nach Grönland.«

»Grönland?«

»Wir haben Westwind, also wäre es zu gefährlich, die Insel zu umrunden, um Norwegen zu erreichen.«

Es ergab Sinn, nur war Grönland kaum besiedelt. Sie mussten aber möglichst effektiv der Aschewolke entrinnen.

»Und dann?«

»Wissen sie nicht. Sie haben zwar einen Ersatzkanister Diesel dabei, aber es kann auch sein, dass vor Grönland der Sprit ausgeht.«

Nur kurz sah ihn Diana ängstlich an. Er herzte sie, küsste sie auf die Stirn, er war so unendlich froh, sie lebend bei sich zu haben.

Grönland. Sprit. Neue Probleme kamen auf, das letzte war jedoch noch nicht besiegt. Solange Westwind herrschte, konnten sie womöglich genügend Vorsprung herausfahren. Keinesfalls durfte der Wind seine Richtung ändern.

Oder sie erlitten einen Defekt und wurden letztlich doch von der Wolke verschluckt.

Jakob

Lange konnte Jakob seinen Blick nicht von der Leiche wenden. Er fühlte sich, als hätte er versagt, als wäre er schuld an Isabells Tod. Nun hatte das Wasser bereits ihren Körper erreicht, befeuchtete die Kleidung der jungen Frau, stieg weiter und ließ schließlich deren Körper im Wasser schwimmen.

»Verdammte Scheiße!«, wiederholte Simon zum sicherlich zehnten Mal. Doch nicht das war es, das Jakobs Blick von Isabell löste. Es war ein Geräusch, das schon zuvor zu hören gewesen war, nun aber lauter wurde. Von Minute zu Minute. Das metallische Ächzen, mit dem das Schiff weiter in die Tiefe sank, war ein Klang, der Jakobs Gehirn zerfetzte. Er saß da, kniete, stand – er wusste es nicht mehr. Die Zeit hatte sich verzerrt, wurde schneller und gleichzeitig zäher. Salz brannte in seiner Kehle. War es Wasser? Seine eigenen

Tränen? Es war egal, denn sie sanken unaufhaltsam. Er würde Elsa nie mehr wiedersehen.

Ein lauter Knall riss ihn aus seiner Starre. Das Schiff sackte weiter ab, die Planken unter seinen Knien vibrierten.

Da packte Simon ihn am Arm. »Jakob! Wir müssen rauf! Es kippt!«

Simons Stimme klang schrill, aufgerieben, als kämpfte sie gegen die Wassermassen und den schneidenden Wind, der deutlich stärker wurde. Er sah auf. Nur für einen Moment, doch dieser reichte, um zu erkennen, dass Simon recht hatte. Das Deck senkte sich in einem auffallendem Winkel, und schon bald musste er sich festhalten, um nicht umzukippen. Menschen begannen zu schreien, Metallteile rutschten mit einem markerschütternden Kreischen über die Bordwand. Vereinzelte Menschen schrien noch lauter, doch ihre Stimmen verschwammen zu einem Brei aus Verzweiflung und Panik.

Plötzlich krachte etwas. Etwas Metallisches musste gerissen oder gebrochen sein, es knirschte laut, als drückte jemand eine Kreide über eine Tafel. In aufkommender Panik hörte er auch Petra schreien, Simon hingegen rief, sie sollten sich auf das Geländer stellen und in die entgegengesetzte Richtung gehen, in die sich das Schiff drehte.

Was zum Teufel ...? Dachte Simon etwa, sie wären auf einem verdammten Jahrmarkt?

»Los, wir müssen zum Rumpf, bevor wir runterfallen!«

Jakob folgte einfach Simon. Er selbst hatte keine Idee, wie er reagieren sollte, doch als sie das Geländer hinter sich gelassen hatten, rannten sie über die Außenwand des Schiffs, sprangen in die nächsttiefere Etage, immer nur so schnell, um dem sich drehenden Schiff folgen zu können. Eilig liefen sie über Fenster, weitere Geländer, über die Außenwand zur unteren Etage, kletterten auch dort an den Aufbauten entlang, bis Jakob schließlich stehen blieb. Er konnte nicht mehr, es war völlig am Ende. Als befände er sich in Trance, fiel sein Blick auf Rettungswesten, die im Wasser trieben.

»Was ist?«, rief Simon aufgeregt. »Wir haben es doch gleich!« Jakob konnte nicht einmal mehr antworten. Seine Lunge pfiff, sein Herz sprang schier aus seiner Brust, alles war heiß und hart in ihm.

»Jakob!« Jakob stolperte, fiel hart auf die Planken. Simon zog ihn hoch, schleifte ihn mehr, als dass er ihn führte. Ein unbeschreibliches Gewicht lastete auf Jakobs Brust, doch er konnte nicht einmal sagen, ob es die Angst war oder die schiere Kälte, die ihn von innen heraus erstarren ließ. Eine Hand griff nach seiner, zog daran, also lief Jakob mit. Mittelweile hatte sich das Schiff weitergedreht, sodass sie das letzte Stück Außenwand fast nicht mehr bewältigen konnten.

Stöhnend sprang Simon zu einem Vorsprung und hielt sich daran fest. »Spring! Jetzt!«

Simons Schrei traf Jakob wie ein Peitschenhieb, und bevor er darüber nachdenken konnte, folgte er Petras Beispiel und zog sich mit letzter Kraft in die Höhe. Es folgte ein Moment der Schwerelosigkeit, bevor sein Körper hart auf die gekrümmte Stahlwand des Schiffsrumpfes knallte. Der Aufprall raubte ihm den Atem. Nur am Rand hörte er, wie Petra etwas rief, ihre Worte gingen aber in einem ohrenbetäubenden Knirschen unter, als sich das Schiff mit einem Ruck für das letzte Stückchen auf den Rücken drehte.

Schließlich wurde es still. Es war fast unheimlich, nur das Wasser war zu hören, das in gleichmäßigen Wellen gegen den Rumpf klatschte. Kein metallisches Scheppern, kein Knirschen, kein Brechen irgendwelcher Bauteile. Nur Stille. Es dauerte etwas, bis Jakob genügend Kraft getankt hatte, um sich zu bewegen. Zunächst kniff er die Augen zusammen, das Wasser glitzerte in unbarmherzigen Wellen um sie herum. Der Himmel wirkte so niedrig, als ob er ihn mit einer ausgestreckten Hand hätte berühren können. Sein nächster Blick galt Petra und Simon, schließlich schweifte er über den grauen Rumpfboden. Eine kleine Gruppe – nicht mehr als vier Personen – hockte auf dem Rumpf, die Gesichter blass vor Entsetzen. Zu seiner Erleichterung erkannte Jakob Giulia, die Bedienung aus dem Restaurant, deren blutverschmierte Stirn auf etwas hinwies, das wohl ein Trümmerteil verursacht hatte. Neben ihr saßen zwei Männer, die noch immer tief durchatmeten. Zwischen ihnen und Giulia war ein kleines Mädchen, nicht älter als sieben Jahre alt. Seine Kleidung war durchnässt, die Locken klebten in nassen Strähnen an seinem blassen Gesicht, es weinte.

Nachdem er genügend Kraft gewonnen hatte, ging Jakob zu ihnen. Sicherlich war einer der beiden Männer der Vater der Kleinen.

»Hat sich sonst niemand retten können?«, fragte er.

Einer der beiden Männer sah zu ihm. »Wir waren noch so viele, aber als sich das Schiff drehte, hat es fast alle mitgezogen. Wir haben es selbst gerade so geschafft.« Er sagte es auf Englisch, und Jakob musste sich anstrengen, ihn zu verstehen.

Ihm fiel auf, dass das Mädchen nicht zu schluchzen aufhörte.

Plötzlich rief es nach seinen Eltern.

»Ist keiner von euch ihr Vater?«, fragte er.

»Nein, wir haben sie mit uns genommen«, antwortete der Ältere der beiden. »Sie war allein und hat nur geschrien.«

»Hast du sie gesehen?«, fragte er Giulia leise.

Sie schüttelte den Kopf. »Ich … ich habe sie nicht gesehen.« Ihre Stimme brach, und sie presste die Hände gegen ihr Gesicht, als würde sie versuchen, die Realität auszublenden.

Jakob wollte etwas sagen, doch die Worte blieben in seiner Kehle stecken. Stattdessen legte er vorsichtig eine Hand auf die Schulter des Mädchens. Es zuckte zusammen, aber sein Blick blieb leer. »Wie heißt du?« Seine Stimme war kaum mehr als ein Flüstern.

Nach einem Moment hob das Kind den Kopf. »Clara«, sagte es schluchzend.

»Clara. Es wird alles gut. Wir sind hier sicher.« Jakob wusste, dass es eine Lüge war, aber in diesem Moment schien sie notwendig. Clara sah ihn an, doch sie konnte offenbar nicht aufhören zu weinen und rief immer wieder nach ihren Eltern.

In diesem Moment kam Simon zu ihnen herüber. »Das Schiff sinkt weiter. Scheiße, wir haben den verfickten Rettungsring vergessen.« Er sah in die Runde, seine Augen blieben kurz an Clara hängen, das Mädchen sah ihn fragend an, vermutlich des Schimpfworts wegen. »Sind das alle?«, setzte er hinzu.

Petra zuckte die Schultern. »Offenbar, ich habe niemanden anderen gesehen. Die meisten sind wohl ins Meer gerutscht. Und Sabrina ...« Sie brach ab, aber ihre zitternde Stimme sagte genug.

Jakob spürte die Kälte des Metalls unter seinen Knien, die Nässe, die selbst die Luft durchtränkte. Sie waren nicht sicher. Nicht einmal annähernd. Aber sie hatten überlebt. Und das war mehr, als er noch vor Minuten geglaubt hatte. Das Wasser um sie herum war nicht ruhig. Die Wellen schwappten gegen den Rumpf, ließen ihn erzittern, und jeder kleine Stoß ließ die Überlebenden zusammenzucken.

Simon war der Erste, der die Stille durchbrach. »Wir brauchen einen Plan. Wir können hier nicht ewig bleiben.« Er sagte es auf beiden Sprachen.

Seine Stimme war fest, aber Jakob bemerkte das Zucken seiner eigenen Hand. Giulia nickte zögernd, doch ihre Augen wanderten immer wieder zu Clara, die sich an Giulias Bein klammerte.

Petra, die bisher am Rand der Gruppe gesessen hatte, richtete sich auf. »Wir könnten versuchen, Signal zu geben. Irgendwie. Hat jemand von euch etwas, das schwimmt?«

Obwohl Jakob kaum stehen konnte, sah er sich um.

»Die Rettungswesten!«, rief der ältere der anderen Männer. »Wir haben doch welche gesehen. Es müssten noch welche in der Nähe treiben, vielleicht können wir die noch holen.«

Giulia rieb sich die Stirn, ihre blutige Hand hinterließ einen Abdruck. »Und wie sollen wir da hin? Das Wasser ist kalt und wir wissen nicht, ob wir sie überhaupt noch finden.« Eine angespannte Stille trat ein. Jeder wusste, dass es gefährlich war. Doch die Alternative – hier auf Rettung zu warten, die vielleicht nie kam - war nicht weniger beängstigend.

Da wendete sich Jakob den beiden Männern zu. »Das sind übrigens Giulia, Petra und Simon. Ich heiße Jakob.«

»Ich bin George«, antwortete der Ältere, »und das ist mein Sohn Patrick. Wir sind Iren.«

Simon nickte. »Wir haben auch Rettungswesten gesehen. Und außerdem schwimmt da auch noch allerlei anderes Zeug herum. Alles, was schwimmt, hilft uns.«

»Ich gehe ins Wasser«, sagte Jakob schließlich. »Ich schaffe das.«

Simons Augen weiteten sich. »Du? Du bist völlig am Ende, Jakob. Und ich bin jünger.«

»Nein. ich mache das. Eben weil ich älter bin. Du hast Petra, ich habe niemanden.« Er sah zu den Iren. »Ihr könnt schwimmen?«

»Herrje, was soll denn jetzt dieses melancholische Gedudel?«, unterbrach Simon die Antwort der beiden Männer. »Jakob, das ist doch Quatsch.«

»Lass mich einfach nur etwas ausruhen.«

»Ich gehe auf jeden Fall mit, egal, was du sagst.«

»Wir auch«, gaben nun George und Patrick an und standen auch schon auf.

Jakob kamen seine Worte dämlich vor. Sein Blick fiel wieder auf Clara, die am ganzen Leib zitterte, aber die Intensität ihres Weinens hatte nachgelassen. Danach auf Giulia. Er hätte nichts dagegen, noch heute zu Monika zu gelangen, doch diese beiden mussten auf jeden Fall überleben, ebenso wie Simon und Petra.

»Da sind sie!«, hörte er Simon rufen. Er stand am Rande des Rumpfes und sah zur See hinaus. Müde schleppte sich Jakob zu ihm und folgte dessen Blick. Tatsächlich trieben drei Rettungswesten in reichlichem Abstand zueinander, aber auch viele andere Dinge wie Folien, zersplittertes Holz und Kunststoffteile.

»Also schwimmen, oder?« Der Abstand vom Rand des Rumpfs zur Wasseroberfläche war nicht allzu weit, Jakob erkannte, dass er sich jederzeit wieder auf das Schiff emporziehen konnte.

»Wir brauchen einen Mann hier, der die anderen hochzieht«, sagte nun George. »Patrick, du bleibst.«

Dieser nickte nur.

Simon war der Erste, der sich in Wasser gleiten ließ. Als Jakob es ihm gleichtat, hielt er die Luft an. Das Wasser war kälter als zuvor auf dem Schiff, es schnitt wie tausend Nadeln in seine Haut, doch er hielt durch. Der Rumpf wackelte hinter ihm, als er sich langsam durch die Wellen kämpfte. Die Kälte war unerträglich, aber in seinem Inneren wuchs ein Funke – ein Funke der Entschlossenheit, der ihn antrieb. Das Wasser war erbarmungslos. Die Strömung zog an ihm, als wollte sie ihn nach unten reißen, weg von der Hoffnung, die sich auf dem Rumpf der Überlebenden sammelte. Seine Arme arbeiteten wie Maschinen, auch wenn seine Muskeln brannten und die Kälte ihm jeden Atemzug raubte. Vor ihm schwamm alles, was aus dem Schiff nun zur Oberfläche trieb. Unendlich viel Splitterholz und Kunststoff, aber auch die orangefarbenen Rettungswesten. Mühsam kämpfte Jakob neben Simon und George schwimmend gegen die Wellen an, bis er die erste Weste erreichte. Seine Hände waren taub und er musste seinen Griff immer wieder neu justieren. Ein weiterer Stoß der Strömung drückte ihn gegen ein schwimmendes Holzstück. Der Aufprall ließ ihn aufschreien, doch er biss die Zähne zusammen.

»Nicht jetzt«, murmelte er zu sich selbst. »Nicht aufgeben.«

»Da sind noch andere!«, hörte er Simon rufen. Jakob konnte kaum antworten, immer wieder schwappte eine Welle in sein Gesicht und seinen Mund, und als Simon zu ihm zurückkehrte, führte dieser gleich zwei Westen mit sich. Als sie vier davon gefunden hatten, schwammen sie zurück. Jeder Zug fühlte sich an, als würde er durch dickflüssigen Schlamm paddeln, doch der Gedanke an Giulia, Clara und die anderen ließ ihn weitermachen.

Als Jakob den Rumpf erreichte, hatte er das Gefühl, jeder Muskel in seinem Körper wäre zerschmettert worden. Patrick, Giulia und Petra zogen ihn aus dem Wasser, ihre Gesichter voller Sorge, bevor sie auch Simon und George halfen. Als Jakob sich auf den Rücken legte, dachte er, er würde nie mehr wieder aufstehen können.

Giulia nahm eine der Westen und zog sie Clara an. Das Mädchen zitterte, schluchzte, tat aber wortlos, was von ihm verlangt wurde. Petra verteilte die übrigen

Westen, und für einen Moment schien es, als hätten sie eine Chance.

»Im Notfall kann eine Weste auch zwei tragen«, sagte Simon.

Es war optimistisch gemeint, Jakob hatte aber kaum Hoffnung. Er war so müde und ausgelaugt, dass er sich nicht vorstellen konnte, eine weitere Welle zu überstehen oder gar nur eine weitere Nacht.

Lilli

Das Wasser drückte schwer gegen Lillis Beine. Jedes Vorankommen fühlte sich an wie ein Kampf gegen unsichtbare Hände, die sie zurückhalten wollten. Lilli biss die Zähne zusammen und hielt sich an Mascha fest, doch jeder Schritt brannte in ihren Muskeln. Ihr Kopf dröhnte, die Verletzung pulsierte mit einem dumpfen Schmerz, der sich durch ihren gesamten Körper zog. Es fiel ihr schwer, die Augen offen zu halten, doch die Angst vor dem Wasser zwang sie weiter.

Vor ihr ging Elsa, deren Rücken starr und unbeugsam wie eine Mauer wirkte. Doch Lilli wusste es besser. Elsa war genauso erschöpft wie sie alle, sie war auch nur ein Mensch. Warum mussten sich diese gottverdammten Psychotussen auch benehmen, als wären sie seelenlose Maschinen?

Mascha, die sich tapfer neben ihr hielt, war die Einzige, die ihr das Gefühl gab, nicht völlig zu versinken. Deren leises Murmeln, ihre beruhigenden Worte, drangen wie ein schwacher Lichtstrahl durch das Dunkel in ihrem Kopf. Es war seltsam, ihr zu vertrauen. Lange Zeit hatte sie es nicht wahrhaben wollen, doch tatsächlich war Mascha die Einzige, die ihr dieses seltsame Gefühl entlockte.

»Wie weit müssen wir denn noch gehen?«, fragte sie schließlich. Ihre Stimme klang wie ein fremdes Krächzen.

Elsa drehte sich nicht um. »Bis wir etwas finden, das uns Schutz bietet. Wir müssen weiter.«

Lilli fühlte sich ausgeliefert. Kein Ziel, keine Hoffnung, nur das kalte, unnachgiebige Wasser um sie herum. Sie wollte Elsa anschreien, doch dazu fehlte ihr die Kraft. Stattdessen senkte sie den Blick, ihre Augen suchten nach etwas, das ihre Gedanken ablenken konnte.

Plötzlich erstarrte sie.

Da war ein Arm. Blass, regungslos, er trieb knapp unterhalb der Wasseroberfläche direkt neben ihr. Obwohl sie nicht wollte, wanderte ihr Blick am regungslosen Körper entlang, bis sie einen blonden Haarschopf erkannte. Weniger die Haarfarbe war es, die ihr Herz stocken ließ, sondern der eindeutige Aufdruck auf dem T-Shirt.

Es war Marcel. Ihr Magen zog sich zusammen, ihre Beine wollten nicht mehr gehorchen. Sie hörte Mascha neben sich aufschreien, schluchzen, doch die Worte kamen wie durch einen Schleier. Alles, was sie spürte, war der Schmerz in ihrer Brust, die Hitze der Tränen, die unaufhaltsam ihre Wangen hinunterliefen.

»Verdammte Scheiße«, flüsterte sie nur, »warum zum Teufel ist er nicht mit uns auf den Baum?«

Elsas Worte drangen zu ihr, als wäre sie in Trance. »Oh mein Gott. Bitte seht nicht hin. Geht einfach weiter. Wir müssen weiter.«

»Halt dein Maul!«, schrie Lilli plötzlich, ihre eigene Stimme klang fremd in ihren Ohren. »Halt einfach dein verdammtes Maul! Wohin willst du denn eigentlich?«

»Das weißt du genau, du bist nicht bescheuert! Siehst du da vorne die Dächer?« Elsa wies mit ihrer Hand in die Richtung, in die sie gingen. Tatsächlich waren in der Ferne zwei Häuser zu sehen, die nicht durch die Flut zerstört worden waren.

»Da gehen wir rauf! Los jetzt, weiter. Da können wir auch deine Wunde behandeln.«

»Toll. Mit was denn? Vielleicht finden wir ja eine verschissene Apotheke!«

Da legte sich Maschas Hand sanft auf ihren Arm und zog sie nach vorne. »Komm, Lilli. Wir müssen weiter.«

Lilli wollte nicht. Sie wollte schreien, weinen, Marcel in ihren Armen halten. Doch ihre Beine gehorchten, mechanisch setzte sie einen Fuß vor den anderen, während die Tränen ihre Sicht verschleierten.

Lilli wusste nicht, wie lange sie bereits durch das Wasser gestapft waren. Jede Sekunde fühlte sich an wie eine Ewigkeit. Die Kälte kroch in ihre Knochen, ihr Kopf dröhnte und ihr Körper schien sie im Stich zu lassen. Sie konnte nicht fassen, dass sie Marcel einfach so im Wasser hätten liegen lassen müssen.

Als Elsa schließlich wieder auf die Häuser deutete, konnte Lilli kaum noch klar denken.

»Wir sind gleich da«, sagte Elsa. »Wir haben es gleich geschafft.«

Es dauerte viel länger als erwartet, bis sie schließlich die beiden Häuser erreichten. Es waren zwei stabile Hallen, dicke Eisenträger stützten Wände und Dächer, obwohl das Mauerwerk durch die Flutwelle erheblich zerstört worden war.

»Und wie sollen wir jetzt da hoch, wenn nicht fliegen?«, fragte sie schnippisch.

»Über die Metallleiter!« Sichtlich genervt wies Elsa auf eine Leiter am Rande einer der Wände, die bis zur Kante des Dachs reichte.

Lilli wollte nichts entgegnen. Sie hasste Elsa dafür, dass sie meist recht behielt, und vor allem dafür, dass sie kaum etwas dazu gesagt hatte, als sie Marcel tot aufgefunden hatten. Gleichzeitig war sie ihr aber dankbar dafür, dass sie sie führte und nicht allein gelassen hatte. Dennoch würde sie ihr dies niemals sagen. Nie.

Bereits zu Beginn der ersten Streben wurde Lilli schwächer. Mit letzter Kraft stieg sie einen Schritt nach dem anderen in die Höhe, und schon bald war es ein Alptraum, sich auf das Dach zu retten. Lilli spürte kaum, wie Mascha sie stützte, wie Elsas Hände sie nach oben zogen. Alles, was sie fühlte, war die endlose Müdigkeit, die sich wie ein Schleier über ihren Verstand legte.

Als sie endlich oben waren, ließ sie sich einfach fallen. Der harte Boden des Daches fühlte sich überraschend beruhigend an.

»Wir sind sicher«, hörte sie Mascha flüstern. Doch sicher fühlte sich Lilli nicht. Was, wenn diese scheiß Halle nicht stabil genug war? Was, wenn eine dritte Welle kam? Eine vierte? Das Wasser war überall. Es schien nur darauf zu warten, sie zurück in die Tiefe zu reißen.

Schließlich schloss sie die Augen und hörte ihr Herz klopfen.

Und nur kurze Zeit später spürte sie eine Hand an ihrem Gesicht. Erschrocken schnellte sie in die Höhe.

»Ich schaue mir nur deine Wunde an!«, sagte Elsa beruhigend.

Alles in Lilli sträubte sich gegen Elsas Berührungen, doch sie ließ sie zu. Elsa zog ihren eigenen Pulli aus und band die Ärmel schließlich um ihren Kopf.

»Es blutet noch immer, aber nicht mehr so stark. Wichtig ist wohl, es trocken zu halten.«

»Witzig!«

»Hier oben aber machbar, Lilli. Wir bleiben die Nacht über hier.«

Erst jetzt fiel Lilli auf, dass es dämmerte. Von hier oben sah die Welt aus, als bestünde sie nur aus Wasser. Es erinnerte sie an einen apokalyptischen Film, den sie mal gesehen hatte, dessen Titel sie aber nicht mehr wusste. Ab und an ragte ein Baum aus dem Wasser, in der Ferne war wieder ein intaktes Haus zu sehen, die Welle schien aber verheerend gewesen zu sein. Das meiste war von der Flut mitgerissen worden und schwamm nun inmitten dieses riesigen Ozeans irgendwo herum.

Schließlich wurde es dunkel. Die ganze Zeit über hatte keiner etwas gesagt, Lilli spürte direkt Maschas Angst, deren Entsetzen über Marcels Tod, ihr Unverständnis dem allen gegenüber. Und sie wusste, dass auch Elsa Angst hatte. Sie selbst hatte furchtbaren Durst und auch Hunger. Unter ihnen waren Milliarden Kubikmeter Wasser, aber trinken konnten sie keinen Tropfen.

Die Dunkelheit brachte eine neue Art von Angst mit sich. Das Wasser glitzerte im Mondlicht, es war eine unheimliche, trügerische Schönheit. Lilli saß mit angezogenen Knien da, ihre Stirn auf die Arme gestützt, ihr Blick in die Ferne gerichtet. Ihre Gedanken kreisten um Marcel, um das, was sie hätten tun können, und um ihre eigene Hilflosigkeit.

»Das ist doch scheiße«, hörte sie sich selbst sagen, ihre Worte kamen fast automatisch. Wütend hob sie den Kopf und sah Elsa an. Sie konnte gerade noch deren Silhouette erkennen. »Du hast gesagt, wir sollen ins Landesinnere gehen. Und jetzt? Wir sind hier oben gestrandet. Wir brauchen Wasser zum Trinken!«

Langsam drehte sich Elsa zu ihr um. »Wir sind auf dem richtigen Weg, und wie du siehst, sitzen wir auf dem Trockenen. Glaubst du, ich habe das alles geplant?«

»Wir konntest du nur so kalt sein, als wir Marcel fanden?«

»Hör auf, bitte! Was hätte ich den tun sollen? Seine Leiche mitschleppen?«

Mit flehender Stimme versuchte Mascha, zu schlichten, doch die Wut ließ sich nicht so leicht ersticken. Lilli wandte sich ab, Tränen stiegen in ihre Augen. Es war alles zu viel. Der Schmerz, die Erschöpfung, die Kälte. Sie fühlte sich, als würde sie jeden Moment auseinanderbrechen.

»Wo sollen wir denn wirklich hin, Elsa?«, fragte sie schließlich. »Wir können nicht noch tagelang durchs Wasser waten.«

»Keine Ahnung, Lilli! Echt nicht! Irgendwann geht das Wasser vielleicht zurück. Vielleicht setzen sie auch Helis ein, die die Menschen hier retten. Ich weiß es doch nicht. Wohin würdest du uns denn führen, wenn du entscheiden könntest?«

»Keine Ahnung. Aber vermutlich auch dorthin, wo das Wasser niedriger ist.« *Oder auch auf ein scheiß Dach*, wollte sie sagen, tat es aber nicht.

Später in der Nacht merkte Lilli, wie ihr Körper immer schwerer wurde. Sie fror, doch gleichzeitig fühlte sich ihre Haut heiß an. Ihr Kopf pochte, ihre Gedanken wurden wirr. Sie hörte Maschas Stimme, fühlte deren Hand auf ihrer Stirn, die Worte waren allerdings unverständlich. Alles war ein einziger, fiebriger Nebel.

»Elsa, sie hat Fieber«, hörte sie Mascha sagen. Die Worte klangen weit entfernt.

Etwas Warmes wurde über sie gelegt. Jacken vielleicht, Lilli konnte es nicht genau sagen. Maschas Stimme war beruhigend, leise. Lilli wollte ihr danken, doch die Worte blieben in ihrem Hals stecken. Stattdessen ließ sie sich von den Worten einhüllen, die Mascha sagte, und driftete in einen unruhigen Schlaf.

Ein Kratzen weckte sie. Zunächst dachte sie, Mascha würde sie streicheln, um sie zu berühren. Als sie deren Hand wegschieben wollte, fühlte sie etwas Kleines, Weiches. Ein Fell. Gleichzeitig piepste etwas, ein eindeutiges Fiepen. Zutiefst erschrocken öffnete sie die Augen und erkannte eine Ratte direkt neben sich. Sofort entfernte sich diese etwas.

Augenblicklich raste Lillis Herz. Weil sie weiteres Fiepen vernahm, blickte sie sich um. Im fahlen Licht der Sterne eines wolkenlosen Nachthimmels erkannte sie Schatten am Rand des Daches.

Noch mehr Ratten!

»Elsa! Mascha!«

Ihre Stimme hörte sich eigenartig fremd an, vermutlich des Fiebers wegen. Zunächst erwachte Mascha. Wortlos wies Lilli auf die Ratten, die nun vermehrt auf das Dach zu drängen schienen.

»Ksch!«, zischte Mascha, doch es hatte keinen Zweck. Zwar näherte sich keine Ratte ihnen direkt, doch sie blieben unweit von ihnen stehen.

»Ich weiß nicht, ob wir sie vertreiben sollten«, flüsterte Elsa. »Solange sie uns in Ruhe lassen …«

Mascha stieß ein Geräusch des Widerwillens aus. »Das ist so eklig.«

Bereits nach so kurzer Zeit trübte sich Lillis Blick. Die Umrisse der Ratten verschwammen, auch das Licht der Sterne, Maschas Silhouette, ihre eigenen Finger vor ihrem Gesicht. Ihr Körper fühlte sich an, als würde er brennen, als loderte Feuer in jeder Zelle. Sie fühlte sich wie eine Zuschauerin in ihrem eigenen Albtraum.

»Wir müssen wach bleiben«, hörte sie Elsa sagen. »Mascha und ich abwechselnd. Eine schläft, die andere passt auf. Und du schläfst, Lilli!«

Zunächst wollte Lilli dagegen rebellieren, schließlich war sie kein kleines Kind, auf das besondere Rücksicht genommen werden musste. Doch sie konnte nichts mehr sagen, trotz des Schreckens über die Ratten breitete sich bleierne Müdigkeit in ihr aus.

»Ich fange an!«, entschied Mascha.

Sie blieb direkt neben ihr liegen, hielt ihre Hand, flüsterte beruhigende Worte. Lilli wollte sich bedanken, wollte ihr sagen, wie viel ihr das bedeutete. Doch die Worte kamen nicht. Stattdessen schloss sie die Augen und ließ sich abermals von Maschas Stimme trösten.

In dieser Nacht wachte sie immer wieder auf. Einmal dachte sie, einen Hubschrauber zu hören, und als sie die wachende Elsa danach fragte, meinte sie, es sei nur der Fieberwahn. Vielleicht kämen am kommenden Tag Hubschrauber oder Hilfe irgendeiner Art. Lilli mochte ihr glauben, wusste aber zumeist nicht, ob sie wachte oder all das nur ein verdammter Traum war.

Es war die längste Nacht ihres Lebens. Unzählige Male wachte Lilli auf, alles in ihr brannte, ihr Mund war trocken und der Durst verdrängte so langsam alle Schmerzen an ihrem Kopf.

Schließlich dämmerte es. Wie hinter einem Schleier stehend sah sie Maschas Gesicht vor ihrem, dann Elsas, sie kontrollierten die Wunde an ihrem Kopf, murmelten etwas, das sie nicht verstand, die Augen fielen ihr immer wieder zu. Ihr Körper fühlte sich noch schwächer an, ihr Kopf pochte und sie hatte das Gefühl, jeden Moment das Bewusstsein zu verlieren.

»Wir müssen unbedingt Hilfe finden«, hörte sie Mascha inmitten anderer verwaschener Worte sagen. Dabei klang ihre Stimme verzweifelt. Lilli wollte ihr zustimmen, wollte ihr sagen, dass sie nicht aufgeben sollten. Doch alles, was sie konnte, war atmen.

Da krachte etwas gegen Metall. Zunächst dachte sie, sie würde nur träumen, doch dann sahen sich auch Mascha und Elsa unsicher um sich. Etwas schlug gegen die Stahlstreben des Hauses, immer und immer wieder. War da jemand unter ihrem Dach?

»Ich sehe nach!«, sagte Elsa schließlich.

Mit klopfendem Herzen sah Lilli zu, wie Elsa so leise wie möglich zum Rand des Daches ging. Dorthin, wo Dutzende Ratten saßen. Auf der anderen Seite des Dachs waren nun Vögel zu sehen, die sie zuvor nicht entdeckt hatte.

Doch ihr Blick wanderte schließlich wieder zu Elsa.

Wortlos sah diese in die Tiefe.

Oliver

Das leise Brummen des Außenbordmotors war das einzige Geräusch, das die gespenstische Stille der See durchbrach. Oliver saß am hinteren Rand des kleinen Bootes, seine Hände um die Knie geschlungen, die Augen starr auf den dunkler werdenden Horizont gerichtet. Um ihn herum saßen Elin, Kristjan, Diana und elf andere Menschen. Niemand sprach, nur das monotone Knattern des Motors erinnerte daran, dass sie noch unterwegs waren.

Langsam neigte sich die Sonne dem Horizont entgegen, ein blutroter Ball, der im dunstigen Himmel wie ein Warnsignal aussah. Oliver wusste, dass die Nacht nicht mehr fern war. Die Kälte, die mit ihr kommen würde, ließ jetzt schon seine Haut kribbeln. Sie waren seit einigen Stunden unterwegs, die riesige Aschewolke im Osten schien aber stetig größer zu werden. Er wusste, dass in einigen Wochen dem gesamten Erdball eine Katastrophe unermesslichen Ausmaßes bevorstand. Solange sie aber selbst versuchten, von diesem Ort zu fliehen, waren ihm die Konsequenzen dieser Vulkanausbrüche einerlei. Womöglich ertranken sie ja noch in dieser Nacht oder aber sie erstickten, weil die Aschewolke sie bald einholte.

Eine Frau fragte mit brüchiger Stimme etwas, zwei Männer antworteten. Sie saß vorn, neben Kristjan, und hielt ein neben sich sitzendes Mädchen im Arm, das deutlich erschöpft war.

Diana hob den Kopf und sah zu Elin, die stoisch nach Osten schaute, als ob sie versuchte, die Aschewolke mit ihrem Blick abzuwenden. Oder aber sie trauerte um ihre völlig zerstörte Heimat.

Sie fragte sie, ob jemand wisse, wie lange das Benzin noch reicht.

Elin schüttelte kaum merklich den Kopf. »Vielleicht noch zwei, drei Stunden, vielleicht weniger. Sie wissen es selbst nicht genau.« Ihre Stimme war rau, heiser von der salzigen Luft.

»Diana, nicht!« Oliver wollte nicht, dass Diana sämtliche Szenarien in ihrem Kopf erschuf. Sicherlich trieben sie in einigen Stunden auf dem Meer, es half aber nichts, dauernd zu fragen. Die Möglichkeit, von einem Schiff gesehen und aufgenommen zu werden, bestand ja quasi dauerhaft.

Wieder sagte einer der Männer irgendetwas, andere schlossen sich dem Gespräch an. Es wurde teils hitzig, und so schwenkte Olivers Blick von einem Gesicht zum nächsten. Er hatte großen Durst, so wie alle hier auf dem Boot.

Warum zum Teufel regnete es nicht an einem Tag, an dem sie das Wasser dringend benötigten?

»Wir müssen uns auf die Nacht vorbereiten«, übersetzte Kristjan schließlich. »Es gibt einige Decken, die sie verteilen, sie reichen aber nicht für alle.«

»Zuerst Frauen und Kinder!«, sagte nun auch der mutmaßliche Besitzer des Schiffs in holprigem Englisch.

Oliver nickte nur. Natürlich Frauen und Kinder zuerst, und so war er froh, dass auch in dieser Situation die Fürsorgepflicht nicht über Bord geworfen wurde.

Langsam ging die Sonne im Westen unter. Würden sie nicht mitten in einem Überlebenskampf stecken, hätten er und Diana dieses sicherlich atemberaubende Rot und Orange fotografiert. So aber erschien es wie reine Häme, wie ein Nackenschlag. Vielleicht war es ja der letzte schöne Sonnenuntergang für die kommenden Jahrzehnte.

Oder aber der letzte überhaupt für sie.

Schon bald wurde der Wind stärker und das Wasser schlug unruhig gegen die Seiten des Bootes. Das Mädchen begann zu wimmern, eines von zwei Kindern, die sich unter ihnen befanden. Das andere war ein Junge, etwa zehn Jahre alt, wie auch das Mädchen. Kristjan zählte er nicht mehr als Kind, er war am Tag des Erdbebens erwachsen geworden. Und hatte seitdem auch kein einziges Mal mehr gelächelt.

Diana zog ihre Jacke fester um sich und warf einen Blick auf die anderen Passagiere. Gesichter voller Angst und Erschöpfung starrten ins Nichts. Niemand wagte es, laut zu sprechen. Doch das Schweigen war nicht beruhigend, sondern lastete wie eine unsichtbare Decke auf ihnen allen.

»Wir brauchen Wasser«, sagte einer der Männer neben ihnen plötzlich. Langsam stellte sich heraus, dass weitaus mehr Menschen Englisch sprachen als zunächst angenommen. »Wir werden sonst nicht durchhalten.«

»Was können wir schon anders tun, als auf Regen zu warten?«, fragte Oliver.

»Es gibt hier Wasser. Sven gibt es nur nicht heraus.«

»Wer ist Sven?«

»Der Besitzer des Boots. Er hat Regenwasser in einem Kanister.«

Ungläubig sah Oliver den Mann mit der orangenen Mütze an. Dessen Arme waren dick wie seine eigenen Unterschenkel. »Warum gibt er es nicht heraus?«

»Weil er haushalten möchte. Wir trinken, wenn es dunkel ist.«

»Stimmt das?«, fragte er nun seinerseits Sven. »Es schadet sicherlich nicht, wenn wir bereits jetzt einige Schlucke trinken.«

»Gleich.«

»Wir haben alle Durst«, sagte nun auch Diana scharf, ehe sie sich bremsen konnte. Sie sah den Mann an, dessen Gesicht von Müdigkeit und Wut gezeichnet war.

»Wir müssen rationieren. Niemand weiß, wie lange wir noch unterwegs sind.«

Oliver spürte, wie sich die Stimmung im Boot verschärfte. Wütende Blicke flogen hin und her. Der Platzmangel, die Kälte und die Verzweiflung ließen das dünne Band der Vernunft immer weiter reißen.

Offenbar spürte das auch Sven, denn er öffnete nun ein Fach im Boden und zog mithilfe eines anderen Mannes einen Kanister heraus. Er mochte etwa fünfzig Liter Wasser enthalten.

»Jeder trinkt nur einige Schlucke!«, sagte Sven, nachdem er vermutlich dasselbe zuvor in Isländisch erklärt hatte.

Ein Blick in die Gesichter der anderen zeigte Oliver, dass sie nicht länger gewillt waren, Sven als Befehlshaber zu akzeptieren. Ja, es war sein Boot, aber die Lage konnte jederzeit eskalieren.

Als Oliver endlich einige Schlucke getrunken hatte, fühlte er sich viel wohler. Sein Hals schmerzte weitaus weniger und es fühlte sich an, als wäre der Belag von Asche und Staub in seinem Hals weggespült worden.

Als Sven den Kanister wieder in die Kammer unter den Planken stellte und die Klappe schloss, sahen fast alle zu ihm.

»Die werden das heute Nacht plündern!«, flüsterte Diana Oliver zu. »Die lassen den nicht allein die Führung übernehmen.

»Ich hoffe nicht. Ich habe kein Lust auf Krieg hier im Boot.«

Diana nickte nur und schloss ihre geröteten Augen. Ihr Gesicht war dunkelgrau, ebenso ihr Haar, wie das aller hier auf dem Boot.

»Siehst du das?«, flüsterte sie schließlich und wies in die Ferne. Am Horizont war im fahlen Licht des endenden Sonnenuntergangs die Aschewolke zu sehen. Gigantisch, nun, aufgrund des Spektakels in Rot, hatte die Wolke bereits den gesamten östlichen Himmel bedeckt. Sie wurde größer, was bedeutete, dass sie sich schneller ausbreitete, als sie fahren konnten.

Niemand sprach mehr. Jeder im Boot beobachtete die rotgraue Wand am Horizont, die vermutlich für Tod und Verderben stand. Für Oliver war der Anblick unerträglich. Er senkte den Kopf, sein Blick fiel auf das Boot, auf die Menschen um ihn herum. Sie waren eingeklemmt zwischen dem weiten Westen und der Aschewolke, und es gab offenbar kein Entkommen.

Das Mädchen begann zu weinen, diesmal lauter, hysterischer. Der große Mann, der zuvor mit Oliver gesprochen hatte und der Vater des Jungen war, ruckte herum und rief etwas. Es war rüde, auch wenn Oliver es nicht verstand.

Die Frau, die das Mädchen im Arm hielt, sah ihn fassungslos an und antwortete ebenso scharf. Erst nachdem auch andere den großen Mann angeblafft hatten, verstummte er. Oliver riet, dass er nach Ruhe verlangt hatte. Er sah nicht direkt zu dem Mann, aber dessen Gegenwart war wie eine Warnung. Der Mann wirkte zwar nun ruhig, allerdings wütete in ihm ein Sturm, das spürte Oliver genau. So wie er sich gebärdete, wollte er in jedem Fall alles tun, damit sein Sohn nicht leiden musste. Vor allem keinen Durst.

Schließlich brach die Nacht herein. Im monotonen Geräusch des Motors fielen Oliver die Augen zu. Kurze Träume plagten ihn, und jedes Mal, wenn er erwachte, spürte er den schneidenden Schmerz in seinem Bauch, weil ihm bewusst wurde, dass die momentane Situation die Realität war. Wenigstens spürte er Dianas Hand in seiner, es war das Einzige, das ihm Mut und Kraft verlieh.

Plötzlich stotterte der Motor. Ein Mann rief etwas, vielleicht Sven, Oliver konnte es aufgrund der Dunkelheit nicht erkennen. Da erhellte das Licht eines Smartphones die Umgebung.

Sven rief etwas, woraufhin die anderen zu murmeln begannen.

»Das Benzin geht aus!«, übersetzte Elin. »Ab jetzt treiben wir.«

»Verdammt!« Oliver sprach aus, was wohl alle dachten. Sie waren so viele Stunden gefahren, nur um nun doch der sich nähernden Aschewolke ausgesetzt zu sein.

Ein dumpfes Schluchzen durchbrach die Dunkelheit. Wieder erhellte die Taschenlampenfunktion eines Smartphones die direkte Umgebung, dennoch erkannte Oliver nur Silhouetten. Eine Frau hielt beide Hände an ihren Kopf, leise murmelnd, als würde sie beten. Andere starrten einfach ins Nichts, während das Boot langsam weiterglitt, weil der Motor schwächer wurde.

»Gibt es Ruder auf dem Boot?«, wollte Diana wissen.

»Ich weiß es nicht.« Oliver fragte Sven.

»Nur eines, es ist eher zum kurzen Manövrieren gedacht.«

»Also können wir nichts anderes tun, als auf Hilfe zu warten. Wir sind gefangen.«

Tröstend legte Oliver eine Hand auf Dianas Schenkel. »Das sind wir schon die ganze Zeit, beginnend mit dem ersten Beben. Vielleicht entdeckt uns ein anderes Boot. Ein Schiff. Irgendwas. Die müssen doch wissen, dass hier viele zu fliehen versuchen.«

»Oder die Aschewolke erstickt uns, bevor das passiert«, murmelte Diana.

Die Stunden vergingen. Die Kälte biss gnadenlos, sie alle hatten Hunger und die meisten Kleidungsstücke waren nass. Das Mädchen, es hieß Svenja, sang sich selbst in den Schlaf, während der Junge, den der Vater Nils nannte, ständig neben seiner Mutter schlief. Die wenigen Decken waren tatsächlich an die Frauen und die beiden Kinder abgegeben worden.

Die Dunkelheit schien undurchdringlich, schon bald war auch im Westen kein Stern mehr zu sehen. Es bedeutete, die Aschewolke zog sich über ihnen weit über den gesamten Horizont. Tatsächlich roch es etwas nach Schwefel, auch wenn sie sich nicht direkt in der Wolke befanden.

Oliver saß neben Diana und spürte, wie seine Finger taub wurden. Er wusste nicht, wie lange sie das noch aushalten würden, frierend, hungernd, mit der Angst im Nacken, doch noch zu ersticken.

»Denkst du, es kommen weitere?«, fragte Diana leise.

»Was meinst du?«

»Die Wellen. Eine neue.«

Oliver schloss die Augen. Er wollte nicht darüber nachdenken, er wollte einfach nur Dianas Körper an seinem spüren, wissen, dass es ihnen in diesem Moment besser ging als den meisten anderen, die sich auf Island befunden hatten. Unmöglich hatten sich alle anderen retten können.

»Vielleicht. Wir können ohnehin nichts dagegen tun, Diana.«

Er wusste, dass Elin auf der anderen Seite neben Diana saß. Er freute sich für die Nähe der beiden Frauen. Sie benötigten einander, und jede von ihnen wollte der anderen helfen, indem sie sich einfach nur nahestanden.

Er schwieg einen Moment, dann sagte er: »Wir haben mehrere Beben und den gesamten Ausbruch der Vulkane überlebt. Das hier schaffen wir auch.«

Diana sagte nichts, war vielleicht beruhigt von seinen Worten.

Das Wasser um sie herum war so still, dass jede Bewegung zu hören war. Die Aschewolke ließ kein einziges Sternenlicht zu, nur leichter Wind wehte an ihre Körper und kühlte sie aus. Das Husten der Menschen war anfangs zurückgegangen, nun war es die Kälte, die an ihnen nagte. So verging Stunde um Stunde, bis es schließlich heller wurde. Es war kein Sonnenaufgang im Osten, der graue, neblige und aschegeschwängerte Himmel erhellte sich einfach nur. Es war, als flösse Licht in einen fahlen, schmutzigen Schein. Unwirklich, wie aus einem Gemälde stammend.

Aber weitaus bedrohlicher.

Plötzlich hörten sie ein Tuten. Es war sehr weit entfernt, dennoch deutlich zu hören. In diesem Augenblick verstummten auch die wenigen leisen Stimmen auf dem Boot.

Da ertönte es wieder.

Sven sagte etwas, was Oliver nicht verstand, schließlich hörte er auch andere etwas sagen.

»Das ist ein Schiff!«, rief der große Mann neben ihm. »Ein großes. Dort!«

In diesem Moment spürte Oliver sein Herz rasen. Er folgte dem Arm des Mannes und entdeckte einen dunklen Fleck weit in der Ferne, der sich aus einem schmutzigen Grau herausschälte. Vielleicht kam es direkt auf sie zu?

»Wir sollten Licht machen!«, rief er laut. »Licht aus allen Smartphones. Oder gibt es eine Leuchtpistole?«

Sven hatte bereits die Luke geöffnet, zog im Licht eines Smartphones einen Koffer hervor und holte eine Signalpistole heraus.

Schließlich hielt er sie in die Luft. Es knallte laut, dann schoss ein orangener Leuchtstrahl hoch in die Luft.

Jakob

Schwer atmend und mit einem unangenehm starken Druck in seiner Brust saß Jakob auf dem gekrümmten Rumpf des Schiffes. Das kalte Metall unter ihm war nass und rutschig, als wollte es ihn mit jeder Bewegung ins Wasser ziehen. Er wagte es nicht, den Blick zu heben. Stattdessen starrte er auf seine tauben Hände, die krampfhaft an den Stoff seiner Hose geklammert waren. Die Kälte kroch bereits bis in seine Knochen. Um ihn herum saßen die anderen, schweigend oder murmelnd, während die Dämmerung wie ein Vorhang über das Meer fiel. Der Tag ging bald zu Ende und die Nacht versprach nichts Gutes. In der Nacht, völlig ohne Licht, konnten sie niemals so gut auf alles reagieren, was an Gefahren auf sie zukommen mochte.

Clara saß neben Giulia, die sie mit ihrer eigenen Jacke umhüllt hatte. Das kleine Mädchen war still, seine großen Augen starrten ins Wasser, als fürchtete es, etwas daraus könnte jeden Moment nach ihm greifen. Ab und zu wimmerte es leise, und jedes Mal legte Giulia eine beruhigende Hand auf seine Schulter. »Es ist alles gut, kleine Prinzessin. Wir sind hier. Wir passen auf dich auf.«

Giulia hatte den anderen zuvor erzählt, dass sie Clara kurz nach der zweiten Welle gefunden hatte. Sie hatte sich an ein Geländer geklammert und nur geschrien. Offenbar hatte sie ihre Eltern zuvor verloren, Claras Aussagen waren wirr. Vermutlich hatte sie sich all die Zeit über in einer Art Schockzustand befunden.

»Es wird dunkel«, bestätigte Petra mit rauer Stimme, die in der unheimlichen Stille fast unnatürlich laut wirkte. Niemand antwortete, alle hoben nur den Kopf und sahen nach Westen. Im Norden hingegen spannte sich die gigantische Aschewolke über den halben Himmel.

Plötzlich spürte Jakob, wie sein Herz stolperte. Es war nur ein kurzer Moment, kaum der Rede wert, aber er ließ ihn zusammenzucken. Er rieb sich die Brust, als könnte er damit den Druck vertreiben, der wie eine unsichtbare Hand an seinem Brustkorb zog. Niemand bemerkte es, alle waren zu sehr mit ihren eigenen Gedanken beschäftigt. Jakob atmete tief ein, spürte, wie die Luft kalt in seine Lunge strömte und dabei einen dumpfen Schmerz verursachte. Er durfte jetzt nicht schwach werden.

»Glaubt ihr, jemand sucht nach uns?«, fragte Giulia plötzlich in beiden Sprachen. Ihre Stimme klang verzweifelt, doch sie versuchte, ruhig zu wirken. Ihre Augen wanderten zwischen ihnen hin und her, als suchte sie in ihren Gesichtern nach einer Antwort.

»Ja«, antwortete George. »Ein Schiff dieser Kategorie muss einen Notruf abgesetzt haben. Sicher.«

Petra, die mit verschränkten Armen dasaß, nickte. »Genau. Vielleicht sind schon Suchtrupps losgeschickt worden.« Ihre Stimme schwankte und Jakob bemerkte, dass sie selbst kaum an das glaubte, was sie sagte.

Auch Simon pflichtete ihr bei. »Die wissen, was die Welle angerichtet hat. Womöglich überfliegen die das Gebiet mit Helis oder sie überblicken das Meer mittels Satellit. Vielleicht nicht jetzt, denn es ist dunkel.«

Giulia senkte den Kopf und drückte Clara enger an sich. Das Mädchen begann zu weinen, seine Schultern zuckten unter dem kräftigen Schluchzen.

Jakob spürte, wie sich ein weiterer Stich in seiner Brust breitmachte, diesmal schärfer. Er wandte sich zu

Clara, beugte sich leicht vor, obwohl seine Muskeln gegen die Bewegung protestierten.

»Hey, Clara, hör mich mal an.« Seine Stimme war ruhig, ruhiger, als er sich fühlte. Natürlich konnte sie ihn aufgrund der Dunkelheit nicht richtig erkennen, es war jedoch so hell, dass sie seine Silhouette erkennen konnte.

Zögerlich hob Clara den Kopf.

Jakob zwang sich zu einem Lächeln. »Du bist nicht allein, okay? Wir sind für dich da.«

Dabei ahnte er, dass Giulia ihm einen dankbaren Blick zuwarf, denn sie sah ihn an. Clara schniefte, ihre Lippen zuckten leicht, als würde sie lächeln wollen, doch es gelang ihr nicht.

»Bald kommt uns jemand holen. Ich glaube fest daran, dass es die einzige Nacht auf dem Schiff ist«, sagte Jakob und hasste sich dafür, dass er diese Sätze aussprach. Sie saßen mitten im Nichts und er ging davon aus, dass das Schiff unterging. Der Rand, auf den sie sich gerettet hatten, hatte bei Sonnenuntergang unter Wasser gelegen.

Er lehnte sich zurück und schloss die Augen. Das Zittern, das durch seinen Körper lief, konnte er kaum noch kontrollieren. Der Druck in seiner Brust wurde stärker, seine Atmung flacher. Er wollte etwas sagen, doch seine Lippen wollten sich nicht öffnen. Der Gedanke an Isabell drängte sich wieder in seinen Kopf, die Schuld, dass er sie nicht hatte retten können. Ihre leeren Augen. Der Moment, in dem sie im Wasser verschwand. Gleichzeitig dachte er an Elsa, hoffte, ihr ginge es gut. All das war zu viel für ihn. Sein Herz stolperte erneut, diesmal stärker, und er sackte nach vorn.

»Jakob!«, rief Petra sofort.

»Alles gut«, murmelte Jakob, obwohl er spürte, dass nichts gut war. Seine Hand presste sich fest gegen seine Brust, sein Atem ging schnell und flach. »Mir geht's gut.«

Er spürte, dass sich Simon neben ihn kniete und eine Hand auf seine Stirn legte. »Du bist total nass und heiß. Scheiße, Mann. Dein Herz?«

»Was ist?«, fragte nun auch Patrick.

»Herz … nur … Stress«, brachte Jakob hervor, während der Schmerz langsam abebbte. Er zwang sich, aufzusehen, obwohl um sie herum nichts als Dunkelheit herrschte. Das einzige Licht kam vom fahlen Mond, der durch die aufgerissenen Wolken lugte. Dahinter, im Norden, bedeckte die Aschewolke fast den halben Nachthimmel.

»Wir müssen wach bleiben«, sagte Simon leise. »Falls das Schiff weiter sinkt, müssen wir bereit sein.«

Jakob atmete tief durch. Er sorgte sich um sein Herz, seitdem Simon es angesprochen hatte. Was war nur los? Offenbar hatte er sich völlig verausgabt, denn Herzprobleme hatten ihn noch nie geplagt.

Während seiner Gedanken sprach Giulia leise mit Petra. Jakob konnte ihre Worte nicht verstehen, doch es war offensichtlich, dass die beiden Frauen sich in dem Moment Halt gaben. Es war das Einzige, was man tun konnte: einander festhalten, solange es ging. Auch George und Patrick redeten miteinander. Es war seltsam, dass er nun daran dachte, dass sich deren Dialekt auffallend änderte, wenn sie miteinander sprachen.

Plötzlich knarrte etwas laut, kurz darauf folgte ein tiefes, beunruhigendes Ächzen, das sie alle erstarren ließ. Jakob riss die Augen auf und spürte, wie seine Atmung noch schneller wurde.

»Was war das?«, fragte Giulia mit zitternder Stimme.

»Es sinkt weiter«, antwortete Simon. »Offenbar haben wir nicht mehr viel Zeit.«

Die Realität dieser Worte ließ Jakob eiskalt werden. »Wir müssen die Rettungsringe und Kanister zwischen uns legen, bevor es zu spät ist. Wenn das Schiff ganz untergeht, brauchen wir etwas, das uns über Wasser hält. Der Sog wird enorm sein.«

Er sah die Silhouetten der anderen, die näher kamen, jeder von ihnen griff an die Schnüre, die Rettungsringe und Plastikkanister zusammenhielten. Immer wieder ächzte und dröhnte das Schiff, bis es schließlich schwankte.

»Scheiße!«, rief Simon, auch Patrick fluchte auf Englisch.

Gleichzeitig schrie Clara. Ihr schrille Stimme hallte über den Rumpf und das Wasser.

»Festhalten!«, brüllte Simon plötzlich, und sie alle reagierten wie auf Befehl. Das Schiff sackte nach vorn, es dröhnte und ächzte, Wasser schoss an den Seiten nach oben. Jakob fiel fast zur Seite, hielt sich an Simon fest, Clara schrie panisch, während Giulia sie fest an sich zog. George befahl immer wieder, keinesfalls die Schnüre des schwimmenden Netzes aus Westen und Kanistern loszulassen.

Das Geräusch des Wassers, das mit zunehmender Wucht an das Schiff schlug, war ohrenbetäubend, wie ein drohender Vorbote des unausweichlichen Untergangs. Jakob spürte, wie sich seine Finger um den Strick schlossen, nun schrie auch er, es schwankte, wackelte, schließlich rutschte er.

»Springt!«, rief Simon, seine Stimme überschlug sich vor Anspannung. »Springt, bevor es euch mit nach unten reißt!«

Petra war die Erste, die sprang. Sie landete mit einem lauten Platschen im kalten Wasser, ein Schrei der Überraschung begleitete ihren Aufprall. Ihr folgten Simon, George und Patrick. Jakob hörte, wie sie husteten, es platschte im Wasser, und er hoffte, sie hielten sich gut an den Schnüren fest.

Giulia kauerte noch immer auf dem Rumpf, Clara fest an sich gedrückt, offenbar konnte sie sich nicht bewegen. Obwohl sich der Rumpf immer mehr neigte, kroch Jakob zu ihr. Er wusste, dass sie keine Zeit mehr hatten, also griff er nach ihren Händen. Dabei zitterten seine Finger stark. »Ich springe mit ihr«. Ohne weiter nachzudenken, packte er das Kind, das sich nun reflexartig an ihn klammerte. »Wir schaffen das, Clara. Halt dich fest, ja?«

Giulia nickte, unfähig zu sprechen, und rutschte hinterher. Mit letzter Kraft presste Jakob Clara fest an sich, bevor er sich nach vorn fallen ließ. Die Frische des Wassers schlug wie ein Hammer gegen seinen Körper, schnitt in seine Haut und raubte ihm den Atem. Clara schrie auf, doch Jakob hielt sie fest, während er hektisch nach oben strampelte.

Als er endlich auftauchte, hustete und japste er nach Luft. Clara zitterte in seinen Armen, und für einen Moment wusste er nicht, wo oben und wo unten war. »Hier!«, hörte er Petra rufen. Sie hielt sich an den Rettungsringen fest und deutete mit zitternden Armen auf eine der zusammengebundenen Schwimmhilfen. Er sah dies alles nur als Silhouetten, als kaum wahrnehmbare Farbunterschiede in einem alles umfassenden schwarzen Spektrum.

Mit letzter Kraft schwamm Jakob zu ihr hinüber, wurde aber von Simon unterstützt, der nun Clara übernahm.

»Halt dich fest!«, rief dieser, obwohl seine Zähne so stark klapperten, dass er kaum sprechen konnte.

»Sind alle da?«, rief George. »Clara? Braucht ihr Hilfe?«

Jakob holte tief Luft. »Ja!«

Das Mädchen ließ Simon nicht los, erst als George neben ihnen auftauchte und half, zog Simon Clara vorsichtig an die Rettungsringe.

Jakob kam kurz danach zu ihnen, prustend, die Haare an seiner Stirn klebend, das Gesicht bleich und gezeichnet von der Kälte. Jemand fasste nach ihm, und als er Giulias Stimme hörte, zog er auch sie zu dem schwimmenden Geflecht.

Das Wasser war unruhig, dunkler als der Nachthimmel. Jakob hustete, und erst als er sich davon überzeugt hatte, dass sie vollzählig waren, versuchte er, ruhiger zu atmen. Das leise Ächzen des sinkenden Schiffs war noch immer zu hören, schließlich plätscherte es, gurgelte, bevor sie der Sog erfasste.

Wieder schrie Clara, diesmal jedoch weniger laut. Immer stärker wurden sie zu der Stelle gezogen, an der das Schiff nun gurgelnd unterging. Aufgrund ihres Rettungsnetzes blieben sie aber an der Wasseroberfläche. Die Geräusche des Schiffes verstummten schließlich, letzte Blasen stiegen auf, bis endlich Stille einkehrte. Eine schwarze, endlose Fläche legte sich um sie.

»Ist es vorbei?«, rief Giulia. Ihre Stimme war rau, zerbrochen,

»Ich glaube schon!«, antwortete Simon ähnlich laut. »Das Schiff ist weg. Verdammt!«

»Fuck!«, rief Patrick mehrmals und schlug mit der Hand auf die Wasseroberfläche.

Jakob spürte, wie seine Muskeln langsam den Dienst verweigerten. Sein Herz schlug unruhig, ein dumpfes Pochen drang bis in seine Ohren. »Nicht jetzt«, murmelte er leise zu sich selbst. Er durfte nicht aufgeben. Nicht jetzt.

Langsam beruhigte sich auch Clara. Das Rettungsnetz schien stabil, zumindest hielten die gesammelten Dinge sie alle ohne Gefahr über Wasser. Nur die Kälte drang immer mehr in Jakobs Körper, das Atmen fiel ihm schwerer, jede Bewegung seiner Beine war zu viel für ihn. Schließlich hielt er sich fest, ohne mit den Beinen zu rudern. Es tat unendlich gut.

Plötzlich dachte er daran, was unter ihnen lauern könnte. Möglicherweise Haie. Als wären die Kälte, das Treiben im Meer und die allgegenwärtige Dunkelheit nicht schon genug, bekam er nun auch deswegen Angst.

»Wir werden überleben«, sagte Giulia, ihre Stimme war fest, aber hohl. Sie schien es mehr zu sich selbst zu sagen als zu den anderen. »Wir haben es bis hierher geschafft, also schaffen wir auch den Rest. Clara, egal, was passiert: Du hältst dich auf jeden Fall fest. Hast du verstanden?«

»Ja!«

»Sie hat recht!«, antwortete Simon. »Wir kommen hier raus!«

Jakob ahnte, dass sie es Claras wegen sagten, denn er selbst hatte nur wenig Hoffnung. Vermutlich gelang es ihnen nicht einmal, diese Nacht zu überstehen.

Mit jedem Moment, in dem sie auf dem Wasser trieben, erkannte Jakob einen neuen Feind. Zu den möglichen Haien und der Unterkühlung, die stetig zunahm, begann nun auch der zehrende und langwierige Kampf gegen die Zeit. Jakob wusste nicht, ob Minuten oder Stunden vergingen. Die Kälte ließ seine Gedanken langsamer werden, dämpfte seine Sinne. Einmal glaubte er, Lichter zu sehen – kleine, flimmernde Punkte am Horizont –, doch als er genauer hinsah, war da nichts. Nur Dunkelheit und die ständige Bewegung des Wassers.

Sie alle wechselten sich ab, sich um Clara zu kümmern. Unmöglich konnte sich das Kind die ganze Zeit über allein festhalten. Irgendwann begann Clara zu reden, leise Worte, die niemand verstand, auch George sprach mit ihr, wenn auch auf Englisch. Giulia flüsterte beruhigend auf Italienisch, manchmal sagte Clara etwas dazu, es hörte sich aber verwaschen an, undeutlich.

Plötzlich schrie George. Immer wieder brüllte er nach seinem Sohn.

»Was ist?«, fragte Simon.

»Er ist weg!«

Jakob hatte nicht mitbekommen, dass Patrick fehlte. Inmitten der alles umfassenden Dunkelheit konnte er nur schwer erkennen, dass Patricks Platz tatsächlich leer war.

Nun verschwand auch George.

»Was machst du?«, brüllte Simon.

Niemand antwortete. Vor Schreck hielt Jakob die Luft an.

»George! Patrick!« Petras Schreie hallten weit über das Wasser.

Da tauchte jemand auf. »Mein Sohn!«, schrie George auf Englisch. »Er muss noch da sein!« Kurz nachdem er es gerufen hatte, tauchte er wieder unter.

Was zum Teufel ...? Offenbar war Patrick untergegangen und George tauchte nach ihm. Inmitten des schwarzen Wassers, mitten in der Nacht. Er hatte doch keine Chance ...

»George!«, rief auch schon Simon nach ihm. »George!«

Es dauerte wieder, bis er auftauchte.

»Helft mir!«, forderte er. »Er muss noch in der Nähe sein. Irgendwo hier!«

Wieder tauchte er unter.

Jakob erkannte, dass Simon ihm nicht folgte, auch sonst niemand von ihnen. Er fühlte sich unglaublich schlecht, sie ließen George einfach im Stich. Doch es schien aussichtslos. Wo sollten sie denn tauchen? Man sah rein gar nichts, um ihm herum war schier endloser Ozean.

»Help, you fucking bastards!«, brüllte George wieder, nachdem er abermals aufgetaucht war.

Jakobs Gedanken rasten. Er wollte helfen, doch er traute sich nicht. Hatte Angst, die Schnüre loszulassen, sich irgendwo ins Dunkel zu begeben.

Da verschwand George auch schon wieder.

»Scheiße!«, schrie Simon. »Das ist doch verrückt!«

Jakob pflichtete ihm bei, er würde an Georges Stelle allerdings genauso reagieren. Wenn Elsa unterginge.

»Fuck!« Simons Schrei unterbrach ihn in düsteren Gedanken. Clara fing zu weinen an, auch Giulia und Petra schrien nach George und Patrick.

Diesmal blieb George sehr lange weg.

»Scheiße, George!«, hallte abermals Simons Schrei durch die Dunkelheit. »George!«

Er kam nicht mehr zurück. Sie warteten noch, vermutlich mehrere Minuten, doch weder tauchte George auf noch hörten sie ihn irgendwo.

»Nein!«, rief Giulia. »Verdammt!«

Unter hämmerndem Herzen erkannte Jakob, dass George bei der Suche nach seine Sohn wohl ebenfalls ertrunken war.

Sie schwiegen. Während Clara schluchzte, fühlte sich Jakob unendlich schlecht. Schuldig. Wie ein Verräter. Niemand hatte George geholfen, sie alle hatten sich nur an dieses scheiß Netz geklammert. Er hasste sich dafür, gleichzeitig redete er sich ein, dass es richtig gewesen war. Was, wenn er selbst das Netz nach dem Auftauchen nicht mehr gefunden hätte? Wie sollte er einen Ertrinkenden nachts im Meer wiederfinden? All diese analytischen Erklärungen halfen jedoch nicht, das Gefühl tiefer Schuld zu lindern.

Schon bald wurden Jakobs Gedanken düsterer, dunkler. Wie lange blieb ihnen selbst noch? Er wollte kämpfen, doch die Erschöpfung nagte an ihm, jeder Atemzug kostete Überwindung.

»Jakob«, sagte Simon plötzlich leise. Er lag halb auf einem der Kanister, das Wasser plätscherte monoton gegen den Kunststoff. »Bleib wach. Hörst du? Du darfst nicht einschlafen.«

»Ich bin wach«, murmelte Jakob, obwohl er es kaum war. Sein Kopf sank tiefer und er spürte, wie seine Finger sich lockerten. Ein stechender Schmerz zuckte durch seine Brust, zwang ihn, die Augen wieder zu öffnen.

»Erzähl mir was«, sagte Simon plötzlich. »Irgendwas. Lass uns reden.«

Jakob blinzelte. Reden? Wozu? Doch Simons flehender Blick hielt ihn davon ab, zu schweigen. „Was willst du hören?", fragte er heiser. »Kümmere dich lieber um Clara.«

»Mit der spreche ich seit geraumer Zeit.«

Jakob dachte, Simon wolle ihn auf den Arm nehmen. Er hatte Simon kein einziges Mal reden gehört. Da fiel ihm auf, dass er sich kaum an die Minuten davor erinnern konnte. Oder waren es gar Stunden?

Immer wieder dachte er an George, der sie um Hilfe angefleht hatte.

»Hast du Familie?«

Jakob nickte schwach. »Eine Tochter. Elsa. Sie ist Psychologin.«

»Und was … was glaubst du, macht sie jetzt?«, fragte Simon. Seine Stimme klang zittrig, zweifellos war auch er am Ende.

Jakob schloss kurz die Augen und stellte sich Elsa vor. »Ich hoffe, ihr geht es gut«, sagte er leise. »Ich gäbe alles dafür, sie wiederzusehen.«

»Dann kämpfe. Wenn nicht für dich, dann für sie.«

Jakob wollte etwas erwidern, doch die Worte blieben ihm im Hals stecken. Sein Körper war schwer, seine Gedanken waren langsam. Er spürte, wie das Zittern weniger wurde – nicht, weil es wärmer wurde, sondern weil er aufhörte, zu kämpfen. In diesem Moment spürte er, dass er Elsa nie mehr wiedersehen würde. Er hatte keine Angst davor, zu sterben, nicht wenn er annahm, dadurch irgendwie Monika näherzukommen. Es war die Angst davor, Elsa nicht mehr beistehen zu können. Nie wieder ihre Stimme zu hören. Er hatte so viel gemeinsame Zeit verschwendet, nur weil er nicht reagiert hatte. Warum war er nicht zu ihr gezogen? Er hätte sich nach Monikas Tod in Elsas Nähe eine Wohnung kaufen, viel mehr Zeit mit ihr verbringen können. Stattdessen hatte er sich vom Leben abgewendet, sich voll und ganz der Trauer hingegeben.

Er würde sie nie mehr wiedersehen. Es war aussichtslos, auch nur ansatzweise daran zu glauben, sie würden gerettet werden. Sie trieben auf dem Meer, irgendwo, und bereits jetzt sah ein Großteil der Menschen sich der Katastrophe ausgesetzt. Warum sollte ausgerechnet jetzt irgendwer nach einigen Überlebenden eines gesunkenen Schiffes suchen?

Sicher waren sie nicht die Einzigen.

»Jakob?«

Müde öffnete Jakob die Augen. Er war wohl eingeschlafen und spürte eine Hand auf seinem Rücken.

»Jakob!« Zuerst war es Simon gewesen, der ihn gerufen hatte, nun drängte sich Giulias Stimme in seine Gedanken. Gleichzeitig die Schuld, die er George gegenüber empfand.

»Was? Geht es euch gut?« Er hatte keine Ahnung, wie lange er geschlafen hatte. Oder war es bereits unendliche Erschöpfung?

»Sprich weiter mit mir!«

»Simon, ich mag nicht dauernd antworten.«

»Du wirst es tun!«

»Was ist mit Clara?« Er war zu müde, um den Kopf zu heben. Sein Körper fühlte sich taub an, als gehörte er ihm gar nicht mehr.

»Ihr geht es gut. Stimmts, Prinzessin?«

»Nein!«

»Strample einfach weiter mit den Beinen.«

»Das tue ich die ganze Zeit.«

»Weiter, dann überleben wir. Jakob, erzähle mir von deiner Tochter. Was arbeitet sie, wo wohnt sie?«

Jakob wollte nicht antworten. Sein Mund schien ebenso taub geworden zu sein, nichts an ihm gehorchte. Ein fernes Brummen schlich sich in seine Ohren, das er zunächst auf seinen Zustand schob.

»Leise!«, rief Petra schließlich.

Hörte sie es etwa auch?

»Ja, da ist etwas!«, sagte nun auch Simon.

Wenn es die anderen hörten, musste da tatsächlich etwas sein. Ein Geräusch, das nicht zum Meer passte. Ein tiefes, dumpfes Brummen kam langsam näher.

»Ein Heli!«

Simons Worte drangen wie Pfeile in Jakobs Körper. Das konnte doch nicht sein!

Jakobs Herz schlug unruhig, als er den Kopf drehte. Ein schwacher Lichtkegel, der auf das Meer gerichtet war, durchschnitt die Dunkelheit. Es war nicht viel, aber es war genug.

»Winken!«, schrie Simon, seine Stimme war jetzt laut und voller Hoffnung. »Hebt die Arme! Bewegt euch!«

Giulia begann zu rufen, ihre Stimme durchbrach die Nacht. Clara wimmerte leise, während Jakob mit letzter Kraft eine Hand hob. Das Licht wurde heller, das Brummen lauter.

Es war kein Traum. Es war ein Hubschrauber.

Leuchtfeuer

Mascha

Mascha saß neben Lilli auf dem Dach, die Arme fest um ihre Knie geschlungen. Ihre Finger waren taub vor Kälte und der Wind schnitt wie feine Nadeln durch ihre Kleidung. Das Wasser unter ihnen war noch immer unruhig, die Oberfläche kräuselte sich in gleichmäßigen Wellen, als hätte sie nie vorgehabt, zur Ruhe zu kommen. Es war, als atmete die Welt schwerer als sonst. Elsa stand ein Stück weiter entfernt, die Hand über den Augen, während sie unter sich sah. Dorthin, wo das Geräusch zu hören war.

»Es ist tatsächlich ein Ruderboot!«, kommentierte Elsa mit rauer Stimme die Entdeckung unter ihnen. Ihre Lippen waren spröde und offenbar musste sie jedes Wort mit Kraft aussprechen. »Es hat kein Ruder. Aber es wird uns eine große Hilfe sein.«

»Warum?«, wollte Lilli mit verwaschener Stimme wissen. »Auf dem Dach sind wir sicherer als dort unten. Ich hab keinen Bock, noch mehr Leichen zu finden.«

Mascha biss sich auf die Unterlippe, um die aufkeimende Wut in sich zu unterdrücken. Sie wollte nicht mehr warten. Sie wollte nicht mehr hier oben sitzen, mit Lilli, die in ihrem Fieberdelirium immer wieder leise murmelte oder aber Stress machte, und dem Gefühl, dass die Welt um sie herum einfach zerbrochen war. Seit Stunden hatten sie nichts gegessen und kaum etwas getrunken. Ihre Mägen waren leer, ein dumpfer Schmerz, der fast schon zur Gewohnheit wurde. Auf diesem scheiß Dach waren sie ebenso gefangen wie auf dem Wasser.

Sie drehte sich zu Lilli um, die sich nun wieder hinlegte. Ihre Stirn glänzte vor Schweiß, die Wunde am Kopf war leicht gerötet, aber das Bluten schien endlich aufgehört zu haben. Mascha nahm ihre Hand und drückte sie sanft. »Wie geht's dir?«

»Mir ist warm, aber ich friere auch.« Ihre Stimme war kaum mehr als ein Flüstern.

»Das Fieber steigt wieder«, murmelte Mascha zu sich selbst. Sie zog ihre Jacke aus und breitete sie über Lillis zitternden Körper. Ihre eigenen Schultern zuckten vor Kälte, aber es war ihr egal. »Wir müssen was trinken. Sie braucht Wasser, Elsa, und das bekommen wir nicht hier oben.«

Elsa drehte sich um, ihre Augen waren müde und rot unterlaufen. »Ich weiß, Mascha. Glaubst du, ich weiß das nicht? Wir alle brauchen Wasser.« Ihr Ton war rau, aber es war kein Vorwurf, eher Resignation.

Plötzlich hörten sie ein Geräusch in der Ferne. Bereits in den ersten Momenten war Mascha klar, dass es ein Helikopter war. Sehr weit entfernt, aber dennoch ein Hubschrauber.

In diesem Moment blickte auch Elsa zu ihnen. »Könnt ihr ihn sehen?«

Mascha suchte den Himmel ab, doch sie sah nichts. Sie hatte keine Ahnung, wie weit der Schall eines Helis zu hören war, insbesondere wenn alles unter Wasser stand. Zehn Kilometer? Mehr? Weniger? Sie hatte keine Ahnung. Während sie suchte, schlug ihr das Herz bis zum Hals. Sie starrte in den Himmel, sah auch, wie Elsa suchte, während Lilli noch immer dalag und fast orientierungslos in die Höhe blickte.

»Hallo!«, brüllte Elsa. Ihre Stimme war schrill, voller Angst, es war beinahe ein Echo, als das Rufen zwei Mal zu hören war.

Der Helikopter war aber nicht zu sehen.

Elsa schrie ein weiteres Mal, eine Antwort blieb allerdings aus.

Schließlich wurde das Geräusch des Helis leiser, bis es nur noch als gedämpftes Brummen zu hören war.

Kurze Zeit später war es still.

»Scheiße, verdammt!«, schrie Elsa.

»Na also, sie ist ja doch ein Mensch!«

Mascha konnte Lillis Worten nicht zustimmen. Läge Lilli nicht im Fieber, hätte sie sie nun angebrüllt, sie solle gefälligst ihr Maul halten.

»Warum sehen sie uns nicht?«, fragte sie stattdessen.

»Vielleicht suchen sie an anderen Stellen. Vielleicht suchen sie auch gar nicht. Mich wundert ohnehin, dass überhaupt ein Heli fliegt, bestimmt sind die alle überrascht worden, bevor sie die Geräte in Sicherheit bringen konnten.«

Mascha schüttelte den Kopf. »Dann bleiben wir also hier oben und verrecken, ja? Warten wir einfach, bis ein verfickter Heli uns mitnimmt?« Ihre Stimme brach und sie fühlte, wie die Tränen in ihre Augen stiegen.

Elsa starrte sie einen Moment lang an, bevor sie nickte. »Vielleicht kommt ein zweiter. Warten wir noch etwas.«

Mascha wusste nicht, was richtig oder falsch war. Sie hasste die Ratten, die noch immer am Rand des Daches kauerten. Manche näherten sich ihnen, die meisten blieben aber in sicherem Abstand. Sicherlich kämen noch mehr, spätestens in der nächsten Nacht.

So lange konnten sie unmöglich hierbleiben. Der Durst wurde größer und die Angst, nicht entdeckt zu werden, wuchs kontinuierlich.

Ein Hubschrauber wäre die beste Möglichkeit, schnell in Sicherheit gebracht zu werden.

Dabei sah sie auf Lilli.

Sie warteten zwei weitere Stunden, in denen nichts passierte. Weder hörten sie einen weiteren Helikopter noch sonst irgendetwas, das ihnen womöglich weiterhelfen konnte. Aber sie entdeckten in der Ferne zwei Gruppen, die durch das Wasser wateten. Sie waren zu weit entfernt, selbst lautes Schreien machte die Fremden nicht auf sie aufmerksam.

»Sie gehen ebenfalls in Richtung des Landesinneren«, sagte Elsa. »Wir nehmen das Boot, und zwar gleich.«

Mascha wusste nichts zu erwidern.

Das Boot lag verheddert in einem der Bäume, die aus dem Wasser ragten. Es war klein, gerade groß genug für die drei , und wirkte erstaunlich unversehrt. Elsa watete ins Wasser, zog das Boot zu sich heran und begann, es mit aller Kraft in Richtung Leiter zu schieben. Mascha hingegen kniete neben Lilli auf dem Dach, hielt ihre fieberheiße Hand und flüsterte leise Worte, die sie selbst nicht verstand.

»Sie holt uns hier raus, Lilli. Du wirst sehen.«

Lilli blinzelte müde zu ihr hoch, ein schiefes Lächeln zuckte um ihre Lippen. »Ich mag dich, Mascha«, murmelte sie leise. »Aber du redest zu viel.«

Mascha lachte bitter und wischte sich die Tränen aus den Augen. »Frech wie immer. Na los, versuch aufzustehen. Wir klettern runter.«

Als Elsa das Boot ans Haus zog, half Mascha Lilli beim Herabsteigen der Leiter. Unten angekommen half Elsa, Lilli ins Boot steigen zu lassen, und stieß das Gefährt schließlich ab, nachdem auch Mascha saß. Schließlich watete sie durch das Wasser und zog das Boot stetig am etwa drei Schritt langen Seil mit sich.

Mascha saß hinten und hielt Lillis Kopf in ihrem Schoß. Die Wärme ihrer Freundin war erschreckend.

»Du wirst schon sehen«, murmelte Mascha leise. »Bald haben wir Wasser und Essen. Es wird alles gut.«

»Du weißt, dass du das nicht wissen kannst.«

»Ich mag aber daran glauben. Du musst nicht immer alles mit deiner Schwarzmalerei kaputt machen.«

»Es ist doch schon alles kaputt, Mascha.«

Mascha rollte die Unterlippe ein und verzog die Augen. Vielleicht gab es wirklich keine Momente, in denen Lilli auch mal positiv sein konnte.

»Ist es nicht! Sei nicht immer so pessimistisch!«

Es wunderte sie, dass Lilli nichts entgegnete, und so wertete sie dieses Duell für sich. Es gab ihr aber keinen Triumph, nicht in dieser Lage.

Der Weg durch das überflutete Land war gespenstisch. Das Wasser stand ihnen noch immer bis zum Becken, nur vereinzelte Dächer und Baumkronen waren zu sehen. Die Stille war unheimlich. Keine Vögel, keine anderen Tiere, nichts außer dem Schmatzen des Wassers und dem leisen, regelmäßigen Plätschern der Schritte, die Elsa machte. Der Himmel war grau, die Sonne nur noch ein fahler Fleck hinter dichten Wolken.

Nach einer Weile entdeckten sie ein weiteres Dach in ihrer Nähe, etwas niedriger als das vorige. Zwei Menschen saßen darauf, ein Mann und eine Frau. Beide schienen überrascht, als sie das Boot sahen.

Elsa stoppte und sah wie Mascha zu den beiden hinauf.

»Wir brauchen Hilfe!«, rief Elsa. »Wir haben ein krankes Mädchen hier! Bitte!«

Der Mann sah zur Frau, die schließlich nickte. Also kletterten sie vorsichtig an den Rand des Daches.

»Komm näher heran!«, rief der Mann. Elsa warf ihm das Seilende zu, er verschnürte es an einem Haken und winkte die drei zu sich herauf. Dabei half er, indem er Lilli auf seinen Rücken lud und die Leiter emporstieg.

Als sie oben waren, blickten sie in die Gesichter der beiden Fremden. Sie waren wettergegerbt und erschöpft.

Zu ihrer Überraschung hielt der Mann ihnen eine Flasche entgegen. »Wasser. Wir haben noch mehr.«

Mascha griff danach, fast zu hastig, öffnete die Flasche und hielt sie Lilli an die Lippen. »Komm, trink. Nur einen Schluck.« Am liebsten hätte sie selbst zuerst getrunken, doch Lilli benötigte es dringender. Diese öffnete die Augen, trank, ein paar Tropfen liefen ihr über das Kinn, aber sie schluckte, und Mascha spürte, wie ihr Herz leichter wurde.

Dann trank sie selbst und reichte die Flasche an Elsa weiter.

»Danke«, sagte Elsa leise. »Vielen Dank. Woher habt ihr das alles?«

Mascha fielen die beiden Rucksäcke auf, die neben den beiden lagen. Geöffnete Konservendosen zeigten ihr, dass die beiden offenbar auch über Lebensmittel verfügten.

»Es ist unser Haus und ich bin in den Keller getaucht«, antwortete der Mann. Er war etwa vierzig, wie seine Frau, die Kleidung wies darauf hin, dass er Bauer war und dies sein Hof. Ein Mehrtagebart verlieh seinem Gesicht die zu ihrer Situation passende Wildheit.

»Keine Ahnung, warum die Welle die meisten Häuser zerstört hat, das hier aber nicht. Vielleicht zahlt sich die teurere Bauweise aus.«

Elsa nickte. »Und für wie lange habt ihr noch Wasser?«

»Für uns allein etwa für drei Tage.«

»Warum wartet ihr hier und geht nicht auch ins Landesinnere?«

»Wir warten bis morgen. Wenn dann niemand kommt, gehen wir auch. Wir können nicht warten, bis das Wasser aufgebraucht ist.«

Währenddessen sah sie Frau nach Lilli, die sich sofort wieder hingelegt hatte. Mascha erklärte ihr, was geschehen war und dass Lilli fieberte.

»Ich heiße übrigens Clemens«, stellte sich der Mann vor. »Und das ist meine Frau Ines.«

Ines, auch etwa um die vierzig, lächelte Mascha an, kontrollierte kurz Lillis Wunde, umschloss sie wieder mit dem Ärmel des Pullis und hielt eine Hand auf deren Stirn. Ihr Haar war leicht ergraut, sie roch nach Schweiß, die Bluse war zerrissen und verdreckt.

»Hattet ihr auch Ratten auf dem Dach?«, fragte Elsa.

»Ja, aber sie ließen uns in Ruhe.« Nun veränderte sich ihre Miene. »Es liegt nicht an der Wunde, da ist Fieber eher keine Reaktion. Aber es ist nicht so hoch. Sie benötigt mehr Wasser.« Dabei holte sie eine weitere Flasche aus einem der Rucksäcke und gab Lilli zu trinken.

»Nicht so viel!«, mahnte Clemens sie, doch sie ließ Lilli trinken, bis diese absetzte.

Die ganze Zeit über hielt Mascha Lillis Hand und sah zu, wie Lilli langsam wieder zur Ruhe kam. Ihre Haut war nicht mehr ganz so blass und ihr Atem ging regelmäßiger. Mascha spürte, wie Erleichterung in ihr aufstieg. Sie strich Lilli eine nasse Haarsträhne aus dem Gesicht und lächelte leicht.

»Ich sagte doch, wir finden Hilfe.«

Lilli öffnete die Augen, sah sie an und schnaubte leise. »Ja, du dämliche Optimistin. Ich bin froh, dass du recht hattest. Ich dachte schon, ich müsste vor Durst verrecken.« Dabei lächelte sie, was Mascha auch grinsen ließ.

Es war ein leises, brüchiges Lächeln, aber es fühlte sich gut an. Ein winziger Moment der Hoffnung in einer Welt, die noch immer von Wasser verschluckt war.

Diana war so müde wie nie zuvor in ihrem Leben, doch nun waren all ihre Sinne auf das Schiff gelenkt. Neben ihr stand Oliver, seine Hand drückte die ihre so fest, dass es schmerzte. Um sie herum murmelten die anderen, sprachen, während das Brummen des Schiffs lauter wurde. Oder bildete sie es sich nur ein?

»Sie werden uns sehen«, sagte Elin leise, fast beschwörend, als könnte sie das Schicksal allein mit ihren Worten beeinflussen. »Sie müssen das Signalgeschoss sehen! Sie müssen einfach!«

Diana wollte etwas erwidern, doch ihr Hals war trocken, ihre Lippen waren rissig. Stattdessen drückte sie Olivers Hand ebenso fest.

Während die anderen aufgeregter wurden, sah sie zum Himmel, wo der Leuchtstreifen längst seinen Zenit verlassen hatte und sich dem Wasser näherte. Er war so hell gewesen, dass sich Diana sicher war, gesehen worden zu sein.

Doch plötzlich änderte sich das Geräusch. Bildete Diana es sich nur ein? Es wurde leiser, das Geräusch entfernte sich. Das konnte nicht sein.

»Nein!«, schrie sie laut. »Komm zurück!«

Die Menschen um sie herum begannen ebenfalls, lauter zu schreien, zu winken, Diana schrie und gestikulierte derart, dass Oliver sie festhalten musste. Sie spürte, wie ihr Herz schwer in ihrer Brust lag, sah zu Elin, deren Schultern sanken, als wäre sie unter der Last der Enttäuschung zusammengebrochen. Ein leises Wimmern kam von irgendwoher, schließlich kehrte Stille ein.

»Sie haben uns nicht gesehen«, kommentierte Sven in beiden Sprachen. »Das ist unmöglich. Jeder im Umkreis von einigen Kilometern muss das Signalfeuer gesehen haben.«

Diana wollte es nicht wahrhaben. Warum hatten die Fremden sie nicht gesehen? Die Hoffnung, die sich für einen Moment wie ein warmes Feuer in ihrer Brust angefühlt hatte, war erloschen. Jetzt blieb nur noch die Kälte der Realität.

Schlagartig änderte sich die Stimmung auf dem Schiff. Es wurde totenstill, vielleicht wollten einige aber auch nur hören, ob das Geräusch zurückkam oder ob sich etwas anderes näherte. Irgendein Schiff, ein Heli – Hauptsache, Hilfe kam. Doch es blieb leise.

Stunden vergingen, in denen Diana immer wieder in einen kurzen Schlaf fiel. Sie wusste nicht, ob es Minuten oder nur wenige Sekunden waren, in denen sie einnickte. Mal träumte sie von der Aschewolke, in der sie erstickte, dann von heißer Lavamasse, die ihren und Olivers Körper verbrannte. Dabei hörte sie seine sowie Elins und Kristjans Schreie.

»Diana!«

Wieder schreckte sie hoch. Ihr Herz hämmerte und ihr Hals war trocken wie nach einer Wüstendurchquerung.

»Du hast schlecht geträumt.«

»Das tue ich die ganze Zeit! Wie viel Uhr haben wir?«

Sie hatte mitbekommen, dass Oliver das Handy nur für kurze Zeit anschaltete, um Energie zu sparen. Vielleicht erreichten sie ja ein Areal, in dem sie Funkempfang hatten, sicherlich aber nicht hier mitten auf dem Meer.

»Halb drei.«

Sie hatte jedes Gefühl für Zeit verloren, keine Ahnung, wie lange eine Stunde dauerte oder auch nur eine Minute.

Irgendwann wurde es lauter und es schien, als änderte sich die Stimmung. Es begann mit einem seltsam aggressiven Flüstern, das sich wie Lauffeuer verbreitete.

Diana hörte es zuerst von den Männern, die am vorderen Ende des Bootes saßen. Einer von ihnen, Nils' Vater, deutete auf Sven. Seine Stimme war leise, aber Diana konnte die Wut in seinen Worten spüren.

»Er hält das Wasser noch immer zurück«, übersetzte Kristjan, der neben ihr saß. »Sie wollen, dass er es jetzt herausgibt.«

Diana spürte, wie sich ihr Magen zusammenzog. Sven war bisher der Einzige gewesen, der einen kühlen Kopf bewahrt hatte, allerdings hatte auch sie Durst. Sehr großen sogar. Die Männer wurden lauter und bald standen einige auf. Ihre Bewegungen waren aggressiv, der große Mann begann, auf Sven einzubrüllen.

Während Elin und zwei weitere Frauen schrien und die Männer zu beruhigen versuchten, packten einige Sven an dessen Gewand und zogen ihn in die Höhe. Die Stimmen wurden schrill, Englisch und Isländisch mischten sich zu einem nicht identifizierbaren Durcheinander.

Dann brach Gewalt aus. Sven wurde zu Boden geworfen, Fäuste flogen, Schreie durchbrachen die Nacht.

Diana wollte wegsehen, doch sie konnte nicht. Sie sah, wie Sven versuchte, sich zu wehren, doch er war allein gegen drei. Blut spritzte, jemand trat ihm in die Seite, und als er schließlich still liegen blieb, wurden die Stimmen leiser. Einer der Männer nahm Seile und band Svens Hände hinter seinem Rücken zusammen, andere holten den Wasservorrat hervor.

»Verdammte Scheiße«, kommentierte Oliver. »Diana, verhalte dich ruhig. Ich weiß nicht, ob die jetzt völlig zu spinnen anfangen.«

»Was meinst du damit?«

»Wir sind Ausländer. Keine Ahnung!«

Die Verteilung war chaotisch. Jeder wollte zuerst trinken, und es dauerte nicht lange, bis sich die Nächsten stritten. Diana und Oliver hielten sich zurück, nahmen nur, was ihnen angeboten wurde, und sagten auch nichts, außer sich zu bedanken. Das Wasser war warm und schmeckte metallisch, aber es war ein Segen für ihre ausgetrockneten Kehlen.

Als Sven aus seiner Ohnmacht erwachte, stöhnte er vor Schmerz. Eine Frau bat, ihm helfen zu dürfen, doch Nils' Vater Gunnar, der sich zu einem der Anführer entwickelt hatte, unterband dies. Während Sven offenbar fluchte und auf die Männer einredete, gaben nur Gunnar sowie zwei andere Männer ihm Antwort.

»Sie lassen ihn gefesselt!«, erklärte Elin möglichst leise. »Gunnar übernimmt die Verteilung des Wassers.«

»Und was, wenn alles vorzeitig ausgetrunken ist?«, fragte Oliver.

»Ich weiß nicht. Ich habe Angst.«

Sie sagte es so leise, dass Diana kaum etwas verstand. Sie hatte furchtbare Angst, nicht nur der Aschewolke wegen. Sie traute außer Elin und Kristjan hier niemandem, erst recht nicht diesem Gunnar. Offenbar verwandelten sich nun die ersten Menschen in Psychopathen. Oder sie waren es unter dem Deckmantel einer funktionierenden Gesellschaft schon immer gewesen und zeigten ihr wahres Gesicht erst jetzt.

Nach einiger Zeit durften alle noch ein weiteres Mal trinken. Gunnar selbst sorgte dafür, dass der Kanister stets wieder in dem kleinen Raum unterhalb des Decks aufbewahrt wurde. Nun fiel Diana nicht mehr in den Schlaf. Sie traute sich nicht, auch nur eine Sekunde lang einzunicken.

Schließlich dämmerte es. Zunächst war das Licht nur im Osten zu sehen. Schal, dämmrig, als wäre alles voller Nebel. Je heller es wurde, umso deutlich wurde das Ausmaß der Katastrophe. Die Aschewolke zog sich über den gesamten östlichen Raum, grau, undurchdringlich, wie ein Teppich, der sich über die ganze Erde zu legen drohte. Diana wusste schon gar nicht mehr, ob es schwefelhaltig roch, ob sie längst die Gase und Gifte der

Wolke einatmeten. Auch schienen sie in einer Art leichtem Nebel zu sein. War es die Aschewolke oder nur herkömmlicher Seenebel?

Der Morgen brachte keine Ruhe. Die Stimmung an Bord war angespannt, die Luft voller unausgesprochener Drohungen. Wieder stritten sich einige der Männer, auch die Frauen redeten nun laut auf Gunnar und seine neuen Freunde ein. Svenja begann zu weinen und umarmte verzweifelt seine Mutter.

»Was ist denn?«, fragte Oliver schließlich Elin.

»Sie beanspruchen das restliche Wasser für sich. Sie meinen, es reiche ohnehin nicht für alle.«

Entsetzt blickte Diana zu den vier Männern. Sie saßen am Kanister und schauten jeden finster an, der sich näherte.

Sven hingegen schien die ganze Entwicklung nur zu beobachten. Er sagte kein Wort, sein Gesicht zeigte aber, dass er schreckliche Schmerzen zu haben schien.

»Das können sie nicht tun«, flüsterte Elin möglichst leise. »Wenn sie alles nehmen, sterben wir, sollten wir nicht gerettet werden.«

»So schnell sterben wir nicht!«

Oliver versuchte, ihnen Mut zu machen, Diana hatte aber nur noch Angst. Diese verdammten Bastarde! Mit zitternden Fingern sah sie zu Oliver. Seine Augen waren dunkel vor Sorge und sein Blick schweifte von einem der Männer zum nächsten.

Sie kannte diesen Blick. »Du wirst nichts unternehmen!«

»Sie sind bewaffnet. Zwei haben Messer!« Damit ging er nicht auf Dianas Einwand ein.

Diana sah ebenfalls zu den Männern, die laut redeten, als gehörte die Welt ihnen. Ihr Herz raste. Sie wusste, dass es keine andere Möglichkeit gab, doch der Gedanke an noch mehr Gewalt, an Blut, ließ sie fast ersticken.

Erst später realisierte sie, dass sich Oliver mit anderen durch Blicke verständigte. Auch Sven schien involviert zu sein, sie verstand jedoch nicht, ob es sich nur um hilflose Mimik handelte oder sie etwas aushecken.

»Was läuft hier?«, fragte sie so leise wie möglich.

Doch er schüttelte nur mit dem Kopf, als würde er verhindern wollen, dass sie miteinander redeten. Allerdings sah er sie mahnend an, und so verstand Diana.

Sie wagten etwas. Sofort schüttelte sie den Kopf, Oliver reagierte aber nicht darauf.

Was zum Teufel hatten sie nur vor?

Der Angriff kam, als die Sonne ihren Zenit erreicht hatte. Es war schnell und brutal. Zwei Männer stürzten sich auf Gunnar, während Oliver und zwei andere Männer und drei Frauen die anderen beiden überwältigten.

Diana konnte nicht atmen. Selbst Elin half, die Männer festzuhalten, während sie mit Jacken und Pullovern gefesselt wurden. Und als Sven befreit wurde, stürzte er sich wie ein Irrer auf Gunnar und fesselte ihn zusätzlich mit dem Seil, mit dem er selbst festgebunden worden war.

Als Nils versuchte, schreiend seinem Vater zu helfen, zog ihn einer der anderen Männer zurück und redete auf ihn ein. Zwar wurde er ruhiger, schimpfte aber weiter vor sich hin.

Als die Kämpfe endeten, war einer der Männer tot. Diana erkannte es erst, als sein Körper ins Meer geworfen wurde und er schließlich unterging. Sie sah weg, als der Körper unter Wasser verschwand, doch die Bilder brannten sich in ihren Verstand ein. Auch Svenja blickte mit weit aufgerissenen Augen dem sinkenden Leichnam hinterher.

Gunnar und der andere Mann saßen mit blutenden Gesichtern in einer Ecke des Bootes. Gunnar schrie herum, vermutlich beleidigte er sie alle, er redete auch scharf mit seinem Sohn, doch dieser wurde von den anderen zurückgehalten. Diana wollte Elin nicht nach seinen Wörtern fragen. Es interessierte sie nur, dass er und der andere gefesselt blieben.

Als Sven das Wasser an alle verteilte, schloss Diana die Augen. Es tat unendlich gut, zu schlucken, zu spüren, wie der Durst verschwand. Sie musste jedoch pausenlos zu Gunnar und den anderen schauen.

Nachdem alle getrunken hatten, sprachen nur die wenigsten. Svenja und Nils sahen zur Aschewolke, stumm, ihre Gesichter verrieten dieselbe Angst, die Diana verspürte. So erging es auch Kristjan.

Sie selbst saß neben Oliver, ihr Kopf lag auf seiner Schulter. Ihre Gedanken waren wirr, ein einziges Chaos aus Erleichterung und Freude, Wasser erhalten zu haben, vor allem aber Angst. Angst vor der Aschewolke, Angst davor, dass Gunnar und der andere sich befreien könnten, dass es noch mehr Tote gab.

Zeit wurde zeitlos. Es kam ihr vor, als trieben sie seit Tagen oder gar Wochen auf dem Meer. Sie kannte die Gesichter der Menschen um sie herum besser als deren Namen, deren Stimmen waren ihr vertrauter als die Bilder aus ihrer eigenen Vergangenheit.

Schließlich zuckte sie zusammen. Jemand stand auf, wies mit dem Finger vor sich, andere folgten dem Mann.

»Ein Schiff«, stieß Elin aus.

Andere sahen nun ebenfalls nach Westen, Sven hielt seine Hände über die Augen, um die Helligkeit etwas abzuschirmen.

Diana spürte, wie ihr Herz raste. Die anderen diskutierten etwas, das Diana nicht verstand.

»Sie wollen die Leuchtpistole nicht benutzen«, übersetzte Elin. »Wir haben nur noch einen Schuss, und wir haben Tageslicht.

»Aber vielleicht ist es die einzige Möglichkeit.«

»Sie sollen sie einsetzen!«, rief nun auch Oliver. »Das ist vielleicht unsere einzige Chance.«

Tatsächlich zielte Sven in die Luft und blickte in die Richtung, in der das dunkle Schiff zu sehen war. Noch konnte niemand erkennen, um was für ein Gefährt es sich handelte, es war aber keinesfalls eine Einbildung.

Sven zielte weiterhin in den Himmel, tat aber nichts. Diana spürte, dass die Augen aller auf Svens Pistole gerichtet waren.

Schließlich ließ er sie sinken und sah die anderen an. Einige sagten etwas, riefen, es schienen unterschiedliche Meinungen zu herrschen.

Nach kurzer Zeit richtete er den Arm wieder nach oben und schoss. Der Knall war ohrenbetäubend, das Licht trotz der Tageszeit blendend. Alle Augen waren auf den Horizont gerichtet, auf das Schiff, das sich noch immer in weiter Ferne befand.

Diana hielt die Luft an, während die Sekunden vergingen. Sie spürte, wie die Tränen über ihre Wangen liefen. Der Aufregung wegen, aber auch aufgrund ihrer Angst. Ständig sah sie zu Gunnar und dem anderen Mann, die sich aber scheinbar gut gefesselt kaum bewegen konnten.

Schließlich blickte sie zu Oliver, der ihr ein schwaches Lächeln schenkte, bevor er ihre Hand nahm. Die Angst war unüberwindlich, gleichzeitig spürte sie auch Hoffnung.

Ein weiteres Mal.

Das Schiff durfte nicht abdrehen. Die Leute dort mussten sie einfach gesehen haben.

Giulia

Völlig übermüdet und am Ende ihrer Kräfte klammerte sich Giulia an den kalten Rettungsring. Ihre Finger waren taub, ihre Arme zitterten vor Anstrengung. Der salzige Wind biss in ihre Haut und das Wasser, das immer wieder über sie hinwegspülte, ließ sie ununterbrochen frösteln. Sie wagte nicht, hinabzusehen, denn die Dunkelheit unter ihnen schien grenzenlos. Neben ihr klammerte sich Clara still an einem der Kanister fest, während Simon sie fest umschlungen hatte. Das Mädchen sprach nicht, seit sie ins Wasser gegangen waren, doch sein Gesichtsausdruck verriet alles – Angst, Verzweiflung und eine Art von Stille, die Giulia das Herz brach.

Nun war aber alles anders. Ihr Herz hämmerte, während das Geräusch des Helis näher kam.

»Haltet euch fest! Nicht loslassen!«

Jakobs Stimme klang fordernd, und Giulia spürte, wie ihre Arme sich von selbst hoben. Doch es war schwer, gegen die Wellen und den Wind anzukämpfen. Dabei nickte sie, obwohl er es wahrscheinlich nicht sah. Alle um sie herum schrien, winkten, brüllten laut, Claras Stimme war schrill und grell.

Mit dem Geräusch kam auch das Licht näher, wurde heller, bis ihre Augen geblendet wurden. Der Lichtkegel hatte sie erfasst. Sofort spürte Giulia grenzenlose Erleichterung.

»Hier! Hier sind wir!«, schrie sie, aber ihre Stimme wurde von der See verschluckt.

Der Scheinwerfer schwenkte in ihre Richtung und sie hielt für einen Moment den Atem an.

»Sie haben uns gesehen«, schrie Clara. Trotz des immer lauter werdenden Geräusches des Helikopters war sie noch zu hören. Immer stärker wirbelte das Wasser auf, sie wurde nass gespritzt, es wurde immer heller, bis Giulia schließlich die Augen schloss. Nun war das Dröhnen ohrenbetäubend laut, der Wind zerstob ihr nasses Haar, es wurde augenblicklich eiskalt.

Schließlich stoppte der Helikopter über ihnen. Wieder schrie Clara irgendetwas, Giulia verstand es jedoch nicht. Am liebsten hätte sie sich die Ohren zugehalten, sie klammerte sich jedoch weiter an das Netz.

Als sie doch die Augen öffnete und dachte, sie könne sich an die plötzlich so grelle Helligkeit gewöhnen, erkannte sie, dass ein Seil herabgelassen worden war und nun im Windsog der Rotorblätter stark herumwirbelte.

Nur kurze Zeit später kletterte eine Gestalt daran herab. Der Blick auf die anderen zeigte ihr, dass alle gebannt zu der Person starrten. Schließlich erkannte sie einen Mann in Uniform.

»Einer nach dem anderen«, brüllte er auf Englisch, zumindest dachte sie, es zu verstehen.

»Das Kind zuerst, dann die Frauen!«

Nachdem er fast an der Wasseroberfläche angekommen war, griff er nach Clara, die sich mit weit aufgerissenen Augen an Giulia klammerte.

»Geh mit ihm, ich komme nach!«

Wieder rief Clara etwas, das Giulia jedoch nicht verstand. Ihre Finger krallten sich in Giulias Arm.

»Geh mit!«, brüllte Giulia. Sie legte ihre Hand auf Claras Gesicht und zwang sie, sie anzusehen. »Ich komme nach!«

Der Mann wartete nun nicht mehr, umgriff Claras Körper und zog sie an sich. Offenbar benutzten sie keine Gurte oder Ähnliches, warum auch immer. Mit aufgerissenen Augen beobachtete sie, wie das Seil den Mann sowie Clara in die Höhe zog und das Mädchen schließlich in den Helikopter gehoben wurde.

Für einen Moment schien die Welt stillzustehen.

Als Nächstes wurde sie selbst hochgezogen, dann Petra, Jakob und Simon.

Als sie sich im Heli an Petra und Clara klammerte, rannen Tränen der Erleichterung über ihr Gesicht. Alle waren wohlbehalten, nur Jakob atmete, als stünde er kurz vor einem Zusammenbruch.

Nach Sekunden des Glücks blickte sie sich um. Neben dem Pilot saß ein zweiter Mann, während der, der sie in den Heli gezogen hatte, ihr gegenüber saß.

»Ist noch jemand dort draußen?«, fragte er auf Englisch.

»Ich weiß es nicht. Vor Stunden sind zwei Männer untergegangen, die mit uns dort draußen waren.«

»Andere Gruppen, irgendjemand?«

»Wir haben nichts gesehen.«

Im Hubschrauber war es laut, das Dröhnen der Rotoren erfüllte die Kabine. Am liebsten hätte Giulia den Mann umarmt, doch Clara quetschte sich wie ein Schraubstock an sie. Die Erleichterung in den Gesichtern der anderen war deutlich.

Sie waren gerettet.

»Wohin bringen sie uns?«, fragte Simon.

»Nach Grönland. Hat es noch weitere Überlebende gegeben, nachdem das Schiff sank?«

»Nein, wir waren die einzigen.«

Der Mann nickte nur, gab dem Piloten ein Zeichen und blickte zu Jakob.

»Geht es Ihnen gut?«

Jakob nickte, Giulia kam es aber vor, als sei sein Gesicht viel zu weiß. Zweifelsohne hatte er sich völlig überanstrengt.

Der Mann mit dem braunen Anzug kramte einige Müsliriegel aus einem Rucksack hervor und reichte sie ihnen. Clara griff als Erste zu, Jakob verweigerte aber.

»Du musst auch essen!«, forderte sie ihn auf. Seine Lunge rasselte, sein Brustkorb hob sich bei jedem Atemzug viel zu deutlich.

»Ich mag nicht. Später vielleicht. Ich muss einfach nur verschnaufen.«

Nun reichte ihnen der Mann auch noch einige Decken. Giulia war klatschnass, sie wollte sich jedoch nicht ausziehen. Clara musste es aber. So benutzte sie eine der Decken als Sichtschutz und umwickelte das Mädchen mit einer anderen, nachdem es seine Kleidung abgelegt hatte.

»Du holst dir sonst den Tod!«

»Warum Grönland?«, fragte Simon weiter. »Und wohin dort?«

»Auf den Flughafen Narsarsuaq. Dort wird gerade ein
Notlager eingerichtet.«

Giulia sagte das alles nichts, es klang verstörend
fremd. Es war jedoch völlig egal, wohin sie sie brachten,
Hauptsache, sie waren in Sicherheit. Wie niemals zuvor
in ihrem Leben sehnte sie sich nach einer heißen Dusche, und sie hätte am liebsten alles gegessen, was der
Heli an Proviant hergab.

Ihr Blick auf Jakob ängstigte sie aber. Noch immer
atmete er schwer, seine Finger waren zu Fäusten ge-
ballt, sein Gesicht war bleich.

»Du solltest etwas essen!«

Schließlich nickte er. Er lächelte, griff nach einem der
Riegel und biss davon ab.

In Giulias Kopf hämmerte die Frage nach weiteren
Überlebenden. Es waren noch viele gewesen, bevor das
Schiff sich gedreht hatte. Vielleicht waren es doch mehr
gewesen, womöglich nicht auf dem Rumpf, sondern
bereits im Wasser? Doch wo? Wie lange waren sie überhaupt auf offener See getrieben, wie weit hatten sie sich
von der Unglücksstelle wegbewegt? Warum war der
Heli gekommen? Hatte einer der Notrufe der Besatzung
Erfolg gehabt?

Ein weiterer Blick fiel auf Petra und Simon, die einfach nur eng umschlungen dasaßen und mit leerem
Blick ins Nichts starrten.

Clara hingegen hielt sie nach wie vor fest, eng mit der
Decke umhüllt, den Riegel langsam essend, während der
Heli laut durch die Nacht steuerte.

Der Flug nach Grönland war lang und anstrengend. Immer wieder nickte Giulia ein, sie träumte kurz von auf
dem Meer herumtreibenden Leichen, von zerquetschten

Körpern, sie hörte auch Claras Schreie. Wenn sie erwachte, war sie unendlich froh, in diesem Hubschrauber zu sitzen.

Schließlich tauchten Lichter vor ihnen auf. Eine ganze Reihe an Signalleuchten markierte offenbar eine Landebahn, und als sie näher kamen, erkannte sie auch beleuchtete Gebäude.

»Sind wir da?«, fragte Simon.

»Ja, das ist Narsarsuaq.«

Als der Helikopter landete, wurden sie von einer Gruppe Soldaten empfangen. Lichter von Taschenlampen wurden hektisch bewegt, und nachdem sie ausgestiegen waren, liefen sie gebückt mit den Fremden vom Heli weg.

Jetzt erst atmete Giulia erleichtert durch. Sie waren zwar irgendwo in Grönland, aber nicht mehr auf offener See.

Sie liefen vorbei an rot und orange blinkenden Lichtern, bis sie eine Unterkunft erreichten.

Im Innern des weißen Baus waren Tische, Betten und Regale aufgebaut, auf einigen Kisten und Säcken prangte das Zeichen des internationalen Roten Kreuzes, zwei Frauen sowie ein Soldat empfingen sie.

»Sprechen Sie Englisch?«, fragte eine der Frauen auf Englisch.

»Ja!«, antwortete Simon.

»Ist jemand von Ihnen verletzt?«

Petra wies auf Jakob. »Ihm geht es sehr schlecht. Und das Mädchen braucht Wärme.«

Die andere Frau nickte, half Jakob, sich auf eines der Betten zu legen, und sprach mit ihm.

»Wir checken Sie jetzt durch!«, erklärte der etwas ältere Soldat. Jetzt erst fiel Giulia eine kleine dänische Flagge auf, die der Mann auf seiner Uniform trug.

»Das sind zwei Ärztinnen. Wenn sie grünes Licht geben, können Sie in ihre Unterkünfte.« Nun sah er sie etwas ernster an. »Wann haben sie zum letzten Mal andere Personen gesehen?«

»Als das Schiff kenterte«, antwortete Simon. »Danach niemanden mehr.«

Der Soldat nickte. »Sie waren nach dem Untergang elf Stunden auf See.«

Elf Stunden! Giulia hatte zwar jegliches Zeitgefühl verloren, aber dass es so lange gewesen war, erstaunte sie.

»Die Kleine ist sehr tapfer!«, murmelte der Soldat. »Sagen Sie ihr, sie ist in Sicherheit.«

»Das werde ich.«

Sie sah zu, wie eine der Ärztinnen Clara untersuchte, schließlich blickte sie aber zu Jakob. Er lag auf dem Rücken und trug mittlerweile eine Sauerstoffmaske.

»Alles gut!«, murmelte er undeutlich. »Wie gesagt, ich bin einfach nur am Ende.«

»Sei lieber still und spare deine Kraft.« Dann wendete sie sich in Englisch an die Ärztin. »Ist alles okay mit ihm?«

»Kann ich jetzt noch nicht sagen.« Ihr Englisch war schlecht, deutlich war ein ungewohnter Akzent zu hören.

Giulia hatte keine Ahnung, ob sie Dänin war.

»Wir behalten ihn hier und werden ihn weiter untersuchen.«

Die anderen mussten nur einen kurzen Check über sich ergehen lassen, während die Ärztin bei Jakob einen Pfleger zu sich rief.

»Ich bringe Sie zu den Unterkünften!«, unterbrach der Soldat Giulias Gedanken.

Jakobs Zustand gefiel Giulia gar nicht, aber sie vertraute darauf, dass sich endlich medizinisches Personal um ihn kümmerte.

Als sie auf ihre Hände blickte, fiel ihr auf, dass sie stark zitterten.

Da stahl sich Claras Hand in ihre und forderte ihre Aufmerksamkeit.

Sie hatte keine Zeit, sich um sich selbst zu kümmern. Sie musste für Clara da sein und ihretwegen stark bleiben.

Während Tränen ihre Wangen herunterliefen, befürchtete sie, eben dies nicht zu können.

Lilli

Mit geschlossenen Augen lag Lilli auf dem Dach des Hofes und spürte die warme Sonne auf ihrem Gesicht. Die letzten Tage waren ein einziger Albtraum gewesen. Doch langsam, ganz langsam, schien das Fieber zu weichen, und mit ihm der dumpfe Schmerz, der sie wie ein schwerer Schleier umhüllt hatte. Ihre Atmung war flach, aber gleichmäßig, und sie konnte die Stimmen der anderen hören, die leise miteinander sprachen.

Verfickter scheiß Tsunami!

Ihr Blick fiel auf Mascha. Sie saß neben ihr, ihre Hand ruhte auf Lillis Arm, sie roch extrem nach Schweiß und Urin. Schlimmer war aber der Gestank, der zu ihnen heraufdrang. Anhand der Gegenstände und abgerissenen Baumstämme erkannte sie, dass das Wasser offenbar zurückging, wenn auch nur langsam.

Elsa stand ein Stück weiter entfernt, sprach mit Clemens und Ines. Clemens war ein groß gewachsener, ernster Mann mit wettergegerbtem Gesicht, während Ines, seine Frau, einen stillen Optimismus ausstrahlte, der Lilli an ihre eigene Mutter erinnerte. Ein schmerzhafter Gedanke, den sie schnell verdrängte.

»Wie viel Wasser haben wir noch?«, fragte Lilli. Sie hatte Durst, obwohl sie in den vergangenen Stunden mehr getrunken hatte als die anderen.

»Es geht bald aus. Clemens spricht nicht viel, es ist komisch.«

»Was soll er denn reden? Was soll man überhaupt tun nach dieser verfickten Welle?«

»Weiß nicht, das Wasser geht ja zurück.«

»Ich kann schon gehen, keine Angst.«

»Never ever. In deinem Zustand kannst du unmöglich durch das Wasser waten.«

»Vielleicht in ein paar Stunden. Rieche nur ich es oder stinkt es wie Hölle?«

»Es riecht echt streng. Seltsam, es ist ja noch nicht so lange her.«

Plötzlich hielt Lilli inne. Wieder war etwas zu hören, abermals das Brummen eines Hubschraubers.

»Die fliegen immer südlich!«, rief Clemens wütend. »Sind die bescheuert? Wie lange wollen die denn die gleiche Strecke noch fliegen?«

»Was ist da?«, fragte Elsa.

»Heide, Rendsburg. Auch Hennstedt. Ich schätze, die fliegen die Route dort. Und nördlich von uns.«

»Warum nicht hier?«, fragte Mascha.

»Weil die Gemeinden hier zu klein sind.« Er kam nun näher und sah auf Lilli. Jetzt erst richtete sie sich auf. Sie wollte nicht wie ein kleines, schwächliches Wesen wirken, und es ging ihr spürbar besser.

»Die wenigen Hubschrauber, die einsatzfähig sind, fliegen natürlich erst die größeren Städte an. Dort, wo mehr Menschen wohnten.«

Wohnten! Es klang zutiefst barbarisch, aber er hatte recht.

»Stimmt es, dass das Wasser ausgeht?«

Er nickte nur, Ines hingegen sah in die beiden Taschen.

»Noch anderthalb Flaschen. Wir sind zu fünft.«

»Eben, deshalb können wir hier nicht ewig bleiben,« sagte Clemens. Seine Stimme war ruhig, aber bestimmt. »Das Wasser reicht vielleicht bis morgen, und du hast Fieber. Einerseits wäre es gut, zu warten, denn mit jeder

Stunde geht die Überschwemmung etwas zurück. Andererseits möchte ich nicht in akute Wassernot geraten.«

»Also sollten wir auch nach Süden gehen?« fragte Elsa. »Dorthin, wo die Helis fliegen?«

»Genau. Wir könnten es schaffen, wenn das Wasser nicht mehr hüfthoch steht.«

»Das tut es nicht mehr!« Ines stand am Rand des Daches und blickte prüfend nach unten. Nun erst stand auch Lilli auf. Es roch nun noch mehr, der Gestank kroch direkt in ihre Nase. Da trieb so allerlei im Wasser, von dem sie nicht wissen wollte, was es genau war. Instinktiv musste sie an Marcels Leiche denken. Wie viele von ihnen dort unten wohl herumtrieben? Wo waren die anderen?

Da kam Ines zu ihr und prüfte mit der Hand die Temperatur an ihrer Stirn. »Du hast noch immer Fieber, aber es sinkt.«

»Dann ziehen wir sie mit dem Boot«, brummte Clemens. »Wir sollten los.«

»Und wenn doch ein Heli hierher kommt?« Mascha wollte offenbar nicht aufbrechen, warum auch immer.

»Ich bin mir sicher, hierher kommt keiner. Wenn wir eine Chance haben wollen, sollten wir nach Heide, zumindest aber nach Hennstedt. Die letzten vier Helis sind südlich geflogen.«

»Willst du hierbleiben?«, fragte Lilli endlich.

»Du bist krank.«

»Ja und? Wir haben das scheiß Boot.«

»Trotzdem!«

Plötzlich änderte sich Maschas Blick. Sie wurde wütend und ballte die Fäuste. »Ich mag auf keine Leichen treffen. Das ganze verschissene Wasser ist doch voll davon!«

Da wendete sich Clemens ihr zu. »Immer noch besser, als zu verdursten, Fräulein. Du wirst in den kommenden

Tagen noch genügend Leichen sehen, da kann ich dich nicht davon ausnehmen.«

Nun wurde auch Lilli wütend. Der Wichser sollte aufpassen, Mascha nicht dumm anzumachen. Sie selbst wollte auch nicht, dass das Boot ständig gegen Leichen stieß, noch weniger aber Durst leiden.

Wenn die Helis tatsächlich im Süden flogen …

»Drei setzen sich ins Boot, während zwei ziehen!«, schlug schließlich Ines vor. »Lilli sitzt auf jeden Fall.«

Clemens nickte, sah sich vom Dach aus noch einmal um, als würde er auf etwas warten oder etwas prüfen, und ging schließlich an die Stelle, von der man aus die Leiter hinabsteigen konnte.

»Jetzt?«, fragte Elsa.

»Ja. Wir sollten keine Zeit verlieren. Wasser ist wichtiger als ein paar Zentimeter niedrigeres Wasser.«

»Wohin gehen wir jetzt genau?«

»Nach Hennstedt. Das sind etwa sechs, sieben Kilometer. Wenn das wegen der Helis zu weit nördlich ist, dann Heide. Das sind ungefähr fünfzehn Kilometer, vielleicht mehr.«

Lilli atmete laut aus. Mehrere Kilometer durch diese Wasserwüste zu waten, konnte alles bedeuten. Was, wenn dies gar nicht möglich war? Und warum brauchte das verschissene Wasser so lange, um zurückzuweichen? Dorthin, woher das Wasser gekommen war, musste es schließlich doch auch wieder verschwinden.

Schließlich brachen sie auf. Clemens hatte einen groben Plan, dem alle folgten. Sie packten die wenigen Habseligkeiten und stiegen hinab ins Wasser, das bis ihnen zu den Oberschenkeln reichte. Es war eiskalt und raubte Lilli beinahe den Atem, den ersten Schritt empfand sie als zutiefst eklig. Als sie sich zusammen mit Mascha und Ines ins Boot gesetzt hatte, das Clemens und Elsa zogen, schnürte sich ihr Magen zusammen.

Mascha hielt sie fest, ihre Hand umklammerte Lillis Arm wie eine Stahlkette. »Wenn du fällst, zieh mich nicht mit rein«, sagte sie mit einem schiefen Lächeln, doch ihre Augen waren ernst.

Lilli konnte nicht anders, als zu grinsen, aber nur kurz. »Versprochen. Wenn ich ertrinke, dann allein. Vielleicht wäre es besser, einfach zu verrecken.«

»Halt einfach deinen Mund, Lilli!«

Lilli entgegnete nichts mehr, denn sie fühlte, dass dieses Schwarz wieder von ihr Besitz ergriff. Wie eine eiserne Faust, die alles in ihr abdrückte, ihr die Luft zum Atmen nahm. Da fiel ihr ein, dass sie seit der Welle keine Medikamente mehr zu sich genommen hatte. Was bedeutete das? Bekam sie nun noch stärkere Depressionen?

Sofort wandte sie sich zu Elsa und wollte sie fragen, doch dann ließ sie es. Wie sollte sie ihr schon weiterhelfen?

Das Wasser war trüb und voller Trümmer. Immer wieder stießen sie auf Äste, Müll, unendlich viel Holz, Hausrat, Dinge aus Kunststoff und manchmal auf etwas, das wie ein menschlicher Arm oder ein Bein aussah. Lilli zwang sich, nicht hinzusehen, nicht darüber nachzudenken. Dennoch sah sie tote Tiere, ab und zu Kleidung oder Schuhe, nach etwa einer halben Stunde trafen sie auf eine nur knapp unter der Wasseroberfläche treibende Frauenleiche. Nur kurze Zeit später lag ein Mann mit dem Gesicht nach unten im Wasser.

Nach etwa einer Stunde Marsch rasteten sie an einem kleinen Hügel, auf dem ein eingestürztes Haus stand. Zweifellos war es von der Welle zerstört worden, Trümmerteile lagen überall verstreut. Der Boden war matschig, aber sie standen nicht im Wasser. Die beiden Leichen versuchte Lilli nicht zu beachten, es gelang ihr aber nicht. Offenbar war das Fieber nicht weiter gestiegen, denn sie fror nicht stärker als zuvor.

Clemens zog Lilli zur Seite und half ihr, sich auf ein Stück trockenes Holz zu setzen. »Wie geht's dir, Kleines?«, fragte er.

Kleines! Nicht einmal ihre Mutter hatte sie so genannt. »Zumindest fühle ich mich nicht mehr wie ein Eiswürfel,« antwortete sie matt.

»Du machst das gut«, sagte Clemens mit einem warmen Lächeln, das sie überraschte. »Nicht aufgeben. Wir sind auf dem Weg nach Hennstedt.«

Lilli hatte nicht vor, aufzugeben, also benötigte sie auch keine dämlichen Ratschläge. Sie war schließlich kein Baby! Ja, er zog sie durchs Wassers, aber es nervte trotzdem.

Sie kamen stetig voran und nach einiger Zeit löste Ines Elsa ab, um neben Clemens das Boot zu ziehen. Der Weg war lang, jeder Schritt schien schwerer als der letzte. Die Gespräche wurden spärlicher, das Schwarz in Lilli immer dunkler. Selbst Mascha, die sonst immer einen aufmunternden Spruch auf den Lippen hatte, wirkte erschöpft, obwohl sie wie sie selbst saß.

Lilli spürte, dass die anderen genervt von ihr waren. Ihre Schwäche machte sie vielleicht langsamer, weil sie sonst auch das Boot hätte ziehen können. Oder sie benötigten gar keines, wäre sie nicht krank.

Bestimmt hassten die anderen sie dafür.

»Ihr könnt mich auch hierlassen, ich halte euch eh nur auf!«

»Was redest du für einen Unsinn?«, giftete Elsa zurück. »Mit dem Boot geht es ja noch schneller.«

»Ja ja, Paragraf dreihundertsiebzehn des Psychologiebuches, „Wie verbreite ich Optimismus", oder was?«

»Halt die Klappe, Lilli!«, zischte Mascha. »Sie gibt ihr Bestes, um uns hier durchzukriegen.«

Lilli wollte etwas sagen, doch sie konnte nicht. Seltsamerweise hatte sie keine Kraft, sich zu verteidigen. Diese Tatsache war ziemlich verblüffend, denn so kannte sie sich gar nicht. Es wurde Zeit, schnellstmöglich gesund zu werden. Unsicher senkte sie den Blick und konzentrierte sich auf ihren Atem, der in kleinen Wölkchen vor ihrem Gesicht sichtbar war.

»Ich bleibe zurück«, murmelte sie schließlich. »Hört auf, so zu tun, als wäre ich kein totes Gewicht, kein Ballast für euch.«

»Was ist mit ihr?«, hörte sie Clemens fragen.

»Wir sind aus einer therapeutischen Wohngruppe«, flüsterte Elsa zurück. Lilli konnte es dennoch hören.

»Und?«, giftete sie sie an. »Sag doch gleich, wir sind total gestört und absolut unzurechnungsfähig!«

Elsa schüttelte den Kopf, sagte aber nichts mehr.

»Trink noch etwas Wasser«, forderte Ines sie auf. Sie war stehen geblieben und blickte auffordernd zu Lilli. »Und es bringt hier niemandem etwas, wenn du jetzt zu spinnen anfängst. Ja, es ist hart, aber du bist nicht allein. Okay?«

In diesem Moment kam Lilli sich wie ein Idiot vor. Diese klare, unmissverständliche Ansage war, als würde ihr jemand die Klamotten vom Leib reißen. Zum ersten Mal schämte sie sich. Und da sie nicht wusste, was sie darauf entgegnen sollte, trank sie einige Schlucke.

Als sie weitergingen, fiel ihr Maschas Blick auf. Sie wirkte überrascht, ebenso wie sie selbst es war.

Die Gruppe setzte ihren Marsch fort, die Stimmung war angespannt, denn es kostete Clemens und Elsa jede Menge Kraft, durch das Wasser zu waten. Das Zwei-Personen-Boot war ohnehin überbesetzt, jeder Gedanke daran, dass sie alle darin Platz fänden, war unsinnig.

Irgendwann, als die Sonne bereits tief am Himmel stand, erreichten sie abermals eine Anhöhe. Und von hier aus sahen sie zwei Strommasten in etwa einem

Kilometer Entfernung, darunter einige Erhöhungen, die Dächer darstellen konnten.

»Das ist Hennstedt, oder zumindest das, was davon übrig ist«, sagte Clemens. »Es wird aber bald dunkel, also rasten wir hier. Falls ein Heli kommt, sehen wir ihn besser.«

»Es kam seit Stunden keiner mehr!«, antwortete Ines genervt. Sie war völlig erschöpft, langes Haar hing in Strähnen in ihrem klatschnassen Gesicht.

»Heißt das, sie haben aufgegeben, uns zu suchen?«

»Nein, Mascha.«

Clemens Stimme klang weitaus wärmer als noch am Morgen, Lilli wusste aber nicht, ob sie es sich einbildete.

»Vielleicht haben sie erschöpfte Ressourcen. Sprit, Piloten, Helfer - was man so alles braucht. Oder sie fliegen eine andere Route. Oder erst morgen.«

Die Aussicht war ernüchternd. Das Land war überflutet, so weit das Auge reichte, und die in der Ferne erkennbare Stadt sah aus, als wäre es die Kulisse eines apokalyptischen Films.

Lilli setzte sich auf den Boden, ihre Beine schmerzten, ihre Arme fühlten sich an wie Pudding. Sie musste an Ines' Ansage denken. Niemals zuvor hatte jemand sie so schnell und effektiv entwaffnet wie diese Frau. Mit nur einem Satz.

Da setzte sich Mascha neben sie und legte einen Arm um ihre Schultern. »Wie geht es dir?«

»Keine Ahnung. Ich fühle mich wie ein Wrack.«

Mascha lachte leise. »Wir alle sind Wracks. Aber wir sind zusammen.«

Diese Aussage hatte eine eigenartig große Bedeutung. Lilli hätte dies nicht gesagt werden müssen, doch so wie Mascha es betonte, drang es tief in sie ein. Noch fühlte sie dieses alles ergreifende Schwarz, dieses Loch, in dem keine Emotionen möglich waren. Allerdings es war schwächer geworden.

Plötzlich ertönte ein sehr fernes Brummen. Zunächst dachte Lilli, sie bildete es sich ein, doch Clemens sah ebenfalls nach Süden. Dorthin, wo Hennstedt lag.

»Da fliegt einer. Ist aber sehr weit weg!«

»Hallo!« Mascha schrie derart laut, dass ihr Stimme über die Wasseroberfläche hallte. Sie wiederholte es drei Mal.

»Die hören dich nicht!«, erwiderte Elsa. »Die sind eindeutig zu weit weg.«

Die beiden metallenen Stromleitungsmasten in der Ferne wirkten wie Wächter, wie ein Tor, das Leben versprach. Offenbar hatten dort Menschen überlebt, denn sonst flögen kaum Hubschrauber in diesem Bereich. Warum zum Teufel kam keiner zu ihnen?

An diesem Abend leerten sie eine ganze Wasserflasche. Und als die Sonne unterging, verschwand auch das Brummen in der Ferne. Es stank nach Altem, nach schlechtem Wasser, nach Moder, aber auch nach Aas. Manchmal gluckste es, vermutlich ging das Wasser weiter zurück. So hoffte Lilli, dass am kommenden Tag das meiste verschwunden wäre, sodass sie vielleicht sogar nach Hennstedt gehen konnten, ohne dass sie durch diese trübe Masse waten mussten.

»Wie lange ist es her?«, riss sie Mascha aus ihren Gedanken.

»Weiß nicht. Drei Tage?« Es kamen ihr vor wie Wochen, und wieder schlich sich Marcels Leiche in ihren Kopf. Ob die anderen wohl noch lebten? Oder trieben auch deren Leichen irgendwo im Wasser?

Die Nacht brach über sie herein und mit ihr kam die Kälte zurück. Lilli lag eng an Mascha gekuschelt, während Clemens, Ines und Elsa leise darüber diskutierten, wie weit diese Katastrophe Deutschland gebeutelt hatte. Niemand hatte Antworten und niemand wusste, ob auch am kommenden Tag noch Hubschrauber nach Hennstedt kämen.

Als sich Maschas Hand in ihre stahl, schloss sie kurz die Augen. Zuerst ärgerte sie sich darüber, dass sie es guthieß, sogar genoss. Dann aber verlor sich der Widerstand in ihr und sie war einfach nur froh, Mascha bei sich zu haben.

Oliver

Gebannt starrte Oliver in die Ferne. Das Schiff näherte sich kaum, daher fragte er sich, ob sie nicht alle einem Trugschluss unterlegen waren. Es konnte jedoch nichts anderes sein, es war schwarz, deutlich hoben sich die Konturen vom Himmel und vom Wasser ab. Fast wie ein gestrandeter Wal, der an Land gespült worden war. Der Gedanke, endlich gerettet zu werden, hatte für einen kurzen Moment das dumpfe Gewicht der letzten Tage von ihm genommen. Doch je näher sie kamen, desto seltsamer wurde das Bild, das sich ihnen bot. Allein der Strömung war es offenbar zu verdanken, dass sie sich dem Schiff näherten, denn es waren absolut keine Motorengeräusche zu hören, nichts, was auf ein intaktes Schiff hinwies.

Ein Mann rief etwas, es klang enttäuscht, wütend. Oliver benötigte keine Übersetzung, denn er fluchte selbst innerlich. Das fremde Schiff war gekentert. Seine gewaltige Struktur schwamm auf der Seite liegend, und so wie es aussah, handelte es sich um ein Frachtschiff. Der breite, dunkle Rumpf glänzte im Licht des Tages und des Wassers.

»Nein!«, sagte Diana tonlos.

Ihre Stimme war schwer und Oliver konnte die Enttäuschung in ihren Augen sehen.

Verdammt!

Als sie noch näher kamen, wurden die Umrisse von Menschen sichtbar, die auf der jetzigen Oberfläche des Schiffes standen. Ihre Bewegungen waren träge, fast mechanisch, und Oliver spürte einen kalten Schauer über seinen Rücken laufen. Die Matrosen – er zählte sieben oder acht – hatten sich offenbar auf die hochragende Seite des Wracks gerettet und suchten nun verzweifelt nach Hilfe.

»Wir sollten nicht zu nah heranfahren«, sagte Sven zuerst auf Isländisch, dann auf Englisch. »Wenn sie versuchen, auf unser Boot zu kommen, sind wir alle verloren.«

Oliver sah ihn schräg an. Das große Schiff konnte noch sinken, sie allerdings nicht. Es war die harte Wahrheit, aber sie war unausweichlich. Zudem würde jeder weitere Passagier sie in Gefahr bringen.

»Was sollen wir tun?«, fragte Diana in Englisch. »Vielleicht haben sie ja über Funk versucht, Hilfe zu holen. Womöglich kommt jemand zu ihnen.«

Wie alle anderen starrte Sven auf die Fremden, die noch immer hektisch herumwinkten. »Warten wir hier etwas, vielleicht kommt ja wirklich jemand. Keinesfalls lassen wir sie auf unser Boot.«

Andere fingen nun ebenfalls zu diskutieren an, da es aber schnell leiser wurde, riet Oliver, dass zumindest in diesem Punkt alle einer Meinung waren. Das Wasser ging ihnen aus, einige hatten sich bereits selbst umgebracht, eine weitere Rebellion wollte niemand. Seltsamerweise nagte nicht das geringste schlechte Gewissen an ihm.

Mit jeder Minute näherten sie sich dem Boot, bis Sven schließlich das Steuer herumriss. Er wollte nicht, dass die Fremden schwimmend das Boot erreichten. Als sie in unmittelbarer Reichweite waren, hob einer der Matrosen die Hand und rief. Seine Worte waren unverständlich, eine fremde Sprache, die Oliver nicht zuordnen konnte. Die anderen winkten ebenfalls, ihre Gesichter waren von der Sonne verbrannt, ihre Augen lagen dunkel und tief in ihren Höhlen.

»Englisch? Sprecht ihr Englisch?«, rief der Mann neben Sven.

Oliver wusste, dass es ein verzweifelter Versuch war, doch er musste es versuchen.

Einer der Männer rief zurück, seine Worte waren brüchig und kaum zu verstehen. »No water! No food! Help!«

»Wir auch nicht!«, rief Sven zurück. »Wir haben gar nichts.«

Oliver biss die Zähne zusammen und spürte, wie die Wut in ihm aufstieg. Nicht auf die Matrosen, sondern auf die Situation, auf die Umstände, die sie alle hierhergebracht hatten. Warum war dieses verdammte Schiff nur gekentert?

Sie warteten ab, ohne sich um die Rufe der Fremden zu kümmern. Oliver tippte auf einen asiatischen Hintergrund der Matrosen, wusste es aber nicht sicher. Sie blieben etwa einhundert Meter entfernt, um zu verhindern, dass doch einige zu ihnen zu gelangen versuchten.

Plötzlich passierte es. Drei der Fremden sprangen ins Meer und schwammen direkt auf sie zu.

Sven rief etwas, schließlich auch die anderen, Hektik machte sich auf dem Boot breit.

»Bleibt weg!«, rief Sven auf Englisch. Die drei schwammen jedoch weiter, bis sie am Boot ankamen. Vom Wasser aus war es nicht möglich, die Bordwand zu erreichen, wenn auch knapp, und so atmete Oliver durch. Was nun?

Da stieg einer der Schwimmenden auf die Schultern eines anderen, sprang in die Höhe und hielt sich an der

Bordwandkante fest. Kristjan und Svenja schrien, eine Frau stand auf, weil sie Angst hatte, der Fremde könnte nach ihr greifen.

Da drosch einer der Männer dem Fremden den leeren Wassertank auf die Finger. Dieser schrie, klammerte sich weiter fest, der dritte Schlag ließ ihn aber loslassen. Platschend fiel er ins Wasser.

Während die anderen offenbar Schimpftiraden gegen sie ausstießen, versuchte der Gepeinigte es ein weiteres Mal. Es gelang ihm wieder, diesmal schlug Sven ihm jedoch derart hart gegen den Kopf, dass er keinen weiteren Versuch unternahm. Die anderen zwei zogen ihn schwimmend zu ihrem Schiff zurück.

Oliver wagte kaum zu atmen. Er wusste, dass der Anblick, diese Szene ihn verfolgen würde. Diana saß schweigend neben ihm, ihre Hände fest in den Stoff ihrer Hose gekrallt, während Kristjan und Elin einen Blick wechselten, aber nichts sagten. Svenja und Nils starrten mit aufgerissenen Augen zu der Szenerie.

Die anderen Männer auf dem Tanker warfen ihnen Worte und drohende Fäuste zu, und als die drei endlich die schwarze Schiffswand erreichten, halfen die anderen ihnen, sich hochzuziehen.

»Hoffentlich springen jetzt nicht alle!«, rief Diana entsetzt. »Dann bringen sie uns um.«

»Wir treiben ab!« Oliver bemerkte, wie sie deutlich Abstand zu dem Schiff gewannen. Mit jedem Augenblick wurde es also unwahrscheinlicher, dass die Fremden zu ihnen schwammen.

Nach weiteren Minuten atmete Oliver durch. Sven sagte ihnen, er wolle sich zwar in weitaus größerem Abstand zu dem Schiff aufhalten, aber nicht zu weit, um in der Nähe zu sein, falls Hilfe käme, da sie nicht wussten, ob die Fremden einen Hilferuf abgegeben hatten.

Die Stimmung auf dem Boot war bedrückend. Die Aschewolke hatte den gesamten Himmel eingenommen und das Wasser in den Kanistern wurde mit jeder Stunde weniger. Sven hatte sich zurückgezogen, sprach ab und zu mit den anderen, erklärte immer wieder, dass sie die Lage im Griff hätten. Offenbar hatten die anderen, seit Gunnar überwältigt worden war, Sven als Oberhaupt akzeptiert. Seine Entscheidungen waren nachvollziehbar, dennoch traute Oliver niemanden von ihnen. Käme nur einer auf die Idee, Diana anzufassen, würde er ihn ins Meer werfen.

Während sie in der Nähe des Schiffs auf Hilfe warteten, setzte der Atem des neben Gunnar sitzenden Gefangenen aus. Obwohl ihn zwei Männer zu reanimieren versuchten, starb der Mann. Das viele Blut, das aus einer Wunde am Kopf floss, war deutlich genug, um die Ursache seines Todes zu erkennen.

Nachdem sie ihn ins Meer geworfen hatten, schrie Gunnar laut herum. Sven wollte aber weder Oliver noch Diana übersetzen.

»Er sagte, er würde Sven die Arme und Beine herausreißen!«, flüsterte Elin. »Ich hoffe, die Fesseln halten ihn auch weiterhin.«

Nils musste daraufhin abermals zurückgehalten werden, zu seinem Vater zu gehen. Erst als er die Drohung erhielt, ebenfalls gefesselt zu werden, blieb er still.

Oliver schauderte. Sie würden einen Neunjährigen fesseln. Was machte der Überlebenskampf nur aus ihnen?

Am Nachmittag brach erneut Unruhe aus. Einer der Männer, der seit Stunden schweigend nur dagesessen hatte, stand plötzlich auf und rief einiges auf Isländisch.

»Er will, dass Sven das Wasser verteilt!«, übersetzte Elin und wies auf die Kanister, die unter Svens Aufsicht standen.

»Es reicht noch bis morgen«, sagte Sven ruhig, doch seine Stimme hatte einen scharfen Unterton. »Wenn wir es noch stärker rationieren, vielleicht bis übermorgen.«

»Wir verdursten hier!« Die Mutter des Mädchens trat näher, ihre Bewegungen waren aggressiv und Oliver konnte die Wut in ihren Augen sehen, ihre Verzweiflung. Svenja versuchte, ihre Mutter zurückzuhalten, doch diese schien wie von Sinnen. Er wusste nicht, was er täte, hätte er eine Tochter bei sich. Doch Sven war beileibe nicht schuld daran, dass das Wasser zur Neige ging.

Zwei Männer traten zwischen Sven und die Mutter, versuchten offenbar zu schlichten. Einer der beiden schob die Mutter etwas zurück, als sie nicht aufhörte, auf Sven einzubrüllen. Währenddessen weinte Svenja vor Verzweiflung. Die Mutter stieß den Mann zur Seite und griff nach dem Kanister.

Was folgte, war ein Chaos aus Schreien und Gerangel. Oliver sprang auf, um einzugreifen, doch bevor er etwas tun konnte, stürzte Sven nach hinten und fiel hart auf die Planken. Der Kanister rollte zur Seite und ein Schwall Wasser lief über die Bretter.

»Hört auf!«, rief Oliver, packte Sven und zog ihn hoch. »Das bringt nichts! Ihr verschwendet nur, was wir noch haben!«

Sofort schob die Mutter Svenja zu der Stelle, drückte sie zu Boden und zwang sie, das Wasser aufzulecken. Auch Nils sprang nun zu der Pfütze und leckte auf dem Boden herum.

Oliver graute es. Da saßen zwei Kinder wie Hunde am Boden und schleckten das Wasser auf.

»Wir müssen zusammenhalten«, sagte er schließlich laut. Dabei zitterte seine Stimme vor Anstrengung. »Wenn wir uns gegenseitig bekämpfen, werden wir alle sterben.«

Sven sagte etwas auf Isländisch, schließlich in Englisch. »Das habe ich von Anfang an gesagt. Ich versuche nur, uns durchzubringen.« Mit dem letzten Wort sah er Gunnar an, der aber seinen Blick abwendete.

Oliver ahnte, dass der Hüne völlig ausrasten würde, sollte er befreit werden.

Die Stunden vergingen, ohne dass auch die Matrosen auf dem havariertem Schiff einen weiteren Versuch unternahmen, zu ihnen zu gelangen. Schließlich dämmerte es und Sven sowie die anderen Männer beschlossen, mit dem einzigen Ruder weitaus mehr Abstand zu dem Schiff zu gewinnen. Keiner wollte das Risiko eingehen, in der Nacht überfallen zu werden.

Sven verteilte etwas Wasser. Jeder von ihnen trank nur einige Schlucke, obwohl sie alle am liebsten alles getrunken hätten. Auch Gunnar bekam etwas ab, sein Gesicht verriet allerdings nur Wut und Hass.

Als es schließlich dunkel wurde, konnten sie außer reinem Schwarz um sie herum nichts erkennen. Die Aschewolke erstickte jede Sicht auf den Himmel, kein Stern war zu sehen, kein Licht oder irgendeine Kontur.

Die Nacht war still, doch die Spannungen blieben. Immer wieder zischte jemand, kleine Streitereien schienen zu beginnen, und als Oliver Elin fragte, teilte sie ihm mit, dass einige der anderen Gunnar lieber nichts gegeben hätten. Oliver wusste, dass der momentane Frieden nur oberflächlich war. Der Gedanke an das gekenterte Schiff und die Matrosen darauf ließ ihn nicht los. Womöglich ging das Schiff in der Nacht unter oder aber es kam endlich jemand, weil die Besatzung vor dem Kentern Hilfe angefordert hatte. Dies glaubte er aber nicht, denn in diesem Fall wäre Hilfe bereits eingetroffen.

Plötzlich hörten sie entfernte Schreie.

Es waren eindeutig panische Hilferufe.

Jakob

Schwer atmend lag Jakob auf dem rollbaren Bett des Sanitätszeltes. Der Boden war mit staubigem Kunststoff ausgelegt und die kühle Luft Grönlands selbst hier spürbar, obwohl die dichten Wände das Schlimmste abfingen. Eine Ärztin, um die fünfundvierzig, mit schwarzem Haar und strengem Gesichtsausdruck sowie tiefen Falten auf der Stirn stand vor ihm, hielt ein Klemmbrett in der Hand und sprach in ruhigem, fast monotonem Ton.

»Ihr Herz zeigt Auffälligkeiten, Herr Jakob.«

Sie sprach Englisch mit deutlichem Akzent, doch Jakob verstand sie gut.

»Es ist nicht dramatisch, aber wir müssen vorsichtig sein. Ruhe ist das Wichtigste. Ihre Werte sind aufgrund von Stress und Erschöpfung extrem hoch, und das ist für jemanden in Ihrer Verfassung nicht gesund.«

»Was heißt „in Ihrer Verfassung"?«

»Sie haben viel mitgemacht, es war ein mehrtägiger Kampf ums Überleben. Und ihr Herz ist nicht das gesündeste.«

»Wie meinen Sie das?«

»Es scheint zuvor schon angegriffen gewesen zu sein. Litten sie unter einer Angina pectoris? Unter starkem Stress?«

Nur kurz dachte Jakob an seine verstorbene Frau. Jeder Gedanke war aber einer zu viel, er war einfach nur müde und wollte schlafen. Dennoch wanderten seine Gedanken zu Clara, Giulia und den anderen. Seit ihrer Rettung durch den Helikopter hatten sie wenig miteinander sprechen können. Die medizinische Versorgung hatte Vorrang gehabt und alle schienen zu müde zu sein, um sich über die Ereignisse auszutauschen.

Die Ärztin klappte das Klemmbrett zu und sah ihn mit ernster Miene an. »Sie müssen Hydration und Ruhe priorisieren. Sobald wir das Schlimmste hinter uns haben, sollten Sie eine genauere Untersuchung bekommen. Es ist aber wichtig, dass Sie jegliche Belastung vermeiden.«

»Verstanden,« murmelte Jakob und erhob sich langsam. »So gut das auch in dieser Situation gehen mag. Was passiert nun mit uns?« Sein Körper schmerzte bei jeder Bewegung, aber er biss die Zähne zusammen.

»Ein Soldat begleitet Sie zu ihrer Unterkunft. Es sind Sammelunterkünfte, wir haben hier nicht mehr Platz.« Sie nickte kurz und ging zu einer Kollegin, die eine Akte in der Hand hielt. Jakob bedankte sich knapp bei der Ärztin und ging zu dem Soldaten, der ihn leicht lächelnd empfing. Er sagte nichts, daher ging Jakob davon aus, dass er kein Englisch sprach.

Als sie das Gebäude verließen, blies Jakob augenblicklich kalter Wind ins Gesicht. Um sie herum waren Schnee und Eis, das von den Lichtern der Scheinwerfer angestrahlt wurde. Etwas Lautes brummte, vielleicht ein Generator, in der Ferne rief ein Mann etwas.

Sie erreichten ein weiteres Gebäude, das eher einer Forschungsstation glich. Im Innern erhellte mattes Licht einen Flur, sie bogen ab, bis sie einen Saal erreichten, der notdürftig durch Laken in mehrere Abteilungen untergliedert wurde. Er hörte Menschen murmeln, ein Kind weinen, jemand hörte Musik, woher auch immer. Noch immer sprach der Soldat nicht, als sie jedoch den Platz erreichten, wo seine Freunde waren, atmete Jakob erleichtert durch.

Sofort kamen Giulia und Simon auf ihn zu.

»Und?«, fragte Giulia.

Clara saß neben Petra auf einigen Matratzen, hinter und neben ihnen hingen bereits die Laken. Offenbar war das hier eine Sammelunterkunft für Menschen, die, wie sie, irgendwo gerettet worden waren.

»Alles okay!«, log Jakob. Er wollte nicht über sein Herz sprechen, zumindest noch nicht jetzt. Er war sehr froh, die anderen wiederzutreffen.

»Jetzt komm erst mal zur Ruhe«, mahnte Simon. »Setz dich zu uns, wir können uns jederzeit Tee holen.«

Tee! Wasser! Erst jetzt fiel Jakob auf, dass er nicht nur extremen Durst, sondern auch großen Hunger hatte.

»Ich hol dir Tee, setz dich!«, sagte Giulia, drückte ihn direkt zu Boden und verschwand aus seinem Sichtfeld.

»Hallo Kleines!«, begrüßte er Clara. Sie hatte wohl ein Kinderbuch bekommen, wenn auch in dänischer Sprache. Es enthielt aber Bilder und offenbar nutzte Clara es. Vielleicht hatten sie nun Zeit, sich gegenseitig etwas besser kennenzulernen? Bisher war alles ein einziger Kampf ums Überleben gewesen.

»Hier sind wir in Sicherheit.«

»Das hat Giulia auch gesagt. Aber was ist mit Mama und Papa?«

Er wusste kaum etwas über sie, nicht einmal, wo, wie und warum sie ihre Eltern verloren hatte. »Das weiß ich nicht. Wirklich nicht.«

Da kam Giulia mit einer Tasse Tee sowie einer Flasche Wasser. Sofort leerte er beides fast in einem Zug. Es tat unglaublich gut, sein Hals war trotz der Kälte ausgetrocknet gewesen.

»Offenbar gibt es zwei Mal am Tag Essen«, berichtete Simon.

Jetzt erst erkannte er, wie mitgenommen seine Freunde aussahen. Von den brünetten Haaren Claras waren nur zerstobene Strähnen unter einer schmutzigen Mütze zu erkennen, ihr Gesicht war fahl, erschrocken, voller Angst. Auch Giulia war blass, während Petra die Wärme des Gebäudes wohl besser aufnahm und sie als Einzige eine rötliche Gesichtsfarbe aufwies.

Er war so froh, sie um sich zu haben. »Und wie geht es euch?«

Giulia nickte leicht. »Clara wollte uns gerade erzählen, was passiert ist. Also genau.« Ihre Stimme wurde leiser und sie warf einen Blick zu dem Mädchen, das nun stumm auf den Boden starrte.

»Also auch, ob vielleicht ihre Eltern irgendwo sind?«, fragte Jakob vorsichtig, ohne auszusprechen, dass sie höchstwahrscheinlich tot waren.«

Clara hob den Kopf und sah ihn mit großen, traurigen Augen an. Sie nickte langsam und ihre Lippen zitterten, als sie zu sprechen begann.

In diesem Moment schien sie alle Last der Welt auf sich zu tragen.

»Wir rannten durch den Gang zum Oberdeck. Aber da kam überall Wasser rein. Und als wir oben ankamen, waren da so viele Menschen. Alle haben geschrien und wir wurden getrennt. Irgendwo habe ich Mama gesehen, sie hat gerufen, ich soll mich gut festhalten. Ich wollte dauernd zu ihr, aber ein anderer Mann hat mich gehalten und gesagt, ich soll mich nicht bewegen. Dann kam die große Welle. Danach waren sie einfach weg. Die meisten um mich herum, auch Mama. Und Papa hatte ich lange nicht mehr gesehen. Ich habe lange nach ihnen geschrien.«

Ihre Stimme brach und Giulia legte einen Arm um sie, während sie die Tränen laufen ließ.

Jakob spürte einen Kloß in seiner Kehle und suchte nach den richtigen Worten, auch wenn es sie gar nicht geben konnte. Zweifelsohne gehörten ihre Eltern zu den Tausenden, die Opfer des Tsunamis geworden waren. »Das tut mir so leid, Clara. Aber auch wenn es doof klingt, du bist nicht allein. Wir sind hier und wir lassen dich nicht im Stich. Niemals.«

Clara sah ihn an, ihre Augen glitzerten vor Tränen. »Vielleicht sind sie auch hier. Oder woanders, wo Menschen gerettet worden sind.«

»Vielleicht. Ja, vielleicht sind sie das.« Dabei sah er die anderen an, die nichts erwiderten. So klein die Chance war, dass Claras Eltern überlebt hatten, wollte er ihr jedoch diese Hoffnung lassen. Irgendwann musste sie kleiner werden, aber nicht jetzt, nicht hier.

Weil niemand mehr etwas sagte, stand Jakob auf und beobachtete das Lagerleben. Der Saal war voller Menschen, die alle ihre eigene Geschichte hatten. Einige saßen schweigend zusammen, andere sprachen leise über das, was sie durchgemacht hatten, eine Mutter stillte ihr Baby, zwei Mädchen sahen ein Bilderbuch an, während ihre Eltern sie in den Armen hielten. Er hörte Englisch, eine andere Sprache, die vermutlich Dänisch war, aber auch Französisch und mutmaßlich Norwegisch. Zwei Mitarbeiter gaben Tee aus, es roch nach Essen, doch Jakob konnte nicht erkennen, wo die Küche lag. Ein Soldat hielt mit einer Maschinenpistole Wache. Da fragte er sich, woher all die Gestrandeten stammten.

In den kommenden Stunden fanden sie Zeit, sich ihre Lebensgeschichten zu erzählen. Jakob erfuhr, dass Simon, Petra und Sabrina diese Kreuzfahrt gestartet hatten, weil sie sie gewonnen hatten. Sabrina hatte gehofft, bei dieser Reise einen Mann kennenzulernen, Simon und Petra hingegen wollten ihrer Ehe einen weiteren Höhepunkt durch eine wunderschöne Kreuzfahrt schenken.

Niemand konnte ahnen, dass alles in einer Katastrophe enden würde.

Nachdem Clara eingeschlafen war, öffnete sich Giulia. Als Jakob in ihr Gesicht sah und sich daran erinnerte, dass sie am ersten Tag der Kreuzfahrt die Erste gewesen war, mit der er sich länger unterhalten hatte, schüttelte er leicht den Kopf. Manchmal ließ das Leben bestimmte

Wirrungen entstehen, deren Sinnhaftigkeit niemand verstand. Zumindest anfänglich nicht.

»Ich stamme aus Mailand und habe mich schon früh als Stewardess auf einem Schiff beworben. Zunächst arbeitete ich in Genua, dann bekam ich das Angebot der MSC. Das habe ich mir kein zweites Mal überlegt und sofort zugesagt. Meine Eltern sind ausgeflippt, denn sie sahen mich nie im Ausland. Papa hat es wirklich hart getroffen, doch ich wollte meinen Traum leben. Die Fahrt nach Island war meine dritte mit der MSC.«

Und vielleicht deine letzte, dachte Jakob kurz, doch dies musste nicht so bleiben. Sie alle hatten absolut keine Ahnung, welche Ausmaße diese Welle gehabt hatte und ob die Vulkane auf Island Magma noch immer spien.

»Das ging nur, weil du keinen Freund hast«, riet Petra.

»Genau. Ich hatte zwar einen, habe mich aber vorher von ihm getrennt.«

»Wegen deines Plans, ins Ausland zu gehen?«, wollte Simon wissen,

»Nein, er war ein Idiot!« Dabei lächelte sie leicht und Jakob fiel auf, dass auch Petra lächelte.

»Der beste Grund, seinem Freund einen Tritt zu verpassen.«

Nun lächelte auch Jakob kurz. Es tat gut, wenn es auch nur der Bruchteil eines Augenblicks war, der sie aus der gegenwärtigen Situation riss.

Als er zu den Laken sah, die vielen Stimmen um sich herum hörte und den warmen Tee in sich spürte, schloss er die Augen. Er war müde, sehr müde sogar. Seine Gedanken wanderten zurück zum Meer, zu den Wellen, zu den Momenten an Deck, wo die erste gigantische Welle das Schiff wie ein Spielzeug hatte kippen lassen. Er wusste, dass er diese Bilder niemals wieder verlieren, sie immer in sich tragen würde. Auch Clara und die anderen. Doch sie waren gerettet und zum ersten Mal seit langer Zeit konnte er wieder die Augen schließen, ohne Angst zu haben, ein unachtsamer Moment könne den Tod bedeuten.

Er schlief bis zum nächsten Morgen, dann benötigte er einige Augenblicke, um zu begreifen, wo er war.

»Schlaf ruhig länger«, begrüßte ihn Simon. »Du brauchst es wirklich.«

Jakob fiel auf, dass Clara, Giulia und Petra fehlten.

»Sie sind in der Mensa, die hat jetzt geöffnet.«

»Wie? Gibt es da Öffnungszeiten? Eine Mensa?«

»Nein, die haben eine ins Leben gerufen. Wir essen jetzt dort, aus hygienischen Gründen. Und da gibt es einen Fernseher.«

»Ach!« Jakob war zutiefst neugierig auf das, was die Medien zu berichten hatten. Er wusste rein gar nichts. »Dann lass uns gehen!«

In der Mensa schlug Jakob etwas kältere Luft entgegen. Durch einige Fenster konnte er einen Blick ins Freie wagen. Die Umgebung war weiß aufgrund von Schnee und Eis, zwei weitere Gebäude leuchteten wie Farbflecke in einer monotonen Welt.

Hier drin spürte er hingegen reges Leben. Viele der Überlebenden saßen auf den notdürftig aufgestellten Bänken, die um Dutzende Tische gruppiert worden waren, es roch nach Suppe und Gewürzen. Augenblicklich lief Jakob das Wasser im Mund zusammen.

»Stell dich dort an, es gibt Fischsuppe. Ist echt lecker.«

Mit offenem Mund starrte Jakob Simon an. Gestern wären sie fast ertrunken, heute sprachen sie über Suppe.

Wenig später aß Jakob neben seinen Freunden sitzend die ersten Löffel der Mahlzeit. Es gab auch Brot, wenn auch nicht allzu viel. Sein Blick wurde auf den

Monitor der Fernsehers gelenkt, man hatte den Sender CNN gewählt, vermutlich der englischen Sprache wegen.

Die Bilder, die dort gezeigt wurden, ließen nicht nur ihn verstummen, denn viele der Anwesenden starrten schweigend auf die sich bewegenden Bilder. Luftaufnahmen zeigten Verwüstungen in Norddeutschland, Holland, Belgien, Großbritannien, Dänemark und Nordfrankreich, weite Landstriche, die unter Wasser standen, Städte, die kaum mehr als Ruinen waren. Hubschrauber filmten die katastrophalen Zustände der Landgebiete, die von einer gigantischen Tsunamiwelle getroffen worden waren.

»Oh mein Gott!«, murmelte er nur. »Es hat auch Europa getroffen ...«

»Ja«, bestätigte Simon. »Der Westen Schleswig-Holsteins und große Teile Niedersachsens sind quasi weg. Unglaublich.«

Jakob war es augenblicklich eiskalt geworden. Elsa! Sie war in Schleswig-Holstein, doch er wusste nicht genau, wie weit weg von der Küste. Übelkeit überfiel ihn und er musste ein Glas Wasser trinken. Nein, das durfte nicht sein!

Sein Herz fing wieder zu stechen an.

»Was ist?«, fragte Giulia.

Er erzählte von der beruflichen Fahrt seiner Tochter mit den Jugendlichen. Ihre Unterkunft musste einfach genügend Abstand zur Küste haben, alles andere durfte keinen Zugang in seinen Kopf gekommen.

»Ihr geht es bestimmt gut,« murmelte Giulia neben ihm. »Die Welle ist unmöglich so tief ins Land eingedrungen.«

Jakob konnte nur nicken, er musste es einfach. Giulia hatte recht. Bereits nach zehn, fünfzehn Kilometern musste die Welle gebrochen worden sein. Verzweifelt versuchte er, sich daran zu erinnern, wie weit die Welle in Indonesien bei dem verheerenden Tsunami ins Land eingedrungen war, konnte sich jedoch nicht entsinnen. Alles verschwamm nun in seinem Kopf, er hatte riesige Angst um Elsa. Er erinnerte sich aber an die Aufnahme in Google Maps, als ihm Elsa einst gezeigt hatte, wo diese Unterkunft lag. Es war nicht an der Küste gewesen. Es war weiter im Landesinneren.

Ihr ging es gut, es musste ihr gut gehen.

Er sah zu Clara, die stumm auf den Bildschirm starrte, ihre kleinen Hände waren fest um Giulias Arm geklammert.

»Wie lange wird es dauern, bis wir wieder nach Hause können?«, fragte Clara. Ihre Stimme war kaum mehr als ein Flüstern.

»Das weiß niemand,« antwortete Jakob ehrlich, bevor er sich zu Simon drehte. Elsa ging im nicht aus dem Kopf, seine Finger zitterten, auch wenn er sich sicher war, dass Elsas Unterkunft nicht an der Küste gelegen hatte. »Aber warum? Warum die Welle? War es das unterseeische Beben?«

»Genau«, antwortete Simon. »Deshalb sind die Vulkane explodiert, deshalb auch die Aschewolke. Ich habe einen der Soldaten gefragt, der Englisch konnte.«

»Was hast du gefragt?«

»Ob die Wolke die Flüge beeinträchtigt und somit auch die Rettungsmaßnahmen.«

»Und? Lass es dir doch nicht aus der Nase ziehen!«

»Sie fliegen bereits fast blind. Das Ding zieht sich über den halben Atlantik. Nächste Woche erreicht es Europa und den Osten.«

»Oh mein Gott!«, stieß Jakob entsetzt aus.

»Der hilft uns auch nicht. Für mich heißt das, wir müssen hier bald weg, oder wir bleiben für längere Zeit in Grönland.«

»Wir sind gestern erst angekommen. Die werden schon wissen, was sie machen.«

»Was sie halt so machen können. Keine Ahnung, was die Aschwolke alles anrichtet.«

Sie fliegen die Küsten Schleswig-Holsteins ab!, dachte sich Simon. *Sie müssen! Alle Einsatzkräfte Europas werden die Küstengebiete absuchen.*

Jakobs Herz raste, wenn er an Elsa dachte. Sein körperlicher Zustand war ein ständiger Reminder an seine Grenzen. Da um sie herum andere Menschen an den Tischen saßen, hörte er manchmal die Geschichten der anderen Geretteten, deren Erfahrungen und Perspektiven. Es war ein merkwürdiger Trost, zu wissen, dass sie nicht allein in ihrem Leid waren, und dies auch immer nur wenige Augenblicke, weil sich Elsa pausenlos in seine Gedanken schlich.

Sein Blick fiel auf Giulia, die versuchte, Clara zum Essen zu überreden. Teilnahmslos saß das Mädchen vor seinem Teller Suppe.

»Weißt du, was ich bewundere, Giulia?«, fragte er plötzlich.

Giulia blickte ihn überrascht an. »Was denn?«

»Wie du dich um Clara kümmerst. Du hast eine unglaubliche Geduld und ein Herz, das so unglaublich groß ist. Es ist schwierig in unserer Situation.«

Giulia errötete leicht, doch sie lächelte. »Ich glaube eher, es ist leichter. Es tut auch mir unglaublich gut, es ist, als gäben wir uns gegenseitig Liebe. Sie erinnert mich an meine kleine Schwester. Ich würde alles tun, um sie zu beschützen. Und Clara braucht uns. Sie braucht uns alle.«

Jakob nickte. Es war ein seltener Moment der Nähe in einer Welt, die von Chaos und Zerstörung gezeichnet war.

Seine Gedanken wanderten abermals in den Norden Deutschlands zu seiner Tochter. Jederzeit würde er sein eigenes Leben für Elsas geben, wenn er denn nur die Gelegenheit dazu haben sollte.

Mascha

Lilli lag flach auf dem Rücken und starrte in die endlose Schwärze über ihr. Die Geräusche der Nacht waren unheimlich, jedes entfernte Schreien, jedes Brummen, das sich wie ein Helikopter anhörte, sich allerdings als etwas anderes herausstellte, ließ ihren Körper anspannen. Vor allem aber die laute Rufe eines Mannes aus weiter Entfernung, die sich unheimlich anhörten. Neben ihr atmete Mascha leise und gleichmäßig, doch Lilli wusste, dass auch sie nicht schlief. Elsa saß etwas weiter hinter ihnen und hielt Wache. Von Clemens und Ines war nur das Flüstern ihrer leisen Unterhaltung zu hören.

Die Nacht war kalt und feucht. Obwohl Lilli sich erholte und ihr Fieber zurückging, fühlte sie sich immer noch schwach. Ihre Gedanken kreisten unaufhörlich um die Situation, in der sie sich befanden. Das Wasser, das sie umgab, war wie ein ständiger Feind, ein Mahnmal für die Zerstörung, die sie bisher überlebt hatten. So viel Wasser, und nichts davon konnten sie trinken. Es war, als setzte man ein Kleinkind inmitten giftiger Süßigkeiten.

»Lilli, schläfst du?« Maschas Stimme war leise, fast ein Flüstern.

»Nein. Wie könnte ich?«

Mascha lächelte schwach, sie erkannte es gerade noch im fahlen Licht des Sternenhimmels. Dem des Südens, denn von Norden näherte sich unaufhaltsam das alles einnehmende Schwarz der Aschewolke.

»Ich auch nicht. Ich höre ständig die Schreie. Es macht mich verrückt.«

Lilli nickte. »Entweder ist da jemand eingeklemmt oder verletzt oder er schreit um Hilfe. Keine Ahnung.«

Mascha legte eine Hand auf ihren Arm. »Das ist wie in einem verf... Horrorfilm.«

»Warum so scheu? Sprich es doch aus. Verfickter Horrorfilm.«

»Clemens und Ines sind doch wach.«

»Na und? Lass es raus!«

»Nö.«

»Verfickt!« Lillis Stimme hallte laut über das Wasser.

»Lilli, alles in Ordnung?«, fragte Elsa nach.

»Wir lernen gerade.«

»Was? Ausdrücke herumbrüllen?«

»Warum nicht?«

Seltsamerweise äußerte Elsa nichts mehr, und so wendete Lilli sich wieder Mascha zu.

»Verfickt!«

»Ja, Mann. Verfickt!«

»Lauter.«

»Verfickt!!!« Nun hallte Maschas Stimme durch die Nacht.

»Geht's euch gut?«, fragte nun Clemens.

Seltsamerweise musste Lilli lachen. Es war ihr so egal wie sonst irgendwas, was die beiden über sie dachten. »Ja, jetzt geht's wohl besser.«

»Die denken vielleicht, du hast hohes Fieber!«, flüsterte Mascha. »Wie geht's dir eigentlich gerade?«

»Besser. Ich will, dass uns morgen endlich so ein verschissener Heli mitnimmt. Das scheiß Wasser muss doch auch endlich mal abfließen.«

»Vielleicht ist es ja morgen fast weg.«

»Ich hab so Durst. Und Hunger.«

»Ich hab auch Hunger.«

Überrascht blickte Lilli Mascha an. »Du? Das ist ein Witz, oder?«

»Häh? Nur weil ich unter Bulimie leide, heißt das nicht, dass ich Bock darauf habe, zu verhungern.«

»Wie oft hast du schon gesagt, dass du Hunger hast?«

»Viel zu wenig.«

»Morgen bekommen wir sicherlich etwas«, mischte sich Elsa ein, die offenbar zugehört hatte. »Und sehr gut Mascha, dass du deine Gefühle rauslässt.«

»Wow!« Lillis Stimme war voller Sarkasmus. »Selbst jetzt noch das Psychologen-ABC? Echt jetzt?«

»Ach Lilli!«

»Ist das alles?«

»Ja. Das ist alles. Irgendwann wirst du schon verstehen, dass manche Menschen einfach nur helfen oder teilhaben wollen, ohne Hintergedanken zu haben.«

»Sie muss lernen, zu vertrauen.« Es war Ines, die das gesagt hatte.

Lilli grunzte, sagte aber nichts dazu. Es war das zweite Mal, dass sie Ines nichts entgegnen konnte, weil es sie auf so unbekannte Weise entwaffnete. Seltsamerweise erkannte sie in diesem Moment, dass sie wirklich niemandem vertraute. Nur Mascha, und selbst das hatte sie anfänglich geärgert. Es ärgerte sie immer noch, schließlich machte es schwach, verwundbar und durchsichtig. Doch Mascha war anders als die anderen Mädchen, sie spürte, dass alles in ihr friedlich war, überraschend angenehm, und sie wollte ihr helfen, selbstbewusster zu werden.

Und warum zum Teufel schien Ines wie ein Röntgenapparat in sie hineinsehen zu können?

»Wenn dich in Zukunft jemand „Russenbraut" nennt, haust du ihm in die Fresse.«

»Wir kommst du denn darauf?«

»Ich habe an Marcel gedacht. Und die anderen.«

»Aber Marcel ist tot.«

»Klar, aber es wird zukünftig andere geben, die dich fertigmachen wollen. Vielleicht schon morgen.«

»Mann, Lilli. Ich mag hier erst mal raus.«

Lilli war schon irgendwie raus. Zumindest hoffte sie es. Sicherlich wurden sie morgen abgeholt, wenn sie dieses Hennstedt betraten.

Die Stunden schleppten sich dahin, irgendwann wurde es stiller, denn auch die Schreie des Mannes verstummten. War er tot oder hatte er einfach nur aufgehört? Lilli schloss die Augen, doch der Schlaf kam nicht. Stattdessen hörte sie, wie Elsa angenehm monoton mit Clemens sprach. Einige Sterne funkelten, schließlich nahm sie andere Gerüche wahr, hörte Stimmen und fiel in unruhigen Schlaf.

Am nächsten Morgen war der Himmel grau und ein leichter Nebel hing über dem Wasser. Dem Wasser, das deutlich gesunken war. Der größte Teil des Bodens war zu sehen, braune und schwarze Flecken, unendlich viel Unrat, Tonnen von Ästen, Zweigen, Holz, Steinen, nicht identifizierbare Kunststoffteile – alles, was eine Tsunamiwelle mit sich reißen konnten.

»Wir brauchen das Boot nicht mehr«, erklärte Clemens. »Wir alle müssen nun gehen. Wird verdammt schwer.«

»Warum?«, wollte Mascha wissen.

»Schau doch mal auf den Grund. Das ist Moor und Sumpf.«

Lilli konnte sich vorstellen, dass sie ständig einsanken. Da sie sich aber wesentlich besser als noch am Vortag fühlte, hoffte sie, dass ihr dies gelänge. Noch konnte sie ihren Blick nicht von dem Ausmaß der Zerstörung wenden. Es sah aus, als hätten unzählige Bomben alles zerfetzt. Es war unglaublich, was eine derartige Welle an

Schaden anrichten konnte, was das Wasser alles mit sich riss.

»Wir geht es dir, Lilli?«, wollte Elsa wissen.

»Es geht. Was machen wir mit dem Boot?«

»Dalassen!« Clemens stützte seine Hände in die Hüften. »Ist nur unnötiger Ballast. Wir müssen schnellstmöglich Hennstedt erreichen.«

In kurzer Zeit packten sie ihre wenigen Habseligkeiten zusammen, tranken Wasser und stiegen vorsichtig vom Dach hinab. Das Wasser stand nur noch in Tümpeln, tatsächlich sank Lillis Schuh weit in den Untergrund ein. Es roch nach Meer, fischig, teilweise modrig.

»Wir müssen langsam gehen«, erklärte Clemens. »Sucht euch Äste, Holz oder andere Dinge, auf die ihr tretet. Vermeidet den Kontakt zum matschigen Untergrund.«

Lilli nickte nur und folgte schließlich den anderen durch das trübe Wasser.

Mit jedem Schritt wateten sie durch reinen Schlamm. Immer wieder stank es auffallend, die Schuhe füllten sich mit dreckigen Wasser, es matschte und gluckste. Lilli fand es ungemein anstrengend, durch den Morast zu gehen, teilweise sank sie bis zum Schienbein ein. Bereits nach wenigen Minuten musste sie innehalten und durchatmen.

»Du hattest gestern noch Fieber«, mahnte Elsa. »Wir alle sollten langsamer machen. Lilli, sag bitte Bescheid, wenn du Pausen brauchst.«

Lilli sagte nichts, nickte kaum spürbar, denn sie wollte Elsa nicht zustimmen. Sie war jedoch froh über ihren Vorschlag und stützte sich mit einer Hand auf Mascha.

»Du bist so dürr, aber echt total stark.«

»Quatsch.«

Lilli empfand Mascha tatsächlich als stark. Sie hatte diese ganze Katastrophe kaum kommentiert und sich trotz ihrer eigenen Lage um Lilli gekümmert. Obwohl sie befürchtete, dadurch ihre eigene Schwäche zu beleuchten, war sie Mascha sehr dankbar.

Schließlich gingen sie weiter. Die wenigen Überreste der Häuser Hennstedts sowie die verbogenen Metalltürme der Hochspannungsleitungen schienen nicht näher zu kommen. Manchmal trat sie auf Spielzeug, auf Wäsche, immer wieder sah sie tote Tiere, allem voran Fische, aber auch Rehe, Dachse, Mäuse, Marder und Vögel. Zwei Mal umgingen sie Leichen, in einem Fall hingen sogar drei zusammen. Lilli beobachtete, wie Mascha sich zwang, nicht zu ihnen zu sehen, und sie kommentierte auch nicht die toten Menschen. Niemand von ihnen tat es. Lilli erkannte, dass sie wohl pausenlos auf Tote treffen würden.

Elsa hielt nun die Führung und löste Clemens sowie Ines ab. »Lilli, sag Bescheid, wenn du nicht mehr kannst.«

»Und dann? Wir werden wohl kaum hier rasten.«

»Warum nicht? Wir können uns überall ausruhen.«

»Warum muss sie immer so sein?«, murmelte Lilli leise zu Mascha. »Sie denkt, ich bin ein Kleinkind.«

»Nein, sie versucht nur, uns zu helfen«, antwortete Mascha. »Du warst krank. Was soll sie denn sonst tun?«

Lilli schnaubte. »Vielleicht. Aber sie muss nicht so tun, als wäre sie unfehlbar. Bist du jetzt auf ihrer Seite?«

»Quatsch. Aber hör doch mal auf, alles schlecht zu machen. Sie ist für uns da. Sie ist uns sogar gefolgt, als wir wegrannten.«

»Klar, ist ja auch ihr Job!« Lilli verstand sich selbst nicht. Wieder spürte sie das Dunkel in sich, dieses Loch, das größer wurde. In diesem Moment hätte sie Elsa gerne gefragt, ob es auch an den fehlenden Tabletten lag, doch sie tat es nicht. Manchmal ärgerte sie sich über ihren Stolz, wenn auch nur sehr selten.

Es dauerte vier Stunden, bis sie schließlich den Ortsrand Hennstedts erreichten. Die meisten Häuser waren eingefallen, zerrissen, der Boden war übersäht mit Holz, Dachplatten, Steinen, Putz, Mauerstücken, dazwischen lagen Fahrzeuge, mal auf der Seite, mal auf dem Dach, ein Lkw war auf eine Grundmauer geschwemmt worden und hing schief, wieder sahen sie einige Leichen. Einige von ihnen lagen teils unter Wasser, andere wiesen beige-grüne Haut auf, teilweise waren die Gesichter verzerrt, Augen aufgerissen, ein Kinderbein ragte zwischen Trümmern hervor.

»Seht nicht hin!«, riss Ines' Stimme Lilli aus einer Art Schockzustand. »Ihr bekommt das sonst nicht mehr aus eurem Kopf.«

Als Lilli ein Kleinkind entdeckte, das kopfüber in einer Senke voller Wasser lag, hielt sie entsetzt die Hände vor ihren Mund. Dieses Bild drängte sich tief sie, ließ sie zittern und schwer atmen.

Schließlich rannen Tränen über ihr Gesicht, die sie nicht aufhalten konnte.

Und auch nicht wollte.

Diana

Die Hitze war gnadenlos. Obwohl die Aschewolke die Sonne vollständig abschirmte, schien es Diana, als würde Feuer auf sie herabbrennen. Sie ahnte, dass es am Durst lag, an der Übermüdung, ihrem allgemein erbärmlichen Zustand, der Angst. Sie saß auf der harten Bank des kleinen Bootes und beobachtete das Meer. Nichts mehr war zu sehen vom Schiff, das auf der Seite gelegen hatte, mit acht Überlebenden an Bord. Das Schreien in der Nacht hatte also vermutlich stattgefunden, weil das Schiff endgültig untergegangen war. Sie stellte sich vor, wie einige der Schwimmenden vermutlich ihr eigenes Boot gesucht, es aber aufgrund der absoluten Finsternis nicht gefunden hatten. Vermutlich stundenlang, bevor sie ertrunken waren.

Der Ozean wirkte außerordentlich still. Vielleicht war er satt, nachdem er ein weiteres Schiff sowie einige Menschen auf seinen Grund herabgezogen hatte.

Elin saß still neben ihr, die Knie angezogen, den Blick starr auf das Wasser gerichtet. Kristjan war am Bug, er hatte die Arme verschränkt, während er immer wieder prüfend zum Horizont blickte.

Oliver hatte sich neben 'sie gesetzt, seine Hand lag leicht auf ihrem Knie. Es war eine Geste, die mehr Trost spenden sollte, als sie tatsächlich tat. Alle an Bord waren völlig am Ende.

»Was denkst du?«, fragte sie ihn, auch wenn sie wusste, dass er ihr keine einzige Frage beantworten konnte. »Glaubst du, die haben jemanden erreicht?« Ihre Stimme klang rau, die Worte kratzten in ihrem trockenen Hals.

Oliver schüttelte den Kopf. »Ich hoffe es.« Seine Augen verrieten die Zweifel, die er nicht aussprechen wollte.

Ihr eigenes Boot driftete weiter, angetrieben von den launischen Strömungen des Ozeans. Der Verlust des gekenterten Schiffs brachte eine neue Welle der Resignation über die Gruppe, denn es waren nur wenige, die daran glaubten, dass vom gekenterten Schiff ein Notruf ausgegangen war.

»Wir haben nur noch für eine Runde Wasser«, sagte Sven plötzlich.

Die Worte trafen Diana wie ein Schlag. Natürlich hatten sie es gestern Abend gesehen, doch es nun bestätigt zu wissen, unterstrich ihre kritische Situation. Sie sah, wie die anderen ihn anstarrten, manchen waren die Wut und der Frust deutlich anzusehen.

Jemand fragte etwas, einige murrten, Gunnar lachte laut, als sei er wahnsinnig geworden.

»Dann sollten wir mit der letzten Runde warten«, schlug Oliver vor, ohne zu wissen, was die anderen besprochen hatten.

»Wir trinken heute Abend wieder.« Sven sagte es zuerst auf Isländisch, dann auf Englisch.

Wieder riefen einige durcheinander, Svenjas Mutter schien sich Gunnar anzuschließen und rebellierte mit ihm. Andere mischten sich ein, es schien darum zu gehen, ob einige von ihnen überhaupt bis zum Abend durchhielten.

Als es ruhiger wurde, nickte Sven.

»Sie haben entschieden, bis zum Abend zu warten«, übersetzte Elin. Dabei sah sie zu Kristjan. »Du trinkst dann meine Portion.«

Er antwortete scharf in Landessprache, sodass Diana ahnte, dass er das Angebot seiner Mutter ablehnte.

Um Kraft zu sparen und den Durst etwas aufzuhalten, entschieden sie, so wenig wie möglich miteinander zu sprechen. Diana spürte, wie sich eine lähmende Angst in ihrer Brust ausbreitete. Der Durst war schon jetzt unerträglich, ihre Kehle fühlte sich an wie Sandpapier, ihre Lippen waren aufgesprungen. Sie sah zu Oliver, der stumm vor sich hin starrte, und wusste, dass er dieselben Gedanken hatte wie sie.

Svenjas Mutter kümmerte sich auffallend um Nils und sah immer wieder zu Gunnar. Oliver wusste nicht, ob sich die beiden schon vorher gekannt hatten, und er verstand auch nicht, was die Frau fortwährend Nils einflüsterte. Svenja schien mit dieser Situation völlig überfordert zu sein.

Plötzlich wurde es laut. Gunnar schrie herum, riss an seinen Fesseln und wollte aufstehen, doch er war ihm nicht möglich.

»Was hat er denn?«, fragte Oliver.

Elin beugte sich nahe zu ihnen, als wollte sie verhindern, dass Gunnar sie hörte. »Ich glaube, er schnappt über. Er will Sven umbringen.«

Plötzlich riss eine der Fesseln. Gunnars Beine waren frei, und nachdem er erkannt hatte, dass er sich auf dem Boot bewegen konnte, lief er trotz noch gefesselter Hände auf Sven zu. Dieser stürzte, während Gunnar wie wild geworden auf ihn eintrat. Sofort eilten drei Männer dazu, rissen Gunnar weg, doch er biss um sich, schrie, stieß seinen Kopf in das Gesicht eines der Helfer. Dieser spuckte Blut, brüllte einige Worte, packte Gunnars Kopf und schlug ihn einige Male gegen die Bordwand. Blut spritzte, bevor er Gunnar von Bord stieß.

Platschend fiel Gunnar ins Wasser.

Frauen und Kinder schrien, vor allem Nils. Er kreischte wie eine Sirene, riss sich von den Armen der Frau los und rannte an die Stelle, an der Gunnar ins Wasser gefallen war. Sven hielt ihn davon ab, seinem Vater hinterherzuspringen.

Mit angehaltenem Atem sah Diana, wie Gunnar verzweifelt versuchte, sich über Wasser zu halten, doch aufgrund seiner gefesselten Hände gelang es ihm nicht. Er prustete, schrie, hustete, immer öfter ging sein Kopf unter. Unter Nils' flehenden Schreien versuchte ein Mann, nach Gunnar greifen, doch es kostetet zu viel Kraft. Bevor er selbst ins Wasser fiel, ließ er ab.

Gunnar ächzte, schrie, schluckte Wasser, irgendwann gurgelte er nur noch. Nach weiteren Versuchen, an der Wasseroberfläche zu bleiben, ging er schließlich unter. Mit hämmerndem Herzen starrte Diana an den Punkt, an dem der Körper unter Wasser gesunken war. Da kam nichts mehr, weder Haare noch Haut noch irgendetwas, das auf ihn hinwies.

Gunnar war ertrunken.

Nils begann nun zu weinen, schlug um sich, der Mann, der Gunnar hatte helfen wollen, schrie seine Wut aus sich heraus, beruhigte sich dann aber schnell.

Nicht jedoch Nils. Pausenlos rief er den Namen seiner Vaters, bis er sich schließlich unter Heulkrämpfen hinsetzte.

»Einer weniger, der Wasser braucht!«, flüsterte Oliver leise.

Diana erschrak. Es war nicht irgendwer, der es sagte, es war ihr Mann. Oliver. Zunächst sah sie ihn fassungslos an, doch schließlich riss sie den Blick ab. So Grauen erregend die Erkenntnis auch war: Er hatte recht. Und Gunnar war ein Mann gewesen, der ihr Angst gemacht hatte.

Sie konnte jedoch nicht die Augen von dem Jungen abwenden. Während Svenjas Mutter ihn zu trösten versuchte, spürte sie die Beklemmung aller an Bord. Außer dem einen Mann hatte niemand helfen wollen, und alle hatten es zugelassen, dass ein neunjähriger Junge mit ansehen musste, wie sein Vater ertrank.

Sie waren zu Bestien mutiert.

Ab diesem Zeitpunkt schien alles anders. Diana fühlte, wie die Spannung im Boot wuchs. Die Gesichter der anderen waren verkniffen, die Augen von Angst und Misstrauen erfüllt. Der Durst war wie ein unsichtbarer Feind, der sie alle an den Rand ihrer Kräfte brachte.

Und offensichtlich verschob er die Grenzen der Moral deutlich.

Ein ganzer Tag verging in Qual. Die Sonne brannte unerbittlich und das Wasser unter ihnen war eine grausame Erinnerung an das, was sie nicht trinken durften. Noch nicht. Diana fühlte, wie ihre Kräfte schwanden, ihre Gedanken wurden träge und ihr Körper war nur noch ein Schatten seiner selbst. Sie sprach kaum noch, hielt sich an Oliver fest, der allerdings genauso schwach wirkte wie sie. Nils hatte längst aufgehört zu weinen, sah aber die anderen immer wieder hasserfüllt an.

Am Abend, als es etwas dämmerte, wurden sie alle unruhiger. Bald würde es Wasser geben, bald schmerzten der Hals und der alles überdeckende Durst nicht mehr so sehr. Doch es würde das letzte Mal sein, dass sie tranken.

Vielleicht auch das letzte Mal in ihrem Leben.

Plötzlich rief Svenja etwas und wies mit dem Finger in eine Richtung.

»Ein Boot!«, sagte Oliver aufgeregt.

Tatsächlich schälte sich der Umriss eines Segelbootes aus der Dämmerung. Lautlos glitt es auf sie zu.

»Hallo!«, rief Sven laut, dann reihten sich auch andere ein. Binnen kurzer Zeit entstand ein lautes Gebrüll, sie winkten, stampften mit den Füßen, einer pfiff ohrenbetäubend laut.

Das Schiff entpuppte sich als eine elegante weiße Jacht, die still im Wasser trieb. Diana hielt die Luft an. Warum zum Teufel antwortete niemand?

»Ist es verlassen?«, fragte Oliver wohl mehr sich als die anderen.

Sven hob die Schultern. »Das werden wir herausfinden.« Mit dem Ruder steuerten sie langsam näher, jeder Zug war eine Qual.

Als sie die Jacht erreichten, ahnte Diana, dass niemand an Bord war. Es war unheimlich, die Stille, die sie umgab, ebenso die Art, wie das Boot wie ein Geisterschiff im Wasser lag. Zuerst kletterten Sven und zwei

Männer an Bord, durchsuchten es für einige Minuten, bevor sie die anderen zu sich riefen.

Diana staunte, als sie das Innere der Jacht betrat. Sie war luxuriös eingerichtet, mit Ledersitzen und gläsernen Tischen, doch alles war verlassen. Die Luft war stickig und ein modriger Geruch hing in der Luft.

»Wasser! Hier ist Wasser!« rief Elin plötzlich auf Englisch. Diana lief zu ihr und sah, wie sie auf drei Flaschen wies. Es war nicht viel, aber mehr, als sie überhaupt erhofft hatten. Neben der kleinen Vorratskammer fanden sie auch einige Konservendosen und verpacktes Brot. Es war ein Fund, der wie ein Wunder erschien.

Das Funkgerät, auf das sie gehofft hatten, war allerdings defekt. Diana sah zu Sven, der es mit einem Ausdruck der Verzweiflung betrachtete.

»Wir können damit niemanden erreichen«, sagte er. »Aber wir haben eine Leuchtpistole entdeckt. Sie ist funktionstüchtig.«

Schließlich versammelte sich die Gruppe auf dem Deck der Jacht. Sven verteilte das Wasser seines eigenen Bootes, das frisch gefundene Wasser wollten sie noch einteilen.

Zum ersten Mal seit Tagen fühlte Diana, wie eine Spur von Erleichterung in ihr aufstieg.

»Warum ist das Boot leer?«, fragte Oliver. »Es ergibt keinen Sinn. Sie haben Lebensmittel und Wasser zurückgelassen.«

Einige andere diskutierten auch, doch Diana wusste nicht, worüber.

»Vielleicht wurden sie von einem anderen Schiff aufgenommen.«

Oliver nickte. »Das ist das Einzige, was Sinn ergibt.«

Diana nickte und griff nach seiner Hand. Es tat unendlich gut, vor allem, weil die größte Angst erst einmal vorbei war. Ja, sie hatten etwas Wasser und ein weitaus größeres Schiff, auf dem sie alle genügend Platz fanden.

Doch sie hatten keineswegs mehr als vielleicht zwei Tage Aufschub. Der Tod aufgrund von Flüssigkeitsmangel schwebte noch immer wie ein Damoklesschwert über ihnen.

Sven und drei weitere Männer untersuchten das Schiff nun gewissenhafter, doch sie fanden kein Wasser mehr.

Schließlich brach die Nacht herein. Diana lag mit Oliver auf einer Couch, andere teilten sich Betten, wieder andere Sofas oder das Stockbett, das unter Deck an einer Wand stand. Fast alle hatten einen weichen Schlafplatz gefunden, nur drei Männer wechselten sich dabei ab, eines der Betten zu nutzen.

Müde, ausgelaugt und gezeichnet von den Erlebnissen des Tages schloss Diana die Augen. Die Wellen schlugen sanft gegen die Jacht, ein leises, beruhigendes Geräusch. Doch in ihrem Herzen wusste sie, dass der Kampf noch lange nicht vorbei war.

Jakob

Die Mensa der grönländischen Forschungsstation Narsarsuaq war überfüllt und stickig. Menschen saßen auf Stühlen, Bänken, dem Boden – überall, wo Platz war. Jakob hatte einen Platz am Rand des Raumes ergattert, nahe genug, um den Fernseher sehen zu können, aber weit genug entfernt, um nicht mitten im Gedränge zu sitzen. Der Fernseher war ein alter Flachbildschirm, der an einer Halterung hing und die Nachrichten in abgehackten Bildern zeigte. Die Stimme der Nachrichtensprecherin war monoton, fast emotionslos, während sie über die verheerenden Ausmaße der Katastrophe berichtete. Noch immer lief CNN, und Jakob fragte sich, ob es der einzig verfügbare Sender war. Wenigstens gab es überhaupt einen, schließlich wusste er nicht, ob die sich ausbreitende Aschewolke den Funk massiv einschränkte.

Die Bilder waren unerträglich. Luftaufnahmen zeigten Städte, die komplett vom Wasser verschlungen worden waren. Besonders hart betroffen waren die Niederlande, denn Städte wie Amsterdam, Rotterdam und Den Haag waren quasi verschwunden, von Groningen zog sich über Bremerhaven und Cuxhaven ebenso eine Schneise der Zerstörung, zumindest über alles innerhalb einer Distanz von etwa dreißig Kilometern zum Meer. Auf der britischen Insel war von Norwich bis Aberdeen die Küste ebenso unbewohnbar wie die Westküste Dänemarks und Schleswig-Holsteins.

Elsa!

Wieder durchdrang ein schneidender Schmerz Jakobs Brust.

Die Tsunamiwelle musste gigantische Ausmaße gehabt haben. Weiter im Landesinneren wurden Menschenmengen gezeigt, die sich durch zerstörte Landschaften schleppten, teilweise auf Rettungsbooten, zumeist zu Fuß, die wenigsten trugen etwas bei sich. Einmal erschien eine Aufnahme eines Schiffswracks, das Jakob stark an das eigene gekenterte Schiff erinnerte.

Sie zeigten auch Aufnahmen aus Reykjavik, das ebenso zerstört war wie alle anderen Siedlungen Islands. Die ausgebrochenen Vulkane schleuderten Milliarden Kubikmeter Magma und Asche hervor, mittlerweile musste die gesamte Insel völlig zerstört sein, begraben von einer gigantischen Gesteinsschicht. Und die Aschewolke wuchs und wuchs und bedrohte den gesamten Planeten. Jakob ahnte, dass die gesamte Flora und Fauna beeinträchtigt würde. Es ging nicht nur um den verdammten

Flugverkehr, der eingestellt wurde, es ging um so verdammt viel mehr. Vermutlich mehr, als sie es momentan alle ahnten.

Das „Mehr" war ihm im Augenblick egal, es zählte einzig und allein Elsa.

Sein Magen zog sich zusammen und er senkte den Blick.

Simon saß neben ihm, die Arme um die Knie geschlungen, den Kopf auf die Brust gesenkt. »Es ist verrückt, oder?«, murmelte er.

»Was meinst du?«

Simon hob den Kopf und gestikulierte vage in Richtung des Fernsehers. »Das alles. Es fühlt sich an wie das Ende der Welt.«

Jakob nickte langsam. »Ja. Und wir sind mittendrin.«

Eine Weile schwiegen sie, die Stimmen und das Murmeln der anderen Menschen um sie herum wurden zu einem Hintergrundrauschen. Dann, wie aus dem Nichts, begann Simon zu erzählen. »Verdammte Scheiße! Ich hatte einen Plan. Ein Leben. Ich bin verheiratet und ich habe noch so verflucht viel vor. Das kann doch nicht alles weg sein!«

Überrascht sah Jakob ihn an. Simon hatte nie viel von sich selbst preisgegeben, zumindest nicht in den Tagen, die sie gemeinsam auf dem Meer verbracht hatten. Wie auch, in Notsituationen wie diesen war das schlecht möglich. »Welche Pläne genau?«, fragte er schließlich.

Simon zuckte mit den Schultern, ein bitteres Lächeln umspielte seine Lippen. »Wir wollen Kinder. Wir haben erst kürzlich eine Wohnung gekauft. In Bremen. Weiß der Teufel, was damit nun ist.« Er atmete tief ein und rieb sich die Hände über das Gesicht. »Und jetzt sitze ich hier, mitten in einer Katastrophe, und frage mich, ob es überhaupt ein Entrinnen gibt.«

»Du hast aber deine Frau bei dir, Simon!« Jakob hätte ihn am liebsten geohrfeigt. »Ich habe meine Frau nicht bei mir. Und meine Tochter ist in Schleswig-Holstein. Hoffentlich so weit vom Meer entfernt, dass sie außer Gefahr ist! Mann, du bist einer der ganz wenigen hier, der seine Liebste um sich hat. Schau dich doch mal um!«

Das tat Jakob nun selbst. Er erblickte zwar Familien, Kinder, die bei ihren Eltern waren, Paare und auch kleine Gruppen, aber es gab auch viele, die allein saßen. Und wer wusste schon, wie viele derer, die nun in einer Gruppe waren, sich während der Katastrophe den anderen angeschlossen hatten.

Simon benötigte länger, sich umzusehen, und gerade als Jakob sagen wollte, dass er etwas zu harsch gewesen war, nickte Simon.

»Mein Gott, du hast recht. Ich bin ein Arschloch!«

»Das nun auch wieder nicht.«

»Doch. Ich brauche mich gar nicht so lange umzusehen. Es genügt, Clara anzuschauen. Sie hat ihre Eltern verloren.«

Giulia und Clara saßen gar nicht weit von ihnen entfernt. Da warf Giulia ihnen einen strafenden Blick zu.

»Sorry. Ich bin sicher, sie leben noch!«, fügte Simon wegen Clara hinzu, doch Jakob hoffte, dass das Mädchen sie gar nicht verstanden hatte.

»Wir sind alle hier, weil wir überlebt haben«, sagte Giulia nun. »Wir haben uns.«

Simon sah ihn an, seine Augen glänzten vor Tränen. »Du hast recht. Ich habe Petra, und ich habe Freunde gefunden. Euch. Aber das hier ist trotzdem ein verdammter Albtraum.« Dabei wies er auf den Bildschirm. Sie zeigten gerade eine Animation der sich ausbreitenden Aschewolke. In anderthalb Tagen erreichte sie Europa und erschwerte somit alle Rettungsmaßnahmen, die anfänglich ohnehin aufgrund der riesigen Fläche des betroffenen Gebietes nur an den meistbevölkerten Arealen stattfanden. Der Experte sagte voraus, dass der Flugverkehr das geringste Problem sei, vielmehr sorge man sich um die Sonneneinstrahlung, um die Luft, um die gesamte Flora. Millionen von Menschen waren unmittelbar betroffen, hatten alles verloren, mussten an anderer Stelle aufgenommen werden. Diejenigen, die auf Hilfe warteten, kämpften bereits jetzt um Trinkwasser, gegen Krankheiten und Kälte. Mit jedem Tag würde deren Situation schwieriger, es würden unzählige weitere Todesopfer folgen.

Elsa! Wieder spürte Jakob einen schneidenden Schmerz in seiner Brust. Warum nur hatte er sein Smartphone verloren?

Da hörte er den Bericht eines Mannes in seiner Nähe. In Englisch erzählte dieser etwas von einem funktionierenden Funktelefon. Jakob spitzte die Ohren, sein Herz schlug schneller. Vielleicht war das seine Chance, seine Tochter zu erreichen. Die Hoffnung, ihre Stimme zu hören, brannte in ihm wie ein Feuer.

Aufgeregt stand er auf und ging zu dem etwa sechzigjährigen Mann.

»Wo ist dieses Telefon? Ist es öffentlich?«

»Dort, hinter der Essensausgabe.« Dabei wies er in eine Richtung. »Man muss sich anmelden, die Warteschlange ist sehr lang. Und es gibt wohl nur bestimmte Zeiten.«

»Ich gehe mit dir!«, hörte er Simon hinter sich. »Lass es uns versuchen.«

Mit einem Mal schüttelte Jakob den Kopf. »Verdammt, ich habe ihre Nummer nicht im Kopf. Sie war ja immer eingespeichert.«

»Dann ruf die Behörde in ihrem Wohnort an. Du sagtest, ihr kommt aus Bayern? Das ist ja nicht betroffen. Oder auch die Polizei.«

»Ja, die Polizei vielleicht. Ich nehme die in Inning, da wohnt sie nämlich.«

»Das ist scheißegal. Die Polizei in ganz Deutschland hat ihre Nummer.«

Jakob nickte und ging mit Simon zur Schlange. Etwa fünfzehn Menschen warteten dort, und zu Beginn schien gar nichts voranzugehen.

Es dauerte eine Stunde, bis sie schließlich drankamen.

»In welches Land?«, fragte ein in orange gekleideter Mann um die dreißig. Sein Englisch wies denselben Dialekt auf wie das der meisten anderen, deshalb tippte Jakob auf einen Dänen. Zwei bewaffnete Soldaten neben ihm achteten darauf, dass die Situation unter Kontrolle blieb.

»Deutschland.«

»Kann ich probieren, wird aber wahrscheinlich schwer. Hatten wir bereits vor Kurzem.«

»Ach, hier gibt es weitere Deutsche?«

»Ja.«

»Haben Sie eine Nummer?«

»Nein, ich möchte die Polizei.«

»Haben Sie keine Angehörigen?«

»Ich habe die Nummer meiner Tochter nicht.«

»Die Polizei ist in den betroffenen Ländern völlig überfordert. Geben Sie uns Name und Geburtsdatum, wir fragen da online nach.«

»Aber es ist nur ein Anruf.«

»Zwei, wenn Sie auch Ihre Tochter sprechen wollen. Wenn Antwort erfolgt, kontaktieren wir Sie.«

»Okay!« Jakob raufte seine Haare. »Was passiert eigentlich mit uns? Ich meine, bleiben wir länger hier?«

»Wir arbeiten daran. Eine Überfahrt, egal wohin, ist derzeit nicht geplant, da die seismologischen Zentren die Gefahr eines Bebens nach wie vor für hoch halten. Und somit auch die einer weiteren Welle.«

»Aber das kann Monate dauern!«

»Mehr kann ich Ihnen nicht sagen.« Er drehte sich auffallend betont zur Seite und blickte zu der Frau, die hinter Jakob stand.

Jakob hätte den Mann am liebsten geschlagen, aber Simon zog ihn zur Seite.

»Wenn die die Nummer rauskriegen, kannst du anrufen. Es geht ihr bestimmt gut, Jakob. Du sagtest, sie ist weit von der Küste entfernt.«

»Weit ist relativ! Keine Ahnung, wie weit man weg sein musste, um sicher zu sein. Scheiße, ich weiß rein gar nichts!« Er schrie, und einige Menschen drehten sich zu ihm um.

Auch einer der Soldaten, doch er griff nicht ein.

Um sich abzulenken, ging Jakob zurück zu Giulia, Clara und Petra. Sie hatten einen Tisch ergattert und saßen nun daran. Während die beiden Frauen mit Clara ein Spiel spielten, das sie vermutlich aus einem Fundus bekommen hatten, sahen sie immer wieder zum Fernseher. Clara hingegen saß mit dem Rücken zum Bildschirm. Die Frauen wollten nicht, dass Clara mehr als nötig von den grausamen Bildern sehen musste. Sie hatte genug erlebt, mehr als es eine Achtjährige tun sollte.

Also setzten sich Jakob und Simon daneben. Obwohl Jakob völlig erschöpft war und Giulia darauf drängte, er solle sich hinlegen, wollte Jakob sie nicht verlassen. Weder wollte er allein sein noch die Möglichkeit verpassen, schnellstmöglich Elsas Nummer zu erhalten. Er ahnte, dass es vermutlich erst morgen oder übermorgen sein würde, wenn überhaupt, doch er konnte sich nicht lösen.

Sein Blick fiel auf die anderen. Zwei Mädchen spielten mit nur einer Puppe, ein Junge schlief mit dem Kopf auf dem Schoß seiner Mutter, eine andere Frau weinte und wurde von einer weiteren getröstet. Es roch nach Schweiß, abgestandener Luft, nach Suppe und etwas Scharfem. Jakob hörte Worte unterschiedlichster Sprache, und auch wenn viele von ihnen ruhig kommunizierten, spürte er das Entsetzen aller. Nun, wo sie gerettet waren, begann das Gehirn all das zu verarbeiten, was geschehen war. Die letzten Tage, das Grauen, die Todesangst, vor allem aber den Verlust. Die meisten hatten ihn erlitten.

Ab und an schlief er ein, am Abend aß er einen weiteren Teller Suppe. Seltsamerweise war er nicht hungrig, vermutlich seiner Angst um Elsa wegen.

Er löste Giulia und Petra ab, sich um Clara zu kümmern. Er tat es gerne, er mochte das tapfere Mädchen, das nun genau das tat, um seinen Willen zum Überleben zu beweisen: Es vertraute fremden Menschen. Giulia kannte Clara erst seit wenigen Tagen, sie kamen ihnen aber alle vor, als seien es Wochen.

Plötzlich stach es in Jakobs Brust. Heftiger als je zuvor. Augenblicklich wurde ihm übel, seine Sicht verschwamm.

»Was hast du?«, fragte Clara sofort. »Geht's dir wieder nicht gut?«

Der kalte Schweiß auf seiner Stirn fühlte sich an, als bestünde er aus Eis, und die Schmerzen in seinem linken Arm nahmen zu. Binnen Sekunden verwandelte sich der Stich in seiner Brust in ein Gefühl, als stäche jemand mit einem Messer hinein.

»Hol sie!«, stöhnte er nur, mehr bekam er nicht heraus. Es war, als hielte jemand seine Zunge fest.

Offenbar verstand Clara, denn sie rannte sofort los.

Jakob ließ seinen Kopf auf den Tisch sinken. Mit aller Kraft konzentrierte er sich auf seinen Atem, versuchte, den Schmerz in seiner Brust weg zu atmen.

»Jakob!«, hörte er auch schon Simons Stimme wie aus einem anderen Raum stammend. Jetzt erst fiel ihm auf, dass sich alle Geräusche seltsam gedämpft anhörten.

»Mein Gott!«, verstand er nun auch Giulia.

»Ruft einen Arzt!« Es war Petra, scharf und laut.

Jemand hielt eine Hand auf seinen Kopf, schließlich auch eine seiner Hände.

»Ist es das Herz?«, fragte Giulia.

Jakob konnte nur nicken. Der Stich in seiner Brust nahm nun zu, er hielt es fast nicht mehr aus. Etwas hatte sein Herz durchbohrt, er bekam kaum mehr Luft. In verschwommenem Blick erkannte er andere Leute, die um ihn herum standen, einige sagten etwas, bis ihn schließlich jemand fester anfasste. Giulia antwortete wohl, auch Simon und Petra schienen zu diskutieren.

Plötzlich brannte er. Alles ging in einem unendlich grausamen Schmerz unter, er wollte schreien, konnte aber nicht.

Schließlich wurde es schwarz um ihn.

Lilli

Der Himmel war wolkenverhangen. Nicht der ankommenden Aschewolke wegen, es sah eher nach Regen aus. Clemens warnte sie jedoch davor, zu viel Regenwasser zu trinken, sollte es tatsächlich zu schütten beginnen, schließlich wusste niemand, ob sich bereits giftige Partikel in der Luft befanden und wie hoch der Schwefelanteil darin war.

Die meisten Gebäude waren zerstört oder von Wasser umgeben, auf einigen wenigen unversehrten Dächern hatten sich Menschen versammelt. Lilli zählte mindestens zwei Dutzend Personen allein in diesem Areal, die in kleinen Gruppen zusammenkauerten. Einige winkten ihnen zu, ein Mann kletterte von einem aufgeschütteten Bauschutthügel herunter, um sie zu begrüßen.

Zwar fragte sich Lilli, warum trotz des abgegangenen Wassers noch immer Menschen auf dem Dach versammelt waren, sie musste jedoch immer nur an das Kind in der Wassersenke denken. Das Bild wollte nicht weichen, hatte sich wie ein Brandmal in ihr Gehirn gesengt, es war, als hörte sie die Schreie des Kindes.

»Habt ihr Wasser?«, riss sie der Mann aus ihren Gedanken. Seine Stimme klang rau und heiser.

Clemens schüttelte den Kopf. »Wir suchen selbst danach. Kommen hier Helis an? Wurde jemand gerettet?«

Der Mann nickte. »Wir haben ein funktionierendes Handy, aber die Nachrichten sind nicht gut. Es kamen zwar Helikopter, allerdings können sie nicht oft fliegen, weil sie Spritprobleme haben. Die haben nur das Zeug im Tank, alles andere ist hin. Die warten auf Nachschub aus dem Süden.«

»Hat euch das der Pilot erzählt?«

»Ja. Es war die Bundeswehr. Die müssen die gesamten Anlagen erst mal gängig machen, das geht ja erst seit heute Morgen.«

Wortlos betrachtete Lilli zuerst den Mann. Sie konnte sein Alter schwer schätzen, vielleicht vierzig, er trug einen Schlapphut, den er vielleicht gefunden hatte, seine Kleidung war ebenso verdreckt wie die aller anderen. Innerlich fluchte sie. Auch die hatten kein Wasser, und sie hatte so sehr darauf gehofft.

Die anderen der Gruppe sahen zu ihnen hinüber. Ein Kind war unter ihnen, drei Frauen, vier Männer. Warum hielten sie sich auf der Anhöhe auf? Kam etwa eine weitere Welle?

»Warum seid ihr da oben?«, fragte sie schließlich.

Mascha sah sie überrascht an.

»Weil es dort trockener ist«, antwortete der Mann. »Und ich mag nicht, dass meine Tochter mehr Leichen als nötig sehen muss.«

Schließlich führte er sie zu der Erhöhung. Aus irgendeinem Grund waren dort die Überreste einiger Häuser angeschwemmt worden, als wäre die Ursache eine Art Strudel gewesen. Und als sie dort ankamen, musste Lilli zugeben, dass der Untergrund tatsächlich wesentlich trockener war als der Schlamm, durch den sie mühsam gewatet waren.

Der Junge, etwa fünf Jahre alt, sah sie mit aufgerissenen Augen an, sagte aber nichts. Die anderen grüßten sie knapp.

»Was wisst ihr denn noch vom Piloten?«, fragte Clemens weiter.

»Die Rettungseinsätze sind extrem eingeschränkt«, erklärte ein anderer Mann. Er war sehr beleibt, eine dicke Jacke verursachte Schweißperlen auf seiner Stirn. »Die fliegen und fahren natürlich erst die Großstädte an, dann kleinere und so weiter. Wenn keine weitere Welle mehr kommt, kann man vielleicht wirklich bald fahren. Vielleicht übermorgen.«

Übermorgen! Ungläubig Lilli kniff die Augen zusammen. Und wie stellte sich der Witzbold das ohne Wasser vor?

»Die Ressourcen sind knapp und die Aschewolke, die sich über das Land ausbreitet, wird die Situation noch komplizierter machen.«

»Das ist ein Albtraum«, murmelte Elsa. »Das heißt also, es kommt erst mal keiner mehr? Wenn die momentan kaum Benzin haben?«

»Nicht die im Küstengebiet, aber weiter tiefer schon. Aber schau dich doch mal um!« Mit einer Hand wies er um sich. Lilli ahnte, dass er auf die wenig besiedelte Gegend ansprach. Hennstedt konnte so klein nicht gewesen sein, schließlich erstreckte sich das Areal der zerstörten Häuser über eine riesige Fläche.

»Die sind alle erst mal in Hamburg, dann kommen die anderen Städte.«

Lilli hätte vor Wut am liebsten herumgeschrien. Sie hatte derart großen Durst, dass sie dachte, verbrennen zu müssen.

»Gibt es denn nirgends Wasser?«, fragte sie wieder.

»Sie wollen beim nächsten Flug weitere Kanister verteilen.«

»Was heißt weitere?«, fragte Clemens.

»Weitere!«

»Das heißt, ihr habt doch Wasser?«

Der Mann sagte nichts mehr, auch die anderen schwiegen.

»Diese Wichser haben doch Wasser!«, flüsterte sie Mascha zu. »Diese verdammten Bastarde!«

Ines schien sie verstanden zu haben, denn sie warf Lilli einen scharfen Blick zu. »Wenn sie dich hören, bekommen wir erst recht nichts!«

Lilli wollte jedoch nicht klein beigeben. »Wenn ihr Wasser habt, dann gebt uns bitte etwas.«

»Tut uns leid, es ist selbst für uns zu wenig.«

»Du scheiß Wichser!«

»Hallo? Geht's dir noch gut?«

Bevor der Mann auf Lilli zugehen konnte, stellte sich Clemens zwischen die beiden. »In Zeiten der Not sollten alle teilen, was sie haben.«

Nun traten auch die anderen Männer auf sie zu. Sofort bereute Lilli, den Vater beschimpft zu haben.

Dieser beugte sich nun zu Clemens. »In Zeiten der Not achtet man zuerst auf sich selbst! Ich habe eine Tochter, eine Frau, und das sind meine Freunde. Tut mir leid, ihr müsst wohl auf den nächsten Heli warten.«

»Das könnt ihr nicht machen!« Ines war völlig außer sich. »Wir wohnen nicht einmal zehn Kilometer entfernt von hier, sind quasi Nachbarn.«

Der Mann antwortete nicht mehr, auch die anderen drei nicht, die aber stehen blieben und dabei besonders Lilli ansahen.

»Gehen wir!«, sagte Clemens schließlich. Er stieg vom Schutthügel und die anderen folgten ihm.

Lilli war so wütend, dass sie den anderen am liebsten die Augen ausgerissen hätte. »Und da fragt dieser Wichser auch noch, ob wir Wasser haben.«

Als sie außer Hörweite waren, drehte sich Ines zu Lilli. »Auch wenn du recht hast, solltest du auf deine Worte aufpassen. Das hier ist eine Notlage, du weißt nie, wie die anderen reagieren.«

»Aber er ist ein dummer Wichser!«

»Was machen wir jetzt?«, wollte Mascha wissen.

»Nicht aufgeben und zusammenhalten!« Elsas Stimme klang scharf, Lilli sah ihr aber den inneren Kampf an. Sie selbst würde vermutlich alles tun, um an eine Flasche Wasser zu kommen.

Plötzlich tröpfelte es. Alle sahen sich verwundert um. Tropfen fielen auf Steine, auf den Boden, auf die Kleidung.

Sofort öffnete Lilli den Mund und hielt ihn in die Höhe.

»Schmecke erst mal daran!«, forderte Ines sie auf.

Lilli war es völlig egal, was da alles in der Luft herumwirbelte. Sie hatte einfach nur noch Durst. Als ihr Mund voll war, schluckte sie und wiederholte den Vorgang. Auch die anderen tranken nun.

»Und?«, fragte Lilli. »Schmeckt ihr was Auffälliges?«

Clemens schüttelte nur mit dem Kopf, während er trank. Also trank auch Lilli weiter, so lange, bis sie keinen Durst mehr verspürte.

Doch sie wurden nass, und augenblicklich kroch Kälte in sie.

Jemand rief, eine Frau kam ihnen entgegen. Weder sah sie sie an noch sagte sie etwas. Lilli fand, dass sie verrückt wirkte, seltsam entrückt, als wäre nur ihr Körper anwesend.

»Hallo?«, sagte Elsa. Die etwa Siebzigjährige schlurfte aber weiter durch den stärker werdenden Regen, ohne zu antworten. Sie war barfuß, am Oberteil ihrer Bluse waren alte Blutflecken zu sehen.

»Bleiben wir hier!«, entschied Clemens schließlich. »Vielleicht hatte der Typ recht und ein Heli kommt bald. Wenigstens einer. Wir müssen uns aber abdecken, so holen wir uns den Tod.«

Da sie wieder im Morast standen, suchten sie sich eine Erhöhung. Es war nicht schwierig, eine zu finden, und so sahen sie sich zwischen zersplittertem Holz, nassem Putz, Ziegel und Mauerbruchstücken um. Es dauerte lange, doch schließlich fanden sie Planen und sogar einige völlig verdreckte Jacken, die sie sich anziehen konnten.

»Gibt es keinen Bach oder Fluss?«, fragte Mascha. »Wäre es nicht besser, das Wasser von dort zu trinken?«

Lilli fand es eine gute Idee und fragte sich, warum niemand zuvor darauf gekommen war.

Doch Clemens schüttelte den Kopf. »Bringt nichts. Es ist ja alles voller Salzwasser, und außerdem ist es jetzt hoch infektiös. Da schwimmt alles drin, nur kein Trinkwasser. Daran habe ich schon am ersten Tag gedacht.«

»Aber das Wasser im Fluss kommt ja aus dem Landesinnern«, setzte Mascha nach.

»Ja, aber es dauert einige Tage, bis sich das alles erholt. Das ist alles eine riesige Salzlake, überall.«

Lilli konnte es nicht fassen. Vielleicht hatten diese Wichser mehrere Flaschen und horteten sie. Vielleicht starben sie nun alle, weil sie vergiftetes Regenwasser getrunken hatten. Oder aber es passierte gar nichts. Dann sollten diese Scheißkerle doch an ihren Flaschen verrecken.

Plötzlich bekam sie Angst. Nicht davor, dass der Regen endete und sie alle wieder Durst litten, sondern sie hatte Angst vor den anderen. Was, wenn sie sich alle wie Tiere benahmen und das alles völlig außer Kontrolle geriet? »Und jetzt wollen wir warten? Was, wenn kein Heli kommt?«

»Wenn bis morgen keiner kommt, können wir immer noch entscheiden, wie wir weiter vorgehen«, antwortete Clemens. »Aber solange die Chance da ist, hat es keinen Sinn, unnötig Kraft zu verschwenden. Sicherlich ist es besser, je weiter südlich wir sind.«

»Gut, dann warten wir«, bestätigte Elsa. »Ich kann mir nicht vorstellen, dass keiner mehr kommt. Ich meine, die wissen doch jetzt, dass hier Menschen sind.«

»Wie überall.« Clemens hob fragend seine Hände, als bezweifelte er, dass Elsa die Situation richtig verstand. Schließlich drehte er eine angeschwemmte Badewanne um, damit sie sich mit Regenwasser füllen konnte. Es mischte sich sofort braun, niemand hatte jedoch etwas dagegen, schmutziges Wasser zu trinken.

»Vermutlich sind über tausende Kilometer hinweg in Europa die Küstengebiete zerstört«, fuhr er fort. »Da ist Hennstedt ein Klacks. Wohin wollen die denn überall fliegen? Natürlich zuerst in die Metropolen.«

»Aber ganz Europa kann doch helfen. Ich meine, fünfundneunzig Prozent des Kontinents sind doch vermutlich nicht betroffen, oder?«

Clemens wies mit der Hand um sich. »Offenbar gibt es eine Kluft zwischen deiner Theorie und der Realität. Siehst du einen Hubschrauber? Wenn sie so schnell überall einsetzbar wären, täten sie es längst.«

Es machte Lilli verrückt, dass sie einfach nur rumsaßen. Ja, der Marsch nach Hennstedt war sehr anstrengend gewesen und noch immer fühlte sie die Schwäche der Krankheit in sich. Manchmal bekam sie leichte Hitzewallungen, seit sie getrunken hatte, waren sie allerdings eindeutig schwächer geworden,

Bald schlief sie ein, wachte jedoch auf, weil eine Frau schrie. Es war direkt in ihrer Nähe, und da Clemens sich aufmachte, zu ihr zu gehen, folgten sie ihm alle.

An einem angeschwemmten Steinhufen lag auf dem immer weicher und nasser werdenden Boden eine Frau, vor und neben ihr standen bereits zwei Männer und eine andere Frau. Die Verletzte sah verheerend aus. Ihr gesamter Oberkörper war voller Blut, das nun vom Regen aufgeweicht wurde, ein Arm war sichtbar gebrochen, denn er stand schief und unnatürlich ab. Lilli musste sich kurz wegdrehen, um sich nicht zu übergeben.

Clemens fragte einen der Männer, die die Frau in die Seitenlage gebracht hatten, während die andere Frau der Verletzten eine Hand auf die Schulter legte. Mehr konnten sie nicht tun.

»Wir haben sie gestern ausgegraben«, antwortete der Älteste unter ihnen. »Jetzt erst ist sie aufgewacht, sie war die ganze Zeit über bewusstlos.«

»Sie atmet sehr schwer«, kommentierte Ines. Auch sie ging zur Verletzten, konnte aber ebenfalls nicht mehr tun, als sie zu mustern. Schließlich kam sie wieder zu ihnen zurück. »So wie sie atmet, hat sie wohl einige Rippen gebrochen. Oder Schlimmeres.«

Lilli musste sich die Ohren zuhalten. Die Stimme der Frau klang so verzweifelt, so voller Schmerz, als stünde sie kurz vor dem Durchdrehen.

Plötzlich wurde es leise.

»Sie ist bewusstlos!«, rief die andere Frau. Sie war nicht älter als zwanzig, blondes Jahr hing schmutzig in langen Strähnen in ihr Gesicht.

»Sind Sie Ärztin?«, fragte er ältere Mann Ines.

»Nein. Ich war früher Krankenschwester.«

»Was können wir denn tun?«

»Nichts. Wenn der Arm das einzige Problem wäre, könnten wir schienen, aber die Schmerzen bleiben. Ich denke eher, sie hat ein anderes Problem.«

»Also können wir nur abwarten?«

Ines sah zu Clemens, zu den anderen, dann wieder auf die Verletzte. »Wir haben ja gar nichts. Stabile Seitenlage ist das Beste, was wir tun können. Legt ihr doch eine Plane oder Decke unter, hier schauen ja einige raus. Und wir sollten ihr beistehen. Wenn sie aufwacht, versuchen wir, mit ihr zu sprechen.«

Fassungslos starrte Lilli zunächst ebenfalls zur Verletzten, dann in Maschas Gesicht. Auch dort erkannte sie blankes Entsetzen.

Sie mussten der Frau einfach helfen.

Und als sie sich umsah, zu den unzähligen zerstörten Häusern, die nun Wasser vom Himmel ausgesetzt waren, zu den wenigen Dächern, die emporstanden, zu dem unübersichtlichen Areal der ehemaligen Stadt, wollte sie sich nicht ausmalen, wie viele Menschen hier in den Trümmern lagen und vielleicht noch Hilfe benötigten.

Das Ganze war ein verdammter Albtraum.

Oliver

Das Segelschiff bot zumindest in dieser Nacht Erleichterung. Oliver saß an Deck und spürte den leichten Wellengang unter sich. Das Schwarz des Meeres verschmolz mit dem des Himmels, längst gab es keine Sterne mehr, die zu beobachten wären. Kühl wehte der Wind über das Deck. Es war ein seltsames Gefühl, nach den beengten Tagen in dem kleinen Boot so viel Raum zu haben.

Diana saß neben ihm, ihren Rücken gegen die Reling gelehnt.

»Vielleicht reicht das Wasser ja länger als für zwei Tage«, sagte sie leise. Ihre Stimme war rau vom Durst, der sie trotz des vor Kurzem getrunkenen Wassers alle plagte.

Oliver schüttelte den Kopf. »Nein, kaum mehr als zwei Tage, auch wenn wir noch sparsamer sind.« Er hasste es, solche Antworten zu geben, doch die Wahrheit war unumgänglich. Sven hatte die Vorräte sorgfältig durchgesehen und darauf bestanden, die Wasserrationen noch strenger zu kontrollieren. Trotz der spärlichen Versorgung hatte sich die Stimmung an Bord leicht gebessert – zumindest vorerst.

Der Raum, den das Schiff bot, hatte jedem ein wenig Platz zum Atmen verschafft. Niemand musste mehr ständig mit anderen auf engem Raum zusammensitzen und einige hatten sich in die beiden Kabinen zurückgezogen, um zu schlafen.

Gerade als sich auch Oliver und Diana zum Schlafen legen wollten, wurde der Wind stärker. Manchmal heulte er, der Wellengang nahm zu, von Minute zu Minute schaukelte das Schiff stärker. Einige der Männer schrien etwas, schließlich rief Sven alle in den größten Raum der Kabinen. Zuerst sagte er einiges auf Isländisch, dann sah er zu Diana und Oliver.

»Wenn das ein Orkan wird, sollten wir alle in den Kabinen bleiben. Das Segel ist eingezogen, mehr können wir nicht tun.«

Diana sah ihn ängstlich an. »Vielleicht wird es ja kein Orkan.«

Oliver wusste es nicht. Wenn der Sturm aber zunähme, wären sie einer weiteren Gefahr ausgesetzt, an die er gar nicht gedacht hatte.

Was ließ sich denn die Natur noch alles einfallen, um sie endlich alle zu töten?

Das Schlimmste war, dass sie aufgrund der absoluten Dunkelheit nichts sahen. Weder Wellen noch Wolken, nicht einmal den Übergang des Meeres zum Himmel. Nichts. Immer heftiger klatschten die Wellen gegen die Bordwand, und als die ersten Wassermassen auf Deck schwappten, schrien die Kinder sowie einige der Frauen auf. Im Licht zweier Laternen erkannte Oliver, wie Wasser die Treppe zu ihnen hinunterlief.

»Was, wenn wir vollaufen?«, rief Oliver.

Sven schüttelte den Kopf. »Ausschöpfen. Los, wir sollten alles sichern, was wir können! Und betet, dass das Schiff stabil genug ist!«

Beten war keine der Lösungen, die Oliver anstrebte. Aber er half mit, Wasserkanister und sämtliche beweglichen Teile mit allem anzubinden, was sie so fanden. Schließlich setzten sie sich auf die Betten, auf den Boden, auf die Treppen und hielten sich fest.

Der Sturm brach mit einer Wucht über sie herein, die Oliver nicht erwartet hatte. Der Wind heulte wie ein wildes Tier, die Wellen schlugen pausenlos mit voller Wucht gegen das Schiff, das wie ein Spielzeug so stark herumschwankte, dass ihre Körper herumgewirbelt wurden. Mal schlug Oliver mit der Schulter gegen die Wand, dann knallte Dianas Kopf gegen seinen. Mit aller Kraft klammerte er sich an den Pfosten des eingebauten Bettes, jeder Stoß ließ sein Herz schneller schlagen. Trotz des heulendes Windes und des lauten Knarrens des Schiffs hörte er immer wieder die Schreie der anderen, vor allem der Kinder.

Elin klammerte sich an Kristjan, der wie ein Schraubstock ein Bein des an der Wand befestigten Tisches umschloss.

»Haltet euch fest!«, rief Sven. Seine Stimme war kaum über das Tosen des Windes zu hören. »Auch wenn ihr müde werdet!«

Sekunden wurden zu Stunden, Minuten zu Tagen. Oliver kam es vor, als würde der Sturm nie enden, als würde er immer nur stärker. Mittlerweile stand das Wasser in den Kabinen trotz geschlossener Tür etwa vierzig Zentimeter hoch, immer mehr Wasser drang in die untere Etage, immer stärker schaukelte das Schiff.

»Es kippt!«, schrie Diana irgendwann voller Panik. »Wir ertrinken!«

»Halte dich einfach nur fest!«

Trotz seiner eigenen Panik malte sich Oliver aus, was zu tun wäre, wenn das Schiff tatsächlich kippte. Diana an die Hand nehmen, sofort die Treppe emporklettern, die Kajüte verlassen. Raus, um nicht mit unterzugehen. Immerhin hatte es offenbar die ersten beiden Tsunamiwellen überstanden, also musste es nun ein weiteres Mal stark bleiben.

Bitte, bleib oben! Nicht kentern!

In beängstigender Weise neigte sich das Schiff fast in die Horizontale, etwas riss von der Wand ab und fiel platschend ins Wasser, die Schreie der Kinder gingen in ohrenbetäubendem Geheul und Lärm fast unter. Der Sturm schien endlos, und jedes Mal, wenn Oliver dachte, das Schlimmste sei vorbei, kam eine neue Welle, die alles erzittern ließ, eine neue Senke und Woge, in der das Schiff fast kippte. Er prallte hart gegen die Wand hinter ihm. Der Schmerz schoss durch seinen Rücken, er schrie, doch er biss die Zähne zusammen, starrte wieder auf die anderen. Es war offensichtlich, dass sie alle am Ende ihrer Kräfte waren, dass ihre Arme mehr als müde und die Köpfe leer waren. Immer wieder kotzte jemand ins Wasser, Svenja weinte unaufhörlich.

Kristjan hingegen war ruhig. Er schien in diesen Tagen sehr gefestigt worden zu sein, als wäre er schlagartig erwachsen geworden.

Plötzlich krachte etwas. Ein Balken fiel von der Decke, gefolgt von einem Schrei, der sich durch das Chaos schnitt. Ein Mann war getroffen worden und seine Frau hielt seinen Körper kniend in den Armen. Dabei fiel sie aber um, denn das Schiff neigte sich wie eine Schiffsschaukel hin und her.

Sven schrie etwas, auch die andere Frau sowie Elin brüllten die beiden an. Oliver ahnte, dass sie sie aufforderten, sich festzuhalten. Die Frau knallte jedoch gegen die Treppe. Augenblicklich floss Blut von deren Kopf über ihre Schultern, bevor sie eine weiteres Mal herumgewirbelt wurde.

Oliver ließ los, zog den Körper der Frau an ihrem Arm zu sich und umschlang sie mit seinen Beinen. Die nächste Neigung kam, sie hielt sich fest, und als zwei, drei Sekunden ihr Zeit gaben, sich zu orientieren, quetschte sie sich zwischen Oliver und Diana und hielt sich dort fest. Ihre Augen waren aufgerissen, sie suchten ihren Mann, dessen Körper regungslos im Wasser lag. Die Szene war herzzerreißend, absolut brutal, doch es blieb keine Zeit, um darüber nachzudenken. Der Sturm tobte weiter und jeder kämpfte darum, sich irgendwie zu halten.

Niemand konnte dem Mann helfen, ohne selbst Gefahr zu laufen, zu sterben.

Irgendwann schaukelte das Schiff weniger. Und als Oliver auch nur den kleinsten Hoffnungsschimmer hatte, der Sturm könnte sich legen, beruhigte sich das Wetter. Das Schiff blieb fast still, es gab kaum noch Wellen, die gegen die Bordwand klatschten. Svenjas Mutter fragte etwas, vermutlich, ob es vorbei sei, während ihre Tochter sich an Nils klammerte. Und umgekehrt.

Erschöpft sank Oliver zu Boden, auch wenn er nun im Wasser saß. Jeder Muskel in seinem Körper schmerzte, er spürte kaum mehr seine Arme. Um ihn herum hörte er das schwere Atmen der anderen, die sich langsam von den Strapazen erholten.

»Wir haben es überstanden«, murmelte Sven, der an einem der Masten lehnte.

Jetzt kroch die Frau durchs Wasser zu ihrem Mann. Oliver benötigte nur einen Augenblick, um zu erkennen, dass er tot war. Sein Kopf war zerschmettert, das Gesicht furchtbar entstellt.

Die Frau drückte seinen Körper an sich und begann zu weinen.

In Nils' Gesicht hingegen schien etwas zu leuchten - der Tote war nämlich der Mann gewesen, der seinen Vater ins Meer geworfen hatte.

Später trugen sie den Leichnam aufs Deck und schöpften mit Eimern Wasser aus den Kabinen unter Deck. Je niedriger der Wasserstand wurde, desto erleichterter war Oliver. Das Schiff hatte gehalten.

Am nächsten Morgen wirkte die riesige Aschewolke über ihnen wie ein rosaroter Teppich. Das Licht der aufgehenden Sonne beleuchtete die Substanz der Wolke in einer Farbe, die Oliver am ehesten in einem Barbiefilm erwartet hätte. Sie nahm etwas von dem Grauen, das über ihnen schwebte, wenn auch nur für einige Minuten. Als sich nämlich das Rot und Rosa in ein gräuliches Gelb änderte, dachte Oliver, er sähe das Gift, das die Wolke mit sich trug.

Es dauerte weitere Stunden, bis sie das Wasser unter Deck ausgeschöpft hatten. Einige schliefen nun, vor allem Svenjas Mutter und die Kinder. Der Tod des Mannes hatte die Stimmung an Bord noch weiter gesenkt, und es war schwer, nicht dauernd zu der Stelle zu blicken, an der der Leichnam unter einer Decke lag.

Am Nachmittag machten sich Sven und ein anderer Mann daran, das Funkgerät zu untersuchen. Oliver hatte keine Ahnung von solchen Geräten, und so wie die beiden auf die aufgeschraubten und auf dem Tisch liegenden Einzelteile des Apparates blickten, traute er ihnen nicht die nötige Fachkenntnis zu. Er selbst legte sich neben Diana, die endlich einige Stunden schlief, ohne aufzuwachen.

Schlaftrunken schreckte Oliver hoch. Jemand hatte etwas geschrien.

»Das Funkgerät! Es funktioniert!«, wiederholte Sven nun auf Englisch.

Verblüfft blickte Oliver erst zu Diana, die nun ebenfalls erwachte, schließlich zu Sven und dem anderen Mann. Fast triumphierend wies Sven auf den Apparat. Auch die anderen versammelten sich nun um die beiden, die Gesichter waren von einer Mischung aus Hoffnung und Angst geprägt. Sven erklärte, dass er einen Notruf abgesetzt habe und darauf warte, eine Antwort zu erhalten.

»Es muss jemanden geben, der uns hört«, sagte Sven. »Wir müssen nur Geduld haben, ich werde es ständig wiederholen.«

Elin fiel Diana um den Hals, auch Kristjan lächelte. Bei vielen erkannte Oliver aber auch die gleiche Skepsis wie bei sich selbst.

Von nun an vergingen die Stunden quälend langsam. All die Zeit saß Oliver mit Diana in der großen Kabine, ihre Hände ineinander verschlungen, während sie auf das leise Summen des Funkgeräts lauschten. Immer wieder sprach Sven hinein, aber es war nie mehr als Knarzen zu hören.

Plötzlich hörten sie eine Stimme. Sie war leise, fast wie ein Murmeln. Die Gruppe sprang auf, alle Gesichter waren voller Aufregung, als sie auf den unscheinbaren Apparat blickten.

»Hello?«, sagte nun eine Männerstimme deutlich.

Danach fragte sie nach ihren Koordinaten.

Mit offenem Mund starrte Oliver Diana an. Zum ersten Mal seit vielen Tagen erkannte er einen Hauch Hoffnung in ihren Augen.

Giulia

Die Luft in der Forschungsstation war schwer und stickig, durchdrungen von dem unaufhörlichen Summen und Murmeln der Menschen, die sich überall zusammendrängten. Giulia saß auf einer der wenigen freien Bänke in der medizinischen Abteilung, die Arme schützend um Clara gelegt. Das Mädchen war erschöpft und still, seine großen Augen hatten den Ausdruck von jemandem, der zu viel gesehen hatte und es nicht verarbeiten konnte.

Sie konnte es ja selbst nicht einmal.

Jakob lag nur wenige Meter entfernt auf einem schmalen Krankenbett. Sein Gesicht war aschfahl und selbst in der kühlen Luft der Station perlte Schweiß auf seiner Stirn. Die Ärzte hatten gesagt, es könne ein Herzinfarkt oder aber nur eine starke Überlastung seines Herzens gewesen sein. In jedem Fall war klar, dass Jakob nicht mehr viel aushalten konnte. Die Tatsache, dass die Ärzte über keine ausgereiften medizinischen Geräte verfügten, machte die Sache nicht leichter. All das war vor allem der Flüchtenden wegen weiter ausgearbeitet worden.

Schweren Herzens blickte Giulia zu ihm hinüber. Jakob war ein Kämpfer, das wusste sie, doch selbst die stärksten Menschen hatten ihre Grenzen. Und diese Katastrophe hatte jeden von ihnen längst an den Rand dessen gebracht, was ertragen werden konnte.

»Was hat er genau?«, fragte sie dieses Mal die andere Ärztin, obwohl die erste ihr bereits vor zehn Minuten eine Antwort gegeben hatte. »Wird er wieder gesund?« Sie klang, als hätte sie Angst vor der Antwort.

»Er muss sich auf jeden Fall schonen. Sein Herz ist nicht gerade stark.« Sie lächelte kurz, strich Clara über das Haar und schloss kurz die Augen. »Ich glaube, er

mag nicht allein sein. Vielleicht können Sie ihn ja überreden, einfach mal nur zu schlafen.«

Giulia nickte, und als die Ärztin gegangen war, sah
Clara sie an.

»Es wird doch gesund?«

»Ja, Clara. Er wird wieder gesund. Die Menschen
kümmern sich gut um ihn.«

Clara nickte langsam, doch ihr Gesichtsausdruck blieb
angespannt. Giulia wusste, dass das Mädchen Jakobs
Zustand genauso spürte wie sie selbst. Die Ungewissheit
nagte an ihnen allen.

»Er soll nicht auch noch sterben.«

Entsetzt starrte Giulia Clara an. Das Mädchen hatte
jede Basis verloren, jedes Vertrauen ins Leben. Giulia
wusste nicht, ob Clara ahnte, dass ihre Eltern tot waren,
oder ob sie wirklich davon ausging, sie irgendwo wiederzusehen. Sollte sie sie darauf ansprechen?

»Was meinst du mit „auch noch“?«

»Wie die vielen anderen auf dem Schiff.«

Giulia nickte, sah Clara noch einige Augenblicke an,
um abzuwarten. Als das Mädchen allerdings nichts mehr
sagte, verwarf sie die Idee, dessen Eltern anzusprechen.

Da Jakob noch schlief, wartete sie ab. Es war kein ide-
aler Ort für ein achtjähriges Mädchen, aber die Zustände
im großen Schlafsaal waren auch nicht besser. Zwar war
auch die medizinische Abteilung überfüllt und es schien,
als würden mit jeder Stunde neue Patienten eintreffen,
allerdings wirkte es ruhiger als in der Halle, in der sie
den ganzen Tag über gesessen hatten.

Menschen aus den umliegenden Katastrophengebie-
ten wurden mit Helikoptern oder Flugzeugen eingeflo-
gen, aufgrund der begrenzten Ressourcen war es jedoch
schwer, alle zu versorgen.

Als Giulia aufstehen wollte, klammerte sich Clara fest
an sie. Das Mädchen schien in ihr einen Anker gefunden
zu haben, jemanden, der es beschützen konnte. Giulia

versuchte in jedem Augenblick, für die Kleine da zu sein, auch wenn ihre eigenen Nerven oft zum Zerreißen gespannt waren. Und sie hatte sich vorgenommen, Clara nicht im Stich zu lassen, egal was passieren würde.

»Ich muss nur kurz auf die Toilette.«

»Dann gehe ich mit!«

Da Jakob tief zu schlafen schien, kehrte sie mit Clara zu den anderen zurück. Mittlerweile war es Abend, das Tageslicht wurde von den Deckenlampen der Räume ersetzt. Simon und Petra saßen gerade an einem der überfüllten Tische, und so gesellten sie sich zu ihnen. Kurz berichtete sie von Jakob.

»Wenn er sich nicht ausruhen will, zwinge ich ihn dazu«, murrte Simon. »Alter Dickschädel!«

»Ich glaube, er hat es jetzt verstanden.«

Etwas später holten sie ihr Abendessen. Petra war kurz bei Jakob gewesen, sagte jedoch, er schlafe noch.

Plötzlich wurden die Nachrichten im Fernsehen lauter gestellt. Die Menschen in der Mensa verstummten, als die Bilder einer Live-Übertragung gezeigt wurden. Eine Reporterin berichtete über die groß angelegten Rettungseinsätze, um den Menschen in den betroffenen Regionen zu helfen.

Giulia beobachtete die Gesichter um sie herum. Einige zeigten Hoffnung, andere Verzweiflung. Die Bilder im Fernsehen waren erschütternd: Man sah die Ausmaße der riesigen Flutwellen, die ganze Städte zerstört hatten, Rettungsboote, die Menschen aus den Trümmern zogen, und provisorisch errichtete Flüchtlingslager, die überfüllt und chaotisch wirkten. Die Bilder zeigten eine ehemalige Stadt an der Westküste Dänemarks, wo sich Hunderte auf ein noch intaktes Schiff gerettet hatten, das nicht untergegangen war. Massen an Menschen zogen nach Osten. Das gleiche Bild in Schleswig-Holstein und Niedersachsen. Es waren Bilder, die zumeist aus

Helikoptern und Flugzeugen aufgenommen worden waren. Bremen existierte ebenso nicht mehr wie Emden, Bremerhaven, Cuxhaven. Hamburg hingegen wirkte von oben, als hätte eine apokalyptische Bombe alles zerfetzt. Stets ragten nur einige Gebäude aus einer Ruinenwüste, die verheerende erste Welle hatte fast alles mit sich gerissen. Einsetzender Regen machte es dort den Überlebenden schwer, auf Hilfe zu warten. Überall war das Trinkwasser ein Problem, die Menschen tranken nun Regenwasser. Es war ein seltsames Gefühl, diese Katastrophe aus der Ferne zu sehen, obwohl sie selbst mittendrin steckten. Es war Deutschland, alles war so nah, es ging nicht nur um das Kreuzfahrtschiff.

Dieselben Bilder wurden von der Westküste Großbritanniens gezeigt. Flüchtlingsströme zogen ins Landesinnere, die Helikopter und Transportflugzeuge konnten stets nur wenige aufsammeln. In Sheringham hatten Überlebende einen Hubschrauber gekapert, der wenig später ins Meer gestürzt war, in Norwich und anderen Städten in mittlerer Küstennähe waren längst Ausnahmezustand und Kriegsrecht ausgesprochen worden.

Katastrophal war die Lage in den Niederlanden und Belgien. Aufgrund des niedrigen Landniveaus an vielen Stellen waren große Teile noch immer überflutet. Amsterdam, Rotterdam und Den Haag waren quasi ausgelöscht, Brügge stand noch immer unter Wasser.

Aus ganz Europa, den USA, Kanada, Brasilien, Argentinien und vielen asiatischen Ländern waren Hilfsmaßnahmen angelaufen. Dutzende Militäreinheiten und Organisationen machten sich auf, Nordeuropa anzusteuern. Die in Europa nun eintreffende Aschewolke erschwerte aber die Versuche und erste Lufträume wurden am heutigen Tag gesperrt.

Von Island waren die Bilder besonders niederschmetternd. Die Insel war unbewohnbar. Hatten zuvor Erdbeben Reykjavik und die anderen Orte zerstört, wurde das gesamte Land nun von einer Magmaschicht überdeckt. Mehrere Vulkane waren ausgebrochen und spien seit Tagen Milliarden Kubikmeter heißes Gestein und Asche aus. Es konnte unmöglich mehr jemand dort leben, Island war nur noch eine stinkende, brodelnde Insel.

Clara drückte sich enger an Giulia und versteckte ihr Gesicht in deren Arm, als besonders grausame Szenen gezeigt wurden. Giulia legte einen Arm um das Mädchen und flüsterte beruhigende Worte, doch in ihrem Inneren kämpfte sie mit denselben Gefühlen von Angst und Ohnmacht.

Als Jakob am Abend aufwachte, war Giulia bei ihm. Clara spielte mit Petra auf ihrem Schlaflager, denn sie wollte nicht, dass das Mädchen das Jakobs Leiden mitbekam. Jeder Augenblick, der Clara von den verwirrenden Bildern abhielt, war ein gewonnener.

»Na?«, fragte sie ihn, als er sie anlächelte. Deutlich sah sie ihm an, dass er einige Zeit benötigte, einen klaren Gedanken zu fassen.

»Wie lange habe ich geschlafen?«

»Mehr als sieben Stunden. Es ist spätabends.«

»Meine Güte.«

»Wie geht es dir?«

Er sah an sich herab und entdeckte erst jetzt die Kanüle in seiner Hand. Sie konnten momentan nicht mehr tun, als ihm Kochsalzlösung zu verabreichen.

»Meine Brust sticht.«

»Was ist mit deinem Herzen?«

»Ich weiß es doch nicht. Ich hatte kaum Probleme, nur ab und zu. Seit der Katastrophe ist der Scheiß so schlimm geworden.«

»Der „Scheiß" ist dein Herz und somit deine Gesundheit, Jakob. Warum hast du gestern nicht mal Ruhe gegeben?« Sofort schüttelte sie den Kopf, denn sie mochte nicht streiten. Seltsamerweise machte sie sich so große Sorgen um ihn, als wäre er ein Familienmitglied.

In der Zeit des Überlebens waren sie sehr aneinandergewachsen.

Da kam die jüngere der beiden Ärztinnen. Sie legte kurz eine Hand auf Jakobs Bein, kontrollierte den Schlauch, durch den Kochsalz in seine Vene floss, bevor sie schließlich in Jakobs Gesicht sah.

»Ich werde mich dafür einsetzen, dass Sie mit dem nächsten Flug nach Kanada kommen, Herr Riegert.«

»Kanada?« Jakobs Stimme klang deutlich angeschlagen.

»Wir fliegen seit jeher Ausrüstung und Mitarbeiter von und nach Hopedale in Neufundland, Kanada. Nun sind es Menschen. Vorgestern haben wir unter anderem neun Schwerverletzte ausgeflogen. Ich möchte, dass Sie ebenfalls mitfliegen. Von dort werden Sie schnellstmöglich weitervermittelt.«

»Allein?«

»Plätze sind Mangelware, Herr Riegert, und die Warteliste ist lang. Es gab viele, die vor Ihnen hier ankamen.« Dabei sah die etwa dreißigjährige Giulia an. »Sind Sie seine Tochter?«

»Nein.«

Die Ärztin sagte nichts, sah zu einem Mann, der einen ganzen Hubwagen Kartons und Kisten in den Flur fuhr, und rieb sich die offensichtlich übermüdeten Augen. »Wir werden sehen. Ich möchte Sie gerne dort sehen.« Ohne eine Antwort abzuwarten, verließ sie die beiden.

»Allein?«, fragte Jakob wieder, diesmal war es an Giulia gerichtet.

»Ich weiß es nicht, aber so habe ich es verstanden.« Sie wollte sich nicht von Jakob trennen, allerdings würden sie es ohnehin alle in nächster Zeit tun müssen. Wenn sie Grönland verließen, dann wohl alle in ihre

Heimat. Doch für viele gab es die nicht mehr. »Ich werde versuchen, mit dir zu kommen. Und natürlich mit Clara.«

»Es ist wichtiger, dass du bei ihr bleibst.«

Giulia fühlte sich wohl bei Jakob. Vom Alter her könnte er ihr Vater sein, und seit ihrem ersten Treffen fühlte sie auch etwas Väterliches in ihm.

»Falls wir je zurückkehren, suche ich Claras Großeltern.«

»Natürlich kehrt ihr zurück.«

»Wir!« Ihre Stimme klang scharf. Hatte er sich etwa schon aufgegeben?

»Ich bleibe heute Nacht hier«, brummte er. »Ja, es ist wirklich etwas leiser hier, auch wenn es viele Verletzte gibt. Wahrscheinlich brauche ich einfach nur Schlaf.

»Wie wir alle. Wir werden dich heute Nacht abwechselnd besuchen.«

Er ergriff ihre Hand, und sie ließ es geschehen. Es war warm, freundschaftlich, in jedem Fall aber innig.

»Danke.«

»Warum dankst du mir? Danke den Ärzten.«

»Ich meine, dass du dich auch um mich kümmerst. Aber das solltest du nicht. Clara braucht dich mehr.«

»Und die ist jetzt bei Petra und Simon.«

Er lächelte, sie sah ihm aber an, dass er sich quälte. Sein Herz? Hatte er Schmerzen in der Brust? Oder ahnte er etwas, das er nicht sagen wollte?

Als sie zu den anderen zurückkehrte, erzählte sie, was sie von der Ärztin erfahren hatte.

»Sie müssen zumindest euch mitnehmen«, polterte Simon. »Mütter und Kinder immer zuerst.«

»Aber ich bin doch nicht ...«

»Das weiß doch niemand!«

Giulia erkannte, dass ein offizielles verwandtschaftliches Verhältnis zu einem Kind ihnen tatsächlich Vorteile bringen könnte, und so würde sie es jederzeit behaupten. Clara zuliebe.

Als sie sich hinlegten, konnte Giulia nicht einschlafen. Das Stimmengewirr war laut, manchmal schimpfte jemand, einige Kinder weinten, jemand diskutierte mit einem der Militärsoldaten. Außerdem war es stickig, warm, sie fühlte kalten Schweiß auf ihrer Haut.

Plötzlich zerfetzte ein Schuss fast ihr Trommelfell. Zutiefst erschrocken sah sie sich um, Kinder und Frauen schrien.

Da ertönte ein zweiter Schuss.

Verschollen

Mascha

Der Regen war unaufhörlich, ein stetiges Trommeln, das auf die Trümmer um sie herum niederprasselte. Mascha zog die Plane enger um ihre Schultern, doch das Wasser hatte längst seinen Weg durch die notdürftigen Schutzmaßnahmen gefunden. Die Kleidung klebte kalt an ihrer Haut und jeder Atemzug fühlte sich an, als würde er die Kälte tiefer in ihren Körper treiben. Lilli saß neben ihr, stumm und mit verschränkten Armen, den Blick auf den schlammigen Boden gerichtet.

Die Ruinen von Hennstedt waren ein erschütternder Anblick. Überall ragten zerstörte Häuser aus dem aufgeweichten Boden, deren einstige Bewohner saßen auf Trümmern, zusammengekauert, auf Hilfe wartend. Einige suchten nach Schutz unter notdürftig zusammengebundenen Planen oder unter den wenigen intakten Überresten ihrer Häuser. Andere waren verletzt, zu schwach, um sich noch zu bewegen. Nahe an noch stehenden Mauern auszuharren, war aber gefährlich, weil niemand um die Statik der Ruinen wusste.

Die Frau, die vor etwa zwei Stunden bewusstlos geworden war, lag in der Nähe. Ihre Atmung war flach, Ines hatte ihnen gesagt, dass sie kaum Hoffnung hatte, dass sie es schaffen würde. Lilli hatte mehrmals versucht, ihr aufgefangenes Regenwasser zu geben, doch die Frau wachte einfach nicht auf.

Mascha spürte, wie sich Lillis Hand in ihre grub.

»Sie stirbt.« Lillis Stimme war rau vor unterdrückten Tränen. Mascha wusste, dass Lilli versuchte, stark zu sein, doch in diesem Moment konnte sie die Fassade nicht aufrechterhalten.

»Vielleicht ja nicht«, antwortete Mascha leise, unsicher, was sie sonst sagen sollte. Sie wunderte sich, dass sich Lilli so sehr um die fremde Frau sorgte. Es enthüllte, dass alles, was Lilli an arrogantem Verhalten zeigte, nur eine Schutzfassade war. Um ihr doch weiches Herz zu schützen.

Was sie alle hatten. Manchmal wünschte sie, diese Fassade ebenfalls haben zu können.

Müde legte sie einen Arm um Lillis Schultern und zog sie näher an sich. Sie wollte noch so viel sagen, der Regen lief ihr aber über das Gesicht. Die schmutzigen, nassen Decken und Planen schützten sie kaum mehr.

Plötzlich wimmerte die verletzte Frau laut. Sofort eilten Ines und ein anderer Mann zu ihr, rüttelten sie, sprachen mit ihr, bevor der Mann eine Herz-Lungen-Massage durchführte. Er tat es zwei Mal, Ines kontrollierte dabei den Atem der Frau.

Schließlich schüttelte sie den Kopf, woraufhin der Mann zu pumpen aufhörte.

Die Frau war tot.

»Fuck!«, stieß Lilli heraus. »Verdammte Scheiße.« Lilli starrte sie mit weit aufgerissenen Augen an, ihre Hände zitterten.

Mascha sah nur zu, wie Ines die Decke unter dem Leichnam hervorzog und sie mithilfe des Mannes über den Körper legte.

»Wollen wir sie einfach so liegen lassen?«, fragte Lilli.

Ines sah sie an, antwortete aber nicht.

»Die meisten Bewohner liegen hier irgendwo rum«, antwortete Clemens hingegen. »Und Hunderttausende an den Küsten.«

Mascha erinnerte sich an ihre Frage bezüglich des Trinkwassers aus Bächen und Flüssen. Wenn so viele Tote Leichengift in den Boden fließen ließen, wäre es auf keinen Fall ratsam, aus irgendwelchen Lachen zu trinken. Solange es regnete, hatten sie Wasser.

Aus nicht allzu weiter Entfernung hörten sie aufgeregte Stimmen. Da die Fremden, die sich zuvor noch um die Frau gekümmert hatten, sich unter ein provisorisch aus Brettern errichtetes Dach zurückgezogen hatten und es absolut keinen Platz mehr dort gab, folgten sie Clemens. Mascha vertraute ihm und war heilfroh, auf die beiden gestoßen zu sein. Sie hoffte, auch Lilli könnte sich endlich öffnen und den beiden etwas Vertrauen entgegenbringen. Vielleicht tat sie es ja auch und zeigte es nur nicht. Als sie in ihr nasses und angestrengtes Gesicht sah, spürte sie, wie Freundschaft zu ihr wuchs. Selbst wenn sie sie wegstieße, würde sie immer wieder versuchen, ihr nahe zu sein.

Sie entdeckten drei Männer, die Steine zur Seite räumten. Aufgrund des heftigen Regens konnte Mascha nur wenig erkennen, doch der Stoff einer Hose kam zutage und offenbarte, dass die drei versuchten, einen Menschen zu befreien. Als der Kopf des Mannes freigelegt wurde, konnten sie nur seinen Tod feststellen.

»Wisst ihr etwas über eintreffende Hilfe?«, fragte Clemens einen der Männer. Er trug eine völlig verschmutzte und zerlöcherte Regenjacke, die er vermutlich aus dem Schutt gezogen hatte.

»Seit gestern kam kein Heli mehr«, antwortete der etwa Vierzigjährige mit Vollbart. »Wir warten.«

Da die beiden anderen dabei waren, an einer naheliegenden Stelle Holz und Steine beiseitezuräumen, sah Masha auch zu ihnen. Wieder legten sie jemanden frei, diesmal war es die Leiche einer alten Frau. Ihr Gesicht war völlig geschunden, weiße Knochen blitzten im Regen zwischen Fleisch hervor.

Mascha wurde leicht übel.

»Helfen wir!«, entschied Clemens. »Vielleicht finden wir jemanden, der noch lebt.«

Mascha sah zu Lilli, die ihrerseits zu Mascha sah. Leichen auszugraben war etwas, das sie zutiefst ängstigte, die Aussicht auf Überlebende besiegte jedoch ihre Angst.

»Ich will das tun, Lilli.«

»Ich weiß. Schone bitte deine Kräfte.«

»Warum ich? Du warst krank oder bist es noch immer.«

»Mascha, du mit deinen dreißig Kilo musst echt aufpassen.«

»Dreißig! Ja und? Ich bin nicht schwach!«

»Das habe ich auch nicht gesagt.«

Mascha schnaubte. Manchmal könnte sie Lilli ohrfeigen, gleichzeitig spürte sie aber, dass Lilli sich um sie sorgte. Und als sie Elsa ansah, dachte sie, ein leichtes Lächeln in ihrem Gesicht zu erkennen.

»Du machst öfter Pause!«, sagte Elsa schließlich. »Wir alle passen auf uns auf. Wir haben seit Tagen nichts gegessen.«

»Kommt!«, riss sie einer der Männer aus ihren Gedanken. Er stand an einem umgekippten Auto, in dem offenbar noch jemand saß.

Sofort stürmten die anderen beiden zu ihm, gefolgt von Clemens, Ines und Elsa.

Mascha hatte Angst. Bestimmt war wieder eine Leiche im Auto. Doch warum waren die anderen so aufgeregt?

Als sie mit Lilli dort ankam, versuchten die Männer gerade, mit einer Stange eine der Türen aufzuhebeln. Sie rissen, schlugen und traten gegen das Metall, doch nichts tat sich. Da nahm der Älteste einen Stein und schlug die Windschutzscheibe ein. Das Geräusch ging fast unter im prasselnden Regen. Es goss aus Eimern, immer wieder wischte Mascha sich den Regen aus dem Gesicht.

»Fehlalarm!«, rief schließlich der Dritte unter ihnen. »Hätte mich auch gewundert.«

»Dachten die, da lebt noch jemand?«, fragte Lilli.

Elsa wendete sich ihr zu. »Es hat von außen wegen der dreckigen Scheibe so ausgesehen. Das Wasser ist ja erst gestern Abend abgeflossen.«

Mascha erkannte, dass die Rettungsmaßnahmen in den allermeisten Fällen zu spät erfolgten. Während des Hochwassers der ersten beiden Tage waren sicherlich der größte Teil der Verschütteten oder die im Auto Eingeschlossenen ertrunken.

Sie halfen noch einige Stunden weiter, Leichname aus den Trümmern auszugraben. Manche Körper steckten zur Hälfte im Schlamm oder nur ein Fuß oder Arm sah heraus. Für Mascha war es ein Albtraum. Sie konnte nicht anders, als in jedes Gesicht zu sehen, die teilweise fürchterlich zugerichtet waren. Schon jetzt spürte sie, dass sie diese Bilder nie verlieren würde.

Mit jedem toten Menschen sank die Hoffnung, irgendjemanden zu finden, der noch lebte. Die ganze Zeit über fiel der Regen unaufhörlich auf sie herab und verwandelte den Boden abermals in eine Schlammwüste, in die sie immer mehr einsanken. Jeder Schritt wurde zur Qual, und bereits zur Mittagszeit entschied Clemens, jeden weiteren Versuch, Menschen auszugraben, einzustellen. Niemand von ihnen sah mehr Sinn darin. Die Möglichkeit, jemanden lebend zu finden, schien gleich Null.

Mascha spürte ihren Bauch, als sei er eine offene Wunde. Sie konnte sich nicht erinnern, jemals größeren Hunger gehabt zu haben. Ihr Atem ging schnell und sie fühlte sich unendlich schwach. Dennoch wollte sie es niemandem sagen. Sie alle hatten Hunger, somit war sie keine Ausnahme.

»Seht da!«, rief Ines und wies auf einen auf der Seite liegenden Linienbus. Der vordere Teil war komplett verschüttet, der hintere Teil ragte leicht aus schief dem aufgeweichten Untergrund.

»Da finden wir Schutz.«

Als sie am Bus ankamen, krochen sie durch die offen stehende Tür im hinteren Teil ins Innere. Zu ihrer Überraschung war niemand außer ihnen hier.

»Es ist relativ trocken!«, rief Clemens.

Zwar tropfte Wasser durch einige Löcher der über ihnen befindlichen Fenster, aber nicht überall. So blieben sie im hinteren Teil des Busses, in dem es am trockensten war, weil im vorderen Teil der Schutt durch die Fenster gedrungen war. Leider konnten sie die Bänke nicht nutzen, weil der Bus auf der Seite lag, doch sie hatten wenigstens Unterschlupf gefunden. Und das war aufgrund des Regens das Wichtigste.

»Hier bleiben wir erst mal!«, entschied Clemens.

Mascha fiel auf, dass es ab und zu knarrte.

»Was, wenn der ganze Dreck da vorne das Dach zum Einstürzen bringt?«

Clemens schüttelte den Kopf. »Glaube ich nicht. Und wenn, passiert es ja dort vorne. Hier bei uns liegt kein Geröll auf den Fenstern.

Als sie sich auf den Boden setzten und die völlig durchnässte Kleidung teilweise auszogen, spürte Mascha, wie sehr sie fror. Der Hunger wurde unerträglich. Ihre Hände zitterten vor Erschöpfung, die verbliebene kalte, nasse Kleidung raubte ihr die letzte verbliebene Energie.

»Wir sollten uns ausziehen!«, sagte Elsa. »So holen wir uns den Tod.«

»Never!«, rief Lilli. »Nackt? Außerdem haben wir keine trockenen Decken oder Feuer.«

Ines nickte. »Sie hat recht. Wir bekommen die Klamotten nicht trocken, es macht also keinen Sinn. Wir sollten uns aber bis auf den BH ausziehen und warten. Wenigstens etwas.«

Bevor Mascha reagieren konnte, zog Lilli schon den Mantel und ihren Pulli aus. »Es ist zwar kalt, aber besser«, machte sie Mascha Mut.

Mascha schämte sich zutiefst. Trotzdem machte sie es Lilli nach, zog aber ihren Regenmantel über. Tatsächlich war es wesentlich angenehmer.

»Ich suche nach einigen Dingen, bleibt ihr mal da«, sagte Clemens.

Sofort kam Elsa zu ihm. »Ich gehe mit!«

Mascha ahnte, dass sie vielleicht Planen suchten, womöglich Dinge, die Clemens für irgendetwas brauchte, sie war aber zu erschöpft, zu fragen. Als stocherte jemand mit einem Messer in ihrem Bauch herum, spürte sie den Hunger wie noch niemals zuvor in ihrem Leben. Ausgelaugt legte sie sich auf den Boden - die eigentliche Wand zwischen zwei Fenstern. Die Scheiben waren völlig verdreckt, Nässe sammelte sich darunter. Pausenlos trommelte der nun peitschende Regen auf die Oberseite des Busses, es schien immer noch mehr zu regnen.

»Bei dem Lärm hören wir ja gar keinen Hubschrauber«, erkannte Lilli. »Vielleicht sollte immer einer von uns rausgehen.«

»Wir hören den garantiert.« Aufmunternd lächelte Ines Lilli an. »Die sind so laut, da kann es noch so regnen. Außerdem bleiben wir nur so lange, wie es regnet.«

»Wenn eine weitere Welle kommt, sind wir hier drin im Arsch.«

»Die einzigen beiden kamen vor drei Tagen. Ich weiß es zwar nicht, aber es ist ziemlich unwahrscheinlich, dass noch eine kommt.«

Mascha entgegnete nichts. Sie war einfach nur müde, und sie würde alles für eine verdammte Dose mit irgendetwas Essbarem darin geben. Obwohl sie nicht wollte, schloss sie die Augen. Es wurde warm und leicht, das Geräusch des Regens vermischte sich mit bekannten Stimmen, Vogelgezwitscher, sie hörte ihre Mutter rufen. Sie sah aber auch die Gesichter der Leichen, die sie ausgegraben hatten Einige sprachen mit ihr, andere blickten sie an, als wäre sie selbst schuld an deren Tod.

»Sehr gut!«

Verwirrt schreckte sie hoch. Sie war eingeschlafen, Ines' Stimme hatte sie aufgeweckt.

Clemens und Elsa waren zurück. Beide legten einige Dinge auf den Boden.

»Wir haben Konserven gefunden, wenn auch nicht viele. Offenbar haben wir eine Küche ausfindig machen können. Neben drei Dosen lagen zwei Gabeln, ein Löffel sowie weitere Decken, wenn auch völlig durchnässt, kurioserweise auch ein Regenschirm.

»Er funktioniert!«, kommentierte Elsa.

Mascha musste lächeln. Es wäre schon kurios, durch eine völlig verstörte Landschaft mit einem Regenschirm zu laufen.

»Wer kriegen wir die Dosen auf?«, fragte Lilli.

Zur Antwort hob Clemens ein Stück Metall in die Höhe. »Leider hatten die Geschäfte schon zu und ich konnte keinen Dosenöffner kaufen.«

»Sehr witzig!«

Gebannt sah Mascha zu, wie Clemens eine der Dosen umständlich mit der Stange öffnete. Es war Tomatensuppe drin, die nun endlich sichtbar wurde, als der Deckel in die Höhe gezogen wurde.

»Jeder der Reihe nach immer ein Löffel!«, ordnete Clemens an. »Mascha fängt an.«

Mascha konnte kaum glauben, endlich etwas zu essen. Sie nahm einen vollen Löffel der kalten Masse zu sich, gab Besteck und Dose weiter und schloss die Augen. Obwohl sie es genießen wollte, schluckte sie den Bissen sofort hinunter.

Reihum leerten sie die Dose, jeder von ihnen bekam acht Löffel ab. Es war zu wenig, um satt zu werden, aber es genügte, um vorübergehend dieses beißende Gefühl zu verlieren. Die anderen Konserven hoben sie für die kommende Zeit auf. Niemals hätte Mascha gedacht, dass sie derart um Essen betteln würde wie in diesen Tagen.

Nach dem Essen legten sie sich hin. Clemens hatte den notdürftigen Eingang mit einer Plane abgedeckt, um nicht nur den Regen, sondern auch die Sicht anderer etwas abzuhalten. Manchmal rutschte die nasser werdende Masse auf dem Vorderteil des Busses ab, es knirschte, aber keine weiteren Fenster brachen ein.

Mascha fühlte sich weitaus schläfriger als zuvor. Sie ahnte, dass es am Essen liegen könnte, selbst wenn es nur acht Löffel gewesen waren.

»Ich habe Essen gehasst!«, flüsterte sie Lilli zu. »Und jetzt wünsche ich mir nichts sehnlicher, als mich vollzustopfen.«

»Du würdest es vermutlich trotzdem wieder auskotzen.«

»Ja, vielleicht irgendwann.«

Plötzlich raschelte es. Mascha erschrak furchtbar, denn jemand schlug die Plane des Eingangs zur Seite.

Auch Clemens, Ines und Elsa sahen erschrocken zu den Eindringlingen.

Vier Männer krochen in den Bus.

»Es ist schon besetzt!«, rief Clemens ihnen zu, doch keiner der Fremden reagierte. Vielmehr musterten sie die Konservendosen, die neben Clemens lagen.

Mascha hielt den Atem an. Augenblicklich beschlich sie ein sehr schlechtes Gefühl.

Ohne etwas zu sagen, gingen die drei zu Clemens.

»Was habt ihr noch so alles?«, fragte der Stämmigste von ihnen. Er trug einen schwarzen Vollbart, sein Gesicht war fast vollständig von der Kapuze einer dunklen Regenjacke bedeckt.

»Die Konserven haben wir aus einem Haus in der Nähe«, antwortete Clemens.

»Das war nicht meine Frage!«

Da griffen die anderen bereits nach den Dosen, nahmen auch die Decken an sich, die sie zum Trocknen aufgehängt hatten.

»Das könnt ihr nicht tun!«, rief Ines. »Das haben wir gefunden.«

»Sorry!«, sagte der Stämmige. »Das ist mir gelinde gesagt scheißegal.«

Mascha fiel auf, dass er an der Stirn blutete, auch die anderen hatten ihre Kapuzen so tief ins Gesicht gezogen, dass man sie nur schlecht identifizieren konnte.

Verdammte Wichser!

»Sonst noch etwas? Dosen, Trinken?«

»Nein!«, schrie Clemens sie an. »Jetzt habt ihr Idioten ja alles!«

Der Stämmige ging nicht auf die Beschimpfung ein, sah sich noch etwas um und winkte den anderen zu, den Bus zu verlassen.

Mascha konnte es nicht fassen. Obwohl sie Angst hatte, war ihre Wut grenzenlos. Etwas zwang sie, aufzustehen und sich vor einen der Männer zu stellen. »Lasst uns wenigstens eine Dose da! Wir verrecken fast.« Es war, als zwänge sie jemand auf, als führte sie jemand direkt vor den Anführer der Fremden.

Der kleinste der Fremden hielt sie zur Seite, aber sie stellte sich wieder vor ihn. Nun kam auch Lilli dazu.

»Nicht!«, hörte Mascha Elsa schreien. »Bleibt weg!«

Vehement versuchte Mascha, dem Mann die Dosen zu entreißen. Ihre Wut war so groß, dass sie ihm am liebsten die Augen ausgekratzt hätte. Doch der Stämmige nahm sie an der Schulter und schleuderte sie gegen die Wand. In ihrem Schrecken versuchte sie sich festzuhalten, doch sie knallte mit voller Wucht mit ihrer Schläfe gegen die Wand. Ein alles zerstörender Schmerz durchzog sie, es war, als zerschlüge jemand ihren Kopf.

»Du dreckiges Arschloch!«, schrie Lilli. »Fass sie ja nicht an!«

Maschas Kopf hämmerte. Es dröhnte, alles drehte sich um sie. Wie in Trance sah sie, wie nun auch Clemens und Ines versuchten, gegen die Männer vorzugehen, doch die stiegen aus dem Bus und stießen Clemens zurück.

Da spürte sie eine Hand an ihrer Wange. Es war Lilli.

»Fuck, du blutest wie Sau. Wie geht es dir?«

Unter Schmerzen fasste Mascha an die Seite ihres Schädels, wo es offenbar blutete. Ihre Hand war rot.

»Mascha!«, rief Elsa laut. »Das war völlig idiotisch!«

»Halt deine Fresse!«, schrie Lilli zurück. »Mascha war die Erste, die versucht hat, sie aufzuhalten! Wäre ja eigentlich eher euer Ding gewesen!«

Mascha hörte die Worte viel zu laut, es dröhnte, hämmerte, bevor sich ein Pfeifen einstellte, das alles übertönte.

Schließlich wurde es schwarz um sie.

Diana

Die Stimme aus dem Funkgerät war wie der Kontakt in eine andere Welt. Diana konnte nicht fassen, dass Sven tatsächlich mit dem Fremden gesprochen hatte. Aufgrund eines im Funkgerät eingebauten GPS hatten sie die Daten übermitteln können. Sven meinte, es sei eines der besseren Funkgeräte, was auch zum Erscheinungsbild des Schiffes passte. Mehr erschloss sich Diana aber nicht. Wie auch immer, Hauptsache war, irgendjemand dort draußen erfuhr endlich, wo sie waren und dass sie Hilfe benötigten.

Seit diesem Moment warteten sie einfach nur. Nils und Svenja sprachen miteinander, wenn auch Nils einen verheerenden Eindruck bei Diana hinterließ. Sah sie in sein Gesicht, dachte sie, reine Wut und Trauer zu erkennen. Sicherlich waren für ihn hier alle die Mörder seines Vaters. Svenjas Mutter kümmerte sich rührend um den Waisen.

In der Hoffnung darauf, gerettet zu werden, tranken sie erneut, diesmal sogar mehr als zuvor. Einzig und allein die Aschewolke über ihnen, die immer mehr des Horizonts einnahm, wirkte bedrohlich. Nur kurz dachte Diana darüber nach, was dies für die Zukunft bedeutete. Zukunft. Es lag alles vor ihnen, solange sie aber hier auf offenem Meer herumtrieben, war immer nur der nächste Schritt wichtig.

Sie setzte sich mit Oliver auf eine der Bänke, Elin und Kristjan saßen neben ihnen.

»Wir werden alles Mögliche unternehmen, um herauszufinden, ob dein Mann noch lebt«, sagte sie zu Elin. Sie hatten lange nicht über ihn gesprochen, nicht in den Tagen des reinen Überlebenskampfes. Sie hatte vor, ihr Versprechen zu halten. Niemand von ihnen wusste, welche Voraussetzungen auf Island herrschten, ob man dort überhaupt noch leben konnte, ob die Vulkane noch ausbrachen, wie sehr die Beben das Land zerstört hatten.

»Ich muss erst mal Kristjan in Sicherheit bringen.«

»Wir!« Diana sagte es deutlich, ohne Zweifel daran, dass ihr gemeinsamer Weg nicht nach deren Rettung endete.

Elin erwiderte nichts, Diana konnte ihr aber den Stress und die ungeheure Anstrengung ansehen. Falls wirklich ein Hubschrauber oder was auch immer käme, glich es fast einem Wunder.

Das Warten wurde unerträglich. Die meisten auf dem Schiff wurden ungeduldig, am Nachmittag standen fast alle an Deck und starrten in alle Richtungen.

Plötzlich hörte sie ein Brummen. Binnen Sekunden blickte Diana Oliver an, Sven, Elin, die anderen, bevor sie alle auf das Deck liefen. Das Geräusch wurde lauter, schließlich erkannte sie etwas, das auf sie zu flog.

Ein Hubschrauber.

Wie ein vom Himmel gesandter Engel kam er näher. Er war rot, Lichter blinkten, langsam verlor er an Tiefe und näherte sich dem Schiff. Die anderen winkten, jubelten, schrien, sie fiel Oliver, Elin und Kristjan um den Hals, selbst den anderen. Schon bald übertönte das Dröhnen der Rotorblätter jedes Gespräch und die Luft, die zu ihnen gepeitscht wurde, war eiskalt. Doch trotz des Lärms und der Kälte spürte Diana nur noch Freude, pure Erleichterung. Sie hatten es geschafft. Nach all den Tagen auf dem Boot, der Angst, den Kämpfen, dem kaum zu ertragenden Durst, hatten sie nun eine reale Chance, gerettet zu werden.

Oliver stand neben ihr, seine Hand fest um ihre geschlungen. Sie sah ihn an und konnte für einen Moment ein schwaches Lächeln auf seinem Gesicht erkennen. Es war keine pure Freude, eher ein Ausdruck von erschöpfter Erleichterung, dass sie endlich von diesem verfluchten Meer wegkamen.

Als der Heli über ihnen schwebte, ließ sich ein Mann an einem Seil herab. Für kurze Zeit konnte Diana den Schriftzug „Greenland Air" erkennen. Sie kamen also aus Grönland, wer auch immer.

Zielsicher landete der Fremde auf seinen Füßen und sah sich um. »Wie viele Überlebende gibt es?«, fragte er auf Englisch.

»Neun!«, antwortete Sven.

»Ist jemand schwer verletzt?«

»Nein.«

»Gut. Zuerst Kinder und Frauen, dann die Männer. Wir haben Platz für maximal vierzehn Personen.«

Ab diesem Moment erschien Diana alles wie in einem Traum. Sie sah zu, wie Svenja, Nils und Kristjan, dann die ersten Frauen je einzeln von dem Mann in den Heli gezogen wurden. Es dauerte lange, denn jedem Einzelnen wurde ein Geschirr angelegt, damit er nicht herunterzufiel, doch das war Diana völlig egal.

Sie wurden gerettet, sie wurden tatsächlich gerettet.

Als sie selbst an der Reihe war, schlug ihr Herz bis zum Hals. Nach wie vor dröhnte der Heli ohrenbetäubend, und als sie in die Höhe gezogen wurde, lächelte sie zu Oliver hinunter. Tränen liefen über ihre Wangen, aus Erleichterung, aus Angst, herunterzufallen, aber auch aus Angst vor weiteren Veränderungen.

Nach etwa einer Stunde saßen alle an Bord. Es waren zwei lange Reihen im sehr großen Hubschrauber, zwei weitere Männer begleiteten den Piloten.

»Wohin geht es denn?«, rief Sven gegen die Lautstärke im Innern an. Der Mann, der direkt bei ihnen saß, lächelte sie an. »Tasiilaq, ein kleines Dorf an der Ostküste Grönlands. Wir haben dort Lande- und Startbahnen.«

Diana hatte noch niemals davon gehört, es war ihr aber egal. Sie schloss die Augen, lehnte sich an Oliver, spürte, wie der Pilot das Gerät in die Höhe zog, wendete und sie davonflogen. Sie wollte dem Schiff nicht hinterhersehen, sie wollte einfach nur genießen, hier und jetzt in diesem Heli zu sitzen.

Auf dem Weg in Sicherheit, weg von Island, vor allem aber an Land.

Schon bald wurde es dunkler, Wolken zogen auf, bis alles um sie herum schließlich düster wurde. Ab und zu sprach der Pilot etwas in sein Funkgerät, Diana schätzte, es könnte Dänisch sein.

Sie hatte noch nie in einem Heli gesessen. Schon bald war Land zu sehen, es musste sich um die grönländische Küste handeln.

Schließlich kam Wind auf und der Heli schwankte etwas in der Luft. Zunächst dachte sich Diana nichts dabei. Die ersten Anzeichen, dass etwas nicht stimmte, waren die Ruckler. Der Helikopter schien in der Luft zu schwanken, die Bewegung war ungleichmäßig, fast als würde er von einer unsichtbaren Hand geschüttelt. Diana spürte, wie sich ihre Finger in Olivers Arm gruben, und sah die Besorgnis in seinen Augen.

»Ist das normal?« rief sie, doch ihre Worte gingen im Lärm unter.

»Ich weiß nicht!«, antwortete Oliver. »Sieht nach Turbulenzen aus.«

Da drehte sich der Pilot kurz um. »Der Sturm zieht schneller auf, als wir gedacht haben! Haltet euch fest!«

Der Sturm? Diana hielt die Luft an. Nicht auch noch das! Sie waren doch quasi gerettet.

Die nächsten Minuten wurden zu einem Albtraum. Der Helikopter schwankte heftig, und jedes Mal, wenn er absackte, zog es Diana den Boden unter den Füßen weg, obwohl sie angeschnallt war. Kristjan hielt sich krampfhaft an seinem Gurt fest, während Elin die Augen geschlossen hatte. Ihre Lippen bewegten sich, als würde sie beten. Svenja quietschte immer wieder, Diana hörte die aufgeregten Stimmen der anderen. Manche waren panisch, andere schienen zu beten.

Diana konnte nicht anders als an ihren eigenen Atem zu denken, der schneller ging, je mehr der Helikopter von einer Seite zur anderen geschleudert wurde.

»Wir müssen runter!«, schrie der Pilot schließlich. Im selben Moment spürte Diana, wie der Helikopter zu sinken begann. Die Landschaft unter ihnen war eine Mischung aus Eis und Felsen, nichts davon sah aus wie ein sicherer Landeplatz. Der Orkan warf den Helikopterwie einen Spielball hin und her, und Diana fühlte sich, als würde sie jeden Moment herausgeschleudert werden.

Plötzlich sanken sie tiefer, ihrer Meinung nach viel zu schnell. Sie schrie, andere schrien ebenfalls, ihre Finger gruben sich noch tiefer in Olivers Arme. Alles drehte sich um sie herum, auch der Heli, ihr wurde augenblicklich übel.

Schließlich knallte es ohrenbetäubend laut. Der Helikopter traf mit einem lauten Krachen auf dem Eis auf, Diana wurde nach vorne geschleudert, bis ihr Gurt sie zurückhielt. Es gab einen weiteren Knall, weil eines der Rotorblätter abbrach und gegen den Rumpf prallte. Schreiend hielt sie sich an Oliver fest, der selbst verzweifelt versuchte, seinen Kopf zu schützen. Sie dachte, ihr Kopf spränge von ihren Schultern, binnen weniger Augenblicke bestand ihr gesamter Körper aus reinem Schmerz.

Plötzlich war alles still. Die Geräusche des Helikopters waren verstummt, und alles, was blieb, war das Heulen des Sturmes. Diana blinzelte und versuchte, sich zu orientieren. Ihre Ohren klingelten und ihr Kopf dröhnte. Um sie herum waren Trümmerteile verstreut, der Helikopter war aufgerissen, lag auf der Seite, Rauch stieg aus dem zerstörten Motor auf.

»Oliver?«, rief sie, »Oliver, alles okay?«

Jetzt erst öffnete er mit schmerzverzerrtem Gesicht die Augen. »Ich … ich glaube schon. Und bei dir?«

»Oh mein Gott!«, schrie sie, während sie sich vorsichtig bewegte. Alles tat weh, der Gurt hatte ihren Brustkorb fast zerdrückt. Ihr Blick fiel auf Elin und Kristjan, die weiter vorne saßen. Andere sagten nichts, saßen regungslos in ihren Sitzen, die meisten aber versuchten, sich zu befreien.

Elin hielt sich den Arm, Diana konnte das Blut sehen, das durch deren Finger sickerte.

»Elin! Kristjan!«, rief sie und versuchte, sich zu ihnen durchzuwinden. Kristjan sah sie mit weit aufgerissenen Augen an, seine Hände zitterten, während er versuchte, seiner Mutter zu helfen. Dabei sagte er etwas auf Isländisch, weil er in seiner Panik vergessen hatte, dass Diana die Sprache nicht verstand.

Endlich löste Diana ihren Gurt, fiel auf die Knie und blickte sich voller Panik um. Einige schrien vor Schmerz, Nils heulte wie eine Sirene, mindesten drei Personen waren eindeutig tot.

Schließlich kniete sie sich neben Elin und betrachtete deren Verletzung. Es war ein tiefer Schnitt. »Wir müssen das verbinden«, sagte sie zu Kristjan. »Hilf mir, etwas zu finden.«

Ihr Blick fiel auf einen der Männer, die mit auf dem Schiff gewesen waren. An seinen aufgerissenen Augen sah sie sofort, dass auch er tot war. Seltsamerweise reagierte sie sehr nüchtern. Sie zog ihm die Jacke aus und band die Ärmel fest um Elins Arm, bis die Blutung deutlich zurückging.

Jetzt erst sah sie zu den anderen Überlebenden. Diese stiegen nun ebenfalls aus der Maschine und halfen den Verletzten, sie zu verlassen. Diana half ebenfalls mit, nachdem Elin, Oliver und Kristjan ins Freie gestiegen waren.

Als sie draußen fassungslos auf die Trümmer des Helis sahen, dachte Diana, ihr Herz stockte. Sie waren irgendwo, vermutlich weit jenseits einer Siedlung. Doch trotz des Schocks und ihrer Panik war sie froh, dass sie nicht über dem Meer abgestürzt waren.

Von den zwölf Personen hatten sieben überlebt, darunter Diana, Oliver, Elin, Kristjan und Nils. Einer der Männer vom Schiff sowie der Pilot waren bewusstlos. Die anderen waren entweder sofort gestorben oder lagen unter den Trümmern begraben.

Auch Svenja und ihre Mutter.

Fassungslos starrte Diana auf den blutüberströmten Körper des Mädchens. Ihr Gesicht war kaum zu erkennen, ein Trümmerteil hatte ihren Schädel fast zerfetzt. Sie konnte ihren Blick nicht abwenden, spürte, wie Tränen ihre Wangen herunterliefen, wie ihr Atem stockte.

»Sieh nicht hin!«, hörte sie Oliver sagen. Dann drehte er sie zu sich. »Sieh weg, hörst du? Du kannst da nicht mehr helfen!«

Diana nickte nur, alles in ihr schien erstarrt, wie unter Schock oder in einer Art Trancezustand.

»Wir müssen versuchen, den Piloten oder den anderen wach zu bekommen«, sagte Oliver, seine Stimme war rau vor Schreck. »Vielleicht haben sie einen Notruf abgesetzt.«

»Der Bordcomputer ist hin!«, erklärte Sven. »Ich habe nachgesehen.«

Diana benötigte lange, um nicht zu Svenja oder deren Mutter zu sehen.

Schließlich suchten sie nach allem, was sie gebrauchen konnten – Decken, Medikamente, Wasser. Doch die Vorräte waren spärlich und die eisige Kälte machte alles noch schwieriger. Elins Wunde war notdürftig verbunden, aber sie war blass und zitterte vor Schmerz.

»Also warten wir erst mal?«, fragte Diana und blickte auf die endlose Eiswüste um sie herum. »Es gibt nichts außer Schnee und Wind.«

Sven nickte. »Genau das. Falls wir hier übernachten müssen, bleiben wir im Heli.

Diana ahnte, dass dies auf sie zukäme. Ein weiteres Mal sah sie nach Elins Wunde, sie blutete aber nur wenig. Doch Elin hatte Schmerzen, sie verzog ihr Gesicht zu einer wilden Fratze.

Erst jetzt gelang es Sven und Oliver, die Verbandstaschen aus dem Hubschrauber zu holen, denn sie waren unter Trümmern eingeklemmt gewesen. Sie versorgten die Wunde am Kopf des Piloten, Elins Arm, Nils' Knie , das ebenfalls blutete, und kontrollierten die Atmung des anderen Crewmitglieds. Die Leichen bahrten sie auf der anderen Seite des Helis auf und zogen deren Jacken aus, da sie sie für sich selbst benötigten. Dabei liefen Diana abermals Tränen über die Wangen. Es war besonders hart, Svenjas Leiche anzusehen. Die Mutter des Mädchens hatte beim Aufprall einen Arm verloren, ihr gesamter Körper war voller Blut. Und einer der Männer war derart zugerichtet, dass Diana ihn ebenfalls kaum wiedererkannte. Als sie ihn so sah, wunderte sie sich, dass sie quasi unverletzt diesen Absturz überstanden hatte.

»Wir saßen auf der linken Seite«, kommentierte Oliver den Zustand der Leichen. »Die Toten auf der rechten, auf die der Heli gestürzt ist.«

Diana schüttelte den Kopf. Es war reines Glück gewesen, niemand hatte sich dabei etwas gedacht, als sie ihre Plätze nach dem Einsteigen eingenommen hatten.

Es hatte über Leben und Tod entschieden.

Nils weinte noch lange, vermutlich des Schocks wegen, doch Diana konnte ihn schließlich beruhigen. Elin und sie waren nun die einzigen Frauen, und so nahm sie sich vor, sich vermehrt um den Jungen zu kümmern, während Sven und Oliver versuchten, eine Karte im Heli zu finden.

»Nichts!«, kommentierte Oliver ihre erfolglose Suche nach einiger Zeit. »Die Zeiten der Landkarten auf Papier sind endgültig vorbei, auch in Grönland.«

Es dämmerte bereits, der entfernte Gebirgszug verschwand in dunklem Grau. Augenblicklich wurde es kälter. Da die beiden Männer der Crew noch immer nicht aufgewacht waren, trugen sie sie in die Überreste des Helis und legten sie auf den Boden, der tatsächlich die Bordwand des auf der Seite liegenden Hubschraubers war. Sie bedeckten sie mit den Jacken der Toten. Sie selbst setzten sich im Kreis um die beiden, soweit es der zerstörte Innenraum des Helis zuließ.

»Essen wir den Proviant der beiden«, schlug Sven schließlich vor. »Es sind nur einige Riegel, aber besser als nichts.«

Sie verteilten sie, dabei gaben Sven und Oliver ihren Teil an Nils und Kristjan ab.

Diana fühlte sich augenblicklich besser. Der Zucker entfaltete seine Wirkung sofort, ein Hitzeschwall ergriff kurzzeitig ihren Körper. Leider wurde er sehr schnell durch die in den Heli einströmende Kälte verdrängt.

»Was machen wir, wenn morgen niemand kommt?«, fragte Elin auf Englisch.

»Das werden wird dann sehen.« Sven sah dabei auf die beiden Männer der Crew. »Vielleicht wacht ja einer auf. Wir wissen nicht einmal ansatzweise, wo wir sind und ob eine Siedlung in der Nähe ist.«

Diana nickte nur. Warum hatte dieser verdammte Sturm kommen müssen? Sie wären jetzt in Sicherheit, würden vielleicht in einem warmen Raum liegen. Ihr Blick fiel auf Nils, der sich an Elin angelehnt hatte. Kristjan kümmerte sich ebenso aufopfernd um den jüngeren Buben, obwohl er selbst noch ein Junge war.

Schließlich sah sie durch die Löcher in der Bordwand ins Freie. Dorthin wo die Leichen lagen. Es war dunkel, sie konnte absolut nichts erkennen, es schien ihr aber, als würde von dieser Stelle eine unheimliche Kraft ausgehen.

Svenja, das arme Mädchen. Sie war erst gerettet worden und hatte dann kurz vor dem Ziel ihr Leben verloren. Es war so unfair, es machte sie unendlich wütend. Trotz ihrer eigenen Angst um ihr Leben erinnerte sie sich an das hübsche Gesicht und hörte auch Svenjas Stimme, als sie auf Svens Boot gewesen waren.

Die Nacht war die härteste, die Diana je erlebt hatte. Der Wind schien durch ihre Knochen zu schneiden und die Kälte setzte sich in allen Teilen ihres Körpers fest. Sie hielt sich an Oliver fest, während sie versuchte, ihre Gedanken von der Kälte und der Angst abzulenken. Elin lag neben ihnen, ihre Atmung ging flach und unregelmäßig, während Kristjan aufblieb und über sie wachte.

Plötzlich sagte Sven etwas. Es klang wie ein Fluch, hart und laut. Er saß neben dem Mann, der sie an dem Seil in die Höhe gezogen hatte.

»Er ist tot!«, sagte er in beiden Sprachen.

Diana konnte es nicht fassen. Er war vor ihren Augen gestorben, nun gab es nur noch die Hoffnung auf den Piloten. Er musste einfach aufwachen, sicherlich wusste er in etwa, wo sie sich befanden.

Sekunden wurden zu Minuten, Minuten zu Stunden. Als Diana dachte, diese Nacht würde niemals enden, dämmerte es leicht. Vor Kälte fühlte sie weder ihre Hände noch ihre Beine.

»Wir brauchen ein Feuer!«, entgegnete Oliver mit klammer Stimme. »Hier ist aber nirgends Holz.«

Diana sah zu den anderen. Sie alle schliefen, und als Sven den Puls des Piloten kontrollierte, hob er den Daumen.

Noch gab es eine Chance, nicht blindlinks die Gegend nach Holz erforschen zu müssen.

Sie konnten sich überall befinden.

Die Offenbarung

Giulia

Voller Schrecken hielt Giulia sich die Ohren zu. Dem zweiten Schuss folgte ein dritter, begleitet von den Schreien mehrerer Menschen.

»Bleibt liegen!«, rief Simon. »Nicht bewegen!«

Unter hämmerndem Herzen riss Giulia Clara an sich und drückte sie fest. Die Schüsse stammten nicht direkt aus dem Schlafsaal, sie schätzte die Quelle eher im Speiseraum. Von dort waren nun aufgeregte Stimmen zu hören, die wie Befehle klangen, jemand schien zu kämpfen, bevor Stille eintrat. Nur noch vereinzeltes Weinen einiger Kinder war zu hören, die Menschen im Schlafsaal begannen, miteinander zu sprechen.

»Was ist da los?«, fragte nun auch Petra.

Simon schüttelte den Kopf. »Werden wir wohl noch erfahren. Macht erst mal gar nichts.«

Giulia hatte Angst, durchgeknallte, bewaffnete Typen könnten den Raum stürmen, stattdessen trat einer der Sicherheitsbediensteten in Erscheinung.

»Es ist alles in Ordnung, es gab nur einen kleinen Zwischenfall«, berichtete er in beruhigender Sprache auf Englisch. »Wir haben alles im Griff. Sie können ungehindert aufstehen.« Genauso schnell wie er aufgetaucht war, verschwand er wieder.

»Das wars?«, fragte Simon wohl mehr sich selbst als die anderen. »Die werden für Ruhe und Ordnung gesorgt haben.«

»Mit Schüssen?«, fragte Petra. »Es wird wohl kein „kleiner Zwischenfall" gewesen sein.«

»Eher nicht. Wird Zeit, dass die Leute ausgeflogen werden.«

Giulia spürte noch immer ihr Herz wild pochen. Angestrengt hörte sie, ob noch etwas aus der Richtung der Geschehnisse zu hören war, doch es blieb still. Schon bald kehrte wieder Normalität ein, die Menschen gingen umher, auch zur Mensa. Nun hörte sie wieder Stimmengewirr, auch derer, die sich unweit von ihnen die Nachrichten ansahen, die rund um die Uhr auf den beiden Monitoren gezeigt wurden. Sie selbst wollte sich das Leid nicht ansehen, die düsteren Prognosen, die täglich in die Höhe schnellende Zahl der Toten, die an den Küsten Europas angeschwemmt wurden.

»Ist es vorbei?«, fragte Clara ängstlich.

»Ja. Du kannst jetzt schlafen.«

»Kann ich nicht. Es ist so laut, und die anderen reden dauernd.«

»Ich weiß. Aber es ist nichts im Vergleich zu dem, als wir noch in Lebensgefahr waren.«

Clara nickte nur, Giulia sah ihr aber an, wie müde und ausgelaugt sie war.

Sie warteten noch einige Augenblicke, dann stand Simon auf, um nachzusehen. Einige der anderen hatten offenbar dieselbe Idee.

»Ist nichts mehr zu sehen«, berichtete Simon nach seiner Rückkehr. »Aber auch kein Blut. Vielleicht schossen sie in die Luft.«

Für Giulia war dies nur wenig Trost. Binnen weniger Sekunden war die kurzzeitig empfundene Sicherheit wieder dahin. Es konnte alles passieren, sie befanden sich in einem verdammten Ausnahmezustand.

Jakob

Es war düster, als Jakob erwachte. Aus seiner Hand ragte ein intravenöser Zugang, der mit einem Verband umwickelt war, ein Schlauch - vermutlich mit Kochsalzlösung - führte zu einem Tropf. Neben ihm lagen zu beiden Seiten je ein Mann und eine Frau, beide schliefen. Ein Apparat gab monoton Piepstöne von sich, ein orangenes Licht blinkte an der Wand vor ihm.

Er hatte wohl geschlafen, es kam ihm vor, als wären es Tage gewesen. Binnen Sekunden strömten Erinnerungen in seinen Kopf, von der ersten Welle, von seinen Schreien, von dem Überlebenskampf auf dem Meer, von seinen Schmerzen in der Brust. Giulia hatte ihn noch vor Kurzem besucht. Oder war es am vergangenen Abend gewesen?

Weil er Durst hatte, rief er nach Hilfe. Eine Frau kam zu ihm, etwa um die dreißig Jahre alt.

»Kann ich bitte Wasser haben?«, fragte er in Englisch.

Sie nickte nur, verschwand und kehrte mit einem Pappbecher Wasser zurück. Jakob trank ihn mit einem Zug leer.

Während die Schwester die Vitalfunktionen der beiden anderen kontrollierte, schloss Jakob kurz die Augen. Was hatte die Frau am Vortag gesagt? Dass er ausgeflogen würde? Oder hatte er es nur geträumt?

Die Töne verschwammen etwas, ebenso das Licht an der Wand. Es wechselte die Farben, bevor es sich wie unter Wasser völlig verzerrte. Das Stechen in seiner Brust hingegen wurde deutlich schmerzhafter.

Es wackelte unter Jakob. Noch bevor er die Augen aufschlug, spürte er, dass er auf einem fahrbaren Bett liegend gerollt wurde. Eine Decke lag über ihm, es war kalt an seinem Gesicht.

»Jakob?«, hörte er Giulias Stimme.

Als er die Augen öffnete, sah er unscharf ihr Gesicht, neben ihr erkannte er Simon, Petra und Clara.

»Wo bin ich?«

»Bald in einem richtigen Krankenhaus«, antwortete Simon. »Und du wirst nicht allein fliegen.«

»Was?«

Simon kam näher und legte seine Hand auf Jakobs Haar. »Kumpel, du wirst ausgeflogen. Giulia und Clara fliegen mit.«

Jakob verstand rein gar nichts. Eben hatte er sich noch in einem verstörend tiefen Traum befunden. »Aber ... wohin und was ist mit euch?«

Nun setzte sich Petra auf die Bettkante. Sie standen auf einem Flur, vor ihnen weitere Betten mit Patienten, von außerhalb röhrte etwas.

»Simon und ich bleiben, Jakob. Uns war es wichtiger, dass Clara und Giulia mit dir fliegen. Wir kommen nach.«

Jetzt erst erinnerte sich Jakob an das Gespräch am vergangenen Abend. Die Ärztin hatte einen Ort in Kanada genannt, er hatte jedoch alle Namen vergessen.

Wenn doch nur seine Brust nicht so stechen würde.

»Dank deiner Enkelin Clara fliegt Giulia auch mit. Leider ist nur Platz für etwa fünfundzwanzig Personen.«

Enkelin? Clara? Tausend Gedanken strömten durch sein Gehirn. Es dauerte, bis er endlich begriff. Sie hatten ihn als Claras Großvater ausgegeben, damit er mitnehmen konnte. Wie sie es mit Giulia geschafft hatten, war ihm unklar, er wollte aber auch nicht fragen.

»Und ihr?«, wiederholte er.

Giulia sah ihn skeptisch an, Simon lächelte aber. »Wir kommen mit einem der nächsten Flieger nach. Wichtig ist jetzt nur, dass du wieder gesund wirst. Du hast deine Tochter zu finden.«

Jakob wusste nicht, was er sagen sollte. Er wollte sich nicht von Simon und Petra verabschieden, zudem hatte er keine Ahnung, wann sie ihn in das Flugzeug schieben würden.

»Deswegen verabschieden wir uns jetzt«, fuhr Simon fort. »Aber nur für kurze Zeit.« Er drückte Jakobs Hand, legte seine andere freundschaftlich auf seine Brust. Es tat Jakob unendlich gut, gleichzeitig wollte er nicht gehen. In den Tagen des Überlebenskampfes waren sie so sehr aneinandergewachsen.

Auch Petra umarmte ihn lange, voller Inbrunst, er spürte ihren Atem an seinem Hals.

Simon wies auf Giulia. »Ich habe ihr meine Nummer gegeben, ich weiß die auswendig. Aber vorerst geht's wohl nur über die offiziellen Telefone, falls irgendetwas länger dauert. Zur Sicherheit.«

»Wann geht es denn los?«

Simon löste sich von ihm und ging mit Petra einige Schritte zurück. »In einer halben Stunde. Aber wir sollen jetzt gehen.«

Um sich zu orientieren, sah Jakob sich um. Weiterhin kamen Verletzte zu ihnen, zwei weitere Betten wurden zu ihnen geschoben.

»Wir sehen uns!«, sagte Jakob nur. »Ich danke euch für alles. Danke.« Er hörte, wie seine eigene Stimme brüchig wurde. Er war seltsam berührt, sentimental, gleichzeitig sorgte er sich um sein Herz.

»Bis bald!«, rief Simon. Schließlich drehten sie sich um und verschwanden durch eine Türe.

Anderthalb Stunden später bestieg Jakob das Flugzeug. Er durfte einige Schritte selbst gehen, hinein in den großen Bauch des Transportflugzeuges. Etwa zwei Dutzend Patienten und Angehörige saßen auf Sitzen in insgesamt vier Reihen.

Als sich Jakob setzte, lächelte er Clara an. »Warst du schon mal in Kanada?«

»Nein. Nur in Italien und Tschechien.«

»Dir wird es dort gefallen. Wenn du Glück hast, siehst du vielleicht einen Bären.«

»Ich mag lieber heim.«

Es war laut im Flugzeug, denn die Düsen liefen bereits. Da auch die anderen miteinander sprachen, musste Jakob lauter reden.

»Ich weiß. Und du wirst auch heimkehren. Giulia, Petra, Simon und ich werden alles Erdenkliche dafür tun. Der erste Schritt dazu ist aber erst mal Kanada.«

Jakob hatte im Fernsehen gesehen, dass die Aschewolke Europa erreicht hatte. Was das für die Menschen dort bedeutete, konnte er sich nicht ausmalen. Dabei dachte er an Elsa und seine Brust begann zu schmerzen.

»Kommst du jetzt ins Krankenhaus?«, fragte Clara weiter.

Giulia legte sanft ihren Arm auf Claras Schenkel. »Ja, Clara. Aber es strengt ihn an, so laut reden zu müssen, und ich denke, Jakob soll sich schonen.« Dabei sah sie ihn scharf an.

Clara nickte nur und lenkte ihren Blick auf die anderen.

Die meisten von ihnen kannte Jakob vom Sehen. Einige derer, die auf Tragen liegend festgebunden waren, sahen sich um. Offenbar wurden nur diejenigen ausgeflogen, die transportfähig waren.

Irgendwann wurde der Motor lauter, es ruckelte, die Maschine setzte sich in Bewegung. Jakob fühlte den holprigen Untergrund unter sich, es wackelte stärker, dann neigte sich der Raum. Dabei spürte Jakob einen beunruhigenden Stich in seiner Brust. Nun brüllten die Triebwerke unerbittlich, ein ständiges Dröhnen, das jedes Gespräch unmöglich machte. Da sah er zu Giulia. Ihr Gesicht war von der Anstrengung der letzten Tage gezeichnet und auch ihr schien jeder Atemzug Mühe zu bereiten. Er dachte an sein Herz, an Elsa, aber auch daran, dass sie nach seiner Entlassung Clara unbedingt zu ihren Großeltern bringen mussten. Und was war mit Giulia? Sie hatte in Hamburg gewohnt, und diese Stadt war offenbar auf Jahre hinaus unbewohnbar. Er war sich auch sicher, dass Petra und Simon halfen, so gut es ging.

Doch was war mit seinem Herzen? Warum bekam er diesen unangenehmen Druck nicht los, manchmal auch diese stechenden Schmerzen? *Ihr Herz ist nicht so richtig im Takt*, hallte durch seinen Kopf. Was hatte die Ärztin nur gemeint? Inständig hofft er, es löste sich alles auf, all das wäre nur ein Resultat der ungeheuren Anstrengungen der letzten Tage.

Wieder dachte er an Elsa. Was sie wohl gerade tat? Befand sie sich in einer sicheren Unterkunft?

In diesem Moment wurde seine Sorge um sie so groß, dass ihm übel wurde.

Lilli

Mit angestrengtem Gesichtsausdruck legte Elsa ihre Hand auf Maschas Stirn. Diese lag mit geschlossenen Augen auf der einzigen Decke, die die Männer ihnen dagelassen hatten. Maschas Atmung war flach und ihre Stirn glänzte vom Schweiß. Lilli saß neben ihr, hielt ein feuchtes Tuch in der Hand und wischte sanft über das ausgemergelte Gesicht. Jeder Atemzug Maschas ließ Lillis Herz schneller schlagen, die Angst um sie war wie eine eiserne Klammer um ihre Brust. Der Regen, der unaufhörlich auf die oben liegende Seite des Busses trommelte, machte die Situation noch bedrückender, mehr aber die Angst, die Männer könnten zurückkommen.

Oder andere.

»Du wirst wieder gesund, Mascha«, flüsterte Lilli, obwohl sie nicht sicher war, ob Mascha sie hörte. Die Kopfverletzung sah schlimm aus. Der Bluterguss hatte sich weiter ausgebreitet und Maschas Bewusstsein schien immer wieder zu flackern.

Elsas Gesicht blieb nachdenklich.

Da warf Lilli ihr einen scharfen Blick zu. »Was ist?«

»Ich sorge mich um sie, Lilli. Was dachtest du denn?«

»Dir ist schon klar, dass die Dünnste und Schwächste von uns sich als Erste zwischen diese Wichser und den Ausgang gestellt hat, oder?«

Da sah Elsa sie mit kühler Miene an. »Ja, das ist mir klar. Sekunden, bevor auch wir parat standen. In diesem Fall ging es aber darum, dass wir alle sicher bleiben. Ich bewundere Mascha dafür, aber es war dumm. Wegen einiger Konserven und Decken sein Leben zu riskieren.«

»Das ist keine Entschuldigung!« Lilli spürte, wie die Wut wieder in ihr aufstieg. »Mascha hat niemandem jemals etwas getan. Jetzt liegt sie da!«

»Lilli, Schuldzuweisungen bringen nichts!« Ines' Stimme peitschte durch den Bus. »Wenn so etwas wieder passiert, bleibt ihr beide ruhig! Oder möchtest du vergewaltigt oder getötet werden?«

Lilli wollte etwas sagen, doch wieder war es, als besäße Ines magische Kräfte und verhinderte Lillis Willen zu rebellieren. Wütend, aber noch vielmehr voller Angst wandte sich ab und konzentrierte sich wieder auf Mascha. »Ich kümmere mich um sie«, sagte sie leise, mehr zu sich selbst als zu den anderen.

»Das tun wir alle!«

Elsa erwiderte nichts, doch in ihrem Blick lag eine Mischung aus Schuld und Trotz.

Weil sie nicht alle um Mascha herumsitzen wollten und ihre Wunde gut verbunden wirkte, entschieden Clemens und Ines, wieder auf Lebensmittelsuche zu gehen. Dabei wollten sie aber in direktem Umkreis bleiben, um mögliche Eindringlinge schnell zu entdecken.

»Ich finde es toll, dass du dich so um Mascha kümmerst.«

»Blabla.«

»Warum blabla?«

»Ich kann dieses dumme pädagogische Geschwätz nicht mehr hören.«

»War es nicht. Ich meine es einfach ernst.«

»Glaube ich nicht.«

»Was willst du denn hören?«

»Einfach mal was Ehrliches.«

»Okay? Kannst du haben!« Plötzlich änderte sich Elsas Miene, als säße eine völlig andere Person vor ihr. »Du bist eine arrogante, durchtriebene Göre, die sich stets nur auf Kosten anderer profiliert. Die denkt, alles Schlechte auf der Welt passierte nur ihr, alle wollten dir etwas Böses und alle wollten in deinen Kopf sehen, nur um dich zu zerstören.«

»So in etwa.«

»Du kleines Miststück!«

»Du scheiß Fotze!« Plötzlich liefen Lilli Tränen über die Wangen. Verwundert nahm sie es wahr, konnte sich aber den Gefühlsausbruch nicht erklären.

»Warum heulst du jetzt?«, fragte Elsa hämisch.

»Was geht's dich an?«

Seltsamerweise schwieg Elsa, kontrollierte die notdürftig verbundene Wunde an Maschas Kopf und testete deren Atem.

»Alles okay?«, fragte Lilli weitaus ruhiger. Sie hatte kein Lust zu streiten, nicht einmal mit Elsa. Im Gegenteil, es ging ihr sogar schlecht dabei. Sie erkannte, dass sie sich beide um Mascha sorgten. Wenigstens eine Gemeinsamkeit.

»Ich weiß nicht.« Auch Elsas Stimme war nun ohne Aggression. »Aber sie atmet tief und fest. Vielleicht hat sie eine Gehirnerschütterung.«

»Aber ist man da ohnmächtig?«

»Ich weiß nicht! Ehrlich nicht.« Sie sah Lilli an, die ihren Blick nun abwendete. Bestimmt kam jetzt wieder irgendwas Gemeines.

»Entschuldige für das „Miststück"«.

Verdutzt blickte Lilli zu Elsa. Auf einmal schämte sie sich, ein Gefühl, dass sie seit langer Zeit nicht mehr gespürt hatte. »Entschuldige für die „Fotze"«.

Sie schwiegen, kurze Zeit hörte man wieder nur den Regen, der unentwegt auf den Bus prasselte.

»Ich weiß nicht, wie es meinem Vater geht«, sagte Elsa plötzlich. »Oder ob er überhaupt noch lebt.« Ihre Stimme wirkte angeschlagen, ihre Augen waren dunkelrot und blau unterlaufen.

»Warum?«

»Er war mit einem Kreuzfahrtschiff auf der Nordsee unterwegs. Und da der Tsunami bei uns ankam, ist die Quelle ja wohl irgendwo dort.«

»Scheiße.« Lilli meinte es nicht sarkastisch, und sie hoffte, Elsa verstände es auch nicht so. »Wenn du von irgendwo telefonieren könntest – weißt du seine Nummer auswendig?«

»Weißt du irgendwelche Nummern auswendig?«

»Nö.«

»Tja. Ich kenne gerade mal meine eigene. Ich habe die Nummern aber zu Hause aufgeschrieben.«

»Immerhin.« Seltsamerweise hatte Lilli Mitleid. Noch vor Kurzem hätte sie ihr am liebsten die Augen ausgekratzt, nun spürte sie deren Schmerz. Wieder war es ein Gefühl, das sie kaum kannte und das ihr absolut fremd vorkam.

Da stöhnte Mascha auf.

Sofort beugte sich Lilli über sie. »Mascha?«

»Mein Kopf!«

Lilli fielen vor Erleichterung Tausende Steine vom Herzen.

»Trink etwas!«, sagte Elsa in forderndem Ton und reichte Mascha eine der mit Regenwasser gefüllten Plastikflaschen.

Mascha trank einige Schlucke, während Elsa ein paar gefundene Kleidungsstücke zu einem Kissen zusammendrückte und unter Maschas Kopf legte.

»Ah, besser«, murmelte diese.

»Ist dir übel?«, fragte Elsa. »Wie geht es deinem Kopf?«

»Ja, mir ist total schlecht. Ich weiß aber nicht, ob es der Hunger ist. Mein Schädel pocht wie irre.«

Lilli sah auf den blutgetränkten Ärmel, der als Verband diente, dann in Maschas Gesicht. Am liebsten würde sie diesen Arschlöchern die Köpfe abhacken.

Sie erschrak, weil etwas raschelte. Clemens und Ines kehrten zurück. Ihre Kleidung war durchnässt, ihre Gesichter waren müde, doch sie trugen ein paar Dosen in den Händen sowie einen ganzen Berg Kleidung.

»Wir geht es ihr?«, fragte Ines sofort und setzte sich zu ihnen.

Elsa legte eine Hand auf Maschas Schulter. »Sie ist aufgewacht, immerhin. Ihr ist schlecht.«

Auch Clemens sah kurz nach Mascha, nickte und hielt ihren Fund in die Höhe. »Wir haben etwas gefunden. Nicht viel, aber besser als nichts.«

»Habt ihr die Wichser gesehen?«, fragte Lilli. Sie erwartete Schelte von Ines aufgrund ihres Vokabulars, doch die kam nicht.

»Nein. Aber andere Gruppen. Von einer erfuhren wir, dass es alle Küstengebiete in Nordeuropa erwischt hat.«

»Woher wollen die das wissen?«, fragte Elsa. »Hat jemand ein funktionierendes Handy?«

»Ja.« Clemens legte die Dose unter eine der Decken, vermutlich, um sie nicht vor den nächsten Eindringlingen zur Schau zu stellen. »Sie sagten, Hilfe sei unterwegs, es dauere nur, weil die Anfahrtswege zerstört oder zu nass sind. Und aus der Luft können die halt nur punktuell helfen.«

»Und was war das für eine Welle?«, fragte Lilli.

»Ein Tsunami. Ausgelöst durch ein unterseeisches Beben bei Island.«

»Was heißt „ganz Nordeuropa"?«

»Na ja, zumindest Großbritannien, Dänemark, Deutschland, Holland, Belgien. Island ist total zerstört.«

Lilli sah zu Elsa, die ihren Blick senkte. Was sollte sie sagen? Sie kannte sich geografisch nicht so aus, dass sie nun kluge Sprüche klopfen könnte, um Elsa irgendwie Mut zu machen.

Schnell wanderten ihre Gedanken zu Mascha, deren Blick neugierig von einem Gesicht zum anderen wanderte.

»Sollten wir also nicht weiter nach Süden ziehen, jetzt, wo es der Untergrund zulässt?«, fragte Elsa.

»Das ist wohl die beste Lösung, wenn bis morgen kein Heli kommt«, antwortete Clemens. »Mit jedem Kilometer muss es ja besser werden.«

Sie öffneten eine der Dosen, teilten den Inhalt auf und aßen schweigend. Der Geschmack war fade, doch Lilli hätte vor Hunger am liebsten alles in sich hineingestopft.

Auch Mascha aß einige Löffel. Plötzlich würgte sie aber und erbrach sich. Schwallweise schwappte weißer Schaum aus ihrem Mund.

»Scheiße, war es vielleicht zu viel?«, stieß Lilli heraus.

»Oder eine Gehirnerschütterung«, riet Ines. »Komm, leg dich wieder hin und trink Wasser!«

Clemens sah skeptisch auf die Flasche. »Wie geht es euch denn? Ist noch jemandem übel?«

»Wegen des Wassers?«, riet Elsa.

»Vielleicht. Ich weiß nicht. Keine Ahnung, was da alles in der Wolke war, das jetzt im Wasser ist.«

Ines schüttelte aber den Kopf. »Die Alternative wäre, zu verdursten.«

»Ja, hast ja recht.«

Mit gemischten Gefühlen sah Lilli Mascha beim Trinken zu. Ja, sie hatten kaum Alternativen. Sie mussten es trinken, und sie hoffte, dass sie nicht alle zu kotzen begännen.

In den kommenden Stunden schlief Mascha immer wieder ein. Clemens und Elsa stopften die zerbrochenen Fensterscheiben mit der Wäsche aus, die sie vom zweiten Suchgang mitgebracht hatten. Augenblicklich wehte auch nicht mehr der schneidende Wind durch den Bus, obwohl es immer noch wie aus Eimern goss.

Lilli war wütend auf alles. Auf die Männer, die Mascha verletzt hatten, auf den Regen, auf die ganze Welt, die vor ihren Augen zusammenbrach. Sie erinnerte sich, dass sie genau das einst herbeigesehnt hatte. Sie hatte es sogar mehrmals gesagt. Nun wünschte sie wieder ihr altes Leben zurück. Sie wollte sich einfach in ihr Bett legen, mit anderen quatschen oder auf dem Smartphone herumtippen.

Einfach irgendwo abhängen.

Als die Nacht hereinbrach, wurde die Atmosphäre im Bus immer bedrückender. Der Regen hatte nicht aufgehört und das Trommeln auf dem Dach vermischte sich mit den unheimlichen Geräuschen draußen. Schreie, die durch die Dunkelheit hallten, das Bellen von Hunden, das Knistern von etwas, das unter dem Gewicht des Wassers zusammenbrach – all das ließ Lilli keinen Moment zur Ruhe kommen.

Sie hatten ausgemacht, Wache zu halten. Als Lilli an der Reihe war, setzte sie sich nahe an Mascha. So wie

Clemens sich ständig hin und her wälzte, wusste sie nicht, ob er ohnehin dauernd wach war.

Vorsichtig legte sie eine Hand auf Maschas Schulter.

»Wie geht's deiner Übelkeit?«

»Besser. Blutet es noch?«

»Nicht mehr so. Ines meinte, es hat fast aufgehört.«

»Wann?«

»Als du geschlafen hast.«

»Ich habe das Gefühl, fast nur zu schlafen. Kacke.«

»Warum? Wenn es dir dadurch besser geht, ist doch alles gut.«

Plötzlich erwiderte Mascha Lillis Nähe und legte eine Hand auf die ihre. Verblüfft sah Lilli sie an.

»Warum machst du das?«

»Was?«

»Dich so um mich kümmern. Du beschützt mich wie eine Löwin ihr Kind.«

»Sehe ich nicht so.«

»Du weißt, dass es so ist.«

»Und wenn?«

Zunächst antwortete Mascha nichts, nur ihre Finger gaben Lilli Wärme. Es fühlte sich wunderbar an, gleichzeitig so ungewohnt, dass Lilli am liebsten ihre Hand zurückziehen würde.

»Ich finde es einfach schön. Du bist meine beste Freundin.«

Als stäche etwas in ihr Herz, rang Lilli nach Atem. Sie wollte so etwas nicht hören, dennoch freute sie sich mehr, als sie je würde zugeben können.

»Und du bist meine beste Freundin.« Sie stockte, denn sie hatte es nicht sagen wollen. Ein Strom an Wärme durchfuhr sie, unzählige Gedanken und Emotionen jagten durch ihren Kopf und Körper. »Eigentlich bist du meine einzige.«

Was war nur los mit ihr? Wer war diese sentimentale, gefühlsduselige Person, die aus ihrem Mund sprach?

»Aber ich bin schwach, Lilli. Du bist um so viel stärker. Du hast mich vor Marcel beschützt, da hätte ich nie den Mund aufbekommen.«

»Häh? Wer hat sich denn vor die Männer gestellt, um sie aufzuhalten? Du warst die Erste, Mascha. Noch vor den Erwachsenen.«

»Ja, und es war ziemlich dumm.«

»Vielleicht. Aber wenn wir hier je rauskommen, kannst du behaupten, eine der mutigsten Sachen gemacht zu haben, die ich je gesehen habe.«

Mascha nickte, drehte ihren Kopf zur Seite und sah gegen die Wand. »Ich habe mich nie wehren können. Nie. Und ich hätte es damals tun sollen.«

»Damals?« Lilli war neugierig. Sie hatte nur gehört, Mascha sei in ihrer Kindheit in der Familie missbraucht worden, doch sie hatte sie nie darauf angesprochen.

»Ja, vor vier Jahren. Mein Stiefvater hatte mich einige Male in meinem Zimmer besucht. Nachts.«

Lillis Herz hämmerte. Sie wollte keine Details wissen, vielmehr ergriff sie eine derartige Wärme, eine so ungewohnte Nähe zu Mascha, dass sie zu zittern begann.

»Als ich es meiner Mutter sagte, wollte sie es zunächst nicht glauben«, fuhr Mascha fort. »Doch nach einem Besuch beim Frauenarzt trennte sie sich sofort von ihm. Es gab eine Gerichtsverhandlung, er wurde verurteilt, ich habe mich aber so schuldig gefühlt, so schmutzig.«

»Aber du konntest nichts dafür.«

»Ja, aber deswegen ist deren Ehe zerbrochen. Ich weiß, dass er ein beschissener Wichser war, aber irgendwie fühlte ich mich schuldig. Und anstatt alles in mich hineinzufressen, habe ich gar nichts mehr gegessen.«

»Und jetzt? Weißt du, wo er wohnt?«

»Nö, er hat anderthalb Jahre bekommen, danach war er verschwunden.«

»Gut so.« Lilli konnte das Gefühl der Schuld absolut nachvollziehen. Sie kannte es so gut.

»Seltsam, dass wir uns wegen anderer schuldig fühlen«, flüsterte Mascha. »Warum sind wir solche beschissenen Charaktere?«

»Weiß nicht. Ich habe ja versucht, nichts mehr an mich hinzulassen.«

»Ja, mit Erfolg. Marcel sprach immer von „Frau Eisenkern"«.

»Nur äußerlich, Mascha.« Sofort bereute Lilli, es gesagt zu haben. Sie spürte, wie es in ihr nagte, rumorte, wie sie das, was sie niemals mehr anzufassen gedacht hatte, sich plötzlich in ihr regte. Wie ein Wurm, der an die Oberfläche wollte und sich dabei durch dichtes Geröll grub. Hitze durchfuhr sie, dann zitterte sie, ihr Körper spielte verrückt. »Und ich kenne das Gefühl der Schuld nur zu gut, Mascha.«

Mascha sah sie an, ohne etwas zu sagen. Lilli spürte, dass ihre Freundin neugierig war, sie aber aus Anstand nicht fragte. Gut so, denn sie wollte auch nichts erzählen, nichts von dem preisgeben, was ihr all die vielen dunklen Stunden bereitet hatte, das sich öffnende Nichts, in das sie so oft gefallen war. Wie ein großes Maul hatte es sie verschluckt und ihr nur schlechte, zehrende Gefühle gelassen.

Die Hitze in ihr wurde größer, breitete sich aus, und seltsamerweise hatte sie keine Angst mehr, zu sprechen. Der Widerstand war allein durch Maschas Anwesenheit, durch ihren sanften Blick, besonders aber durch ihr Vertrauen zu ihr gebrochen worden.

»Ich hatte eine scheiß Zeit mit meiner Mutter«, begann sie schließlich. Mit jedem Wort zuckten ihre Finger, die Schale, die dieses Geheimnis in sich bewahrt hatte, brach nun auf. Es war schmerzhafter, als sie es je erwartet hätte. »Sie hatte endlos Lover, irgendwelche Wichser, die ständig ein und aus gingen. Ich hasste das, ich hasste das so sehr. Jedes Mal hatte ich Angst, einer der Pisser würde in mein Zimmer kommen. Und gleichzeitig hasste ich meine Mutter. Sie war irgendwie ohne Stolz, ich verlor jeden Respekt vor ihr. In meinen Augen war sie die Matratze so vieler Männer, einfach ne billige Nutte. Es war nicht mehr mein Zuhause, es war ein Durchgangsgeschäft. Wie ein beschissener Puff oder ein scheiß Bahnhof.«

Mascha drückte ihre Hand. Sie wusste nicht, ob zur Aufmunterung oder Mut machend oder ob sie ihr einfach nur zeigen wollte, dass sie für Lilli da war.

»Ich machte mich immer öfter aus dem Staub«, fuhr sie fort. »Hing mit anderen ab, mit Mädels und Jungs, wir kifften, soffen, klauten irgendwelchen Scheiß. War ne coole Zeit, weil sie mich vergessen ließ, was daheim war. Aber ich dachte oft daran. Dachte, wer gerade auf meiner Mutter lag, welchen beschissenen Schwanz sie gerade im Mund hatte oder wem sie glaubte, wenn er ihr ewige Liebe vorheuchelte. Meine scheiß Gedanken waren einfach immer nur zu Hause.«

Sie sah Mascha an, dass sie mit sich rang. »Bist du müde? Magst du schlafen?«

»Nein, auf keinen Fall.«

Lilli bereute es kurzzeitig, denn nun spürte sie das Unausgesprochene wie eine Nadel in sich. Sie stach, bohrte in ihr Fleisch, es tat weh, löste Tränen, die nun über ihre Wange rannen.

»Und dann gab es an einem Abend diesen verfickten Streit. Ich kam bekifft zurück, war total durch, meine Mutter ätzte mich an, aber ich lachte sie nur aus. Sagte, sie solle überlegen, auf den Strich zu gehen, dann käme wenigstens Geld rein.« Lillis Körper schüttelte sich, sie weinte, schluchzte, kannte sich gar nicht mehr, schämte sich in diesem Moment, so auszubrechen und vor Mascha wie eine kleine Versagerin dazustehen, wie ein Schwächling.

Wie ihre Mutter.

Maschas Hand drückte sie die ganze Zeit über.

»Sie knallte mir eine. Aber ich lachte sie nur aus und meinte, ob es nicht auch Männer gebe, die sie schlagen könne, denn damit verdienten Dominas ihr Geld. Doch sie gab mir keine weitere Ohrfeige, sondern sah mich nur völlig entsetzt an. Sie schnappte sich ihre Autoschlüssel und fuhr davon.«

Lilli fiel erst jetzt auf, dass es in ihr brannte. Wie ein Feuer, das alles versengte, was in seinem Weg stand. In diesem Moment spürte sie nur Angst, Wut und Trauer.

»Stunden später kam die Polizei vorbei. Mit einer verdammten Seelsorgerin. Sie sagten mir, meine Mutter sei bei einem Autounfall gestorben. Nur kurz nachdem sie das Haus verlassen hatte. Mascha, ich weiß nicht, ob sie sich aus Verzweiflung totgefahren hat oder ob sie so abgelenkt war, dass sie den Unfall verursachte. Man sagte nur, sie sei auf die Gegenfahrbahn geraten und somit schuld gewesen.«

Sie stockte. Es war nun still, nur der Regen hämmerte auf das Metall des Busses.

»Aber ich war schuld. Ohne meine Worte wäre sie nicht gestorben.«

»Du warst bestimmt nicht schuld!«

»Vielleicht nicht, ja, denn jeder sagt es. Mein Verstand vielleicht auch. Aber nicht das in mir. Ich spüre es so stark in mir. Es macht mich kaputt, es nimmt mir alles, was im Leben so schön gewesen ist.«

Sie spürte, wie Mascha den Druck ihrer Hand verstärkte. Es tat so gut, gab ihr unerwartete Kraft, vor allem aber Vertrauen.

»Weißt du, Mascha, ich bin gar nicht so stark, wie alle denken. Ich musste es sein. Ich bewundere dich.«

»Mich?«

»Mann, Alter. Du hast Bulimie, dein Körper ist viel schwächer als der der meisten anderen. Aber du hast nie aufgehört zu kämpfen, hast immer nach einem Ausweg gesucht, hast dich um mich gekümmert, als ich krank war, obwohl die ganze scheiß Welt zusammenbrach. Und du warst die Erste, die sich vor die Männer gestellt hat. Du bist so stark.«

Plötzlich begann Mascha zu lachen. »Okay, die Psychologiestunde hatte einen durchschlagenden Effekt. Kommen Sie zur nächsten Sitzung am kommenden Dienstag um vierzehn Uhr und bringen Sie ihre Krankenkarte mit.«

Verblüfft sah sie Mascha an, in ihr Gesicht, schließlich prustete sie los. »Der war gut, Mascha. Wirklich.«

Sie sahen sich lächelnd an, Lilli kam Maschas Gesicht so vertraut vor. Nun, wo sie das Unaussprechliche gesagt hatte, wo Mascha in ihren inneren Kern eingedrungen war, spürte Lilli völlig andere Emotionen, als sie befürchtet hatte. Sie atmete gleichmäßig, ihre Brust war nicht mehr so schwer wie zuvor, dieses Loch momentan nicht da. Tatsächlich war sie erleichtert. Ein Gefühl, das ebenso neu und fremd war.

»Danke«, flüsterte Mascha. »Und schau: Du bist doch stark. Das war schwerer als alles andere, das ICH bisher erlebt habe.«

Lilli legte sich neben sie, Schulter an Schulter, niemand sagte ein Wort. Es war schön, einfach nur dazuliegen, vergessen waren in diesem Moment der Regen, der Hunger, ihre Situation, die Männer, die sie beraubt hatten. Sie wollte diesen Moment festhalten, weil er so einzigartig war, so wunderschön. Mascha erschien ihr wie die Schwester, die sie niemals gehabt hatte, wie eine unendlich tiefe Verbündete.

Nach dem Wachwechsel war die Nacht lang und unruhig. Lilli schlief kaum, ihre Gedanken kreisten immer wieder um ihre Mutter, um die Geschichte, die sie erzählt hatte, um Mascha und um die unsichere Zukunft, die vor ihnen lag. Sie hielt Maschas Hand und sprach leise mit ihr, auch wenn sie nicht sicher war, ob Mascha sie hörte, weil sie ab und zu leicht schnarchte.

Plötzlich würgte etwas, Lilli schreckte in die Höhe. Es dämmerte bereits und sie konnte die Geschehnisse um sich herum erkennen. Mascha kotzte und würgte, als würde sie ersticken.

»Mascha!«

Augenblicklich kamen auch die anderen zu ihr. Es dauerte, bis Mascha sich beruhigte. Doch ihre Haut war blass und kalt, sie zitterte, der Ärmel hatte sich wieder mit Blut gefüllt.

»Scheiße!«, kommentierte Ines.«

»Was „Scheiße"«?, rief Lilli aufgeregt.

»Sie braucht Hilfe«, antwortete Ines. »Sie muss dringend in ein Krankenhaus.«

»Sehr witzig, es stehen ja ganz viele hier rum!«

Auch Elsa kniete sich neben Mascha und fühlte ihre Stirn. »Sie ist total heiß. Und hat kalten Schweiß.«

»Okay, dann tragen wir sie nach Süden oder wohin auch immer.« Lilli hatte so große Angst wie selten zuvor in ihrem Leben.

Clemens schien zu überlegen, denn er ging auf und ab. »Müssen wir wohl«, sagte er schließlich. »Wir brauchen ohnehin einige Stunden, bis wir aus dem Ortsgebiet rauskommen. Vielleicht haben wir Glück und ein Hubschrauber kommt inzwischen.«

»Den die ganzen Wichser dann vor uns stürmen«, entgegnete Lilli. »Vielleicht finden wir irgendwas, um einen Heli auf uns aufmerksam zu machen. Ein scheiß Feuer oder so.« Die Entschlossenheit in ihrer Stimme überraschte sie selbst. Mascha war der einzige Mensch, der ihr wirklich wichtig war, der sie verstand. Und sie würde alles tun, um sie zu retten, egal was es bedeutete.

»Okay? Also raus aus dem Bus?«

Es regnete noch immer, aber lange nicht mehr so stark wie am Vortag.

Dabei sah sie erwartungsvoll in die Gesichter der anderen.

Oliver

Der eisige Wind biss Oliver ins Gesicht, während er sich neben Diana auf den kalten Boden setzte. Nach Sonnenaufgang und im Licht des Tages fiel ihm erneut auf, wie viel Glück sie bei dem Aufprall gehabt hatten. Der Hubschrauber lag in Trümmern, Metallteile und Gepäckstücke waren über das unwegsame Gelände verstreut. Der Pilot lag bewusstlos auf einer Decke, die sie aus dem Wrack gezogen hatten. Sven saß abseits, die Arme um die Knie geschlungen, sein Blick starr auf den Horizont gerichtet. Elin und Kristjan sprachen leise miteinander, während Nils zitternd zwischen ihnen saß.

Nirgends war ein Baum in der Nähe zu sehen, aus dessen Holz sie hätten Feuer machen können. Nichts war zu erkennen außer Schnee, Eis und manchmal braune Stellen.

Oliver blickte zu Diana, die sich die Hände rieb, um sie warm zu halten. »Wie geht es dir?«, fragte er leise.

»Wie soll es mir gehen?« Sie klang erschöpft, ihre Stimme war rau von der Kälte. »Wir haben einen Absturz überlebt und jetzt sitzen wir hier mitten im Nichts.«

Oliver hatte keine tröstenden Worte, nicht einmal die, dass sie überlebt hatten und andere nicht. Der Gedanke, dass keine Hilfe käme, ließ ihn frösteln, und das lag nicht nur an der klirrenden Kälte.

Der Pilot blieb bewusstlos. Trotz des Tageslichts begannen die Kälte und der Wind an den Kräften aller zu zehren. Nils hatte sich offenbar entschieden, an Elins Seite zu bleiben, warum auch immer. Elin sagte, er spreche nur wenig, viel zu sehr trauere er um seine Eltern. Die Mutter habe er bereits während des großen Bebens verloren.

Oliver spürte, wie der Hunger und die Erschöpfung ihn schwächten. Sie hatten seit Tagen nichts zu essen. Wenigstens besaßen sie Wasser im Überfluss, denn sie schmolzen den Schnee in ihren Mündern. Sie flößten auch dem Piloten Wasser ein, es lief jedoch aus seinen Mundwinkeln heraus.

Elin und Diana sahen immer wieder nach dem Piloten, während Sven hartnäckig daran festhielt, ein Funkgerät oder etwas anderes, das ihnen helfen konnte, im Wrack zu finden. Leider vergeblich.

Als Diana abermals nach dem Piloten sah, atmete er nicht mehr. Verzweifelt rief sie die anderen zu Hilfe.

»Los, Herzdruckmassage!«, rief Oliver. Er und Sven setzten an, beatmeten auch regelmäßig, der Herzschlag setzte aber nicht wieder ein.

Schließlich schüttelte Diana den Kopf. »Er ist tot, hört auf.«

»Verdammt«, schrie Oliver und trat gegen einen Stein. »So eine Scheiße. Er war der Einzige, der hätte helfen können.«

Auch Sven lief im Kreis und schien nachzudenken. »Es ist erst seit wenigen Stunden hell und in dieser Jahreszeit haben wir nur wenige Stunden Nacht. Warten wir noch zwei Stunden, dann gehen wir los.«

»Aber in welche Richtung?«, fragte Elin.

Mittlerweile sprachen sie nur noch Englisch, nur für Nils musste übersetzt werden.

»Keine Ahnung.« Sven wirkte ähnlich ratlos wie Oliver. »An der Küste entlang. Weiter in Flugrichtung.« Dabei wies er auf die Absturzstelle des Helis. Durch die abgefallenen Teile konnte auch Oliver erkennen, aus welcher Richtung sie gekommen waren.

»Er hat recht. In einigen Stunden müssen wir losziehen und nach Hilfe suchen.«

In den kommenden beiden Stunden war nichts zu hören oder zu sehen. Also beschlossen sie, das Lager aufzugeben. Nils' Schenkel blutete seit dem Morgen nicht mehr, Oliver und Sven würden den Jungen notfalls auch tragen. Sie packten in die drei Rucksäcke der toten Crewmitglieder Decken und den Rest der Müsliriegel sowie Ersatzjacken ein, die sie den Toten abgenommen hatten.

Als sie das Areal des abgestürzten Helis verließen, drehte sich Oliver um. Er war sich nicht sicher, ob es nicht doch klüger wäre zu warten, aber er vertraute seiner Intuition sowie Sven.

Das Gelände war rau, eine Mischung aus Schnee, Eis und Geröll, die jeden Schritt zu einer Herausforderung machte. Oliver spürte, wie seine Beine mit jedem Schritt schwerer wurden, doch er zwang sich weiterzugehen. Leider schien Nils nur wenig Kraft zu haben, und so hob er ihn trotz dessen Alters auf seine Schultern.

Obwohl sie anfänglich dachten, an der Küste zu sein, sahen sie nirgends das Meer. Aufgrund der Aschewolke über ihnen und der somit verdeckten Sonne konnten sie zudem keine Himmelsrichtung festmachen. Der Hunger nagte an ihnen und das Wasser, das sie aus geschmolzenem Schnee gewannen, linderte nur den Durst. Oliver fühlte, wie seine Kräfte nachließen, doch die Hoffnung, irgendwo eine Siedlung oder ein Zeichen von Leben zu finden, hielt ihn in Bewegung.

Sven und er lösten sich ab, Nils zu tragen. Ab und zu konnte er allein gehen, die meiste Zeit saß er aber auf den Schultern der Männer. Obwohl Oliver selbst sehr geschwächt war, gab es nicht den kleinsten Zweifel daran, den Jungen zu tragen.

Jedes Mal, wenn er ihm ins Gesicht sah, fühlte er sich schuldig. Er würde niemals vergessen, wie Gunnar untergegangen war. Und niemand geholfen hatte.

Nach einigen Stunden rasteten sie an einer Art Fluss. Sven meinte, es könne auch ein Gletschergrat sein, und da das Wasser nicht nach Salz schmeckte, tranken sie. Danach legten sie sich auf die nicht von Schnee bedeckten Stellen und erholten ihre Körper.

»Eine weitere Nacht wird gefährlich«, sagte Diana zu Oliver. Und da Elin neugierig zu ihr sah, übersetzte sie ihr.

»Vielleicht haben wir Glück und finden irgendetwas, was brennbar ist«, meinte Oliver.

Elin schüttelte aber den Kopf. »Nicht hier. Wir müssen uns eng aneinanderlegen, um uns warm zu halten.«

Oliver sah zu Nils. Er trug eine dicke Winterjacke, aber keine Winterschuhe, und Müdigkeit sowie Hunger schwächten sie alle immer mehr. Es wunderte ihn, wie tapfer der Junge war, nur selten klagte er oder äußerte, nicht mehr weitergehen zu können.

Schließlich zogen sie weiter. Manchmal rauschte Wasser unter ihnen, vielleicht unter der Eisschicht, womöglich kam es auch von weiter her. Oliver konnte es nicht richtig einschätzen. Manchmal dachte er, Salz zu riechen, und als er Sven darauf ansprach, meinte dieser, er gehe davon aus, dass sie sich in Küstennähe befänden. Es war nur die Frage, in welcher Richtung das Meer lag.

Sie gingen den ganzen Tag, bis es dämmerte. Oliver hatte so sehr gehofft, einen Heli oder irgendetwas zu sehen, das ihnen weiterhelfen konnte. Es gab keinerlei Spuren von Zivilisation, nicht einmal Fußspuren oder ausgelegte Fallen. Er spürte, wie der Frost nun vermehrt durch seine Kleidung kroch, seine Hände und Füße waren taub vor Kälte.

»Da vorne!«, rief Sven plötzlich und deutete auf etwas in der Ferne. Oliver kniff die Augen zusammen und erkannte zeltähnliche Bauten, die sich aus grauem Hintergrund herausschälten. Konnte das sein? Er sah genauer hin und glaubte, eine kleine Siedlung auszumachen, kaum mehr als ein paar Zelte, die sich an eine felsige Erhebung klammerten.

»Da ist tatsächlich etwas!«, rief nun auch Diana.

Oliver hielt den Atem an. Es war keine Einbildung, da waren tatsächlich Menschen. Schließlich liefen sie los. Je näher sie kamen, desto deutlicher zeichneten sich vier Hütten ab, die aus Holzstangen und Fellen erbaut waren.

Als sie die Siedlung erreichten, traten ihnen mehrere Inuit entgegen.

Sofort blieben sie stehen. Nur Sven wagte sich einige Schritte vor und sprach auf Isländisch mit ihnen. Offenbar aber ohne Erfolg.

Kurz drehte er sich zu ihnen um. »Sie verstehen mich nicht, sie sprechen offenbar nur Kalaallisut.«

Oliver hatte noch nie davon gehört, ahnte aber, dass es die Sprache der grönländischen Inuit war. Derweil versuchte Sven, den drei Männern mit Gesten zu verstehen zu geben, dass sie abgestürzt waren und nun Hilfe benötigten.

Oliver musterte die Männer. Ihre Gesichter waren rau, faltig, ihr Haar speckig, sie trugen Fellkleidung und -schuhe, zwei hielten Speere in den Händen, vermutlich, um sich gegen die Fremden verteidigen zu können. Nachdem sie aber die Frauen sowie Nils erblickt hatten, waren die Speere gesenkt worden.

Im Hintergrund tauchten nun drei Frauen auf, die vor den Hütten stehen blieben. Eine von ihnen trug ein kleines Kind auf dem Arm. Die Hütten selbst waren groß, aber einfach, an Stangen hingen Fleisch sowie Felle. Nur der Motorschlitten am Rand der Siedlung war ein Hinweis, dass sie sich nicht im 18. Jahrhundert befanden.

Schließlich wies einer der Inuit mit der Hand hinter sich zur Siedlung, und als die drei Einheimischen losgingen, folgte die Gruppe ihnen. Nils fragte etwas, Elin gab Antwort. Oliver ahnte, dass es um die Inuit ging.

Die Bewohner brachten sie in eines der größeren Zelte, wo ein Feuer brannte und der Geruch von gekochtem Fisch die Luft erfüllte. An Holzstämmen hingen Töpfe, Geräte aus Knochen, aber auch aus Metall, an einer Feuerstelle hing ein Topf, an einer Schnur waren Fische aufgehängt. Vermutlich als Schlafplatz dienten Felle, die an der Seite der Hütte lagen.

Oliver spürte, wie die Wärme seinen steifen Körper umhüllte, und er ließ sich erschöpft auf eine Decke sinken. Diana kauerte sich neben ihm zusammen, während Elin Kristjan und Nils tröstend umarmte.

Eine Frau reichte ihnen Wasser, das sie tranken, danach brachte sie einige Fische. Sie waren kalt, doch schmeckten besser als alles, was Oliver sich hätte vorstellen können. Er beobachtete Nils, der mit zitternden Händen aß, und fühlte eine Mischung aus Erleichterung und Schuld. Zumindest waren sie auf diese Siedlung gestoßen. Doch konnten die Inuit ihnen weiterhelfen?

Einer der Männer wies immer wieder in eine Richtung und sprach dabei.

»Ich glaube, er weiß, wo eine Forschungsstation oder Siedlung ist«, meinte Sven. Schließlich stand Sven auf, doch der Mann bat ihn wieder, Platz zu nehmen. Dabei schüttelte er den Kopf und machte mit seinen Fingern allerlei Zeichen.

»Was meint er?«, fragte Diana.

»Keine Ahnung.«

Plötzlich waren Motorengeräusche zu hören. Offenbar kamen die anderen Bewohner zurück, von was auch immer. Kurze Zeit später waren Stimmen zu hören, schließlich betraten vier weitere Männer und zwei Frauen die Hütte. Sie grinsten, musterten sie neugierig, während ihr Gastgeber mit ihnen sprach. Schließlich setzten sie sich zu ihnen und redeten ohne Unterlass.

Der Älteste unter ihnen sprach plötzlich mit Sven. Und weil dieser antwortete, sah Oliver ihn verdutzt an.

»Der Dorfälteste kann etwas Dänisch«, erklärte Sven. »Ich auch, wenn auch nicht allzu viel.« Er wendete sich wieder dem Greis zu und sprach weiter.

Als Oliver zu Nils sah, war der eingeschlafen. Die Frau, die sie bedient hatte, nickte Elin und Diana zu und wies auf die Schlafstätte. Also trugen Diana und Elin den Jungen dorthin und deckten ihn mit Fellen zu.

»Sie bringen uns morgen zu einer Station!«, riss Sven Oliver aus seinen Gedanken. »Heute fahren sie nicht mehr, es ist zu dunkel.«

»Das ist hervorragend!« Mit heftig schlagendem Herzen sah er Diana an. Das hieße, sie würden morgen womöglich in Sicherheit sein, sofern man dieses Wort überhaupt noch verwenden konnte.

Als die Frau ihnen heiße Brühe mit Fisch servierte, dachte Oliver zu träumen. Sie weckten auch Nils, der eine ganze Schüssel Suppe aß und wieder einschlief.

Schon bald spürte Oliver, wie müde er wurde. Er hörte die Stimmen der sich unterhaltenden Inuit immer verzerrter, der Geruch der Suppe und der Körper der Einheimischen zogen ihn in eine völlig fremde Welt. Wie in Trance bekam er mit, wie die Frau weitere Felle an die Schlafstelle legte. Und als der Mann sie aufforderte, sich hinzulegen, taten es alle.

Die Nacht war ruhig, Oliver konnte trotz seiner Müdigkeit allerdings lange nicht schlafen. Die Gedanken an den Absturz, an die verlorenen Leben und an die Ungewissheit ihrer Situation hielten ihn wach. Immer wieder sah er den entstellten Körper der kleinen Svenja vor sich. Schließlich blickte er sich um. Ihre Gastgeber schliefen an der anderen Seite der Hütte. Es war eine völlig unwirkliche Situation, irgendwo bei Inuit in deren Hütten zu sein, es war jedoch tausendmal besser als ungeschützt unter freiem Himmel zu schlafen.

Verstört schreckte Oliver in die Höhe. Er benötigte einige Momente, um zu begreifen, wo er sich befand.

Laute Stimmen von außerhalb drangen in die Hütte. Sie schienen aufgeregt, ein Mann rief etwas sehr laut, es knatterte.

Was zum Teufel passierte da?

Giulia

Hopedale war klein, beinahe winzig im Vergleich zu den Städten, in denen Giulia gewohnt hatte. Die Landung war holprig gewesen, doch das Team vor Ort hatte die Ankommenden sofort in Empfang genommen. Jakob wurde direkt in das Krankenhaus gebracht, während Giulia und Clara in eine kommunale Unterkunft gefahren wurden. Das Gebäude war einfach, aber sauber. Es gab Betten, Duschen sowie warme Mahlzeiten – ein Luxus, den sie seit Wochen nicht mehr erlebt hatten.

»Es ist nicht wie zu Hause, aber besser als alles, was wir in der letzten Zeit hatten«, sagte Giulia leise zu Clara, als sie ihr kleines Zimmer betraten. Das Mädchen nickte stumm und setzte sich auf das Bett. Seine Augen waren müde, Giulia konnte jedoch sehen, dass ein Teil der Kleinen endlich ein wenig Hoffnung fand.

Der Flug war lang gewesen, aufgrund des Lärms hatte Clara nicht schlafen können. Nun legte sie sich auf das Bett, nur die Schuhe hatte sie ausgezogen, und schloss die Augen.

Obwohl Giulia gerne Jakob besucht hätte, verschob sie dies. Vermutlich wurde er ohnehin erst mal durchgecheckt, womöglich auch operiert, doch das wusste sie nicht. Die Aussagen zu seinem Gesundheitszustand waren nie eindeutig gewesen.

Müde legte sie sich neben Clara, sah in deren überanstrengtes Gesicht, auf deren Finger und dachte daran, dass sie den Verlust ihrer Eltern erst noch zu verarbeiten hatte. Nämlich dann, wenn sie selbst nicht mehr um ihr Überleben kämpfen musste.

Irgendwann schreckte sie hoch. Sie hatte wohl mehrere Stunden geschlafen. Clara schlief tief und fest, also stand sie leise auf und sah auf den Flur der kommunalen Unterkunft. Sie war neu, und so wie die Zimmer konzipiert waren, vermutete sie, dass es sich um ein zukünftiges Seniorenwohnheim handeln könnte.

Sie fragte die Frau, die seit ihrer Ankunft an einer Art Rezeption saß. Zuvor hatte sie es nicht tun können, weil zwei Männer sie direkt in ihr Zimmer gebracht hatten.

Die Frau, um die fünfzig, stellte sich als Kelly vor, strahlte über das ganze Gesicht und erklärte in perfektem Englisch, dass dies tatsächlich der Neubau eines Alterswohnsitzes sei. Da vermehrt mit Flüchtlingen gerechnet wurde, die speziell von der Greenland Air nach Neufundland gebracht wurden, wartete man noch mit dem Zuzug der eigentlich gedachten Zielgruppe. Und sie wies darauf hin, dass es im Aufenthaltsraum einen Fernseher gab, durch den sie sich über die aktuellen Geschehnisse informieren könne. Abendessen gebe es ab 18:00 Uhr, und als Giulia fragte, wie spät es sei, erfuhr sie, dass es fast 17:00 Uhr war. Zudem gab es eine Kleidungsausgabe, die bis 22:00 Uhr besucht werden konnte. Giuli und Clara hatten dringend neue Wäsche nötig.

»Wie komme ich ins Krankenhaus?«

»Mit dem kostenlosen Taxi der Gemeinde, mein Liebes. Es ist nur einige Kilometer entfernt. Wie geht es denn der Kleinen?«

»Gut, danke. Sie schläft.«

»Mein Gott, das Mädchen hat sicherlich so einiges durchgemacht. Es soll sich ausschlafen und essen, es ist ohnehin so dünn.«

Giulia bedankte sich und ging zurück. Dabei fragte sie sich, ob diese Unterkunft in einigen Tagen wohl überfüllt sein würde und wie lange sie sie hierbehielten.

Als sie etwas später, nachdem sie sich frische Kleidung besorgt hatten, den Speisesaal der Unterkunft betraten, war der Anblick nicht mit der überfüllten Mensa in Grönland zu vergleichen. Von den sieben Tischen waren vier belegt, und zwar auch von Menschen, die sie von der Forschungsstation und dem Flug kannte. Die anderen waren offenbar schon vorher hier gewesen.

»Hello!«, begrüßte sie die Frau einer Familie, die sie aus dem Flugzeug kannte, die anderen winkten ihr zumindest zu. Giulia grüßte zurück, ging zu der Familie und fragte, ob sie sich an den Nebentisch setzen dürfe.

»Natürlich«, antwortete der Mann auf Englisch. Er lächelte Clara zu. »Konntest du dich etwas erholen?«

»Sie spricht kein Englisch. Woher kommen Sie denn?«

»Aus den Niederlanden.«

Giulia wollte nicht sagen, dass die Nachrichten die schlechteste Lage ausgerechnet dort beschrieben hatten.

»Ja, da ist Land unter«, bestätigte der Mann. Dann sah er auf seine Frau und seinen Sohn, der etwa sechzehn Jahre alt war. »Aber wir haben überlebt.«

»Sie haben jemandem im Krankenhaus?«

»Ja, meinen Schwiegervater.« Er sah zu seiner Frau, die sorgenvoll auf den Tisch blickte.

»Und Sie?«

»Claras Großvater«, log Giulia. Sie wollte nicht vom Plan abrücken und dieses Verwandtschaftsverhältnis aufrechterhalten. »Er hat mit seinem Herzen zu kämpfen.«

»Oh, da wünschen wir viel Glück. Setzen Sie sich doch bitte.«

Es gab Gemüseeintopf, von dem Clara gleich zwei Schüsseln verschlang. Während sie aßen, erzählte Giulia von den letzten Tagen, angefangen mit der ersten Welle. Sie spürte, dass diese erste Welle wie eine Art Zeitenwende war, so als spräche man von vor oder nach Christi Geburt. Alle hatten das bisher getan, und als Hendrik, der Holländer, zu erzählen begann, war die erste Welle auch der Start seiner Geschichte.

»Wir waren mit einem Schiff unterwegs von Schottland nach Irland, als uns die Welle traf. Das Schiff kenterte, doch wir konnten uns in Rettungsboote retten. Die zweite Welle hätte uns zerstört, wären wir nicht bereits nah an der Küste gewesen, dass wir uns dort in Sicherheit bringen konnten. Soweit man das sagen kann, denn die meisten sind trotzdem ertrunken. Es ist ein Wunder, dass wir überlebt haben. Es hat fast den ganzen Tag gedauert, bis uns Hubschrauber abgeholt haben. Das ist aber wirklich nichts im Vergleich zu dem, was ihr beide erlebt habt.«

Auch die anderen erzählten ihre Geschichten. Ein englisches Pärchen konnte sich rechtzeitig aus Island retten, vier Dänen waren auf dem Weg zu den Färöer mit ihren Segelschiffen überrascht worden. Ihr Überlebenskampf auf offener See hatte zweieinhalb Tage gedauert, ursprünglich waren sie zu elft gewesen.

Schließlich entschied Giulia, mit Clara zurückzugehen. Es gab Duschen, und die wollte sie unbedingt nutzen.

Danach fuhren sie mit dem Taxi ins Krankenhaus. Es waren tatsächlich nur wenige Kilometer, auf denen Clara, ohne ein Wort zu sagen, aus dem Fenster sah. Sie war schweigsam geworden, und das sorgte Giulia.

Das Krankenhaus war nicht besonders groß, erschien aber auf den ersten Blick sehr modern. Die freundliche Dame am Empfang nannte Jakobs Zimmernummer, ohne zu fragen, ob ein Verwandtschaftsverhältnis vorlag. Womöglich lag es auch an der Vielzahl an Menschen, denn etwa dreißig Personen belagerten den Empfang. Es herrschte lautes Stimmengewirr, eine Frau weinte, viele saßen auf den Bänken des Eingangsbereichs.

Als eine Schwester auf Jakobs Station Giulia mitteilte, dass er besucht werden dürfe, betrat sie sein Zimmer. Jakob lag mit drei anderen Männern in einem kleinen Raum, er war an eine Maschine angeschlossen, die seine Vitalfunktionen anzeigte.

»Es ist schön, euch zu sehen«, sagte er mit schwacher Stimme. »Na, wie geht es euch? Ist die Unterkunft schön?«

»Wir haben gegessen und sogar geduscht«, antwortete Clara. »Und wir haben ein eigenes Zimmer.«

»Bist du schon untersucht worden?«, fragte Giulia ungeduldig und setzte sich an seine Seite. Clara setzte sich auf den Stuhl neben dem Bett und nahm Jakobs Hand. Es war eine wunderschöne Geste, die Giulia ungemein freute. Jakob offensichtlich auch, denn er lächelte glücklich. Sie wusste aber, dass er fast in jeder Sekunde an seine Tochter dachte.

»Ich musste mich einem kompletten Herzcheck unterziehen. Ich warte noch auf die Ergebnisse, der Arzt wollte noch heute Abend kommen.«

»Um diese Uhrzeit?«

»Es ist nicht Deutschland.«

Sie nickte und erzählte von den anderen. Von Hendrik, den Dänen sowie dem englischen Paar. Wie die

Unterkunft aussah, dass es Duschen gab und dass ihr Zimmer angenehm sauber war. Sie teilte ihm aber auch mit, dass sie keine einzige Sekunde ferngesehen hatte. Die Bilder in der Mensa in Grönland hatten sie sehr aufgewühlt, und so versuchte sie jeden ansatzweise normalen Augenblick zu genießen. Das dies alles eine riesige Katastrophe war, musste nicht jeden Tag mit schrecklichen Bildern untermalt werden.

Plötzlich ging die Türe auf und ein Arzt kam herein. Er war um die sechzig, auffallend glattes Haar endete exakt über seinen Ohren.

»Herr Riegert«, begrüßte sie der Arzt auffallend freundlich in Englisch. Eine junge Schwester begleitete ihn, in ihrer Hand hielt sie die Patientenakte.

»Sie verstehen Englisch?«

Jakob nickte.

»Ist das Ihre Familie?«

Wieder nickte Jakob. »Was haben Sie herausgefunden?«

»Tja, sie hatten Glück im Unglück. Die extrem stechenden Schmerzen und ihr Allgemeinzustand sind auch auf einen Infarkt zurückzuführen. Wir konnten ihn deutlich erkennen. Es ist selten, dass jemand während oder auch kurz nach einem Infarkt zu solchen Taten fähig ist. Aber es war eine Extremsituation. Und diese beeinflussen manchmal auch bestehende Regeln der Medizin und der Biologie.«

»Wie meinen Sie das?«, fragte Giulia nach.

»Dass er nach dem Infarkt zu einer erstaunlichen Höchstleistung fähig war. Herr Riegert muss sich schonen und wird für einige Tage in diesem Krankenhaus beobachtet. Zudem empfehle ich Ihnen, sich nach ihrer Rückkehr in Ihr Heimatland in kurzen Zeitabständen kontrollieren zu lassen. Bis dahin schlage ich vor, Sie zur Entlastung mit Sauerstoffzufuhr sowie Medikamenten zu behandeln, die Angstzuständen vorbeugen.«

»Angstzustände?«

» ... sind oftmals Resultate von Herzinfarkten. Erst recht nach dem, was alles in den letzten Tagen geschehen ist.« Er sah Jakob an, doch dieser erwiderte nichts mehr. »Haben Sie noch Fragen?«

»Nein, danke. Danke für Ihre Mühe und Ihre Arbeit.«

»Dafür sind wir da, Herr Riegert.« Er lächelte noch einmal und ging zum nächsten Patienten.

»Okay, dann werde ich in den kommenden Tagen die hier wohl auch alle kennenlernen«, sagte er.

»Wenn du dich dabei schonst, ist das doch eine gute Sache.«

»Ich verspreche: Ich werde in diesem Bett bleiben. Zudem bin ich froh, nur für die Toilette aufstehen zu müssen. Ich bin so unglaublich müde, Giulia.«

Sie stand auf und küsste ihn auf die Stirn. Es tat ihr gut, es war so warm, als küsste sie ihren Vater. »Wir kommen morgen wieder. Und wer weiß, vielleicht sind Simon und Petra auch bald da.« Sie sah auf den Zugang an seiner Hand. »Ich werde versuchen, etwas über Schleswig-Holstein herauszufinden.«

»Das ist wunderbar, vielen Dank, Giulia. Elsa war in der Nähe von Hennstedt.«

Sie küsste ihn abermals, Clara lächelte ihn an und wünschte ihm eine gute Nacht, schließlich verließen sie Jakobs Zimmer sowie das Krankenhaus.

Tatsächlich verlangte auch der Fahrer diesmal nichts. Und als sie ihr Zimmer betraten, fielen Giulia die Augen zu.

»Magst du noch fernsehen?«, fragte Clara.

»Kleines, ich bin todmüde.«

»Gut, ich nämlich auch.«

Als sie wenig später auf dem Doppelbett lagen, konnte Giulia kaum fassen, auf einer Matratze zu sein. In Sicherheit, in Kanada, weit weg von den Geschehnissen

rund um Island. Dass es eine globale Katastrophe würde, lag auf der Hand, doch daran wollte Giulia nicht denken. Was wohl ihre Eltern dachten? Morgen würde sie
sie anrufen und sich ebenfalls darum kümmern, dass
Claras Großeltern von deren Überleben erfuhren.

Weitaus schwieriger war die Sache um Jakobs Tochter. Sie hatte nichts in der Hand, nur einen Ort, und jede
Meldung über Hennstedt sagte nichts über Elsas Überleben oder Tod aus.

Lilli

Die Nässe durchdrang alles. Lilli spürte sie an ihrer
Haut, an den Füßen, in den Haaren. Selbst der Atem
schien von der Feuchtigkeit schwerer zu werden, als
müsste sie Wasser einatmen. Der Regen war endlich
schwächer geworden, doch die Kälte blieb und kroch in
jeden Winkel des Körpers. Mascha lag neben ihr, einge-
hüllt in klamme Decken, die vermutlich kaum halfen,
und so zitterte sie unaufhörlich. Ihre Lippen waren
blass, die Haut spannte sich über den Wangenknochen,
ihre Atmung war kaum mehr als ein Flüstern.

»Verdammt, werde ja gesund!«, sagte Lilli leise, mehr
zu sich selbst als zu den anderen. Ihr Blick blieb an
Maschas Gesicht hängen, an der Verletzung, die sich
weiter dunkel verfärbt hatte. Jedes Mal, wenn sie das
sah, fühlte sich Lilli, als würde ihr jemand den Boden
unter den Füßen wegziehen.

»Also?«, wiederholte sie lauter, als sie es vorhatte. Die
anderen drehten sich zu ihr um.

»Ich glaube nicht, dass wir draußen Hilfe bekommen«, antwortete Clemens.

Elsa kam nun auf sie zu. »Lilli, wir wissen doch nicht mal, ob es da draußen besser ist. Wohin wollen wir denn gehen?«

»Nach Süden? Es kommt doch eh kein scheiß Heli.«

»Einen Versuch wäre es wert«, sagte Clemens schließlich. »Es hat fast aufgehört zu regnen. Ich glaube, dass bald die Einsatzkräfte kommen.«

Müde sah Ines Clemens an und nickte zögernd. »Clemens, wie soll das denn gehen? Sie kann doch kaum laufen. Und sie hat eine Kopfverletzung!«

»Dann trage ich sie«, sagte Clemens, ohne zu zögern. »Wir wechseln uns ab, wenn es sein muss. Mascha wiegt ja kaum etwas. Sie ist ja offenbar nicht am Nacken verletzt. Keine Ahnung, was richtig ist. Vielleicht treffen wir ja auf einen Arzt.«

»Durch den Matsch, weiß Gott wie weit nach Süden? Echt?«

»Hier drinnen sind wir wie Käse für die Mäuse. Ich muss etwas sehen. Es war ein Schutz vor dem Regen, mehr nicht. Ich habe wirklich Hoffnung, dass sich dort draußen jemand medizinisch auskennt.«

Ines verzichtete auf weitere Worte und packte die Konserven und Decken in eine große Plastiktüte.

Lilli hingegen kniete sich zu Mascha und flüsterte: »Wir holen Hilfe. Du schaffst das. Irgendwo muss es doch jemanden geben.«

Da öffnete Mascha die Augen einen Spalt, murmelte etwas Unverständliches, bevor sie wieder wegdämmerte. Lilli biss sich auf die Lippen, um die Tränen zurückzuhalten, und half Clemens, Mascha vorsichtig auf seinen Rücken zu heben. Elsa band einige Jacken so um Maschas Gesäß und Clemens' Bauch, dass sie wie in einem Sitz saß. Schließlich banden sie auch ihren Kopf leicht an seinen oberen Rücken, damit er stabil blieb. Niemand wusste, wie stark sie verletzt war.

Schließlich verließen sie den Bus.

Die Stadt war ein Labyrinth aus Trümmern und Wasser. Überall ragten verbogene Metallteile und zerbrochene Mauern aus den Fluten. Der Boden war rutschig und jeder Schritt fühlte sich an, als würde man durch Treibsand waten. Manchmal sahen sie Menschen, die in den Trümmern wühlten, einige saßen unter provisorischen Dächern aus Plastik und Holz. Egal wen sie fragten, niemand wusste, wann und ob Hilfe käme, keiner hatte ein funktionierendes Handy, es war kein Arzt unter ihnen.

Lilli ging neben Clemens, immer darauf bedacht, Mascha im Blick zu behalten. Sie sah noch blasser aus, ihr Kopf lehnte unter dem Stoff an Clemens' Schulter. Es machte Lilli wahnsinnig, sie so zu sehen. Hätte dieser verdammte Wichser nicht einfach vorbeigehen können, ohne sie zu stoßen?

Mittlerweile stank es bestialisch. Das Wasser hatte alles aus den Häusern herausgespült, der nasse Boden gab nun alle möglichen Gerüche ab, die er in sich gespeichert hatte. Überall gluckste es, die Schuhe sanken bei jedem Schritt tief in den Morast ein. Der Regen hatte alles in ein trostloses Grau gehüllt und das Schweigen der Gruppe machte es nur schlimmer.

Plötzlich blieb Ines stehen. »Da drüben«, sagte sie und wies auf eine Gruppe von Menschen, die sich um ein Feuer versammelt hatten. »Wir sollten eine Pause einlegen.«

Ihre Gesichter waren schmutzig und abgemagert, es waren auch Frauen und Kinder unter ihnen.

Der Mann, der sie begrüßte, hatte tiefe Falten und einen Blick, der mehr Kummer ausdrückte, als Worte es beschreiben könnten. »Ihr braucht Hilfe«, sagte er. Es war keine Frage.

»Unsere Freundin ist verletzt«, erklärte Elsa. »Könnt ihr uns helfen?«

»Ich bin Arzt«, sagte er knapp. »Zeigt sie mir.«

Endlich!, dachte Lilli. *Ein Arzt.*

Clemens legte Mascha vorsichtig auf eine der Matten, die die Gruppe nun auf dem Boden ausgebreitete. Der Arzt untersuchte sie, sein Gesicht blieb dabei undurchdringlich, doch Lilli konnte sehen, wie er die Stirn runzelte. »Was ist geschehen? War ihr übel? Hat sie sich übergeben?«

Elsa und Lilli erzählten, so gut sie konnten. Aus einem schmutzigen Verbandskasten nahm der Arzt Mull und wickelte ihn um Maschas Kopf.

»Was ist mit ihr?«, fragte Lilli schließlich.

Der Arzt sah auf. »Sie hat vermutlich eine schwere Gehirnerschütterung, vielleicht aber auch Schlimmeres. Ich kann ihr natürlich hier nicht helfen. Wir brauchen ein Krankenhaus, richtige Ausrüstung.«

Lillis Kehle zog sich zusammen. »Können Sie denn gar nichts tun?«

Der Arzt schüttelte den Kopf. »Ich bin kein Wunderheiler. Hier liegen Tausende Tote herum, in ganz Europa vielleicht Millionen. Ihr solltet sie aber nicht weiter herumtragen. Außer, es gibt einen Ort, wo euch wirklich geholfen werden kann. Wo zum Beispiel ein Hubschrauber landet.«

Millionen Tote. Wunderheiler. Lilli spürte, wie Hitze in ihr aufstieg. Die Worte des Arztes hallten in ihrem Kopf wider, bis sie nichts anderes mehr hören konnte. Nicht, weil er etwas sagte, was sie überraschte. Plötzlich war es, als sähe sie die Aussichtslosigkeit wie ein klares Bild vor sich. Es war eine völlig idiotische Idee, mit Mascha in den Trümmern herumzustolpern. Hier konnte es niemanden geben, der ihr half, nicht einmal ein Arzt.

»Wir sollten hierbleiben und warten!«, entschied Clemens. »Selbst ohne Verletzung ist sie zu schwer, um sie durch diesen Dreck zu tragen, in den man immer einsinkt.«

Lilli sah ihm an, dass er todmüde und am Ende seiner Kräfte war.

Von einer Sekunde auf die andere sah sie auf ihre Hände, weil sie zitterten. Bald bebte ihr ganzer Körper, Wellen an Hitze und Kälte durchströmten sie.

Sie kannte das Gefühl. Das Schwarze kam, das Nichts.

Sie starben hier. Sie würden alle sterben.

Als sie dachte, sie würde in ein schwarzes Loch fallen, das ihr alle Hoffnung nahm, sprang sie auf. »Es hat doch eh alles keinen Sinn!«, schrie sie. »Wenn kein Heli kommt, verrecken wir wie Vieh!«

»Lilli, beruhig dich!«, rief Elsa, doch Lilli hörte nicht zu. Sie stieß in die Höhe, rannte los, stolperte über Trümmer und Wasserpfützen, während die Tränen ihr die Sicht nahmen. Sie hatten keine Chance. Wie dumm sie gewesen war, daran zu glauben! Hatte sie wirklich gedacht, Clemens könne Mascha bis weit in den Süden tragen?

Mascha hatte es gut, sie musste momentan nicht leiden. Vielleicht wäre es das Beste für sie, wenn sie nun einfach starb. Und sie selbst gleich mit ihr.

Irgendwann fiel ihr auf, dass sie nicht wusste, wie lange sie gerannt war. Die Stadt war wie ein Schlachtfeld ohne Orientierungspunkt, und sie merkte, dass sie sich verlaufen hatte. Sie lehnte sich keuchend gegen eine Wand, das Herz hämmerte in ihrer Brust. Der Regen hatte längst aufgehört, doch die Kälte war geblieben. Sie fror, ihr Körper war nass und schwer, doch das war nichts im Vergleich zu der Last auf ihrer Seele.

Lillis Gedanken kreisten immer wieder um Mascha. Ihr Gesicht, ihr Lachen, ihre Art, selbst in den schlimmsten Momenten einen Witz zu machen. Sie erinnerte sich an die Nächte, in denen Mascha sie getröstet hatte, an die Momente, in denen sie sich stark gefühlt hatte, weil Mascha an ihrer Seite war.

Plötzlich tauchte Elsa auf. Lilli hatte nicht mitbekommen, dass sie ihr hinterhergelaufen war.

»Lilli!«

»Was?« Sicherlich teilte Elsa ihr nun mit, wie enttäuscht sie war. Doch sie setzte sich nur wortlos neben sie und atmete durch.

»Ich würde am liebsten auch weglaufen.«

»Warum?«

»Weil mich das alles ankotzt. Und eigentlich tun wir das ja auch. Weglaufen. Nämlich von dem Ort, an dem wir überlebt haben nach Süden.«

»Es ist doch eh alles sinnlos.«

»Ist es nicht. Und Mascha muss uns nun völlig vertrauen. Sie zählt auf uns, und besonders auf dich.«

»Mir kann man nicht vertrauen. Niemand.«

»Mascha tut es aber. Sie vertraut dir ihr Leben an. Und dich vertraue dir auch, weil ich weiß, dass du helfen willst.«

»Ich werde sie irgendwann enttäuschen.«

Elsa wiegte den Kopf. »Ja, vielleicht. Vielleicht wirst du das wirklich. Aber dazu zwei Punkte: Wer tut das nicht auf dieser Welt? Ich denke, jeder hat schon einmal jemanden enttäuscht. Und zweitens wird eine gute Freundschaft das aushalten.« Elsa rutschte etwas näher. »Lilli, ich möchte jetzt wirklich, dass du deinen Arsch hebst und zurückkehrst. Ob du willst oder nicht. Und zwar aus dem Grund, weil dich nicht nur Mascha braucht, sondern wir alle. Weglaufen gilt nicht, nicht in dieser Situation. Ich verlange von dir, dass du dich ihr stellst.«

»Als ob ihr mich bräuchtet.«

»Natürlich. Oder meinst du, wir brauchen nur Clemens oder Ines? Du bist intelligent und du hast viele gute Ideen. Ja, wir brauchen dich, und ich habe nicht vor, dich gehen zu lassen! Weißt du was? Wenn du jetzt Mascha im Stich lässt, hast du wirklich einen Grund, dich schuldig zu fühlen. Einen echten. Und zwar ein ganzes Leben lang.«

»Du hast gestern zugehört?«

»Blieb mir nichts anderes übrig.«

Lilli war zutiefst erstaunt von Elsas Worten. Sie warf ihre Pädagogik über Bord, weil sie ums Überleben kämpften. Und als sie daran dachte, dass sie wirklich gebraucht wurden, fühlte sie Stolz in sich.

Sie erinnerte sich nun an Maschas aufmunternde Worte, an die Momente, in denen ihre Freundin sie gepusht hatte, weiterzugehen. Nie hatte sie den Mut verloren. Und nie würde sie sie im Stich lassen.

Und was tat sie? Sie ließ Mascha im Stich.

Mit zitternden Beinen stand Elsa nun auf. Ihr war die Erschöpfung mehr als deutlich anzusehen. »Auf jetzt! Wir gehen jetzt oder ich schleife dich zurück!«

Lilli musste nicht weiter aufgefordert werden, sie hatte ein zutiefst schlechtes Gewissen Mascha gegenüber. Es war so groß, dass es tief in ihr Löcher fraß. Wortlos folgte sie Elsa, die zielsicher in eine Richtung ging. Sie wusste nicht, wie Elsa den Weg fand, doch schließlich erreichten sie die Gruppe wieder.

»Lilli, verdammt, was sollte das?«, rief Ines.

Clemens hingegen warf ihr einen strafenden Blick zu

Weil sie nichts zu sagen wusste, ignorierte Lilli sie und kniete sich neben Mascha. »Entschuldige. Ich bleibe hier«, sagte sie leise, fast zu sich selbst. »Ich lasse dich nicht allein.«

Die anderen der Gruppe, der Arzt, drei Männer und vier Frauen, sahen nur stumm zu ihnen hinüber. Und da alle nahe am Feuer saßen, tat Lilli es ihnen gleich. Es wurde sehr schnell warm, ein unbeschreiblich wohliges Gefühl umhüllte Lilli. Wenigstens äußerlich, denn in ihr tobte ein Orkan an Gefühlen. Sie verspürte wirklich so etwas wie ein schlechtes Gewissen, und Elsas deutliche Worte hatten sie fast wehrlos werden lassen.

Mascha wachte nicht auf, aber der Arzt, der sich als Georg vorstellte, kümmerte sich immer wieder um sie. Sie teilten die Dosenvorräte, die anderen gaben ihnen Decken und erzählten ihre Geschichte. Wie sie in der ersten Welle wie Treibgut durch die Stadt gespült worden waren. Alles verloren hatten, nur nicht ihr Leben. Und wie sie am Vortag mühevoll Konserven ausgegraben hatten, die einzige Art von Nahrung, die aufgrund des Metalls nicht zerstört war.

Es wurde Abend. Langsam wurde Lilli schläfrig, als Mascha plötzlich würgte. Sie kotzte weißen Schaum, keuchte, würgte und beruhigte sich nicht mehr.

»Was ist mit ihr?«, brüllte Lilli.

Sofort stürmte Georg zu Mascha, drehte sie zur Seite, betastete den Mundraum, schüttelte aber den Kopf.

»Weiß nicht, sie scheint etwas in der Luftröhre zu haben.«

Mascha hustete unentwegt, und schon bald lief sie blau an.

»Macht was«, schrie Lilli immer wieder. Der Arzt untersuchte Mascha, hörte, tastete, fand aber nichts. Mithilfe von Clemens hob er sie in die Luft, drückte von hinten gegen ihre Bauchwand, schlug gegen ihren Rücken, Maschas Zustand änderte sich aber nicht.

Irgendwann röchelte Mascha nur noch.

Lilli wurde so übel, dass ihr Körper zu Eis gefror.

Kontakt

Oliver

»Es geht wohl los!«

Sven kam auf Oliver zu, dabei hielt er eine Schüssel in der Hand. Auch Diana schreckte auf. Sie hatten offenbar länger geschlafen als die anderen.

»Wir fahren?«

»Sie haben die Motoren gestartet, haben sie aber wieder ausgemacht. Vielleicht nur ein Check.«

Da kam die Frau auf sie zu, die ihnen am Vortag Essen gegeben hatte, und reichte ihnen ebenfalls Schüsseln. Als Oliver daran roch, erkannte er, dass es sich um eine Art Brei handelte. Nils, Elin und Kristjan aßen bereits.

»Warum habt ihr uns nicht geweckt?«, fragte Diana.

Elin setzte sich neben sie und nahm sie in den Arm. Zum ersten Mal, seit sie sie kannten, wirkte sie deutlich entspannter.

»Weil Schlaf sehr wichtig ist. Ich konnte nicht, es ist ziemlich stickig hier.«

»Und es riecht nach altem Fisch«, setzte Kristjan hinzu.

Nils sah sie nur an und aß weiter den Brei.

Oliver nickte der Frau dankend zu, nahm die Schüssel und aß ebenfalls. Es schmeckte salzig, aber sein Hunger war sehr groß. Dabei dachte er darüber nach, ob die Motoren zum Test gestartet worden waren und warum die Männer dabei so aufgeregt gesprochen hatten.

Als sie das Zelt verließen, standen etwa fünfzehn Menschen an den beiden Motorschlitten. Es musste sich um das ganze Dorf handeln. Einige Mütter hatten ihre Kinder neben sich stehen, die nun zu ihnen starrten, als kämen sie von einem anderen Planeten.

Ihr Gastgeber plapperte auf Sven und Oliver ein, wies auf die Motorschlitten, Oliver verstand aber kein Wort. Da kam der ältere der Männer auf Sven zu, sie sprachen, schließlich nickte Sven.

»Einer der Schlitten sprang nicht an, deswegen die Aufregung. Aber es ist alles okay.«

Nils fragte etwas.

»Er kann sich nicht vorstellen, mit den Dingern zu fahren«, übersetzte Kristjan. »Ich halte ihn fest.«

Oliver hingegen musterte weiterhin die Bewohner der Siedlung. Er kannte die Inuit bisher nur aus TV-Reportagen oder aus Berichten in irgendwelchen Magazinen. Hier jetzt unter ihnen zu stehen, war etwas ganz Besonderes. Fast alle lächelten ihnen zu, mit einer Mischung aus Scheu und Neugierde, die Männer redeten laut, noch immer standen vier von ihnen an einer der beiden Maschinen und diskutierten. Für kurze Zeit dachte er darüber nach, was diesen Menschen wohl bevorstand. Inwiefern auch ihre Welt von der Aschewolke oder von allen daraus folgenden Konsequenzen zukünftig beeinflusst werden würde. Und wie lange überhaupt noch ihre Welt, ihre Art des ursprünglichen Lebens existieren durfte.

Schließlich winkte einer der Männer ihnen zu.

»Sollen wir?«, fragte Oliver, und Sven nickte.

Voller Dankbarkeit drehte er sich um, bedankte sich bei der Frau, indem er sie anlächelte, auch die anderen bedankten sich durch Gesten und mit einem erfrischendem Lächeln. Die Frau überreichte Nils eine Kette. Verblüfft nahm er sie an sich. Es handelte sich um Zähne irgendeines Tieres, die an einer Schnur aufgereiht waren.

Elin bedankte sich für Nils, indem sie die Frau in den Arm nahm. Und als sie sich auf die Schlitten zubewegten, winkten die anderen ihnen zu, lächelten, wirkten dabei so entspannt, alles schien so selbstverständlich.

Oliver schämte sich etwas. Sie waren derart gastfreundlich, wie er es selten erlebt hatte. Die industrialisierte Welt dezimierte die Welt der Inuit von Jahr zu Jahr, nahm ihnen den Lebensraum, die Tiere, selbst das Eis schmolz. Und diese Menschen nahmen sie auf, als gehörten sie zu ihnen.

Als sie starteten und die Motoren laut dröhnten, winkten sie den zurückbleibenden Bewohnern zu. Auf den Schlitten saß je nur ein Fahrer, mehr als vier Personen passten kaum auf die Sitze. Sie waren also völlig überbesetzt.

Der kalte Fahrtwind biss Oliver ins Gesicht, während er sich auf dem Motorschlitten festklammerte. Die Landschaft um sie herum zog in einem verschwommenen Weiß aus Schnee und Eis vorbei. Diana saß hinter ihm, ihre Arme waren fest um seine Taille geschlungen, während Nils geduckt zwischen ihnen saß, geschützt vor dem eisigen Wind.

Der Motorschlitten vor ihnen, auf dem Sven, Elin und Kristjan untergebracht waren, führte sie an. Trotz der Kälte fühlte Oliver eine unbeschreibliche Erleichterung, dass sie endlich in Richtung Forschungsstation unterwegs waren. Er hoffte, ihnen käme nicht wieder etwas dazwischen. Alles war möglich, und so versuchte er, nicht allzu starke Vorfreude aufkommen zu lassen.

»Wie weit noch?«, rief Diana gegen den Wind an sein Ohr. Oliver drehte leicht den Kopf, um ihre Stimme verstehen zu können. Noch im Dorf hatte der Ältere Sven mitgeteilt, es würde nicht allzu lange dauern, doch dies konnte alles bedeuten.

»Ich hoffe, nicht mehr weit«, antwortete Oliver und betete, dass er recht hatte. Sein Rücken schmerzte vom langen Sitzen und die Kälte hatte seine Finger beinahe taub werden lassen.

Plötzlich erschien ein dunkler Schatten am Horizont. Zuerst konnte Oliver es kaum erkennen, doch je näher sie kamen, desto deutlicher wurden die Umrisse von Gebäuden. Die Forschungsstation war klein, bestand nur aus ein paar Häusern, die sich wie zufällig in die weite Schneelandschaft fügten. Drei waren knallrot gestrichen, zwei weitere in hellem Blau. Rauch stieg aus einem Schornstein auf, ein beruhigendes Zeichen von Leben und Wärme.

Die Schlitten kamen knirschend zum Stehen und die Gruppe stieg ab. Oliver half Nils herunter, dessen Wangen und Lippen rot und aufgesprungen waren.

Vermutlich durch den Lärm der Motoren aufgeschreckt, kamen zwei Männer aus dem größten Gebäude. Sie trugen orangefarbene Jacken.

Überrascht sahen sie zu ihnen und kamen schließlich auf sie zu. Im selben Moment nickten ihnen ihre Helfer zu, lächelten und brausten davon. Dankbar sah Oliver ihnen hinterher.

Der ältere der beiden Bewohner sprach sie an, doch nicht einmal Sven verstand ihn. Schließlich wiederholte er es auf Englisch.

»Wer sind Sie und woher kommen Sie?«

Ein dritter Mann kam nun aus dem Gebäude, gefolgt von einer Frau.

In kurzen Worten erzählte Sven, dass sie Überlebende eines Absturzes und von den Inuit hierhergebracht worden waren.

Schließlich wurden sie in das große Gebäude geführt.

Die warme Luft im Inneren der Station traf sie wie eine sanfte Umarmung. Oliver spürte, wie seine steifen Finger langsam wieder beweglich wurden, und ein unbeschreibliches Gefühl von Erleichterung überkam ihn. Er umarmte Diana, die sich in seine Arme schmiegte. Dabei fühlte er, wie erleichtert auch sie war.

Im Gebäude war es sehr hell. Zahlreiche große Fenster ließen viel Sonnenlicht herein, durch einen Durchgang in einen anderen Bereich sah er Monitore, weitere Geräte, an einer anderen Stelle war die Küche untergebracht.

Sie wurden in einen Raum geführt, in dem Tische und Stühle standen, vermutlich war es der Speiseraum dieser Anlage. Nachdem sie sich gesetzt hatten, setzte einer der Männer Wasser auf.

»Wollen Sie einen Kaffee?«

Kaffee! Sofort sah er, wie Dianas und Elins Augen größer wurden.

»Mein Name ist Dean«, stellte sich ihnen ein anderer Mann mit auffallend akkurat geschnittenem Vollbart in perfektem Englisch vor. »Dies hier ist eine kanadische Forschungsstation, die eng mit der dänischen Regierung zusammenarbeitet. Wir haben die nächste Militärstation kontaktiert, da es sich um einen Absturz der „Green Air" handelt.« Er sah zu Kristjan und Nils. »Ist jemand verletzt? Braucht jemand Hilfe?«

»Der Junge hat eine Wunde am Oberschenkel. Es scheint aber nicht so schlimm zu sein.«

»Gut, Sophie wird sich um ihn kümmern.«

Eine brünette Frau lächelte Nils an, streckte die Hand aus, doch der Junge zögerte, sah zu Elin und sagte etwas.

»Er meint, er sei zwar kein Baby, aber er möchte, dass ich mitkomme.« Also stand Elin auf und gemeinsam verließen sie den Raum.

Als sie Kaffee und Tee tranken, fühlte Oliver seine Lebensgeister zurückkehren. Dean erzählte ihnen von der

Forschungsanlage, die geologische sowie seismologische Ergebnisse gewann und diese an Stationen auf der ganzen Welt lieferte. Doch Oliver hörte kaum zu. Er dachte an die Inuit, an deren einfache Zelte, an deren Lebensweise. Alles unterschied sich so sehr von dieser hochmodernen Anlage hier, als trennten eintausend Jahre Entwicklungsgeschichte diese beiden Siedlungen. Und er dachte an die Toten, die noch neben den Trümmerteilen des Helis lagen und hoffentlich bald gefunden wurden. Svenja hatte ein ganzes Leben vor sich gehabt.

Ihnen wurde auch ein Auflauf angeboten, den sie aßen. Sophie, die aus Frankreich stammte, hatte Nils einen neuen Verband angelegt und gemeint, die Wunde verheile gut. Selbstverständlich solle er aber in ein Krankenhaus gehen, um die Wunde umfassend zu kontrollieren.

Plötzlich hörte Oliver das Geräusch eines Hubschraubers.

»Das werden sie sein«, meinte Dean. »Sie sind vom dänischen Militär und zuständig für die „Greenland Air".«

Nur kurze Zeit später betraten vier Männer in Uniform das Gebäude. Einer der Männer, um die fünfzig, stellte sich als Premierleutnant Anderson vor. Seine strenge Miene wurde von einem freundlichen Lächeln begleitet. Sie setzten sich ebenfalls, auch ihnen wurden Kaffee und Tee angeboten, die Mitarbeiter der Forschungsanlage verließen jedoch nun den Raum.

»Das ist ja eine große Überraschung«, sagte Andersen mit einem deutlichen fremdländischen Akzent. »Wir hatten schon fast die Hoffnung aufgegeben, jemanden von diesem Flug zu finden.«

»Sie wussten also von dem Absturz?«, fragte Sven.

»Natürlich. Aber nicht, wo genau er geschah. Wir fanden die Maschine erst heute Morgen im Rahmen einiger Suchflüge.«

»Die Leichen haben wir neben den Trümmern aufgebahrt«, setzte Oliver hinzu. »Darunter ist auch ein Mädchen.«

»Sie werden alle noch heute von dort weggeflogen.« Nun sah er ernst in ihre Gesichter. Die anderen drei Männer saßen zwar an ihren Tischen, doch ihre Präsenz zeigte Oliver, dass sie tatsächlich alle Informationen rund um den Absturz erfahren wollten.

Schließlich begann Sven zu erzählen. Vom Absturz, der panischen Reaktion des Piloten, der wegen des Sturms notlanden wollte. Vom gescheiterten Versuch, weil der Heli wie ein Spielball herumgeschleudert worden war. Vom Aufprall, vom ihrem Bemühen, den Piloten und seinen Begleiter zu retten. Auch die Tage in der Wildnis sowie die Begegnung mit den Inuit – alles musste dokumentiert werden. Premierleutnant Anderson stellte gezielte Fragen, während ein anderer Soldat alles mit einem kleinen Diktiergerät aufzeichnete.

»Ihr Bericht wird helfen, den Ablauf zu rekonstruieren«, erklärte Andersen.

Als Sven endete, nickte Andersen ihnen zu. »Sie haben großes Glück gehabt. Wir werden Sie zunächst zu unserer Station fliegen. Bereits morgen könnten Sie sich einem Transportflug nach Natuashish anschließen.«

»Ist das auch in Grönland?«, fragte Diana.

»Nein, es ist ein Ort in Neufundland, Kanada. Von dort ist es wesentlich einfacher, weitervermittelt zu werden.«

»Was heißt „weitervermittelt"?«, fragte Elin.

»Viele Orte in Neufundland sind starken Flüchtlingsströmen ausgesetzt. Alle Rettungsflüge gehen nach Neufundland, weil diese Region zurzeit eine der wenigen

Möglichkeiten bietet, angeflogen zu werden. Zudem ist es geografisch in der Nähe dieser Katastrophenzone.«

»Was ist mit Europa?«, fragte Oliver.

»Wenn, dann fliegen zurzeit nur Flugkörper der Katastrophenschutzdienste oder des Militärs, so wie dieser hier. Wir haben aber keine Befugnisse für europäische Militärtransporte.«

»Oder wollen Sie sagen, dass die Aschewolke dort den Flugverkehr verhindert?«

»Ja, auch das.«

Diana beugte sich zu ihm. »Europa, Kanada – ist doch scheißegal, Oliver. Wir kommen in Sicherheit.«

»Du hast recht. Ich wollte nur Bescheid wissen.«

Nach einigen Stunden verabschiedeten sie sich bereits wieder von den Mitgliedern der Forschungsanlage. Sophie überreichte Nils eine Plakette ihres Anzugs mit dem Emblem der Station, bevor sie in eisigem Wind zum Heli gebracht wurden. Wieder saßen sie in einem Hubschrauber, und als er startete, fühlte Oliver, wie ihm übel wurde. Auch die anderen sahen sich ängstlich um. Zweifellos hatte der Absturz tiefe Wurzeln in einen jeden von ihnen gegraben. Als passierte es wieder, sah sich Oliver schreiend in die Tiefe stürzen.

»Keine Angst!«, schien Andersen ihre Furcht zu bemerken. »Es ist kein Sturm angesagt. In nur zwei Stunden sind wir da.«

Oliver hoffte es und schloss seine Augen.

Nie wieder würde er freiwillig in einen Hubschrauber steigen.

Die Militärstation war weitaus nüchterner als das Forschungsareal. Sie bekamen schlichte Zimmer mit Stockbetten, immerhin eine warme Mahlzeit im selben Raum wie etwa zwanzig andere Personen. Unter ihnen waren nicht nur Soldaten, sondern ganz offensichtlich auch

Privatpersonen. Familien mit Kindern, eine Männergruppe, zwei Pärchen.

»Sie sind ebenfalls gerettet worden und fliegen morgen mit euch nach Natuashish«, erklärte der Soldat ihnen, der ihnen auch ihre Stube gezeigt hatte.

Später lagen sie in ihren Betten. Es war dunkel geworden, eine weitere Nacht brach an. Oliver fühlte sich ungemein müde, ausgelaugt, selbst das Wasserlassen zögerte er hinaus, weil er nicht gehen wollte. Aus Platzmangel teilten sich alle eine Stube. So lag Kristjan neben Elin, Nils neben Sven sowie Diana neben Oliver auf engen Betten. Dabei fiel Oliver auf, dass Nils und Sven miteinander sprachen. Nicht im Streit, es schien ihm eher versöhnlich zu sein, vielleicht sprachen sie über Gunnar. Er hatte nicht vor, sie danach zu fragen.

Trotz seiner Müdigkeit konnte Oliver lange nicht einschlafen. Die Bilder des Absturzes und der schneebedeckten Einöde tauchten immer wieder vor seinem inneren Auge auf. Wiederholt drehte er sich zu Diana um, die ruhig atmete, und spürte plötzlich eine tiefe Dankbarkeit, dass sie beide noch am Leben waren. Ja, sie hatten außerordentliches Glück gehabt.

Plötzlich küsste Diana ihn. Er war überrascht, erwiderte aber den Kuss.

»Mir scheint, als läge unser Streit Jahre zurück.«

Oliver hatte ihn schon fast vergessen. Diana war ihm näher als je zuvor.

»Du hast mir an jedem Tag bewiesen, wie sehr du mich liebst.«

»Weil ich das auch tue, Diana.«

Sie küsste ihn wieder, lächelte geheimnisvoll, schmiegte ihren Kopf auf seine Schulter und schwieg.

Bereits am frühen Morgen startete der Flug nach Kanada. Sie saßen zusammen mit etwa dreißig anderen Geretteten sowie Militärpersonal im großen Bauch des Transportflugzeugs. Der Flug nach Natuashish war lang, und obwohl sie in keinem Hubschrauber saßen, spürte Oliver all die Stunden Angst in sich. Immer wieder lauschte er, ob etwas Außergewöhnliches zu hören war, oder sah aus dem etwas weiter entfernten Fenster, um dunkle Wolken zu erspähen, die einen Sturm ankündigten. Nichts dergleichen war aber zu sehen. Nils hielt Dianas Hand fest, während Elin und Kristjan still in ihren Sitzen verharrten.

Als sie Stunden später in Natuashish landeten, wurden sie von Vertretern der lokalen Gemeinde empfangen. Die kleine Stadt wirkte wie ein pulsierender Knotenpunkt für Flüchtlinge. Sie wurden in eine große Halle geführt, die als temporäre Unterkunft diente. Die Betten standen dicht an dicht und die Luft war von Stimmen und dem Geruch nach Essen erfüllt.

»Es ist überwältigend«, sagte Diana, während sie sich umsah.

Oliver nickte, doch in seinen Gedanken war er schon bei den nächsten Schritten. Gab es überhaupt Flüge nach Deutschland?

Sie schliefen in einer Halle des Feuerwehrzentrums zusammen mit etwa achtzig anderen Personen. Es war warm und die freundlichen Mitarbeiter gaben sich alle Mühe, den Flüchtlingen so gut wie möglich Auskünfte zu geben, die sie benötigten. Hier erfuhr Oliver, dass auf unbestimmte Zeit alle Flüge nach Europa abgesagt worden waren.

Sven entschied, gleich ins weiter südlich gelegene St. Johns zu reisen. Sie verabschiedeten sich von ihm, und Oliver spürte, dass es seltsam war, ihn ziehen zu lassen. Er war beileibe kein Freund gewesen, doch sie waren in

Zeiten der Not zusammengewachsen und er war einer der wenigen gewesen, denen er vertraut hatte.

Am Nachmittag saßen Oliver, Diana, Elin, Kristjan und Nils in der provisorischen Mensa, aßen belegte Brote und tranken heißen Tee. Dabei verfolgten sie die Nachrichten, die auf einem großen Monitor hoch über ihnen liefen. Oliver graute es. Die Bilder von überschwemmten Städten, zerstörten Landschaften und verzweifelten Menschen in Norddeutschland waren ebenso schwer zu ertragen wie die Situation in Holland, Belgien, Dänemark und an den Küsten der britischen Insel. Immer wenn Oliver zu Diana sah, erkannte er ihren entsetzten Ausdruck, ihren Blick, der brüchig geworden war. Er wusste, dass auch sie tausend Fragen hatte. Sie waren wie Schiffbrüchige, wie Obdachlose in einer großen Welt.

Die Bilder aus Island schockierten hingegen Elin und Kristjan. Das Land war quasi unbewohnbar. Noch immer spien die Vulkans Milliarden Kubikmeter Asche und Magma aus, zerstörten alles Leben auf dieser einst so wunderschönen Insel. Die Dimensionen der Katastrophe waren unvorstellbar.

Sie entschieden, einige Tage an diesem Ort zu bleiben, vor allem um Informationen zu sammeln. Elin und Diana hatten beschlossen, Nils bei sich zu behalten, so lange es ging. Der Junge war völlig allein, ohne Eltern, ohne Zukunft, und solange sie nicht wussten, wohin es sie verschlug, teilten sie die Aufmerksamkeit um den Jungen. Es war für sie alle so selbstverständlich wie das Atmen oder Trinken.

In dieser Nacht, während sie auf den unbequemen Feldbetten lagen, konnte Oliver lange nicht einschlafen. Es war laut, viele der etwa fünfzig Menschen sprachen, diskutierten, sicherlich hatten sie alle die schrecklichen

Bilder im TV gesehen, die meisten von ihnen waren ohne Heimat.

»Ich habe mit Elin gesprochen«, sagte Diana unvermittelt.

»Über was?«

»Wie es mit Nils weitergeht. Elin und Kristjan wollen zu Verwandte nach Norwegen. Wenn dies über Umwege funktioniert, ist es ihr großes Ziel.«

»Aber sie hat kein Geld?«

»Genau.«

»Ich werde es für sie bezahlen. Alles, was sie benötigt, ich muss nur mit meiner Bank telefonieren«

»Ich weiß. Und ich habe es ihr bereits zugesichert.« Sie streichelte seine Hand und rang nach Worten.

»Und da gibt es noch was, Oliver.«

»Nils?«

Sie sah ihn überrascht an. »Woher ...?«

»Na ja, liegt ja auf der Hand. Entweder tut es Elin oder wir. Niemand lässt das Kind allein zurück.«

»Sie nimmt ihn mit?«

»Natürlich. Sie spricht seine Sprache, und von Skandinavien aus haben sie eine weitaus größere Chance, Verwandte vom ihm ausfindig zu machen.«

»Das ist hervorragend. Einfach klasse. Nils hatte von Anfang an einen guten Draht zu ihr, und Kristjan tut ihm gut.« Er sah sie an und streichelte ihr Haar. »Ich liebe dich sehr. Du bist wichtiger als alles andere.«

Sie schmiegte sich an ihn, atmete tief durch und spielte mit seinen Fingern.«

»Ich dich auch.«

Oliver atmete ebenfalls tief durch. Es war komisch, hier zu liegen, in wahrscheinlicher Sicherheit. Nun, wo der pure Überlebenskampf hinter ihnen lag, begann ein anderer Kampf. Der, irgendwo Fuß zu fassen, das Warten auf die Rückkehr in die Heimat, jeden Tag neue Informationen zu sammeln, um nicht von der Welle der

immer größer werden Anzahl an Flüchtenden verschluckt zu werden.

Vielleicht war dies sogar der größere Kampf, denn
niemand wusste, wie lange er dauern würde.

Giulia

Der Lärm in der Unterkunft war ohrenbetäubend. Giulia
saß mit Clara auf einer der schmalen Bänke in der Ecke
des Eingangsbereiches und wartete darauf, dass sie an
der Reihe waren. Die kleine Gemeinschaftsunterkunft in
Hopedale war überfüllt, Menschen drängten sich in den
Gängen, Stimmen hallten wider und die Luft war stickig.
Giulia strich Clara beruhigend über den Rücken, doch
ihre eigenen Gedanken rasten.

Seit ihrer Ankunft hatte sie ununterbrochen versucht,
etwas über Schleswig-Holstein zu erfahren, doch jede
Anfrage hatte nichts ergeben. Die Küste war zerstört,
über Hennstedt konnte niemand sie informieren, nicht
einmal die deutsche Polizei oder die dortigen Katastro-
phendienste. Niemand wusste etwas, niemand hatte
genauere Informationen über die Region, die flächendeckend von der Überschwemmung betroffen war, und
das Netz war so überlastet, dass Giulia schließlich aufgegeben hatte.

Sie hatte jedoch ihre Eltern erreicht. Weinend war ihre Mutter fast am Telefon zusammengebrochen und
auch ihr Vater hatte Tränen verloren. Wenn es Giulia
irgendwann möglich war, nach Hause zurückzukehren,
würde sie es tun.

Nun wollte sie versuchen, Claras Großeltern ausfindig
zu machen, und deshalb probierten sie abermals, an

eines der begehrten Telefone zu gelangen. Es warteten mindestens dreißig Personen vor ihnen.

Clara kauerte an Giulias Seite und hielt ihre Hand fest. Das Mädchen sprach kaum, doch Giulia spürte, wie die Erlebnisse der vergangenen Tage in ihm arbeiteten. Jedes Mal, wenn jemand laut sprach oder etwas zu Boden fiel, zuckte Clara zusammen, als wäre sie ein kleiner, verletzter Vogel, der nicht wusste, wohin er fliegen sollte. Bisher hatte sie noch nichts über ihre Eltern gesagt. Wann nur taute das Mädchen endlich auf? Wann weinte sie, wann schluchzte sie vor Trauer, Elend und Einsamkeit? Vielleicht tat sie es erst, wenn sie ihre Großeltern wiedersah.

»Wir finden sie«, flüsterte Giulia und drückte Claras Hand. »Ich verspreche es dir.« Sie wusste, dass sie es niemals versprechen durfte, denn es war unklar. Doch sie musste Clara etwas Festes geben, etwas, an das sie glauben konnte.

Clara nickte und starrte zu den anderen. Es waren Familien darunter, Mütter, Väter, Kinder. Giulia fiel auf, dass Clara besonders zu den Kindern jeden Alters sah. Sie ahnte, was in ihr vorging, wollte sie jedoch nicht darauf ansprechen.

Nach langer Wartezeit durfte Giulia endlich eines der drei Telefone benutzen. Zunächst rief sie das Einwohnermeldeamt in Leipzig an. Die Nummer hatte ihr eine der Frauen am Empfang aus dem Internet gegeben. Nach einigen Versuchen ging endlich jemand dran, und als Giulia den Grund ihres Anrufs sowie die Namen von Claras Großeltern sowie deren Adresse gab, wirkte die Frau hoch motiviert. Nur kurze Zeit später gab sie ihr alle verfügbaren Nummern der beiden.

Schließlich wählte Giulia eine der Nummern. Die Verbindung knackte, es dauerte mehrere Sekunden, bis jemand abhob. Eine ältere Frauenstimme meldete sich, vorsichtig und unsicher.

»Hallo?«

Giulia holte tief Luft. »Guten Tag, mein Name ist Giulia Marchetti. Ich bin mit Ihrer Enkelin Clara hier in Kanada. Sie lebt. Sie ist bei mir.«

Am anderen Ende der Leitung wurde es still. Giulia hörte, wie die Frau schluchzte, bevor eine zweite Stimme, ein Mann, hinzukam. »Clara? Unsere Clara?« Die Worte waren kaum mehr als ein Flüstern, voller Unglauben und Hoffnung.

»Ja«, sagte Giulia, und ihre Stimme wurde sanfter. »Sie ist hier. Sie lebt. Sie ist erschöpft und hat viel durchgemacht, aber sie ist in Sicherheit.«

»Und ihre Eltern? Was ist mit Henriette?«

Giulia wusste, dass dies der Name von Claras Mutter war.

»Es tut mir leid, sie sind vermisst.« Sie wollte nicht sagen, dass sie mit fast sicherer Wahrscheinlichkeit tot waren. Nicht vor Clara, auch wenn sie ahnte, dass Clara es wusste.

»Vermisst? Aber wie ...«

»Clara ist allein zu mir gekommen.«

Plötzlich brach die Frau in Tränen aus und der Mann übernahm das Gespräch.

»Bitte geben Sie mir Clara!«

Giulia reichte dem Mädchen den Hörer.

»Opa?«

Deutlich konnte Giulia hören, wie die Stimme des Mannes schwankte, und als die Großmutter übernahm, weinte sie wie ein kleines Kind.

Clara erzählte nur wenig, aber auch, dass sie mit Jakob hier an diesem Ort waren.

Schließlich reichte Clara den Hörer wieder Giulia.

»Wo genau sind Sie?«, fragte er Großvater. »Bitte, sagen Sie uns, wie wir Sie erreichen können!«

Giulia erklärte die Situation, so gut sie konnte. Sie gab die Adresse der Unterkunft an, alle Kontaktdaten, die sie besaß, eine Verbindung war aber nur über die öffentlichen Telefone möglich, da sie kein Smartphone besaß.

»Giulia, ich stehe in Ihrer Schuld«, sagte der Mann bestimmt. »Können Sie uns bitte in einigen Stunden noch mal anrufen? Ich versuche herauszufinden, wie wir nach Hopedale kommen können. Oder ist Ihre Weitervermittlung im Gespräch? An irgendeinen Ort?«

»Ich weiß es nicht. Ich werde fragen.«

»Bitte tun Sie das. Oh Gott, es ist alles so ... Vielen, vielen Dank.«

»Ich rufe Sie zurück.« Sie legte auf, zog Clara an sich und küsste sie auf ihr Haar. »Nun wird alles gut. Er sagte, dass sie kommen werden.«

»Wann?«

»Das kann dauern, ich weiß ja nicht einmal, ob ...« Sie wollte sagen, ob es überhaupt Flüge gab. Was bewirkte die Aschewolke global überhaupt? »Sie werden kommen, es dauert nur. Okay?«

»Okay.«

Giulia fühlte sie eine Mischung aus Erleichterung und Verantwortung. Sie konnte helfen, Clara zu ihrer Familie bringen, es durfte nur der Flugverkehr nicht eingestellt werden.

In den kommenden Stunden landeten zwei weitere Flugzeuge in Hopedale. Vierzig weitere Überlebende aus Grönland strömten in die Unterkunft, immer mehr Menschen wurden aus den umliegenden Regionen gebracht und die kleine Gemeinde begann, an ihre Grenzen zu stoßen. Ein Kindergarten war umfunktioniert worden, Essen wurde rationiert und der Platzmangel führte zu Spannungen. Giulia spürte die Frustration der Menschen, hörte die hitzigen Diskussionen, doch sie versuchte, sich auf Clara zu konzentrieren. Zudem mussten sie ihr Zimmer mit zwei anderen Frauen teilen, dazu wurden zwei Feldbetten neben das Doppelbett gestellt.

Die beiden Frauen waren Däninnen und kamen ebenfalls aus Grönland.

Am Nachmittag gab es ein Treffen im großen Speisesaal. Die Behörden hatten beschlossen, die Flüchtlinge weiterzuverteilen, und Giulia und Clara waren für den nächsten Flug nach St. Johns vorgesehen. Der Flug würde noch am selben Abend stattfinden.

Das hieß, sich von Jakob zu verabschieden.

Als sie ihn besuchten, wirkte sein Zustand besser, offenbar hatte er sich etwas stabilisiert. Dennoch war er war blass und schien zerbrechlich. Giulia setzte sich an seine Seite und erzählte ihm zunächst von ihrer erfolglosen Suche nach Informationen aus der Gegend um Hennstedt.

»Danke«, flüsterte Jakob. »Aber das wundert mich nicht. Was sollen sie schon sagen? Und es kann auch nichts beweisen, ob Elsa lebt oder nicht. Ich hatte nur die Hoffnung auf irgendeine Info.«

»Ich weiß.« Sie erzählte ihm aber auch vom Telefonat mit ihren Eltern und vor allem von dem mit Claras Großeltern.

»Das ist großartig, einfach wunderbar. Ich freue mich so sehr für euch.« Er sah Clara an. »Du wirst sie bald sehen. Und sicherlich wirst du bald in Leipzig sein.«

»Es wird noch etwas dauern.«

»Ja, Clara. Aber es wird geschehen.«

Es folgte eine lange Stille, in der sie einfach nur das Summen der Lampen und das entfernte Murmeln der anderen hörten.

»Wir werden verteilt, Jakob. Wir fliegen noch heute nach St. Johns. Aber ich will dich nicht allein lassen, ich könnte vielleicht …«

»Nein!«, unterbrach Jakob sie. »Du wirst fliegen. Von St. Johns aus ist es auch für Claras Großeltern einfacher. Wenn ich hier rauskomme, versuche ich auf jeden Fall, nach Deutschland zu kommen. Von dort aus kann ich mehr erreichen. Ich werde alle Flüchtlingsunterkünfte absuchen, vielleicht ist Elsa ja sogar daheim. Giulia, du zerreißt dich ohnehin. Kümmere dich bitte um Clara, das ist bereits so viel. Ich bin gesund, ich komme in einigen Tagen raus.«

Sie nickte und erzählte ihm von der Unterkunft. Niemand wusste, wie es weiterging, ob sie verlegt, ob weitere Flüchtlinge nicht gleich an andere Stellen gebracht wurden, weil Hopedale aus allen Nähten platzte.

Schließlich schrieb sie ihm ihre sowie auch Simons Nummer auf. »Bitte versprich mir, dass du dich meldest, wenn du kannst. Es wäre wunderbar, dich wiederzusehen. Unter anderen Umständen. Mein Gott, ich hätte dich wirklich gerne als väterlichen Freund.«

»Giulia, das ist auch mein Wunsch. Aber es ist jetzt erst mal wichtig, dass Clara und du nach Hause kommen. Ich melde mich, du kannst dich absolut darauf verlassen. Du bist mir auch wichtig geworden.« Er sah zu Clara. »Und du auch. Ich komme hier klar, ich bin in besten Händen.«

Sie küsste ihn auf seine Wangen, auf sein Haar, Clara umarmte ihn fest und lange.

»Du musst uns besuchen kommen«, sagte Clara zu ihm. »Oma backt den besten Pflaumenkuchen der Welt.«

Er lächelte sie an, als ginge die Sonne auf. »Das werde ich bestimmt. Und dann werde ich kein Fitzelchen übrig lassen.«

»Das werden wir ja sehen.« Sie umarmte ihn noch mal, bevor sie Jakobs Krankenzimmer verließen.

Giulia fühlte sich dabei außerordentlich unwohl.

In der Unterkunft rief Giulia Claras Großeltern zurück und teilte ihnen mit, dass sie nach St. Johns verlegt wurden.

»Das ist gut«, antwortete der Großvater, der sich nun als Franz vorstellte. »Wir haben einen Flug nach Toronto organisiert, morgen Vormittag, solange sie noch fliegen. Ab Budapest, wir fahren gerade mit dem Auto nach Ungarn.«

»Gibt es schon Hinweise darauf, dass der Flugverkehr eingestellt wird?«

»Ja, im Norden ist er schon eingestellt. Hauptsache, wir bekommen den Hinflug.«

Giulia verstand, dass es gut möglich war, dass es keinen Rückflug mehr gab. Vielleicht nur über Umwege.

»Von Toronto aus haben wir auch einen Anschlussflug nach St. Johns. Da hätten wir ohnehin hingemusst, falls wir nach Hopedale hätten kommen sollen. Bitte melden Sie sich, wenn Sie dort ankommen.«

Giulia ließ Clara noch mit ihren Großeltern sprechen, dann legte sie auf. Der nächste hinter ihr riss ihr schon fast den Hörer aus der Hand.

Schließlich packten sie ihre wenigen Sachen zusammen, und noch an diesem Abend wurden sie zusammen mit dreißig anderen aus der Unterkunft zum kleinen Flugplatz gefahren. Es wurde dunkel, in der Wartehalle bohrte jemand an einer Baustelle, einige Leute schliefen auf dem Boden. Und als sie im Transportflugzeug des kanadischen Militärs saßen, blickte Giulia mit klopfendem Herzen aus dem Fenster. Sie vermisste Jakob und hatte ein schlechtes Gewissen, ihn allein zu lassen.

Der Flug nach St. Johns verlief ruhig. Clara schlief neben ihr, den Kopf an ihre Schulter gelehnt, und Giulia strich ihr sanft über das Haar. »Bald bist du bei deinen Großeltern«, flüsterte sie, obwohl sie ahnte, dass Clara sie nicht hörte.

In St. Johns wurden sie von den Behörden in eine kommunale Unterkunft gebracht. Die Einrichtung war wesentlich größer, sauber und gut organisiert, doch sie fühlte sich für Giulia wie ein fremder Ort an. Clara wirkte verloren, obwohl sie tapfer versuchte, ihre Angst und vor allem ihre Ungeduld, ihre Großeltern zu sehen, zu verbergen. Giulia tat ihr Bestes, um ihr Sicherheit zu geben, allerdings wusste sie, dass Clara nur eines wollte: ihre Familie.

Von hier aus gab sie Franz telefonisch die Adresse ihrer Unterkunft weiter.

Sie schliefen in einem Gemeinschaftssaal, wie in Grönland. Etwa zweihundert Menschen lagen dicht zusammengedrängt auf dem Boden einer Turnhalle, der Lärmpegel war enorm. Da auch in der Nacht die Möglichkeit bestand zu essen, genossen sie warme Suppe mit Brot. Dabei blickte Giulia auf die vielen Menschen. Sie fragte sich, woher sie wohl alle kamen und wie lange es dauerte, bis die meisten wieder verlegt wurden. Vom Flugzeug aus hatte sie an den Lichtern gesehen, dass St. Johns weitaus größer war als Hopedale, eine richtige Stadt.

In dieser Nacht konnte sie nicht schlafen.

Am kommenden Tag wirkte Clara nervös, weinerlich, sehr angespannt. Giulia vermutete, dass sie es kaum erwarten konnte, ihre Großeltern zu sehen, womöglich begann sie auch, den Verlust ihrer Eltern zu begreifen. Sie verzichtete darauf, die Unterkunft zu verlassen, zumal es zu regnen begann.

Einen Tag später trafen Claras Großeltern ein. Giulia war mit Clara im Empfangsbereich der Unterkunft, als Clara plötzlich aufsprang. Ein älteres Paar kam auf sie zu, der Frau liefen Tränen über die Wangen.

»Clara!«, rief die Frau und ihre Stimme brach vor Emotion. Clara stürzte auf sie zu und Giulia konnte sehen, wie sich ihre kleine Gestalt an ihre Großmutter klammerte, als würde sie nie wieder loslassen wollen. Der Mann schloss sie beide in eine Umarmung.

Giulia wischte sich selbst Tränen aus dem Gesicht.

Da kam die Frau auch auf Giulia zu und umarmte sie. »Ich danke Ihnen. Ich danke Ihnen so sehr.«

»Bitte nennen Sie mich Giulia.«

»Und du mich Anneliese. Und meinen Mann Franz.«

Auch er nahm Giulia in den Arm, voller Dankbarkeit und Freude.

Das Wiedersehen war voller Tränen und Lachen. Claras Großeltern dankten Giulia immer wieder, und als der Großvater mit Clara zum Getränkeautomaten ging, um ihr eine Limo zu kaufen, hielt Anneliese Giulias Hand.

»Bitte sag mir, was mit Claras Eltern ist. Die Wahrheit.«

Für einige Sekunden blickte Giulia die ältere Frau an. Sie trug ordentlich geschnittenes graues Haar, tiefe Falten zeugten von harter Arbeit oder rauem Leben.

»Clara kam auf dem Kreuzfahrschiff zu mir, nachdem sie ihre Eltern bei der ersten Welle verloren hatte. Sie sagte, sie seien mitgerissen worden.«

Anneliese nickte stumm, ihre Gesichtszüge verhärteten sich augenblicklich. »Ich ahnte es. Ich habe es irgendwie gespürt, dass meine Tochter tot ist.«

»Es tut mir so leid.«

Anneliese blieb längere Zeit stumm, verlor wieder Tränen. Schließlich legte sie eine Hand an Giulias Wangen. »Ach Kindchen, ich bitte dich. Du hast meine Enkelin gerettet. Für all das kannst du doch nichts.«

»Es ist selbstverständlich.«

»Nicht für jeden. Wir werden dir immer dankbar sein. Was ist mit deiner Familie?«

»Die ist unversehrt in Italien. Ich war allein unterwegs.«

»Du hast großes Glück.«

Da kam Franz zurück. Giulia sah, wie Anneliese mit einem einzigen Blick ihrem Mann zu verstehen gab, dass es keine Hoffnung für ihre Tochter gab. Er nahm sie in den Arm, küsste sie, doch sie verloren keine Worte.

Anneliese hingegen wirkte gebrochen, obwohl die Freude und Erleichterung über Claras Anwesenheit unübersehbar war.

»Wir fliegen morgen nach Toronto zurück«, sagte Franz schließlich. »Von dort bemühen wir uns um einen Rückflug. Giulia, bitte komm mit uns.«

»Ich habe kein Geld für …«

»Ich bitte dich! Es ist das Geringste, was ich für dich tun kann. Ich möchte dir auch den Flug nach Italien zahlen, in welche Stadt auch immer. Ohne dich hätten wir Clara verloren.«

Sie wusste nicht, was sie sagen sollte. »Ich kann es euch später zurückzahlen.«

»Dann würdest du mich beleidigen. Giulia, wir sind dir so dankbar. Bitte lass uns dir helfen. Geld spielt glücklicherweise keine Rolle. Einverstanden?«

»Einverstanden.«

»Gut. Wir gehen in ein Hotel, ich habe zwei Zimmer gebucht. Ich glaube, du möchtest dich ausschlafen.«

»Das wäre großartig.«

Drei Stunden später lag Giulia allein in ihrem Einzelzimmer in der City von St. Johns. Direkt neben ihr hatten Franz, Anneliese und Clara ein Zimmer bezogen. Franz hatte einen Weiterflug von Toronto nach Lissabon organisieren können, vermutlich würden sie mit dem Zug bis Budapest zu ihrem Auto fahren. Die Ticketpreise für die letzten Flüge nach Europa waren explodiert, Giulia hätte nicht erwartet, dass die Fluggesellschaften versuchten, aus der Katastrophe finanzielle Vorteile zu erlangen.

Bald würde sie also europäischen Boden betreten. Und auf dem Weg nach Ungarn würde sie in Italien ihre Eltern besuchen.

Im Hotelzimmer fühlte Giulia sich eigenartig verloren. Nun, wo sie absolut allein war, strömten die Erlebnisse der vergangenen Tage wie Wasser auf sie ein. Sie sah sich auf dem sinkenden Schiff, auf dem Meer, wo sie sich an die Plastik- und Rettungswestenkette geklammert hatten, im Hubschrauber, als sie gerettet worden waren. So gern sie allein war, so einsam fühlte sie sich nun. Es war wie ein schleichendes Gift, ihr Herz schlug schnell, sie fühlte sich so einsam wie noch niemals zuvor in ihrem Leben. Endlos lange wälzte sie sich hin und her, sah ab und zu aus dem Fenster auf die Lichter der Stadt, bis sie entschied, den Fernseher anzumachen. Überall wurde von der Katastrophe berichtet. Besser gesagt, von den Katastrophen. Eine war in die andere übergegangen, wie eine Kettenreaktion sah sich die gesamte Welt nun globalen Folgen ausgesetzt. Es gab Millionen Tote, mindestens genauso viele Obdachlose, die Aschewolke zog sich über den halben Planeten und wollte wohl auch den gesamten Erdball verschlucken.

Da dachte sie an ihre Familie und daran, dass sie sie sehr gerne wiedersehen würde. Es wäre ein Geschenk, angesichts derer, die alles verloren hatte.

Lilli

Lillis Finger umklammerten Maschas Hand, die so kalt war, dass es ihr einen Schauer über den Rücken jagte. Mascha lag reglos auf der mit Decken improvisierten Unterlage, ihre Haut war fahl, ihr Atem überschlug sich, sie hustete, Schaum quoll aus ihrem Mund.

Georg beugte sich über sie und atmete schwer. »Sie erstickt!«, keuchte er, während er Maschas Kopf drehte.

»Dann tu was!« Lillis Schrei hallte von den Trümmerwänden wider. Ihr Inneres war ein einziges Chaos, ein Durcheinander aus Angst, Schuldgefühlen und Verzweiflung. Sie konnte nicht zulassen, dass Mascha etwas zustieß. Nicht jetzt, wo sie die Einzige war, die ihr wirklich wichtig war.

Der Arzt setzte erneut an, einen Finger tief in Maschas Mund zu stecken. Lilli konnte ihren Blick nicht abwenden, das Maschas ersticktes Keuchen ließ ihr Herz beinahe stillstehen.

»Komm endlich!«, zischte Georg, stocherte tiefer in ihrem Rachen, drehte Maschas Kopf, während sie unentwegt würgte. Ihr Gesicht war mittlerweile tiefblau und ihre Arme zitterten, als erlitte sie einen Anfall. »Jetzt stirb mir nicht!«

Lilli krümmte sich unter der Wucht dieser Worte.

Mach jetzt ja keinen Scheiß, du blöde Kuh!

Plötzlich hörte sie ein merkwürdiges Würgen, gefolgt von einem Schwall Erbrochenem. Schließlich vernahm Lilli einen rasselnden Atemzug.

Der Arzt richtete sich auf, sein Gesicht war schweißbedeckt. »Ich glaube, ich habe es geschafft. Sie atmet wieder.«

Ein erleichtertes Aufatmen ging durch die kleine Gruppe. Elsa legte eine Hand auf Maschas Kopf und drückte sie sanft. »Halte durch. Halte ja durch!«

Lilli konnte sich nicht bewegen. Eindeutig war das Blau in Maschas Gesicht verschwunden und sie atmete. Binnen weniger Augenblicke fielen Lilli Steine vom Herzen, doch sie traute dem Frieden noch nicht.

»Was hat sie?«

Georg schüttelte den Kopf. »Ich hoffe, es ist keine Kopfverletzung, aber ich befürchte es. Ich kann hier nicht mehr machen als auf ihre Atmung und darauf zu achten, dass sie ihr Erbrochenes nicht einatmet.«

Da Mascha in die stabile Seitenlage gebracht worden war, hoffte Lilli, dass dies half. Mit hämmerndem Herzen kniete sie sich neben sie, nahm ihre Hand und rieb sie warm.

Lilli wusste nicht, wie lange sie das tat. Immer wieder sah auch jemand von der fremden Gruppe zu ihnen, vor allem die beiden Frauen, besonders aber Elsa, Clemens und Ines. Ihnen war klar, dass sie nichts anderes tun konnten als hier einfach zu warten. Auf Hilfe, vor allem aber darauf, dass sich Maschas Zustand stabilisierte.

Den Männern der Gruppe gelang es, aus Decken und Kleidung ein Feuer zu entfachen. Die Rauchentwicklung war stark, aber es wärmte. Somit konnten sie ihre Jacken und Pullis trocknen. Clemens und die anderen suchten nun nach Holz, dass sie in Massen fanden, und schon bald brannte ein großes Feuer.

Irgendwann hörte sie ein tiefes, rhythmisches Brummen. Zunächst dachte sie, sie würde sich das nur einbilden, doch das Geräusch wurde lauter. Die anderen standen auf, sahen zum Himmel, hielten sich teilweise die

Hände über die Augen. Auch Lilli sah in die Richtung, in die alle anderen starrten.

Ein Hubschrauber kam. Der dunkle Fleck am Himmel wurde größer, deutlicher, schließlich erkannte Lilli, dass der Hubschrauber direkt auf sie zuflog. Vermutlich wurde er von der schwarzen Rauchsäule ihres Feuers angelockt. Und jetzt erst erkannte Lilli, dass im Umkreis von einigen Kilometern mehrere Rauchsäulen zu sehen waren. Und auch, dass es nicht nur ein Hubschrauber war, sondern gleich drei.

Einer der Piloten schien sie zu sehen. Er flog in einem weiten Bogen, bis er auf einer Ebene in ihrer direkten Nähe zum Stillstand kam. Der Lärm der Rotoren war ohrenbetäubend, doch Lilli empfand ihn als das schönste Geräusch der Welt.

Eine Luke öffnete sich, zwei Retter stiegen heraus und kamen auf sie zu. Derweil sicherten vier Soldaten mit Gewehren die Umgebung.

»Habt ihr Schwerverletzte?«, fragte einer der Sanitäter.

»Ja!«, antwortete Georg. »Ein Mädchen. Es hat starke Kopfverletzungen und ist ohne Bewusstsein.«

Durch die Landung angelockt, strömten die ersten Menschen aus der Umgebung zu ihnen. Die Anwesenheit der bewaffneten Soldaten verfehlte aber ihre Wirkung nicht, denn alle hielten Abstand von dem Heli.

»Gut, wir fliegen sie aus. Es ist Platz für zwei Personen, denn wir haben bereits vier Verletzte an Bord.«

»Was ist mit uns?«, rief eine der Frauen aus der Gruppe.

Die Anzahl der Menschen vor dem Heli wurde größer, viele diskutierten mit den Soldaten, alle wollte sofort gerettet werden.

»Ab jetzt starten breit angelegte Hilfsflüge. Wir haben massive Unterstützung aus allen Bundesländern.«

»Dann soll Lilli mit!«, entschied Clemens.

Die anderen sahen sich an und Elsa war die Erste, die Clemens' Vorschlag unterstützte. »Lilli fliegt mit. Sie soll bei Mascha bleiben.«

»Nur wenn es hier keine weiteren Verletzen gibt.«

Ein Mann sowie eine Frau wollten ebenfalls mit, doch Georg bat sie, auf den nächsten Heli zu warten. Eine Frau berichtete von einer Frau mit Beinbruch, ein anderer kannte angeblich jemanden, der gebrochene Rippen hatte. Niemand jedoch im direkten Umkreis war lebensgefährlich verletzt.

»Wir haben drei Hubschrauber zur Verfügung«, erklärte der Militärarzt. »Sie sind nur für Hennstedt zuständig. Ein Transportflugzeug wirft noch heute Wasser und Lebensmittel ab.«

Das schien zu genügen, um die anderen zu beruhigen.

Gebannt sah Lilli zu, wie die beiden Ärzte Mascha auf eine Trage legten und in den Heli brachten. Lilli ging mit ihr. Bevor sie jedoch einstieg, sah sie zu Elsa und den anderen zurück.

Aufgrund des Lärms der Rotorblätter konnte Lilli nichts verstehen, doch Elsa gab ihr durch eindeutige Gesten zu verstehen, dass sie ihr bald folgen würden. Lilli musste sich an den anderen vorbeiquetschen, nur murrend und widerwillig ließen sie Lilli einsteigen. In diesem Moment war sie froh, dass bewaffnete Soldaten das absolute Chaos verhinderten.

Nur Momente später wurde es noch lauter, die Maschine drehte auf und der Heli erhob sich langsam. Lilli saß neben drei Verletzten, Mascha neben diesen. Sie durfte sich nicht neben sie setzen und ihre Hand halten, sie musste angeschnallt bleiben. Je höher sie flogen, desto gebannter sah Lilli aus dem Fenster des Hubschraubers.

Die gesamte Landschaft glich einem einzigen Trümmerfeld. Riesige Seen erstreckten sich über Kilometer, die Dörfer und Siedlungen stachen eindeutig aus dem

Blau, Grün und Braun heraus. Sie wirkten wie alte Aus-
grabungsstätten, Autos waren zu sehen, die in allen
Positionen irgendwo herumlagen, eine riesige Zerstö-
rungsorgie hatte alles verwüstet.

Sie flogen nach Südosten, und als sie den Sanitäter
fragte, wohin sie flögen, teilte er ihr mit, dass eine der
Universitätskliniken in Lübeck ihr Ziel sei. Die Ortschaften an der Ostsee waren durch den Tsunami nicht oder
nur kaum betroffen.

Sie nickte nur, denn ihr Blick galt wieder Mascha. Der
zweite Sani saß neben ihr, achtete auf die beiden
Schwerverletzten. Mascha trug eine Atemmaske, die der
Mann regelmäßig kontrollierte. Wenn sie hustete, nahm
er sie sofort ab, und wenn sie ruhig blieb, beatmete er
sie ohne Hektik, mit der Ruhe eines völlig erfahrenen
Helfers. Sie mochte sich nicht ausmalen, wie viele Tausend Schwerverletzte in den kommenden Tagen in
Krankenhäuser geflogen wurden.

Nach einer gefühlten Ewigkeit landeten sie auf dem
Dach des Universitätsklinikums Lübeck. Ein Ärzteteam
wartete bereits auf sie und übernahm Mascha sofort.
Lilli wollte sie nicht loslassen, doch eine Ärztin sprach
hektisch auf sie ein. »Wir kümmern uns um sie!«

Lilli wurde in einen völlig überfüllten Warteraum gebracht. Nicht nur im Warteraum, auch auf den Gängen
standen dicht an dicht Menschen. Viele waren verletzt,
andere warteten womöglich auf Angehörige, Kinder
weinten, eine Frau rief ständig den Namen „Peter". Mit
offenem Mund starrte Lilli auf das Chaos, auf die Trauer,
die Ungeduld, den Schrecken in den Gesichtern der
Menschen. Taschen und Tüten standen herum, eine
Mutter mit einem sehr laut schreienden Baby auf dem
Arm rannte an ihr vorbei, die heillos überlastenden
Krankenschwestern hatten schon keine Zeit, die vielen
Fragen der Leute zu beantworten. Ein Mann hielt eine

Schwester auf, die kurz etwas sagte und in eine Richtung wies, im Nebengang rannten zwei Pflegerinnen mit einem rollenden Bett durch den ebenfalls überfüllten Gang.

Lilli konnte ihren Blick nicht von diesen chaotischen Umständen nehmen. Es war, als bräche alles zusammen. Sie konnte sich vorstellen, dass es in jedem Krankenhaus der katastrophennahen Gebiete so aussah. Und sie fragte sich, ob die Patienten auch weiter in den Süden geflogen wurden. Auch nach Bayern, nach Baden-Württemberg.

In all dem Chaos hatte Lilli völlig die Orientierung verloren. Wohin hatten sie Mascha gebracht? Wie konnte sie in all dem Wirrwarr überhaupt jemanden finden, der über sie Bescheid wusste?

Weil sie auf die Toilette musste, suchte sie sie auf. Gierig trank sie Wasser aus dem Hahn und sah sich im Spiegel an. Sie fand sich furchterregend. Die Haare waren völlig verdreckt, das Gesicht ebenso, zwei verkrustete Wunden an Stirn und Wange zeugten noch von der ersten Welle. Von der, die sie unter Wasser gedrückt und wie ein Spielball mit sich gerissen hatte. Ihr Ohr war ebenso verkrustet und sie stank, als hätte sie ein halbes Jahr auf der Straße geschlafen.

Doch all das war nicht wichtig.

Wieder auf dem Gang wurde ihr etwas schwindlig und sie setzte sich auf einen der gerade frei werdenden Sitze. Neben ihr saß eine Frau, die ein etwa dreijähriges Kind in den Armen hielt.

»Wissen Sie, wo die OPs sind?«, fragte sie sie.

»Nein.« Das Kind sah zu ihr, während die Frau es wiegte. »Ich warte ebenfalls, weil man Mann dort ist. Ich glaube, hier weiß niemand etwas.«

Lilli sah noch einige Momente zu dem Kind, schließlich zu den anderen. Eine alte Frau suchte jemanden, ein Mann redete aggressiv auf eine Schwester ein, die schließlich in einem Nebengang verschwand. Es war laut, Hunderte Stimmen vermischten sich, es roch nach Schweiß, teilweise war es eklig, ein Mann mit blutüberströmtem T-Shirt lehnte an einer Wand.

Die Stunden vergingen quälend langsam. Lilli konnte keinen klaren Gedanken fassen, obwohl sie hundemüde war. Nur einmal war sie kurz eingenickt, das Erwachen war grausam und ernüchternd gewesen. Immer wieder richtete sie ihren Blick auf die Schwestern, auf einen Arzt, der sofort von mehreren Leuten belagert wurde. Sie wollte wissen, wie es Mascha ging. Also ging sie ebenfalls zu ihm, doch aufgrund der Menschenmenge war es ihr nicht möglich, sich ihm zu nähern.

Verdammte Wichser!

»Lilli!«

Erschrocken drehte sich Lilli zur Seite und sah Elsa auf sich zulaufen. Obwohl sie es nicht zugeben wollte, war sie heilfroh, sie zu sehen. Und als Elsa sie in die Arme riss, konnte sie nicht anders, als die Umarmung zuzulassen.

»Wo ist sie, wie geht es ihr?«

»Ich habe keine Ahnung. Sie haben sie gleich auf dem Dach in Empfang genommen. Keine Ahnung, wo der scheiß OP ist.«

»Gibt es hier Wasser?«

»Ich habe auf dem Klo getrunken.«

Elsa nickte, sah sich um und ging ebenfalls zur Toilette. Als sie zurückkehrte, hatte sie offenbar ihr Gesicht gewaschen.

»Wo sind Ines und Clemens?«, wollte Lilli wissen.

»Wir sind vor dem Flug getrennt worden. Ich weiß nicht, ob alle nach Lübeck geflogen werden. Mist, ich habe keine Nummer von denen, nichts.« Sie sah Lilli an. »Wie ging es Mascha, als ihr ankamt?«

»Sie hat geatmet.«

»Das ist gut.«

Voller Gedanken sah Lilli sah Elsa an. Sie war wirklich froh, sie bei sich zu haben. »Warum bist du nicht mit Ines und Clemens geflogen?«

»Es war ein totales Chaos. Weil immer nur etwa fünfzehn in einen Heli durften, gab es ein Riesengedränge. Ich weiß wirklich nicht, wo sie sind. Die Soldaten meinten nur, sie flögen auch nach Hannover, Stettin und in andere Orte.«

Nun sah sie Lilli genauer an. »Ich bin froh, dich gefunden zu haben.«

»Das hier ist total krass. Ich meine die vielen Leute. Jeder schreit herum, irgendwie sind so viele verletzt.«

Elsa nickte und legte eine Hand auf Lillis Bein. Verdutzt sah Lilli auf die Hand, wischte sie aber nicht beiseite.

»Wenn Mascha gesund ist, versuchen wir, so bald wie möglich heimzukommen. Ich rufe einen guten Freund an, er wird uns holen.«

»Wenn Mascha gesund wird.«

»Es kann dauern, ja. Und jetzt ist erst mal wichtig, dass die Mascha wieder hinbekommen.«

Es wurde Abend und schon bald dämmerte es außerhalb der großen Fenster des Gebäudes. Weil wieder Stunden vergangen waren, suchten nun Lilli und Elsa gemeinsam nach jemandem, der ihnen Auskunft geben konnte. Ein Arzt schickte sie zum nächsten, bis eine Ärztin schließlich auf sie zutrat.

»Sind Sie Familienangehörige?«, fragte die etwa dreißigjährige Ärztin. Sie sah nicht weniger müde und ausgelaugt aus als die Schwestern in diesem Krankenhaus.

Elsa antwortete sofort. »Ja.«

Gebannt starrte Lilli die Frau an.

»Sie hatte innere Blutungen an der rechten Schädelseite. Wir konnten den Druck ablassen, derzeit ist sie noch auf Intensiv. Ich möchte aber optimistisch eine gute Prognose stellen. Das Mädchen ist zwar sehr dünn, aber stark.«

Lilli konnte es nicht fassen. Schädelblutungen. Dieser verdammte Hurensohn hatte sie so stark gestoßen, dass sie mit dem Schädel massiv gegen die Buswand geknallt war.

»Wann kann ich sie besuchen?«, fragte Lilli.

»Das kann ich jetzt nicht sagen. Vielleicht morgen. Es kommt auf die Umstände an.« Die Ärztin sah nun auf die völlig verdreckte Lilli. »Haben Sie eine Unterkunft hier?«

»Nein.« Elsa blickte dabei auf die Stühle und Bänke des Krankenhauses. »Wir werden wohl hierbleiben müssen. Wir wurden aus der Katastrophenzone ausgeflogen.«

»In den öffentlichen Zentren gibt es Schlafsäle. Schulen, Kindergärten, Krippen, Turnhallen – es ist alles geräumt worden.«

»Vielleicht.«

Die Ärztin nickte nur und verließ die beiden.

»Das ist gut!«, sagte Elsa zu Lilli. »Ich bin mir sicher, wenn Ärzte eine optimistische Prognose stellen, ist es etwas mehr als das.«

»Wir werden sehen.« Lilli schwankte zwischen der Diagnose Schädelblutung und der optimistischen Prognose. Mascha musste einfach durchhalten.

Wenig später suchten sie eine der Notunterkünfte auf, eine komplett überfüllte Turnhalle. Matratze an Matratze reihten sich die Schlaflager, es mussten Hunderte sein, die auf dem Linoleumboden die kommenden Tage verbringen würden. Oder länger.

Sie gingen zur Anmeldung, um ihre Namen speichern zu lassen. Für Elsa war es eine Möglichkeit, über Umwege Kontakt zu ihrem Vater herzustellen. Womöglich ließ er sie suchen, somit hätte er zumindest die Angabe, dass sie sich in Lübeck hatte registrieren lassen.

Schließlich besuchten sie die Essensaugabe und aßen sich satt. Niemals hatte Lilli besseren Eintopf gegessen als jetzt, zumindest bildet sie es sich ein. Und da sie beide eine nächste Unterkunft suchen mussten, weil diese belegt war, entschieden sie, ins Krankenhaus zurückzukehren.

Dort setzten sich auf eine Bank, weil gerade drei Personen aufstanden. Lilli fand die Stimmung gespenstisch. Noch immer waren Flure und Wartebereiche völlig überfüllt, daran würde sich vermutlich in dieser Nacht auch nichts ändern.

»Wie kannst du eigentlich deinen Vater finden?«, fragte sie Elsa.

»Ich werde bei der Botschaft fragen, wohin Überlebende seines Kreuzfahrtschiffes gebracht worden sind, aber ich denke, ich habe bessere Chancen, wenn ich zu Hause bin. Er kennt meine Festnetznummer auswendig.«

»Warum gehst du nicht? Du könntest mich allein lassen.«

»Könnte ich, klar. Aber werde ich nicht. Ich mag weder dich noch Mascha allein lassen. Sobald sie fit ist, fahren wir heim.«

Heim. Lilli hatte kein Zuhause, nicht mehr seit dem Tod ihrer Mutter.

»Ich meine nach Gauting«, verbesserte Elsa sich.

Lilli sagte nichts. Sie hatte keine Ahnung, wohin es sie verschlagen würde. In den letzten Tagen war all das völlig nebensächlich gewesen. Und das war es auch jetzt noch, solange Mascha in Lebensgefahr war.

»Du hast tagelang ohne Tabletten ausgehalten. Hast du das bemerkt?«

»Zwangsläufig.«

»Und? Was ist mit den Depressionen?«

»Drei, vier Mal insgesamt.«

»Wow.«

»Aber ich glaube, du weißt, dass es auch an den Umständen liegt.«

Elsa sah sie ernst an. »Unter diesen Umständen bekommen manche erst recht Depressionen. Du hast Leichen gesehen, Blut, den Tod – und du warst einfach großartig.« Bevor Lilli den Mund öffnen konnte, unterbrach Elsa sie. »Nein, das ist kein pseudopädagogisches Geschwätz, sondern meine ehrliche Meinung.«

»Sehr gut, Frau Riegert. Sie machen Fortschritte.«

Da mussten sie beiden lächeln. Ihre Situation riss Lilli aber schnell wieder in ihre Angst zurück.

Die Nacht war lang und voller Ungewissheit. Lilli kauerte sich auf einen der Plastikstühle, ihre Hände umklammerten ihre Knie. Sie war hundemüde, und egal, in welcher Stellung sie es probierte, sie schlief immer nur einige Minuten. Es war laut, immer wieder riefen Menschen etwas, sprachen ungeniert laut, jemand schrie, ein Kind brüllte sich die Seele aus dem Leib.

Schließlich, als die ersten Sonnenstrahlen durch die Fenster fielen, fühlte Lilli sich, als wäre sie unter einen Bus geraten. Ihre Ohren rauschten vor Müdigkeit, ihre Finger zitterten. Den von Elsa gebrachten Kaffee kippte sie hinunter wie Wasser.

Da die gleiche Ärztin wie am Vortag an ihnen vorbeiging, hielt Elsa sie auf.

Lilli wollte sie nicht fragen, wie lange ihre Schicht bereits dauerte.

»Sie hat die Nacht gut überstanden«, erklärte sie. »Sie wird sich erholen, aber es wird Zeit brauchen. Sie hatte Glück, dass sie verhältnismäßig schnell hierhergekommen ist.«

Lilli spürte, wie die Anspannung von ihr abfiel. Ihre Beine gaben nach und sie sank auf den Boden, ihre Tränen waren nun Tränen der Erleichterung.

»Wann können wir zu ihr?«

»Ich denke, heute wird es gehen.«

Elsa bedankte sich, kniete sich neben Lilli und legte einen Arm um ihre Schultern. »Sie hat es geschafft.«

Es war der erste Moment seit Tagen, in dem Lilli wirklich tief durchatmen konnte. Mascha war über den Berg. Und zum ersten Mal seit Langem spürte sie Hoffnung.

An diesem Abend durften Lilli und Elsa zu Mascha. Aus ihrem Mund kam ein Beatmungsschlauch, aus ihre rechten Hand ragte der Schlauch zum Tropf. Offenbar schlief sie, obwohl die Ärztin ihnen mitgeteilt hatte, dass Mascha bereits zwei Mal aufgewacht war.

Als Lilli ihre Hand auf Maschas legte, öffnete ihre Freundin die Augen.

»Hey«, sagte sie leise, nur schwer hörbar.

»Hey«, antwortete Lilli. »Du hast es geschafft.«

Mascha sah sich um, als würde sie versuchen, herauszufinden, wo sie war. »Was ist denn eigentlich passiert?«

Lilli erzählte ihr kurz, dass sie aufgrund der Blutungen gekotzt und Georg ihr das Leben gerettet hatte. Und sie berichtete auch, dass sie nicht wüssten, wo sich Ines und Clemens aufhielten.

Mascha nickte nur und drückte nun auch Lillis Hand. »Schön, dass du da bist.«

»Ja. Ich bin so froh.« Lilli spürte, dass Elsa sich beobachtete und sich vielleicht Gedanken machte. Doch nun machte es ihr nichts mehr aus. Sie mochte Elsa, die nicht nur eine seelenlose Hülle in pädagogischer Uniform war, sondern eine Frau mit Ängsten, Schwächen und Hoffnungen.

»Was jetzt?«, fragte Mascha.

»Wenn du fit genug bist, fahren wir heim.«

»Heim?«

Lilli lächelte sie an. »Das „Wo" entscheiden wir dann. Hauptsache, du machst keinen Scheiß und hast keinen Rückfall.«

»Habe ich nicht vor.« Sie lächelte nun zurück. »Mir gefällt aber, wenn du von „wir" redest.«

»Klar, Mann. Ich werde aber mein Vokabular nicht ändern.«

»Passt. Sonst wärst du nicht die Lilli, die ich kenne.«

In diesem Moment fiel Lilli auf, dass sie sich entschieden hatte. Längst, schon Tage zuvor. Die Entscheidung war in den Tagen gefallen, in denen sie um das nackte Überleben hatte kämpfen müssen.

Möglicherweise war genau das der Auslöser dafür gewesen, dass sie sich endlich entscheiden konnte.

Für das Leben.

Für die Zukunft.

Freunde

Giulia

Giulia sah aus dem Fenster des Hotels in der City Torontos. Seit zwei Tagen saßen sie hier fest, weil der Flug nach Lissabon gestrichen worden war. Nur mit erheblichem finanziellen Aufwand hatte Franz noch vier Plätze nach Istanbul ergattern können. Es gab zwar noch Flüge nach Athen, Rom, Madrid und in andere Metropolen im Süden Europas, die Frage war nur, wie lange. Und das galt auch nur für Menschen, die dafür zahlen konnten.

Dass sie alle völlig ausgebucht waren, war für Giulia keine Überraschung. Schließlich hatte Franz vor einer Stunde endlich grünes Licht bekommen. Sie flogen noch in der kommenden Nacht nach Istanbul, von dort aus wollte Franz mit dem Zug weiterreisen.

Und Giulia nach Mailand fahren, zu ihren Eltern.

So lange sie noch die Möglichkeit hatte, zu telefonieren, wollte sie es nützen. Immer wieder rief sie die Verwaltungsgemeinschaften an, um etwas über Jakobs Tochter herauszufinden. Es gab Notfallservices, die versprachen, zurückzurufen, wenn es ein Match gab.

Gerade als Giulia sich aufmachte, Clara und ihre Großeltern in deren Zimmer zu besuchen, klingelte das Zimmertelefon.

Überrascht hob sie ab. »Giulia Marchetti?«

»Guten Tag, hier spricht die Verwaltungsbehörde Lübeck«, sagte eine norddeutsch sprechende Frauenstimme. »Wir haben einen Personenanfrage erhalten. Diese können wir bestätigen.«

»Echt? Elsa Riegert, geboren am 07.11.1998?«

»Genau. Sie ließ sich gestern Abend in Lübeck registrieren.«

»Oh mein Gott, das ist ja großartig. Wunderbar. Ich danke Ihnen sehr herzlich. Ist es Ihnen möglich, ihr etwas auszurichten?«

»In der Regel nicht, wir geben nur Telefondaten weiter.«

»Ja, das meine ich.« Sie nannte der Frau die Nummer von Franz' Smartphone, denn diese hatte er ihr für alle Suchzwecke zur Verfügung gestellt. Sie sagte auch, es gehe um Elsas Vater.

Nachdem die Frau aufgelegt hatte, wählte Giulia neu. In bunten Bildern stellte sie sich vor, wie sehr Jakob sich über diese Nachricht freute.

Die Schwester der Station ging an den Apparat.

»Hallo, hier Giulia Marchetti«, begann sie auf Englisch. »Ich möchte Jakob Riegert sprechen. Ist das möglich?«

Sie wusste, dass er keinen Apparat am Bett hatte, aber vielleicht konnten sie ihm einen bringen. Wenn nicht, mussten sie es ihm wenigstens ausrichten.

»Jakob Riegert? Warten Sie, ich gebe Ihnen den zuständigen Arzt.«

Giulia stockte. Warum musste es ein Arzt sein? Gab es Neuigkeiten oder war er gar entlassen worden? Das hielt sie aber nach nur zwei Tagen für ausgeschlossen.

Es dauerte, bis eine näselnde Männerstimme ertönte.

»Hallo?«

»Ja, hallo. Giulia Marchetti. Ich möchte Kontakt zu Jakob Riegert aufnehmen. Ich habe ihn mehrmals besucht.«

»Ja, Frau Marchetti, ich erinnere mich an Sie.« Er machte eine Pause, die Giulia noch unruhiger werden ließ.

»Ähm, ich bin etwas verwirrt, weil ich längst einen Anruf an Sie in Auftrag gegeben habe. Ich muss Ihnen leider mitteilen, dass Herr Riegert heute Morgen verstorben ist.«

Vor Schreck hätte Giulia beinahe den Hörer fallen gelassen. Das konnte nicht sein. Augenblicklich wurde ihr eiskalt.

»Hat Sie noch niemand darüber informiert? Das ist seltsam, und ich entschuldige mich aufrichtig dafür. Sie hätten eigentlich schon vor Stunden angerufen werden müssen.«

»Verstorben?«, krächzte Giulia in den Hörer, der nun immer schwerer wurde.

»Ja, er hatte einen schweren zweiten Infarkt, bei dem wir nichts mehr ausrichten konnten. Es tut mir wirklich sehr leid, Frau Marchetti, auch die Tatsache, dass diese Information nicht bei Ihnen ankam.«

Giulia wusste nicht, was sie sagen sollte. Sie nickte nur und legte auf.

Völlig schockiert setzte sie sich auf das Bett und sah zu Boden. Ihr Herz hämmerte, Blut schoss heiß durch ihren Körper.

Der Schock hätte nicht größer sein können, würde es sich um ein Familienmitglied handeln.

Zwei Wochen später.

München, ein Café in der Fußgängerzone.

Voller Gedanken nippte Giulia an ihrem Cappuccino und sah auf die Uhr. Es war kurz nach drei, nur wenige Tische waren im Café im ersten Geschoss besetzt. Sie dachte an das Wiedersehen mit ihren Eltern acht Tage zuvor, auf die tagelangen Feiern, aber auch an die Entscheidung, nach München zu fahren, um sich mit Jakobs Tochter zu treffen.

Sie hätte gern so viel mehr für ihn getan.

Als sie wieder auf die Uhr sehen wollte, kam eine junge Frau auf sie zu. Sie wusste gleich, wer es war, und obwohl sie es eigentlich nicht wollte, nahm sie sie sofort in den Arm.

Elsa drückte sie sehr und vergoss dabei einige Tränen.

»Ich danke dir«, sagte Elsa. »Es ist so schön, dich endlich zu sehen.«

Sie hatten drei Mal telefoniert, erstmals als Elsa noch in Lübeck gewesen war.

»Es ist mehr als selbstverständlich.«

Sie setzten sich, Elsa bestellte ebenfalls einen Cappuccino, dann schwiegen sie eine Weile.

»Ich hatte so sehr gehofft, ihn wiederzusehen.«

Giulia nickte. Sie hatte es sich ebenfalls gewünscht. Noch immer konnte sie nicht glauben, dass dieser herzensgute Mensch gestorben war.

Schließlich erzählte sie alles. Angefangen von ihrem ersten Treffen im Schiffsrestaurant, als die Welt noch in Ordnung gewesen war, von der Welle, von ihrem Überlebenskampf zusammen mit Simon und Petra, davon, wie sie auf dem Meer getrieben und schließlich von einem Hubschrauber gerettet worden waren. Dabei durchlebte Giulia diese Tage noch einmal, ihr wurde heiß und kalt, manchmal stockte sie, sie wollte jedoch nichts auslassen. Sie berichtete, warum Jakob so wichtig für sie gewesen war, wie er über sich herausgewachsen, wie er sogar für Clara eine väterliche Figur geworden war.

Elsa hörte zu und weinte. Und als Giulia endete, schüttelte Elsa nur den Kopf.

»Warum? Warum er?«

»Für mich war er ein Held.« Sie sah Elsa an, wie sehr sie kämpfte, wie sehr sie um ihren Vater trauerte.

Schließlich erzählte auch Elsa über sich. Wie sie überlebt hatten, wie sehr sie das überschwemmte Gebiet an die Grenzen gebracht hatte. All der Hunger, der Durst, die Angst, Maschas Verletzung, die Tage im Krankenhaus.

»Meine Güte, da haben die beiden Mädchen auch was durchgemacht.«

»Ja, für mich sind die beiden auch Helden. Besonders Mascha, die ist wirklich über sich hinausgewachsen.«

»Was machen die beiden jetzt?«

»Sie wollen noch einige Zeit in der Wohngruppe leben. Ohne Medikamente. Solange dies finanziert wird, geht es.«

»Und dann?«

»Organisieren wir den beiden eine eigene Wohnung. Betreutes Wohnen nennen wir das. Zwei Mal am Tag besucht sie dann ein Sozialarbeiter.«

»Das klingt großartig. Ich würde sie gerne mal kennenlernen.«

»Ich glaube, sie wären begeistert. Beide sind durch diese Zeit erwachsener geworden, gefestigter. Und wesentlich optimistischer. Sie sind echte, wirkliche Freunde geworden. Besonders für Lilli ist das eine ganz neue

Herausforderung. Seltsam. Manchmal erkennt man erst in Zeiten extremer Katastrophen seine Stärken.«

»Ja«, antwortete Giulia bedeutsam. Sie dachte an Jakob, der in jedem Moment seine Stärken gezeigt hatte.

»Was machst du jetzt so?«, fragte Elsa.

»Ich weiß es nicht. Ich werde noch einige Zeit bei meinen Eltern bleiben, dann aber weiterziehen. Ich fühle mich irgendwie verloren. München ist wirklich sehr schön.«

»Es würde mich sehr freuen, dich öfter zu sehen. Du kannst bei mir schlafen, ich habe eine große Wohnung.«

»Sehr gerne, Elsa.«

Gedankenverloren sah Giulia aus dem Fenster. Die Aschewolke der noch immer ausbrechenden Vulkane zog bereits über Afrika, bald hatte sie die ganze Welt unter ihrem Schleier begraben. Unzählige Reportagen und Berichte sagten eine kleine Eiszeit voraus, Ernteausfälle, die überschwemmten Gebiete seien jahrelang nicht bewohnbar. Es hatte Millionen Tote gegeben, ebenso waren Millionen in sichere Gebiete geflüchtet.

Sie fühlte sich tatsächlich verloren, so als triebe sie noch immer auf dem Meer, die Hände an den zusammengebundenen Kanistern und Schwimmwesten.

Schließlich lenkte sie ihren Blick zu Elsa. »Dich zur Freundin zu haben, würde mich wirklich freuen. Und Jakob wäre sicherlich glücklich darüber.«

»Ja, das wäre wunderbar.«

Das Lächeln Elsas ließ sie erkennen, dass jedes Leid auch irgendetwas Gutes hervorbrachte.

Freundschaft war eines der wertvollsten Geschenke.

Liebe Leserinnen und Leser, „Die Erben Jerichos" ist mein 7. Buch im Dystopiebereich. Und es ist noch lange nicht das letzte. Immer wieder erreichen mich E-Mails, in denen ich danach gefragt werde, wo ich denn die ganzen Szenarien herhabe. Letztlich ist das Leben der beste Ideengeber. Kurioserweise war es bei mir so, dass den Büchern fast identische Katastrophen folgten, wenn auch (glücklicherweise) weitaus weniger schlimm. Der Virenepidemie-Dilogie „Die Letzten" folgte Jahre später Covid, nach „Mathilda" kam uns ein Meteor recht nahe, nach „30 Tage" fing der Krieg in der Ukraine an, dem Roman „Die Letzten Tage Sodoms" folgte das Erdbeben in der Türkei und Syrien. Fast nebensächlich waren da schon die etwas erhöhten Werte der Sonnentätigkeit nach „Die Helios-Apokalypse".

Katastrophen gab es immer und wird es auch weiterhin geben, wenn auch nicht so zerstörend und flächendeckend wie in meinen Romanen. Vor allem, wenn man sich die Entwicklung der letzten Jahre ansieht, ob sie nun dem Klimawandel geschuldet sind oder nicht. Aber wer weiß schon, ob immer alles so glimpflich für uns alle verläuft. Ich habe auch Anfragen erhalten, die an meiner Botschaft interessiert waren. Irgendwas muss uns der Autor doch schließlich sagen wollen. Hallo? Einfach immer nur beschreiben, was uns erwarten kann? Und wie man darauf manchmal schlechter, manchmal besser reagiert?

Ja, so in etwa. Vielleicht sollten wir alle nicht vergessen, dass unser vergleichsweise sicheres Leben nicht unantastbar ist, sondern dem Wandel unterliegt, und somit Mächten, die wir nicht steuern können. Es liegt mir absolut fern, aus jedem der Leser/innen einen „Prepper" zu machen, eine Person, die Lebensmittel, Arznei, Waffen und Wasser im Keller lagert, stets bereit, der Apokalypse zu begegnen. Aber es tut bestimmt gut, über den Tellerrand hinauszublicken. Holzöfen haben nicht nur Vorteile hinsichtlich einer wohltuenden, gemütlichen Wärme. Man braucht zum Beispiel keinen Strom dafür. Oder weiß jeder, dass nach Ausfall der Wasserwerke nur noch etwa für 36 bis 48 Stunden Wasser aus dem Hahn kommt?

Was, wenn der Strom für einige Stunden ausfällt? Oder gar für Tage? Es muss nicht den Untergang der Menschheit bedeuten (und das wird es auch nicht sein), auch wenn sich einige Menschen so gebaren werden. Aber hat jeder Kerzen? Feuerzeuge? Streichhölzer? Einen kleinen Lebensmittelvorrat?

Das mag vielen schon übertrieben vorkommen, und dies ist auch nicht meine Botschaft. Vielmehr ist es das verlockende Denken, die Vorstellung, dass alles immer in einer rosaroten Blase weitergeht, vor allem bei uns vor der Haustür. Vielleicht tut es das ja für den Einzelnen, womöglich aber auch nicht. Angst zu schüren ist definitiv falsch, Angst ist seit jeher ein schlechter Ratgeber. Ich möchte eher eine Art Aufmerksamkeit wecken, einen ausgeprägteren Blick auf scheinbar alltägliche Dinge sensibilisieren. Dazu gehört auch der Umgang miteinander, denn in schweren Zeiten benötigen wir uns mehr denn je. Alles kann sich jederzeit ändern, manchmal schneller als man denkt.

Haben Sie einen Einfall oder eine Idee zu einer zukünftigen Geschichte oder auch einen kritischen Gedanken zu einem bereits veröffentlichten Buch? Ich würde mich freuen, von Ihnen zu hören. Ich bin sicher, es gibt viele gute Storys in so manchen Köpfen, und vielleicht erblickt ja eine von ihnen auch das Licht der Welt. Möglich ist auch, dass der Vorname einer Leserin oder eines

Lesers in einer der kommenden Dystopien verwendet wird.

Schreiben Sie gerne an andreas-otter@t-online.de.

Ich hoffe, Sie auch weiterhin mit spannenden Geschichten unterhalten zu dürfen.

Ihr Oliver Pätzold